中华经典名著

全本全注全译丛书

余兴安等◎译注

经史百家杂钞 一

论著 词赋

中華書局

图书在版编目(CIP)数据

经史百家杂钞/余兴安等译注. —北京:中华书局,2018.11(2024.11重印)
(中华经典名著全本全注全译丛书)
ISBN 978-7-101-13505-3

Ⅰ.经… Ⅱ.余… Ⅲ.①中国文学-古典文学-作品综合集②《经史百家杂钞》-注释③《经史百家杂钞》-译文 Ⅳ.I212.01

中国版本图书馆CIP数据核字(2018)第241598号

书　　名　经史百家杂钞(全八册)
译 注 者　余兴安等
丛 书 名　中华经典名著全本全注全译丛书
责任编辑　周　旻　王守青　舒　琴　刘胜利
　　　　　　刘树林　张彩梅　周梓翔
装帧设计　毛　淳
责任印制　陈丽娜
出版发行　中华书局
　　　　　　(北京市丰台区太平桥西里38号　100073)
　　　　　　http://www.zhbc.com.cn
　　　　　　E-mail:zhbc@zhbc.com.cn
印　　刷　北京中科印刷有限公司
版　　次　2018年11月第1版
　　　　　　2024年11月第5次印刷
规　　格　开本/880×1230毫米　1/32
　　　　　　印张190⅝　字数3600千字
印　　数　17001-19000册
国际书号　ISBN 978-7-101-13505-3
定　　价　480.00元

总目

第一册

第二册

第三册

第四册

第五册

第六册

第七册

第八册

目录

第一册

卷三·词赋之属上编一

前言

现代人读古文，就大多数人而言，至少可以达到两个目的：一是汲取文章精华，提高表达水平；二是了解文化传统，探究治乱兴衰。我们现在日常虽然早已不用文言文进行写作，但古代文章的谋篇布局、语词运用、笔锋韵致仍有很多值得我们效法之处。事实上，现代白话文写得好的人，往往也是有较好古文根底的人。而身为中国人，当然应该了解本国的历史与文化，这既体现着历史传承的责任，也有增进立身处世修养与智慧的现实功用。

中国历代典籍素称浩如烟海，汗牛充栋，一个人以其毕生精力也不可能穷尽，何况我们身处“智能互联”的时代，有那么多的现代知识与技能需要去掌握，能优游于古籍之中的时间毕竟有限。而古文形成的年代毕竟距离我们已很遥远，文章中的遣词造句、思想内涵及所涉典章制度、人物地理已非我们所熟悉，对于一个不曾受过较多专业文史训练的现代人来说，往往不免望书兴叹，面对宝藏却无从入手。为此，一部优秀的选本乃成为非文史专业的人士修习古代文献的阶梯，清人曾国藩编纂的历代文章选集《经史百家杂钞》正是这样一部“最佳国学入门书”（毛泽东语）。

曾国藩（1811—1872），初名子城，字伯涵，号涤生，湖南湘乡人。道光十八年（1838）进士。二十三年（1843），以检讨典试四川，再转侍读，累迁内阁学士、礼部侍郎，署兵部。累官至两江总督、直隶总督、武英殿大学士，封一等毅勇侯，谥号“文正”，后世称“曾文正”。对于曾国藩，由于文化界、出版界持续多年的“曾国藩热”，已使其人其事越来越为今人熟知，其人格操行、思想建树、历史功过，读者自有仁智之见，不需我们赘说。

据有关考证，《经史百家杂钞》的编纂始于咸丰元年(1851)初，成书于咸丰十年(1860)春季。该书所选文章上起先秦两汉，下迄明清时期，按体裁分类编排为二十六卷，选录了包括政论、词赋、诏令、奏议、官箴、书牍、颂辞、祭文、碑铭、序跋、传记、叙记、游记、典志等历代文章精品七百余篇。在为这二十六卷书稿编写的总目中，曾国藩还有如下评批：《卷一·论著之属一》标题下的评批是：“凡论著类以孟、庄、韩、苏为宗。”《卷三·词赋之属上编一》标题下的评批是：“凡词赋类上编以《诗》《骚》、扬、马、班、张、潘、庾为宗。”《卷六·词赋之属下编一》标题下的评批是：“凡词赋类下编以扬、班、郭、韩为宗。”《卷八·序跋之属一》标题下的评批是：“凡序跋类以迁、固、柳、欧、曾、马为宗。”《卷十·诏令之属》标题下的评批是：“凡诏令类以《尚书》、汉诏、陆贽、欧阳为宗。”《卷十一·奏议之属一》标题下的评批是：“凡奏议类以西汉奏疏、陆贽、苏轼为宗。”《卷十四·书牍之属一》标题下的评批是：“凡书牍类以曹、王、韩、柳为宗。”《卷十六·哀祭之属》标题下的评批是：“凡哀祭类以潘、韩、欧、王为宗。”《卷十七·传志之属上编一》标题下的评批是：“凡传志类上编以马、班、陈、范为宗。”《卷二十·传志之属下编一》标题下的评批是：“凡传志类下编以蔡、韩、欧、王为宗。”《卷二十二·叙记之属一》标题下的评批是：“凡叙记类以《左传》《通鉴》为宗。”《卷二十四·典志之属一》标题下的评批是：“凡典志类以《礼经》暨马、班、欧史为宗。”《卷二十六·杂记之属》标题下的评批是：“凡杂记类以韩、柳、欧阳为宗。”这些批语虽仅出现在其总目中，但却提示读者阅读中要把握的重点作家和作品。

或许有人会说,《经史百家杂钞》的流行是因了选家的名声,即所谓书以人传。实际并非如此。该书的价值在于选编者曾国藩在总结前人经验的基础上,秉持了独到的选编思想。毛泽东在早年即将此揭橥出来,他在与友人论书时写道:“顾吾人所最急者,国学常识也。昔人有言:欲通一经,早通群经。今欲通国学,亦早通其常识耳。首贵择书,其书必能孕群籍而抱万有。干振则枝披,将麾则卒舞。如是之书,曾氏《杂钞》其庶几焉。是书上自隆古,下迄清代,尽抡四部精要。……国学者,统道与文也。姚氏纂《类纂》畸于文,曾书则二者兼之,所以可贵也。”(《毛泽东早期文稿(一九一二年六月——一九二〇年十一月)》,湖南出版社1990年7月版)

姚氏《类纂》,即清人姚鼐编纂的《古文辞类纂》。姚鼐,字姬传,人称惜抱先生,是清代文坛桐城派的领袖。姚氏继方苞、刘大櫆之后,力倡义理、考据、词章三者兼备之古文,被文章家推为正轨。曾国藩与姚鼐不同时代(姚氏卒于1815年,曾氏生于1811年),但私淑姚氏,自称“国藩之粗解文章,由姚先生启之也”(《圣哲画像记》),受其影响极大。然而,他也没有完全受姚氏思想的羁缚,《经史百家杂钞》的编纂即是明证。姚氏编《古文辞类纂》,根据其为文宗旨,所录仅拘于古文辞而不及经史,目的是提供一系列文章范本,以便于阅读者修习写作之用。曾国藩非常喜欢这个选本,但又感到不满意。他认为,在为文主旨方面,除了义理、考据、词章外,还应增加经济(即经世济民)一项,“四者阙一不可”(《求阙斋日记类钞》),而且前三者都要以经济为依归;在选材方面,则不能撇经、史于其外,不然,必流于空疏浅陋之弊。为此,他调整分类,重新选文,遂使其身后百余年来的读者见到了一部体式全备、取材广泛,熔经、史、子、集于一炉,集思想性、艺术性、致用性于一体的优秀古文选本《经史百家杂钞》。名曰“杂钞”,其实不杂。中国历代诗文的选本,自《昭明文选》以来,何止数十百种,但可以说,《经史百家杂钞》是最符合我们今人读古书需要的选本之一。毛泽东认为它“孕群籍而抱万有”，道旨与文采兼备，可为国学之入门书，诚为至言。

上个世纪九十年代，我曾组织文史教学与研究领域的一干同仁历经三年，全注、全译、全解了《经史百家杂钞》。2014年八月宋凤娣女士与我商量，可否由中华书局再版此书。考虑到此书已出版近二十年，早已不易购得，而中华书局作为古籍整理出版的翘楚，能将此书交由其再版发行，对于扩大《经史百家杂钞》的传布、张大其价值当然大有益处。但我知道，由于二十年前编撰此书时时间较为仓促，且学术功力所限，书中翻译不精准、注释有讹误的现象是存在的，我在后来的阅读中便时有发现。于是，我即向宋女士表示，同意由中华书局再版，但要对全书进行全面修订。

修订工作当然不如一切从头做起那么繁难，但现在看来也是颇费工夫的，原以为一年左右即可完成的工作，做了近三年时间。当然有我自己冗务较多，精力难以集中的原因，但工作量大也是事实。

我在上一版的前言中曾说：“古文注释、评鉴已不易为之，翻译更有它的难处。很多文章，泛泛地读，似乎不难明白，一旦着手白译，句句字字都要有交待就不免犯难。”此次修订，除了补注或校正原注中的一些不当之处外，主要精力还是花在对译文的修订上，同时对曾氏的评批也做了补译。总体质量较前显著提升，当然也难称完美，所以仍要请广大读者不吝赐教，批评指正。

此次收入中华经典名著全本全注全译丛书，原文底本采用了光绪二年(1876)传忠书局本，并重新核校原文。在校勘、标点时参考、借鉴了历年出版的若干标点本、相关作家别集和选文所出《左传》《史记》《汉书》等通行本。文中曾氏评批处，均以小号字排出，以与原文相区别。

对选文所涉及作者和选文所自著作均有题解简介。作者小传，只在同一作者的作品第一次出现时加于篇首，后面再出现时仅写明参见卷数。对于选文所自著作也遵循上述原则。为便于现代人理解，对每一入选作品均有相关题解，简要介绍作品之体裁、内容、表现手法、语言特色、主要观点、时代价值，但各有侧重，不求面面俱到。对古今品评观点只酌量引录，以省篇幅。

注释主要是对文章中难解字、词、典故及所涉职官、地理、人物的解释。此次对典故和人物等文化常识的注释增补较多，个别难解的句子也进行了少量的串讲。

译文一般侧重直译，也有一些篇目侧重于意译。古人文章本来风格各异，译文又出于众人之手，不免众采纷呈。我们在通审时主要是把握了忠实于原文这一原则，对于行文风格则未强求统一。另外，对文中曾氏评批也统一增补了白话翻译。

对《经史百家杂钞》中的每一篇文章进行全方位地注、译、评，成稿三四百万字，当然不可能以我一人之力完成。二十余年前，杨大方、申喜连、李克毅、于重重、郭洪纪、王秀梅、杨刚基、王兆胜、李景慧、李昭君、于海波、孙文央、刘艳良、丁向阳、郭亚南、哇春芳、周桂侠、邱凤侠、都兴宙、阿忠荣等同仁参与合作，予我极大的支持，一直令我铭谢于心。此次修订，杨大方、李克毅、于重重、张印栋诸学长又鼎力相助，使我得以顺利完工，在此再申谢忱！中华书局的宋凤娣女士等编辑在编审工作中付出了艰辛的劳动，也是要予以感谢的！

这次修订，使我得以再次系统通读全书各篇文章，对于曾国藩选文的精神趣旨、各种文体的表述方式、古人行文的笔锋韵致，乃至于我国传统文化源流脉络、基本内涵，又有了新的理解。从现代社会生活的角度而言，这些文章可能没有什么直接的实际功用，但认真地读一读，仔细地品一品，长久地回味咀嚼，就会使我们的文化底蕴不断丰厚起来，就会让我们有更清晰的文化自觉，并最终内化为推动国家民族发展进步的力量及每一个个体的生活智慧与成长动力，古人所谓“无用之用，众用之基”（徐光启语），正是这个道理。

余兴安

2018 年 10 月 15 日

序例

姚姬传氏之纂古文辞，分为十三类，余稍更易为十一类。曰论著、曰词赋、曰序跋、曰诏令、曰奏议、曰书牍、曰哀祭、曰传志、曰杂记九者，余与姚氏同焉者也；曰赠序，姚氏所有而余无焉者也；曰叙记、曰典志，余所有而姚氏无焉者也；曰颂赞、曰箴铭，姚氏所有，余以附入词赋之下编；曰碑志，姚氏所有，余以附入传志之下编。论次微有异同，大体不甚相远。后之君子以参观焉。

【译文】

姚姬传（姚鼐）编纂《古文辞类纂》，将所选文章分为十三类，我稍加改变，分为十一类。其中，论著、词赋、序跋、诏令、奏议、书牍、哀祭、传志、杂记等九类，是我与姚氏的选本相同的；而赠序类是姚氏有而我的分类中没有的；叙记、典志类，是我有而姚氏没有的；颂赞、箴铭类，姚氏选本中有，我将其附编在词赋类的下编之中；碑志类，姚氏选本中有，我将其附入传志类的下编。编排顺序稍有不同，但大体上是差不多的。请后世君子参阅。

村塾古文有选《左传》者，识者或讥之。近世一二知文之士，纂录古文不复上及六经，以云尊经也。然溯古文所以立名之始，乃由屏弃六朝骈俪之文，而返之于三代、两汉。今舍经而降以相求，是犹言孝者敬其父、祖而忘其高、曾，言忠者曰“我家臣耳，焉敢知国”，将可乎哉？余抄纂此编，每类必以六经冠其端，涓涓之水，以海为归，无所于让也。姚姬传氏撰次古文，不载史传，其说以为史多不可胜录也。然吾观其奏议类中录《汉书》至三十八首，诏令类中录《汉书》三十四首，果能屏诸史而不录乎？余今所论次，采辑史传稍多，命之曰《经史百家杂钞》云。湘乡曾国藩识。

【译文】

乡村塾学中教授古文有选《左传》的，有识者或有讥评。近世一二通晓文章之学的人在选编古文时，不再上溯至六经中的篇章，美其名曰要尊崇经书。然而追溯“古文”一词之所以成立的源头，实在是为了摒弃六朝骈文的绮丽之风，而返归夏商周三代和两汉的文章形态。现在舍弃经典而降格以求，就如同尽孝者敬其父亲、祖父而忘记了其高祖、曾祖，尽忠者说“我是家臣，岂敢知晓国家大事”，这怎么可以呢？我抄录编纂这部书，每一类必选六经中的篇章冠于其端首，就如同涓涓细流，都要归向大海，是不必有所辞让的。姚姬传选纂古文，不收编史书中的文章，所说的理由是史书甚多，不可胜录。然而，我见他的奏议类中，收录《汉书》中的文章多达三十八篇，诏令类中，也自《汉书》中收录了三十四篇，果真能摒弃史书而不予收录吗？现在我选编的文章，选自史书中的文章较多，命名为《经史百家杂钞》。湘乡曾国藩记。

著述门 三类

论著类　著作之无韵者。经如《洪范》《大学》《中庸》《乐记》《孟子》皆是；诸子曰篇、曰训、曰览，古文家曰论、曰辨、曰议、曰说、曰解、曰原皆是。

词赋类　著作之有韵者。经如《诗》之赋、颂，《书》之"五子作歌"皆是；后世曰赋、曰辞、曰骚、曰七、曰设论、曰符命、曰颂、曰赞、曰箴、曰铭、曰歌皆是。

序跋类　他人之著作序述其意者。经如《易》之《系辞》，《礼记》之《冠义》《昏义》皆是；后世曰序、曰跋、曰引、曰题、曰读、曰传、曰注、曰笺、曰疏、曰说、曰解皆是。

【译文】

论著类　是不讲求声韵的著作。经书中如《洪范》《大学》《中庸》《乐记》《孟子》，都是这类文章；诸子的著作中称为篇、训、览，古文家称为论、辨(即辩)、议、说、解、原，都属于此类。

词赋类　是讲求声韵的著作。经书中如《诗经》中的赋、颂，《尚书》中的"五子作歌"，都是这类文章；后世的赋、辞、骚、七、设论、符命、颂、赞、箴、铭、歌，都属于此类。

序跋类　是表达对他人著作意见的文章。经书中如《周易》的《系辞》，《礼记》中的《冠义》《昏义》，都是这类文章；后世的序、跋、引、题、读、传、注、笺、疏、说、解，都属于此类。

告语门 四类

诏令类　上告下者。经如《甘誓》《汤誓》《牧誓》等，《大诰》《康诰》《酒诰》等皆是；后世曰诰、曰诏、曰谕、曰令、曰教、曰敕、曰玺书、曰檄、曰策命皆是。

奏议类　下告上者。经如《皋陶谟》《无逸》《召诰》，及《左传》季文子、魏绛等谏君之辞皆是；后世曰书、曰疏、曰议、曰奏、曰表、曰札子、曰封事、曰弹章、曰笺、曰对策皆是。

书牍类　同辈相告者。经如《君奭》，及《左传》郑子家、叔向、吕相之辞皆是；后世曰书、曰启、曰移、曰牍、曰简、曰刀笔、曰帖皆是。

哀祭类　人告于鬼神者。经如《诗》之《黄鸟》《二子乘舟》，《书》之《武成》《金縢》祝辞，《左传》荀偃、赵简告辞皆是；后世曰祭文、曰吊文、曰哀辞、曰诔、曰告祭、曰祝文、曰愿文、曰招魂皆是。

【译文】

诏令类　是上位者告知下位者的文章。经书中如《甘誓》《汤誓》《牧誓》等，《大诰》《康诰》《酒诰》等，都是这类文章；后世的诰、诏、谕、令、教、敕、玺书、檄、策命，都属于此类。

奏议类　是下位者禀告上位者的文章。经书中如《皋陶谟》《无逸》《召诰》，以及《左传》中季文子、魏绛等的谏君之辞，都是这类文章；后世的书、疏、议、奏、表、札子、封事、弹章、笺、对策，都属于此类。

书牍类　是同辈之间相互告知的文章。经书中如《君奭》，及《左传》中郑子家、叔向、吕相的言辞，都是这类文章；后世的书、启、移、牍、简、刀笔、帖，都属于此类。

哀祭类　是人禀告鬼神的文章。经书中如《诗经》的《黄鸟》《二子乘舟》，《尚书》的《武成》《金縢》祝辞，《左传》中荀偃、赵简的告辞，都是这类文章；后世的祭文、吊文、哀辞、诔、告祭、祝文、愿文、招魂，都属于此类。

记载门 四类

传志类　所以记人者。经如《尧典》《舜典》，史则本纪、世家、列传，皆记载之公者也；后世记人之私者，曰墓表、曰墓志铭、曰行状、曰家传、曰神道碑、曰事略、曰年谱皆是。

叙记类　所以记事者。经如《书》之《武成》《金縢》《顾命》，《左传》记大战、记会盟，及全编皆记事之书，《通鉴》法《左传》，亦记事之书也；后世古文如《平淮西碑》等是，然不多见。

典志类　所以记政典者。经如《周礼》《仪礼》全书，《礼记》之《王制》《月令》《明堂位》，《孟子》之“北宫锜章”皆是；《史记》之八书，《汉书》之十志及三《通》，皆典章之书也；后世古文如《赵公救灾记》是，然不多见。

杂记类　所以记杂事者。经如《礼记·投壶》《深衣》《内则》《少仪》，《周礼》之《考工记》皆是；后世古文家修造宫室有记，游览山水有记，以及记器物、记琐事皆是。

【译文】

传志类　是记叙人物的文章。经书中如《尧典》《舜典》，史书中则是本纪、世家、列传，都是站在国家的角度所做的记载。后世从私家角度记叙人物的墓表、墓志铭、行状、家传、神道碑、事略、年谱，都属于此类。

叙记类　是记叙事件的文章。经书中如《尚书》的《武成》《金縢》《顾命》，《左传》中记大战、记会盟，乃至于全书都属于记事的书，《资治通鉴》效法《左传》，也属于记叙事件的书；后世古文如《平淮西碑》等也是此类文章，但不多见。

典志类　是记述政治典章的文章。经书中如《周礼》《仪礼》全书，《礼记》的《王制》《月令》《明堂位》,《孟子》的“北宫锜章”,都是这类文章;《史记》的八书,《汉书》的十志,以及《通典》《通志》《文献通考》,都属于记叙典章制度的书。后世如《赵公救灾记》也是这类文章,但不多见。

杂记类　是记叙杂事的文章。经书中如《礼记》的《投壶》《深衣》《内则》《少仪》,《周礼》的《考工记》,都是这类文章;后世的古文家们,修造宫室有记叙,游览山水有记叙,还有记器物、记琐事的,都属于此类。

卷一·论著之属一

书

《尚书》亦称《书》《书经》，是先秦历史文献及部分追述古代事迹的著作的汇编，属于记言为主的古史。

自西汉以来，《尚书》有今古文之争。今文《尚书》是秦朝焚书以后，汉初经师所保存、用当时通行的隶书书写的；古文《尚书》则是汉武帝时陆续发现的古本，是用先秦古文字书写的。今存《尚书》五十八篇，有三十三篇为今文《尚书》，其余二十五篇为古文《尚书》，据说是东晋人梅赜伪造的。

《尚书》宣扬敬天、敬祖、尊重有德者等思想。因语言较古奥，所以向称难读。

洪范

【题解】

《洪范》，洪，大；范，法。洪范，即大法。据说上古时从洛水中浮出一只神龟，背负《洛书》。其文字就是今本《洪范》第三节“初一曰五行”至“威用六极”的六十五个字。夏禹先得到这部书，殷商末年，传至箕子。周灭殷以后，周武王向箕子询问治国方略，箕子就依据《洛书》，详细阐述了九种大法，史官记录下来，写成《洪范》。

《洪范》第一部分概述九种大法的产生、传授及其纲目。第二部分详述九种大法的具体内容。《尚书》是帝王之书,《洪范》篇系统且较为具体地讲述帝王之术,因此受到历代帝王的重视。而其中的五行思想在中国哲学史、思想史上更有重要影响。其他涉及商周政治制度、农时农政、宗教思想等各方面,都具有重要的学术价值和史料价值。

惟十有三祀①,王访于箕子②。王乃言曰:"呜呼!箕子。惟天阴骘下民③,相协厥居,我不知其彝伦攸叙④。"

【注释】

①惟:助词,用于句首。十有三祀:即十三年,指周文王十三年,亦即殷亡国后的第二年。有,通"又"。祀,年。

②箕(jī)子:殷纣王的叔父,曾劝谏纣王,不从。为避免迫害,佯装疯狂。

③骘(zhì):安定。

④彝(yí):常,常规。一成不变的法度。伦:理。攸(yōu):放在动词之前,组成名词性词组,相当于"所"。叙:顺。

【译文】

周文王十三年,武王造访箕子。他对箕子说:"唉!箕子啊。上天庇护养育民众,协调他们的居所,我却不明白个中常理是怎么回事。"

箕子乃言曰:"我闻在昔,鲧陻洪水①,汩陈其五行②。帝乃震怒,不畀洪范九畴③,彝伦攸斁④。鲧则殛死⑤,禹乃嗣兴⑥,天乃锡禹洪范九畴⑦,彝伦攸叙。

【注释】

①鲧(gǔn):传说是夏禹的父亲。陻(yīn):同"堙"。堵塞。

②汩(gǔ):乱。

③畀(bì):赐予。畴:种类。

④斁(dù):败坏。

⑤殛(jí):流放。

⑥嗣(sì):继承。

⑦锡:通"赐"。赐予。

【译文】

箕子于是回答说:"我听说过去鲧采取堵塞的办法治理洪水,结果打乱了五行的原有规律。上帝盛怒之下,就没把那九类基本大法赐予他,天之常理,由此败坏。于是鲧被流放边荒而死,禹就子承父业继续治理洪水,上天把那九类大法赐给了禹,天之常理由此和谐得宜。"

"初一曰五行,次二曰敬用五事,次三曰农用八政[①],次四曰协用五纪,次五曰建用皇极[②],次六曰乂用三德[③],次七曰明用稽疑[④],次八曰念用庶征[⑤],次九曰向用五福,威用六极。

【注释】

①农:勤勉,努力。

②皇极:帝王统治天下的准则,即所谓大中至正之道。皇,大。极,中。

③乂(yì):治理。此指治理臣民。

④稽疑:用卜筮决疑。

⑤念:考虑。庶:多。征:征兆。

【译文】

"第一类是五行,第二类是自己在五个方面都要恭谨,第三类是努力办好八个方面的政务,第四类是综合协调五种因素以合天时,第五类是建立、施行君王之道的准则,第六类是治理臣民要运用三种行为,第七类是遇事有疑难要通过蓍草、龟甲等来问疑决断,第八类是要用心考察各种各样的征兆,第九类是用五种福祉劝人行善,以六种惩罚使人不敢作恶。

"一、五行:一曰水,二曰火,三曰木,四曰金,五曰土。水曰润下,火曰炎上,木曰曲直,金曰从革,土爰稼穑[①]。润下作咸,炎上作苦,曲直作酸,从革作辛,稼穑作甘。

【注释】

①爰:借为"曰"。

【译文】

"第一类,五行:其一为水,其二为火,其三为木,其四为金,其五为土。水浸润流下,火燃烧向上,木可曲可直,金顺从变革,土可以耕种收获。浸润流下的水味道是咸的,燃烧向上的火味道是苦的,可曲可直的木味道是酸的,顺从变革的金味道是辣的,可以耕种的土地味道是甜的。

"二、五事:一曰貌,二曰言,三曰视,四曰听,五曰思。貌曰恭,言曰从,视曰明,听曰聪,思曰睿。恭作肃,从作乂,明作哲,聪作谋,睿作圣。

【译文】

“第二类，五个方面的事情：一是态度，二是言语，三是观察，四是闻听，五是思考。态度要恭谨，言语要恰当，观察事物要明晰，听取意见要敏锐，思考问题要通达。态度恭谨则人人肃敬，言语恰当则事事平顺，观察明晰就有智慧，听取意见敏锐则有主张，思虑通达则圣明。

“三、八政：一曰食，二曰货，三曰祀，四曰司空[①]，五曰司徒[②]，六曰司寇[③]，七曰宾[④]，八曰师[⑤]。

【注释】

①司空：官名，掌管工程。

②司徒：官名，掌管国家的土地和人民的教化。

③司寇：官名，掌管刑狱、纠察等事。

④宾：掌诸侯朝觐之官。

⑤师：郑玄注：“师，掌军旅之官，若司马也。”

【译文】

“第三类，八个方面的政务：一是农业生产，二是货物流通，三是祭祖事神，四是管理建筑工程和手工业制造，五是管理土地和教化，六是管理刑狱，七是接待宾客，八是管理军务。

“四、五纪：一曰岁，二曰月，三曰日，四曰星辰，五曰历数。

【译文】

“第四类，五种记时方法：一是年，二是月，三是日，四是星辰，五是历算。

“五、皇极：皇建其有极。敛时五福，用敷锡厥庶民。惟时厥庶民于汝极。锡汝保极：凡厥庶民，无有淫朋，人无有比德，惟皇作极。凡厥庶民，有猷有为有守[1]，汝则念之。不协于极，不罹于咎[2]，皇则受之。而康而色[3]，曰：‘予攸好德。’汝则锡之福。时人斯其惟皇之极。无虐茕独而畏高明[4]。人之有能有为，使羞其行[5]，而邦其昌。凡厥正人，既富方穀[6]，汝弗能使有好于而家，时人斯其辜。于其无好德，汝虽锡之福，其作汝用咎。无偏无陂[7]，遵王之义；无有作好[8]，遵王之道；无有作恶，遵王之路。无偏无党，王道荡荡；无党无偏，王道平平[9]；无反无侧[10]，王道正直。会其有极，归其有极。曰：皇，极之敷言，是彝是训，于帝其训。凡厥庶民，极之敷言，是训是行，以近天子之光[11]。曰：天子作民父母，以为天下王。

【注释】

①猷：谋。

②罹(lí)：遭受。咎(jiù)：罪过。

③而康而色：前“而”，假如。后“而”，你。色，脸色，即态度表情等。

④茕(qióng)独：指鳏(guān)寡孤独、无依无靠的人。高明：指贵族。

⑤羞：进。

⑥方：并。穀(gǔ)：禄位。

⑦陂(bì)：不平。

⑧好(hào)：私好。

⑨平平(pián)：形容治理有序。

⑩侧：倾侧，指违反法度。

⑪近：亲近。

【译文】

“第五类，君王的准则：君王应建立准则。要将这五种幸福聚集起来，布施赏赐给臣民。这样，臣民们就会对君王所建的准则衷心拥戴。你要建立的准则是：凡是君王的臣民，不得聚众游乐，不得拉帮结派，只有君王的准则才是最高原则。凡是君王的臣民，他们的所谋所虑、所作所为、取舍操守，你都要经常思虑。即便臣民们的思想言行有不合乎准则之处，只要没有到犯罪的程度，君王就应宽厚地包容他们。假如有人和颜悦色地说：‘我所喜好的是道德。’你应赏赐他们一些好处。那么，人们将把君王的准则当作是最高的原则。不得怠慢那些无依无靠的人，也不必枉法徇情去畏惧那些显贵之家。人们中有能力、有作为的人，要让他们进一步提高自己的德行，这样国家才会昌盛。在位为官的人，要给他们优厚的待遇和名利，如果你不能让他们有益于王室，那么臣下就将为非作歹。对于那些没有良好品德的人，即使你赐给他爵禄之类，他们的所作所为还是会给你带来骂名。臣民们不应有任何的偏颇，要遵守君王的法度；不应有偏私曲惠，要遵守君王的治道；不应擅作威福，要遵守君王的正路。不得偏私，不得阿党，君王之道，宽广坦荡；不得阿党，不得偏私，君王之道，妥善治理；不得背离，不得违犯，君王之道，中正平直。君王应会聚遵从准则的人来做官，臣民也应归依遵从有准则的君王。所以说，君王准则的宣布，就是法令，就是训导，就是上天的教导。凡是君王的臣民，当准则宣布之际，就要依循，就要遵行，来亲近天子的光辉。所以说，天子应当像做臣民的父母一般，来做天下的君王。

“六、三德：一曰正直，二曰刚克，三曰柔克。平康，正直；强弗友，刚克；燮友①，柔克。沈潜②，刚克；高明，柔克。惟辟作福③，惟辟作威，惟辟玉食。臣无有作福、作威、玉食。

臣之有作福、作威、玉食，其害于而家，凶于而国。人用侧颇僻，民用僭忒[④]。

【注释】

①燮(xiè)友：和顺。燮，和。友，顺。

②沈：同“沉”。

③辟(bì)：君王。

④僭(jiàn)：差失。忒(tè)：邪恶。

【译文】

“第六类，三种治理臣民的方式：一是端正其行为品格，二是用刚健的手段去制服，三是以柔和的手段去制服。国家太平安康的时候，用正直之臣去端正世风；对强横而不友善的人，要用刚健的手段去对付；对态度柔顺可亲的人，就用柔和的手段来治理。对乱臣贼子、心怀鬼胎的人，要用刚健强硬的手段加以制服；对于显官达宦、高明君子，要用柔和的手法，以德怀之。只有君主有权掌握奖赏，只有君主才能专主刑罚，只有君主才配享受美好的食物。臣下没有权利主持赏赐、惩罚、享受美食。臣下如果专擅赏赐、惩罚、自享美食，就会有害于王室，就会危及其国家。人们会因此走向偏邪不正之路，民众也会有犯上作乱的邪恶念头。

“七、稽疑：择建立卜筮人[①]，乃命卜筮。曰雨，曰霁，曰蒙，曰驿，曰克，曰贞，曰悔，凡七。卜五，占用二，衍忒[②]。立时人作卜筮，三人占，则从二人之言。汝则有大疑，谋及乃心，谋及卿士，谋及庶人，谋及卜筮。汝则从，龟从，筮从，卿士从，庶民从，是之谓大同。身其康强，子孙其逢吉。汝则从，龟从，筮从，卿士逆，庶民逆，吉。卿士从，龟从，筮从，汝则逆，庶民逆，吉。庶民从，龟从，筮从，汝则逆，卿士逆，吉。汝则从，龟从，筮逆，卿士逆，庶民逆，作内吉，作外凶。龟筮共违于人，用静吉，用作凶。

【注释】

①卜：古人用火灼龟甲，根据裂纹来预测吉凶，叫卜。筮（shì）：用蓍草来占卜休咎或卜问疑难的事。

②衍：推演，演述，演变。忒：差失。

【译文】

"第七类，决疑问难：选择并且设置专门的卜筮人来预测吉凶，命令他们或者用龟甲来卜，或者用蓍草来占。征兆与卦象是：兆纹如雨，兆纹如雨后初晴，兆纹如雾气蒙蒙，兆纹色泽光明，兆纹交错，内卦为贞，外卦为悔，共计七种。前五种用龟甲问卜，后两种用蓍草占筮，征兆与卦爻演变都很繁多复杂。任用这些人从事卜筮时，用三个人占卜，应该相信其中两个人的判断。如果你遇到重大的疑难问题，首先你自己要深思熟虑，然后和官员们讨论，然后与庶民商量，然后问疑于龟卜蓍筮。你自己同意，龟卜同意，筮占同意，官员们同意，庶民也同意，这就叫大同。这样，你的身体会安康强健，子孙也会大吉大利。你自己同意，龟卜同意，筮占同意，官员们不同意，庶民不同意，也是吉利的。官员们同意，龟卜同意，筮占同意，你不同意，庶民不同意，也是吉利的。庶民同意，龟卜同意，筮占同意，你不同意，官员们不同意，也是吉利的。你同意，龟卜同意，筮占不同意，官员们不同意，庶民不同意，如果是境内之事就吉利，境外之事就有凶险。如果龟卜筮占的意见与人的意见不一致，那么静止守常则是吉利的，有所作为就有凶险。

"八、庶征：曰雨，曰旸[①]，曰燠[②]，曰寒，曰风。曰时。五者来备，各以其叙，庶草蕃庑。一极备，凶；一极无，凶。曰休征：曰肃，时雨若；曰乂，时旸若；曰哲，时燠若；曰谋，时寒若；曰圣，时风若。曰咎征：曰狂，恒雨若；曰僭，恒旸若；曰豫，恒燠若；曰急，恒寒若；曰蒙，恒风若。曰王省惟岁③，卿士惟月，师尹惟日。岁月日时无易，百谷用成；乂用明，俊民用章，家用平康。日月岁时既易，百谷用不成；乂用昏不明，俊民用微，家用不宁。庶民惟星，星有好风，星有好雨。日月之行，则有冬有夏。月之从星，则以风雨。

【注释】

①旸（yáng）：日出。

②燠（yù）：暖。

③省：同“眚（shěng）”。过失。

【译文】

“第八类，各种征兆：一是雨，二是晴，三是暖，四是寒，五是风。顺应天时。假如这五者都具备，就应时节顺序出现，那么草木都能茂盛，庄稼也会丰收。其中一种过盛，就有凶险；有一种完全没有，也有凶险。所谓好的征兆：君主态度肃敬恭谨，雨水就会应时而下；君主治理得好，阳光便充足；君主明白圣哲，温暖暑热会应时而至；君主深谋远虑，凉爽寒冷也会应时而至；君主通达事理，风也会应时而至。所谓坏的征兆：君主的态度狂妄轻慢，雨就会下个不停；君主的行为过分，天下就会久旱不雨；君主耽于逸乐，气温就会长期偏高；君主为政严急，气温就会长期偏低；君主昏暗蒙昧，风就会刮个不停。天子有了过失，就会影响一年；卿士有了过失，就会影响一月；官吏有了过失，就会影响一天。就像年、月、日都与季节相应而没有异常变化，百谷都会茁壮成长；如果君王、官员、佐吏各司其职，政治就会清明，优秀的人才就有机会显露出来，王室就会平安。如果年、月、日与季节不相应而有异常变化，百谷就会长不好；如果君王、官员、佐吏不能各司其职，政治就昏暗，优秀的人才就会隐居不仕，王室就会不得安宁。臣民们就像群星一样，有的星宿好刮风，有的星宿好下雨。日月运行，就有冬季和夏季。如果月亮只顺从星辰，那么风风雨雨也就无常了。

“九、五福：一曰寿，二曰富，三曰康宁，四曰攸好德，五曰考终命。六极：一曰凶、短、折[①]，二曰疾，三曰忧，四曰贫，五曰恶，六曰弱。”

【注释】

①凶、短、折：均指短命夭折。郑玄注：“未龀曰凶，未冠曰短，未婚曰折。”

【译文】

“第九类，五种福祉：一是长寿，二是富有，三是平安健康，四是好德行善，五是得终天年。六种惩罚：一是早夭，二是疾病，三是忧愁，四是贫穷，五是丑陋，六是虚弱。”

孟子

孟子(约前372—前289),名轲,字子舆,战国时邹(今山东邹城)人。相传为鲁国贵族孟孙氏之后,曾受业于孔子之孙子思的门人。孟子一生以阐扬孔子学说为己任,以仁政学说游说诸侯,曾一度出任齐宣王的客卿。当时"秦用商君,富国强兵;楚、魏用吴起,战胜弱敌;齐威王、宣王用孙子、田忌之徒,诸侯东面朝齐"(《史记·孟子荀卿列传》),而孟子却反对暴力,耻言功利,总想以仁义来平治天下,故被视为"迂阔"而不见用于当世。晚年归邹,不复出游,与弟子们著书立说,"序《诗》《书》,述仲尼之意,作《孟子》七篇"(《史记·孟子荀卿列传》)。他一生的政治活动和学术思想对孔子学说的发展起了十分重要的作用,被后世尊称为"亚圣"。

齐桓、晋文之事章

【题解】

此章出自《孟子·梁惠王上》,是孟子向齐宣王进谏之语,反映了孟子的"仁政"思想。孟子总结了春秋战国以来各国兼并战争和各派政治思想之间的斗争实况,提出了"王"与"霸"的概念,主张实行"王道"政治,反对战争,主张统一。要求统治者以仁爱之心,施政于民,使民心归向,发展生产,振兴经济。他还就此提出了一些具体的方法和标准。孟子的"仁政"说,反映了春秋以来"大一统"的历史发展趋势。

齐宣王问曰[①]:"齐桓、晋文之事[②],可得闻乎?"孟子对曰:"仲尼之徒无道桓、文之事者[③],是以后世无传焉,臣未之闻也。无以[④],则王乎?"曰:"德何如则可以王矣?"曰:"保民而王,莫之能御也。"曰:"若寡人者,可以保民乎哉?"曰:"可。"曰:"何由知吾可也?"曰:"臣闻之胡龁曰[⑤]:王坐于堂上,有牵牛而过堂下者,王见之,曰:'牛何之?'对曰:'将以衅钟[⑥]。'王曰:'舍之!吾不忍其觳觫[⑦],若无罪而就死地。'对曰:'然则废衅钟与?'曰:'何可废也?以羊易之!'不识有诸?"曰:"有之。"曰:"是心足以王矣。百姓皆以王为爱也[⑧],臣固知王之不忍也。"

【注释】

①齐宣王:田氏,名辟疆。战国时齐国君主。齐威王之子。

②齐桓:即齐桓公,姓姜,名小白。春秋时齐国国君。在位时任用管仲进行改革,以图富强,终于成为春秋时期的第一位霸主。晋文:即晋文公,名重耳。春秋时晋国国君,献公之子。继位后,整顿内政,增强国力,在践土(今河南原阳境内)大会诸侯,成为霸主。

③仲尼:即孔丘,字仲尼。鲁国陬邑(今山东曲阜)人。春秋末期思想家、政治家、教育家,儒家学派的创始人。

④无以:犹言不得已。

⑤胡龁:齐宣王的近臣。

⑥衅(xìn)钟:我国古代礼节仪式之一,杀牲涂其血于钟上以祭祀。

⑦觳觫(hú sù):惊恐战栗貌。

⑧爱:吝啬。

【译文】

齐宣王问孟子道:“齐桓公、晋文公在春秋时称霸的事情,您能否讲给我听呢?”孟子答道:“孔子的学生没有谁谈及齐桓公、晋文公的事迹,因而这些事迹也未能流传到后世,我本人也没有听说过。大王如果一定要让我讲这方面的事情,那么我就讲讲以道德力量来统一天下的王道吧?”宣王又问道:“要具备什么样的道德才能统一天下呢?”孟子答道:“一切为了百姓的生活安定而努力,这样去统一天下,就没有人可以阻挡。”宣王又问:“像我这样的人,能使百姓的生活安定吗?”孟子说:“可以。”宣王说:“您凭什么说我可以呢?”孟子答道:“我曾听胡龁说过这样一件事情:大王坐在大殿之上,适逢有人牵着一头牛从殿下走过,大王正好看到了,便问道:‘牵着牛到哪里去呢?’那人答道:‘准备宰了祭钟。’大王则说:‘放了它吧!看它惊恐战栗的样子,就像没有罪过却要被处决一样,我实在于心不忍。’那人说:‘难道要废了祭钟的礼仪吗?’大王说:‘怎么能废呢?用羊代替吧!’不知是否有此事?”宣王说:“有这事。”孟子说:“凭这种善心就足以统一天下了。百姓都以为大王吝啬,但我知道大王是不忍心。”

王曰:“然,诚有百姓者。齐国虽褊小[①],吾何爱一牛?即不忍其觳觫,若无罪而就死地,故以羊易之也。”曰:“王无异于百姓之以王为爱也[②]。以小易大,彼恶知之?王若隐其无罪而就死地[③],则牛羊何择焉?”王笑曰:“是诚何心哉?我非爱其财而易之以羊也。宜乎百姓之谓我爱也。”曰:“无伤也,是乃仁术也,见牛未见羊也。君子之于禽兽也,见其生,不忍见其死;闻其声,不忍食其肉。是以君子远庖厨也。”

【注释】

①褊(biǎn)小:狭小。

②异:惊异,诧异。

③隐:怜悯,同情。

【译文】

宣王说:"的确如此,确实有这样的百姓。虽说齐国狭小,我何至于舍不得一头牛呢?只是它那惊恐战栗的样子,我实在不忍心看,如同没有罪过却被处决一样,所以用羊来代替它。"孟子说:"百姓以为大王吝啬,大王也不必诧异。用小的代替大的,他们哪里知道其中的意思?大王如果怜悯没有罪过的牛被送去屠宰,那么宰牛和宰羊又有什么区别呢?"宣王笑着说:"这是一种什么心理?我并非是吝惜钱财而用羊代替。如此看来,百姓说我吝啬也是可以理解的了。"孟子说:"这并没有什么关系,这正是仁爱之心的体现,即大王看见了那头牛,却没有看见那只羊。君子对于禽兽,看见它活着,便不忍心看它死去;听它哀鸣之声,便不忍心吃它的肉。因此,君子远离厨房。"

王说①,曰:"《诗》云:'他人有心,予忖度之②。'夫子之谓也。夫我乃行之,反而求之,不得吾心。夫子言之,于我心有戚戚焉。此心之所以合于王者,何也?"曰:"有复于王者曰:'吾力足以举百钧③,而不足以举一羽;明足以察秋毫之末,而不见舆薪④。'则王许之乎?"曰:"否。""今恩足以及禽兽,而功不至于百姓者,独何与?然则一羽之不举,为不用力焉;舆薪之不见,为不用明焉;百姓之不见保,为不用恩焉。故王之不王,不为也,非不能也。"曰:"不为者与不能者之形何以异?"曰:"挟太山以超北海⑤,语人曰:'我不能。'是诚不能也。为长者折枝⑥,语人曰:'我不能。'是不为也,非不能也。故王之不王，非挟太山以超北海之类也；王之不王，是折枝之类也。老吾老，以及人之老；幼吾幼，以及人之幼。天下可运于掌。《诗》云：'刑于寡妻，至于兄弟，以御于家邦[⑦]。'言举斯心加诸彼而已。故推恩足以保四海，不推恩无以保妻子。古之人所以大过人者，无他焉，善推其所为而已矣。今恩足以及禽兽，而功不至于百姓者，独何与？权[⑧]，然后知轻重；度[⑨]，然后知长短。物皆然，心为甚。王请度之！抑王兴甲兵，危士臣，构怨于诸侯，然后快于心与？"

【注释】

①说：同"悦"。高兴，喜悦。

②他人有心，予忖度之：出自《诗经·小雅·巧言》。

③钧：古代重量单位。三十斤为一钧。

④舆薪：车载之柴。比喻大而易见之物。

⑤太山：泰山。北海：指渤海。

⑥折枝：折取树枝。比喻轻而易举。

⑦"刑于寡妻"几句：出自《诗经·大雅·思齐》。刑于寡妻，给妻子做榜样。

⑧权：秤。这里指用秤称。

⑨度(duó)：丈量，计算。

【译文】

宣王很高兴，说："《诗经》说：'别人存有何心，我能揣摩到。'您就是如此。我只是这样做了，再反问自己，却说不出原因。您的一席话，使我豁然开朗。但我的心与王道相合，这又是什么道理呢？"孟子说："如果有人禀报大王说：'我的力气足以举起三千斤的东西，却拿不起一根羽毛；我的眼力足以看清鸟尾的细毛，却看不见眼前的一车柴薪。'那么大王能相信这种话吗?”宣王说:“不相信。”孟子说:“如今大王将恩德施于禽兽,却不能施于百姓,这又是为什么呢? 拿不起一根羽毛,只因不肯用力;对一车柴薪视而不见,只因不肯去看;百姓的生活得不到安定,只因大王不肯施恩。所以大王之所以不能统一天下,只因不肯去做,而不是不能做。”宣王问道:“不去做和不能做在表现上有什么区别?”孟子说:“用胳膊夹着泰山跳越渤海,对别人说:‘我做不到。’是的确做不到。那么替年长者折取树枝,对别人说:‘我做不到。’这实际上是不肯做,而不是做不到。所以大王不能统一天下,并非是用胳膊夹着泰山跳越渤海之类的事情,而是替年长者折取树枝这一类事情。尊敬我的长辈,从而推及尊敬别人的长辈;爱护我的儿女,从而推及爱护别人的儿女。如此,统一天下就像在手心里转动东西那么容易了。《诗经》说:‘先给妻子做榜样,然后再推及兄弟,再进而推及封邑和国家。’也就是将仁爱之心推及各方面而已。因此,推广恩德足以安定天下;不推广恩德连自己的妻子儿女也难以保护。古代的圣贤之所以远远超过一般的人,没有其他诀窍,只是善于推己及人罢了。如今大王的恩德足以施及禽兽,百姓却得不到什么好处,这是为什么呢? 用秤称一称,然后才知道轻重;用尺量一量,然后才知道长短。事情都是这样,人心更是如此。还请大王权衡! 难道大王想动员全国的军队,让将士冒着生命危险,去和别的国家结仇构怨,心里才痛快吗?”

王曰:“否。吾何快于是? 将以求吾所大欲也。”曰:“王之所大欲,可得闻与?”王笑而不言。曰:“为肥甘不足于口与? 轻暖不足于体与? 抑为采色不足视于目与? 声音不足听于耳与? 便嬖不足使令于前与[①]? 王之诸臣皆足以供之,而王岂为是哉?”曰:“否。吾不为是也。”曰:“然则王之所大欲可知已。欲辟土地,朝秦楚,莅中国而抚四夷也。以若所为求若所欲，犹缘木而求鱼也。”

【注释】

①便嬖(pián bì)：君主身边亲近或宠幸的人。

【译文】

宣王说：“不。我怎会这样做才痛快呢？我只是想实现我的远大理想。”孟子说：“大王的远大理想，能否说给我听？”宣王笑而不语。孟子说：“是为了美味佳肴不够享用吗？是为了轻巧温暖的衣服不够穿吗？是为了艳丽的色彩不够看吗？是为了美妙的音乐不够听吗？还是为了伺候的仆人不够您使唤吗？对于这些，大王的手下都能够尽量供给，难道大王是为了这些吗？”宣王说：“不。我不是为了这些。”孟子说：“那么，大王的远大理想我就很清楚了。您是想拓展国土，使秦、楚等大国都来朝贡，做天下盟主，安抚四周的外族。然而，以大王目前的所为想要实现您的愿望，就如同爬到树上去找鱼一样。”

王曰：“若是其甚与？”曰：“殆有甚焉。缘木求鱼，虽不得鱼，无后灾。以若所为，求若所欲，尽心力而为之，后必有灾。”曰：“可得闻与？”曰：“邹人与楚人战，则王以为孰胜？”曰：“楚人胜。”曰：“然则小固不可以敌大，寡固不可以敌众，弱固不可以敌强。海内之地，方千里者九，齐集有其一。以一服八，何以异于邹敌楚哉？盖亦反其本矣！今王发政施仁，使天下仕者皆欲立于王之朝，耕者皆欲耕于王之野，商贾皆欲藏于王之市，行旅皆欲出于王之涂[①]，天下之欲疾其君者，皆欲赴诉于王[②]。其若是，孰能御之？”

【注释】

①涂：道路。

②诉：诉说，告发。

【译文】

宣王说："难道如此严重吗？"孟子说："也许比这更严重。爬到树上找鱼，虽说捉不到鱼，但没有什么后患。以大王目前的所为想要实现您的愿望，如果竭尽全力去做，必有后患。"宣王说："能否讲得更清楚一些？"孟子说："如果邹楚两国打仗，大王以为哪国会胜呢？"宣王答道："楚国胜。"孟子说："这就可以看出：小国不可与大国为敌，人口少的国家不可与人口多的国家为敌，弱国不可与强国为敌。四海之内，方圆千里的有九个国家，齐国只是其中的一个。以九分之一的力量来对抗九分之八的力量，这同邹国对抗楚国又有什么区别呢？那么何不从根本入手！如果大王实行改革，施行仁政，使天下要做官的人都想到齐国来做官，农夫都想到齐国来种地，商贾都想到齐国做买卖，来往的旅客也都想取道齐国，各国痛恨其君主的人也都想到您这里来控诉。果真如此，那么还有谁能抵挡得了呢？"

王曰："吾惛[①]，不能进于是矣。愿夫子辅吾志，明以教我。我虽不敏，请尝试之。"曰："无恒产而有恒心者，惟士为能。若民，则无恒产，因无恒心。苟无恒心，放辟邪侈，无不为已。及陷于罪，然后从而刑之，是罔民也[②]。焉有仁人在位，罔民而可为也？是故明君制民之产，必使仰足以事父母，俯足以畜妻子，乐岁终身饱，凶年免于死亡。然后驱而之善，故民之从之也轻。今也制民之产，仰不足以事父母，俯不足以畜妻子，乐岁终身苦，凶年不免于死亡。此惟救死而恐不赡[③]，奚暇治礼义哉？王欲行之，则盍反其本矣？五亩之宅，树之以桑，五十者可以衣帛矣。鸡豚狗彘之畜，无失其时，七十者可以食肉矣。百亩之田，勿夺其时，八口之家可以无饥矣。谨庠序之教，申之以孝悌之义，颁白者不负戴于道路矣④。老者衣帛食肉，黎民不饥不寒，然而不王者，未之有也。”

【注释】

①惛(hūn)：神志不清，迷迷糊糊。

②罔：诬罔，陷害。

③赡：足够。

④颁白：须发半白。颁，通“斑”。

【译文】

宣王说：“我头脑昏乱，不能进一步理解您所讲的。希望您能帮助我，明明白白地教导我，我虽不够聪敏，但希望能试一试。”孟子说：“无固定产业收入却有坚定的信念，唯有士人才能做到。至于一般百姓，没有固定产业收入也就没有坚定的信念。没有信念，就会违法乱纪，为非作歹，无所不为。等他们犯了罪，再去处罚，这实质上是陷害百姓。哪有仁爱之人当政却发生陷害百姓的事情呢？因此，英明的君主都让百姓拥有一定的产业，定使他们上足以赡养父母，下足以抚养妻儿，好年成，衣食有余，坏年成，也可免于死亡。然后引导他们弃恶从善，这样，百姓也就比较容易听从大王的指令了。现在给百姓的产业，上不足以赡养父母，下不足以抚养妻儿，好年成还缺衣少食，坏年成则难逃死亡。这样，连活命都来不及，哪有时间学习礼义呢？大王如果施政于民，那为什么不从根本入手呢？每户可给五亩之地的住宅，周围种植桑树，这样，五十岁以上的人就可以穿丝袄了。鸡、狗、猪之类的家畜，不错过它们的繁殖期，那么，七十岁的人就有肉可食了。每户再给一百亩土地，不去妨碍其生产，按时耕种，那么八口之家也就不会挨饿了。办好各级学校，以孝悌的道理不断教育他们，那么，满头白发的老人也不至于头顶物品或肩负重物地走在路上了。老人们穿丝吃肉，一般人不饥不寒，这样还不能统一天下，那是从未有过的事。”

养气章

【题解】

本章选自《孟子·公孙丑上》，是孟子与其弟子公孙丑关于“养气”的一番对话。孟子的“养气”说既是其道德修养论的重要内容，也是其道德修养论的具体方法。孟子认为“浩然之气”“至大至刚，以直养而无害，则塞于天地之间”，它由人的主观意志培养出来，具有大、刚、直的特点，是道和义配合产生的。养气的人具有这种正义之气，就可以勇往直前。但如缺少“义与道”，人就丧失了勇气。所以这种气是“集义所生”的，是长期积累的结果。孟子“养气”说的目的在于“俟”天命而立身，即待时而动，这与他的“穷则独善其身，达则兼济天下”的心理是一致的。

公孙丑问曰[①]：“夫子加齐之卿相，得行道焉，虽由此霸王，不异矣。如此则动心否乎？”孟子曰：“否！我四十不动心。”曰：“若是，则夫子过孟贲远矣[②]。”曰：“是不难，告子先我不动心[③]。”曰：“不动心有道乎？”曰：“有。北宫黝之养勇也[④]，不肤挠，不目逃。思以一毫挫于人，若挞之于市朝。不受于褐宽博[⑤]，亦不受于万乘之君。视刺万乘之君，若刺褐夫。无严诸侯，恶声至，必反之。孟施舍之所养勇也[⑥]，曰：‘视不胜犹胜也。量敌而后进，虑胜而后会，是畏三军者也。舍岂能为必胜哉？能无惧而已矣。’孟施舍似曾子[⑦]，北宫黝似子夏[8]。夫二子之勇，未知其孰贤，然而孟施舍守约也。昔者曾子谓子襄曰[9]：'子好勇乎？吾尝闻大勇于夫子矣：自反而不缩，虽褐宽博，吾不惴焉；自反而缩，虽千万人，吾往矣。'孟施舍之守气，又不如曾子之守约也。"曰："敢问夫子之不动心与告子之不动心，可得闻与？""告子曰：'不得于言，勿求于心[10]；不得于心，勿求于气。'不得于心，勿求于气，可；不得于言，勿求于心，不可。夫志，气之帅也；气，体之充也；夫志至焉，气次焉。故曰持其志，无暴其气。""既曰'志至焉，气次焉'，又曰'持其志，无暴其气'者，何也？"曰："志壹则动气，气壹则动志也。今夫蹶者趋者，是气也，而反动其心。"

【注释】

①公孙丑：孟子弟子。战国时齐国人。曾向孟子请教有关管仲、晏婴之功业，以及"不动心""养气"之学。

②孟贲：战国时勇士。卫国人。

③告子：名不详。战国时人。提出性无善恶论，同孟子主张的性善论对立。

④北宫黝(yǒu)：战国时人。善养勇。《淮南子·主术训》云："握剑锋以离北宫子、司马蒯蒉，不使应敌，操其觚，招其末，则庸人能以制胜。"高诱注云："北宫子，齐人，孟子所谓北宫黝也。"

⑤褐(hè)宽博：古代贫贱者所穿的宽大粗布衣服，亦借指贫贱者。褐，粗布衣。

⑥孟施舍：赵岐认为"孟，姓；舍，名；施，发音也。"阎若璩以为"孟施"为复姓。

⑦曾子：名参，字子舆。春秋末鲁国人。孔子弟子，以孝著称，相传

《大学》是其所著。

⑧子夏：即卜商，字子夏。春秋时卫国人。孔子弟子，以文学见称。

⑨子襄：曾子弟子。

⑩勿求于心：朱熹认为“不必反求其理于心”，即不必在思想上寻找原因。

【译文】

公孙丑问道：“老师如果做了齐国的卿相，就能实现自己的主张，由此成就霸王之业，也不足为奇。如果是这样，您是否会动心呢？”孟子回答道：“不！我从四十岁以后就不再动心了。”公孙丑说：“若是这样，那么您远超过孟贲了。”孟子说：“这并不困难，告子不动心比我还早。”公孙丑又问道：“有什么办法使自己不动心呢？”孟子说：“有。北宫黝为了培养勇气，即使肌肤被刺也不退缩，即使眼睛被戳也不眨一下。在他看来，如果自己受到一点挫折，就好像在大庭广众之中被人鞭打一样。既忍受不了卑贱的人的侮辱，也忍受不了大国君主的侮辱。视刺杀大国的君主如同刺杀卑贱的人一样。对各国诸侯无所畏惧，挨了骂，必定回击。孟施舍的培养勇气又有所不同，他说：‘我对于不能战胜的敌人和足以战胜的敌人同样看待。如果先估量敌人的力量才前进，或先考虑胜败才交战，那么这种人若碰到数量众多的军队一定会害怕。我哪敢保证一定取胜呢？只是无所畏惧罢了。’孟施舍的养勇好似曾子，北宫黝的养勇好似子夏。关于这两个人的勇气，我也不知道谁强谁弱，然而从方法上说，孟施舍的方法比较简单易行。从前曾子对子襄说：‘你喜欢勇敢吗？我曾从孔子那里听到过关于大勇的理论：反躬自问，正义不在我，对方即使是卑贱的人，我也不能恐吓他；反躬自问，正义在我，对方即使是千军万马，我也要勇往直前。孟施舍的养勇只是保持一种无所畏惧的盛气，因而又不如曾子的方法简单易行。”公孙丑又说道：“我斗胆问您，您的不动心和告子的不动心有什么不同，能否讲给我听呢？”孟子说：“告子曾说：‘如果在言语上不能胜利，便不必再求助于思想；如果在思想上不能胜利，便不必再求助于意气。'在思想上不能胜利，便不去求助于意气，是正确的；在言语上不能胜利，便不去求助于思想，是错误的。因为意志是意气之主，而意气是充满体内的力量；意志到哪里，意气也在哪里表现出来。所以说，既要坚定自己的思想意志，又不能滥用自己的意气和感情。"公孙丑又问道："您既说'意志到哪里，意气也在哪里表现出来'，又说'既要坚定自己的思想意志，又不能滥用自己的意气和感情'，这是什么道理呢？"孟子说："思想意志如专注于一点，必然影响到意气感情，意气感情如专注于一点，也必然影响到思想意志。如同跌倒和奔跑，这只是体气的震动，但它反过来却影响人的思想意志。"

"敢问夫子恶乎长？"曰："我知言，我善养吾浩然之气。""敢问何谓浩然之气？"曰："难言也。其为气也，至大至刚，以直养而无害，则塞于天地之间。其为气也，配义与道，无是，馁也。是集义所生者，非义袭而取之也。行有不慊于心[①]，则馁矣。我故曰：告子未尝知义，以其外之也。必有事焉而勿正，心勿忘，勿助长也。无若宋人然：宋人有闵其苗之不长而揠之者，芒芒然归，谓其人曰：'今日病矣！予助苗长矣！'其子趋而往视之，苗则槁矣。天下之不助苗长者寡矣。以为无益而舍之者，不耘苗者也；助之长者，揠苗者也，非徒无益，而又害之。""何谓知言？"曰："诐辞知其所蔽[②]，淫辞知其所陷，邪辞知其所离，遁辞知其所穷。生于其心，害于其政；发于其政，害于其事。圣人复起，必从吾言矣。"

【注释】

①慊（qiè）：满足，满意。

②诐(bì)辞:偏邪不正的言论。

【译文】

公孙丑又问道:“老师擅长哪一方面呢?”孟子答道:“我善于分析别人的言语,也善于培养自己的浩然之气。”公孙丑又问道:“请问什么是浩然之气?”孟子说:“这就比较难说了。浩然之气是最宏大最刚强的,用义来培养,并不加伤害,就会充塞于天地之间。这种浩然之气,必须和义、道配合,如无这点,就没有力量了。浩然之气是义的积累而产生的,并非是义的偶然行为而获得的。只要做了于心有愧的事,这种气就会疲软。所以我说,告子并不懂得义,因他将义视为心外之物。对浩然之气一定要培养它,但不能有特定的目标,要时刻牢记,但也不能违背规律而去助长它。不要像宋人那样:宋国有一个担心禾苗不长而将其拔高的人,十分疲倦地回到家里,对其家人说:‘今天累极了!我帮助禾苗生长了!’他儿子跑去一看,禾苗都枯死了。其实天下不拔苗助长的人是很少的。认为没有益处而放弃不做的,这是种地不锄草的懒人;助苗生长的,这是拔苗的人。这些行为,不但无益,反而会伤害它。”“如何分析别人的言辞呢?”孟子说:“偏颇的言辞我知道它的片面之处,浮夸的言辞我知道它的失实之处,邪僻的言辞我知道它背离正道之处,躲躲闪闪的言辞我知道它的理屈之处。这几种言辞,如从思想上表现出来,必然会危害政治;如将它体现于政治,必然会危害到国家政事。即使圣人再现,也会赞同我的话的。”

“宰我、子贡善为说辞①,冉牛、闵子、颜渊善言德行②,孔子兼之,曰:‘我于辞命,则不能也。’然则夫子既圣矣乎?”曰:“恶!是何言也?昔者子贡问于孔子曰:‘夫子圣矣乎?’孔子曰:‘圣则吾不能,我学不厌,而教不倦也。’子贡曰:‘学不厌,智也;教不倦,仁也。仁且智,夫子既圣矣。’夫圣,孔子不居，是何言也？”“昔者窃闻之：子夏、子游、子张皆有圣人之一体[③]，冉牛、闵子、颜渊则具体而微。敢问所安？”曰：“姑舍是。”曰：“伯夷、伊尹何如[④]？”曰：“不同道。非其君不事，非其民不使，治则进，乱则退，伯夷也。何事非君，何使非民，治亦进，乱亦进，伊尹也。可以仕则仕，可以止则止，可以久则久，可以速则速，孔子也。皆古圣人也，吾未能有行焉。乃所愿，则学孔子也。”

【注释】

①宰我：即宰予，字子我。春秋时鲁国人。孔子弟子，长于言语。子贡：即端木赐，字子贡。春秋时卫国人。孔子弟子，善辞令，列言语科。

②冉牛：即冉耕，字伯牛。春秋时鲁国人。闵子：即闵损，字子骞。春秋时鲁国人。性至孝。颜渊：即颜回，字子渊。春秋时鲁国人。三人皆为孔子弟子。

③子游：即言偃。春秋时吴国人。孔子弟子，列文学科。子张：即颛孙师，字子张。春秋时陈国人。孔子弟子。

④伯夷：商末孤竹君长子。初孤竹君以次子叔齐为继承人，孤竹君死后，叔齐让位给伯夷，他拒不接受，两人都逃到周。武王伐纣，两人叩马而谏，后来义不食周粟，饿死于首阳山。伊尹：商初大臣，名伊，尹是官名，曾助汤灭桀。

【译文】

“宰我、子贡善于言辞，冉牛、闵子、颜渊善于阐述道德，孔子则兼有二者，而他却说：‘我对于辞令，不太擅长。’那么，您已是圣人了吗？”孟子说：“哎！这是什么话？从前子贡问孔子说：‘老师已是圣人了吗？’孔子说：‘圣人，我做不到，我只是学而不厌，教而不倦而已。’子贡说：‘学而不厌，这是智；教而不倦，这是仁。既仁且智，老师已是圣人了。’圣人，连孔子也不敢自居，而你却说我是圣人，这是什么话？”公孙丑说：“从前我曾听说：子夏、子游、子张都各有孔子的一方面的长处，冉牛、闵子、颜渊大体近于孔子，但不如他那样博大精深。请问：老师是属于哪一类的呢？”孟子答道：“这个姑且不谈。”公孙丑又问道：“伯夷和伊尹怎么样？”孟子说：“道不相同。不是他理想的君主不去侍奉，不是他理想的百姓不去使唤，天下太平则为官，天下昏乱就退而隐居，伯夷就是这样的。什么样的君主都可以去侍奉，什么样的百姓都可以去使唤，太平之时为官，动乱之时也为官，伊尹就是这样的。应该做官的时候就做官，应该辞职的时候就辞职，应该继续干的时候就继续干，应该立即走的时候就立即走，孔子就是这样的。这几位都是古代的圣人，然而我却未能做到。至于我的理想，是学习孔子。”

“伯夷、伊尹于孔子，若是班乎①？”曰：“否！自有生民以来，未有孔子也。”“然则有同与？”曰：“有。得百里之地而君之，皆能以朝诸侯，有天下；行一不义，杀一不辜，而得天下，皆不为也。是则同。”曰：“敢问其所以异。”曰：“宰我、子贡、有若②，智足以知圣人，污不至阿其所好。宰我曰：‘以予观于夫子，贤于尧、舜远矣。’子贡曰：‘见其礼而知其政，闻其乐而知其德。由百世之后，等百世之王，莫之能违也。自生民以来，未有夫子也。’有若曰：‘岂惟民哉？麒麟之于走兽，凤凰之于飞鸟，泰山之于丘垤③，河海之于行潦④，类也。圣人之于民，亦类也。出于其类，拔乎其萃，自生民以来，未有盛于孔子也。’”

【注释】

①班：等同，并列。

②有若：春秋末鲁国人。孔子弟子。

③垤(diě)：小土堆。

④行潦(lǎo)：沟中的流水。

【译文】

公孙丑说："伯夷、伊尹和孔子，他们一样吗？"孟子说："不一样！自从有人类以来，没有谁能比得上孔子。"公孙丑接着问道："那么，他们有相同之处吗？"孟子答道："有。如果以百里之地，而让他们为君王，他们都能使诸侯来朝觐，从而拥有天下；如果让他们做一件不义之事，杀一无辜之人而拥有天下，那么，他们都不会做的。这就是他们的相同之处。"公孙丑又说："请问，他们的不同之处是什么呢？"孟子说："宰我、子贡、有若三人，他们的聪明足以使他们了解圣人，即使他们不好，也不会偏袒他们所喜欢的人。宰我说：'以我来看，老师远比尧、舜都贤明。'子贡说：'见一国之礼，便知一国之政；闻一国之乐，便知一国之德。即使百世之后，来评论百世以来的君王，也没有违背孔子之道的。自人类出现以来，未有超过孔子的。'有若也说：'难道只有人才有高下之分吗？麒麟对于走兽，凤凰对于飞鸟，泰山对于小土堆，河海对于沟中的流水，何尝不是同类。圣人对于一般人，也是同类。然而孔子虽出于其类，却远高出同类之上，自从人类出现以来，没有谁能比孔子更伟大。'"

神农之言章

【题解】

本章选自《孟子·滕文公上》，内容为孟子与农家学派许行的弟子陈相之间的辩论之辞。在辩论中，农家学派主张统治者应该和百姓共同耕种，依靠自己的劳动生活，同时还要治理国家。反映了小生产者反对剥削的愿望，但也存在着绝对平均主义的思想意识。孟子以"一人之身，而百工之所为备"来说明社会分工的必要性，并引申出"劳心者治人，劳力者治于人"的观点。

有为神农之言者许行[①]，自楚之滕，踵门而告文公曰[②]："远方之人闻君行仁政，愿受一廛而为氓[③]。"文公与之处。其徒数十人，皆衣褐，捆屦、织席以为食。陈良之徒陈相[④]，与其弟辛，负耒耜而自宋之滕，曰："闻君行圣人之政，是亦圣人也，愿为圣人氓。"陈相见许行而大悦，尽弃其学而学焉。

【注释】

①神农：传说中的远古部落首领，农业和医药的发明者，他用木制作耒、耜，教民农业生产；又传说他尝百草，始有医药，治疗疾病。许行：战国时楚国人。

②踵门：登门拜访。文公：指滕文公，战国时滕国国君。滕定公之子。

③廛（chán）：古代平民一家在城邑中所占的房地。氓（méng）：由外国或外地迁来的平民。引申即指平民、百姓。后泛指民居、市宅。

④陈良：梁启超在《先秦政治思想史》中认为即《韩非子·显学》中的"仲良氏之儒"，为战国儒家八派中的一派。郭沫若也持此说。

【译文】

有位研究神农氏学说的人名叫许行，他从楚国来到滕国，登门拜见滕文公，并告诉滕文公说："我这远方之人听说您实行仁政，特来求得一处住房，做您的百姓。"文公赐予他住房。许行的几十个弟子，身穿粗麻之衣，以编织草鞋和席子为生。陈良的学生陈相和其弟陈辛肩负农具，也从宋国来到滕国，对文公说：“听人说您实行的是圣人政治，您也是圣人了，我很想成为圣人的百姓。”陈相见了许行，甚是高兴，完全抛弃了自己的过去所学而转学于许行。

陈相见孟子，道许行之言曰：“滕君则诚贤君也。虽然，未闻道也。贤者与民并耕而食，饔飧而治①。今也滕有仓廪府库，则是厉民而以自养也，恶得贤？”

【注释】

①饔飧（yōng sūn）：朱熹《四书章句集注》云：“饔飧，熟食也；朝曰饔，夕曰飧。”此作动词，自办伙食之意。

【译文】

陈相来拜访孟子，转述许行之言，说道：“滕文公的确是一个贤明的君主。即使如此，他还未彻悟为政的道理。贤明之人应与百姓共同耕种获得食物，自己做饭求得治理。现在滕国有仓廪府库，实际上是损害别人以奉养自己，又怎么能称得上贤明呢？”

孟子曰：“许子必种粟而后食乎？”曰：“然。”“许子必织布而后衣乎？”曰：“否。许子衣褐。”“许子冠乎？”曰：“冠。”曰：“奚冠？”曰：“冠素。”曰：“自织之与？”曰：“否。以粟易之。”曰：“许子奚为不自织？”曰：“害于耕。”曰：“许子以釜甑爨①，以铁耕乎？”曰：“然。”“自为之与？”曰：“否。以粟易之。”“以粟易械器者，不为厉陶冶；陶冶亦以其械器易粟者，岂为厉农夫哉？且许子何不为陶冶，舍皆取诸其宫中而用之？何为纷纷然与百工交易？何许子之不惮烦？”曰：“百工之事固不可耕且为也。”

【注释】

①甑（zèng）：泥土制成的瓦器，作炊具。爨（cuàn）：炊，煮饭。

【译文】

孟子问道：“许子是一定自己耕种才吃饭的吗？”陈相答道：“是这样。”孟子又问：“许子是一定自己织布才穿衣的吗？”陈相说：“不是这样。许子只穿粗麻之衣。”“许子戴帽子吗？”陈相答道：“戴。”孟子又问道：“戴什么帽子？”陈相回答说：“戴白绸帽子。”孟子问道：“是自己织的吗？”陈相说：“不。是用谷米换的。”孟子又问：“许子为何自己不织呢？”陈相答道：“因妨碍农事。”孟子又问道：“许子用锅做饭，用铁器耕田吗？”陈相说：“是这样的。”“是自己打制的吗？”陈相答道：“不是。是用谷米换的。”孟子说：“农夫用谷米换取锅和农具，不能说是损害了匠人；那么匠人用锅和农具来交换谷米，难道说是损害了农夫吗？那许子为何不亲自筑窑冶铁，打制器具，储存而用呢？为什么要与各行各业进行各种各样的交易呢？许子就不怕麻烦？”陈相答道：“百工之事本来就不是边耕作边能面面俱到的。”

“然则治天下独可耕且为与？有大人之事，有小人之事。且一人之身，而百工之所为备，如必自为而后用之，是率天下而路也。故曰或劳心，或劳力；劳心者治人，劳力者治于人；治于人者食人①，治人者食于人，天下之通义也。

【注释】

①食（sì）：供养，喂养。

【译文】

“那么单单治理国家就能一面耕种一面来治理吗？有官吏的事务，也有小民的事务。对一个人来说，各种行业的产品对他都是必不可少的，如果什么东西都要自己制造出来然后再用，这是让天下之人都疲于奔命。因此说有的人从事的是脑力劳动，有的人从事的是体力劳动；从事脑力劳动的人统治人，从事体力劳动的人被人统治；被人统治的养活别人，统治别人的则靠别人养活，这是天下通行的道理。

“当尧之时，天下犹未平，洪水横流，泛滥于天下，草木畅茂，禽兽繁殖，五谷不登，禽兽逼人，兽蹄鸟迹之道交于中国。尧独忧之，举舜而敷治焉。舜使益掌火[①]，益烈山泽而焚之，禽兽逃匿。禹疏九河[②]，瀹济、漯而注诸海[③]，决汝、汉，排淮、泗而注之江，然后中国可得而食也。当是时也，禹八年于外，三过其门而不入，虽欲耕，得乎？

【注释】

①益：舜的臣子。

②九河：古时黄河，自孟津而北，分为九道，称九河。一说，指禹在黄河下游开凿的九条支流。

③瀹（yuè）：疏通水道，使水流通畅。漯（tà）：古水名，即漯水，为古黄河的支流，其道屡有变迁。

【译文】

“尧之时，天下还未太平，洪水横流，泛滥成灾，草木旺盛，禽兽繁衍，五谷歉收，飞禽走兽危害人类，其足迹到处都是。尧为此独自忧虑，选拔舜来治理洪水。舜令益掌管火政，益便火烧山泽之草木，使鸟兽四处逃遁。禹又疏通九河，治理济水、漯水，引流入海，开挖汝水、汉水，疏导淮水、泗水，使之流入长江，此后中原可以供老百姓生息。在这一时期，禹八年在外，三过家门而不入，即使想亲自种地，可能吗？

“后稷教民稼穑[①]，树艺五谷[②]。五谷熟而民人育。人之有道也，饱食、暖衣、逸居而无教，则近于禽兽。圣人有忧之，使契为司徒[③]，教以人伦，父子有亲，君臣有义，夫妇有别，长幼有序，朋友有信。放勋曰[④]：‘劳之来之，匡之直之，辅之翼之，使自得之，又从而振德之。’圣人之忧民如此，而暇耕乎？

【注释】

①后稷：名弃，古代周族的始祖。善于种植各种谷物，教民耕种。

②五谷：一般认为指稻、黍、稷、麦、菽。

③契(xiè)：传说中商的始祖，帝喾之子。舜时佐禹治水有功，任为司徒，封于商。

④放勋：尧名放勋，号陶唐氏，史称唐尧。

【译文】

“后稷教百姓种植庄稼，栽培谷物。五谷成熟，便可养育百姓。作为人来说，吃饱、穿暖、住得舒适安逸，但不接受教育的话，那也和禽兽差不多。圣人又为此忧虑，使契为司徒之官，掌管教育，以人伦道理来教育百姓，使他们明白父子之间有骨肉之亲，君臣之间有礼义之道，夫妻之间有内外之别，老少之间有尊卑之序，朋友之间有诚信之德。尧曾说：‘督促他们，纠正他们，帮助他们，使他们各得其所，然后再加以提携和教诲。’圣人为百姓如此着想，哪有时间去耕种呢？

“尧以不得舜为己忧，舜以不得禹、皋陶为己忧[①]。夫以百亩之不易为己忧者，农夫也。分人以财谓之惠，教人以善谓之忠，为天下得人者谓之仁。是故以天下与人易，为天下得人难。孔子曰：'大哉尧之为君！惟天为大，惟尧则之，荡荡乎民无能名焉！君哉舜也！巍巍乎有天下而不与焉！'尧舜之治天下，岂无所用其心哉？亦不用于耕耳。

【注释】

①皋陶（gāo yáo）：又作"咎繇"。舜时掌管刑法，以正直闻名天下。

【译文】

"尧忧虑的是得不到舜这样的人才，舜忧虑的是得不到禹和皋陶这样的人才。忧虑自己百亩的田地种不好的，是农夫。把财物分给人叫作'惠'，以正理教育人叫作'忠'，替天下寻得人才叫作'仁'。因此，把天下让予别人较易，为天下寻求人才则难。孔子说：'尧为君主真是伟大！只有天最伟大，也只有尧能够效法天，尧的圣德浩荡无边，竟使百姓不知用什么语言来赞美他！舜也是了不起的君主！使人敬服而拥有天下，而自己却不占有它！'尧舜治理天下，难道是无所用心吗？只是心思不用在耕种上而已。

"吾闻用夏变夷者，未闻变于夷者也。陈良，楚产也，悦周公、仲尼之道，北学于中国。北方之学者，未能或之先也。彼所谓豪杰之士也。子之兄弟事之数十年，师死而遂倍之[①]！昔者孔子没，三年之外，门人治任将归，入揖于子贡，相向而哭，皆失声，然后归。子贡反，筑室于场，独居三年，然后归。他日，子夏、子张、子游以有若似圣人，欲以所事孔子事之，强曾子。曾子曰：'不可，江、汉以濯之，秋阳以暴之，皜皜乎不可尚已。'今也南蛮鴃舌之人②，非先王之道，子倍子之师而学之，亦异于曾子矣。吾闻出于幽谷迁于乔木者③，未闻下乔木而入于幽谷者。《鲁颂》曰：'戎狄是膺，荆舒是惩④。'周公方且膺之，子是之学，亦为不善变矣。"

【注释】

①倍：通"背"。背叛。

②鴃(jué)：即伯劳鸟。

③出于幽谷迁于乔木：语出《诗经·小雅·伐木》"出自幽谷，迁于乔木"。

④戎狄是膺，荆舒是惩：出自《诗经·鲁颂·閟宫》。

【译文】

"我只听说过用中原的文明来改变落后的地区，没有听说过用落后地区的一切来改变中原。陈良本是楚人，却酷爱周公、孔子之道，由南而北来到中原学习。北方的学者还没有谁能超过他的。他就是所谓的豪杰之士啊。你们兄弟两人向他学习了数十年，他一死就背叛了他！从前，孔子去世，其弟子守孝三年，三年之后，各自收拾行李准备回去，他们来到子贡的住处作揖辞别，相对而哭，泣不成声，然后才离去。子贡又返回墓地，重新筑屋，独居三年，然后才回去了。不久，子夏、子张、子游认为有若貌似孔子，便想用侍奉孔子之礼来侍奉他，并强迫曾子答应。曾子说：'不可以，如同以江汉之水洗濯过，在秋天的烈日下曝晒过，已是洁白得无以复加了，没有谁能比得上老师。'如今许行这南蛮之人，说话怪腔怪调，却也指责先王之道，而你们竟背弃了你们的老师向他学，这正好与曾子的做法相反。我只听说过从阴暗山沟飞往高大树木的，从未听说过从高大树木飞入阴暗山沟的。《诗经·鲁颂·閟宫》上说：'攻击戎狄，严惩荆舒。'周公还要攻击它，而你却向他学习，这真是越学越坏了。"

"从许子之道，则市贾不贰，国中无伪，虽使五尺之童适市，莫之或欺。布帛长短同，则贾相若；麻缕丝絮轻重同，则贾相若；五谷多寡同，则贾相若；屦大小同，则贾相若。"曰："夫物之不齐，物之情也。或相倍蓰[①]，或相什伯，或相千万。子比而同之，是乱天下也。巨屦小屦同贾，人岂为之哉？从许子之道，相率而为伪者也，恶能治国家？"

【注释】

①蓰(xǐ)：五倍。

【译文】

"如听从许子之道，则市场物价一致，人无欺诈，即使幼童购物，也无人欺骗他。布帛长短一样，价钱便相同；麻丝的轻重一样，其价钱便相同；谷米的多少一样，价钱也相同；鞋的大小一样，价钱也相同。"孟子说："各种东西的品种质量不一，这是自然而然的。有的相差一倍五倍，有的相差十倍百倍，有的则相差千倍万倍。而你不加区别地使它们完全一致，这是扰乱天下。大鞋子和小鞋子卖相同价钱，人们难道会这样做吗？听从许子之道，只能是引导人们变得更加虚伪，怎么能治理国家呢？"

好辩章

【题解】

本章选自《孟子·滕文公下》。记述了孟子与其弟子公都子之间的一番对话。公都子借别人之言，问孟子为何喜欢辩论，孟子则认为自己并非是喜欢辩论，只是为捍卫由尧、舜、禹、周公、孔子创立的先王之道而已。其时“天下之言不归杨，则归墨”，杨朱公开宣扬“为我”，主张“贵己”，“全性保真，不以物累形”。而墨子则主张“兼相爱，交相利”，“尚贤”，“尚同”。孟子认为杨、墨这种偏颇的思想对于社会的治理是极为不利的，因此，他全力驳斥杨、墨，并以此证明自己才是先王之道的真正继承者。

公都子曰[①]：“外人皆称夫子好辩，敢问何也？”

【注释】

①公都子：战国时人，孟子弟子。曾以孟子好辩、匡章不孝、人性善不善等问题问于孟子。

【译文】

公都子说：“别人都说您喜欢辩论，请问，这是为什么呢？”

孟子曰：“予岂好辩哉？予不得已也。天下之生久矣，一治一乱。当尧之时，水逆行，泛滥于中国，蛇龙居之，民无所定。下者为巢，上者为营窟[①]。《书》曰：‘洚水警余[②]。’洚水者，洪水也。使禹治之。禹掘地而注之海，驱蛇龙而放之菹[③]。水由地中行，江、淮、河、汉是也。险阻既远，鸟兽之害人者消，然后人得平土而居之。以上禹。

【注释】

①营窟：上古时掘地或累土而成的住所。一说是相连的洞穴。焦循《孟子正义》云：“此营窟当是相连为窟穴。”

②洚水警余：出自《尚书·虞书·大禹谟》。原文作“降水儆予”。

③菹(jù):水草丛生的沼泽地。

【译文】

孟子答道:"难道我喜欢辩论吗?我是不得已啊。人类由来已久,但总是时治时乱。尧时,大水倒流,在中原泛滥成灾,大地为蛇龙所居,百姓流离失所。低洼之地的人们在树上搭巢筑屋,高地的人们则挖筑相连的洞穴。《尚书》说:'洚水警示我们。'洚水就是洪水。尧于是委派禹来治理。禹疏导河道,使水流入大海,将蛇龙驱赶到草泽之中。大水顺着河床流动,长江、淮河、黄河、汉水就是如此。危险既除,害人的禽兽也消失了,自此之后,人们才在平原上居住生活。以上讲的是禹。

"尧、舜既没,圣人之道衰,暴君代作[1]。坏宫室以为污池,民无所安息;弃田以为园囿,使民不得衣食。邪说暴行又作,园囿、污池、沛泽多而禽兽至。及纣之身,天下又大乱。周公相武王诛纣[2],伐奄三年讨其君[3],驱飞廉于海隅而戮之[4],灭国者五十,驱虎、豹、犀、象而远之,天下大悦。《书》曰:'丕显哉,文王谟!丕承哉,武王烈!佑启我后人,咸以正无缺[5]。'以上周公。

【注释】

①暴君:指夏太康、孔甲、桀、商武乙等。代作:谓更代而作,并非一君。

②相:辅助。

③奄:古国名,其国都在今山东曲阜,后被周武王所灭。

④驱飞廉于海隅而戮之:司马迁《史记·秦本纪》云:"蜚廉生恶来。恶来有力,蜚廉善走,父子俱以材力事殷纣。周武王之伐纣,并杀恶来。是时蜚廉为纣石北方,还,无所报,为坛霍太山而报,得

石椁，铭曰：'帝令处父（蜚廉），不与殷乱，赐尔石椁，以华氏。'死，遂葬于霍太山。"孟子之言与之有异。

⑤"丕显哉"几句：出自《尚书·周书·君牙》。佑启，作"启佑"。后人，指周成王、康王。

【译文】

"尧舜去世之后，圣人之道逐渐衰微，暴君迭起。折毁民宅变成水池，百姓无处安身；毁坏农田建为园林，百姓无衣无食。异端邪说和残暴行为随之兴起，园林、水池、草泽逐渐多了起来，禽兽又回来了。到商纣之时，天下又大乱。周公辅助武王诛杀商纣，接着又征伐奄国，费时三年，诛杀奄君，又将飞廉追至海边杀戮，所灭之国共有五十个，把虎、豹、犀、象等禽兽也赶到了偏僻之地，天下百姓甚为高兴。《尚书》中说：'文王的谋略多么远大！武王的功绩多么伟大！帮助和启发了我们后人，使大家都正确无误。'以上讲的是周公。

"世衰道微，邪说暴行有作，臣弑其君者有之，子弑其父者有之。孔子惧，作《春秋》。《春秋》，天子之事也。是故孔子曰：'知我者其惟《春秋》乎！罪我者其惟《春秋》乎！'以上孔子。

【译文】

"太平之世又逐渐衰败，仁义之道不行于世，异端邪说兴起，暴行猖獗一时，有臣子弑死君主的，也有儿子弑死父亲的。孔子深为忧虑，撰写《春秋》一书。《春秋》本是写天子之事。因此孔子说：'理解我的，是因为《春秋》这部书！责骂我的，也是因为《春秋》这部书！'以上说的是孔子。

“圣王不作，诸侯放恣，处士横议[①]，杨朱、墨翟之言盈天下[②]。天下之言不归杨，则归墨。杨氏为我，是无君也；墨氏兼爱，是无父也。无父无君，是禽兽也。公明仪曰：‘庖有肥肉，厩有肥马；民有饥色，野有饿莩，此率兽而食人也。’杨、墨之道不息，孔子之道不著，是邪说诬民，充塞仁义也。仁义充塞，则率兽食人，人将相食。吾为此惧，闲先圣之道[③]，距杨、墨，放淫辞，邪说者不得作。作于其心，害于其事；作于其事，害于其政。圣人复起，不易吾言矣。以上孟子自叙。

【注释】

①处士：本指有才德而隐居不仕的人，后亦泛指未做过官的士人。

②杨朱：战国初魏国人。其学说主“重己”“贵生”，拔一毛利天下而不为。孟子斥为异端。墨翟：即墨子，名翟。宋国人，一说为鲁国人。春秋战国之际的思想家、政治家，墨家学派的创始人。他聚徒讲学，反对儒学，主张“兼爱”“非攻”“非乐”“尚同”，重视生产，富有实践精神。

③闲：捍卫，保卫。

【译文】

“圣王不兴，诸侯放纵无度，士人乱发议论，杨朱、墨翟的学说充满天下。天下之言不属杨朱，就属墨翟。杨朱主张为我，其实质是目无君主；墨翟主张兼爱，其实质是目无父母。目无父母和君主，这是禽兽所为。公明仪说：‘厨房里有肥肉，马厩里有肥马；百姓的脸上却有饥色，野地里有饿死的尸首，这实际上是率领禽兽来吃人。’杨、墨的学说不停息，孔子的学说就无法发扬光大，这是异端邪说欺骗了百姓，阻塞了仁义之路。仁义之路被阻塞，就等于率领禽兽来吃人，人们之间也将相互残杀。我对此十分恐惧，不得不出来捍卫先王之道，反对杨、墨之道，驳斥错误言论，使其不得横行。异端邪说作用于心，必危害工作；危害了工作，定会危害国家政治。即使圣人再度兴起，也会赞同我的话的。以上是孟子的自我叙述。

“昔者禹抑洪水而天下平，周公兼夷狄，驱猛兽而百姓宁，孔子成《春秋》而乱臣贼子惧。《诗》云：‘戎狄是膺，荆舒是惩，则莫我敢承。’无父无君，是周公所膺也。我亦欲正人心，息邪说，距诐行，放淫辞，以承三圣者①，岂好辩哉？予不得已也。能言距杨、墨者，圣人之徒也。”

【注释】

①三圣：即禹、周公、孔子。

【译文】

“从前，禹治理洪水而使天下太平，周公征服了夷狄，赶走了猛兽，才使得百姓安宁，孔子写成了《春秋》，才使得乱臣贼子恐惧不安。《诗经》中说：‘攻击戎狄，严惩荆舒，就无人胆敢抗拒我。’目无父母和君主的人，正是周公所要惩罚的。我也想端正人心，消除邪说，反对偏激的行为，驳斥错误的言论，以继承大禹、周公、孔子三位圣人的事业，难道这是喜欢辩论吗？我是不得已。能以言论来反对杨、墨的人，也就是圣人的门徒。”

离娄之明章

【题解】

本章选自《孟子·离娄上》。孟子认为即使有“离娄之明，公输子之巧，不以规矩，不能成方员”；即使有“尧、舜之道”，但不施行“仁政”，也不能平治天下。显然,孟子把“仁政”作为对统治者的最高要求。“仁政”包括两方面,一是统治者要有仁爱之心;二是统治者必须将“仁”推及于民。“徒善”或“徒法”都是不能平治天下的。因此,孟子提出“城郭不完,兵甲不多”并非是国家的灾害;“田野不辟,货财不聚”也不是国家的祸害,国家真正的大患是“上无礼,下无学”。

孟子曰:“离娄之明①,公输子之巧②,不以规矩,不能成方员;师旷之聪③,不以六律④,不能正五音⑤;尧、舜之道,不以仁政,不能平治天下。今有仁心仁闻而民不被其泽,不可法于后世者,不行先王之道也。故曰:徒善不足以为政⑥,徒法不能以自行⑦。《诗》云:‘不愆不忘,率由旧章⑧。’遵先王之法而过者,未之有也。圣人既竭目力焉,继之以规矩准绳,以为方员平直,不可胜用也;既竭耳力焉,继之以六律正五音,不可胜用也;既竭心思焉,继之以不忍人之政,而仁覆天下矣。故曰:为高必因丘陵,为下必因川泽,为政不因先王之道,可谓智乎?以上言为政宜遵先王之法。

【注释】

①离娄:相传为黄帝时人,视力极好,能在百步之外望见秋毫之末。

②公输子:名般,春秋时鲁国人。我国古代著名的建筑工匠。因“般”与“班”同音,故又称鲁班。

③师旷:字子野。春秋时晋国人。我国古代著名的音乐家。晋平公时为太师(乐官之长)。

④六律:太蔟、姑洗、蕤宾、夷则、无射、黄钟六阳律与大吕、夹钟、林钟、南吕、应钟六阴律,是古代音乐演奏的定音器。

⑤五音:音阶之名,即宫、商、角、徵、羽。

⑥徒善：有其心而无其政。

⑦徒法：有其政而无其心。

⑧不愆（qiān）不忘，率由旧章：出自《诗经·大雅·假乐》。

【译文】

孟子说："即使有离娄的视力，公输般的巧技，如果不用圆规和曲尺，也不能准确无误地画出方形和圆形；即使有师旷的耳力，如不用六律，也不能校正出五音；即使有尧舜之道，如不实行仁政，也不能治理好天下。现在有些诸侯，虽以仁爱之心闻于天下，然而百姓却得不到他的恩泽，他的行为也不被后世所效法，这是因他不实行先王之道。所以说：只有仁爱之心而无政治措施，还不足以治理好国家；只有政治措施而无仁爱之心，政治措施也不能得以实行。《诗经》说：'不要偏差不要遗忘，一切都依循过去的规章制度。'遵循先王之法而犯有错误的情况，从未有过。圣人既已竭尽目力，又用圆规、曲尺、水平仪、绳墨来制作方的、圆的、平的、直的东西，这些东西也就用之不尽了；圣人既已竭尽耳力，又用六律来校正五音，各种音阶也就运用无穷了；圣人既已竭尽心思，又实行仁政，那么仁义也就遍及天下了。所以说：修筑高台必依山陵而建，开挖深池必依川泽而成，治理政务如不根据先王之道，能说是明智吗？以上讲的是为政要遵循先王的法度。

"是以惟仁者宜在高位。不仁而在高位，是播其恶于众也。上无道揆也[①]，下无法守也[②]，朝不信道，工不信度，君子犯义，小人犯刑，国之所存者幸也。故曰：城郭不完，兵甲不多，非国之灾也；田野不辟，货财不聚，非国之害也。上无礼，下无学，贼民兴，丧无日矣。以上言上下皆当纳于法度之中。

【注释】

①道揆：准则，法度。

②法守:谓按法度履行自己的职守。

【译文】

“因此,只有仁人应居于统治地位。不仁之人居于统治地位,就会把他的罪恶传播给民众。居上者没有道德规范,处下者不能以法自守,朝廷不相信道义,工匠不相信尺度,统治者违背义理,百姓触犯刑律,如果这样国家还能生存,真可谓侥幸。所以说:城墙不坚固,军备不足充,并不是国家的灾害;田野没开辟,经济不富裕,也不是国家的祸害。而居上者没有礼义,处下者没有教养,盗贼蜂起,国家的灭亡也就快了。以上讲的是居上位者与处下位者的行为都应纳于法度之中。

“《诗》曰:‘天之方蹶,无然泄泄[①]。’‘泄泄’犹‘沓沓’也[②]。事君无义,进退无礼,言则非先王之道者,犹沓沓也。故曰:责难于君谓之恭,陈善闭邪谓之敬,吾君不能谓之贼。”以上言为臣者当以道事君。

【注释】

①天之方蹶(guì),无然泄泄(yì):出自《诗经·大雅·板》。蹶,动乱,扰乱。泄泄,多言的样子。

②沓沓:话多的样子。

【译文】

“《诗经》上说:‘上天正要动乱,不要如此多言。’多言即啰唆。事君不义,进退无礼,出言便诋毁先王之道,犹如‘喋喋多言’。所以说:用仁政来要求君主,叫作恭;向君主陈述善言,堵塞异端,叫作敬,如认为君主不能为善,叫作贼。”以上说的是臣子侍奉君主要讲规则。

鱼我所欲也章

【题解】

本章选自《孟子·告子上》。孟子以鱼和熊掌都是“我所欲”，但是二者不可兼得，只能舍弃鱼而取得熊掌来说明“生”与“义”的关系：道义比生命更为重要，故应“舍生而取义”。由此，孟子把“利”和“仁义”对立起来，把“为利”与“为善”对立起来。孟子所反对的“利”是指私利，但他认为公利也还不是最高价值，最高的价值是道德理想的实现。也就是说，人除了追求物质利益之外，还应有精神追求，提高精神境界才是最重要的。

孟子曰：“鱼，我所欲也，熊掌，亦我所欲也，二者不可得兼，舍鱼而取熊掌者也。生亦我所欲也，义亦我所欲也，二者不可得兼，舍生而取义者也。生亦我所欲，所欲有甚于生者，故不为苟得也；死亦我所恶，所恶有甚于死者，故患有所不辟也。

【译文】

孟子说：“鱼是我所喜欢的，熊掌也是我所喜欢的，如果二者不可兼得，那么，我只能舍弃鱼而要熊掌。生命是我所喜欢的，仁义也是我所喜欢的，如果二者不能兼得，那我只能舍弃生命而要仁义。生命是我所爱惜的，但是还有比生命更让我喜欢的，因此，我决不做苟且偷生之事；死亡是我所厌恶的，但是还有比死亡更让我厌恶的，因此，即使有祸患我也决不躲避。

“如使人之所欲莫甚于生，则凡可以得生者，何不用也？

使人之所恶莫甚于死者，则凡可以辟患者，何不为也？由是则生而有不用也，由是则可以辟患而有不为也。以上言欲有甚于生，恶有甚于死。

【译文】

如果人们所喜欢的并不比生命重要，那么，所有求得生存的方法，为什么不用呢？如果人们所厌恶的没有比死亡更厉害的，那么，所有可以避免祸患的事情，为什么不做呢？而有些人由此而行就可生存，却不肯做，由此而行就可避祸，却不肯为。以上讲的是有比生命更值得喜欢的东西，有比死亡更令人厌恶的事情。

“是故所欲有甚于生者，所恶有甚于死者。非独贤者有是心也，人皆有之，贤者能勿丧耳。一箪食①，一豆羹②，得之则生，弗得则死。呼尔而与之③，行道之人弗受；蹴尔而与之④，乞人不屑也。万钟则不辨礼义而受之⑤。万钟于我何加焉？为宫室之美、妻妾之奉、所识穷乏者得我与？乡为身死而不受⑥，今为宫室之美为之；乡为身死而不受，今为妻妾之奉为之；乡为身死而不受，今为所识穷乏者得我而为之。是亦不可以已乎？此之谓失其本心⑦。”以上就恶有甚于死，指出人之本心。

【注释】

①箪(dān)：古代盛饭的圆形竹器。

②豆：古代食器。

③呼尔：呵斥的样子。

④蹴(cù)尔:踩,踏。

⑤万钟:指俸禄很多。钟,古代容量单位,六斛四斗曰钟。

⑥乡:通“向”。先前。

⑦本心:指羞恶之心。

【译文】

“因此,有比生命更值得喜欢的东西,也有比死亡更令人厌恶的事情。这种想法并非只是贤明之人独有,而是人人都具有的,只是贤明之人不易丧失而已。一筐饭,一碗汤,得到者能生存下来,得不到就会死亡。呵斥着给予他人,行路之人也不会接受;脚踏之后再给予他人,就是乞丐也不屑一顾。然而有些人在优厚的俸禄面前竟不顾礼义而欣然接受。优厚的俸禄对我有什么好处呢?是为了住宅的华丽、妻妾的侍奉和相识的穷苦人感恩于我吗?过去宁肯身亡也拒不接受,现在却为了华丽的住宅而接受了;过去宁肯身亡也拒不接受,现在却为了妻妾的侍奉而接受了;过去宁肯身亡也拒不接受,现在却为了相识的穷人的感恩而接受了。这些难道是不可以抛弃的吗?这就是所谓的丧失了他的羞恶之心。”以上讲的是有比死亡更令人厌恶的事情,指出人有羞恶之心。

舜发于畎亩章

【题解】

本章选自《孟子·告子下》。孟子以舜、傅说等人的遭际为根据,说明一个人要担负“大任”,须先经历一个艰苦的锻炼过程。并由此修身之道告诫自己:“生于忧患而死于安乐。”也告诫人们不要耽于安逸。其论证由浅入深,说理透彻且深刻。

孟子曰:“舜发于畎亩之中①,傅说举于版筑之间②,胶鬲举于鱼盐之中[3]，管夷吾举于士[4]，孙叔敖举于海[5]，百里奚举于市[6]。故天将降大任于是人也，必先苦其心志，劳其筋骨，饿其体肤，空乏其身，行拂乱其所为，所以动心忍性[7]，曾益其所不能[8]。人恒过，然后能改。困于心，衡于虑，而后作。征于色，发于声，而后喻。入则无法家拂士，出则无敌国外患者，国恒亡。然后知生于忧患而死于安乐也。”

【注释】

①舜发于畎(quǎn)亩之中：相传舜曾耕于历山。畎亩，田野，田地。

②傅说(yuè)举于版筑之间：《史记·殷本纪》云：说筑于傅险之野，武丁访得，“举以为相，殷国大治。故遂以傅险姓之，号曰傅说”。版筑，两种筑土墙的工具。版，供建筑使用的木板。筑，捣土的杵。

③胶鬲：原为殷纣时的贤人，遭纣之乱，隐遁为商，贩鱼盐，文王得之，举以为臣。

④管夷吾：即管仲，名夷吾，字仲，亦称管敬仲。齐国颍上(今属安徽)人。春秋时期政治家。由鲍叔牙推荐，齐桓公任为卿，尊称“仲父”。士：为狱官之长。

⑤孙叔敖：即芀敖，字叔敖。春秋时期楚国人。隐处海滨，楚庄王任命为令尹。

⑥百里奚：春秋时秦国大夫。原为虞大夫，虞亡被俘，作为陪嫁之臣送予秦国。后出走到楚，为楚所执，又被秦穆公用五张羊皮赎回，用为大夫，帮助穆公建立霸业。

⑦忍性：坚忍其性。

⑧曾：通“增”。增长，增加。

【译文】

孟子说：“舜是从田野之中兴起的，傅说是从筑墙的行当中推举出来的，胶鬲是从贩卖鱼盐的营生中提举出来的，管夷吾是从狱官手中释放而提拔起来的，孙叔敖是从海边提举出来的，百里奚是从市场赎回而提举起来的。所以上天将使某人担任大事，必先磨砺他的意志，劳累他的筋骨，饥饿他的肠胃，困乏他的身体，他所做的任何事情总是不能如意，其目的在于触动他的内心，坚忍他的性情，增加他各方面的能力。人常常会犯错误，然后才能改正。心情苦闷，思虑阻塞，人才能发愤图强。表现于面色，倾吐于言语，才能被人了解。国内没有守法度的大臣和能够辅佐的贤士，国外没有对抗的敌国和祸患的忧虑，这样的国家常常容易灭亡。由此可知忧虑祸患能够让人生存，而安逸舒适足以使人灭亡这一道理。”

孔子在陈章

【题解】

本章选自《孟子·尽心下》，记述了孟子与其弟子万章关于交友与处世之道的对话。孟子把士大夫分为四类，即中行之士、狂放之人、狷介之士和好好先生。在这四种人中，孟子认为最好的是一切都合于仁义道德的中行之士，其次是向前进取的狂放之人，再次是洁身自好的狷介之士，最差的是“阉然媚于世”的好好先生。显然孟子是把仁义道德作为衡量人的标准。孟子对好好先生作了严厉而尖锐的抨击，以为这种人完全违背了尧舜之道，因而是贼害道德的人。

万章问曰[①]：“孔子在陈，曰：‘盍归乎来！吾党之士狂简[②]，进取不忘其初。’孔子在陈，何思鲁之狂士？”孟子曰：“孔子‘不得中道而与之，必也狂狷乎[③]！狂者进取，狷者有所不为也’。孔子岂不欲中道哉？不可必得，故思其次也。”

以上由中行引入狂狷。

【注释】

①万章：孟子弟子，战国时人。

②狂简：志大而略于事。

③狷(juàn)：拘谨无为。引申为孤洁。

【译文】

万章问道："孔子在陈国说：'何不回去呢！我的那些学生志大而狂放，进取而不忘本。'孔子在陈国，为何还想着鲁国的那些狂放之人呢？"孟子回答说："孔子'得不到中行之士与之交往，就一定要和狂放之人、狷介之士交往吧！狂放之人日思进取，狷介之士则有所不为。'孔子难道不想与中行之士交往吗？只因难以寻得，所以只好想次一等的了。"以上由谈中行之士引入狂狷之士。

"敢问何如斯可谓狂矣？"曰："如琴张、曾皙、牧皮者①，孔子之所谓狂矣。""何以谓之狂也？"曰："其志嘐嘐然②，曰：'古之人，古之人！'夷考其行，而不掩焉者也。以上狂。

【注释】

①琴张：名牢，字子开，一字张。春秋时卫国人。孔子弟子。与子桑户、孟之反友善。子桑户死的时候，琴张临其丧而歌。曾皙：即曾点，字皙。春秋时鲁国南武城(今山东平邑)人。孔子弟子，曾参之父。季武子死的时候，曾皙倚其门而歌。牧皮：春秋时人。事孔子，与琴张、曾皙均被孔子称为狂士。

②嘐嘐(xiāo)：形容志大而言夸。

【译文】

"请问什么样的人才称之为狂放之人呢？"孟子答道："诸如琴张、曾皙、牧皮这样的人，就是孔子所说的狂放之人。”“为何说他们是狂放之人呢？”孟子回答说：“他们志大言大，总是说：‘古人啊，古人啊！’然而考察他们的行为，却与其言不合。以上讲的是狂。

“狂者又不可得，欲得不屑不洁之士而与之，是猖也，是又其次也。以上猖。

【译文】

“如果狂放之人不能得到，就想和洁身自好的人交往，这就是猖介之士，这又是次一等的了。以上讲的是猖。

“孔子曰：‘过我门而不入我室，我不憾焉者，其惟乡原乎[①]！乡原，德之贼也。’”

【注释】

①乡原：指乡中貌似忠诚谨慎，实为与流俗合污、欺世盗名的伪善者。原，同“愿”。

【译文】

“孔子曾说：‘经过我家门而不进入我家屋里，我并不感到遗憾的，大概只有好好先生啊！好好先生是贼害道德的人。’”

曰：“何如斯可谓之乡原矣？”曰：“何以是嘐嘐也？言不顾行，行不顾言，则曰：‘古之人，古之人！’‘行何为踽踽凉凉[①]？生斯世也，为斯世也，善斯可矣。’阉然媚于世也者[②]，是乡原也。”以上乡原与狂猖互说。

【注释】

①踽踽(jǔ)凉凉:落落寡合貌,独行貌。

②阉(yān)然:曲意逢迎貌。

【译文】

万章又问道:"什么样的人可以称为好好先生呢?"孟子答道:"好好先生讥笑狂放之人说:为何如此志高言大呢?行为与言语不合,言语与行为不一,动不动就说:'古人啊,古人啊!'又批评狷介之士说:'为何其行为落落寡合呢?生在这个世界上,就是这个世界的人,为善就可以了。'曲意逢迎,讨好谄媚世人,这就是好好先生。"以上就乡愿之人与狂狷之士结合着讲。

万章曰:"一乡皆称原人焉,无所往而不为原人,孔子以为德之贼,何哉?"曰:"非之无举也,刺之无刺也。同乎流俗,合乎污世。居之似忠信,行之似廉洁,众皆悦之,自以为是,而不可与入尧、舜之道,故曰'德之贼'也。"以上乡原之可恶。

【译文】

万章问道:"一乡之人都说他是好人,他也到处表现出是一个好人,可孔子却把这种人视为贼害道德的人,这是为什么呢?"孟子答道:"想非难这种人,却举不出什么来;想责骂这种人,却也没有什么可骂的。他只是同流合污。为人似乎忠诚老实,行为似乎清正廉洁,众人也喜欢他,他也自以为是,然而却完全违背了尧舜之道,因此孔子说'他是贼害道德的人'。"以上讲乡愿之人之可恶。

"孔子曰:'恶似而非者:恶莠,恐其乱苗也;恶佞,恐其乱义也；恶利口，恐其乱信也；恶郑声[①]，恐其乱乐也；恶紫，恐其乱朱也；恶乡原，恐其乱德也。’君子反经而已矣[②]。经正则庶民兴，庶民兴，斯无邪慝矣。”

【注释】

①郑声：原指春秋战国时郑国的音乐。因与孔子等提倡的雅乐不同，故受儒家排斥。此后，凡与雅乐相背离的音乐，均为崇“雅”黜“俗”者斥为“郑声”。

②反经：归于常道。反，同“返”。

【译文】

“孔子说：‘厌恶那种似是而非的东西：厌恶杂草，是因为怕它扰乱了禾苗；厌恶巧言谄媚，是因为怕它扰乱了仁义；厌恶夸夸其谈，是因为怕它扰乱了诚实；厌恶郑国的音乐，是因为怕它扰乱了高雅的音乐；厌恶紫色，是因为怕它扰乱了朱红的颜色；厌恶好好先生，是因为怕他扰乱了道德。’君子，能够归于常道而已。常道既正，百姓就会兴起有作为，百姓兴起有作为，就不会被邪恶所蒙蔽。”

庄子

庄子(约前369—前286),名周,战国中期宋国蒙(今河南商丘)人。约与孟轲同时或稍晚,做过蒙漆园吏,是老子之后的先秦道家主要代表人物。

庄子追求个性解放和人格独立,蔑视礼法,其寻求精神解脱的哲学思想常为后世宗仰。

《庄子》一书,现存三十三篇,其中内篇七篇,外篇十五篇,杂篇十一篇。一般认为,只有内篇是庄周本人所作。

《庄子》风格独特,大量采用或虚构寓言故事,想象奇幻,富于浪漫色彩,文笔变化多端,语言丰富生动,汪洋恣肆,对后世影响极大。

逍遥游篇

【题解】

《逍遥游》是《庄子·内篇》中的第一篇,“逍遥”即优游自得的意思,主旨是说一个人应当看破世俗的利、禄、功、名、尊、位、权、势一类的束缚羁绊,所谓“无为物役”,而使精神活动达到优游自在,无挂无碍的境界。

全文以“圣人无名”“窅然丧其天下焉”为界,可分三部分:一、由“小大之辨”，指明要由“有待”到“无待”，破除自我中心，达到与天地精神往来的境界；二、借“让天下”表达去名去功，进一步申述“至人无己”的精神境界；三、论述“有用”与“无用”的道理。

本篇在写作手法上最能代表《庄子》的艺术风格。清人胡文英说：“前段如烟雨迷离，龙变虎跃；后段如风清月朗，梧竹潇疏。善读者要须拨开枝叶，方见本根。”

北冥有鱼，其名为鲲。鲲之大，不知其几千里也。化而为鸟，其名为鹏。鹏之背，不知其几千里也。怒而飞，其翼若垂天之云。是鸟也，海运则将徙于南冥。南冥者，天池也。《齐谐》者，志怪者也。《谐》之言曰：“鹏之徙于南冥也，水击三千里，抟扶摇而上者九万里，去以六月息者也。”野马也，尘埃也，生物之以息相吹也。天之苍苍，其正色邪？其远而无所至极邪？其视下也，亦若是则已矣。且夫水之积也不厚，则负大舟也无力。覆杯水于坳堂之上，则芥为之舟；置杯焉则胶，水浅而舟大也。风之积也不厚，则其负大翼也无力。故九万里，则风斯在下矣，而后乃今培风[①]；背负青天而莫之夭阏者[②]，而后乃今将图南。蜩与学鸠笑之曰[③]：“我决起而飞[④]，枪榆枋[⑤]，时则不至而控于地而已矣，奚以之九万里而南为[③]？”适莽苍者，三餐而反，腹犹果然；适百里者，宿舂粮；适千里者，三月聚粮。之二虫又何知？小知不及大知，小年不及大年。奚以知其然也？朝菌不知晦朔，蟪蛄不知春秋，此小年也。楚之南有冥灵者，以五百岁为春，五百岁为秋。上古有大椿者，以八千岁为春，八千岁为秋。而彭祖乃今以久特闻，众人匹之，不亦悲乎！

【注释】

①培风：凭风，乘风。培，凭借，乘。

②夭阏(è)：受阻塞而中断。夭，折。阏，阻塞。

③蜩(tiáo)：蝉。

④决(xuè)起：迅速飞起。

⑤枪：突，冲撞。枋(fāng)：木名，指檀树。

【译文】

北方的大海里有一种鱼，它的名字叫鲲。鲲体格庞大，不知道它有几千里长。鲲变化成鸟，它的名字叫鹏。鹏的脊背，也不知道有几千里长。它要是振翅奋飞，双翅张开就像遮天盖地的云彩。这只大鸟，在海浪激腾、劲风大作时就要飞到南海去。南海，是天然形成的海域。《齐谐》，是一部记录怪异事情的书。按《齐谐》书中的说法："大鹏飞向南海的时候，两翼拍击水面，波及三千里，而后环绕着旋风上升到九万里的高空，乘着六月的大风而飞去。"如野马一样飘扬升腾的雾气，如尘埃在飞扬，这是各种生物的气息吹拂的结果。天空苍苍茫茫，这究竟是天空本来的颜色呢？还是因为天空无限高远无从达到尽头的缘故呢？大鹏从高空往下看，也不过如此吧。如果水的积蓄不够深厚，那么就没有足够的浮力来负载大船。倒一杯水在堂上低洼之处，一根小草也可以浮在水面像船一样；如果放上一只杯子，那就会粘在地上不能浮动，这是水太浅而船又太大的缘故。同样，风力的积聚如果不够雄厚，那它也就没有足够的力量去负载鹏鸟庞大的翅膀。所以大鹏高飞九万里，就是因为大风在它的身下，这样大鹏才能凭借风力飞行；就像是负载着无垠的青天，没有什么阻碍，这样才能向南海飞去。蝉和学鸠鸟讥笑大鹏："我辈可以迅速腾空起飞，冲上榆树、枋树，有时一下子飞不到那么高，那么落在地上也就是了，为什么偏要飞升到九万里高空，又要向南海飞去呢？"到郊外去的人，只带三餐的干粮就足以返回，而且肚子还是饱饱的；到百里之遥的地方去，就得舂捣粮食、带上隔夜粮了；要到千里之遥的地方去，就得筹集三个月的用粮。蜩和学鸠鸟这两个小动物又能知道什么呢？才智小的不如才智大的，寿命短的不如寿命长的。何以见得呢？朝生暮死的菌类不会了解一个月时光如何，生命只有一两个季节的小虫也不会懂得什么是一年的时光，这就是所谓的短寿。楚国的南面有一只灵龟，以五百年为一个春季，以五百年为一个秋季。远古的时候有一种大椿树，以八千年为一个春季，八千年为一个秋季。然而现在唯独彭祖以长寿传闻于世，众人也往往想和他相比，这不也很可悲吗！

汤之问棘也是已①。穷发之北有冥海者，天池也。有鱼焉，其广数千里，未有知其修者，其名为鲲。有鸟焉，其名为鹏，背若泰山，翼若垂天之云，抟扶摇羊角而上者九万里②，绝云气，负青天，然后图南，且适南冥也。斥鴳笑之曰③："彼且奚适也？我腾跃而上，不过数仞而下④，翱翔蓬蒿之间，此亦飞之至也。而彼且奚适也？"此小大之辩也。

【注释】

①棘：汤时贤人。

②羊角：指旋风。

③斥鴳（yàn）：池泽中的雀鸟。斥，小泽。鴳，亦作"鷃"。一种鹑鸟。

④仞（rèn）：古代长度单位，七尺为一仞。一说，八尺为一仞。

【译文】

汤询问棘的一段话也是这样的。在不毛之地的北面，有极深的大海，也是天然形成的海域。这里有一种鱼，它的宽度就有好几千里，没有人能知道它到底有多长，它的名字叫鲲。有一种鸟，它的名字叫鹏，脊背就像泰山一样，翅膀就像遮天盖地的云彩，乘着旋风飞向九万里高空，穿过云气，倚靠青天，然后计划往南飞，将要飞到南海。池泽中的小雀嘲笑大鹏说：“它要飞到什么地方去呢？我跳跃腾起，不超过几仞的高度便飞落下来，在蓬蒿之间展翅回旋，这也就是飞翔的最得意境界了吧。它还要飞到什么地方去呢？”这就是才智小、短寿者与才智大、长寿者之间的区别吧。

故夫知效一官，行比一乡，德合一君而征一国者，其自视也亦若此矣。而宋荣子犹然笑之[①]。且举世而誉之而不加劝，举世而非之而不加沮。定乎内外之分，辩乎荣辱之竟[②]，斯已矣。彼其于世未数数然也[③]。虽然，犹有未树也。

【注释】

①宋荣子：战国中期思想家，倡导上下均平，反对战争。

②竟：通“境”。疆界，界限。

③数(shuò)数然：急促的样子。

【译文】

有些人的才智可以胜任一官的职守，行为可以顺应一乡的民情，德行可以投合一国之君的心意而取得国人的信任，这些人的自我感觉就像池泽中的小雀一样。宋荣子总是自得地耻笑他们。宋荣子其人，当天下人都称赞他时，他不会因此更加努力；天下人都责难他时，他也不会因此更加沮丧。他能准确认定自我与身外之物的分别，明辨荣耀与耻辱的界限，只是如此罢了。他对于世俗的功名并没有急于去追求。即使这样，他还有未曾树立的。

夫列子御风而行[①]，泠然善也[②]，旬有五日而后反。彼于致福者，未数数然也。此虽免乎行，犹有所待者也。若夫乘天地之正，而御六气之辩，以游无穷者，彼且恶乎待哉[3]？故曰：至人无己，神人无功，圣人无名。

【注释】

①列子：即列御寇，战国时期郑国思想家。

②泠(líng)然：轻妙的样子。

③恶(wū)：何。

【译文】

那位列子驾着风行走，轻妙之极，走上十五天然后返回。他对于求福之事，并没有急于去追求。这样虽然可免于步行，但他毕竟还要有所依恃。如能顺应自然的规律，驾驭着六气的变化，遨游于无边无际的天空，这样的话，他还要依恃什么吗？所以说：修养至高的至人物我齐同，破除自我中心；修养神化莫测的神人不去刻意追求建功立业；深识事理的圣人也不求树立名望。

尧让天下于许由[1]，曰："日月出矣，而爝火不息[2]，其于光也，不亦难乎？时雨降矣，而犹浸灌，其于泽也，不亦劳乎？夫子立而天下治，而我犹尸之[3]，吾自视缺然。请致天下。"许由曰："子治天下，天下既已治也。而我犹代子，吾将为名乎？名者，实之宾也。吾将为宾乎？鹪鹩巢于深林[4]，不过一枝；偃鼠饮河，不过满腹。归休乎君，予无所用天下为！庖人虽不治庖，尸祝不越樽俎而代之矣[5]。"

【注释】

①尧让天下于许由：尧禅让之事，最早见于《尚书·尧典》。许由，

传说中的人物，隐于箕山。

②爝(jué)火：炬火，小火。

③尸：居其位而不做事。

④鹪鹩(jiāo liáo)：鸟名，善于筑巢。

⑤尸祝：古代祭祀时对神主掌祝的人，主祭人。樽俎(zūn zǔ)：代指厨师。樽，酒器。俎，祭祀时盛牲体或其他食物的礼器。

【译文】

尧要把天下让给许由，他说："太阳和月亮出来了，而小火把却还不熄灭，它要显示光亮，不是很难吗？雨水适时降落，还要人工灌溉，这对润泽土地禾苗来说，不是太费力了吗？先生您只要一登天子之位，立即天下大治，可我还占着这个位子，自己都觉得太惭愧了。请允许我把天下交给先生吧。"许由说："您治理天下，天下已经大治。而我还要替代您，我是为了出名吗？名只是实的从属。难道我所要的就是这从属的东西吗？鹪鹩鸟住在深林之中，它筑巢所占用的只不过就是一根树枝；偃鼠在黄河边喝水，也不过就是把肚子灌满而已。您请回吧，算了吧，天下对我可没什么用！厨师就是不下厨操作，主持祭祀的司仪也不会去代他烹调的。"

肩吾问于连叔曰[①]："吾闻言于接舆[②]，大而无当，往而不反。吾惊怖其言，犹河汉而无极也，大有径庭[③]，不近人情焉。"连叔曰："其言谓何哉？"曰："'藐姑射之山[④]，有神人居焉，肌肤若冰雪，淖约若处子[⑤]。不食五谷，吸风饮露，乘云气，御飞龙，而游乎四海之外。其神凝，使物不疵疠而年谷熟[⑥]。'吾以是狂而不信也。"连叔曰："然。瞽者无以与乎文章之观，聋者无以与乎钟鼓之声。岂唯形骸有聋盲哉？夫知亦有之。是其言也，犹时女也[⑦]。之人也，之德也，将旁礴万物以为一。世蕲乎乱，孰弊弊焉以天下为事？之人也，物莫之伤，大浸稽天而不溺，大旱金石流、土山焦而不热。是其尘垢粃糠，将犹陶铸尧、舜者也，孰肯以物为事？宋人资章甫而适诸越⑧，越人断发文身，无所用之。尧治天下之民，平海内之政，往见四子藐姑射之山，汾水之阳⑨，窅然丧其天下焉⑩。”

【注释】

①肩吾、连叔：古代修道之人。

②接舆：楚国隐士，与孔子同时。

③径：门外路。庭：堂前地。两者互不相关。

④姑射（yè）：山名。

⑤淖约：同“绰约”。姿态柔美。

⑥疵（cī）疠：疾病。

⑦时：即“是”。此。女：通“汝”。

⑧章甫：殷代冠名，宋为殷人后裔，故保有殷代制度。

⑨汾（fén）水：水名，在今山西境内。

⑩窅（yǎo）然：犹“怅然”。茫茫之意。

【译文】

肩吾问连叔：“我在接舆那里听到的话，堂皇而不切实际，说开去就收不拢。他的话使我感到惊异和害怕，他的话就像银河一样无边无际，和一般人的想法完全不同，不合世情。”连叔说：“他说了些什么呢？”肩吾说：“他说：‘遥远的姑射山上住着一位神人，他的肌肤像冰雪一样洁白，容态像深闺少女一样柔美。他不吃粮食，吸清风，饮露水，乘着云气，驾驭飞龙，而遨游于四海之外。神人的精神专注凝聚，能使万物不遭病害，年年庄稼丰收。’我以为这都是些诳语，不能相信。”连叔说：“是这样。瞎子无法同品色彩花纹的美观，聋子无法共赏鸣钟击鼓的乐声。难道只是形体上有盲目和失聪吗？在心智上也有啊。这话说的就是你了。这位神人，他的德行，是广被万物而与万物融为一体的。世人喜爱纷扰忙碌，他又哪里肯辛辛苦苦地去操劳天下俗事呢？这种人，没有什么能伤害他，洪水滔天也淹不着他，大旱到金石熔化、土山枯焦也不会烧灼到他。就是他的糟粕尘垢，也还可以造就尧、舜，他怎么还会总是忙于俗务呢？宋国有人到越国去贩卖帽子，而越人不留头发，身刺花纹，根本用不着帽子。帝尧管理天下的臣民，处理天下的政务，前往遥远的姑射山和汾水以北的地方拜见四位人物，不禁心志茫然，忘掉自己的天下。”

惠子谓庄子曰：“魏王贻我大瓠之种①，我树之成而实五石。以盛水浆，其坚不能自举也。剖之以为瓢，则瓠落无所容②。非不呺然大也③，吾为其无用而掊之④。”庄子曰：“夫子固拙于用大矣！宋人有善为不龟手之药者⑤，世世以洴澼絖为事⑥。客闻之，请买其方百金。聚族而谋曰：‘我世世为洴澼絖，不过数金，今一朝而鬻技百金⑦，请与之。’客得之，以说吴王。越有难，吴王使之将。冬与越人水战，大败越人，裂地而封之。能不龟手，一也；或以封，或不免于洴澼絖，则所用之异也。今子有五石之瓠，何不虑以为大樽而浮乎江湖，而忧其瓠落无所容？则夫子犹有蓬之心也夫！”

【注释】

①贻（yí）：赠。瓠：蔬类名。花白，结实呈长条状者称瓠瓜，短颈大腹者称葫芦。

②瓠（huò）落：大貌，空廓貌。指其大而无处可容放。

③呺(xiāo)然:空虚巨大的样子。

④掊(pǒu):击破,砸。

⑤龟(jūn):通“皲”。皮肤因寒冷、干燥而破裂。

⑥洴澼(píng pì):漂洗。絖(kuàng):同“纩”。棉絮。

⑦鬻(yù):卖。

【译文】

惠子对庄子说:“魏王赠我大葫芦的种子,我种植培育它,结出的葫芦足有五石之大。用它装水盛浆,它的坚固程度却承受不起自身所盛水的压力。把大葫芦破开来做成瓢,这瓢又大到没有可供容纳它的瓮缸。这瓢不能不算是虚空巨大了,因为没什么用处我就把它打碎了。”庄子说:“您真是不善于使用大的东西啊!宋国有个人善于配制不使手上皮肤皲裂的药物,他家世世代代都以漂洗棉絮为业。有一位外来的人听说这个消息,愿意以一百斤黄金收买他的药方。他聚集家族的人一起来商量这事,说:‘我家世世代代漂洗棉絮,所得不过几斤黄金而已,现在一旦卖出这个配方,就能获得一百斤黄金,咱就卖给人家吧。’这个外地人得到这个药方以后,就拿去游说吴王。赶上越国兴兵作难,吴王就委派他去统率军队迎战。冬天里与越人水战,大败越军,于是吴王便划分土地来封赏他。那种药能保护手的皮肤使其不致皲裂的作用是相同的,有的人因此而得封赏,有的人却总摆脱不了漂洗棉絮,这就是使用方法上的不同。现在你有五石容量的葫芦,何不将大葫芦做成如一个大酒壶似的东西,借以漂浮在江湖之上,还愁它太大无处可放吗?可见您的心还是闭塞不通啊!”

惠子谓庄子曰:“吾有大树,人谓之樗①。其大本拥肿而不中绳墨②,其小枝卷曲而不中规矩。立之涂,匠者不顾。今子之言,大而无用,众所同去也。”庄子曰:“子独不见狸狌乎[3]？卑身而伏，以候敖者[4]；东西跳梁[5]，不避高下；中于机辟[6]，死于罔罟[7]。今夫斄牛[8]，其大若垂天之云，此能为大矣，而不能执鼠。今子有大树，患其无用，何不树之于无何有之乡，广莫之野，彷徨乎无为其侧，逍遥乎寝卧其下。不夭斤斧，物无害者，无所可用，安所困苦哉？”

【注释】

①樗(chū)：木名，即臭椿树。

②拥：通“臃”。中(zhòng)：合。

③狸：野猫。狌(shēng)：同“鼪”。俗称黄鼠狼。

④敖：通“遨”。遨游。

⑤跳梁：亦作“跳踉”。犹跳跃。

⑥中(zhòng)：触到。机辟：捕禽兽的工具。

⑦罟(gǔ)：网类。

⑧斄(lí)牛：牦牛。

【译文】

惠子对庄子说：“我有一棵大树，人们把它叫作樗。它的树干长有许多大疙瘩，它的小枝又弯弯曲曲，都不合绳墨规矩。这种大树立在路上，木匠也不会多看一眼。现在你说的这些话，也是夸大而无用，所以是大家共同鄙弃的。”庄子说：“你没有看见野猫和黄鼠狼吗？它们低弯着身子匍匐在暗处，等待出游的小动物；蹦蹦跳跳，不避高低；往往踏中机关，死于网罗之中。现有一头牦牛，身体庞大如遮天的云块，这牦牛能有大作为，但不能捕捉老鼠。现在你有这么大一棵树，还愁它没有用处，为什么不把它栽种在什么都没有的地方，栽种在广阔无际的旷野中，随意地在树旁徘徊，自在地躺在树下憩息。这树不会遭到斧头砍伐而夭折，也没有别的东西可以伤害它，它既然没有可资利用之处，又会有什么祸患呢?”

养生主篇

【题解】

养生主,意为支配养生处世的要则,即养生之道或养生之基本精神。本篇要旨为提示养生的方法莫过于顺应自然。

本篇先提出“缘督以为经”,这就是养生之道的精髓,是为全文的总纲。其次借“庖丁解牛”等四个寓言,说明养生、处世都要“依乎天理”,“因其固然”,“以无厚入有间”,既要达到游刃有余、无拘无束的境界,又要“怵然为戒”,怀着审慎的态度。结束语“指穷于为薪,火传也”,比喻精神生命在历史长河中具有延续的意义和长久的价值。

吾生也有涯,而知也无涯。以有涯随无涯,殆已①。已而为知者,殆而已矣。为善无近名,为恶无近刑。缘督以为经②,可以保身,可以全生,可以养亲,可以尽年。

【注释】

①殆(dài):危险。

②缘督以为经:顺虚以为常法之意。人体之奇经八脉,以任、督二脉主呼吸,身前之中脉曰“任”,身后之中脉曰“督”。缘督,即循虚而行。经,常。

【译文】

我们的生命是有限的,而知识是无限的。以有限的生命去求取无限的知识,就危险了。一味去追求的话,那就更危险了。做善事会跟名誉沾边,做恶事会跟刑戮沾边。一切遵循虚无的自然之道进行以为常法，就可以保护自身，保全天性，颐养新生之机，能够享尽天年。

庖丁为文惠君解牛①，手之所触，肩之所倚，足之所履，膝之所踦②，砉然响然③，奏刀騞然④，莫不中音。合于《桑林》之舞⑤，乃中《经首》之会⑥。

【注释】

①庖(páo)：厨工。解：分解。

②踦(yǐ)：通“倚”。抵住。

③砉(xū)然：皮骨相离的声音。

④騞(huō)然：以刀裂物声。

⑤《桑林》：殷天子之乐名，用这个曲的舞蹈则叫《桑林》之舞。

⑥《经首》：尧时乐曲《咸池》中的一章。会：音节，节奏。

【译文】

有个名叫庖丁的厨子为文惠君分解牛肉，他的手掌触及的地方，肩膀倚靠的地方，脚踩踏的地方，膝盖抵住的地方，都有砉砉的响声，进刀割划时也发出騞騞的声响，没有哪一下不合乎音节。既合乎《桑林》舞曲的节拍，又合乎《经首》舞曲的节奏。

文惠君曰：“嘻①，善哉！技盖至此乎②？”庖丁释刀对曰：“臣之所好者道也，进乎技矣。始臣之解牛之时，所见无非牛者。三年之后，未尝见全牛也。方今之时，臣以神遇而不以目视，官知止而神欲行。依乎天理，批大郤③，导大窾④，因其固然，技经肯綮之未尝⑤，而况大軱乎⑥！良庖岁更刀，割也；族庖月更刀⑦，折也。今臣之刀，十九年矣，所解数千牛矣，而刀刃若新发于硎[⑧]。彼节者有间，而刀刃者无厚，以无厚入有间，恢恢乎其于游刃必有余地矣，是以十九年而刀刃若新发于硎。虽然，每至于族[⑨]，吾见其难为，怵然为戒[⑩]，视为止，行为迟，动刀甚微，謋然已解[⑪]，如土委地。提刀而立，为之四顾，为之踌躇满志，善刀而藏之[⑫]。”文惠君曰：“善哉！吾闻庖丁之言，得养生焉。”

【注释】

①嘻：惊叹声。

②盖：通“盍”。何。

③郤：通“隙”。指筋骨间的空隙。

④窾(kuǎn)：骨节空处。

⑤技经：经络相连的地方。技，俞樾认为是“枝”的误字。肯：附在骨头上的肉。綮(qìng)：筋骨连接的地方。

⑥大軱(gū)：大骨。

⑦族：众，多数。

⑧硎(xíng)：磨刀石。

⑨族：指筋骨聚结处。

⑩怵(chù)然：戒惧、惊惧貌。

⑪謋(huò)然：迅疾裂开貌。

⑫善：揩拭。

【译文】

文惠君说：“啊，好极了！你的技艺怎么就高超到这种地步？”庖丁放下刀，回答说：“我所爱好的是道，比技术又进一层。当初我分解牛肉的时候，眼中所见都是整只牛。三年以后，就不曾看见整个儿的牛了。现在呢，我只用心神来感觉而不用眼睛去看，手、眼等感官作用停止而靠心神来运作。依照牛的天然生理结构，把刀劈进筋骨相连处的大缝隙，再引向骨节间的空隙，完全顺着牛体的自然结构运刀，就连经络相连、筋肉聚结的地方都没有一点妨碍，何况那些大骨头呢？好厨师一年要换一把刀，因为他们用刀来切割筋肉；一般厨师一个月就要换一把刀，因为他多用刀去劈砍骨头。现在我的这把刀已经用了十九年了，它分解过的牛也有好几千头了，可是刀口还像刚用磨刀石磨过一样锋利。牛的骨节之间有空隙，刀刃却薄得几乎没什么厚度，把没有厚度的刀刃插入有间隙的骨节之间，刀刃的游动运转就宽绰而有余地，所以这把刀用了十九年还像刚磨过的一样。即便如此，每当遇到筋骨交错盘结的地方，我看到它不好对付，就有所戒惧，内心为之警戒，视线因此而停顿，动作因此而放慢，刀子下得很轻巧，而牛体已经哗啦一下子分开，如同泥土散落在地上。这时，我提着刀子站在那里，为了我水平的发挥而环顾四方，感到心满意足，然后把刀子擦拭干净收好。”文惠君说：“好啊！我听了庖丁这一番话，领悟到养生之道了。”

公文轩见右师而惊曰[①]：“是何人也，恶乎介也？天与，其人与？”曰：“天也，非人也。天之生是使独也，人之貌有与也。以是知其天也，非人也。”

【注释】

①公文轩：姓公文，名轩，宋国人。右师：官名。

【译文】

公文轩见了右师惊讶地说：“这是什么人？怎么只有一只脚呢？这是天生的呢，还是人为的呢？”接着他又说：“这是天生的，不是人为的。天生他就是一只脚，人的形貌是天赋予的。所以知道他这是天生的，不是人为的。”

泽雉十步一啄,百步一饮,不蕲畜乎樊中[①]。神虽王[②],不善也。

【注释】

①蕲:通"祈"。祈求。樊(fán):关鸟兽的笼子。

②王(wàng):通"旺"。旺盛。

【译文】

生活在草泽中的野鸡要走上好几步才能啄到一口食,走上许多步才能喝上一口水,可是它并不期望被畜养在笼子里。因为那样虽然看上去精神旺盛,它并不觉得好。

老聃死[①],秦失吊之[②],三号而出[③]。弟子曰:"非夫子之友邪?"曰:"然。""然则吊焉若此,可乎?"曰:"然。始也吾以为其人也[④],而今非也。向吾入而吊焉,有老者哭之,如哭其子;少者哭之,如哭其母。彼其所以会之,必有不蕲言而言,不蕲哭而哭者。是遁天倍情,忘其所受,古者谓之遁天之刑。适来,夫子时也;适去,夫子顺也。安时而处顺,哀乐不能入也,古者谓是帝之县解[⑤]。"

【注释】

①老聃(dān):即老子。

②秦失:老聃的朋友,也可能是庄子杜撰的人名。

③号(háo):大声哭。

④其:疑为"至"字之误。

⑤帝:天帝。县(xuán)解:解脱束缚。县,同"悬"。悬持,系吊。

【译文】

老聃死了，秦失去吊唁，只大哭三声就出来了。学生问他："难道您不是老师的朋友吗？"他说："是啊。"学生又问："那么就这样吊唁他，可以吗？"秦失说："可以的。当初我以为他是至人，后来我醒悟到并非如此。刚才我进去吊唁时，看见有老年人哭他，就像哭自己的儿子一样；年轻人哭他，就像哭自己的母亲一样。这些人之所以聚到这里，肯定有些人本不想来吊唁而也来吊唁了，有些人本不想痛哭可也哭了。这种做法失去天性，违背真情，忘记了他们禀受的本性，古代的圣人称之为违逆天命而招致的惩罚。老先生偶然来这个世界，是应时而生；偶然离去，也是顺乎自然的。如果能够安于天时而顺乎自然，一切哀乐之情便都不会再有，古人把这称为彻底的解脱。"

指穷于为薪[①]，火传也，不知其尽也。

【注释】

①指：当作"脂"。

【译文】

油脂做成烛薪被燃烧尽了，而火种流传，没有穷尽的时候。

骈拇篇

【题解】

《骈拇》，取篇首二字为题，《庄子》外、杂篇诸题大多如此。本篇以一切任乎自然为主旨，指出滥用聪明、矫饰仁义不合乎自然的正道，认为仁义以及为名、为利、为国、为家等都属"残生伤性""骈拇枝指"，都是违背"性命之情"的。

骈拇枝指[①],出乎性哉?而侈于德[②]。附赘县疣[③],出乎形哉[④]?而侈于性。多方乎仁义而用之者[⑤],列于五藏哉[⑥]?而非道德之正也。是故骈于足者,连无用之肉也;枝于手者,树无用之指也;多方骈枝于五藏之情者,淫僻于仁义之行[⑦],而多方于聪明之用也。

【注释】

①骈拇:大脚趾和第二趾连生。枝指:从旁歧生的手指,俗称六指。

②侈:过,多。德:通“得”。

③赘:瘤子。县:同“悬”。疣(yóu):皮肤病名,俗称瘊子。

④形:形体。

⑤多方:多端,多方面。犹言千方百计。

⑥藏:同“脏”。

⑦淫:沉湎。僻:偏执。

【译文】

足趾并生或手指歧生,是天生如此吗?可它超过了常人所应得。附生的肉瘤或悬系的小疣,是身上长出来的吗?也超过了人的天生本性。千方百计地推行仁义的人,是把仁义道德看得很重,与人的五脏相比列吗?但这不是道德的本然。因此,并生在脚上的,只是连着一块无用的肉;歧生在手上的,也只是长了一个无用的手指头;节外生枝,千方百计,把仁义比列于五脏,则是偏执地沉溺于仁义的行为,而把聪明耗费在手段的运用上。

是故骈于明者[①],乱五色[②],淫文章[③],青黄黼黻之煌煌非乎[④]?而离朱是已[⑤]。多于聪者,乱五声[⑥],淫六律,金石丝竹黄钟大吕之声非乎?而师旷是已[⑦]。枝于仁者,擢德塞性以收名声[⑧]，使天下簧鼓以奉不及之法非乎？而曾、史是已[⑨]。骈于辩者，累瓦结绳窜句，游心于坚白同异之间[⑩]，而敝跬誉无用之言非乎[⑪]？而杨、墨是已[⑫]。故此皆多骈旁枝之道，非天下之至正也。

【注释】

①骈：与下文“多于聪”的“多”，“枝于仁”的“枝”，均承上文而来，引申为多余、过度。

②五色：青、黄、赤、白、黑五种颜色。

③文章：青与赤交错为文，赤与白交错为章。泛指错杂的色彩或花纹。

④黼（fǔ）：黑白相间的花纹。黻（fú）：黑青相间的花纹。煌煌：光彩夺目的样子。

⑤而：读“如”，比如。离朱：传说为黄帝时人，百步之外可以明察秋毫之末。

⑥五声：指宫、商、角、徵、羽，古代音乐中的五个音阶。

⑦师旷：晋大夫，为春秋时著名乐师。

⑧擢、塞：拔取。塞，王念孙以为“搴（qiān）”之讹。

⑨曾：曾参，春秋时鲁国人。孔子弟子之一。史：史鳝，字子鱼。春秋时卫国人。二人均以仁孝著称。

⑩坚白：即“离坚白”，是先秦名家公孙龙的代表命题。以为“坚白石”的“坚”“白”“石”是各自分离的。同异：即“合同异”，先秦名家惠施一派的代表命题，主张本质上万物同一。

⑪跬誉：一时的名誉。

⑫杨：杨朱，战国时期魏国人。反对墨子兼爱、尚贤说，其说主“重己”“贵生”，拔一毫而利天下不为。墨：即墨翟。

【译文】

所以说,视觉过度敏锐的人,实际上混乱了颜色的区别,沉溺于花纹色彩,岂不像那华丽礼服鲜明夺目吗?如离朱便是这种人啊。纵情于听觉的人,实际上混淆了音阶的区别,沉溺于音律,岂不是用金石丝竹等不同材料制成的钟、磬、琴瑟、箫管等乐器来演奏黄钟、大吕等音调吗?如师旷便是这种人啊。竭力标榜仁义的人,吹捧、推崇修德养性的功夫以捞取名声,岂不是要让天下人喧嚣鼓噪去奉行那些不可企及的法式吗?如曾参、史鳍就是这类人啊。多言逞辩的人,废话连篇,咬文嚼字,把心智都耗在离坚白、合同异这些诡辩上,岂不是疲惫精神,拿一些无用的言辞去捞取一时的名声吗?如杨朱、墨翟便是这种人啊。所以上述这些都是多余无用的旁门左道,不是天下最纯正的道术。

彼正正者[①],不失其性命之情。故合者不为骈,而枝者不为跂;长者不为有余,短者不为不足。是故凫胫虽短[②],续之则忧;鹤胫虽长,断之则悲。故性长非所断,性短非所续,无所去忧也。意仁义其非人情乎!彼仁人何其多忧也?

【注释】

①正正:疑当作“至正”。

②凫(fú):野鸭子。

【译文】

那些至理正道,不违失天然的性命之情。所以脚趾连生的不算是骈拇,手指多长一个的也不算是枝指;长的不算是有余,短的也不算是不足。所以野鸭子的腿虽然短,倘给它接上一截,它便会为此忧虑;鹤腿虽然长,倘给它截去一截,它便会为此悲伤。所以天生就长的,就不可截短;生来就短的,就不能接长。这样也就没有什么可忧虑的了。想来仁义等并不是人的本性中固有的吧！那些仁人君子为何这么忧虑重重呢？

且夫骈于拇者，决之则泣[①]；枝于手者，龁之则啼[②]。二者，或有余于数，或不足于数，其于忧一也。今世之仁人，蒿目而忧世之患[③]；不仁之人，决性命之情而饕富贵[④]。故意仁义其非人情乎！自三代以下者[⑤]，天下何其嚣嚣也[⑥]？

【注释】

①决：决裂，分开。

②龁(hé)：咬嚼。

③蒿目：极目远望。

④决：弃绝，抛弃。饕(tāo)：贪财，贪婪。

⑤三代：夏、商、周。

⑥嚣嚣：喧哗貌。

【译文】

况且脚趾并生的，如果给他切开，他就会哭泣；手生六指的，如果给他把枝指咬掉，他就会悲啼。这两种人，有的是指头比正常人多了，有的是脚趾数还不到正常人的数，但在让他们烦忧这一点上却是一致的。当今世上的仁人君子，极目远眺而担心世上的祸患；而不讲仁义的人却都抛开天性去贪婪地追求社会地位和财富。所以我想，仁义大概不是人性中所固有的吧！否则自夏商周以来的各个时期，这世界怎么这样喧闹多事呢？

且夫待钩绳规矩而正者[①]，是削其性也；待绳约胶漆而固者，是侵其德也；屈折礼乐[②]，呴俞仁义[③]，以慰天下之心者，此失其常然也。天下有常然。常然者，曲者不以钩，直者不以绳，圆者不以规，方者不以矩，附离不以胶漆④，约束不以纆索⑤。故天下诱然皆生而不知其所以生，同焉皆得而不知其所以得。故古今不二，不可亏也。则仁义又奚连连如胶漆纆索而游乎道德之间为哉⑥，使天下惑也！

【注释】

①钩：画曲线的曲尺。绳：绳墨。规：圆规。矩：画直角或方形的曲尺。

②屈折：屈身折体。

③呴（xǔ）俞：和悦貌。

④离：通“丽”。依附。

⑤纆（mò）：绳索。

⑥连连：连续不断，即无休止。

【译文】

要借助钩、绳、规、矩等工具来校正形状，就损伤了事物的本性；要借助绳索、胶漆之类来加固，就侵夺了天然；要屈身折体以行礼乐，装出和悦的样子来假扮仁义，以此来安慰天下人心，这是失去了常态的做法。天下万物本来是有其常态的。这常态就是：弯的不是用曲尺弄弯的，直的也不是按照绳墨取直的，圆的不靠圆规，方的不靠矩尺，附着相依存的不是靠胶漆的作用，捆缚紧凑的也不是靠绳索的约束。所以天下事物都能自然而然地生长，自己却并不知道生长的道理；万物同样地都能得其所应得，但却不知道所以得的原因。这种正常状态是古今不变的，不能损害的。那么仁义一类又何必连续不断如同胶漆绳索要约束点儿什么似的在道德之间来回打转，致使天下人受到迷惑呢！

夫小惑易方[①]，大惑易性。何以知其然邪？自虞氏招仁义以挠天下也[②]，天下莫不奔命于仁义，是非以仁义易其性与？故尝试论之，自三代以下者，天下莫不以物易其性矣。小人则以身殉利，士则以身殉名，大夫则以身殉家，圣人则以身殉天下。故此数子者，事业不同，名声异号，其于伤性以身为殉，一也。臧与縠，二人相与牧羊，而俱亡其羊[③]。问臧奚事[④]，则挟策读书[⑤]；问縠奚事，则博塞以游[⑥]。二人者，事业不同，其于亡羊均也。伯夷死名于首阳之下，盗跖死利于东陵之上[⑦]。二人者，所死不同，其于残生伤性均也，奚必伯夷之是而盗跖之非乎？天下尽殉也。彼其所殉仁义也，则俗谓之君子；其所殉货财也，则俗谓之小人。其殉一也，则有君子焉，有小人焉。若其残生损性，则盗跖亦伯夷已，又恶取君子小人于其间哉！

【注释】

①易：颠倒，变换。

②虞氏：当指有虞氏，即舜。疑“虞”上脱“有”字。招：标举。挠：乱。

③亡：失掉。

④奚事：干什么。

⑤策：古代写字用的竹片或木片。

⑥博塞：古代六博和格五等游戏。

⑦盗跖（zhí）：跖，传说为春秋时人，为著名大盗，人称盗跖。

【译文】

小的迷惑可使人迷失方向，大的迷惑会使人丧失本性。何以见得呢？从有虞氏标举仁义而扰乱天下以后，天下就没有哪个不为了仁义而疲于奔命，这不就是拿仁义来改变人的本性吗？所以尝试谈论这个问题，从夏商周以来的各个时期，天下人没有哪个不因外物的引诱而改变自身的本性的。小人为了私利而丧生，士人为了名誉而卖命，大夫为了家族而牺牲自己，圣人为了天下而牺牲个人。这几种人，所从事的行当不同，人们对他们称谓不同，但在伤害本性、为外物赔上性命方面是一样的。臧、穀二人一起去放羊，都把他们的羊丢掉了。问臧干什么去了，说是拿着简策去读书；问穀干什么去了，说是玩博塞游戏去了。这两个人，所做的事不一样，对于丢失羊群来说则是一样的。伯夷为了名声死在首阳山下，盗跖为了求利死在东陵山上。这两个人，尽管死的原因不一样，但就残害本性来说却是一样的，那么为什么一定要认为伯夷正确，认为盗跖是错误的呢？天下人都是牺牲自己而有所图啊。为仁义而牺牲的人，世俗就称之为君子；为钱财而牺牲的人，世俗就称之为小人。为某种目的而牺牲，这是他们一致的地方，有的成了君子，有的就是小人。就残害生命、损伤本性来说，那么盗跖也就是伯夷，又何必在他们之间区别君子和小人呢！

且夫属其性乎仁义者，虽通如曾、史，非吾所谓臧也[①]；属其性于五味[②]，虽通如俞兒[③]，非吾所谓臧也；属其性乎五声，虽通如师旷，非吾所谓聪也；属其性乎五色，虽通如离朱，非吾所谓明也。吾所谓臧，非仁义之谓也，臧于其德而已矣；吾所谓臧者，非所谓仁义之谓也，任其性命之情而已矣；吾所谓聪者，非谓其闻彼也，自闻而已矣；吾所谓明者，非谓其见彼也，自见而已矣。夫不自见而见彼，不自得而得彼者，是得人之得而不自得其得者也，适人之适而不自适其适者也。夫适人之适而不自适其适，虽盗跖与伯夷，是同为淫僻也。余愧乎道德，是以上不敢为仁义之操，而下不敢为淫僻之行也。

【注释】

①臧：善。

②五味：甘、酸、苦、辛、咸五种味道。泛指各种味道。

③俞兒：传说中古代味觉出众的人。

【译文】

况且，改变本性去从属于仁义，即使像曾参、史鰌那样通达，却不是我所说的完善；改变本性去从属于饮食五味，即使像俞兒一样高明，还不是我所说的完善；改变本性去从属于音乐的人，就算像师旷那样精通，还不是我所说的听觉出众；改变本性去从属于颜色的人，就算像离朱那样精通，还不是我所说的视觉超群。我所说的完善，并不是说的仁义，只是说要善于自得罢了；我所说的完善，并不是通常所讲的仁义，只是在于率情任性罢了；我所说的听觉出众，不是说他能听到其他的声音，只是说他能听到自己罢了；我所说的视觉超群，不是说他能看到别的什么，也只是说能见到他自己罢了。要是看不清自己而只能看到外物，不能有得于自身而有得于别人，是求别人有所得而不使自己在应得的方面也有所得的人，是到别人要去的地方去而不到自己要去的地方去的人。到别人要去的地方而不去自己要去的地方，即便是盗跖和伯夷，这样做也同样是违背本性的邪僻行径。在自然的道德面前我感到惭愧，所以从好的方面说，我不敢讲求仁义的节操；从坏的方面说，我也不敢去做邪僻的事。

马蹄篇

【题解】

《马蹄》，取篇首二字为题。

本篇主题与《骈拇》篇相近，而更加明确地抨击政治带来的灾害，指出人们近乎原始状态、自然状态的纯朴无知才是人的本性，而提倡、鼓吹仁义礼乐的圣人乃是败坏人的本性的罪人。

文章指出规范束缚、“橛饰之患”“鞭策之威”等种种政教措施，都有违“真性”。人当“天放”，依“常性”生活。进而描绘“至德之世”，反映了对于反礼教的自由生活的憧憬。

马，蹄可以践霜雪，毛可以御风寒，龁草饮水①，翘足而陆②，此马之真性也。虽有义台路寝③，无所用之。及至伯乐④，曰：“我善治马。”烧之剔之⑤，刻之雒之⑥，连之以羁馽⑦，编之以皂栈⑧，马之死者十二三矣；饥之渴之，驰之骤之，整之齐之，前有橛饰之患⑨，而后有鞭策之威⑩，而马之死者已过半矣。陶者曰：“我善治埴⑪，圆者中规⑫，方者中矩。”匠人曰：“我善治木，曲者中钩，直者应绳。”夫埴木之性，岂欲中规矩钩绳哉？然且世世称之曰“伯乐善治马而陶匠善治埴木”，此亦治天下者之过也。

【注释】

①龁(hé)：啃。咬。

②陆：跳跃。

③义台：古代行礼仪之台。义，借为“巍”，高也。路寝：天子、诸侯的正室。路，大。

④伯乐：相传春秋时人，以善相马著称。

⑤烧：用烙铁炙毛。剔：同“剃”。

⑥刻：削蹄。雒：通“烙”。指用烙铁在马身上打上印记。

⑦羁(jī)：马络头。馽(zhí)：系马足的绳索。

⑧皂（zào）：牛马的食槽。泛指牲口栏棚。栈：马棚。

⑨橛（jué）：马口所衔的横木。饰：马勒上的饰件。

⑩鞭策：打马的工具，带皮的为鞭，不带皮的为策。

⑪埴（zhí）：黏土。

⑫中（zhòng）：符合。

【译文】

马，它的蹄子可以用来行走在霜雪之上，皮毛可以用来抵御风寒，时而吃草，时而饮水，时而举一足而立，时而跳跃，这些都是马的天性。即使有高堂大殿，对于马来说也毫无用处。等到出了个伯乐，他说："我善于管理马匹。"于是伯乐用铁器来烧灼马，剪马的毛，削马的蹄，给它烙上印记，用络首绊脚把马拴连起来，依次编入各个马棚，这么一来，马给折腾死的有十分之二三了；然后，又要让马吃不上，喝不上，又要让它们狂奔猛跑，又要让它们行列步伐都整齐划一，前面有勒口之类的约束，后面有皮鞭一类的威慑，这么一来，马就给折腾死一多半了。制陶的人说："我善于整治黏土，做出来的陶器圆的和圆规画出来的一样，方的像矩尺画出来的一样。"木匠说："我善于整治木材，曲的就像用曲尺画出来的一样，直的就像用绳墨标出来的一样。"黏土和木材的本性，难道是要去迎合圆规、矩尺、曲尺、绳墨的吗？可是人人世世代代都赞扬"伯乐善于整治马，而陶工、木匠善于处理黏土和木材"，这也是那些治理天下的人的过错呀。

吾意善治天下者不然。彼民有常性，织而衣，耕而食，是谓同德；一而不党[①]，命曰天放[②]。故至德之世，其行填填[③]，其视颠颠[④]。当是时也，山无蹊隧[⑤]，泽无舟梁[⑥]；万物群生，连属其乡[⑦]；禽兽成群，草木遂长。是故禽兽可系羁而游[⑧]，鸟鹊之巢可攀援而窥。

【注释】

①党：偏私。

②天放：自然放任。天，自然。

③填填：稳重的样子。

④颠颠：专注的样子。

⑤蹊（xī）：小路。隧（suì）：隧道。

⑥梁：桥梁。

⑦连属：互相毗连。

⑧系羁：牵引。

【译文】

我认为，善于治理天下的人就不是这样的。民众自有他们不变的本性，他们织布然后做衣服穿，耕耘劳作然后有粮食吃，这是共同的本能；浑然一体而不偏私，这就叫作顺乎自然。在那风俗淳朴的时代，人们行为稳重，目光专注。在那个时候，山中还没有路径隧道，水上还没有船舶桥梁；万物都一块儿生长，各就所居，相邻相傍；飞禽走兽结队成群，花草树木自由生长。因而那些禽兽可以牵引着去游玩，鸟鹊的巢穴也可以攀上树去窥望。

夫至德之世，同与禽兽居，族与万物并[①]，恶乎知君子小人哉！同乎无知，其德不离；同乎无欲，是谓素朴[②]；素朴而民性得矣。及至圣人，蹩躠为仁[③]，踶跂为义[④]，而天下始疑矣；澶漫为乐[⑤]，摘僻为礼[⑥]，而天下始分矣。故纯朴不残[⑦]，孰为牺樽[⑧]？白玉不毁，孰为珪璋[⑨]？道德不废，安取仁义[⑩]？性情不离，安用礼乐？五色不乱，孰为文采？五声不乱，孰应六律？夫残朴以为器，工匠之罪也。毁道德以为仁义，圣人之过也。

【注释】

①族：聚。

②素朴：有本色、本质之意。

③蹩躠(bié xiè)：尽心用力貌。

④踶跂(zhì qǐ)：用尽心力、勉力行之的样子。

⑤澶(dàn)漫：放纵。

⑥摘僻：拳曲手足，谓自我约束。

⑦纯朴：全木，即未经加工的原木。

⑧牺樽：古代雕刻精致的酒器。

⑨珪璋：玉器。

⑩道德不废，安取仁义：语出《老子·第十八章》："大道废，有仁义。"

【译文】

在那风俗淳朴的时代，人们与禽兽混杂而居，与万物浑然一体，哪有什么君子、小人的区别呢！众人都蠢然无知，他们固有的本性就不会离失；众人都蠢然无欲，这就叫作人的本色；本色不变，人类的真性不失。待到圣人出世，费尽心思地推行仁，竭尽全力地鼓吹义，人们才开始迷惑；放纵地作乐，约束地制礼，于是天下开始四分五裂了。所以完好的原木不被损坏，那谁能造出精致的酒具？洁白的璞玉不被损坏，那谁能琢磨出珪璋等玉器？本来的道德不被废弃，哪里会需要什么仁义？天然的性情不偏离正道，如何会用得着礼乐？五种原色不被搅乱，谁能造得出花纹和色彩？五个音阶不相混合，谁能应和六律呢？损坏完整的原木来造作器具，那是匠人的罪过。毁灭本来的道德来推行仁义，这就是那些圣人的过失了。

夫马，陆居则食草饮水，喜则交颈相靡①，怒则分背相踶②，马知已此矣③。夫加之以衡扼④，齐之以月题⑤，而马知介倪、闉扼、鸷曼、诡衔、窃辔[⑥]。故马之知而能至盗者，伯乐之罪也。

【注释】

①靡：通“摩”。摩擦。接触。

②踶（dì）：踢。

③知：同“智”。已：止。

④衡：车辕前端的横木。扼：通“轭”。叉住马颈的曲木，两端与衡木相连。

⑤齐：犹言装配。月题：马额上的饰物，状如月形。

⑥介倪：按马叙伦说：“介”者，“兀”之讹字，“兀”为“杌”省。“倪”借为“輗”。杌棿，言折輗也。折輗，即损折车輗。闉（yīn）扼：马缩曲脖子，企图摆脱叉住马颈的曲木。闉，屈曲。鸷（zhì）曼：抵突。形容马性猛戾不驯，欲狂突以去其羁勒。曼，突，狂突。诡衔：吐出口勒。窃辔：咬坏缰绳。

【译文】

马生活在陆地，平时吃点草喝点水，高兴时两马交颈偎依摩蹭，发怒时背转身去互相踢撞，马所能知道的仅此而已。给马加上车衡颈轭，装好额前饰件的时候，马也就懂得了损折车輗、曲颈脱轭、狂突不羁、吐出马勒、偷咬辔头。所以马的心智和神态变得像盗贼一样，这是伯乐的罪过啊。

夫赫胥氏之时[①]，民居不知所为，行不知所之，含哺而熙[②]，鼓腹而游[③]，民能已此矣。及至圣人，屈折礼乐以匡天下之形[④]，县跂仁义以慰天下之心[⑤]，而民乃始踶跂好知，争归于利，不可止也。此亦圣人之过也。

【注释】

①赫胥氏:传说中上古时代的帝王。

②哺(bǔ):口中含着的食物。熙:通“嬉”。游戏。

③鼓腹:肚子吃得很饱的样子。

④屈折:矫正,约束。匡:匡正。

⑤县跂:即悬举使人企及。县,同“悬”。跂,盼望,向往,企求。

【译文】

在远古赫胥氏的时代,民众家居不知道有什么事情要做,行路也不知道要到什么地方去,人们嘴里有食吃就嬉戏玩乐,吃饱了肚子就四下里走走,人们所能做的也就是这些了。等到出了圣人,便约束礼乐以匡正天下,提倡仁义以安慰人心,这以后百姓们用尽心思崇尚智巧,追逐私利,以至于不可控制。这也是圣人的过错呀。

胠箧篇

【题解】

《胠箧》篇主旨在“绝圣弃知(智)”。

本篇先描绘了小贼与大盗的异同,揭出大盗窃用圣智礼法,典型的如田成子之辈,不但盗了国家社稷,连“圣知之法”也一起盗去。“彼窃钩者诛,窃国者为诸侯,诸侯之门而仁义存焉。”礼法终究为强有力者独占,成为装饰门面、维护既得利益的手段,同时又扰乱了自然规律,而对于防止大盗其实也无能为力。文章主题明确,立论尖锐,言辞激昂,痛快淋漓。

将为胠箧、探囊、发匮之盗而为守备①,则必摄缄縢②,固扃鐍③,此世俗之所谓知也。然而巨盗至,则负匮、揭箧、担囊而趋[4]，唯恐缄縢、扃鐍之不固也。然则乡之所谓知者[5]，不乃为大盗积者也？

【注释】

①胠（qū）：从旁撬开。箧（qiè）：箱子。匮：同“柜”。

②摄：结。缄（jiān）、縢（téng）：绳子。

③扃（jiōng）：门闩。鐍（jué）：锁钥。

④揭：举起。

⑤乡：通“向”。先前。

【译文】

为了防备撬箱子、掏口袋、开柜子的小偷，就一定要勒紧绳子、加固锁钮，这是世上俗人所讲的聪明办法了。但是大盗来到，却背起柜子、举起箱子、担上口袋就跑，还唯恐绳索、锁钮不够结实呢。这样看来，先前人们所认为的聪明办法，不正是为大盗积聚财物吗？

故尝试论之，世俗所谓知者，有不为大盗积者乎？所谓圣者，有不为大盗守者乎？何以知其然邪？昔者齐国邻邑相望，鸡狗之音相闻，罔罟之所布[1]，耒耨之所刺[2]，方二千余里。阖四竟之内[3]，所以立宗庙社稷[4]，治邑、屋、州、闾、乡、曲者[5]，曷尝不法圣人哉！然而田成子一旦杀齐君而盗其国[6]，所盗者岂独其国邪？并与其圣知之法而盗之。故田成子有乎盗贼之名，而身处尧、舜之安，小国不敢非，大国不敢诛，十二世有齐国[7]。则是不乃窃齐国，并与其圣知之法以守其盗贼之身乎？

【注释】

①罔罟(wǎng gǔ):指渔猎的网具。罔,“网”的后起字。

②耒(lěi):犁。耨(nòu):锄。刺:插入。指农具所及。

③阖(hé):全部,整个。竟:通“境”。界。

④宗庙:同宗祭祖之处。社稷(jì):社为土地之神,稷为谷物之神。古帝王都祭祀社稷,后来就用社稷代表国家。

⑤邑、屋、州、闾、乡、曲:都是古代划分地区的名称。

⑥田成子:即田常,春秋时齐国人。齐简公四年(前481),田常杀齐简公,立简公弟骜为齐平公,而田常专国政,尽杀公族之强者,扩大封地,从此齐国由田氏专权。

⑦十二世:自田敬仲至齐威王凡十二世。然本文自田成子有齐国说起,则不应追溯田敬仲,俞樾疑应作“世世有齐国”。

【译文】

所以,我试作申论,世间俗人称之为聪明人的,有谁不是在替大盗积聚财物呢?大家称为圣哲的人,有谁不是在替大盗看守财富呢?怎么知道是这样的呢?从前的齐国,邻里密集,互相都能看得见,鸡鸣狗叫的声音清晰可闻,齐人捉鸟捕鱼的罗网散布所至,犁锄耕种所到之处,方圆有二千多里。在东西南北四界之内,建立宗庙,祭祀社稷,管理邑、屋、州、闾、乡、曲,何尝不是在效法圣人呢!可是田成子一下子杀掉了齐国的国君,窃夺了齐国,他所窃取的难道仅仅是齐君的国家吗?他连同齐国以前圣智的种种制度一起都窃夺了。所以,田成子虽然有盗贼的名声,却安然身居国君之位像尧舜那样安稳,诸侯中小国不敢非议他,大国也不敢来讨伐他,田家祖孙十二代一直控制统治着齐国。这难道不是不仅窃夺了齐国,而且连同齐国遵行的圣人法度也窃去,借以保护窃国者自身吗?

尝试论之,世俗之所谓至知者,有不为大盗积者乎?所谓至圣者，有不为大盗守者乎？何以知其然邪？昔者龙逄斩[①]，比干剖[②]，苌弘胣[③]，子胥靡[④]，故四子之贤而身不免乎戮。故跖之徒问于跖曰："盗亦有道乎？"跖曰："何适而无有道邪？夫妄意室中之藏[⑤]，圣也；入先，勇也；出后，义也；知可否，知也；分均，仁也。五者不备而能成大盗者，天下未之有也。"由是观之，善人不得圣人之道不立，跖不得圣人之道不行；天下之善人少而不善人多，则圣人之利天下也少而害天下也多。故曰，唇竭则齿寒[⑥]，鲁酒薄而邯郸围[⑦]，圣人生而大盗起。掊击圣人[⑧]，纵舍盗贼[⑨]，而天下始治矣。夫川竭而谷虚，丘夷而渊实[⑩]。圣人已死，则大盗不起，天下平而无故矣。

【注释】

①龙逄（páng）：姓关，夏桀时贤臣。因忠谏而被杀。

②比干：商纣王的叔父，因进谏而被挖心。

③苌（cháng）弘：周敬王时贤臣，与晋国范氏有联系，晋赵鞅因与范氏有矛盾而伐周，周人杀苌弘。胣（chǐ）：裂腹刳肠。

④子胥：姓伍，名员，字子胥，春秋时楚国人，吴国大夫。以谏吴王夫差，夫差不从，赐剑给子胥令其自杀，并投尸江中。靡：通"縻"。

⑤妄意：猜测。

⑥竭：亡。

⑦鲁酒薄而邯郸围：楚国会合诸侯，鲁、赵等国俱献酒，鲁酒味薄而赵酒味厚，楚国主管人员私下里向赵国索要酒浆，不得，就暗中将鲁、赵所献酒互易，奏上。楚王以为赵酒薄，发兵围赵国国都邯郸。另一说，鲁酒薄，楚怒而攻鲁。梁惠王久欲攻赵，畏楚国

相救，趁楚攻鲁，无暇旁顾之时，梁惠王乘机出兵围赵之邯郸。

⑧掊(pǒu)击：抨击。

⑨纵：释放。舍：放弃。

⑩夷：削平，铲平。渊：深潭。

【译文】

我试作申论，世人所说的大智慧之人，有谁不为大盗积聚财物呢？世人所说的最圣哲的人，有谁不是为大盗看守财富呢？怎么知道是这样的呢？从前，关龙逢被杀，比干被剖心，苌弘被裂腹刳肠，伍子胥的尸身漂浮糜烂于江中，贤能如这四位，终不免惨遭杀戮。因此盗跖的徒党问盗跖："强盗也有道吗？"盗跖说："什么地方没有道呢？能够猜测室内储藏的物品，这就是圣明；冲进屋中时走在前，这就是勇敢；退出时走在最后，这就是义气；能够判断该不该下手，这就是智慧；分赃平均，这就是仁爱。这五种品德不能具备，而能成为大盗，这是天下从未有过的。"由此看来，善良的人不懂得圣人之道就不能立身社会，盗跖不懂得圣人之道就不能横行四方；世上善良的人少而不善良的人多，所以圣人对天下有利的地方少而对天下有害的地方多。所以说：嘴唇没有了的话，牙齿就会感到寒冷；鲁国送的酒味道薄了，邯郸就遭到围困；圣人出世，大盗也兴起了。只有抨击圣人，宽释盗贼，天下才能太平。川流枯竭了，山谷就空虚了；山丘夷为平地，深渊就填实了。圣人没有了，那么大盗也就不会兴起了，天下也就太平无事了。

圣人不死，大盗不止。虽重圣人而治天下，则是重利盗跖也。为之斗斛以量之①，则并与斗斛而窃之；为之权衡以称之②，则并与权衡而窃之；为之符玺以信之③，则并与符玺而窃之；为之仁义以矫之，则并与仁义而窃之。何以知其然邪？彼窃钩者诛④，窃国者为诸侯，诸侯之门而仁义存焉，则是非窃仁义圣知邪？故逐于大盗，揭诸侯，窃仁义并斗斛权衡符玺之利者，虽有轩冕之赏弗能劝⑤，斧钺之威弗能禁。此重利盗跖而使不可禁者，是乃圣人之过也。

【注释】

①斛(hú)：量器名，也是容量单位，古代一斛为十斗，南宋末年改为五斗。

②权：秤锤。衡：秤杆。

③符：古代用作凭证之物，用竹、木、铜等材料制成，上刻文字，分成两半，合可成一。玺(xǐ)：印信。

④钩：衣带钩。

⑤轩：古代供大夫以上所乘坐的车。冕(miǎn)：古代卿大夫以上所戴的一种礼帽。劝：劝勉，勉励。

【译文】

圣人不灭绝，大盗就不能平息。假如借重圣人治理天下，那就只会更加有利于像跖这样的盗贼。圣人为人们制造斗斛来量多少，盗跖们就连斗斛等量器一并窃走；为人们制造秤来称轻重，盗跖们就连秤一并窃走；为人们制造节符印玺来作为凭证，盗跖们就连节符印玺一并窃走；为人们制定仁义之说来矫正世俗，盗跖们就连仁义之说一起窃走。怎么知道是这样的呢？那些偷窃衣带钩的人，被捕要遭杀戮，而窃夺一国的人，却成为诸侯，有了诸侯的地位，也就有了仁义，这不是连仁义、圣智都一并窃取了吗？所以那些追随着大盗、夺取诸侯之国、窃取仁义圣智以及斗斛、秤、节符印玺等种种好处的人，即便有官爵为重赏也不能劝勉他从善，即便有斧钺威逼也不能禁止他作恶。这样对盗跖们大为有利，以致造成盗跖们的不可禁止，就是圣人们的过错呀。

故曰："鱼不可脱于渊，国之利器不可以示人[①]。"彼圣知者，天下之利器也，非所以明天下也。故绝圣弃知，大盗乃止；擿玉毁珠[②]，小盗不起；焚符破玺，而民朴鄙[③]；掊斗折衡，而民不争；殚残天下之圣法[④]，而民始可与论议。擢乱六律[⑤]，铄绝竽瑟[⑥]，塞瞽旷之耳，而天下始人含其聪矣；灭文章，散五采，胶离朱之目[⑦]，而天下始人含其明矣；毁绝钩绳而弃规矩，攦工倕之指[⑧]，而天下始人有其巧矣。故曰："大巧若拙。"削曾、史之行，钳杨、墨之口，攘弃仁义，而天下之德始玄同矣[⑨]。彼人含其明，则天下不铄矣[⑩]；人含其聪，则天下不累矣；人含其知，则天下不惑矣；人含其德，则天下不僻矣[⑪]。彼曾、史、杨、墨、师旷、工倕、离朱者，皆外立其德而以爚乱天下者也[⑫]，法之所无用也。

【注释】

①鱼不可脱于渊，国之利器不可以示人：出自《老子·第三十六章》。

②擿：同"掷"。投弃。

③鄙：粗俗，质朴。

④殚(dān)：尽。

⑤擢(zhuó)乱：搅乱。

⑥铄(yuè)绝：烧断。竽(yú)：一种类似笙的竹制簧管乐器。瑟(sè)：一种弦乐器。

⑦胶：粘住。

⑧攦(lì)：拗折。

⑨玄同：谓冥默中与道混同为一。

⑩铄：通"烁"。光辉闪烁，很明亮。

⑪僻：邪恶。

⑫爚（yuè）乱：炫惑扰乱。

【译文】

所以说："鱼不能离开深潭，用来治国的精良武器不能拿出来给别人看。"那些圣智圣法就是治理天下的锐利武器，不是拿来明示天下的。所以灭绝圣人，毁弃圣智，大盗才能止息；抛弃玉石，销毁珍珠，小偷小贼才不会出现；焚毁符节，砸烂印章，民众就会朴实、单纯；打破斛斗，折断秤杆，民众就不再相争；彻底破除所有的圣法，才可以与民众谈论道理。搅乱音律，销毁乐器，堵塞瞽旷这样精于审音的人的耳朵，天下人人都能怀养他们的听力；毁灭花纹，消散五彩，粘住离朱这样眼力最好的人的眼睛，那么天下人人都能怀养他们的视力；毁掉绳墨曲尺，抛弃曲规方矩，折断像工倕这样的巧匠的手指头，那么天下人人都能拥有天然的巧技。所以说："最高的机巧，形似愚拙。"铲除曾参、史鳍那样孝顺、忠直的德行，封住杨朱、墨翟之流巧言善辩的嘴巴，排斥放弃仁义的学说，那么天下人的德行就能达到玄同的境界。如果人人怀养其天赋的视力，世上就不会再有人追求光辉闪烁的色彩；如果人人怀养其天赋的听力，世上就不会再有人搞那重杂的律调乐曲；如果人人怀养其天赋的智慧，那世上就不会再有人被迷惑；如果人人怀养其天赋的德行，世上就不会再有邪恶了。像曾参、史鳍、杨朱、墨翟、师旷、工倕、离朱那样的人，都是炫耀他们的德行才能而用来迷乱天下的人，实际对于大道来说，都是没有用处的。

子独不知至德之世乎？昔者容成氏、大庭氏、伯皇氏、中央氏、栗陆氏、骊畜氏、轩辕氏、赫胥氏、尊卢氏、祝融氏、伏戏氏、神农氏，当是时也，民结绳而用之，甘其食，美其服，乐其俗，安其居，邻国相望，鸡狗之音相闻，民至老死而不相往来。若此之时，则至治已。今遂至使民延颈举踵曰[①]："某所有贤者。"赢粮而趣之[②]，则内弃其亲而外去其主之事，足迹接乎诸侯之境，车轨结乎千里之外。则是上好知之过也。

【注释】

①踵（zhǒng）：脚跟。

②赢：担负，带着。趣：奔赴，前往。

【译文】

你难道不了解那道德高尚的时代吗？从前有容成氏、大庭氏、伯皇氏、中央氏、栗陆氏、骊畜氏、轩辕氏、赫胥氏、尊卢氏、祝融氏、伏戏氏、神农氏，在他们的时代，民众在绳子上打结来记事，认为自己的食物是甘美可口的，自己的衣服是美丽合体的，喜欢自己的习俗，满意自己的居所，相邻的聚居区域互相可以望得见，鸡鸣狗叫的声音可以互相听得到，而民众之间一直到老、到死也不来往。像这样的时代，才是治理得最好的时代呢。现在竟然发展到使民众伸着脖子踮起脚跟盼望着说："某个地方有贤德之人。"于是带足了干粮赶去投奔，在家抛弃了双亲，在外又离开了主上的事务，这种人的足迹遍及各诸侯国，车子的辙印远达千里之外。这就是统治者推崇才智的过错啊。

上诚好知而无道，则天下大乱矣。何以知其然邪？夫弓弩、毕弋、机变之知多[①]，则鸟乱于上矣；钩饵、网罟、罾笱之知多[②]，则鱼乱于水矣；削格、罗落、罝罘之知多[③]，则兽乱于泽矣；知诈渐毒、颉滑坚白、解垢同异之变多[④]，则俗惑于辩矣。故天下每每大乱，罪在于好知。故天下皆知求其所不知而莫知求其所已知者，皆知非其所不善而莫知非其所已善者，是以大乱。故上悖日月之明[⑤]，下烁山川之精[⑥]，中堕四时之施[7]；惴耎之虫[8]，肖翘之物[9]，莫不失其性。甚矣夫好知之乱天下也！自三代以下者是已，舍夫种种之民而悦夫役役之佞[10]，释夫恬淡无为而悦夫啍啍之意[11]，啍啍已乱天下矣！

【注释】

①弩（nǔ）：一种利用机械力量发射箭的弓。毕：古时田猎用的长柄网。弋（yì）：一种系着绳子的箭，用来射鸟。

②罾（zēng）：一种用竹竿做支架的渔网，放入水底，有鱼则吊起。笱（gǒu）：竹制捕鱼用具，笼状，放入水流之中，鱼可从笼口进入而不能出。

③削（qiào）格：装有机关的捕兽木笼。罗落：罗网。落，通“络”。罝罘（jū fú）：捕兽网。

④颉（xié）滑：错乱，混淆。坚白：即离坚白，公孙龙子的著名命题。解垢：诡诈之辞。同异：即“合同异”，惠施的代表命题。

⑤悖（bèi）：遮蔽。

⑥烁：通“铄”。消损熔化。

⑦堕（huī）：毁坏。

⑧惴耎（chuǎn ruǎn）：虫类蠕动的样子。

⑨肖翘：细小能飞的生物。

⑩种种：淳厚朴实貌。役役：奔走钻营的样子。

⑪啍啍：形容恳切教导。啍，通“谆”。

【译文】

统治者如果推崇才智而背离大道，那么天下就会大乱了。怎么知道是这样的呢？如果弓弩、罗网、机关这类机巧智谋工具太多了，那么鸟就会满天乱飞；鱼钩、钓饵、渔网、竹笼这类智谋工具太多了，那鱼就会在水中乱游;木笼、罗网、兽网这些智谋工具太多了,那么野兽就会在山泽间乱窜;人们的智数巧诈、离坚白与合同异等诡辩太多了,则普通人就要为诡辩所迷惑了。所以天下常常大乱,其罪过就在于推崇才智。所以天下的人都知道去追求他所不知道的,却不知道去探求他已经知道的;都知道去非难他所认为不好的,却不知道去非难他已经认为是好的;因此天下就大乱了。这样,在上遮蔽了日月的光辉,在下销熔了山川的精华,在中破坏了四季的运行;就连蠕动的小虫,微小的飞蛾,也没有不丧失其本性的。推崇才智之扰乱天下竟闹到这么严重的地步!自夏商周以后都是如此啊,抛弃淳厚朴实的百姓,却喜欢奔走钻营的巧言谄媚之徒,舍弃恬淡无为的态度,却喜欢喋喋不休的教化,这喋喋不休的教化就把天下搞乱了!

达生篇

【题解】

本篇主旨与《养生主》篇大致相同,主要讲养生之道,强调人的精神作用。

通篇由十二个寓言故事组成,其中第一段可视为全篇的总纲,指出通达生命实情的人,不会过分看重财物、名位、权势之类身外之物,养生的关键在于避免为形体去操劳,而这就必须抛却世事,摆脱累赘,“形全精复,与天为一”。其他如“指与物化”等寓言,“忘足,履之适也”等名句,均很值得回味。

达生之情者①,不务生之所无以为②;达命之情者③,不务知之所无奈何。养形必先之物,物有余而形不养者有之矣;有生必先无离形,形不离而生亡者有之矣。生之来不能却[④],其去不能止。悲夫!世之人以为养形足以存生,而养形果不足以存生,则世奚足为哉?虽不足为而不可不为者,其为不免矣。夫欲免为形者,莫如弃世。弃世则无累,无累则正平,正平则与彼更生,更生则几矣[⑤]。事奚足弃而生奚足遗?弃事则形不劳,遗生则精不亏。夫形全精复,与天为一。天地者,万物之父母也,合则成体,散则成始。形精不亏,是谓能移。精而又精,反以相天。

【注释】

①达:通达,了解。情:实。

②务:努力从事。

③命:命运。

④却:拒绝。

⑤几:近于道。

【译文】

通达生命实情的人,不去追求对于生命无益的事情;通达命运实情的人,不去追求命运所无可奈何的事情。要保养身体,首先要利用物质资料,可有些人物资有余而身体却没有得到很好的保养;要保持生命,一定要先使生命不脱离形体,可是有些人形体没有离散而生命却已经死亡了。生命的到来是无法拒绝的,生命的离去是无法阻止的。可悲啊!世上的人们认为保养身形就足以保存生命,然而保养身形确实不足以保全生命,那么世上的事还有什么是值得去做的呢?虽然不值得做,却又不可不做,那么人生的劳累就不可避免了。要想避免为了身形而操劳,不如抛弃俗世。抛弃俗世就没了累赘,没了累赘则心性纯正和平,心性纯正和平则可与身形一起获得新生,获得新生就接近于道了。世事为什么值得抛弃?人生为什么值得忘怀?抛弃俗事则身形不致劳累，能够忘怀生命则精神不致消耗。形体健全，精神复原，就与自然融合为一。天和地，是生育万物的父母，天地交合则生成万物的形体，二者分离则呈现初始状态。身形与精神两不亏损，就能随着自然更生变化。精神进一步完善，反过来可以辅助自然。

子列子问关尹曰[①]："至人潜行不窒[②]，蹈火不热，行乎万物之上而不栗。请问何以至于此？"关尹曰："是纯气之守也[③]，非知巧果敢之列。居，予语汝！凡有貌象声色者，皆物也，物与物何以相远？夫奚足以至乎先？是色而已。则物之造乎不形而止乎无所化[④]，夫得是而穷之者，物焉得而止焉？彼将处乎不淫之度[⑤]，而藏乎无端之纪[⑥]，游乎万物之所终始，壹其性，养其气，合其德，以通乎物之所造。夫若是者，其天守全，其神无郤[⑦]，物奚自入焉？夫醉者之坠车，虽疾不死。骨节与人同而犯害与人异，其神全也，乘亦不知也，坠亦不知也，死生惊惧不入乎其胸中，是故遻物而不慴[⑧]。彼得全于酒而犹若是，而况得全于天乎？圣人藏于天，故莫之能伤也。复仇者不折镆干[⑨]，虽有忮心者不怨飘瓦[⑩]，是以天下平均。故无攻战之乱，无杀戮之刑者，由此道也。不开人之天，而开天之天。开天者德生，开人者贼生。不厌其天[⑪]，不忽于人，民几乎以其真。"

【注释】

①关尹：相传姓尹，名喜，字公度。春秋末年人。为函谷关吏，故称关尹。

②窒（zhì）：窒塞。

③纯气:纯和之气。

④无所化:无所化育,指道。因为万物因道而生,而道则是万物之祖,不是谁所能化育的。

⑤处:守。淫:过分,超越。

⑥端:开始。

⑦郤:同“隙”。孔隙,缝隙。

⑧遻:同“遌(è)”。相遇,遇见。此处指碰到,指从车上跌下与地相碰撞。慑:恐惧。

⑨镆干:指莫邪、干将,古代传说中善于铸剑的夫妇二人名,后作为利剑的代称。

⑩忮(zhì):忌恨。

⑪厌:满足。

【译文】

列子问关尹说:“修养至高的大德之人,潜入水中行走无碍,脚踏火上也不觉炙热,行进于万物之上而不畏惧。请问是什么原因使他达到这种境界的?”关尹说:“是因为他保守纯和之气的缘故,而不是心智巧诈、勇决果敢之类的原因。坐下,我告诉你!凡是有形状、声音、颜色的,都是物,物与物之间为什么会有大的区别呢?凭什么就能够更居于前列呢?不过都是有形有色之物罢了。这就是说,物产生于没有形体的状态之中,最终达到无所化育的道的状态,如果能了解并通晓这个道理,外物又怎么会控制得住他呢?这个人会恪守本分,藏心于循环变化的境地,神游于万物之根本与归宿,使他心性纯一,保养纯和之气,使德行与天道相合,以通向自然。这样的人,天性完备没有缺陷,他的精神凝聚不漏缝隙,外物的影响能从哪里乘虚而入呢?喝醉酒的人从车上跌下来,即使受伤却不致丧命。他身上的骨节和别人是一样的,受到的伤害却与其他从车上跌下的人不同,这是由于醉酒的人精神凝聚,所以乘车他也不知道,从车上掉下来他也不知道,死亡、生存、惊恐和惧怕都不能进入他心中，所以摔在地上也不会恐惧。这个因为醉酒而健全精神的人尚且如此，更何况是得全于自然之道的人呢？圣人含藏于自然，所以没有什么能伤害到他。虽然被利剑所伤，复仇之人却不会去折断对方的利剑；就算心怀忌恨的人，偶被飘落的瓦片打伤，他也不会去怨恨那瓦片，这样就使天下人同此心。所以要达到消除攻战的祸乱和杀戮的刑罚，就要经由这无为之道。不要开发人的智慧，而应开发人的自然本性。开发自然本性，则有恩惠于众生；开发人的智慧，则会残害众生。能够不满足于自然的本性，又不忽略人为的巧诈，则民众几乎可以按照他们率真的天性去行事了。”

仲尼适楚，出于林中，见痀偻者承蜩①，犹掇之也②。仲尼曰：“子巧乎！有道邪？”曰：“我有道也。五六月累丸二而不坠③，则失者锱铢④；累三而不坠，则失者十一⑤；累五而不坠，犹掇之也。吾处身也，若橛株拘⑥；吾执臂也，若槁木之枝。虽天地之大，万物之多，而唯蜩翼之知。吾不反不侧，不以万物易蜩之翼，何为而不得？”孔子顾谓弟子曰：“用志不分，乃凝于神，其痀偻丈人之谓乎⑦！”

【注释】

①痀偻(jū lóu)：曲背。承蜩：以竿粘蝉。蜩，蝉。

②掇(duó)：拾取，摘取。

③五六月：五六个月。指训练所用时间。累(lěi)：重叠。

④锱铢(zī zhū)：本为重量单位，古代以六铢为一锱，四锱为一两。此指微小的数量。

⑤十一：十分之一。

⑥橛株拘：树桩。拘，当为“枸”字之误。枸，指树根部分。

⑦丈人：古时对老年人的尊称。

【译文】

孔子到楚国去，有一次从树林中走出时，看到一位驼背老人用长竿粘蝉，就好像是直接摘取那样轻而易举。孔子说："您真灵巧啊！有什么诀窍吗？"老人回答说："我有诀窍啊。训练五六个月，竿顶重叠两个弹丸而不致掉下来，那么粘蝉时失手的机会就不多了；练到竿顶可以重叠三个弹丸而掉不下来，则捉蝉时失手不过十分之一罢了；练到竿顶能重叠五个弹丸的地步，那么粘蝉就跟直接摘取一样容易了。粘蝉时，我身形沉稳，就像树桩一样；伸出的手臂，就像枯槁的树枝一样稳定。虽然天地如此广大，万物如此众多，而我的心里却只关注着蝉的翅膀。我身形纹丝不动，不因任何事物而转移对蝉翼的注意，这样，怎么会粘不到蝉呢？"孔子回过头来对弟子们说："运用心志不使分散，就能做到聚精会神，这话说的就是这位驼背老先生吧！"

颜渊问仲尼曰："吾尝济乎觞深之渊①，津人操舟若神②。吾问焉，曰：'操舟可学邪？'曰：'可。善游者数能③。若乃夫没人④，则未尝见舟而便操之也。'吾问焉而不吾告，敢问何谓也？"仲尼曰："善游者数能，忘水也。若乃夫没人之未尝见舟而便操之也，彼视渊若陵，视舟之覆犹其车却也。覆却万方陈乎前而不得入其舍⑤，恶往而不暇⑥？以瓦注者巧⑦，以钩注者惮，以黄金注者殙⑧。其巧一也，而有所矜⑨，则重外也。凡外重者内拙。"

【注释】

①觞深：渊之名，此有寓言之意。

②津人：渡船的船夫。津，渡口。

③数(shuò):屡次,几次。

④没人:潜水的人。

⑤舍:指内心。

⑥恶(wū):哪里。暇(xiá):闲暇。指悠闲自得。

⑦注:投,击,射。林希逸说:“射而赌物曰注。”

⑧殙(hūn):心志昏乱。

⑨矜(jīn):顾惜,畏惧。

【译文】

颜渊问孔子说:“我曾渡过那名叫觞深的深渊,摆渡的船夫驾驭船只的技术好像神明。我问他:‘这驾船是可以学会的吗?’他回答说:‘可以。善于游泳的人练习几次就能学会。如果是能够潜水的人,就算以前没有见过舟船的,也能驾驭它。’我再问,他就不告诉我了。请问先生,船夫的话究竟是什么意思呢?”孔子说:“善于游水的人练上几次就能驾船,是因为他熟悉水性,不必把水放在心上。如果是能够潜水的人,就算是没有见过舟船的,也能够驾驭它,这是说对于善于潜水的人来说,深渊就像山陵一样,舟船倾覆就像车子后退一样,算不了什么。如翻船退车一样的种种景象一并呈现在他眼前,也不会扰乱他的内心,这种人驾上船到任何地方去,不都是悠闲自得的吗?用瓦片来做赌注的人心思灵巧,用带钩来做赌注的人心性怖惧,用黄金来做赌注的人心智昏乱。其实他们的技巧是一样的,而心中有所顾惜,也就是看重外物。凡是看重外物的,内心必然笨拙。”

田开之见周威公,威公曰:“吾闻祝肾学生[①],吾子与祝肾游,亦何闻焉?”田开之曰:“开之操拔彗以侍门庭[②],亦何闻于夫子?”威公曰:“田子无让,寡人愿闻之。”开之曰:“闻之夫子曰:‘善养生者,若牧羊然,视其后者而鞭之。’”威公曰:“何谓也?”田开之曰:“鲁有单豹者[3],岩居而水饮,不与民共利,行年七十而犹有婴儿之色,不幸遇饿虎,饿虎杀而食之。有张毅者,高门县薄[4],无不走也,行年四十而有内热之病以死。豹养其内而虎食其外,毅养其外而病攻其内。此二子者,皆不鞭其后者也。”

仲尼曰:“无入而藏[5],无出而阳[6],柴立其中央。三者若得,其名必极。夫畏涂者[7],十杀一人,则父子兄弟相戒也[8],必盛卒徒而后敢出焉[9],不亦知乎?人之所取畏者,衽席之上[10],饮食之间[11],而不知为之戒者,过也。”

【注释】

①祝肾:姓祝,名肾,怀道者。学生:学习养生之道。

②拔彗(huì):扫帚。

③单(shàn)豹:隐者姓名。

④高门:富贵之家。县薄:垂帘。悬帘薄以蔽门,指小户人家。县,同“悬”。

⑤无:通“毋”。不要。

⑥阳:借为“扬”。

⑦畏涂:害怕路途不平安。涂,通“途”。

⑧戒:告诫。

⑨盛:强盛。

⑩衽(rèn)席之上:指色欲之事。衽席,寝卧之席。

⑪饮食之间:指口腹之欲。

【译文】

田开之谒见周威公,威公说:“我听说祝肾学习养生之道,您与祝肾有交往,可曾有所了解吗?”田开之说:“我也只是拿着扫帚打扫门庭,何尝从先生那里听到过什么呢?”威公说:“田先生不要谦让,我很想听到养生之道。”开之说:“我听先生说过,‘善于养生的人就像牧羊一样,看哪只羊走在最后,就用鞭子赶一下。’”威公说:“这话是什么意思呢?”田开之说:“鲁国有个叫单豹的,住在岩洞之中,喝的是山泉,不和别人共享任何利益,到了七十岁的时候,还带有几分婴儿的容色,不幸他遇到了饥饿的老虎,饿虎咬死他,把他吃了。有个叫张毅的,无论是高门大族,还是小门小户,都有来往,四十岁上却因内热的病而去世。单豹善于培养内在的精神,老虎却把他的身体吃掉;张毅善于培养外在的形象,疾病却从内部诱发。这两位都是如同不能驱赶落后的羊的那种人。”

孔子说:“不要过于深入潜藏,也不要出头露面过于张扬,要像柴木一样无情而居于出入动静之间。这三条如果办得到,他的名声必定最高。害怕路途不太平的,哪怕是在这条路上只是十个人中有一人被杀,于是父子兄弟之间就互相告诫,一定要多带些人手才敢出门上路,这不也是很明智的吗?人所最应感到畏惧的,是枕席之上的事,吃喝之间的事,对此不知警戒的人,真是过错啊。”

祝宗人玄端以临牢筴①,说彘曰:“汝奚恶死?吾将三月㢢汝②,十日戒③,三日齐④,藉白茅⑤,加汝肩尻乎雕俎之上⑥,则汝为之乎?”为彘谋,曰:“不如食以糠糟而错之牢筴之中⑦。”自为谋,则苟生有轩冕之尊,死于腞楯之上、聚偻之中则为之⑧。为彘谋则去之,自为谋则取之,所异彘者何也?

【注释】

①祝宗人:即祝人、宗人,指掌管祭祀的官员。玄端:一种祭祀时穿的礼服。牢:指猪圈。筴:木栏。

②豢(huàn):同“豢”。养。

③戒:斋戒。指戒除酒、荤、色欲之类。

④齐:同“斋”。在祭礼等活动之前整洁身心,以示虔敬。

⑤藉(jiè)白茅:用白茅草编成垫子,以示洁净。

⑥尻(kāo):脊骨末端,臀部。俎(zǔ):古代祭祀、燕飨时陈置牲体或其他食物的一种礼器。

⑦错:置。

⑧腞楯(zhuàn chūn):有画饰的殡车。聚偻:本指棺椁上的彩饰。这里借指饰纹繁多的柩车。

【译文】

祝宗人身着礼服来到猪圈前,劝说猪:“你何必要厌恶死亡呢?我用了三个月的时间来喂养你,十天斋戒,三天整洁身心,用白茅草来做垫子,把你那前肩、后臀放在雕花的俎上,这样的话你愿意了吧?”如果是为猪打算,说:“不如用谷皮酒糟来喂它,把它关在栏圈当中。”如果是替自己打算,倘若活着的时候能享有乘轩戴冕的尊贵地位,死后能置身于华丽的棺椁之中、体面的灵柩车上,就很满意了。为猪打算就会抛弃那些白茅草的垫子、雕饰的俎,为自己打算就去争取这类东西,这和猪又有什么不同呢?

桓公田于泽[①],管仲御[②],见鬼焉。公抚管仲之手曰:“仲父何见?”对曰:“臣无所见。”公反[③],诶诒为病[④],数日不出。齐士有皇子告敖者曰:“公则自伤,鬼恶能伤公?夫忿滀之气[⑤],散而不反,则为不足;上而不下,则使人善怒;下而不上,则使人善忘;不上不下,中身当心,则为病。”桓公曰:“然则有鬼乎?”曰:“有。沈有履[⑥],灶有髻[⑦]。户内之烦壤[⑧],雷霆处之[⑨];东北方之下者,倍阿、鲑蠪跃之[⑩];西北方之下者,则泆阳处之[11]。水有罔象[12]，丘有峷[13]，山有夔[14]，野有彷徨[15]，泽有委蛇[16]。”公曰：“请问委蛇之状何如？”皇子曰：“委蛇，其大如毂[17]，其长如辕，紫衣而朱冠。其为物也，恶闻雷车之声，则捧其首而立。见之者殆乎霸。”桓公辴然而笑曰[18]：“此寡人之所见者也。”于是正衣冠与之坐，不终日而不知病之去也。

【注释】

①田：通“畋”。打猎。

②御：驾驭车马。

③反：同“返”。

④诶诒（xī tái）：神魂不宁而呓语。

⑤忿滀（chù）：郁结。

⑥沈（chén）：水中污泥。履：鬼神名。

⑦髻（jiē）：灶神。

⑧烦壤：烦攘。壤，疑为“攘”字之误。

⑨雷霆：鬼名。

⑩倍阿、鲑蠪：均为鬼名。

⑪泆阳：鬼名。

⑫罔象：水怪名。

⑬峷（shēn）：山丘之鬼。

⑭夔（kuí）：山神名。

⑮彷徨：野外神名。

⑯委蛇（wēi yí）：神话传说中像蛇的神名。

⑰毂（gǔ）：车轮中心的圆木，周围与车辐的一端相接，中有圆孔，可以插轴。

⑱辴(chǎn)然:笑的样子。

【译文】

齐桓公在野泽中打猎,管仲为他驾车,见到了鬼。桓公拍拍管仲的手,说:“仲父,你看见什么了?”管仲回答说:“我什么也没看见。”桓公回来以后,失魂落魄,以致生病,好几天不出门。齐国的士人皇子告敖说:“您这是自己伤害自己,鬼怎么能够伤害您呢?郁结之气,如果四散而不得还原,那就会气力不足;如果上升而不得下通,就会使人容易发怒;如果下淤而不能上达,就会让人健忘;既不能上达又不得下通,淤积于心中,就成了病。”桓公说:“那么有鬼吗?”回答说:“有。水中污泥里的鬼叫履,灶上的鬼叫髻。门户之内扰攘的地方,有鬼名叫雷霆的就在那里;东北方的墙下,有叫倍阿、鲑蛮的鬼在那里跳跃;西北方的墙下,有叫泆阳的鬼住在那里。水里有罔象神,小土山上有峷神,大山当中有夔神,旷野上有彷徨神,草野里有委蛇神。”桓公说:“请问这委蛇的形状是什么样的?”皇子回答说:“委蛇的大小像车毂,长短像车辕,身着紫衣,头戴红冠。这个东西厌恶听到雷车的声音,一旦听到雷车的声音就双手捧着头站在那里。能见到委蛇的人,大概会成为霸主。”桓公笑着说道:“这正是寡人所见到的鬼。”于是整齐衣冠,与皇子告敖坐在一起,不到一天时间竟不知不觉地病已好了。

纪渻子为王养斗鸡。十日而问:“鸡已乎?”曰:“未也,方虚憍而恃气。”十日又问,曰:“未也,犹应向景①。”十日又问,曰:“未也,犹疾视而盛气。”十日又问,曰:“几矣。鸡虽有鸣者,已无变矣,望之似木鸡矣,其德全矣,异鸡无敢应者,反走矣。”

【注释】

①向景:声响和影子。向,通“响”。

【译文】

纪渻子为君王驯养斗鸡。才十天，就问："鸡能搏斗了吗？"回答说："还不行，现在这鸡还虚浮骄傲而自恃意气。"再过十天，又问，纪渻子说："还不行，听到响动、看到影子，它就有反应。"又过十天，再问，纪渻子说："还不行，这鸡看东西还是很迅捷，意气还是很强盛。"再过十天，又问，纪渻子说："差不多了。别的鸡时有鸣叫，这只鸡听了没什么反应，看上去像只木头鸡，它的精神完全凝寂，别的鸡没有敢上前应战的，一见到它就回头跑掉了。"

孔子观于吕梁①，县水三十仞②，流沫四十里，鼋鼍鱼鳖之所不能游也③。见一丈夫游之，以为有苦而欲死也，使弟子并流而拯之。数百步而出，被发行歌而游于塘下④。孔子从而问焉，曰："吾以子为鬼，察子则人也。请问，蹈水有道乎？"曰："亡，吾无道。吾始乎故，长乎性，成乎命。与齐俱入⑤，与汩偕出⑥，从水之道而不为私焉，此吾所以蹈之也。"孔子曰："何谓始乎故，长乎性，成乎命？"曰："吾生于陵而安于陵，故也；长于水而安于水，性也；不知吾所以然而然，命也。"

【注释】

①吕梁：一般认为指彭城（今江苏徐州）。

②县水：瀑布。县，同"悬"。

③鼋（yuán）：鳖科动物，俗称"癞头鼋"。鼍（tuó）：扬子鳄，俗称"猪婆龙"。

④被：同"披"。塘：堤岸。

⑤齐：通"脐"。比喻漩涡。

⑥汩(hú)：涌出的水波。

【译文】

孔子在吕梁观赏风光景色。有一处瀑布从二百多尺高的山上流下，溅起的泡沫可以漂流到四十里之外，即便是鼋鼍鱼鳖在这里也无法游水。孔子见到一个男子在这里游泳，以为这人是有什么苦处想自杀的，就派弟子们顺流赶去搭救他。只见那男子潜入水中有数百步之远才探出头来，披散头发，放声高歌，游到堤岸下。孔子跟过去问他："我原以为你是个鬼，仔细一看还是个人。请问，在水中游泳也有道吗？"那人回答说："没有，我没有什么道。我这个人开始于故常，成长于习性，成功于天命。我和漩涡一起沉入水下，又和上涌的水流一起涌出，顺着水势而不是由着自己，这就是我游水的方式。"孔子说："什么叫作开始于故常，成长于习性，成功于天命呢？"回答说："我当初生在山陵地方而安于那里的环境，这就是故常；我在水上长大又安于水上的生活，这就是习性；我根本不知道怎么会这样而我居然就能游到这个水平，这就是天命了。"

梓庆削木为鐻[①]，鐻成，见者惊犹鬼神。鲁侯见而问焉，曰："子何术以为焉？"对曰："臣工人，何术之有？虽然，有一焉，臣将为鐻，未尝敢以耗气也，必齐以静心。齐三日，而不敢怀庆赏爵禄；齐五日，不敢怀非誉巧拙；齐七日，辄然忘吾有四枝形体也。当是时也，无公朝，其巧专而外骨消[②]；然后入山林，观天性；形躯具矣，然后成见鐻，然后加手焉；不然则已。则以天合天，器之所以疑神者，其是与！"

【注释】

①梓(zǐ)：木匠。庆：人名。鐻(jù)：同"虡"。悬挂钟磬等乐器的架

子两侧的立柱。

②骨：通“滑”。扰乱。

【译文】

木匠庆把木材刻削成鐻，完工以后，见到的人十分惊异，以为鬼斧神工。鲁国国君召他入宫谒见，问他：“你是用什么技术来制作的？”庆回答说：“我不过是个工匠，哪有什么技术？不过我有一条，在将要制作鐻的时候，我不敢耗损我的精气，一定要实行斋戒使心静穆。斋戒三天，我不再有祝贺、奖赏、爵位、俸禄等念头；斋戒五天，不再想别人的批评、赞誉或自己技艺的精巧、笨拙；斋戒七天，心思静止到连自己的四肢形骸都忘了。到了这个时候，忘记了朝廷，技巧专一而外扰全消；然后进入山林之中，观察树木的天然质性；看到形躯合适的，这时如同鐻已在目前，然后才动手施工；不能这样就索性不做。这样以我的自然与木质的自然相吻合，制成以后的器物会被认为是鬼神的作品，道理就在这里吧！”

东野稷以御见庄公①，进退中绳，左右旋中规。庄公以为文弗过也，使之钩百而反。颜阖遇之②，入见曰：“稷之马将败。”公密而不应③。少焉，果败而反。公曰：“子何以知之？”曰：“其马力竭矣，而犹求焉，故曰败。”

【注释】

①东野稷：姓东野，名稷。善于驾车。

②颜阖（hé）：姓颜，名阖。鲁国贤人。

③密：默然。

【译文】

东野稷因为驾驭车马的技术而进见庄公，他驾车前进或后退，车辙就像墨线一样直;向左转或向右转,外面的辙印就像圆规画出来似的那么圆。庄公以为画圈也不过如此,要他连续驾车左右旋转一百组以后返回。颜阖遇见东野稷在路上打转,进宫对庄公说:“东野稷的马要累垮了。”庄公默不作声。一会儿,东野稷的马果然累垮而返回。庄公问颜阖:“你怎么知道会是这样呢?”回答说:“他的马已经用尽力气,还要赶着跑完规定的数量,所以说要垮掉。”

工倕旋而盖规矩[①],指与物化而不以心稽,故其灵台一而不桎[②]。忘足,屦之适也;忘要,带之适也;知忘是非,心之适也;不内变,不外从,事会之适也。始乎适而未尝不适者,忘适之适也。

【注释】

①工倕(chuí):尧时巧匠,名倕。旋:旋转画圆。盖:通“盍”。合。

②灵台:心。桎:借为“窒”。

【译文】

工倕用手旋转画圆而与圆规相合,手指动作随着器物所需要的图形而变化,甚至用不着心算,所以他心性纯一,没有窒碍。如果忘掉自己的脚,鞋子是舒适的;忘掉自己的腰,腰带是舒适的;忘掉是非,心灵是安适的;内心不移,不受外物影响,处境是安适的。开始感到安适而后无事不安适的,就是忘了安适的安适。

有孙休者,踵门而诧子扁庆子曰[①]:“休居乡不见谓不修[②],临难不见谓不勇。然而田原不遇岁,事君不遇世,宾于乡里[③],逐于州部,则胡罪乎天哉?休恶遇此命也?”扁子曰:“子独不闻夫至人之自行邪?忘其肝胆,遗其耳目,芒然彷徨乎尘垢之外，逍遥乎无事之业，是谓为而不恃，长而不宰。今汝饰知以惊愚，修身以明污，昭昭乎若揭日月而行也。汝得全而形躯，具而九窍[4]，无中道夭于聋盲跛蹇而比于人数，亦幸矣，又何暇乎天之怨哉？子往矣！”孙子出。扁子入，坐有间，仰天而叹。弟子问曰：“先生何为叹乎？”扁子曰：“向者休来，吾告之以至人之德，吾恐其惊而遂至于惑也。”弟子曰：“不然。孙子之所言是邪？先生之所言非邪？非固不能惑是。孙子所言非邪？先生所言是邪？彼固惑而来矣，又奚罪焉？”扁子曰：“不然。昔者有鸟止于鲁郊，鲁君说之，为具太牢以飨之[5]，奏《九韶》以乐之[6]。鸟乃始忧悲眩视，不敢饮食。此之谓以己养养鸟也。若夫以鸟养养鸟者，宜栖之深林，浮之江湖，食之以委蛇[7]，则平陆而已矣。今休，款启寡闻之民也[8]，吾告以至人之德，譬之若载鼷以车马[9]，乐鴳以钟鼓也[10]，彼又恶能无惊乎哉？”

【注释】

①踵门：登门，上门。诧：告知。

②见：被。

③宾：通“摈”。排斥。

④九窍：指双眼、两鼻孔、一口、二耳、二阴。

⑤太牢：古代祭祀，牛、羊、豕三牲齐备谓之太牢。

⑥《九韶》：传说中虞舜时代的乐曲。

⑦委蛇：神话传说中的蛇。

⑧款启：打开小孔，即一孔之见，形容所见之少。款，小孔。启，开。

⑨鼷（xī）：鼠类最小的一种。

⑩鴳(yàn)：亦作“鷃”。小雀名。

【译文】

有个叫孙休的，亲自登门求见扁庆子，告诉扁庆子说：“我居住在乡里时没有人说我的操守不端，遇到危难也没有人说我不勇敢。可是田园耕作却碰不上好年成，侍奉君主也没赶上圣君明主的好时代，在乡里受排斥摈弃，在州邑也被赶出来，我是怎么得罪了老天哪？我孙休怎么碰上这样的命呢？”扁子说：“你难道没有听说过修养到最高程度的人的作为吗？他忘记了自己的肝胆，不用自己的耳目，无知无识，随意行走于尘世之外，逍遥自在以无为为业，这就叫作有所作为而不自恃，对事物生长有所帮助而不自居主宰。现在你美化心智来警醒愚顽之人，修养身心来显出别人的污秽，炫耀自己就像举着日月走路。你能够保全你的身躯，能具备九窍，没有在半道上夭折在耳聋眼瞎腿瘸上，能和正常人一样，这已经很幸运了，哪还有工夫去埋怨老天呢？你走吧！”孙休走了。扁子回到屋内，坐下不大工夫，就仰面对天而叹。弟子问道：“先生为什么叹息呢？”扁子说：“刚才孙休来，我把修养到最高程度的人的品德告诉他，我恐怕他会太过惊异，因此更加迷惑。”弟子说：“不是这样。孙休所讲的是对的吗？先生你所讲的是错的吗？那么错误的本来就不能迷惑正确的。孙先生所讲的是错的吗？先生你所讲的是对的吗？那么他本来就是带着迷惑来的，这有什么可怪罪的呢？”扁子说：“不是这样。过去曾有一只鸟停栖于鲁国国都的郊外，鲁国国君对此很是喜悦，为它备办太牢来招待它，演奏《九韶》的音乐让它快乐。于是那只鸟就开始忧愁悲哀，头昏眼花，不敢吃，不敢喝。这就叫作以养人的办法来养鸟。如果按照鸟的生活方式来养鸟，那就应该让它住在深林之中，飞翔于江湖之上，给它吃蛇一类的食物，这是平常的道理。现在，孙休是个孤陋寡闻的人，我把修养到最高程度的人的品德告诉他，这就像用轩车驷马来载上小鼷鼠，用钟鼓器乐来使小鴳雀高兴一样，它们怎么会不震惊呢？”

山木篇

【题解】

《山木》,取名于首句中"庄子行于山中,见大木"。

本篇由九个寓言故事组成,主旨与《庄子·人间世》相同,揭示了人世多患,动辄受害,阐发处世之道。"物物而不物于物"是本篇提出的著名命题。

本篇第一段提出了一个两难的问题,山木因其不材得以终其天年,雁则因不材而被杀,那么究竟该怎么办呢?作者的回答是处于材与不材之间。但处于材与不材之间仍免不了还有累赘、忧患,只有"浮游乎万物之祖;物物而不物于物",游于无为的道德境界才是最理想的。其余各段大体从不同的侧面阐发这一思想。

庄子行于山中,见大木,枝叶盛茂,伐木者止其旁而不取也。问其故,曰:"无所可用。"庄子曰:"此木以不材得终其天年。"夫子出于山,舍于故人之家。故人喜,命竖子杀雁而烹之①。竖子请曰:"其一能鸣,其一不能鸣,请奚杀?"主人曰:"杀不能鸣者。"明日,弟子问于庄子曰:"昨日山中之木,以不材得终其天年;今主人之雁,以不材死。先生将何处?"庄子笑曰:"周将处夫材与不材之间。材与不材之间,似之而非也,故未免乎累。若夫乘道德而浮游则不然。无誉无訾②,一龙一蛇,与时俱化,而无肯专为;一上一下,以和为量,浮游乎万物之祖;物物而不物于物,则胡可得而累邪?此神农、黄帝之法则也。若夫万物之情,人伦之传,则不然。合则离,成则毁,廉则挫,尊则议,有为则亏,贤则谋,不肖则欺,胡可得而必乎哉?悲夫!弟子志之,其唯道德之乡乎!"

【注释】

①竖子：童仆。雁：鹅。

②訾(zǐ)：诋毁。

【译文】

庄子在山中行走，见到一棵大树，枝繁叶茂，伐木的人停在树旁却不砍伐这棵树。问他原因，他说："没有用处。"庄子说："这树因为不是材料而能够享尽自然的寿命。"庄子从山中出来，住到老友家中。老友很高兴，让童仆杀鹅来烧了吃。童仆问道："一只鹅能叫，一只鹅不能叫，请问杀哪只？"主人说："杀那只不能叫的。"第二天，弟子们问庄子："昨天，山中大树因为不成材而得享尽自然的寿命；现在，主人的鹅因为不成材而被杀掉。请问先生该如何自处呢？"庄子笑着说："我将自处于材与不材之间。这材与不材之间，似乎是最佳选择了，其实不然，所以还是不能免除累患。如果凭着道德去漂泊四方，就不会是这样了。既没有赞扬，也没有毁谤，出如游龙，隐如蛇蛰，随着时序而自然变化，不偏滞于一时一地一事一物；上飞下潜各种变化，以和顺自然为原则，游心于万物初始的虚无境界；视万物为外物而不致为外物所役，这样怎会受到累患呢？这就是神农氏和黄帝处世的原则啊。至于万物的私情，人类的习俗，却不是这样了。有聚合就有离异，有成就就有毁弃，有棱角就会受挫伤，有地位则招物议，有作为就要亏损，有贤能就要遭算计，没本事又要被人欺，有什么是一定之规的吗？可叹啊！弟子们记住吧，凡事只有归向道德啊！"

市南宜僚见鲁侯[①]，鲁侯有忧色。市南子曰："君有忧色，何也？"鲁侯曰："吾学先王之道，修先君之业；吾敬鬼尊贤，亲而行之，无须臾离居。然不免于患，吾是以忧。"市南子曰："君之除患之术浅矣！夫丰狐文豹，栖于山林，伏于岩穴，静也；夜行昼居，戒也；虽饥渴隐约[2]，犹且胥疏于江湖之上而求食焉[3]，定也；然且不免于罔罗机辟之患。是何罪之有哉？其皮为之灾也。今鲁国独非君之皮邪？吾愿君刳形去皮[4]，洒心去欲，而游于无人之野。南越有邑焉，名为建德之国。其民愚而朴，少私而寡欲；知作而不知藏，与而不求其报；不知义之所适，不知礼之所将；猖狂妄行，乃蹈乎大方；其生可乐，其死可葬。吾愿君去国捐俗，与道相辅而行。”君曰：“彼其道远而险，又有江山，我无舟车，奈何？”市南子曰：“君无形倨[5]，无留居，以为君车。”君曰：“彼其道幽远而无人，吾谁与为邻？吾无粮，我无食，安得而至焉？”市南子曰：“少君之费，寡君之欲，虽无粮而乃足。君其涉于江而浮于海，望之而不见其崖，愈往而不知其所穷。送君者皆自崖而反，君自此远矣！故有人者累，见有于人者忧。故尧非有人，非见有于人也。吾愿去君之累，除君之忧，而独与道游于大莫之国[6]。方舟而济于河，有虚船来触舟，虽有惼心之人不怒[7]。有一人在其上，则呼张歙之，一呼而不闻，再呼而不闻，于是三呼邪，则必以恶声随之。向也不怒而今也怒，向也虚而今也实。人能虚己以游世，其孰能害之？”

【注释】

①市南宜僚：姓熊，名宜僚。楚国人，家住市南。鲁侯，即鲁哀公。

②隐约：困苦。

③胥疏：谓与人相远，流转各地。

④刳(kū)形：指忘其身。刳，剖开。去皮：离开皮毛，指忘其国。

⑤倨：傲慢。

⑥莫:通“漠”。

⑦惼(biǎn)心:心地狭隘急躁。

【译文】

市南宜僚谒见鲁侯,看到鲁侯有忧虑的表情。市南宜僚说:“您面色忧虑,是怎么回事?”鲁侯说:“我学习先王之道,经营先君的事业;我敬奉鬼神,尊重贤能,躬身力行,没有片刻的休息。但仍是免不了祸患,我因此而忧虑。”市南宜僚说:“您消除祸患的办法太浅陋了!像那皮毛丰美的狐狸和满身斑纹的豹子,栖居在山林,潜伏在岩洞,这够沉静了;夜里出来行走,白天留在洞中,也够警戒的;虽然饥渴困苦,还要远行到人迹不至的江湖去求食,做事很有定例;然而还是免不了受罗网、捕具的祸患。它们有什么过错呢?是它们的皮毛带来的灾祸啊。现在鲁国难道不就是您的皮吗?我希望您剖空身形,离开皮毛,抛弃心智欲念,游荡在无人的旷野。南越有个都邑,叫建德之国。那里的民众愚鄙而质朴,少有私心,少有私欲;只知耕作却不知收藏,慨然给予而不求回报;不知道义把人引向何处,也不懂礼法如何推行;从心所欲,率意而行,可以说是踏上了大道;在世时自得其乐,去世后妥善埋葬。我希望您离开鲁国,捐弃旧俗,与道相辅而行。”鲁侯说:“那道路遥远而险峻,其间又有深山大河,我没有船和车,怎么办?”市南宜僚说:“您不要因为自己的地位而对人傲慢,也不要太安于自己所处的地位,以此作为您的车子。”鲁侯说:“道路幽远,没有人烟,我与谁为邻呢?我没有粮食,没有饭吃,怎么能够到达呢?”市南子说:“减少您的费用,节制您的欲望,就算没有粮食,也足够了。您渡过江河而浮游海上,放眼望去看不到海岸,愈前进愈不知道哪里是尽头。给您送行的人都从岸边返回了,你从此远行啦!所以,拥有臣民的就有拖累,臣属于人的就有忧愁。所以尧既不拥有臣民,又不臣属于人。我希望抛却您的拖累,清除您的忧愁,只和大道遨游在广漠的天地之间。两船并连来过河,这时有一艘空船撞过来,即便是心地狭隘急躁的人也不会为此而生气。如果那艘船上有一个人，那么这并行船上的人一定会张口呼喊，喊一次对方没反应，再喊一次还没反应，于是第三声就一定会夹杂着难听的话。起先不生气而现在生气，是因为起先是空船而现在船上有人。人如果能像无人的船一样无心地游行人世，谁还能加害于他呢？”

北宫奢为卫灵公赋敛以为钟[①]，为坛乎郭门之外[②]，三月而成上下之县[③]。王子庆忌见而问焉，曰：“子何术之设？”奢曰：“一之间，无敢设也。奢闻之，既雕既琢，复归于朴。侗乎其无识[④]，傥乎其怠疑[⑤]；萃乎芒乎，其送往而迎来；来者勿禁，往者勿止；从其强梁[⑥]，随其曲傅，因其自穷，故朝夕赋敛而毫毛不挫，而况有大涂者乎！”

【注释】

①北宫奢：名奢，卫国大夫。居北宫，因以为号。

②坛：筑土而成的祭神场所。铸钟要先祭神，故筑坛。郭：外城。

③县：同“悬”。编钟有两层，故曰上下之悬。

④侗（tóng）：幼稚无知。

⑤傥（tǎng）：无思无虑。怠疑：停滞不前貌。形容不急于求取。

⑥从：同“纵”。强梁：指强横，不驯顺。

【译文】

北宫奢征收专门的赋税来为卫灵公铸编钟，在外城门外建造了祭坛，三个月时间就铸成上下两层的编钟。王子庆忌见到后问他：“您用的是什么办法？”北宫奢说：“抱守纯一，心无旁骛而已。我听说，切磋琢磨，恢复朴真。我在这一时期对别的事幼稚而显得无知，无心而显得停滞；送走归者，迎接来人，铸钟的物资已经聚集起来，可我还是心下茫然；来服役的不加禁止，中途离去的也不去阻止；强横不驯的听其自便，依附顺从的任其自然，由着他们凭着自愿尽力而为，所以虽然天天征役敛财，而民众却不致受到一丝一毫的损伤，更何况有大道的人呢！”

孔子围于陈、蔡之间[①]，七日不火食。大公任往吊之曰[②]：“子几死乎？”曰：“然。”“子恶死乎？”曰：“然。”任曰：“予尝言不死之道。东海有鸟焉，名曰意怠。其为鸟也，翂翂翐翐[③]，而似无能。引援而飞，迫胁而栖，进不敢为前，退不敢为后；食不敢先尝，必取其绪[④]。是故其行列不斥，而外人卒不得害，是以免于患。直木先伐，甘井先竭。子其意者饰智以惊愚，修身以明污，昭昭乎如揭日月而行，故不免也。昔吾闻之大成之人曰：‘自伐者无功，功成者堕[⑤]，名成者亏。’孰能去功与名而还与众人？道流而不名，居德行而不名处；纯纯常常，乃比于狂；削迹捐势，不为功名；是故无责于人，人亦无责焉。至人不闻，子何喜哉？”孔子曰：“善哉！”辞其交游，去其弟子，逃于大泽；衣裘褐，食杼栗[⑥]；入兽不乱群，入鸟不乱行。鸟兽不恶，而况人乎？

【注释】

①陈、蔡：春秋时小国名。

②大公：即太公，对老者的称呼。吊：慰问。

③翂（fēn）翂翐（zhì）翐：形容鸟群舒缓地循序而飞。

④绪：残余，剩余。

⑤堕：毁坏。

⑥杼（shù）栗：栎属的籽实。杼，栎木。

【译文】

孔子被围困在陈、蔡两国之间，七天不曾起火做饭。太公任前往慰问他："您快要饿死了吧？"孔子说："是。"太公任说："您厌恶死亡吗？"孔子说："是。"太公任说："我曾经讲过不死之道。东海有一种鸟，名字叫意怠。这种鸟飞得舒缓循序，一副无能的样子。要有领飞的，它才跟着飞，带它停下来，它才歇息，前进时它不敢飞在前面，后退时它不敢落在最后，吃食时它不敢先尝，只吃众鸟吃剩下的食物。因为这个缘故，它夹在别的鸟的行列中不受排斥，外人始终也不能够加害于它，因此得以免遭祸患。挺直的树木会先被砍伐，甘甜的水井会率先枯竭。您一心一意文饰才智以惊世骇俗，修饰自己的品行以显露别人的污浊，显得您光芒四射耀人眼目，如同举着太阳、月亮那样行走，所以您就免不了要招来祸患了。从前我听成就巨大的人讲过：'自我夸耀的反而没有功绩，成就功业就要堕败，名声显著就会受到损伤。'有谁能够抛弃功业、名望而回复到与众人相同呢？大道流行天下而不显耀自我，德泽被于四方而不以有德者自居；纯朴平凡，同于愚狂；削除形迹，捐弃权势，不追求功业、名声；所以就能无求于外人，而人们也无求于我。至人不追求以功名闻于世，您又为什么喜好这些呢？"孔子说："好极了！"于是他辞别了朋友，离开了弟子们，逃到野泽之中；身穿粗陋的衣服，吃杼栗野果；他走到野兽中去，野兽不乱群；他走到鸟群中去，鸟群不乱行。连鸟兽都不嫌厌他，何况人呢？

孔子问子桑雽曰[①]："吾再逐于鲁，伐树于宋，削迹于卫，穷于商、周，围于陈、蔡之间。吾犯此数患，亲交益疏，徒友益散，何与？"子桑雽曰："子独不闻假人之亡与[②]？林回弃千金之璧[③]，负赤子而趋[④]。或曰：'为其布与[⑤]？赤子之布寡矣。为其累与？赤子之累多矣。弃千金之璧，负赤子而趋，何也？'林回曰：'彼以利合，此以天属也。'夫以利合者，迫穷祸患害相弃也；以天属者，迫穷祸患害相收也。夫相收之与相弃亦远矣，且君子之交淡若水，小人之交甘若醴；君子淡以亲，小人甘以绝。彼无故以合者，则无故以离。”孔子曰：“敬闻命矣。”徐行翔佯而归[⑥]，绝学捐书，弟子无挹于前[⑦]，其爱益加进。异日，桑雽又曰：“舜之将死，真泠禹曰[⑧]：‘汝戒之哉！形莫若缘，情莫若率。缘则不离，率则不劳；不离不劳，则不求文以待形；不求文以待形，固不待物。’”

【注释】

①子桑雽：姓桑，名雽。隐士。

②假：国名。或说“假”乃“殷”之误。亡：逃亡。

③林回：人名，假国逃亡者之一。

④赤子：初生的婴儿。

⑤布：古代钱币。引申指财货。

⑥翔佯：今通作“徜徉”。闲逸自得的样子。

⑦挹：通“揖”。揖让。

⑧真泠：依王引之之说，当作“乃命”。

【译文】

孔子问子桑雽说：“我两次被鲁国驱逐，在宋国受到砍树之辱，在卫国被禁止居留，在商、周之地困窘无出路，在陈、蔡两国交界的地方遭围困。我遇到这些患难，亲戚故旧越来越疏远，学生朋友更加离散，这是为什么呢？”子桑雽说：“你没有听说过假国人逃亡的故事吗？林回丢弃价值千金的玉璧，背负着婴儿逃走。有人说：‘这是为了钱财吗？小孩子可没什么钱财啊。为了减少累赘吗？小孩子可太累赘啦。丢弃价值千金的玉璧，背着婴儿逃跑，这是为了什么呢？’林回说：‘你说的那是利益问题，我这是出于天性啊。’因利益而结合的，遇到穷困、灾祸的侵害时，就要互相遗弃；因天性而聚合的，遇到穷困、灾祸的侵害时，就会互相容留。这互相容留与互相遗弃，相去太远了。而且君子之间的交往平淡得像水一样，而小人之间的交情甘美得像甜酒一样；君子之间平淡而相亲近，小人之间甘美而致绝交。那些无缘无故结合在一起的人，也会无缘无故地离弃。”孔子说：“我敬受您的教诲。”于是他漫步徘徊而归，放弃学问，抛掉书卷，弟子们不用行揖让之礼，而对老师的敬爱之情却日益加深了。过了几天，子桑雽又说：“舜快要死的时候，教导禹说：‘你要当心啊！身形莫如顺从自然，情感莫如顺应本性。顺从自然就不会背离大道，顺应本性就不会劳神费力；不背离大道，不劳神费力，就不必虚文矫饰形体；不待虚文矫饰形体，也就对外物无所需求了。’”

庄子衣大布而补之①，正緳系履而过魏王②。魏王曰：“何先生之惫邪？”庄子曰：“贫也，非惫也。士有道德不能行，惫也；衣弊履穿，贫也，非惫也；此所谓非遭时也。王独不见夫腾猿乎？其得楠、梓、豫、章也，揽蔓其枝而王长其间，虽羿、逢蒙不能眄睨也③。及其得柘、棘、枳、枸之间也④，危行侧视，振动悼栗；此筋骨非有加急而不柔也，处势不便，未足以逞其能也。今处昏上乱相之间，而欲无惫，奚可得邪？此比干之见剖心征也夫！”

【注释】

①衣（yì）：穿。大布：粗布。

②緳（xié）：带子。当是麻绳做的带子。

③羿（yì）：古代神话传说中的善射者。逢（páng）蒙：同“逄蒙”。羿的弟子。眄睨（miǎn nì）：斜视。

④柘（zhè）：桑树。棘（jí）：酸枣树。枳（zhǐ）：枸橘树，叶多刺。枸（jǔ）：枸橼（yuán），又名香橼，一种有短刺的小树。以上数种矮小

多刺的树，与上文楠、梓、豫、章等高大乔木相对比。

【译文】

庄子穿着打着补丁的粗布衣服，用麻绳绑住鞋子，造访魏王。魏王说："先生怎么疲困成这个样子呢？"庄子说："这是贫穷，不是疲困。士人有道德而不能施行，那是疲困；衣裳破了鞋底磨穿了，那是贫穷，不是疲困；这是人们所说的生不逢时。君王不曾看见那跳跃的猿猴吗？当它们在楠、梓、豫、樟等大树上的时候，在树枝间攀引跳荡，在那里称王称长，即使是善射的羿和逢蒙也不敢小看它们。要是猿猴到了柘、棘、枳、枸这些矮小多刺的树上时，小心地行动，警惕地斜视两侧，内心还是恐惧战栗；这并不是它们筋骨紧缩不够柔顺灵活，而是所处的地方多有不便，不能让它们发挥出本领。现在身处于昏庸的君主与作乱的执政之间，要想不疲困，又怎么可能呢？比干被剖心，就是证明啊！"

孔子穷于陈、蔡之间，七日不火食，左据槁木，右击槁枝，而歌猋氏之风[①]，有其具而无其数，有其声而无宫角，木声与人声，犁然有当于人之心[②]。颜回端拱还目而窥之。仲尼恐其广己而造大也，爱己而造哀也，曰："回，无受天损易，无受人益难。无始而非卒也，人与天一也。夫今之歌者其谁乎？"回曰："敢问无受天损易？"仲尼曰："饥渴寒暑，穷桎不行，天地之行也，运物之泄也，言与之偕逝之谓也。为人臣者，不敢去之。执臣之道犹若是，而况乎所以待天乎！""何谓无受人益难？"仲尼曰："始用四达，爵禄并至而不穷，物之所利，乃非己也，吾命有在外者也。君子不为盗，贤人不为窃。吾若取之，何哉！故曰，鸟莫知于鹩鸸[③]，目之所不宜处，不给视，虽落其实，弃之而走。其畏人也，而袭诸人间，社稷存焉尔。”“何谓无始而非卒？”仲尼曰：“化其万物而不知其禅之者，焉知其所终？焉知其所始？正而待之而已耳。”“何谓人与天一邪？”仲尼曰：“有人，天也；有天，亦天也。人之不能有天，性也，圣人晏然体逝而终矣！”

【注释】

①猋（biāo）氏：即神农氏。猋，王先谦认为应作“焱”。

②犁然：释然，悠然。

③鷾鸸（yì ér）：燕子的别名。

【译文】

孔子在陈、蔡之间受困，七天不曾生火做饭，他左臂倚靠着枯树，右手敲打着枯树枝，唱着神农氏的歌曲，虽然有敲打的器具却没有乐曲的节奏，有音响却没有音调，敲击声与歌唱声相和，使人听来心旷神怡。颜回端庄地拱手而立，回过头来看孔子。孔子担心颜回过高估计自己而至于夸大，因为爱惜自己而陷于悲哀，就说：“回，不受到自然的损害是容易的事，不接受人为的增益就难了。无所谓始终，终点就是新的始点，人与天本来是同一的。现在歌唱的人又是谁呢？”颜回说：“请问为什么说不受自然的损伤是容易的？”孔子说：“饥饿、干渴、寒冷、暑热，以及穷困不通，都是天地运行、万物变化的表现，随顺自然的变化而变化就是了。作为臣子的，不敢离开故国而他往。持守为臣之道尚且如此，更何况对待天命呢！”颜回说：“为什么说不接受人为的增益就难了呢？”孔子说：“初入仕途而多方顺利，爵位俸禄源源不断而来，这是外物的利益，与自己的本性无关，只是我的命运偶尔与外物相合罢了。君子不做强盗的事，贤人不做偷窃的事。我求取爵位俸禄干什么呢？所以说，鸟儿没有比燕子更聪明的，它发现有不宜停留的地方，不待再看一眼，即使失落口中的食物，也舍弃不顾而飞去。它畏惧人，却又进入人的屋宇之下，保存住它的巢穴。”颜回问：“为什么说终点就是新的起点?”孔子说：“万物变化，不知道谁将代替谁，又怎么知道它何时终结、何时开始呢？端正自己，顺其自然变化也就是了。”颜回问：“为什么说人与天是同一的呢?”孔子说：“人之所为，是出于自然；自然之物，也是自然。人不能拥有自然，这是人的有限性使然，圣人就能安乐地体现天道的变化而终其一生！”

庄周游乎雕陵之樊①，睹一异鹊自南方来者，翼广七尺，目大运寸②，感周之颡而集于栗林③。庄周曰：“此何鸟哉？翼殷不逝④，目大不睹。”蹇裳躩步⑤，执弹而留之。睹一蝉，方得美荫而忘其身；螳螂执翳而搏之⑥，见得而忘其形；异鹊从而利之，见利而忘其真。庄周怵然曰：“噫！物固相累，二类相召也！”捐弹而反走，虞人逐而谇之⑦。庄周反入，三月不庭⑧。蔺且从而问之⑨：“夫子何为顷间甚不庭乎?”庄周曰：“吾守形而忘身，观于浊水而迷于清渊。且吾闻诸夫子曰：‘入其俗，从其俗。’今吾游于雕陵而忘吾身，异鹊感吾颡，游于栗林而忘真，栗林虞人以吾为戮⑩，吾所以不庭也。”

【注释】

①雕陵：丘陵名，上面有栗园。

②运寸：直径一寸。

③感：触，碰。颡(sǎng)：额头。集：止。

④殷：大。逝：往，飞去。

⑤蹇：通“褰(qiān)”。揭起。裳：裙裳，古人穿的下衣。躩(jué)步：疾步。

⑥翳(yì)：遮蔽。

⑦虞人：管山林的人。谇(suì)：责骂。

⑧不庭：读为“不逞”。不愉快。

⑨蔺且(lìn jū)：人名，庄子的弟子。

⑩戮：辱。

【译文】

庄子在雕陵的栗园里游玩，看到一只怪异的鹊从南方飞来，翅膀有七尺宽，眼睛直径有一寸，碰到庄周的额头以后停在栗树林中。庄子说：“这是什么鸟啊？翅膀大却不能高飞远去，眼睛大却什么也看不见。”于是庄子撩起裙裳下摆，快步向前，手持弹弓，等待时机。这时他看见一只蝉，正在浓密的树荫下而忽视了自身的安危；有一只螳螂隐蔽在树叶中去捉蝉，只看到自己的猎物而忘掉自己的形体；那只怪异的鹊鸟又紧跟过来捕食螳螂，只看见猎物而忘记了自我。庄周猛然警惕起来：“唉！物类本是互相牵累，就是因为互相招引贪念所致啊！”于是扔下弹弓回头就跑，管栗林的人追赶他，责骂他。庄子回到住所，三天都很不愉快。学生蔺且侍奉他，就问：“先生近来为什么不愉快呢？”庄子说：“我守着异鹊而忘了自身，观察浊水结果对清渊也迷惑了。我听先生说过：‘到一个地方，就要顺从那里的风俗习惯。’现在我到雕陵游玩就忘了自身，异鹊碰到我的额头，飞到栗树林去却忘了自己的本性，管园林的人又来侮辱我，所以我不痛快呀。”

杨子之宋①，宿于逆旅②。逆旅人有妾二人，其一人美，其一人恶，恶者贵而美者贱。杨子问其故，逆旅小子对曰：“其美者自美，吾不知其美也；其恶者自恶，吾不知其恶也。”杨子曰：“弟子记之，行贤而去自贤之行，安往而不爱哉！”

【注释】

①杨子：通行本《庄子·山木》作“阳子”。

②逆旅：旅舍。

【译文】

杨子到宋国去，住在旅舍。旅舍人有两个妾，一个漂亮，一个丑陋，丑陋的受尊宠，漂亮的遭冷落。杨子问起此中原委，旅舍人回答说："那个长得漂亮的总觉得自己漂亮，我就不觉得她漂亮了；那个长得丑陋的自认为是丑陋的，我就不觉得她丑陋了。"杨子说："弟子们要记住，行为高尚而摒弃自以为贤能的念头，到了哪里会不受爱戴呢！"

外物篇

【题解】

《外物》，取篇首"外物"二字为题，此篇是本书选录《庄子》诸篇中唯一出于《杂篇》的。

全文由十三节内容杂纂而成，各节意义不相关联。第一节申说外物没有一定的准则，如忠未必取信，孝未必见爱，并举史实为例。第二节叙庄周家贫事。第三节以任公子钓大鱼喻经世者当志于大成。第四节讥刺号称明礼义然而肮脏污秽之儒者。第五节要人们学习涵容若愚之态。第六节借以说明用知识行事终有所困。第七节申"无用之为用"的意义。第八节"庄子曰"一段写宇宙变易人事流转，评讥世俗，赞叹"至人"。第九节论循法自然。第十节"德溢乎名"一段写谋虑智巧则伤自然之德。第十一节言静之功效。第十二节又言及矫性伪情之过。第十三节则颇开后代玄学禅学之风，如曰"得鱼而忘筌""得兔而忘蹄"一类，意即重在得其实质，一旦有成则用以至此的方法就该舍弃。

外物不可必，故龙逢诛，比干戮，箕子狂，恶来死①，桀、纣亡②。人主莫不欲其臣之忠，而忠未必信，故伍员流于江，苌弘死于蜀，藏其血三年而化为碧。人亲莫不欲其子之孝，而孝未必爱，故孝己忧而曾参悲[3]。

木与木相摩则然[4]，金与火相守则流。阴阳错行，则天地大絯[5]，于是乎有雷有霆，水中有火，乃焚大槐。有甚忧两陷而无所逃，螴蜳不得成[6]，心若县于天地之间[7]，慰暋沉屯[8]，利害相摩，生火甚多，众人焚和，月固不胜火，于是乎有僓然而道尽[9]。

【注释】

①恶来：商纣王大臣，生而有勇力，与父同侍纣，武王伐纣时被杀。

②桀、纣：夏桀和商纣，夏、商两朝的末代君王，以暴虐闻名。

③孝己：殷高宗的儿子，遭后母虐待，苦闷而死。曾参（shēn）：孔子弟子，以孝著称，但经常遭父母打骂。

④然：同“燃”。

⑤絯（hài）：通“骇”。惊，惊骇。

⑥螴蜳（chén dūn）：怵惕不安的样子。

⑦县：同“悬”。

⑧慰暋（mín）：郁闷。沉：深。屯（zhūn）：艰难。

⑨僓（tuí）：颓。

【译文】

外在事物的影响是无从确定的，所以关龙逄被杀，比干被剖心，箕子被迫装疯，恶来丧命，夏桀和商纣亡国身死。身为君主没有不希望自己的臣民忠心耿耿的，但忠心耿耿不一定就能得到信任，所以伍子胥的尸体被抛进江中漂流，苌弘死于蜀地，蜀人把他的血收藏起来，三年以后竟化为碧玉。为人父母的没有不希望自己的孩子孝顺的，但孝顺的孩子未必能得到父母怜爱，所以孝己心中忧苦，曾参心中悲痛。

木头与木头相摩擦就燃烧，金属与火相接触就熔化。阴阳错乱，则天地惊骇，于是就有雷霆，雷霆中有闪电，还会焚毁大树。有的人忧思过甚，陷入极端而不能自拔，心神不定，不能成事，一颗心就像空悬在天地之间，忧郁沉闷，权衡利害，欲念摩擦，心火上升，内心的平和之气受到伤害，大多数人内心的清宁无法克制焦虑的心火，于是精神颓靡，天性丧尽。

庄周家贫，故往贷粟于监河侯。监河侯曰："诺。我将得邑金①，将贷子三百金，可乎？"庄周忿然作色曰："周昨来，有中道而呼者。周顾视车辙中，有鲋鱼焉②。周问之曰：'鲋鱼来，子何为者邪？'对曰：'我，东海之波臣也。君岂有斗升之水而活我哉？'周曰：'诺。我且南游吴、越之王，激西江之水而迎子，可乎？'鲋鱼忿然作色曰：'吾失我常与，我无所处。吾得斗升之水然活耳，君乃言此，曾不如早索我于枯鱼之肆！'"

【注释】

①邑金：采地的税金。金，古代计算货币的单位。

②鲋（fù）：鲫鱼。

【译文】

庄周家境贫穷，所以向监河侯借米。监河侯说："行。我将要收得采邑的税金，然后我会借给你三百金，行吗？"庄周生气地变了脸色，说："我昨天来的时候，听到半路上有呼叫声。我回头看去，见车辙里有一条鲫鱼。我问它说：'鲫鱼啊，你在这里做什么？'鲫鱼回答说：'我是东海水族的臣仆。你能用斗升之水来救我一命吗？'我说：'行。我将要往南去游说吴王和越王，然后引长江西段的水来迎接你，行吗？'那鲫鱼生气地变了脸色，说：'我因为离开了水，没有容身之处。我只要得到斗升之水就能活命，你却说这样的话，不如早点儿到干鱼铺子去找我吧！'"

任公子为大钩巨缁，五十犗以为饵[①]，蹲乎会稽，投竿东海，旦旦而钓，期年不得鱼。已而大鱼食之，牵巨钩，錎没而下[②]，骛扬而奋鬐[③]，白波若山，海水震荡，声侔鬼神[④]，惮赫千里[⑤]。任公子得若鱼，离而腊之[⑥]，自淛河以东[⑦]，苍梧已北[⑧]，莫不厌若鱼者[⑨]。已而后世辁才讽说之徒[⑩]，皆惊而相告也。夫揭竿累，趋灌渎，守鲵鲋，其于得大鱼难矣！饰小说以干县令[⑪]，其于大达亦远矣。是以未尝闻任氏之风俗，其不可与经于世亦远矣。

【注释】

①犗(jiè)：犍牛，即阉割过的牛。

②錎(xiàn)：同"陷"。陷没，沉没。

③骛(wù)扬：谓迅疾浮游。奋：伸张。鬐(qí)：通"鳍"。指鱼类和其他水生脊椎动物的运动器官。

④侔(móu)：相当。

⑤惮(dá)赫：震惊。惮，通"怛"。

⑥腊(xī)：晾成肉干。

⑦淛(zhè)河：水名，即浙江。

⑧苍梧：山名，在岭南，即今广西苍梧。

⑨厌：饱食。

⑩辁(quán)才：浅薄之才。

⑪小说：低微的言论。干：求。县令：好名声。县，同"悬"。高悬。令，美名。

【译文】

任公子做了一个大鱼钩，粗黑绳做钓丝，用五十头犍牛的肉做钓饵，人蹲在会稽山，鱼竿一抡甩向东海，天天在那里钓，整整一年也没有钓到鱼。可不久，一条大鱼吃到这鱼饵，牵动大鱼钩往下沉，迅疾浮游，昂头张鳍，白色的波浪涌起如山，海水震荡，声如鬼神，震惊千里。任公子钓到这条鱼，剖开来制成干鱼，从浙江以东、苍梧山以北的地方，没有人不饱食这条鱼的。后世那些才智浅薄道听途说之徒，都对此感到很惊奇而互相转告。至于那些举着小竿细丝，奔走在小水沟边，守候鲵、鲋这些小鱼的人，要捕到大鱼可就难了！粉饰自己浅陋琐碎的言论，以此来追求高名，那距离明达大智可就远啦。所以没有听说过任公子这种风尚的人，不可能经营世务，因为那距离也是太远啦。

儒以《诗》《礼》发冢，大儒胪传曰①：“东方作矣②，事之何若？”小儒曰：“未解裙襦③，口中有珠④。”“《诗》固有之曰：‘青青之麦，生于陵陂。生不布施，死何含珠为⑤？’接其鬓，压其顪⑥，儒以金椎控其颐⑦，徐别其颊⑧，无伤口中珠！”

【注释】

①胪（lú）传：对下传告。

②东方作：东方亮，日将出。

③襦（rú）：短衣。

④口中有珠：古代丧葬风俗，把珠玉放进死者口中含着。

⑤“青青之麦”几句：不见于今本《诗经》。可能为逸诗。陂（bēi）。山坡。布施，谓施恩惠于人。

⑥顪（huì）：颐下须。

⑦儒：应作“而”字，否则不通（王念孙说）。控：敲打。颐（yí）：下巴。

⑧徐别：慢慢地分开。

【译文】

儒生们按《诗经》《礼经》之教来盗掘坟墓，大儒对下传告说："东方亮啦，事情怎么样啦？"小儒说："裙裳和短上衣还没有解下来，死者口中还含着珠子。"大儒说："《诗经》中有句云：'青青的麦苗，长在山坡上。生前不舍半分财，死后何必含珠葬？'你揪住他的鬓发，按住他的胡须，用金锤敲打他的面颊，慢慢地分开他的两颊，可别碰坏那嘴里含的珠子！"

老莱子之弟子出薪[①]，遇仲尼，反以告，曰："有人于彼，修上而趋下[②]，末偻而后耳[③]，视若营四海，不知其谁氏之子。"老莱子曰："是丘也，召而来。"仲尼至。曰："丘！去汝躬矜与汝容知，斯为君子矣。"仲尼揖而退，蹙然改容而问曰[④]："业可得进乎？"老莱子曰："夫不忍一世之伤而骜万世之患[⑤]，抑固窭邪[⑥]？亡其略弗及邪？惠以欢为骜，终身之丑，中民之行进焉耳，相引以名，相结以隐。与其誉尧而非桀，不如两忘而闭其所誉。反无非伤也，动无非邪也。圣人踌躇以兴事[⑦]，以每成功。奈何哉其载焉终矜尔？"

【注释】

①老莱子：楚之贤人隐者，与孔子同时代。

②修：长。趋：短。

③末偻(lǚ)：曲背。

④蹙(cù)：局促不安的样子。

⑤骜(ào)：轻视，傲慢。

⑥窭(jù)：本义为生活贫寒。这里指智力贫乏。

⑦踌躇：从容自得。

【译文】

老莱子的弟子出去打柴，遇到孔子，他们回来告诉老师说："有个人在那里，上身长，下身短，伸头驼背，双耳后贴，目光有如经营天下的人，不知是个什么人物。"老莱子说："这是孔丘，叫他来。"孔丘来了。老莱子说："孔丘呀！改掉你矜持的态度和那副智者的样子，那就可以成为君子了。"孔子作揖而退后，又局促不安地问："我的德业可以修进吗？"老莱子说："不忍心一代人受害却轻视了万世的祸患，究竟是因为本来就孤陋无知呢？还是因为智略不及呢？用施行恩惠讨人欢心，以此而骄傲自得，乃是终身的羞耻，这是一般人的作为啊，他们以名声相招引，以隐私相交结。与其去赞誉唐尧而非毁夏桀，不如将两者通通遗忘，完全中止非议与称扬。违反自然必有损伤，轻举妄动必生邪恶。圣人从容地成就事业，因此往往成功。为什么你总是不免于骄矜呢？"

宋元君夜半而梦人被发窥阿门[①]，曰："予自宰路之渊，予为清江使河伯之所，渔者余且得予[②]。"元君觉，使人占之，曰："此神龟也。"君曰："渔者有余且乎？"左右曰："有。"君曰："令余且会朝。"明日，余且朝，君曰："渔何得？"对曰："且之网得白龟焉，箕圜五尺[③]。"君曰："献若之龟。"龟至，君再欲杀之，再欲活之，心疑，卜之，曰："杀龟以卜，吉。"乃刳龟，七十二钻而无遗策[④]。仲尼曰："神龟能见梦于元君，而不能避余且之网；知能七十二钻而无遗策，不能避刳肠之患。如是，则知有所困，神有所不及也。虽有至知，万人谋之。鱼不畏网而畏鹈鹕[⑤]。去小知而大知明，去善而自善矣。婴儿生无石师而能言[⑥]，与能言者处也。"

【注释】

①宋元君:名佐,谥号元。宋国国君。被:同“披”。阿(ē)门:旁门,侧门。

②余且(jū):姓余,名且。春秋时宋国人。捕鱼为业。

③箕:通行本作“其”。圜:同“圆”。

④七十二:虚指,表示多。无遗策:计算吉凶,毫无遗失。策,古代卜筮用的蓍草。

⑤鹈鹕(tí hú):一种善于游泳和捕鱼的水鸟。

⑥石师:硕师,即大师。指学问渊博的人。石,与“硕”字古通用。

【译文】

宋元君半夜里梦见有个人披散着头发向旁门窥视,并且说:“我来自宰路深渊,我作为清江的使者到河伯那里去,途中被渔夫余且捕获。”元君醒来后,让人占卜,回答说:“这是神龟。”元君说:“打鱼的人里有叫余且的吗?”左右回答:“有的。”元君说:“召余且来朝见。”第二天,余且来朝见,元君说:“你打鱼时捕到什么了?”回答说:“我的网捕到一只白色的龟,周圆有五尺。”元君说:“把你那只龟献上。”神龟送到了,元君两次想杀掉,又两次想养活它,内心疑惑不定,叫人占卜,结论是:“杀龟用作占卜,是吉利的。”于是就把那龟剖开,挖空,用龟甲钻孔烧灼来占卜达七十二次,没有一次不灵验。孔子说:“这神龟能够托梦给宋元君,却不能避开余且的渔网;它的智慧使龟甲用来占卜七十二次而次次准确,却不能避开剖腹掏肠的祸患。这样我们就知道了,智慧也有它的局限,神灵也有控制不了的事。就算是最具智慧的人,也不敌上万的人一起来对付他。鱼不知道畏惧渔网却怕吃鱼的鹈鹕。抛弃狭隘的小聪明,才能做到大智慧;去掉自以为善之心,就能达到真正的大善。婴儿初生,没经过大师的指教而会说话,那是因为和会说话的人待在一起呀。”

惠子谓庄子曰:“子言无用。”庄子曰:“知无用而始可与言用矣。夫地非不广且大也，人之所用容足耳。然则侧足而垫之[①]，致黄泉[②]，人尚有用乎？”惠子曰：“无用。”庄子曰：“然则无用之为用也亦明矣。”

【注释】

①侧足：两脚旁边的地方。垫：挖掘。

②致：至，到。

【译文】

惠施对庄子说：“你说的话没有用处。”庄子说：“知道什么是没有用处了，就可以和他谈论什么是有用了。土地并不是不够广大，一个人所能用的也就是脚踩的那一小块地方。那么人站在那里，把两脚旁边的地方向下挖，挖到黄泉，这时，对人来说，他所站的那一块小地方还有用吗？”惠施说：“没用。”庄子说：“那么所谓没用的用处也就很清楚了。”

庄子曰：“人有能游[①]，且得不游乎？人而不能游，且得游乎？夫流遁之志[②]，决绝之行，噫，其非至知厚德之任与！覆坠而不反，火驰而不顾，虽相与为君臣，时也，易世而无以相贱。故曰至人不留行焉。

“夫尊古而卑今，学者之流也。且以狶韦氏之流观今之世[③]，夫孰能不波？唯至人乃能游于世而不僻，顺人而不失己。彼教不学，承意不彼。

【注释】

①游：悠然自适。

②流遁：流荡纵逸，逃遁不返。

③狶(xī)韦氏：传说中的远古帝王。

【译文】

庄子说："人如果能悠然自适，他还会不这样做吗？人如果做不到，他还是悠然自适吗？那种流荡忘返的意向，弃世绝俗的行为，唉，不是聪明绝顶、品德高尚的人所应有的作为吧！从上直跌下来也不回头，火速奔驰也不回头，虽然相互关系是君主和臣民，这是时势造成的，就是时势变易也不会相轻相贱。所以说，至人没有偏执的行为。

"崇尚古代而鄙薄当今之世，是学者的风尚。如果按狶韦氏时代的风尚来衡量当今之世，又有谁能不随波逐流呢？只有至人能够游心于世而不偏僻，随顺他人同时不会丧失自我。至人虽然不学世俗之教，但也稍承其意而不拒绝它。

"目彻为明，耳彻为聪，鼻彻为颤[①]同"膻"，口彻为甘，心彻为知，知彻为德。凡道不欲壅，壅则哽，哽而不止则跈[②]，跈则众害生。物之有知者恃息，其不殷，非天之罪。天之穿之，日夜无降，人则顾塞其窦。胞有重阆[③]，心有天游。室无空虚，则妇姑勃豀[④]；心无天游，则六凿相攘。大林丘山之善于人也，亦神者不胜。

【注释】

①颤：此指嗅觉灵敏。

②跈(niǎn)：践踏。

③胞：胞膜。阆(làng)：空旷。

④妇姑：媳妇与婆婆。勃豀(bó jī)：争吵。

【译文】

"眼睛通彻是明，耳朵通彻是聪，鼻子嗅觉通彻是颤同"膻"，口舌味觉通彻是甘，心灵通彻是智，智慧通彻是德。道不能壅堵，壅堵就会阻塞，阻塞不能清除，人们就会互相践踏，互相践踏就会带来各种灾害。有知觉的生物都依赖气息，如果气息不畅，那不是上天的过失。天生人就有孔窍以通气息，应该日夜不停，只是人们自己把它们堵塞了。胞膜都有空隙，心灵也应与自然同乐。居室一点多余的地方都没有，婆媳之间会常闹纠纷；如果心灵不能处于自然状态，则六窍都会扰攘多事。深山老林对人是有好处的，那是令人心旷神怡的缘故。

“德溢乎名，名溢乎暴，谋稽乎諴①，知出乎争，柴生乎守②，官事果乎众宜。春雨日时，草木怒生，铫鎒于是乎始修③，草木之到植者过半而不知其然。

【注释】

①諴(xián)：急迫。

②柴(zhài)：编木而成的栅栏。

③铫鎒(yáo nòu)：泛指农具。铫，大锄。鎒，除草的农具。

【译文】

“道德的流弊在于追逐名声，名声的流弊在于喜欢表露自己，计谋是应急的需要，智慧出自争斗的需要，栅栏篱障是防守的需要，官事成功于与众人相适应。春雨及时，草木猛长，则农夫们修理大锄等农具，锄草整地，可是多数草木锄而又生，人们都不知其所以然。

“静然可以补病，眦㓕可以休老①，宁可以止遽。虽然，若是，劳者之务也，非佚者之所未尝过而问焉②。

“圣人之所以駴天下③，神人未尝过而问焉；贤人之所以駴世，圣人未尝过而问焉；君子所以駴国，贤人未尝过而问焉；小人所以合时，君子未尝过而问焉。

【注释】

①眦(zì)：上下眼睑的结合处。近鼻处为内眦，近鬓处为外眦，通称为眼角。搣：通"搣(miè)"。按摩。

②非佚者："非"字疑衍。

③駴(hài)：同"骇"。惊动。

【译文】

"静默可用来调补疾病，按摩眼角可以防止衰老，宁定可以从容不迫。虽然如此，这是操劳的人所从事的，安逸之人却未尝过问。

"圣人所以惊动天下，神人并不过问；贤人所以惊动一世，圣人也不过问；君子所以惊动一国，贤人并不过问；小人所以迎合时宜，君子也不过问。

"演门有亲死者[①]，以善毁爵为官师[②]，其党人毁而死者半。尧与许由天下，许由逃之。汤与务光[③]，务光怒之。纪他闻之[④]，帅弟子而踆于窾水[⑤]，诸侯吊之。三年，申徒狄因以踣河[⑥]。

【注释】

①演门：宋国城门名。

②毁：毁容。指因父母去世而悲伤，导致形容消瘦憔悴等。

③务光：夏时人。汤让天下给他，他怒而不受，远离而去。

④纪他：殷时贤人。听说汤让位给务光，唯恐累及自己，就率弟子隐于窾水之旁。

⑤踆(qūn)：退却，引退。窾(kuǎn)水：水名。

⑥申徒狄：殷时人。汤尝欲以天下授之，狄以不以义闻己而以天下授己为耻，乃自投于河。踣(bó)河：投河自杀。

【译文】

"宋国国都的演门有个死了双亲的人，因为他善于哀伤毁容而得到封爵，成为官师，他的同乡人因效法他的做法而致死的有一半人。尧把天下让给许由，许由因此逃走。商汤把天下让给务光，务光为此发怒。纪他听说此事，率弟子们隐居到窾水边去，诸侯听说以后，向他表示安慰。三年之后，申徒狄为此而投河。

"筌者所以在鱼①，得鱼而忘筌；蹄者所以在兔②，得兔而忘蹄；言者所以在意，得意而忘言。吾安得夫忘言之人而与之言哉？"

【注释】

①筌(quán)：捕鱼器。

②蹄：捕兔的挂网。

【译文】

"筌是用来捕鱼的工具，捕到鱼就把筌忘掉了；蹄是用来捕兔的工具，逮着兔子就忘记了蹄；言词是用来表达意义的，把握住意义就忘记了言词。我到哪里可以遇到忘记言词的人而与他谈话呢？"

秋水篇

【题解】

《秋水》篇名取自篇首二字。

本篇主旨在讨论价值判断的相对性，虽然有浓厚的相对主义色彩，但同时也有丰富的辩证法因素，绝非一般的诡辩。

本篇可分为四部分：第一部分借河伯与北海若的对话来发挥题旨，揭示万物齐一、物无贵贱的道理，提出无为而自化的思想，认为无为即可以返真。第二部分“孔子游于匡”和第三部分“公孙龙问于魏牟”，虽然大旨亦在无为，但与前文不相连贯，又不及结尾生动有趣，疑为散段混入篇中。第四部分写了三则寓言，“庄子钓于濮水”一则，意在说明养生以保身；“惠子相梁”一则，写轻世以肆志；“庄子与惠子游于濠梁之上”一则，将惠子分析事物的主观认知心态与庄子观赏事物的艺术感受心态对照写出，中心仍是无为的思想。

秋水时至，百川灌河。泾流之大[①]，两涘渚崖之间[②]，不辨牛马。于是焉河伯欣然自喜，以天下之美为尽在己。顺流而东行，至于北海，东面而视，不见水端。于是焉河伯始旋其面目[③]，望洋向若而叹曰[④]：“野语有之曰‘闻道百，以为莫己若’者，我之谓也。且夫我尝闻少仲尼之闻而轻伯夷之义者，始吾弗信；今我睹子之难穷也，吾非至于子之门则殆矣，吾长见笑于大方之家。”

【注释】

①泾（jīng）：直流的水波。

②涘（sì）：水边。渚（zhǔ）：水中小洲。

③旋：转变。面目：此指态度。

④若：北海若，海神的名字。

【译文】

秋汛应时而至，众多的河流都流入黄河。水流宽大，使两岸及河中水洲之间四处望去连是牛是马都分辨不清。于是河伯洋洋自得，认为天下之美善都集中于自身。他顺着水流向东走去，来到北海，向东看去，看不见水的边际。这时河伯才改变态度，看看海洋，向海神北海若感叹道："俗话说：'听到很多大道理，总以为别人不如自己。'这话说的就是我呀。而且我曾经听说有人小看孔子的见闻，又轻视伯夷的义行，起初我还不信；现在我亲眼看到您这样的广大无边难以穷尽，如果不是自己来到您的门前，那我就危险了，我将长久地被得道之人所嘲笑了。"

北海若曰："井蛙不可以语于海者，拘于虚也；夏虫不可以语于冰者，笃于时也；曲士不可以语于道者，束于教也。今尔出于崖涘，观于大海，乃知尔丑，尔将可与语大理矣。天下之水，莫大于海，万川归之，不知何时止而不盈；尾闾泄之①，不知何时已而不虚；春秋不变，水旱不知。此其过江河之流，不可为量数。而吾未尝以此自多者，自以比形于天地而受气于阴阳。吾在于天地之间，犹小石小木之在大山也，方存乎见少，又奚以自多？计四海之在天地之间也，不似礨空之在大泽乎②？计中国之在海内，不似稊米之在太仓乎③？号物之数谓之万，人处一焉；人卒九州，谷食之所生，舟车之所通，人处一焉；此其比万物也，不似豪末之在于马体乎？五帝之所连，三王之所争，仁人之所忧，任士之所劳，尽此矣。伯夷辞之以为名，仲尼语之以为博，此其自多也，不似尔向之自多于水乎？"

【注释】

①尾闾（lǘ）：传说中泄海水的地方。

②礨(lěi)空:小洞,小穴。

③稊(tí)米:稊为稗子一类的小草,实如小米,叫稊米。

【译文】

北海若说:"对井底之蛙,你不能和它谈论大海,这是因为它生活地域的局限;对夏天的虫子,你不能和它谈论冬天的冰,这是因为它生活时节的局限;对乡曲之士,你不能和他谈论大道理,这是他所受的粗浅教育的局限。现在你由水边出发,见到了大海,知道了自己见识鄙陋,这就能和你谈论一些大道理了。天下的水域,没有比海洋更大的,大小河流都流向这里,永无止境,而大海却不会满溢;海水从尾闾排泄出去,永不停息,而大海却不会枯竭;不会因季节转变而变化,不会因旱涝不同而增减。这是因为海水超过江河的流量,已经不能进行估量和计算。而我从未因此就自夸,我自以为是从天地那里形成了我的形体,又从阴阳那里禀受了生气。我在天地之间,犹如小石头小树在大山上一样,正觉得自己相形之下显得太小,又怎么会自夸呢?估计一下四海在天地之间所占的地位,不就像是石头上的小洞在大的湖泽之中所占的地位一样吗?估计一下中原在四海之内的地位,不就像是一粒小米在大粮仓里一样吗?人们用万物来称量物类名目之多,人只是万物中的一种;人们聚集在九州之内,庄稼生长的地方,车船所能到的地方,每个人不过是其中的一个;这样,以人来类比万物,不就像一根毫毛在整个马的身上么?五帝连续在位的盛世,三王所争夺的天下,仁者所忧虑的世界,能者所操劳的事务,实际上也都是如此啊。伯夷以国家相谦让而成就个人的名声,孔子以答复别人的请教提问来显示自己的博学,这就是他们两人自满自夸,不正像你当初为河水上涨而自诩自夸一样吗?"

河伯曰:"然则吾大天地而小豪末,可乎?"

北海若曰:"否。夫物,量无穷,时无止,分无常,终始无故。是故大知观于远近,故小而不寡,大而不多,知量无穷;

证向今故，故遥而不闷，掇而不跂[①]，知时无止；察乎盈虚，故得而不喜，失而不忧，知分之无常也；明乎坦途，故生而不说，死而不祸，知终始之不可故也。计人之所知，不若其所不知；其生之时，不若未生之时；以其至小求穷其至大之域，是故迷乱而不能自得也。由此观之，又何以知豪末之足以定至细之倪[②]？又何以知天地之足以穷至大之域？"

【注释】

①掇（duó）：本义为拾取。此指近在眼前。跂（qǐ）：踮起后脚跟，求取意。

②倪：分际，限度。

【译文】

河伯说："那么我以天地为大，以毫毛为小，这样认识可以吗？"

北海若说："不可以。世上万物的数量没有穷尽，时间变化没有止期，得失没有一定，终始没有定数。所以大智慧的人无论远近都能观照，毫毛之末不以为少，天地之大不以为多，因为他们知道物量大小没有穷尽；同样，明白古今，对遥远的并不感到苦闷，对近在眼前的也不会去强求，因为时间变化没有止期；洞察事物盈亏的道理，所以得到也不显得喜悦，失去也不感到忧伤，这就是知道了得失没有一定；明白了大道理，所以不会因生存而喜悦，以死亡为灾祸，这就是知道了终始是没有不变的。计算一下，人所知道的事，不如他所不知道的多；他活在世上的时间，不如他不在世上的时间长；用极其有限的生命和智慧去企图穷尽那最为广大的领域的事理，这是使自己迷乱而无所得的原因。由此看来，毫末虽小，又怎能知道它可以确定最小的限度？天地虽大，又怎能知道它可以穷尽那最为广大的空间呢？"

河伯曰："世之议者皆曰：'至精无形，至大不可围。'是信情乎？"

北海若曰："夫自细视大者不尽，自大视细者不明。夫精，小之微也；垺[①]，大之殷也[②]；故异便[③]，此势之有也。夫精粗者，期于有形者也；无形者，数之所不能分也；不可围者，数之所不能穷也。可以言论者，物之粗也；可以意致者，物之精也；言之所不能论，意之所不能察致者，不期精粗焉。

【注释】

①垺(fóu)：盛大。

②殷：大。

③异便：指物不相同却各有所宜。

【译文】

河伯说："世上谈论学术的人都说：'最小的东西小到看不到它的形体，最大的东西大到无从环绕。'这是真实的情况吗？"

北海若说："站在小的立场上去看大的事物，总是看不完全，站在大的立场上去看小的事物，总是看不清晰。所谓精，是小当中更微小的；所谓垺，是大当中更盛大的；所以事物大小不同，却有各自的相宜之处，这是态势发展的必然现象。所谓精细和粗大，是限于有形体可寻的事物；看不见其形体的，就不能用数字来划分计量；不能环绕、无从范围的，用数字也无法穷尽它的量。可以用语言来谈论的，是事物中粗大有形的；只能意会的，是事物中精细无形的；至于语言也不能谈论，心意也无从领会的，就不限于精细粗大了。

"是故大人之行，不出乎害人，不多仁恩；动不为利，不贱门隶；货财弗争，不多辞让；事焉不借人，不多食乎力，不贱贪污；行殊乎俗，不多辟异；为在从众，不贱佞谄；世之爵禄不足以为劝，戮耻不足以为辱；知是非之不可为分，细大之不可为倪。闻曰：'道人不闻，至德不得，大人无己。'约分之至也[①]。"

【注释】

①"是故大人之行"几句：这一段文意与上文不相连续，疑为他文错入，或为后人羼入。

【译文】

"所以得道之人的行为，没有害人之心，也不赞美仁义恩惠；行动不是为了私利，也不贱视家奴；交易时不计较财物金钱，也不赞美谦让；做事无须借助他人，也不赞美自食其力，也不鄙视贪婪污浊的行为；行为不同于流俗，也不赞美怪异；做事随俗，也不鄙视谄媚奉承；世上的爵位俸禄对他没有激励作用，刑戮耻辱对他也没有羞辱的意义；因为他知道是与非不能作为不变的名分，小与大也没有固定的界限。听说：'有道之人不求闻名，品德至高的人不求有所得，大人则完全忘却了自我。'这就是达到了极致啊。"

河伯曰："若物之外，若物之内，恶至而倪贵贱[①]？恶至而倪小大？"

北海若曰："以道观之，物无贵贱；以物观之，自贵而相贱；以俗观之，贵贱不在己。以差观之，因其所大而大之，则万物莫不大；因其所小而小之，则万物莫不小。知天地之为稊米也，知毫末之为丘山也，则差数睹矣。以功观之，因其所有而有之，则万物莫不有；因其所无而无之，则万物莫不无。知东西之相反而不可以相无，则功分定矣。以趣观之，因其所然而然之，则万物莫不然；因其所非而非之，则万物莫不非。知尧、桀之自然而相非，则趣操睹矣。

【注释】

①恶（wū）至：如何，怎样。倪（ní）：区分。

【译文】

河伯说："万物的外面和内里，从什么地方来区分贵贱呢？从什么地方来分别大小呢？"

北海若说："从道的观点来看，万物是没有贵贱之分的；从物的观点来看，都是以自己为高贵，视他物为低贱；从世俗的观点看，贵贱不在其自身而在于别人怎么看。从差别来看，如果根据事物所具有的大的方面去以它为大，那么万物可说没有不大的了；如果根据事物所具有的小的方面去以它为小，那么万物也就没有不小的了。知道天地可以视为小米粒，知道毫末之端可以看作山丘，所谓差别的相对性也就看得很清楚了。从功用的角度看，从有效用的方面去说它有用，那么万物都是有用的；如果根据事物无用的方面去说它是无用的，那么万物都是没用的了。知道东方、西方两个方向的相反而又不能互相缺少的道理，万物的功效分际也就能确定了。从取向来看，根据事物可以肯定的地方而完全肯定它，那么万物就都是应该肯定的了；如果根据事物可以否定的地方而完全否定它，那么万物就都是应该否定的了。懂得唐尧、夏桀自以为是而互以为非的道理，那么万物的取向与操守也就看得很清楚了。

"昔者，尧、舜让而帝，之、哙让而绝[①]；汤、武争而王[②]，白公争而灭[③]。由此观之，争让之礼，尧、桀之行，贵贱有时，未可以为常也。梁丽可以冲城[④]，而不可以窒穴[⑤]，言殊器也；

骐骥骅骝，一日而驰千里，捕鼠不如狸狌，言殊技也；鸱鸺夜撮蚤⑥，察毫末，昼出瞋目而不见丘山，言殊性也。故曰，盖师是而无非，师治而无乱乎？是未明天地之理，万物之情者也。是犹师天而无地，师阴而无阳，其不可行明矣。然且语而不舍，非愚则诬也。帝王殊禅，三代殊继。差其时，逆其俗者，谓之篡夫；当其时，顺其俗者，谓之义徒。默默乎，河伯！女恶知贵贱之门，小大之家？”

【注释】

①之、哙(kuài)：战国时燕王哙与燕相子之。燕王重用子之，又效法尧舜，禅位于子之，引起内乱外侮，齐攻燕，二人均被杀。

②王(wàng)：动词，称王。

③白公：名胜，楚平王之孙。争权作乱而败死。

④梁丽：栋梁。丽，通“欐”。房子的正梁。

⑤窒(zhì)：堵塞。

⑥鸱鸺(chī xiū)：猫头鹰一类的鸟。

【译文】

“过去尧、舜由禅让而称帝，子之与哙却因禅让而丧命；商汤、周武王因争伐而称王天下，白公胜挑起争斗却事败身死。由此看来，争夺王位与禅位天下，尧与桀各自的品行，其尊贵或低贱是因时而异的，不能认为哪一种是常理啊。栋梁之材可以用来撞毁敌城，却不能用来堵塞小孔，这是说器具有所不同；骐骥、骅骝这样的骏马一天能够奔驰上千里，但是捕捉老鼠就不如猫和黄鼠狼，这是说技艺的不同；猫头鹰夜里能够逮跳蚤，明察秋毫，但是大白天它瞪着眼睛还是看不见山丘那样大的东西，这是说性质的不同。所以说，为什么不取法正确的而摒弃错误的，取法太平的而摒弃昏乱的呢？这是不明白天地的道理和万物的实情的说法呀。这就像取法于天就不要地，取法于阴就不要阳一样，很明显是行不通的。如果还是坚持这种说法，那么他不是愚蠢就是在欺骗别人了。五帝三王的禅让彼此不同，夏商周三代的继统各有差别。不合时宜，违背世俗的，被称为篡逆之人；迎合时代，顺应世俗的，被称为高义之人。沉默吧，河伯！你怎么会懂得贵与贱的分别、小和大的道理呢？”

河伯曰：“然则我何为乎？何不为乎？吾辞受趣舍，吾终奈何？”

北海若曰：“以道观之，何贵何贱，是谓反衍[①]，无拘而志，与道大蹇。何少何多，是谓谢施[②]，无一而行，与道参差[③]。严乎若国之有君[④]，其无私德；繇繇乎若祭之有社[⑤]，其无私福；泛泛乎若四方之无穷[⑥]，其无所畛域[⑦]。兼怀万物，其孰承翼[⑧]？是谓无方。万物一齐，孰短孰长？道无终始，物有死生，不恃其成；一虚一满，不位乎其形。年不可举，时不可止；消息盈虚，终则有始。是所以语大义之方，论万物之理也。物之生也，若骤若驰，无动而不变，无时而不移。何为乎，何不为乎？夫固将自化。”

【注释】

①反衍：反复无端。

②谢施（yì）：与“反衍”同义。谢，更替，轮替。施，延伸。

③参差（cēn cī）：不齐，不相符合。

④严：通“俨”。庄重。

⑤繇繇（yōu）：通“悠悠”。自得的样子。

⑥泛泛：广阔的样子。

⑦畛(zhěn)域:界限。

⑧承翼:承接扶翼。指得到帮助、庇护。

【译文】

河伯说:"那么我应该做什么?不应该做什么呢?我对于推辞与接受、进取与舍弃,究竟该怎么办呢?"

北海若说:"从道的观点看,什么是贵,什么是贱,是反复无端的,所以不要拘束你的心意,以致与大道相违。什么是少,什么是多,是会代谢转化的,所以不要偏执一端,以致与大道不相符合。要庄重,像一国的君主,对谁都没有偏私之心;要悠然自得,像享受祭祀的土地神,不会偏心地赐福给谁;要宽广阔大,像东西南北四方的无穷无尽,没有彼此的区划界限。要兼容万物,谁会单独受其庇护呢?这就是无偏无向。万物齐一,彼此彼此,哪有什么长短优劣?天道无始无终,万物却有死生的变化,即便一时有所成就也全不足恃;一时空虚,一时盈满,万物没有固定的状态。岁月不能滞留,季节不能停顿;万物的生长、消亡、盈满、虚空,不断变化,终结后又开始。这就是谈论大道的原则,讲说万物的道理。万物生长,如同马在奔腾,在疾驰,没有一个动作不在变化,没有一个时刻不在移动。应该做什么?不应该做什么?一切都要随顺自然的变化。"

河伯曰:"然则何贵于道邪?"

北海若曰:"知道者必达于理,达于理者必明于权,明于权者不以物害己。至德者,火弗能热,水弗能溺,寒暑弗能害,禽兽弗能贼。非谓其薄之也,言察乎安危,宁于祸福,谨于去就,而莫之能害也。故曰,天在内,人在外,德在乎天。知天人之行,本乎天,位乎得,蹢躅而屈伸[①],反要而语极。"

【注释】

①蹢躅(zhí zhú):进退不定的样子。此指或进或退。

【译文】

河伯说:"如果是这样,那么道有什么可贵的呢?"

北海若说:"得道之人一定明达事理,明达事理的人一定明于权变,明于权变的人不会让外物伤害自己。道德最高的人,火烧不着他,水淹不着他,严寒酷暑碍不着他,飞禽走兽伤不着他。不是说他故意去迫近这些危险,而是说他能够明察安全与危险的分界,平静地对待灾害与幸福,谨慎地决定进退的行动,所以外物没有能伤害他的。所以说,天然蕴藏在内,人事显露在外,道德体现在天然上。知道了天然与人事的变化,依循天然,安守道德,时进时退,时屈时伸,这就回归了道的本源,言语至此而尽。"

曰:"何谓天?何谓人?"

北海若曰:"牛马四足,是谓天;落马首[①],穿牛鼻,是谓人。故曰,无以人灭天,无以故灭命[②],无以得殉名。谨守而勿失,是谓反其真。"

【注释】

①落:通"络"。羁勒。

②故:有心而为。命:天性。

【译文】

河伯说:"什么是天然?什么是人事?"

北海若说:"牛马都有四只蹄子,这就是天然;羁勒马头,绳穿牛鼻子,这就是人事。所以说,不要用人事去毁灭天然,不要用造作去毁伤性命,不要因有限的收益去换取虚名。这个道理能够谨慎地固守而不致违失，就叫作返璞归真。”

夔怜蚿[①]，蚿怜蛇，蛇怜风，风怜目，目怜心。夔谓蚿曰："吾以一足趻踔而行[②]，予无如矣。今子之使万足，独奈何？"蚿曰："不然。子不见夫唾者乎？喷则大者如珠，小者如雾，杂而下者不可胜数也。今予动吾天机，而不知其所以然。"蚿谓蛇曰："吾以众足行，而不及子之无足，何也？"蛇曰："夫天机之所动，何可易邪？吾安用足哉？"蛇谓风曰："予动吾脊胁而行，则有似也。今子蓬蓬然起于北海，蓬蓬然入于南海，而似无有，何也？"风曰："然。予蓬蓬然起于北海而入于南海也，然而指我则胜我，鳍我亦胜我[③]。虽然，夫折大木，蜚大屋者[④]，唯我能也，故以众小不胜为大胜也。为大胜者，唯圣人能之。"

【注释】

①夔（kuí）：传说中一种似牛而无角、一只脚的怪兽。怜：有羡慕之义。蚿（xián）：虫名。节肢动物，多足，有臭腺，俗称香延虫。

②趻踔（chěn chuō）：跳跃。

③鳍（qiú）：蹴踏。

④蜚：通"飞"。

【译文】

独脚的夔羡慕多足的蚿，蚿羡慕无足的蛇，蛇羡慕风，风羡慕眼睛，眼睛羡慕心。夔对蚿说："我用一只脚跳跃着行走，我是没有办法呀。现在你要操纵这么多脚，究竟是怎样的走法呢？"蚿说："不是这样的。你没有见过吐唾沫的样子吗？喷吐出来的唾沫体积大的如玑珠，小的如烟雾，混在一起落下的就不计其数了。现在我顺着天然的机能而行动，并不知晓怎么会所有的腿脚都动起来了。”蚿对蛇说：“我用许多脚走路，却赶不上你没有脚的，这是怎么回事？”蛇说：“由天然机能驱动，这怎么可以变更呢？我何必要用脚来走路呢？”蛇对风说：“我扭动我的脊骨和两胁来行走，就像有脚的动物似的。现在你呼呼地从北海吹起来，呼呼地吹到南海去，就像没有形体一样，这是怎么回事？”风说：“是啊。我呼呼地从北海刮过来而吹到南海去，但人若用手指来阻挡就能挡住一丝丝，用脚来踢我也能抵住一点点。即使如此，折断大树，吹散房屋，却只有我可以做到，这是积聚众多的有所不胜的一丝丝、一点点而成为大的胜利。取得大的胜利，这只有圣人能做到。”

孔子游于匡[①]，宋人围之数匝[②]，而弦歌不辍[③]。子路入见，曰：“何夫子之娱也？”

孔子曰：“来！吾语女。我讳穷久矣，而不免，命也；求通久矣，而不得，时也。当尧、舜而天下无穷人，非知得也；当桀、纣而天下无通人，非知失也；时势适然。夫水行不避蛟龙者，渔父之勇也；陆行不避兕虎者，猎夫之勇也；白刃交于前，视死若生者，烈士之勇也；知穷之有命，知通之有时，临大难而不惧者，圣人之勇也。由处矣，吾命有所制矣。”无几何，将甲者进，辞曰：“以为阳虎也[④]，故围之。今非也，请辞而退。”

【注释】

①匡：卫国邑名。

②宋：当作“卫”。匝（zā）：周，圈。

③辍，停止。

④阳虎：鲁国人，长相与孔子相像。阳虎曾暴虐地对待匡人。

【译文】

孔子周游来到匡，卫国人把他重重围住，孔子照样奏乐唱歌不停。子路进去谒见，说："先生怎么还这样欢乐啊？"

孔子说："过来！我告诉你。我忌讳穷困已经有一段时间了，可还是避不开，这就是命；我追求通达已经很长时间了，但总不能实现，这是时运不济。处在尧、舜的时代，天下没有穷困的人，并不是因为那时代的人用自己的智慧去获取；处于桀、纣的时代，天下没有通达的人，并不是因为那时代的人都缺乏智慧；这都是时势所造成的。在水上航行不躲避蛟龙的，是渔夫的勇敢；在陆上行走不躲避犀牛猛虎的，是猎人的勇敢；雪亮的兵刃抵在胸前，敢把死亡看作活着一样，这是烈士的勇敢；能知晓穷困是命中注定，通达是由于时机造成，面对大灾难也不惧怕的人，那是圣人的勇敢。仲由，待着吧，我的命运是受上天制约的。"没过多久，率领那些甲士的人进来，解释说："我们把您当作阳虎了，所以围困您；现在知道您不是他，请允许我们告辞而后退兵吧。"

公孙龙问于魏牟曰[①]："龙少学先王之道，长而明仁义之行；合同异，离坚白；然不然，可不可；困百家之知，穷众口之辩；吾自以为至达已。今吾闻庄子之言，汒焉异之[②]。不知论之不及与，知之弗若与？今吾无所开吾喙[③]，敢问其方。"

【注释】

①公孙龙：姓公孙，名龙。战国时赵国人。善名辩，有"离坚白""白马非马"之说。魏牟：魏国公子，名牟。

②汒：同"茫"。茫然。

③喙（huì）：本指鸟兽的嘴。此指嘴。

【译文】

公孙龙问魏牟说："我年少时学习前代圣王之道，长大以后明白了仁义的行为；我能够把事物的同与异混同为一个命题；我可以把物体的坚硬属性和白色的特征截然分开；把不对的论证成对的，把不能成立的论证为可以成立的；我能够难倒众家智能之士，让众人的口才无处施展；我自认为是最通晓事理的人。现在我听了庄子的话，心下茫然，十分惊异。不知这是我论辩不如他呢，还是我智慧不如他呢？现在我没法子开口说话了，请问这是什么原因呢？"

公子牟隐机大息，仰天而笑曰："子独不闻夫坎井之蛙乎[①]？谓东海之鳖曰：'吾乐与！吾跳梁乎井干之上[②]，入休乎缺甃之崖[③]，赴水则接腋持颐，蹶泥则没足灭跗[④]。还虷蟹与科斗[⑤]，莫吾能若也。且夫擅一壑之水[⑥]，而跨跱埳井之乐，此亦至矣，夫子奚不时来入观乎？'东海之鳖左足未入，而右膝已絷矣[⑦]，于是逡巡而却[⑧]，告之海曰：'夫千里之远，不足以举其大；千仞之高，不足以极其深。禹之时，十年九潦[⑨]，而水弗为加益；汤之时，八年七旱，而崖不为加损。夫不为顷久推移，不以多少进退者，此亦东海之大乐也。'于是坎井之蛙闻之，适适然惊[⑩]，规规然自失也[⑪]。

【注释】

①坎井：犹浅井。坎，地面凹陷处，坑穴。

②跳梁：跳跃。井干：井栏。

③甃(zhòu)：以砖瓦等砌的井壁。

④蹶(jué)：踩，踏。跗(fū)：脚背。

⑤虷(hán)蟹：孑孓，蚊子的幼虫。一说井中赤虫。科斗：即蝌蚪。

⑥壑(hè):水坑,水沟。

⑦縶(zhí):此指绊住。

⑧逡(qūn)巡:迟疑而退却。

⑨潦(lào):同“涝”。水淹,积水成灾。

⑩适适然:惊惧的样子。

⑪规规然:自失的样子。

【译文】

公子魏牟倚靠着几案叹息,又仰天大笑,说:“你难道没有听说过浅井中的青蛙吗?它对东海里的鳖说:‘我真快乐啊!我出来就在井栏上跳来跳去,回去就在井壁残破的砖洞中休息,游水时水面承托着我的两腋和双腮,踏泥行走时会埋没我的脚背。回头看看孑孓和蝌蚪,都不如我这样快乐啊。而且我独占一坑之水,盘踞一口井中,这该是最大的快乐了,你为什么不随时进来看一看呢?’东海之鳖左脚还没有伸进去,右膝却已经绊住了,只好迟疑退却,把大海的情况告知井蛙:‘千里之遥,还不足以形容它的广阔;千仞之高,还不足以量尽它的深度。夏禹的时代,十年九涝,海水也没有因此而增加;商汤的时候,八年七旱,海岸也没有因此而浅露。不会因为时间的长短而改变,也不会因雨量的多少而增减,这就是东海的大快乐啊。’浅井之蛙听到这番话以后,十分吃惊,若有所失。

“且夫知不知是非之竟,而犹欲观于庄子之言,是犹使蚊负山,商蚷驰河也[①],必不胜任矣。且夫知不知论极妙之言而自适一时之利者,是非坎井之蛙与?且彼方跐黄泉而登大皇[②],无南无北,奭然四解[③],沦于不测;无东无西,始于玄冥,反于大通。子乃规规然而求之以察,索之以辩,是直用管窥天,用锥指地也,不亦小乎?子往矣!且子独不闻夫寿陵余子之学行于邯郸与？未得国能，又失其故行矣，直匍匐而归耳。今子不去，将忘子之故，失子之业。”

公孙龙口呿而不合④，舌举而不下，乃逸而走⑤。

【注释】

①商蚷(jù)：虫名，即马蚿，又称马陆。

②跐(cǐ)：踏。

③奭(shì)：消散，消释。

④呿(qù)：张口貌。

⑤逸：逃跑。

【译文】

“至于你，才智还不足以通晓是非的究竟，居然也想直接观照庄子的言论，这就像让小蚊子背负大山、让陆上的马蚿虫到河里疾驰一样，肯定不能胜任啊。而且，才智不足以了解那最为精妙的言论，自己却满足于一时逞口舌之利，这不就像那浅井之蛙吗？况且庄子之道就像是脚入地而踏黄泉，上登太空不分南北，四面通达无碍，深不可测；不分东西，起于幽寂玄远的境界，又返归到无所不通的境界。而你却浅薄地想自己琢磨他的观点，想用辩论来穷尽其理，这简直就是拿个竹管去窥测天的高远，拿个锥子去探测地的深浅了，这不是太渺小了吗？你去吧！况且你难道不曾听说过寿陵少年在邯郸学走路的事吗？没有学会国都人走路的技巧，又忘掉了自己原来走路的方式，只能匍匐爬行回家了。现在你不离去，也会忘掉你原来的技能，失去你本来的学业的。”

公孙龙听了，惊骇得嘴张开合不拢，舌头翘起放不下，心神恍惚，赶忙逃跑了。

庄子钓于濮水①，楚王使大夫二人往先焉②，曰：“愿以竟内累矣[③]！”庄子持竿不顾，曰：“吾闻楚有神龟，死已三千岁矣，王巾笥而藏之庙堂之上[④]。此龟者，宁其死为留骨而贵乎？宁其生而曳尾于涂中乎[⑤]？”二大夫曰：“宁生而曳尾涂中。”庄子曰：“往矣！吾将曳尾于涂中。”

【注释】

①濮水：在今山东、河南交界处的河南濮城。

②先：致意。

③竟：通“境”。

④笥（sì）：盛衣物或饭食等的方形竹器。

⑤曳（yè）：拖。涂：泥。

【译文】

庄子在濮水边上垂钓，楚王派大夫二人前来致意，说：“希望把楚国的事务托付给您！”庄子手持渔竿、头也不回，说：“我听说楚国有一只神龟，已经死去三千年了，楚国还是用布巾裹住它，放在竹箱里，置于庙堂之上。那神龟是愿意死后留下龟甲来享受尊贵的待遇呢？还是愿意活着，拖着尾巴在泥里爬呢？”二位大夫说：“还是愿意活着，拖着尾巴在泥里爬行。”庄子说：“你们走吧，我还是拖着尾巴在泥里爬吧。”

惠子相梁，庄子往见之。或谓惠子曰：“庄子来，欲代子相。”于是惠子恐，搜于国中三日三夜。庄子往见之，曰：“南方有鸟，其名鹓鸰[①]，子知之乎？夫鹓鸰，发于南海而飞于北海，非梧桐不止，非练实不食[②]，非醴泉不饮。于是鸱得腐鼠[③]，鹓鸰过之，仰而视之曰‘吓[④]！’今子欲以子之梁国而吓我邪？”

【注释】

①鹓鸰(yuān chú):传说中与鸾凤同类的鸟。

②练实:竹实。以色白,故名。

③鸱(chī):猫头鹰的一种。

④吓(hè):怒斥声。

【译文】

惠施在梁国为相,庄子去见他。有人对惠施说:“庄子来此,是要取代你为相。”于是惠施感到恐慌,在国都搜寻庄子达三天三夜。庄子前去见他,说:“南方有一种鸟,名字叫鹓鸰,你知道吗?鹓鸰从南海出发飞往北海,不是梧桐树它不在上面栖息,不是竹实它不吃,不是甘泉它不喝。这时有一只猫头鹰捉到一只腐烂的田鼠,见到鹓鸰从空中飞过,猫头鹰仰起头来叫唤一声:‘吓!’现在你也想拿你那梁国来吓我吗?”

庄子与惠子游于濠梁之上[①]。庄子曰:“鲦鱼出游从容[②],是鱼乐也。”惠子曰:“子非鱼,安知鱼之乐?”庄子曰:“子非我,安知我不知鱼之乐?”惠子曰:“我非子,固不知子矣;子固非鱼也,子之不知鱼之乐,全矣。”庄子曰:“请循其本。子曰‘女安知鱼乐’云者,既已知吾知之而问我,我知之濠上也。”

【注释】

①濠:濠水,在今安徽凤阳东北。梁:桥。

②鲦(tiáo):鱼名,一种生于淡水的小白鱼。

【译文】

庄子和惠施在濠水的桥上游玩。庄子说:“鲦鱼从容自得地游水,这是鱼的快乐啊。”惠施说:“你不是鱼,怎么会知道鱼的快乐?”庄子说:

"你又不是我,怎么会知道我不知道鱼的快乐呢?"惠施说:"我不是你,当然就不知道你是怎么想的;那你也不是鱼,所以你不知道鱼的快乐,这是完全可以肯定的。"庄子说:"请让我从头说起。你说'你怎么会知道鱼的快乐'这样的话,就是你已经知道了我知道鱼的快乐才这样问我的,现在我告诉你,我是在濠水桥上知道的呀。"

荀子

荀子(约前313—前238),名况,战国时赵国人。汉时人避宣帝刘询讳,又称孙卿,后世沿袭,是我国先秦时期杰出的政治家、哲学家。

《史记·孟子荀卿列传》记载,荀子曾到过齐国稷下讲学,三次被推为"祭酒"。后来受到齐人的毁谤,投奔楚国,在楚国做过兰陵令,晚年与弟子从事著述,死于楚国,葬在兰陵(在今山东临沂兰陵)。

《荀子》一书大部分出于荀况的手笔,现存的《荀子》是经唐朝人杨倞重新编排过的,共三十二篇。

荣辱篇

【题解】

本文是一篇论说文。文章较为系统全面地阐释了作者的荣辱观。作者认为,喜爱荣耀而憎恶耻辱是人皆共有的心理,但怎样获得荣耀而回避耻辱,却不是人人都真正知道的。文章强调只有遵循礼法,力行仁义道德,控制私欲膨胀,重视学习修养才能够获得尊贵和荣耀。另外,文章还阐述了人自取其辱的原因和危害,表达了作者鲜明的批判态度。

㤭泄者①,人之殃也;恭俭者,偋五兵也②。虽有戈矛之刺，不如恭俭之利也。故与人善言，暖于布帛；伤人之言，深于矛戟。故薄薄之地[3]，不得履之，非地不安也，危足无所履者[4]，凡在言也。巨涂则让[5]，小涂则殆，虽欲不谨，若云不使[3]。以上以言取辱。

【注释】

①㤭(jiāo)泄：傲慢。㤭，底本作“桥”，疑误，据王先谦《荀子集解》改为“㤭”。

②偋(bǐng)：通“屏”。排除。

③薄薄：广大。

④危足：谓畏惧不敢正立。

⑤让：通“攘”。指扰攘。

【译文】

轻狂和傲慢是人的祸患；恭敬谦让而有节制，可以消除刀枪杀身之祸。锋利的戈和矛虽然可以防身，但没有恭敬谦让和节制的美德作用大。所以，说人好话，比给人布帛更使人感到温暖；用恶语伤人，比用矛戟刺人更厉害。所以，在宽阔的地面上不能行走，并不是因为地面不平坦，侧着脚也无立足之地，完全是由于他恶语伤人所致。大路行人车马多而拥挤，易出事故；小路行人车马少，偏僻而不安全，即使想不谨慎，客观条件也不允许。以上说的是以言语取辱。

快快而亡者[1]，怒也；察察而残者[2]，忮也[3]；博而穷者[4]，訾也[5]；清之而俞浊者[6]，口也；豢之而俞瘠者，交也；辩而不说者[7]，争也；直立而不见知者，胜也；廉而不见贵者，刿也[8]；勇而不见惮者，贪也；信而不见敬者，好刬行也[9]。此小人之所务而君子之所不为也。以上美德中亦有取辱之端。

【注释】

①快快：指逞一时的快意，肆意。

②察察：精明，细致。

③忮(zhì)：忌恨。

④博：博学，善辩。穷：窘迫。

⑤訾：指诋毁、指责。

⑥俞：更加。

⑦说：说服。

⑧刿(guì)：刺伤。

⑨剸(zhuān)：同“专”。专擅。

【译文】

逞一时的痛快而导致死亡的，是由于克制不住愤怒；精明而遭人伤残的，是由于怀有忌恨人之心；知识渊博而处境穷困的，是由于总爱诽谤别人；想得到清白名声结果声望更差，是因为言过其实；用酒肉结交朋友却交情更加淡薄，是因为结交的手段不对；善辩却不能说服人，是因为热衷于无谓的争论；行为正直却得不到人赏识，是因为争强好胜；品行端正却得不到别人的尊敬，是因为刺伤别人；勇敢却不为人所惧怕，是因为爱贪小利所致；守信用却不被别人尊敬信任，是因为好独断专行。这些行为都是小人的做法，君子是不会这样做的。以上讲美德之中也有自取侮辱的方面。

斗者，忘其身者也，忘其亲者也，忘其君者也。行其少顷之怒，而丧终身之躯，然且为之，是忘其身也；室家立残，亲戚不免乎刑戮，然且为之，是忘其亲也；君上之所恶也，刑法之所大禁也，然且为之，是忘其君也。忧忘其身，内忘其亲，上忘其君，是刑法之所不舍也，圣王之所不畜也[①]。乳彘触虎[2]，乳狗不远游，不忘其亲也。人也，忧忘其身，内忘其亲，上忘其君，则是人也，而曾狗彘之不若也！

【注释】

①畜(xù)：容留。

②乳彘触虎：疑当为"乳彘不触虎"。乳彘，哺乳的母猪。

【译文】

为个人的利益而进行私斗的人，忘记了自己的身体，忘记了自己的亲人，忘记了自己的君主。这种行为虽解了一时的怒气，却导致了身体的伤残和生命的丧失，有这样严重的后果，他还要去做，就是忘记了自己的身体；他这种行为会导致家庭成员遭残害，亲戚也难免受牵连而遭到刑狱或杀头之罪，可他还要去做，就是忘记了自己的亲人；他这种行为是君主所憎恶的，是刑法所严厉禁止的，可他还要去做，就是忘记了自己的君主。忧患忘记了自己的身体，对内忘记了自己的亲人，对上忘记了自己的君主，这样的人是刑法所不能宽赦的，是圣明的君主所不能容留的。哺乳的母猪不去触犯老虎，哺乳的母狗不离窝远走，就是因为它们没有忘记自己的亲属。作为人，忧患忘记了自己的身体，对内忘记了自己的亲人，对上忘记了自己的君主，岂不是连猪狗都不如了！

凡斗者，必自以为是而以人为非也。己诚是也[1]，人诚非也，则是己君子而人小人也，以君子与小人相贼害也。忧以忘其身，内以忘其亲，上以忘其君，岂不过甚矣哉！是人也，所谓以狐父之戈钃牛矢也[2]。将以为智邪？则愚莫大焉。将以为利邪？则害莫大焉。将以为荣邪？则辱莫大焉。将以为安邪？则危莫大焉。人之有斗，何哉？我欲属之狂惑疾病邪[3]，则不可，圣王又诛之。我欲属之鸟鼠禽兽邪,则不可,其形体又人,而好恶多同。人之有斗,何哉?我甚丑之!以上好斗取辱。

【注释】

①诚:确实。

②狐父:地名,在今河南永城芒砀山北,古时以生产高质量的戈著名。斸(zhú):斫,掘。

③属:归入。

【译文】

凡是争斗的人,都必认为自己是对的,别人是错的。如果自己确实是对的,别人确实是错的,那么自己就是君子而别人就是小人,这是以君子的身份同小人互相残害。忧患忘记了自己的身体,对内忘记了自己的亲人,对上忘记了自己的君主,这难道不是极大的错误!这种人的行为,就好比是用孤父出产的戈去砍牛粪。能说是理智的举动吗?实在是愚蠢之极。能说是有利的举动吗?实在是有害之极。能说是荣耀的举动吗?实在是可耻之极。能说是平安的举动吗?实在是危险之极。人相互争斗,这是为什么?我想把他们归于患精神错乱的疯狂病人一类,这实在不行,因为圣王就诛杀这样的人。我想把他们归于鸟鼠禽兽一类吧,那也不行,因为他们的形体是人的形体,他们喜欢和厌恶的情感又多与别人相同。人相互私斗,究竟为什么?我极端鄙视好争斗的人!以上讲由于好斗自取其辱。

有狗彘之勇者,有贾盗之勇者,有小人之勇者,有士君子之勇者。争饮食,无廉耻,不知是非,不辟死伤①,不畏众强,恈恈然唯利饮食之见②,是狗彘之勇也。为事利,争货财,无辞让,果敢而振③,猛贪而戾④,恈恈然唯利之见,是贾盗之勇也。轻死而暴，是小人之勇也。义之所在，不倾于权，不顾其利，举国而与之不为改视，重死持义而不桡[5]，是士君子之勇也。

【注释】

①辟：躲避，退避。

②恈（móu）恈然：贪婪的样子。

③振：妄动，轻动。

④戾：乖张，暴戾。

⑤桡：屈从。

【译文】

有猪狗的勇敢，有商贾和盗贼的勇敢，有小人的勇敢，有士人君子的勇敢。争夺吃喝，没有廉耻，不知道是非，不躲避死亡或受伤的危险，不怕众多的强人，贪婪地只看到吃的和喝的东西，这是猪狗的勇敢。做事只为获利，争夺货物钱财，丝毫不谦让，果敢狠辣，贪心暴戾，贪婪地只看到利之所在，这是商贾和盗贼的勇敢。不畏死而凶残，这是小人的勇敢。为了大义，不屈服于权势，不考虑对己是否有利，即使全国的人都反对也不改变立场，爱惜生命，但为了坚持正义而不屈从，这是士人君子的勇敢。

鲦鉥者[1]，浮阳之鱼也[2]，胠于沙而思水[3]，则无逮矣。挂于患而欲谨，则无益矣。自知者不怨人，知命者不怨天，怨人者穷，怨天者无志。失之己，反之人[4]，岂不迂乎哉？

【注释】

①鉥（qiáo）：鱼名。

②浮阳:浮在水面接受阳光照晒。

③胠(qū):通"阹"。遮挡,搁浅。

④反之人:归罪于人。

【译文】

鲦和鉢这两种鱼,总爱在水面漂浮,到了在沙滩搁浅时,才想回到水里,但为时已晚没有办法了。遭到灾患而再想谨慎,那就没有用了。能够自我认识的人,遭逢灾祸不埋怨别人;能够认识命运的人,遭逢灾祸不埋怨上天;自己遭逢灾祸埋怨别人的人,必将穷困无助;自己遭逢灾祸埋怨上天的人,必是没有识见和志向。由于自己的过失造成了恶果,反而去责怪别人,岂不是太荒唐了吗?

荣辱之大分,安危利害之常体:先义而后利者荣,先利而后义者辱。荣者常通,辱者常穷;通者常制人,穷者常制于人;是荣辱之大分也。材悫者常安利[①],荡悍者常危害;安利者常乐易,危害者常忧险;乐易者常寿长,忧险者常夭折;是安危利害之常体也。

【注释】

①材悫(què):淳朴诚实。材,疑为"朴"。

【译文】

荣和辱的根本区别,安与危、利与害的恒常规律是这样的:以仁义为先而以利益为后的人将得到荣誉,以利益为先而以仁义为后的人将得到耻辱。得到荣誉的人常常都会通达,得到耻辱的人常常会穷困;通达的人常常能制服别人,穷困的人常常被别人制服;这就是荣和辱的根本区别。纯朴诚实的人经常满足于已得到的利益,放荡凶暴的人经常害怕受到伤害;满足于既得利益的人经常平和安乐,害怕受到伤害的人经常忧心危险；安乐的人往往长寿，忧心的人往往夭亡；这是安和危、利和害的恒常规律。

夫天生烝民[①]，有所以取之。志意致修，德行致厚，智虑致明，是天子之所以取天下也。政令法，举措时，听断公，上则能顺天子之命，下则能保百姓，是诸侯之所以取国家也。志行修，临官治，上则能顺上，下则能保其职，是士大夫之所以取田邑也。循法则、度量、刑辟、图籍，不知其义，谨守其数[②]，慎不敢损益也，父子相传，以持王公[③]，是故三代虽亡，治法犹存，是官人百吏之所以取禄秩也。孝弟原悫[④]，軥录疾力[⑤]，以敦比其事业[⑥]，而不敢怠傲，是庶人之所以取暖衣饱食，长生久视[⑦]，以免于刑戮也。饰邪说，文奸言[⑧]，为倚事[⑨]，陶诞、突盗[⑩]，惕、悍、憍、暴，以偷生反侧于乱世之间[⑪]，是奸人之所以取危辱死刑也。其虑之不深，其择之不谨，其定取舍楛僈[⑫]，是其所以危也。

【注释】

①烝民：民众，百姓。

②数：法制，规定。

③持：侍奉，侍候。

④弟：通“悌”。原：同“愿”。谨慎老实。

⑤軥(qú)录：劳碌，勤劳。

⑥敦比：治理。

⑦久视：长寿。

⑧文：掩饰。

⑨倚事：邪僻的事。

⑩陶诞：虚妄夸诞。突盗：侵凌盗窃。

⑪反侧：不安分，不顺服。

⑫楛（kǔ）：粗劣。僈（màn）：轻慢。

【译文】

上天养育万民，万民都有取得生活条件的权力。志向和心性最美好，道德和品行最忠厚，智慧和思想最明察，这就是天子能够取得天下的原因。政令符合法度，措施及时，听取民意公正断事，对上能够顺从天子的政令，对下能够保护百姓，这就是诸侯能够获取国家的原因。心志和行为有修养，做官时能把所管辖的人和事治理好，对上能够顺应上司，对下能够保住自己的职位，这就是士大夫能够获取封地的原因。遵循法令、度量、刑律、领地和户籍的规定，虽然不知道这些规定的制定道理，也要小心谨慎地严格遵守，不敢随意增减更改，父子代代相传，用这种方法侍奉王公，所以，夏商周三代虽然已经灭亡了，可它们的制度依然存在，这就是各级官吏能够取得俸禄和保有官位的原因。孝顺父母，尊敬兄长，忠厚诚实，勤劳努力，尽力理顺自己的事业，不敢懈怠傲慢，这就是百姓能够丰衣足食，长久生存，不被刑罚杀戮的原因。粉饰邪僻的学说，美化奸诈的言论，做怪异荒诞的事情，虚妄夸诞，强取豪夺，放荡、凶悍、骄横、粗暴，不循正道而是靠在世间捣乱苟且活命，这就是奸邪的人取得危险、耻辱、极刑的原因。这种人思想肤浅，人生道路选择不谨慎，决定事情很轻率，所以他们遭受危难就是很自然的。

材性知能，君子小人一也。好荣恶辱，好利恶害，是君子小人之所同也，若其所以求之之道则异矣。小人也者，疾为诞而欲人之信己也①；疾为诈而欲人之亲己也；禽兽之行而欲人之善己也。虑之难知也，行之难安也，持之难立也，成则必不得其所好，必遇其所恶焉。故君子者，信矣，而亦欲人之信己也；忠矣，而亦欲人之亲己也；修正治辨矣[②]，而亦欲人之善己也。虑之易知也，行之易安也，持之易立也，成则必得其所好，必不遇其所恶焉。是故穷则不隐，通则大明，身死而名弥白[③]。小人莫不延颈举踵而愿曰："知虑材性，固有以贤人矣。"夫不知其与己无以异也，则君子注错之当[④]，而小人注错之过也。故孰察小人之知能，足以知其有余，可以为君子之所为也。譬之越人安越，楚人安楚，君子安雅[⑤]，是非知能材性然也，是注错习俗之节异也。仁义德行，常安之术也，然而未必不危也；污僈、突盗[⑥]，常危之术也，然而未必不安也。故君子道其常而小人道其怪[⑦]。以上言荣辱在人之自取，材性、智能本同，因注错异而荣辱亦殊。

【注释】

①疾：极力，尽力。

②修正：整饬。辨：同"办"。治理。

③弥白：更加显耀。

④注错之当：处置得当。错，通"措"。

⑤雅：通"夏"。中原地区。

⑥污僈：污秽，卑污。

⑦道：遵循。

【译文】

人的本性、资质，君子和小人原本是一样的。喜爱荣誉，憎恶耻辱，喜爱利益，厌恶祸害，在这些方面，君子和小人都相同，至于他们所求得的方法和手段就不一样了。那些小人肆意妄言，尽做荒诞的事情，却希望别人相信自己;尽做那些欺诈别人的事情,却希望别人亲近自己;行为如同禽兽,却希望别人善待自己。他们考虑事情不透彻,难明事理;他们做事情浮躁,不能安静专心;他们提出主张违背公理,难以成立;最终必然得不到所喜爱的荣誉和利益,必然会遭受所厌恶的耻辱和祸害。君子则不同,他们待人守信誉,也希望别人对自己守信誉;他们对人忠诚,也希望别人亲近自己;他们端庄正直,善于处理事情,公正合理,也希望别人善待自己。他们考虑事情周密,尽明事理;他们做事情稳重,安静专心;他们提出的主张符合公理,能够成立,最终必然能得到所喜爱的荣誉和利益,必然不会遭遇所厌恶的耻辱和祸害。所以,君子即使处境穷困,他的名声也不会被埋没,如果处境顺利,他的名声就会更大,而且在他死后,他的名声会越发显赫。面对名声显赫的君子,小人没有不伸长脖颈、踮起脚跟钦羡地说:“君子的本性、知识、资质生来就胜过别人。”他们不知道君子的本性、资质生来和自己没有什么不同,区别只在于君子注意知识的学习积累,措置得当,而小人则不注意知识的学习积累,举措失当。所以深入分析小人的资质和智能,完全可以知道他们有充分的能力做到君子所能做到的一切事情。这就如同越人习惯安乐地居住在越国,楚人习惯安乐地居住在楚国,君子习惯安乐地居住在中原地区,并不是天生的自然本性、智能决定的,而是由于他们的生活方式和风俗不同造成的。仁义德行,君子认为是国家天下安定的恒常方法,但不一定就不发生危险;污秽奸诈、巧取豪夺,君子认为是国家天下危乱的恒常方法,但不一定就不会安定。所以君子遵循正常的途径,而小人则遵循诡异的途径。以上讲荣辱都是人自取的,本性、资质、智能本是相同的,但措置不同,荣辱就有别了。

凡人有所一同:饥而欲食,寒而欲暖,劳而欲息,好利而恶害,是人之所生而有也,是无待而然者也,是禹、桀之所同也。目辨白黑美恶,耳辨音声清浊,口辨酸咸甘苦,鼻辨芬芳腥臊，骨体肤理辨寒暑疾养[①]，是又人之所常生而有也，是无待而然者也，是禹、桀之所同也。可以为尧、禹，可以为桀、跖，可以为工匠，可以为农贾，在势注错习俗之所积耳。是又人之所生而有也，是无待而然者也，是禹、桀之所同也。为尧、禹则常安荣，为桀、跖则常危辱；为尧、禹则常愉佚，为工匠农贾则常烦劳。然而人力为此而寡为彼，何也？曰：陋也。尧、禹者，非生而具者也，夫起于变故，成乎修[②]，修之为待尽而后备者也。人之生固小人[③]，无师无法则唯利之见耳。人之生固小人，又以遇乱世，得乱俗，是以小重小也[④]，以乱得乱也。君子非得势以临之，则无由得开内焉[⑤]。今是人之口腹，安知礼义？安知辞让？安知廉耻隅积？亦呥呥而嚌[⑥]，乡乡而饱已矣。人无师无法，则其心正其口腹也。今使人生而未尝睹刍豢稻粱也[⑦]，惟菽藿糟糠之为睹，则以至足为在此也。俄而粲然有秉刍豢稻粱而至者[⑧]，则瞲然视之曰[⑨]："此何怪也？"彼臭之而无嗛于鼻[⑩]，尝之而甘于口，食之而安于体，则莫不弃此而取彼矣。今以夫先王之道，仁义之统，以相群居，以相持养，以相藩饰[⑪]，以相安固邪？以夫桀、跖之道，是其为相县也[⑫]，几直夫刍豢稻粱之县糟糠尔哉！然而人力为此而寡为彼，何也？曰：陋也。陋也者，天下之公患也，人之大殃大害也。故曰，仁者好告示人。告之示之，靡之儇之[⑬]，铅之重之[⑭]，则夫塞者俄且通也，陋者俄且僩也[⑮]，愚者俄且知也。是若不行，则汤、武在上曷益？桀、纣在上曷损？汤、武存则天下从而治，桀、纣存则天下从而乱。如是者，岂非人之情固可与如此，可与如彼也哉？

【注释】

①理：物质组织的纹路。

②修：修养，修身。

③生：天生，生来。这里指本性。

④重：更加。

⑤开内：启发，启蒙。内：同“纳”。

⑥呥(rán)呥：咀嚼貌。噍(jiào)：咀嚼。

⑦刍豢(huàn)：供食用的家畜。

⑧粲然：精洁貌。秉：持，执。

⑨瞲(xuè)然：惊视貌。

⑩嗛：通“慊(qiè)”。满足。

⑪藩饰：装饰，文饰。

⑫县：同“悬”。悬殊，差距。

⑬靡：潜移默化。儇(xuān)：渐渐积成。均指积习。

⑭铅：同“沿”。遵循。重：反复申明。

⑮僩(xiàn)：博大。

【译文】

凡是人都有相同的一面：饿的时候就想吃食物，冷的时候就想温暖，劳累的时候就想休息，喜好利益而厌恶祸害，这些都是人出生就具有的本性，是不需要学习就具有的本能，圣王禹和暴君桀在这些本能方面都相同。眼睛能够辨别物体黑与白、美与丑，耳朵能够辨别声音的清亮与混浊，口能够辨别食物的酸、咸、甜、苦等滋味，鼻子能够辨别芬芳和腥臊等味道，骨骼、皮肤，腠理能够辨别冷、热、痛、痒等感觉，这些也是人出生就具有的本能，是不需要学习就已经具有的，圣王禹和暴君桀也都具有这些本能。人可以成为尧、禹一样的圣人，也可以成为桀、跖一样的暴君、强盗，可以成为工匠，也可以成为农民和商人；一个人成长为什么样的人，是由其后天的学习积累和所处环境的风俗习惯所养成。

这又是人生而就有的，自然而然的，是禹和桀都相同的。成为尧、禹一样的圣人，就恒常安乐荣耀，成为桀、跖一样的暴君、强盗，就时常危险屈辱；成为尧、禹那样的圣人，就时常愉悦安逸；成为工匠、农民和商人那样的常人，就时常烦神劳碌。但是，很多人虽经努力还是成为常人，极少人能够成为尧、禹，这是什么原因呢？答案在于：多数人不能完全克服坏的习惯风俗的影响，见识短浅。尧、禹这样的圣人，不是出生就具有圣人的品德，而是经历各种变故、磨难，长期刻苦修炼品行，把旧质去掉之后才修炼成为具有圣人美德的人。人的本性原本就充满了小人的欲求，没有老师的教导，没有礼法的约束，那就只能看到个人的利益。人的本性原本就充满了小人的欲求，又因为遭逢混乱的世道，浸染了混乱的习俗，这等于将小人的欲求再叠加到小人身上，在混乱的世道里浸染了更混乱的习俗。君子如果不能依据客观形势督促小人，就不能启发其心志，使他按礼法走正道。当今人们只知道吃喝，哪里知道礼义？哪里知道谦让？哪里知道廉耻？哪里知道局部和整体的关系？只知道不停地咀嚼，吃得香甜满意直到肚子饱满才罢。人要是没有老师，没有礼法，那么他的心灵就像他的嘴和肚子一样，只求吃喝、贪私利。现在，假如人出生后就没有看到过畜肉和大米高粱，只看到过豆、豆叶、糟糠等粗粮，就会认为最好吃的就是这些东西。突然有人拿来了鲜美的畜肉、大米和高粱，人们就会惊奇地看着这些畜肉、大米和高粱说："这是什么奇怪的东西啊？"他用鼻子去闻，味道很诱人，用嘴去尝，感到很香甜，吃下去肠胃感到很舒服，那就没有人不丢弃豆、豆叶、糟糠等粗粮而获取畜肉、大米、高粱的。现在如采用先王统治的方法，用仁义道德纲常，来协调人们之间的关系，使他们互相扶持，互相文饰，不就可以相安无争而保持秩序的巩固吗？如果用桀、跖的方法，两种方法相差悬殊，岂止是畜肉、大米、高粱同糟糠之间的差别所能比拟的啊！但是，很多人虽经努力还是采用了桀、跖的方法，真正实行先王办法的人极少，这是什么原因呢？答案在于：多数人不能完全克服坏的习惯风俗的影响，见识短浅。坏的习惯风俗是天下人的公患，也是人们的大灾大害。所以说，仁人喜爱宣传教育人。告诉人们道理，做给人们看，教人们养成好习惯，使他们遵循并反复重申这些道理，这样愚塞的人也会明白道理，有不好习惯、眼光短浅的人也会改变不好的习惯，见识宽广起来，愚笨的也会变得懂道理了。这样如果不行，那么商汤、周武居于最高统治地位有什么益处呢？桀、纣居于最高统治地位又有什么坏处呢？汤、武在位时，天下都顺从汤、武而得到安定；桀、纣在位时，天下都顺从桀、纣而得到混乱。这样的话，岂不是人的性情原本就可以像这样，也可以像那样了吗？

人之情，食欲有刍豢，衣欲有文绣，行欲有舆马，又欲夫余财蓄积之富也，然而穷年累世不知不足[①]，是人之情也。今人之生也，方知蓄鸡狗猪彘，又蓄牛羊，然而食不敢有酒肉；余刀布[②]，有囷窌[③]，然而衣不敢有丝帛；约者有筐箧之藏[④]，然而行不敢有舆马。是何也？非不欲也，几不长虑顾后而恐无以继之故也[⑤]。于是又节用御欲[⑥]，收敛蓄藏以继之也，是于己长虑顾后，几不甚善矣哉？今夫偷生浅知之属，曾此而不知也，粮食大侈，不顾其后，俄则屈安穷矣[⑦]，是其所以不免于冻饿，操瓢囊为沟壑中瘠者也[⑧]。况夫先王之道，仁义之统，《诗》《书》《礼》《乐》之分乎。彼固天下之大虑也，将为天下生民之属长虑顾后而保万世也。其汸长矣[⑨]，其温厚矣，其功盛姚远矣[⑩]，非孰修为之君子莫之能知也。故曰，短绠不可以汲深井之泉，知不几者不可与及圣人之言[⑪]。夫《诗》《书》《礼》《乐》之分，固非庸人之所知也。故曰，一之而可再也，有之而可久也，广之而可通也，虑之而可安也，反铅察之而俞可好也[12]。以治情则利，以为名则荣，以群则和，以独则足。乐意者其是邪？

【注释】

①穷年：终其天年，毕生。

②刀布：古钱币。

③囷(qūn)：圆形的谷仓。窌(jiào)：地窖。

④约者：节约的人。

⑤几：大概是，差不多。

⑥御欲：控制欲望。

⑦屈安穷：消耗尽而陷于贫困。

⑧瘠：通“胔(zì)”。未完全腐烂的尸体。

⑨沗：古“流”字。

⑩姚远：遥远。姚，通“遥”。

⑪不几：不明了。

⑫反铅察：反复考察。

【译文】

人之常情，吃饭希望有肉食，穿衣希望有华美的绸缎，行路希望有车马，还希望有多余的财物积蓄起来致富，但是终其天年也不知满足，这就是人的欲望。现今人们在世上生活，才知道畜养鸡、狗、猪，又畜养牛和羊，可是吃饭不敢有酒肉；有多余的钱币，又有储粮的谷仓和地窖，但是衣着不敢穿丝绸；节俭的人有资财保存在筐箧里，可是行路不敢用车马。这是为什么？这些人并不是不想享用这些东西，而是从长远考虑，顾及以后的日子，担心有接续不上的时候。于是再节俭省用、抑制欲望，聚集财富、增加积蓄以备接续之用，这样为自己作长远考虑，顾及今后，岂不是很好吗？现在那些苟且偷生浅陋无知之辈，竟然连这个道理也不知道，他们挥霍浪费粮食，不顾及今后，很快就会陷入穷困的境地，这就是他们不免于冻饿，拿着讨饭的器具而饿死在沟里的原因。至于先王治国的办法，仁义的纲常，《诗》《书》《礼》《乐》的精要就更不会知道了。那些先王治国的方法，仁义的纲常，《诗》《书》《礼》《乐》的精要，本是安定天下的大智谋，是为天下人作长远考虑，顾及今后而永保世代平安。它们源远流长，蕴藏深厚，丰功伟绩世代相传，如果不是精熟修习的君子，是不能知道这当中的精髓的。所以说，绳子短了就不可能汲出深井中的泉水，知识很差的人不能和他谈圣人的言论。《诗》《书》《礼》《乐》的精要，本来就不是一般人所能理解的。所以说，按照《诗》《书》《礼》《乐》的精要实行一次，就可以继续实行；掌握了《诗》《书》《礼》《乐》的精要，就可以使国家长治久安；把《诗》《书》《礼》《乐》的精要加以推广，就可以通晓其他的道理；按照《诗》《书》《礼》《乐》的精要谋方略，就可以使国家安固如山；反复地按着《诗》《书》《礼》《乐》的精要考察事物，就可以把各种事务处理得更好。用《诗》《书》《礼》《乐》的精要来陶冶性情，就可以得到利益；遵照《诗》《书》《礼》《乐》的精要去求取名誉，就可以得到荣耀；用《诗》《书》《礼》《乐》的精要来处理与他人的关系，就可以与别人和睦相处；用《诗》《书》《礼》《乐》的精要独善其身，就会知足常乐。是不是这样呢？

夫贵为天子，富有天下，是人情之所同欲也。然则从人之欲则势不能容，物不能赡也[①]。故先王案为之制礼义以分之，使有贵贱之等，长幼之差，知贤愚、能不能之分，皆使人载其事而各得其宜，然后使悫禄多少厚薄之称[②]，是夫群居和一之道也。故仁人在上，则农以力尽田，贾以察尽财，百工以巧尽械器，士大夫以上至于公侯，莫不以仁厚知能尽官职，夫是之谓至平。故或禄天下而不自以为多[③]，或监门、御旅、抱关、击柝而不自以为寡[④]。故曰，斩而齐[⑤]，枉而顺，不同而一，夫是之谓人伦。《诗》曰："受小共大共，为下国骏蒙⑥。"此之谓也。

【注释】

①赡：供给，满足。

②悫禄：俸禄。

③禄天下：指帝王统治。

④监门：管城门的小吏。御(yà)旅：旅店负责迎接的人。御，迎接。抱关：守城门的兵士。击柝(tuò)：敲更的巡夫。

⑤斩：通"儳"。不齐貌。

⑥受小共大共，为下国骏蒙：出自《诗经·商颂·长发》。骏蒙，笃厚。

【译文】

像天子一样尊贵，拥有天下的财富，这是所有人都具有的欲望。但是，若都满足人们的这种欲望，则客观情况不容许，在物质上也不能满足。所以先王就为人们制定礼义来分别上下，使人们有高贵和卑贱的等级，年长与年幼的差别，聪明与愚笨、有能力和没有能力的区分，都是使人各自承担自己的事情而各得其所，然后使俸禄的多少和厚薄得到平衡，这就是使社会人群和睦相处、协调一致的方法。所以仁人处在统治地位，那么农民就尽心努力地种田，商人就细心精明地理财，各行各业的工匠各展巧妙技艺制造器械，从士大夫以上直至公侯没有不以仁义、厚道、博识和能力尽力履行自己的职责，这就叫作最公平。所以，享受天下供奉的天子，不认为自己得到的多，像管城门的小吏、旅店负责迎宾的人、守城门的士兵、打更的巡夫等也不认为自己得到的少。所以说，不齐方能齐，不直才能直，不同才能同，这就叫作人们的等级秩序。《诗经》说："大国、小国各有法度制约，诸侯国才能笃实。"说的就是这个道理。

议兵篇

【题解】

本文较为系统地阐述了荀子的军事思想。名为议兵，实多议政，在议论用兵之道的同时，还较为明确地阐述了作者的政治主张和治国方略。作者认为，战争是为了“禁暴除害”，取得战争胜利的关键在于“壹民”，就是使人民团结一致，取得人民的支持。文章还指出，治理军队同治理国家一样，只有讲礼、奉行仁义、讲德治，才能取得大治，永远立于不败之地。文章采用问答的形式，条分缕析，引用史实，反复论证，具有较强的逻辑性和说服力。

临武君与孙卿子议兵于赵孝成王前[①]。王曰：“请问兵要[②]。”临武君对曰：“上得天时，下得地利，观敌之变动，后之发，先之至，此用兵之要术也。”孙卿子曰：“不然。臣所闻古之道，凡用兵攻战之本在乎壹民。弓矢不调，则羿不能以中微[③]；六马不和，则造父不能以致远；士民不亲附，则汤、武不能以必胜也。故善附民者，是乃善用兵者也。故兵要在乎善附民而已。”临武君曰：“不然。兵之所贵者势利也，所行者变诈也。善用兵者，感忽悠暗，莫知其所从出，孙、吴用之，无敌于天下，岂必待附民哉？”孙卿子曰：“不然。臣之所道，仁人之兵、王者之志也。君之所贵，权谋势利也，所行，攻夺变诈也，诸侯之事也。仁人之兵，不可诈也。彼可诈者，怠慢者也，路亶者也[④]，君臣上下之间，滑然有离德者也。故以桀诈桀，犹巧拙有幸焉。以桀诈尧，譬之若以卵投石，以指挠沸[⑤]，若赴水火，入焉焦没耳。故仁人上下[⑥]，百将一心，三军同力。臣之于君也，下之于上也，若子之事父，弟之事兄，若手臂之扞头目而覆胸腹也。诈而袭之，与先惊而后击之，一也。且仁人之用十里之国，则将有百里之听；用百里之国，则将有千里之听；用千里之国，则将有四海之听。必将聪明警戒，和传而一[7]。故仁人之兵，聚则成卒，散则成列，延则若莫邪之长刃，婴之者断[8]；兑则若莫邪之利锋[9]，当之者溃；圜居而方止[10]，则若盘石然，触之者角摧，案角鹿埵、陇种、东笼而退耳[11]。且夫暴国之君，将谁与至哉？彼其所与至者，必其民也。而其民之亲我欢若父母，其好我芬若椒兰；彼反顾其上则若灼黥，若仇雠。人之情，虽桀、跖，岂又肯为其所恶贼其所好者哉？是犹使人之子孙自贼其父母也，彼必将来告之，夫又何可诈也？故仁人用，国日明，诸侯先顺者安，后顺者危，虑敌之者削，反之者亡。《诗》曰：'武王载发，有虔秉钺，如火烈烈，则莫我敢遏[12]。'此之谓也。"孝成王、临武君曰："善！"以上用兵贵附民。

【注释】

①临武君：姓名不详，楚国人。何时到赵国，无考。《战国策·楚策四》记载，春申君曾经要使临武君为将。孙卿子：即荀况自己。赵孝成王：名丹，赵惠文王的儿子。

②兵要：用兵的要领。

③中微：命中很小的目标。

④路：通"露"。衰败，疲惫。亶：通"瘅(dǎn)"。羸弱疲惫。

⑤挠：搅动。

⑥上下：当作"在上"。意指仁人做统帅。

⑦和：齐心。一：整体。

⑧婴：触犯。

⑨兑：通“锐”。锋利。

⑩圜居：军队扎营的一种阵形。圜，圆形。方止：军队扎营的一种阵形。方，矩形。

⑪鹿埵、陇种、东笼：古代方言，皆形容溃败逃窜的样子。

⑫“武王载发”几句：出自《诗经·商颂·长发》。发，通行本作“旆”。指起兵出发。遏，阻挡。

【译文】

临武君和孙卿子在赵孝成王面前讨论用兵之道。赵孝成王说：“请问什么是用兵的要领？”临武君回答说：“上得天时，下得地利，观察好敌人的变动情况，然后再行动，在敌人还没有到达前，先于敌人占领有利地势，这就是用兵的要领。”孙卿子说：“不是这样。我听说古人用兵的方法是，凡用兵攻战，取胜的关键在于使军民意志如一。如果弓和箭不配套，那么就是后羿也不能射中微小的目标；如果拉车所用的六匹马不协调，那么就是造父也不能驾车到达远方的目的地；士兵和人民不亲近顺服，那么就是商汤王和周武王也没有必胜的把握。所以善于使民心顺服的人，就是善于用兵的人。所以用兵的要领就是善于使民心顺服罢了。”临武君说：“不是这样。兵家所重视的是利用形势和有利的客观条件，所实行的是变化多端、诡秘狡诈的手段。善于用兵的人，变化迅捷无常，行动神秘莫测，敌人不知道他从哪里出现，著名军事家孙武、吴起使用这种方法，使天下人没有谁能够和他们相敌，难道必须依靠民心顺服吗？”孙卿子说：“不是这样。我所说的是仁人的军队和称王天下的人的志向。你所重视的是权术、计谋、形势和有利的客观条件，你所实行的是攻击夺取、变化多端、诡秘狡诈的方法，这些方法是诸侯国用兵使用的方法。仁人的军队是不可能被诈骗的。那些可以被诈骗的军队，都是些防备松懈、疲惫羸弱、君臣上下之间离心离德的军队。所以用桀这样的人去诈骗另一个类似桀的人，区别仅在于诈骗的手段巧妙与笨拙，以巧对拙，侥幸制胜罢了。用桀这样的人去诈骗尧那样的人，就好比是用鸡蛋砸石头，用手指搅开水，如同投身水火之中，进到里面就会被烧焦和淹没。历来仁人统帅的军队，上下团结，各级军官同心协力，全军协调一致。臣子对君主，下级对上级，就像儿子侍奉父亲，弟弟侍奉哥哥，就如同用手臂保护头、眼睛、胸腹。对这样的军队使用诈骗的手段突然袭击，这与先惊动它，然后再进攻，其结果都是一样的。仁人治理方圆十里的国家，其耳目视听却能达百里之遥；治理方圆百里的国家，其耳目视听可及千里之远；治理方圆千里的国家，其耳目视听就遍及四海之内。这样，他们就必然会掌握情况，心中有数，警惕戒备，上下团结协力如同一个整体。所以仁人的军队，聚集在一起就成为兵阵，分散开来就组成行列，展开就如同莫邪宝剑的长刃，无论谁碰到它都会被斩断；锐利就像莫邪宝剑的锋刃，无论谁阻挡它都将被击溃；军队扎下营寨，不论是方形还是圆形，都坚如磐石，谁进犯它都将被摧垮而狼狈逃窜。至于残暴的君主，有谁会愿意帮他去打仗呢？那些被迫跟着他去打仗的，必然是他统治下的子民。但是，他的子民亲近我，如同亲近父母一样欢欣，喜爱我，如同喜爱椒、兰的芬芳；当他们回过头去看自己的君主时，就好像看到了受过刑罚的黥刑犯的可憎面目，如同看到了仇恨的敌人。人的本性，即使像桀、跖那样的人也是如此，谁愿意帮自己所憎恶的人，去残害自己所喜爱的人呢？这就如同要求别人的儿孙去残害自己的父母一样，他们必定会设法告诉自己的父母，那么怎么能使对方受到诈骗呢？所以仁人当政，国家就日益昌盛，诸侯先归顺的就平安，后归顺的就危险，企图与其为敌的就被削弱，背叛的必定被消灭。《诗经》说：‘武王出兵征伐，竖立大旗，庄重地手持大斧，其势如熊熊烈火，没有谁敢来阻挡。’说的就是这种情况。”孝成王和临武君都说：“说得好！”以上讲用兵贵在收揽民心。

“请问王者之兵设何道、何行而可？”孙卿子曰：“凡在大王，将率末事也[①]。臣请遂道王者诸侯强弱存亡之效、安危之势。君贤者其国治，君不能者其国乱。隆礼贵义者其国治，简礼贱义者其国乱。治者强，乱者弱，是强弱之本也。上足卬[②]，则下可用也；上不足卬，则下不可用也。下可用则强，下不可用则弱，是强弱之常也。隆礼效功，上也；重禄贵节，次也；上功贱节，下也；是强弱之凡也。好士者强，不好士者弱；爱民者强，不爱民者弱；政令信者强，政令不信者弱；民齐者强，不齐者弱；赏重者强，赏轻者弱；刑威者强，刑侮者弱；械用兵革攻完便利者强[③]，械用兵革窳楛不便利者弱[④]；重用兵者强，轻用兵者弱；权出一者强，权出二者弱，是强弱之常也。齐人隆技击[⑤]，其技也，得一首者则赐赎锱金，无本赏矣。是事小敌毳则偷可用也[⑥]，事大敌坚则涣焉离耳，若飞鸟然，倾侧反覆无日。是亡国之兵也，兵莫弱是矣。是其去赁市佣而战之几矣[⑦]。

【注释】

①率：同“帅”。

②卬：同“仰”。敬仰。

③攻完：坚固完好。

④窳（yǔ）：羸弱，不坚固。楛（kǔ）：器物粗劣不坚固。

⑤技击：作战杀敌的技巧。

⑥毳（cuì）：通“脆”。脆弱，不坚韧。偷：勉强。

⑦赁：雇用。

【译文】

“请问称王天下的王者的军队，用的是什么方法，怎样实行才对？”

孙卿子说："一切大权都要掌握在大王手中，将帅只处理次要的事务。请让我说说王者和诸侯为什么会有强与弱、存与亡的不同结果，平安与危险的不同形势吧。君主贤能，国家就治理得好，升平安定；君主无能，国家就得不到治理，纷扰混乱。崇尚礼制，重视信义，国家就安定；怠慢礼制，轻视信义，国家就混乱。安定的国家就强盛，混乱的国家就衰弱，这就是国家强与弱的根本原因。君主有威望被臣民敬仰，那么臣民就可以被君主使唤；君主没有威望不被臣民敬仰，那么臣民就不可能被君主使用。臣民能被君主使用，国家就强盛；臣民不能被君主所使用，国家就衰弱；这就是国家强与弱的常规。崇尚礼义，论功行赏是上策；注重禄位，重视气节是中策；只重战功，轻视气节是下策；这就是国家强与弱的要略。喜爱武士的国家强盛，不喜爱武士的国家衰弱；爱护人民的国家强盛，不爱护人民的国家衰弱；政令守信义的国家强盛，政令不守信义的国家衰弱；人民齐心协力的国家强盛，人民不齐心协力的国家衰弱；奖赏慎重的国家强盛，奖赏轻率的国家衰弱；刑法有威严的国家强盛，刑法被轻蔑的国家衰弱；器械、用具、兵器、盔甲坚固适用的国家强盛，器械、用具、兵器、盔甲不坚固、粗制低劣不适用的国家衰弱；慎重用兵的国家强盛，轻率用兵的国家衰弱；权力集中的国家强盛，权力分散的国家衰弱；这也是国家强弱的常规。齐国人崇尚作战杀敌的技巧，他们的办法是，凡斩获敌人一个首级的，就赏给黄金八两，这可以抵充本人犯罪后所应缴的罚金，却没有打了胜仗应给予的奖赏。这种不论战事的胜败，只凭杀死敌人数量给予奖赏的办法，战役规模小、敌军衰弱还勉强可行，如果战役规模大、敌军强盛，就会导致军心涣散，像飞鸟一样四处奔逃，随时可能全军覆灭。这是亡国的军队啊，没有比这样的军队更弱的了，这就如同用从市场上雇佣来的人去作战一样。

"魏氏之武卒，以度取之①，衣三属之甲②，操十二石之弩，负服矢五十个③，置戈其上，冠軸带剑④，嬴三日之粮，日中而趋百里。中试则复其户[5]，利其田宅，是数年而衰而未可夺也，改造则不易周也[6]。是故地虽大，其税必寡，是危国之兵也。

【注释】

①度：规格，标准。

②三属（zhǔ）：古代士兵身上穿的三片相连的铠甲，上身一，髀部一，胫部一。

③服：通“箙”。盛箭的器具。

④鈾（zhòu）：同“胄”。头盔。

⑤复：免除徭役或赋税。

⑥改造：重新挑选。

【译文】

“魏国的士兵，用一定的标准来录用，身穿三重相连的铠甲，拿着重十二石的弓弩，背着能装五十支箭的箭袋，肩扛戈矛，头戴盔帽，腰挂利剑，背负三天的干粮，半天疾行百里。考中的成为士兵，免除他家的徭役，不收他家的田宅税，数年后，士兵虽已年老，但他所享受的优待却不可剥夺，重新挑选士兵又不能改变以前的办法。因此，土地虽然广大，但所能收的税必然很少，这是危害国家的军队。

“秦人，其生民也狭阸[1]，其使民也酷烈，劫之以势，隐之以阸，忸之以庆赏[2]，鰌之以刑罚[3]，使天下之民所以要利于上者，非斗无由也。阸而用之，得而后功之，功赏相长也。五甲首而隶五家[4]，是最为众强长久，多地以正[5]。故四世有胜，非幸也，数也。故齐之技击不可以遇魏氏之武卒，魏氏之武卒不可以遇秦之锐士，秦之锐士不可以当桓、文之节制，桓、文之节制不可以敌汤、武之仁义，有遇之者，若以焦熬投石焉。兼是数国者，皆干赏蹈利之兵也，佣徒鬻卖之道也，未有贵上、安制、綦节之理也。诸侯有能微妙之以节，则作而兼殆之耳⑥。故招近募选，隆势诈，尚功利，是渐之也⑦；礼义教化，是齐之也。故以诈遇诈，犹有巧拙焉；以诈遇齐，辟之犹以锥刀堕太山也，非天下之愚人莫敢试。故王者之兵不试。汤、武之诛桀、纣也，拱揖指麾而强暴之国莫不趋使⑧，诛桀、纣若诛独夫。故《泰誓》曰'独夫纣'⑨，此之谓也。故兵大齐则制天下，小齐则治邻敌。若夫招近募选，隆势诈，尚功利之兵，则胜不胜无常，代翕代张⑩，代存代亡，相为雌雄耳矣。夫是之谓盗兵，君子不由也。故齐之田单⑪，楚之庄跻⑫，秦之卫鞅⑬，燕之缪虮⑭，是皆世俗之所谓善用兵者也。是其巧拙强弱则未有以相君也，若其道一也，未及和齐也；掎契司诈⑮，权谋倾覆，未免盗兵也。齐桓、晋文、楚庄、吴阖闾、越句践，是皆和齐之兵也，可谓入其域矣，然而未有本统也⑯，故可以霸而不可以王。是强弱之效也。”以上王者之兵尚仁义、齐教化。

【注释】

①狭阸(è)：狭隘贫瘠。

②忸：通“狃”。习惯。

③鳅(qiū)：逼迫，蹴踏。

④甲首：甲兵首级。

⑤正：通“征”。征税。

⑥殆：危亡，危险。

⑦渐(jiān):欺诈。

⑧拱揖:拱手作揖。这里是说态度从容。指麾:指挥。

⑨《泰誓》:《尚书·周书》中篇名。

⑩翕:收敛。

⑪田单:人名,战国时齐国将领。

⑫庄跻(qiāo):人名,战国时楚国将领。

⑬卫鞅:即商鞅,曾辅助秦孝公变法,因功封于商。

⑭缪虮:人名,事迹不详。

⑮司:通"伺"。守候,等待。

⑯本统:本源,根本。

【译文】

"秦国的民众生活在狭窄贫瘠的国土上,君主役使民众却十分严酷,用权势逼迫民众去作战,用穷困的生活胁迫人们,用战胜就给予奖赏来诱惑人们,用严酷的刑法来逼迫人们,使百姓大众只能用打仗的方式来获得君主给予的利益,不打仗就没有其他来源。使民众生路狭窄,再用他们去打仗,有了战绩就算他们立功,立了功就得到奖赏,得了奖赏就更想立功,功赏互相促进。秦国规定斩获敌人甲兵五个首级,就可以役使本乡五户人家,因此,秦兵在众国之中最强盛,经久不衰弱,能征税的土地也多。所以秦国四代强盛有胜无败,不是侥幸得到的,而是有它的必然性的。所以,齐国善于作战杀敌的士兵,抵挡不了魏国的士兵,魏国的士兵抵挡不住秦国的精兵,秦国的精兵抵挡不住齐桓公、晋文公纪律严明、训练有素的军队,齐桓公、晋文公纪律严明、训练有素的军队,抵挡不住商汤和周武王的仁义之师,敢有抵挡商汤和周武王的仁义之师的,那就如同用手抚摸烈火煎烧的东西、用鸡蛋碰石头一样。说到的这些国家的军队,都是追求奖赏、贪图利益的军队,都用的是受雇佣的人卖身出力的方法,没有懂得尊重君主、安于制度、极尽忠义的道理的。如果诸侯中有能够重视推行礼义的,那么他就能行动起来,使这些国家统统灭亡。所以用雇佣的方法招募兵员，崇尚权势与奸谋，追求功利，这是诈骗；推行礼义教化，是使民众团结一致的方法。用诈骗的方法对付诈骗，还可以说有巧妙和拙劣的差别；用诈骗的方法对付团结齐心的国家，就好比用小刀去毁掉泰山一样，如果不是天下最愚蠢的人，是没有人敢去试一试的。所以王者的军队不用诈骗的方法去试探别的国家。商汤和周武王在诛伐桀、纣的时候，指挥攻战就像拱手作揖一样容易，那些强暴的国家没有不服从趋近的，诛伐桀、纣的军队，容易得如同诛杀一个人。所以《尚书·周书·泰誓》说'独裁者纣'，讲的就是这个意思。所以说军队高度团结齐心的就能够制服天下，比这差一点的就能够制服临近的敌国，至于用雇佣的方法招募兵员，崇尚权势与奸谋，追求功利的军队，胜败就不能肯定，时强时弱，时存时亡，互有胜负罢了。这就叫作强盗的军队，君子不用这样的军队。所以齐国的田单，楚国的庄跻，秦国的卫鞅，燕国的缪虮，都是世上一般人所说的善于用兵的人。他们彼此之间的巧妙与笨拙，强大与弱小相差无几，不能说谁比谁强，如同他们所用的方法都是同一的，都没有达到和衷共济、团结齐心的地步；他们抓住敌人的弱点趁机行使诈骗术，玩弄权谋，颠覆敌人，只不过是强盗式的用兵法。齐桓公、晋文公、楚庄王、吴王阖闾、越王句践的军队都是和衷共济、团结齐心的军队，可以说已经进入了礼义教化的境地，但是还没有抓住礼义教化的根本，所以他们能够称霸一方却不能称王天下。这就是国家强与弱的征验。”以上讲王者之兵崇尚仁义教化。

孝成王、临武君曰：“善！请问为将。”孙卿子曰：“知莫大乎弃疑，行莫大乎无过，事莫大乎无悔。事至无悔而止矣，成不可必也。故制号政令欲严以威；庆赏刑罚欲必以信；处舍收藏欲周以固；徙举进退欲安以重，欲疾以速；窥敌观变欲潜以深，欲伍以参；遇敌决战必道吾所明，无道吾所疑;夫是之谓六术。无欲将而恶废,无急胜而忘败,无威内而轻外,无见其利而不顾其害,凡虑事欲孰而用财欲泰,夫是之谓五权。所以不受命于主有三:可杀而不可使处不完,可杀而不可使击不胜,可杀而不可使欺百姓,夫是之谓三至①。凡受命于主而行三军,三军既定,百官得序,群物皆正②,则主不能喜,敌不能怒,夫是之谓至臣③。虑必先事而申之以敬④,慎终如始,终始如一,夫是之谓大吉。凡百事之成也,必在敬之,其败也必在慢之。故敬胜怠则吉,怠胜敬则灭;计胜欲则从,欲胜计则凶。战如守,行如战,有功如幸⑤。敬谋无圹⑥,敬事无圹,敬吏无圹,敬众无圹,敬敌无圹,夫是之谓五无圹。慎行此六术、五权、三至而处之以恭敬无圹,夫是之谓天下之将,则通于神明矣。"以上论将。

【注释】

①三至:三项必须遵守的原则。

②物:事。

③至:达到极点。

④敬:这里指严肃、冷静、慎重的态度。

⑤如幸:当作"侥幸"。这里指不居功自傲。

⑥圹(kuàng):荒废,松懈。

【译文】

孝成王和临武君都说:"说得好!请问怎样做将军?"孙卿子回答说:"智慧没有比不用无把握的计谋更大的了,行为没有比无过错更好的了,做事情没有比不反悔更妥当的了。事情做到没有可反悔的地步就可以了,不必要求一定成功。所以军队中制定的各种制度、号令和上级的命令都要严肃有权威；奖赏刑罚，都要坚定有信用；构筑营垒，保管资财，都要周密牢固；军队行动无论是进还是退，都要安全镇定快捷迅速；侦察敌情变化，要隐秘深入，反复比较核实；遇到和敌人决战的时候，一定要按照侦察清楚的情况去行动，放弃没有把握的行动方案；这就叫作战争中的六项战术原则。用人不能只用自己喜欢的人为将，而排斥那些有才能但自己不喜欢的人；不要急于求胜而忘记了还有失败的可能性；不要只重视内部的整肃而轻视外敌；不要只看到有利的一面而不顾及有害的一面；凡是考虑军情要深思熟虑，精细分析，需要用到财物时要留有余地不吝啬；这就叫作五种必须权衡的情况。将帅不接受君主的命令有三种情况：宁可被杀也不能使防守的地方有疏漏，宁可被杀也不能指挥军队去打不能取胜的仗，宁可被杀也不能指挥军队欺侮百姓，这就叫作三项至关重要、必须遵守的戒律。凡是受君主之命，带领三军出征的将领，三军已经安排选定，军中各级军官各当其任，称其职守，各种事情都已纳入正轨，那么君主的褒奖不能使他沾沾自喜，敌人的奸诈侮辱不能使他愤怒，这就叫作最好的将领。军事行动之前，一定要认真周密地谋划，慎之又慎，审慎地处理战后的事务，如同战事刚开始时一样，始终如一，这就叫作大吉。一切战事的成功，必然在于谨慎小心行事，一切战事的失败，必然在于掉以轻心。所以谨慎胜过懈怠就吉利，懈怠胜过谨慎就失败；谋略措施高于想达到的目标，战事就从容顺利；想要达到的目标高于谋略措施，战事就困难凶险。征战如同防守一样小心谨慎，行军如同作战一样高度戒备，有了战功如同侥幸得到一样不居功自傲。谋略战事要审慎对待不松懈疏忽，进行战事要审慎对待不松懈疏忽，所属军官要审慎对待不松懈疏忽，所属士兵要审慎对待不松懈疏忽，敌人要审慎对待不松懈疏忽，这就叫作不能松懈疏忽的'五无圹'。在战争中慎重地运用六种战术、五种权衡、三项最高的原则，又能做到态度恭敬谨慎不疏忽地对待战争，这就可以被称作是天下无敌的将领，就能用兵如神了。"以上讲为将的要领。

临武君曰:“善!请问王者之军制。”孙卿子曰:“将死鼓[1],御死辔,百吏死职,士大夫死行列。闻鼓声而进,闻金声而退[2],顺命为上,有功次之。令不进而进,犹令不退而退也,其罪惟均[3]。不杀老弱,不猎禾稼[4],服者不禽[5],格者不舍[6],奔命者不获[7]。凡诛,非诛其百姓也,诛其乱百姓者也。百姓有扞其贼[8],则是亦贼也。以故顺刃者生[9],苏刃者死[10],奔命者贡[11]。微子开封于宋,曹触龙断于军,殷之服民,所以养生之者也,无异周人。故近者歌讴而乐之,远者竭蹶而趋之,无幽闲辟陋之国莫不趋使而安乐之,四海之内若一家,通达之属莫不从服,夫是之谓人师。《诗》曰:‘自西自东,自南自北,无思不服[12]。’此之谓也。王者有诛而无战,城守不攻,兵格不击[13],上下相喜则庆之[14],不屠城,不潜军[15],不留众,师不越时。故乱者乐其政,不安其上,欲其至也。”临武君曰:“善!”以上论军制。

【注释】

①鼓:原指打击乐器。此指击鼓使军队前进。

②金:指军中作信号用的乐器钲。

③均:相同。

④猎:通“躐”。践踏。

⑤禽:同“擒”。俘获,制伏。

⑥格:格斗,抵抗。

⑦奔:急走,奔跑。

⑧扞(hàn):隐藏,保护。

⑨顺刃:不战而退。

⑩苏刃:相向格斗。苏,通“傃”。相向,朝向。

⑪贡:进。

⑫“自西自东”几句:出自《诗经·大雅·文王有声》。思,语助词。

⑬击:强攻。

⑭喜:友爱,团结。

⑮潜军:突袭,偷袭。

【译文】

临武君说:“好!请问王者军队的法令制度是什么样的呢?”孙卿子说:“进攻时,主将死也不能停止击打进攻的鼓号,全军就是死也不后退,驾驭战车的人死也不能丢开马缰,各级军官死也不能离开职守,军士死也不能离开队列。听到击鼓声就进攻,听到鸣金声就退却,服从命令是第一,夺取战功是其次的。命令不进攻却进攻,如同不后退却后退一样,罪过是相同的。不杀害老年人和弱小的人,不践踏庄稼,不捉拿不战而退的敌兵,对抵抗的敌人决不放过,对投诚的敌兵不作俘虏对待。凡是诛杀,都不要诛杀敌国的百姓,而只是诛杀敌国中扰乱百姓的人,百姓中有保护乱贼的,他也就是乱贼。因此,不战而退的敌兵让他们逃生,顽固抵抗的敌人坚决歼灭,投诚的敌兵要交给上司。微子启归顺周被封于宋,拼死抵抗的大将曹触龙被斩首于军前,商朝归顺的人民在生活上和周朝的人民没有区别,一样对待。所以邻近的人们歌颂周朝的军队,欢迎他们的到来,远处的人们不顾颠沛劳苦前来投奔,无论多么偏僻、边远的国家,都自愿来为周朝效劳并以此为乐,四海之内像一家人一样,一切能达到的地方没有不顺服的,这就是人们所称的师表。《诗经》说:‘从西到东,从南到北,没有不服从的。’指的就是这种情况。王者的军队只有讨伐不义,没有攻战掠夺,敌军坚守城池就不攻城,敌军抵抗就不强攻,敌军上下团结就表示祝贺,不毁坏敌军的城池,不屠杀他们的百姓,不搞突然袭击乘人之危,不久留众兵在外,用兵不超过规定的时间。所以那些混乱国家的民众向往王者的治理,不安于本国君主的统治，都盼望王者的军队来到他们的国家。”临武君说：“好！”以上阐述军制。

陈嚣问孙卿子曰[①]：“先生议兵，常以仁义为本。仁者爱人，义者循理，然则又何以兵为？凡所为有兵者，为争夺也。”孙卿子曰：“非女所知也。彼仁者爱人，爱人，故恶人之害之也；义者循理，循理，故恶人之乱之也。彼兵者，所以禁暴除害也，非争夺也。故仁人之兵，所存者神[②]，所过者化，若时雨之降，莫不说喜[③]。是以尧伐驩兜[④]，舜伐有苗[⑤]，禹伐共工[⑥]，汤伐有夏，文王伐崇[⑦]，武王伐纣，此四帝两王，皆以仁义之兵行于天下也。故近者亲其善，远方慕其德，兵不血刃，远迩来服。德盛于此，施及四极。《诗》曰：‘淑人君子，其仪不忒[⑧]。’此之谓也。”

【注释】

①陈嚣：荀卿弟子。

②神：平治，大治。

③说：同“悦”。

④驩兜：尧时所谓“四凶”之一，被流放于崇山。

⑤有苗：尧舜时部落名，又称“三苗”。

⑥共工：与驩兜、三苗、鲧并称为“四凶”，被禹流放到幽州（今北京密云）。

⑦崇：商朝诸侯国名，相传为鲧的封国，在今河南嵩县，为周文王所灭。

⑧淑人君子，其仪不忒（tè）：出自《诗经·国风·曹风·鸤鸠》。忒，差错。

【译文】

陈嚣问孙卿子说："先生谈论用兵的方法，常把仁义作为根本。仁就是爱别人，义就是遵循道理，既然这样，为什么还要用兵呢？凡是靠用兵来解决问题的，是为了争夺。"孙卿子说："并不是像你所理解的那样。仁就是爱人，正因为要爱人，所以才憎恨那些害人的人；义就是遵循道理，正因为要遵循道理，所以才憎恨那些不遵循道理的乱民。用兵是为了禁暴除害，不是为了争夺。所以仁人的军队驻守的地方就达到大治，所经过的地方民众就受到教化，就如同降下及时雨，没有人不喜欢的。所以尧讨伐驩兜，舜讨伐有苗，禹讨伐共工，汤讨伐夏桀，文王讨伐崇国，武王讨伐商纣，这四帝两王都是用仁义的军队通行于天下。所以近处的人们喜爱他们的美德，远处的人们仰慕他们的正义，军队用不着流血打仗，远近的人就都来归服。德行达到这样高的程度，影响就会遍及四方。《诗经》说：'我们向往好君子，言行如一不走样。'讲的就是这个道理。"

李斯问孙卿子曰[①]："秦四世有胜，兵强海内，威行诸侯，非以仁义为之也，以便从事而已。"孙卿子曰："非女所知也。女所谓便者，不便之便也；吾所谓仁义者，大便之便也。彼仁义者，所以修政者也，政修则民亲其上，乐其君，而轻为之死。故曰，凡在于君，将率末事也。秦四世有胜，諰諰然常恐天下之一合而轧己也[②]，此所谓末世之兵，未有本统也。故汤之放桀也，非其逐之鸣条之时也[③]；武王之诛纣也，非以甲子之朝而后胜之也[④]；皆前行素修也，所谓仁义之兵也。今女不求之于本而索之于末，此世之所以乱也。"以上二节申言兵以仁义为本。

【注释】

①李斯:荀卿弟子,曾做过秦朝的廷尉和丞相。

②諰(xǐ)諰:担心害怕的样子。

③鸣条:古地名,今山西运城安邑。

④甲子之朝:指武王克纣之日。

【译文】

李斯问孙卿子说:"秦国四代都保持强盛,军队是四海之内最强大的,威望是诸侯国中最高的,但这不是用推行仁义取得的,不过按照当时的形势,怎样最便利就怎样做罢了。"孙卿子说:"并不是像你所理解的那样。你所说的便利,不是真正的便利;我所说的仁义,才是真正的便利。那些推行仁义的人是为了治理好政事,政事治理好了,人民就会亲近君主,喜爱君主,毫不犹豫地为君主做出牺牲。所以说,一切大权要由君主掌握,将帅只需处理次要的事务就够了。秦国四代强盛,却时时担心天下各诸侯国联合起来攻打它,这就叫作乱世的用兵方法,没有把仁义当作根本。以前商汤驱逐夏桀,并不是因为鸣条一战的结果;周武王诛杀纣王,也不是因为甲子之日战败纣王才取得胜利;这些都是以前一贯施行仁义推行教化的结果,这就叫作仁义的军队。现在你不寻求根本而只追索末节,这就是世道混乱的原因啊。"以上两节着重论述用兵以仁义为根本。

礼者,治辨之极也,强国之本也,威行之道也,功名之总也。王公由之,所以得天下也,不由,所以陨社稷也。故坚甲利兵不足以为胜,高城深池不足以为固,严令繁刑不足以为威,由其道则行,不由其道则废。楚人鲛革犀兕以为甲[①],鞈如金石[②],宛钜铁釶[③],惨如蜂虿[④],轻利僄遬[⑤],卒如飘风[⑥]。然而兵殆于垂沙[⑦],唐蔑死[⑧],庄跻起,楚分而为三四。

是岂无坚甲利兵也哉？其所以统之者非其道故也。汝、颍以为险[9]，江、汉以为池[10]，限之以邓林，缘之以方城[11]，然而秦师至而鄢、郢举[12]，若振槁然[13]。是岂无固塞隘阻也哉？其所以统之者非其道故也。纣刳比干，囚箕子，为炮烙刑，杀戮无时，臣下懔然莫必其命[14]，然而周师至而令不行乎下，不能用其民。是岂令不严，刑不繁也哉？其所以统之者非其道故也。古之兵，戈矛弓矢而已矣，然而敌国不待试而诎[15]。城郭不辨，沟池不扣，固塞不树，机变不张，然而国晏然不畏外而明内者，无它故焉，明道而分钧之，时使而诚爱之[16]，下之和上也如影向，有不由令者然后诛之以刑。故刑一人而天下服，罪人不邮其上[17]，知罪之在己也。是故刑罚省而威流，无它故焉，由其道故也。古者帝尧之治天下也，盖杀一人、刑二人而天下治。传曰："威厉而不试[18]，刑错而不用[19]。"此之谓也。

【注释】

①鲛革：鲨鱼皮制成的革。兕(sì)：雌犀牛，皮厚，可以制甲。

②鞈(gé)：坚固的样子。

③宛：古时楚国地名，治所在今河南南阳。战国时为楚著名铁产地。钝(shī)：短矛。

④虿(chài)：蝎类毒虫。

⑤僄遫(piào sù)：轻捷。遫：同"速"。

⑥卒(cù)：突然。后多作"猝"。

⑦垂沙：战国时楚国地名，治所在今河南唐河县。

⑧唐蔑：人名，战国时楚国将领。

⑨汝、颍:汝水和颍河。

⑩江、汉:长江和汉水。

⑪缘:绕着,沿着。方城:又称楚长城,春秋时楚国修筑。秦时毁。

⑫鄢:地名,今湖北宜城。郢:地名,今湖北江陵。

⑬槁:枯木。

⑭懔然:危惧貌,戒惧貌。

⑮诎(qū):屈服。

⑯时使:使用当其时。

⑰邮:通"尤"。怨恨。

⑱厉:猛。

⑲错:通"措"。设置,安置。

【译文】

礼是治理国家的最高准则,是使国家强大巩固的根本,是威信行之于天下的途径,是成就功业名望的总纲。天子诸侯遵循它因而得到天下,不遵循它因而葬送了河山。所以兵力强大并不一定胜利在握,高城深池不一定牢不可破,政令严酷、刑罚繁多不一定威震四方,只有遵循礼义之道才行得通,不遵循礼义之道就会遭到毁废。楚国人用鲨鱼、犀牛等动物的皮革制成铠甲,像金石一样坚固,用宛地出产的坚硬的铁制成矛,人若被刺中惨状如同被毒性强烈的蜂蝎蛰咬,士兵的行动敏捷迅疾,来去突然如风飘过。然而垂沙一战,楚军大败,将领唐蔑身死,庄跻趁机造反,楚国就四分五裂了。这难道是没有强大的兵力吗?这是楚国的君主不用礼义治国所造成的结果。楚国有汝、颍两河的险要,有长江、汉水可以为护城河,北部边境有邓邑一带的森林做屏障,有环绕方城山修筑的长城以防御外敌入侵,然而秦国攻打楚国时,国都鄢、郢却先后轻易被占领,就如同树上的枯叶被摇落一样。这难道是没有坚固的要塞和险要的地势吗?这是楚君不奉行礼义治国造成的。纣王剖开比干的肚腹剜去了他的心,囚禁了箕子,制造了炮烙的酷刑,随意杀人,使得臣子人人惶恐只求保命，然而当周武王的军队来到的时候，纣王的命令却不被下面的臣子执行，也不能调用民众保卫自己。这难道是政令不严酷、刑罚不繁多吗？这是因为纣王不奉行礼义之道治国造成的。古代的兵器，只有戈、矛、弓、箭，然而不等使用这些武器，敌国就屈服了。城郭不整修、护城河不挖深掘宽，不修筑坚固的要塞堡垒，不施展阴谋权术，但是国家却稳固强大，和平宁静，不怕外敌侵入，这没有其他的原因，只是遵循礼义之道治国，按照等级次序进行分配，国家需要时才使用民力，真诚地爱护民众，这样，臣子、百姓、君王如同影随其形，宛如一体，如果有不服从命令的，依照刑律的规定给予处罚。惩治一个人，天下的人都会服从，有罪过的人也不会埋怨君主，因为他知道罪在自己。因此刑律虽简，惩罚者也少，但是它的权威却如流水一样畅通无阻，这没有别的原因，只不过是遵循礼义之道治国罢了。古代尧帝统治天下时，只杀了一个人，惩罚了两个人，天下便安定了。古书上说："威信严厉但不使用，刑律设置而不施行。"讲的就是这个意思。

凡人之动也，为赏庆为之，则见害伤焉止矣。故赏庆、刑罚、势诈不足以尽人之力，致人之死。为人主上者也，其所以接下之百姓者无礼义忠信，焉虑率用赏庆、刑罚、势诈，除阨其下，获其功用而已矣。大寇则至①，使之持危城则必畔②，遇敌处战则必北，劳苦烦辱则必奔，霍焉离耳③，下反制其上。故赏庆、刑罚、势诈之为道者，佣徒鬻卖之道也，不足以合大众，美国家，故古之人羞而不道也。故厚德音以先之④，明礼义以道之，致忠信以爱之，尚贤使能以次之⑤，爵服庆赏以申之⑥，时其事、轻其任以调齐之⑦，长养之，如保赤子。政令以定，风俗以一，有离俗不顺其上，则百姓莫不敦恶⑧，莫不毒孽⑨，若被不祥⑩，然后刑于是起矣。是大刑之所加也，辱孰大焉？将以为利邪？则大刑加焉，身苟不狂惑戆陋，谁睹是而不改也哉？然后百姓晓然皆知修上之法[11]，像上之志而安乐之[12]。于是有能化善、修身、正行、积礼义、尊道德，百姓莫不贵敬，莫不亲誉，然后赏于是起矣。是高爵丰禄之所加也，荣孰大焉？将以为害邪？则高爵丰禄以持养之，生民之属，孰不愿也[13]？雕雕焉县贵爵重赏于其前[14]，县明刑大辱于其后，虽欲无化，能乎哉？故民归之如流水，所存者神，所为者化。而顺暴悍勇力之属为之化而愿[15]，旁辟曲私之属为之化而公[16]，矜纠收缭之属为之化而调[17]，夫是之谓大化至一。《诗》曰"王猷允塞，徐方其来"[18]，此之谓也。以上言治国以礼为本，不以赏罚为先。

【注释】

①则：若，如果。

②畔：通"叛"。叛变。

③霍：消除，消散。

④德音：指合乎仁德的言语、教令。

⑤次：次序，顺序。

⑥申：原意为申诫、告诫。此处引申为鼓励。

⑦任：劳役。

⑧敦：通"憝(duì)"。憎怨。

⑨毒孽：痛恨。

⑩祓(fú)：解除。

⑪修：遵循。

⑫像：依随。

⑬愿：慕。

⑭雕雕：彰明貌。

⑮愿：质朴，恭谨。

⑯旁辟：邪僻。曲私：偏私。

⑰矜纠收缭：急躁乖戾。

⑱王猷允塞，徐方其来：出自《诗经·大雅·常武》。王猷允塞，即王道行于天下。其，通行本一般作“既”。

【译文】

大凡人们的行动，都是为得到奖赏才采取，遇到损害自己利益的事情就不做了。所以奖赏、刑罚、威势、诈骗都不能使人们贡献出全部力量，更不要说牺牲自己的生命。作为百姓的君主，统治臣子百姓，不用礼义忠信，大多考虑用奖赏、刑罚、威势、诈骗去胁迫他们以获取他们的劳动果实。大敌来临时，让臣民坚守危殆的城池，这些臣民必定会叛离，遇敌作战必定被打败，担任劳苦繁杂任务必定会逃跑，一哄而散，这样君主实际上反而受制于臣民。所以奖赏、刑罚、威势、诈骗这些手段，不过是让受雇佣的人卖力气的方法，不可能使百姓团结齐心，治理好国家，古代的人认为这是羞耻而不采用。重视用合乎仁德的言语、教令来引导人民，明确礼义制度来教育人民，尽忠诚讲信用地爱护人民，推崇贤才、任用能人，并根据人所具有的品德和才能的差别安排相应的等级职位，重视用提高等级和奖赏来鼓励有功者，按照农时安排劳役，用减轻赋税劳役的办法来收拢民心，养育百姓，就如同保养婴儿一样。政令确定下来，形成风俗习惯被民众认同，这样，如果有违背风俗习惯不顺从君主的，那么百姓没有不厌恶，没有不谴责的，就像想除掉邪恶和祸根一样想除掉这样的人，这样刑罚就产生了。把重刑加在这种人身上，耻辱的事情还有比这更大的吗？认为这有利吗？重刑就要临身了，假如不是疯子、傻子，有谁能看到受刑的耻辱而不改正呢？这样，百姓都会清楚地知道，要遵守君主的法令，依从君主的意志才能得到安乐。于是有弃恶从善、修养身心、端正品行、多行礼义、尊重道德的，百姓对这些人没有不敬重的，没有不亲近赞誉的，于是奖赏的制度就产生了。高官厚禄加在这些人的身上，还有比这更大的荣耀吗？认为这有害吗？用高官厚禄来奉养，凡是人，还会有谁不羡慕呢？把奖赏官禄放在前面，把严刑大辱摆在后面，两者都明确公开，即使人们不想向好的方面转化，能行吗？所以人民归顺君主就如同流水归向江河，凡是这样做的，就能得到大治，凡是推行这一办法的，民众就会受到教化。因此，受到教化的人就会顺从礼义，那些残暴凶悍、恃勇逞强的人，因受到教化而收敛老实起来，那些不诚实专谋私利的人，因受到教化而诚实公正起来，那些性情暴躁不讲理的人，因受到教化而平和温静起来，这就是所谓教化可以使世人统一起来的意思。《诗经》说"宣王计划真恰当，徐国已服来归降"，讲的就是这个道理。以上讲的是治国以礼仪制度为根本，不以奖赏为首要。

凡兼人者有三术[①]：有以德兼人者，有以力兼人者，有以富兼人者。彼贵我名声，美我德行，欲为我民，故辟门除涂以迎吾入。因其民[②]，袭其处[③]，而百姓皆安，立法施令莫不顺比[④]。是故得地而权弥重，兼人而兵俞强，是以德兼人者也。非贵我名声也，非美我德行也，彼畏我威，劫我势，故民虽有离心，不敢有畔虑[⑤]。若是，则戎甲俞众，奉养必费。是故得地而权弥轻，兼人而兵俞弱，是以力兼人者也。非贵我名声也，非美我德行也，用贫求富，用饥求饱，虚腹张口，来归我食。若是，则必发夫掌窌之粟以食之[⑥]，委之财货以富之，立良有司以接之[⑦]，已期三年，然后民可信也。是故得地而权弥轻，兼人而国俞贫，是以富兼人者也。故曰，以德兼人者王，以力兼人者弱，以富兼人者贫，古今一也。

【注释】

①兼:兼并。

②因:沿袭,承袭。

③袭:继承,沿袭。

④比:亲附。

⑤畔虑:背叛的谋划。

⑥食(sì):供养,喂养。

⑦有司:官吏。

【译文】

凡是兼并别国,有三种方法:有用道德来兼并别国的,有用武力来兼并别国的,有用财富来兼并别国的。被兼并国家的人民尊重我的名声,赞美我的德行,想成为我的人民,所以开门清道欢迎我们进入他们的国土。我们沿袭该国人民的习俗,不改变他们居住的地方,百姓都能安宁地生活,这样我们颁布的法律、政令就都能得到顺从亲附。正是因为如此做了,我们才得到了土地而权势更大,兼并了别国而兵力更强,这就是用道德兼并别国。被兼并国家的人民,不尊重我的名声,不赞美我的德行,只是畏惧我的威力,被我的权势武力所胁迫,因而民众虽有逃离的想法,却不敢表现出叛离的谋划。像这样,我们为了防止他们的背叛就要派驻更多的兵员,兵员越多,给养的费用就越多。这样,得到了土地而权势变小,兼并了别国而兵力变弱,这就是用武力兼并别国。被兼并国家的人民不尊重我的名声,不赞美我的德行,只是因为贫困而追求富有,因为饥饿而追求饱食,他们饿着肚子、张着嘴,到我这里要吃食。像这样,我们就必须打开仓库地窖的储粮,将粮食发放给他们,赠送钱财给他们,使其富足,安排好的官吏接待抚慰他们,需要三年的时间,然后这些人才可以信任。这样,得到了土地而权势变小,兼并了别的国家而本国变穷,这就是用财富兼并别国。所以说,用道德兼并别国的可以称王天下,用武力兼并别国的自己会越来越弱,用财富兼并别国的自己会越来越贫穷，从古至今都一样。

兼并易能也，唯坚凝之难焉。齐能并宋而不能凝也，故魏夺之；燕能并齐而不能凝也，故田单夺之；韩之上地，方数百里，完全富足而趋赵[①]，赵不能凝也，故秦夺之。故能并之而不能凝，则必夺；不能并之又不能凝其有，则必亡。能凝之，则必能并之矣。得之则凝，兼并无强[②]。古者汤以薄[③]，武王以滈[④]，皆百里之地也，天下为一，诸侯为臣，无它故焉，能凝之也。故凝士以礼，凝民以政；礼修而士服，政平而民安；士服民安，夫是之谓大凝。以守则固，以征则强，令行禁止，王者之事毕矣。以上论兼人三术。

【注释】

①完全：指城邑完整。富足：指府库充盈。

②无强：没有不可兼并的强国。

③薄：地名，同“亳”。在今河南商丘，商汤初建都于此。

④滈：通“镐(hào)”。地名。在今陕西西安，周初在此建都。

【译文】

兼并别国容易做到，而保持和巩固就难了。齐国能兼并宋国却不能巩固下来，所以魏国把宋国夺了去；燕国能兼并齐国却不能巩固下来，所以田单把齐国夺了去；韩国的上党地方，方圆数百里，城邑完整，府库充盈而投降赵国，赵国不能巩固下来，所以被秦国夺了去。所以，能兼并但不能巩固的，迟早必被别人夺走；不能兼并他国又不能巩固原有的土地和政权的国家，就必然要被别国所灭亡。能巩固自身的国家，就一定能兼并别国。得到土地就巩固它，然后再去兼并别国，就没有什么强国不能兼并了。古代商汤所凭借的亳地、周武王所凭借的镐京，都只不过是方圆百里的小国，但他们却统一了天下，使诸侯称臣，这里面没有其他的原因，就是能够巩固所兼并的国家。所以用礼义去稳定士人，用政令去稳定人民；礼义完善，士人就顺服，政事平稳，人民就安居乐业；士人臣服，人民安定，这就叫作最大的巩固。用这种做法来守卫国家，国家就稳固如山；用这种做法来征伐别国，国家就会强大无敌；有令必行，有禁必止，做到了这些，称王天下的事业就准备好了。以上阐述兼并他国的三种办法。

韩非子

韩非（约前280—前233），战国末期韩国人。先秦时期杰出的政治思想家。其流传下来的著作《韩非子》共五十五篇，虽其真伪在学术界有不同说法，但《说难》篇出自韩非的手笔却无争议。

韩非吸收了道、儒、墨各家的思想，尤其发展了先秦法家先驱者的理论，提出了以“法”为中心、“法、术、势”三者合一的统治思想，对后世影响很大。

韩非的理论成为秦始皇统一中国的理论依据，但韩非本人却没有得到重用，最终被人陷害致死。

说难篇

【题解】

《说难》是一篇陈述劝谏君主之困难的文章。该文历数说服君主的种种困难和危险，具体分析了劝谏进说君主成功与失败的原因，层次分明，条理清晰，极有系统性。

全篇分为五部分：第一部分说明进说前把握君主的心态是进说成功的基础。第二部分历数劝谏进说足以危害自身的十五种情况。第三部分提出劝谏进说要讲究语言艺术，根据君主心理变化情况采取不同的方式方法。第四部分举历史故事与民间传说证明劝谏君主者学识才智不足的困难。第五部分用弥子瑕的事例,说明劝谏进说者须把握君主的爱憎情绪。

凡说之难①,非吾知之有以说之难也②,又非吾辩之难能明吾意之难也,又非吾敢横失而能尽之难也③。凡说之难,在知所说之心④,可以吾说当之⑤。

【注释】

①说(shuì):进言。

②知之:知,即才智。之,结构助词。说之:之,代词,指君王。

③横失:谓极骋智辩,无所顾忌。一本作"横佚"。

④所说:谓被说者。指进言的对象,即人主。

⑤当:相称,适应。

【译文】

概括地说,谏说的困难,不在于运用自己的智慧,把自己的想法进说给君主,也不在于自己的辩说能力可以表明自己的想法,更不在于自己敢于纵横捭阖地把自己的想法淋漓尽致地表达出来。谏说的困难,在于了解和把握进言对象的心,自己的谏说是否能适应他。

所说出于为名高者也,而说之以厚利,则见下节而遇卑贱,必弃远矣。所说出于厚利者也,而说之以名高,则见无心而远事情①,必不收矣②。所说实为厚利而显为名高者也,而说之以名高,则阳收其身而实疏之③;若说之以厚利,则阴用其言而显弃其身④。此之不可不察也。

【注释】

①远事情：不切实际。

②收：接纳。

③阳：表面。

④阴：暗里。

【译文】

谏说的对象是追求名誉的人，却用丰厚的利益来进言，就会被看作节操低下而得到卑贱的对待，必定会被抛弃疏远。谏说的对象是看重利益的人，却用高尚的名节来进言，就会被看作是没有心计而又不切实际，必定不会被接纳。谏说的对象是暗中眷恋着丰厚的利益，表面却注重名节的人，而用名节去说服他，被进言的人就会表面上接受意见，而在实际上疏远他；如果用丰厚的利益去说服他，那被进言的人就会暗中采纳意见，而表面上却抛弃他。这种种情况不能不考虑到。

夫事以密成，语以泄败。未必其身泄之也，而语及其所匿之事[①]，如是者身危。贵人有过端，而说者明言善议，以推其恶者，则身危。周泽未渥也[②]，而语极知，说行而有功则德亡，说不行而有败则见疑，如是者身危。夫贵人得计而欲自以为功[③]，说者与知焉[④]，则身危；彼显有所出事乃自以为也，故说者与知焉，则身危；强之以其所必不为[⑤]，止之以其所不能已者，身危。故曰，与之论大人[⑥]，则以为间己；与之论细人[⑦]，则以为鬻权[⑧]；论其所爱，则以为借资[⑨]；论其所憎，则以为尝己[⑩]。径省其辞[⑪]，则不知而屈之；泛滥博文，则多而久之；顺事陈意，则曰怯懦而不尽；虑事广肆，则曰草野而倨侮[⑫]。此说之难，不可不知也。

【注释】

①匿：隐藏。

②周泽未渥：言交情不够深。周，亲密。泽，恩惠。渥，深厚。

③贵人：指君王。得计：计事得宜。

④与知：参与此事。

⑤强：勉强。

⑥大人：指在位的大臣。

⑦细人：这里指君王的侍从。

⑧鬻权：谓弄权以谋利。

⑨借资：借助。资，助。

⑩尝：试探。

⑪径省：简略，即直截了当。

⑫倨侮：傲慢。

【译文】

事情因为严守秘密得以成功，言论因为泄露而失败。不一定是谏说的人本身泄露了秘密，而是由于言论触及了被说者心中的秘密，这样的人自身就危险了。在上的人有过失，而进言者毫不掩饰以张大其所恶，那可就危险了。交情还不深厚，但却说尽了知心话，被说者按照进言者的话去做，事情做成功了，进言者的好处则被遗忘了，被说者按进言者的话做，事情行不通而失败了，进言者就会遭到怀疑，这样的人自身就危险了。在上的人有计谋而获得成功，欲将功劳全归于自己，但进言者也参与了计谋的策划而知内情，这样的人自身就危险了；他的计谋当然是有所出的，但却认为是自己所为，所以参与谋划的进言者就危险了；勉强要被说者做他所做不到的事，或者要被说者停止做他所不能停止做的事，这样的人自身就危险了。所以说，假如与君王议论他的大臣的过失，他会疑心你在离间君臣关系；与君王议论他的侍从，他会疑心你在弄权以谋利；与君王议论他所喜爱的人，他会以为你在借其所爱增加自己的资本；与君王议论他所憎恶的人，他会以为你是在存心试探他。说话直截了当，君王会认为你缺乏才智是个笨人；说话旁征博引，君王会认为你语言繁琐而生厌；简略地陈述意见，君王会说你怯懦不敢把话说完；详尽地表达出心中所想的事，君王会说你放肆而傲慢。这些都是谏说的困难，不可以不知道。

凡说之务，在知饰所说之所敬而灭其所丑。彼自知其计则无以其失穷之；自勇其断，则无以其敌怒之；自多其力①，则无以难概之②；规异事与同计、誉异人与同行者③，则以饰之无伤也。有与同失者，则明饰其无失也。大忠无所拂悟，辞言无所击排④，乃后申其辩知焉，此所以亲近不疑，知尽之难也。得旷日弥久而周泽既渥，深计而不疑，交争而不罪，乃明计利害以致其功，直指是非以饰其身⑤。以此相持，此说之成也。

【注释】

①多：称赞。

②概：量谷物时平斗斛的器具。这里意指度量。

③规：策划。异事：他事。异人：他人。

④击排：抵触。

⑤直指：言无顾虑。饰其身：正其身。饰，通“饬”。整治，端正。

【译文】

谏说的关键，在于要知道粉饰被说者所最得意的事，而隐没其所羞耻的事。被说者自认为富有才智计谋，进说者就不要谈他的过失而使其难堪；被说者自认为有勇气和决断的能力，进说者就不要用他的短处来激怒他；被说者夸耀自己的力量，进说者就不要以他的困难来衡量他；策划与被说者利益相一致的其他事，赞誉与被说者有相同行为的其他人，进说者就必须大大加以粉饰，说一些无伤害的话。有与被说者遭遇同样失败的人，进说者就须明白地加以掩饰，说那没造成什么过失。进说者的言论关键是不要违逆、抵触被说者，然后才可以驰骋捭阖施展自己的智慧和辩才，这就是进言者可以得到被说者的亲近和不疑，从而把话讲透彻的难处所在。花费较长的时间，待君王的恩惠深厚了，这样就可以缜密深入地策划而不致引起君王的怀疑；相互争论而君主不怪罪，这样就可以明白地剖析利害而建立功业；直截了当地指明是非，帮助君王维护美好的形象。君臣如此相待，进说就算成功了。

伊尹为庖，百里奚为虏，皆所由干其上也①。故此二子者皆圣人也，犹不能无役身而涉世，如此其污也②。则非能仕之所设也。

【注释】

①干：求。

②污：卑下。

【译文】

伊尹做厨师，百里奚做奴仆，都是借此来求得君王的了解。这两个人都是圣人，尚不能不靠低贱的方式获得任用，他们是如此地卑下啊。但才智之士却并不会以此为耻辱。

宋有富人，天雨墙坏，其子曰："不筑，且有盗。"其邻人之父亦云①。暮而果大亡其财。其家甚知其子，而疑邻人之父。昔者郑武公欲伐胡②，乃以其子妻之，因问群臣曰："吾欲用兵，谁可伐者？"关其思曰③："胡可伐。"乃戮关其思，曰：

"胡,兄弟之国也,子言伐之,何也?"胡君闻之,以郑为亲己,而不备郑,郑人袭胡,取之。此二人说者,其知皆当矣,然而甚者为戮[4],薄者见疑[5],非知之难也,处知则难矣。

【注释】

①父(fǔ):对老年男子的尊称。

②郑武公:春秋初郑国君主,前770年—前744年在位。胡:春秋时国名,为郑武公所灭,故址在今河南漯河郾城。

③关其思:春秋时郑国人,郑武公时大夫。

④甚:重。

⑤薄:轻。

【译文】

宋国有一富人,大雨浇坏了他的墙,他的儿子说:"不把墙修好,必将会来盗贼。"邻居的一位老人也这样说。夜里果然丢失了许多财物。这家人十分赞赏自己的孩子,却怀疑邻居家的老人。过去郑武公想讨伐胡国,就先把自己的女儿嫁给胡国的君主做妻子,然后郑武公向群臣说:"我想用兵,哪国可以讨伐呢?"大夫关其思说:"胡国可以讨伐。"武公杀了关其思,说:"胡国是兄弟之国,关其思建议讨伐他,用心何在?"胡国君主听了这件事,认为郑国亲近自己,因此对郑国不加防备。郑国却因此袭击、吞并了胡国。这两位进言者,他们的话都是符合实情的,但是重者被杀,轻者遭到怀疑。可见困难不在才智,而在于表达的方式。

昔者弥子瑕见爱于卫君[1]。卫国之法,窃驾君车者罪至刖[2]。既而弥子之母病,人闻,往夜告之,弥子矫驾君车而出。君闻之而贤之,曰:"孝哉!为母之故,而犯刖罪。"与君游果园，弥子食桃而甘，不尽而奉君。君曰："爱我哉！忘其口而念我。"及弥子色衰而爱弛[③]，得罪于君，君曰："是尝矫驾吾车，又尝食我以其余桃。"故弥子之行未变于初也，前见贤而后获罪者，爱憎之至变也。故有爱于主，则知当而加亲；见憎于主，则罪当而加疏。故谏说之士，不可不察爱憎之主而后说之矣。

【注释】

①弥子瑕：春秋时卫国人，卫灵公宠幸的近臣。

②刖（yuè）：古代砍掉脚或脚趾的酷刑。

③爱弛：宠爱减弱。

【译文】

过去弥子瑕受到卫国君主的宠爱。卫国的法律规定，偷偷驾驭国君车子的人罪当断足。有次弥子瑕的母亲生了病，有人听说后夜里来告诉弥子瑕，弥子瑕假称君王的命令，驾着国君的车回家了。国君听说此事后，称赞弥子瑕并说："孝顺啊！为了母亲的缘故而敢犯断足之罪。"弥子瑕与国君一起去果园游玩，弥子瑕吃到了一个很甜的桃子，赶紧把吃剩的部分送给国君吃。国君说："爱我啊！忘掉了他自己也喜欢吃而让给我吃。"等到弥子瑕容颜衰退了，国君对他的宠爱也消退了，他得罪君王时，国君就说："这个人曾经假托我的命令驾驭我的车，又曾经把他吃剩的桃子拿给我吃。"应该说，弥子瑕的行为和当初相比并没有变化，而当初被认为是贤，后来却被认为是犯罪，原因就是国君对他的爱憎态度改变了。所以当被国君宠爱时，他的才智就显得适当而关系越加亲密；当被国君憎恶时，他的才智就被认为不适当，因而获罪，关系越加疏远。所以谏说的人，不能不弄清楚君王的爱憎后再说话。

夫龙之为虫也，可扰狎而骑也[①]；然其喉下有逆鳞径尺[②]，人有婴之，则必杀人。人主亦有逆鳞，说之者能无婴人主之逆鳞，则几矣[③]。

【注释】

①狎：戏谑，狎玩。

②径尺：直径一尺。

③几：贴近，差不多。

【译文】

龙作为一种动物，温驯时可以和它戏耍坐骑；但它喉下有直径一尺左右倒长着的长鳞甲，如果有人扯动这些鳞甲，龙就必然杀人。君王也有倒长着的鳞甲，谏说的人能够不触动君王的逆鳞，善谏之道就掌握得差不多了。

贾谊

贾谊（前200—前168），西汉著名的政论家和辞赋家。十几岁时已有名气，二十余岁时被文帝召为博士，迁太中大夫。因受到周勃、灌婴等的排挤，贬为长沙王太傅。后召回，拜梁怀王太傅。怀王坠马死，谊自伤没有尽到职责，抑郁而终。贾谊是西汉前期儒家思想的重要代表人物，他在政治上主张重农抑商，建议削弱诸侯王势力。其为文长于政论和辞赋，散文也极有特色。后人辑有《贾长沙集》。

过秦论上

【题解】

《过秦论》上、中、下三篇，是贾谊最著名的作品，要旨为总结秦朝兴亡的历史原因。上篇主要叙述秦朝的兴盛，是通篇关键。陈涉"以散乱之众数百"，"奋臂大呼"而秦亡，这样强烈的对比，突出了秦代迅速灭亡的原因。中篇从各方面来说明民心的作用。下篇则反复剖析协调统治集团内部关系的重要性。

《过秦论》诸篇立意高远，神气完足，文字上重视修饰，又善于铺张渲染。有志于写作者，当仔细揣摩。

秦孝公据崤、函之固[①]，拥雍州之地，君臣固守，以窥周室，有席卷天下、包举宇内、囊括四海之意，并吞八荒之心。当是时，商君佐之，内立法度，务耕织，修守战之备，外连衡而斗诸侯[②]。于是秦人拱手而取西河之外[③]。

【注释】

①秦孝公：战国时秦国国君，名渠梁，秦献公之子。崤、函：崤山、函谷关的简称。

②连衡：战国时张仪游说六国共同事奉秦国。

③西河：黄河以西，今陕西大荔、宜川一带。

【译文】

秦孝公占据了崤山、函谷关那些险固的地方，据有雍州的土地，君臣们固守着这些有利条件，暗中寻机夺取周的政权，有席卷天下、包举宇内、占有四海的意图，并吞八方的野心。在那个时候，商鞅辅佐他，在国内制定法律制度，致力于发展经济，修造攻守的武器，对外采取连横的策略，使诸侯之间互相争斗。因此秦国轻松地占领了黄河以西的土地。

孝公既没，惠王、武王蒙故业，因遗册，南兼汉中，西举巴、蜀，东割膏腴之地，北收要害之郡。诸侯恐惧，会盟而谋弱秦，不爱珍器重宝肥美之地，以致天下之士，合从缔交[①]，相与为一。当是时，齐有孟尝，赵有平原，楚有春申，魏有信陵，此四君者，皆明知而忠信，宽厚而爱人，尊贤重士，约从离横[②]，并韩、魏、燕、楚、齐、赵、宋、卫、中山之众。于是六国之士，有宁越、徐尚、苏秦、杜赫之属为之谋，齐明、周最、陈轸、召滑、楼缓、翟景、苏厉、乐毅之徒通其意，吴起、孙膑、带佗、兒良、王廖、田忌、廉颇、赵奢之朋制其兵。尝以十倍之地，百万之众，叩关而攻秦。秦人开关延敌[3]，九国之师，逡巡遁逃而不敢进[4]。秦无亡矢遗镞之费，而天下诸侯已困矣。于是从散约解，争割地而奉秦。秦有余力而制其敝，追亡逐北[5]，伏尸百万，流血漂卤[6]。因利乘便，宰割天下，分裂河山，强国请服，弱国入朝。

【注释】

①合从：即“合纵”。战国后期齐、楚、燕、韩、赵、魏等国联合抗秦，因六国地连南北，故称。

②约从离横：缔约“合纵”，离间“连横”。

③延敌：引敌人进入。

④逡巡：欲进不能，迟疑不决。

⑤追亡逐北：言乘胜追击。亡，亡命。北，败北。

⑥卤：通“橹”。大盾。

【译文】

孝公死后，惠文王、武王继承旧时功业，遵循前人的策略，向南攻取了汉中，向西拿下了巴、蜀，向东割取了别国肥沃的土地，向北夺得形势险要的边郡。各诸侯国害怕起来，会合结盟以讨论削弱秦国的办法，他们不吝惜珍贵的器物和宝贝以及肥沃富饶的土地，用来招揽天下的贤才，采用合纵的办法缔结同盟，合而为一。这时，齐国有孟尝君，赵国有平原君，楚国有春申君，魏国有信陵君，这四位公子，都明智、忠诚，讲信用，对人宽厚、仁爱，尊重贤才，他们联合六国，破坏秦国连横的策略，兼领韩、魏、燕、楚、齐、赵、宋、卫、中山等国的民众。因此六国的士人中，有宁越、徐尚、苏秦、杜赫等人为他们出谋划策，有齐明、周最、陈轸、召滑、楼缓、翟景、苏厉、乐毅等人替他们沟通意图，有吴起、孙膑、带佗、兒良、王廖、田忌、廉颇、赵奢等人率领他们的军队。诸侯们曾以十倍于秦国的土地，上百万的军队，攻击函谷关而进攻秦国。秦军出关迎击，九国的大军犹疑、逃跑，不敢进击。秦军不动刀兵，天下的诸侯已陷入困境。这时合纵拆散了，盟约瓦解了，诸侯们争着割让土地奉献给秦国。而秦国有充裕的力量，利用诸侯的弱点，追击败逃的敌人，战场上横尸百万，流血漂橹。于是趁着有利的形势，宰割各诸侯国国土，瓜分山河，强国也请求臣服，弱国只好入秦朝拜。

延及孝文王、庄襄王，享国日浅，国家无事。及至秦王，续六世之余烈，振长策而御宇内。吞二周而亡诸侯[①]，履至尊而制六合，执棰拊以鞭笞天下[②]，威振四海。南取百越之地，以为桂林、象郡。百越之君，俯首系颈，委命下吏。乃使蒙恬北筑长城，而守藩篱[③]，却匈奴七百余里。胡人不敢南下而牧马，士不敢弯弓而报怨。于是废先王之道，焚百家之言，以愚黔首[④]。隳名城，杀豪俊，收天下之兵，聚之咸阳，销锋铸鐻[⑤]，以为金人十二，以弱黔首之民。然后斩华为城，因河为池，据亿丈之城，临不测之溪以为固。良将劲弩，守要害之处，信臣精卒，陈利兵而谁何！天下已定，秦王之心，自以为关中之固，金城千里，子孙帝王万世之业也。秦王既没，余威震于殊俗。陈涉，瓮牖绳枢之子[⑥]，甿隶之人[⑦]，而迁徙之徒也，才能不及中人，非有仲尼、墨翟之贤，陶朱、猗顿之富；蹑足行伍之间[⑧]，而倔起什伯之中[⑨]；率罢散之卒，将数百之众，转而攻秦；斩木为兵，揭竿为旗，天下云集响应，赢粮而景从[⑩]。山东豪俊，遂并起而亡秦族矣。

【注释】

①二周：指东周、西周。西周都于镐京（今陕西西安）和丰京（今陕西西安），东周都于洛邑（今河南洛阳）。

②棰（chuí）：鞭子。拊（fǔ）：拍。

③藩篱：篱笆。引申为边疆。

④黔首：百姓。

⑤销锋铸鐻：把各种兵器熔化在铸铁炉里。

⑥瓮牖绳枢：指贫穷人家。瓮牖，指简陋的窗户。绳枢，用绳系户枢。

⑦甿（méng）隶：犹贱民。

⑧行伍：我国古代兵制，五人为伍，因以指军队。

⑨什伯：古代兵制，十人为什，百人为伯，因以泛指军队基层队伍。

⑩景从：受其影响而追从义军。景，同“影”。

【译文】

后来的孝文王、庄襄王在位时间很短，国家没发生大事。到了秦始皇即位，继承六代的功业，挥动长鞭，统治天下。他吞并了东周、西周，消灭了六国，登上最尊贵的皇帝宝座，君临天下，用严刑峻法来统治国家，威震四海。向南打下了百越的土地，设立了桂林郡和象郡。百越的首领都俯首帖耳，脖子套着绳索前来归附，当了秦朝的俘虏。秦始皇又派蒙恬在北部边疆上修筑长城，当作守卫国土的屏障，击退匈奴七百余里。胡人不敢南下侵扰劫掠，士兵不敢起兵复仇。这时秦始皇不再运用先王治国的方法，烧毁了诸子百家的论著，使百姓愚昧无知。还摧毁大都市的城墙，杀戮六国不愿臣服的杰出人物，收集天下的兵器，聚集在国都咸阳，销熔刀剑，铸成十二个金人，目的是削弱全国民众反抗的力量。此后，就凭借华山为城墙，以黄河为护城河，据守万仞高山，下临不测深渊，当作坚固的工事。派优良的将领，使用强劲的弓弩，守卫要害之地，又有忠诚的大臣，率领精锐的士卒，炫耀锋利的兵器，看谁敢侵犯！天下已经安定，秦始皇自以为凭借关中天险，就像方圆千里坚固的城池，可以造就子孙万世稳坐皇位的基业。秦始皇死了以后，生前的威严仍使风俗迥异的边疆地区感到震慑。可是，陈涉是个贫苦出身的子弟，家里用破缸当窗户，以绳子做门轴，是个贱民，被征发去当兵，他的才能赶不上一般人，绝没有孔子、墨子那样的才德，陶朱公、猗顿那样的富有；他曾走在征发士卒的队伍之中，却从这普通的队伍中崛起；他率领疲惫、散乱的军队，总共不过几百人，掉转身来攻打秦兵；这支队伍砍削木头当作兵器，举起竹竿当作旗帜，天下人云集响应，自带粮食跟随着他们。太行山以东的豪杰纷纷起义，一下子灭亡了秦朝。

且夫天下非小弱也。雍州之地，崤、函之固，自若也。陈涉之位，非尊于齐、楚、燕、赵、韩、魏、宋、卫、中山之君；鉏櫌棘矜①，非铦于钩戟长铩也②；谪戍之众，非抗于九国之师；深谋远虑，行军用兵之道，非及向时之士也。然而成败异变，功业相反也。试使山东之国，与陈涉度长絜大③，比权量力，则不可同年而语矣。然秦以区区之地，致万乘之权，招八州而朝同列，百有余年矣，然后以六合为家，崤、函为宫。一夫作难而七庙堕④，身死人手，为天下笑者，何也？仁义不施，而攻守之势异也。

【注释】

①鉏（chú）：锄草翻地的农具。櫌（yōu）：古代的一种农具，状如椎，用来击碎土块，平整土地。棘矜：戟柄。棘，通“戟”。

②铦（tán）：长矛。铩（shā）：古兵器，长刃刀矛之属。

③度长絜大：比较强弱。

④七庙：古代天子设七庙供奉七代祖先。这里借指帝位。

【译文】

当时秦朝的国土并没有变小，实力并没有削弱。雍州的土地，崤山、函谷关的坚固，还像原来一样。陈涉的地位并不比齐、楚、燕、赵、韩、魏、宋、卫、中山等诸侯国君更尊贵；锄、耙、戟柄并不比钩、戟、长矛更锋利；被征发的士卒并不比九国的军队更强大；谋划策略，行军打仗的战略战术，比不上六国的谋士、将领。虽然这样，但是成败却大不一样，功业也完全相反。如果用六国的力量和陈涉率领的义军比较，却是不能同日而语的。然而秦国凭借区区之地，获得大国的权利，招致各个诸侯国前来秦国朝拜，已经一百多年了，此后才统一天下，把四海之内作庭院，崤山、函谷关当宫墙。可是陈涉一人发难，导致秦朝宗庙被毁，国家灭亡，皇帝也被人杀死，成了天下的笑柄，这是为什么呢？就是因为不施行仁义才造成攻守的形势逆转啊。

过秦论中

秦并海内，兼诸侯，南面称帝，以养四海。天下之士，斐然向风。若是者，何也？曰：近古之无王者久矣！周室卑微，五霸既没①，令不行于天下。是以诸侯力政②，强侵弱，众暴寡，兵革不休，士民罢敝③。今秦南面而王天下，是上有天子也。既元元之民④，冀得安其性命⑤，莫不虚心而仰上。当此之时，守威定功，安危之本，在于此矣。

【注释】

①五霸：春秋时期五个霸主，指齐桓公、晋文公、秦穆公、宋襄公和楚庄王。

②力政：以武力征伐。

③罢：疲敝。

④元元：庶民。

⑤冀：希望。

【译文】

秦始皇统一全国，兼并诸侯，南面称帝，以建立永久统一的国家。天下的士人也全都归顺了秦朝。为什么会这样呢？我认为近古以来天下已经很久没有主宰了！周室衰微，五霸也已不在了，周王的政令不能推行于天下。于是各诸侯国致力于征伐，强大的侵略弱小的，人多的攻打人少的，战乱不止，天下民众困苦贫乏。现在秦始皇南面称帝，成为天下的主宰，朝廷有了天子。黎民百姓都希望此后能过上安定的生活，所以无不谦卑地臣服于秦始皇。在这个时候，守卫皇帝的威权，确立伟大的功业，决定国家安危的根本，就在这里。

秦王怀贪鄙之心[①]，行自奋之智，不信功臣，不亲士民，废王道，立私权，禁文书而酷刑法，先诈力而后仁义，以暴虐为天下始。夫并兼者高诈力，安定者贵顺权，此言取与守不同术也。秦离战国而王天下，其道不易，其政不改。是其所以取之守之者异也，孤独而有之，故其亡可立而待。借使秦王计上世之事，并殷、周之迹[②]，以制御其政，后虽有淫骄之主，而未有倾危之患也。故三王之建天下[③]，名号显美，功业长久。

【注释】

①贪鄙：贪婪卑鄙。

②并殷、周之迹：比较殷、周两代兴亡的历程。

③三王：夏、商、周三代开国之主。

【译文】

秦始皇心里有贪婪、鄙俗的念头，运用自以为超乎常人的智慧，不信任功臣，不亲近士民，抛弃王道，确立个人的权力，禁止民间藏书、读书，加重刑罚，提倡欺诈和暴力，反对仁义道德，以暴虐当作治理国家的基础。志在兼并天下者崇尚欺诈和暴力，志在安定天下者崇尚顺应和变通，所以说创业和守成的方法是不相同的。秦国兼并了六国而主宰了天下，它的治国之道、方针策略却没有改变。创业和守成的方法本不相同，可秦朝却让它一致起来，所以它的灭亡是指日可待的。假设秦始皇推究古代的事实，及商、周两代的历史，用于确定、调整他的政策，那么即使后代出现骄奢淫逸的君主，也不会有国家衰亡的忧虑。所以夏、商、周三代的君王创建国家，名称高贵、美好，功业长久。

今秦二世立，天下莫不引领而观其政[①]。夫寒者利裋褐[②]，而饥者甘糟糠。天下之嗷嗷，新主之资也，此言劳民之易为仁也。向使二世有庸主之行，而任忠贤，臣主一心而忧海内之患，缟素而正先帝之过[③]；裂地分民，以封功臣之后；建国立君，以礼天下；虚囹圄而免刑戮[④]，除去收帑污秽之罪[⑤]，使各反其乡里；发仓廪，散财币，以振孤独穷困之士[⑥]；轻赋少事，以佐百姓之急；约法省刑，以持其后，使天下之人，皆得自新，更节修行[⑦]，各慎其身；塞万民之望[⑧]，而以威德与天下，天下集矣[⑨]。即四海之内，皆讙然各自安乐其处，惟恐有变。虽有狡猾之民，无离上之心，则不轨之臣无以饰其智，而暴乱之奸止矣。二世不行此术，而重之以无道，坏宗庙与民更始，作阿房宫；繁刑严诛，吏治刻深[⑩]，赏罚不当，赋敛无度。天下多事，吏弗能纪[⑪]；百姓困穷，而主弗收恤[⑫]。

然后奸伪并起，而上下相遁[13]，蒙罪者众，刑戮相望于道，而天下苦之。自君卿以下，至于众庶，人怀自危之心，亲处穷苦之实，咸不安其位，故易动也。是以陈涉不用汤、武之贤，不藉公侯之尊，奋臂于大泽，而天下响应者，其民危也。故先王见始终之变，知存亡之机，是以牧民之道，务在安之而已。天下虽有逆行之臣，必无响应之助矣。故曰，安民可与行义，而危民易与为非，此之谓也。贵为天子，富有天下，身不免于戮杀者，正倾非也[14]，是二世之过也。

【注释】

①引领：当为“引颈”。伸颈远望，多以形容期望殷切。

②裋褐：粗布短衣。古代贫贱者或僮竖之服。

③缟素：白色丧服。这里指服丧期间。

④囹圄(líng yǔ)：监狱。

⑤收帑(nú)：古代连坐的刑罚，一人犯法，妻儿也要被捕，没为官奴婢。帑，妻子和儿女。

⑥振：赈济，帮助。

⑦更节修行：调整立身节操加以修习和推行。

⑧塞(sāi)：满足。

⑨集：聚集，归附。

⑩刻深：刻薄严酷。

⑪纪：治理，综理。

⑫收恤：收容救济。

⑬相遁：相互欺诈。

⑭正倾：挽救败局。

【译文】

如今秦二世即位，天下人无不伸长脖子观察他的政策。那寒冷的人渴望得到一件短布衣，饥饿的人会觉糟粕、谷糠也很好吃。天下人因困难而呼号，正是新皇治理好国家的凭借，也就是说，对于贫困劳苦的民众更容易施行仁政。假如秦二世是个庸主，但是信任忠诚、贤良的大臣，君臣同心同德，为国家的灾祸而忧虑，身穿丧服时就及早改正先帝的过失；划分土地、人民，封给功臣的后代；建立封国设置国君，以礼义治理国家；使监狱空虚，免除刑罚，除去株连妻子儿女的繁苛刑律，使人民能各自回到家乡；打开仓库，发放钱财，用于赈济孤寡和穷困的人；减轻赋税，减少劳役，帮助百姓解决燃眉之急；减省法律和刑罚，对犯法的人观其后效，让天下人都有改过自新的机会，重立节操、改正行为，各自洁身自好；满足百姓的愿望，推行威严和恩德于天下，天下民众就归附了。这样四海之内的人民都能欢欢乐乐、安居乐业，唯恐国家有什么变故，破坏了安宁的生活。即使有奸诈狡猾的人，也没有背叛朝廷的意愿，这样图谋不轨的大臣就无法掩盖他的不良企图，谋反、作乱这类坏事就不会发生。但秦二世不施行这一方针，更加残暴无道，毁坏宗庙除旧布新，修建阿房宫；增加繁琐的刑律，大肆残酷地杀戮，官吏刻薄严酷，赏罚不当，赋税繁重。天下事务繁多，官吏不能治理；百姓生活贫困，而君主却不赈济、抚恤。此后奸谋、诈伪纷纷出现，上下都互相欺诈，犯罪的人很多，受刑罚的人也络绎不绝，天下百姓都陷于苦难之中。自从公卿一级的大官以下，一直到平民百姓，人人自危，均处于困苦贫乏的窘境，都不安于自己的职位，所以政权很不稳定。因此，陈涉不任用商汤、周武那样贤德的人，也不凭借六国诸侯的尊贵，在大泽乡振臂一呼，而天下响应，这都是秦朝人人自危的缘故。古代的君王观察事物演变的过程，懂得国家存亡的关键，因此统治民众的方法，主要在于使他们过上安定的生活。这样，天下即使有造反的臣子，必定没人响应。所以说，生活安定的人民可以让他们遵行道义，而生活困苦的人民容易造反,说的就是秦朝这样的事。身为尊贵的天子,拥有整个国家的财富,却免不了被人杀死,就是由于选择了使国家陷于危难的政策,这是秦二世的过错。

过秦论下

秦并兼诸侯山东三十余郡,缮津关[①],据险塞,修甲兵而守之。然陈涉以戍卒散乱之众数百,奋臂大呼,不用弓戟之兵,钽櫌白梃,望屋而食[②],横行天下。秦人阻险不守,关梁不阖,长戟不刺,强弩不射。楚师深入[③],战于鸿门[④],曾无藩篱之艰。于是山东大扰,诸侯并起,豪杰相立。秦使章邯将而东征[⑤],章邯因以三军之众,要市于外[⑥],以谋其上。群臣之不信,可见于此矣。子婴立,遂不寤[⑦]。藉使子婴有庸主之才,仅得中佐,山东虽乱,秦之地可全而有,宗庙之祀未当绝也[⑧]。

【注释】

①缮:整治。

②望屋而食:到有人居住的地方找饭吃。

③楚师:陈涉等为楚人,故称农民军为楚师。

④鸿门:古地名,在今陕西临潼。

⑤章邯(hán):秦朝将领,后降项羽,封为雍王。

⑥要市:以要挟手段谋取利益或迫使对方满足自己的某种要求。

⑦寤:醒悟。

⑧宗庙:王室代称。

【译文】

秦国吞并了太行山以东各诸侯国三十几个郡，修整渡口、关隘，占据险要的关塞，制造盔甲、兵器，令人把守。但陈涉率领几百名散乱的戍边战士，振臂高呼，不使用弓箭、戟这些武器，只拿些锄头、棍子，走到哪儿吃到哪儿，却能横行天下。秦国的天险也丢了，关口也守不住，长戟不能刺杀，强弩也射不出箭来。农民军长驱直入，在鸿门和秦军交战，秦国完全失去了屏障。于是太行山以东地区大乱，原来六国的诸侯纷纷崛起，豪强也各立山头。秦派章邯率领一支军队东征，章邯于是凭借这支人数众多的军队，与项羽订立盟约，要挟朝廷，想算计皇帝。秦朝君臣之间毫无信任、忠诚可言，从这可以看出来。子婴上台，仍不醒悟。假设子婴只有庸君的才能，仅仅得到一般人的辅佐，太行山以东即使大乱，秦的关中地区仍然能够保全，祖先的祭祀也不至断绝，国家还不至灭亡。

秦地被山带河以为固，四塞之国也[①]。自缪公以来[②]，至于秦王，二十余君，常为诸侯雄，岂世世贤哉？其势居然也。且天下尝同心并力而攻秦矣，当此之世，贤智并列，良将行其师，贤相通其谋，然困于阻险而不能进。秦乃延入战而为之开关，百万之徒逃北而遂坏，岂勇力智慧不足哉？形不利，势不便也。秦小邑并大城，守险塞而军，高垒毋战，闭关据阸，荷戟而守之。诸侯起于匹夫，以利合，非有素王之行也[③]。其交未亲，其下未附，名为亡秦，其实利之也。彼见秦阻之难犯也，必退师，安土息民，以待其敝；收弱扶罢，以令大国之君，不患不得意于海内。贵为天子，富有天下，而身为禽者[④]，其救败非也[⑤]。

【注释】

①四塞：四面都有天险，可作屏障。

②缪公：即秦穆公，春秋五霸之一。

③素王：有君王之德而未居其位之人。

④为禽：被擒，指子婴为刘邦所擒。禽，同“擒。”

⑤救败非也：挽救秦朝败亡的方法不对。

【译文】

关中地区有高山大河作为屏障，是个四面都有险可守的地方。秦国自秦穆公到秦始皇，前后二十几代国君，总是诸侯国中最强大的，难道是他们的国君世代贤德吗？是地形、局势造成的啊。当时六国曾经同心协力攻打秦国，那时候贤德、聪明的人都聚集在一起，六国的良将率领攻打秦国的军队，贤相为他们出谋划策，但是苦于攻不下秦地的天险而不能进军。秦国就打开关塞，将六国之军引入关中决战，六国军队一百多万人却败退、逃跑，最后全线崩溃，这难道是勇气和智慧不够吗？这是地形、局势对六国不利呀。秦国可将小城镇的民众物资都集中到大都会，在险要的关塞把守驻军，高筑壁垒而不出战，封闭关口，占据要塞，将士们扛着长戟以坚守。那些反秦的诸侯都出身于平民百姓，因为有共同利益才纠合在一起，并没有德高望众而未居王位者的德行。他们之间的交情并不亲密，他们的臣属也不全顺从，名义是为灭亡秦国，实际上都想从中占便宜。他们要是见到秦国的关隘难以攻占，必定撤退军队，安定本土，休养生息，以等待秦国力量的衰败；同时扶助弱小的力量，和他们联合起来，凭借这些力量来号令强大的诸侯，这样就不必担心失去霸主的地位。秦子婴身为尊贵的天子，拥有天下的财富，却被人俘虏，是因为他挽救败局的策略不正确。

秦王足已不问[①]，遂过而不变。二世受之，因而不改，暴虐以重祸。子婴孤立无亲，危弱无辅。三主惑而终身不悟，亡，不亦宜乎？当此时也，世非无深虑知化之士也[②]，然所以不敢尽忠拂过者，秦俗多忌讳之禁，忠言未卒于口，而身为戮没矣。故使天下之士，倾耳而听，重足而立，钳口而不言。是以三主失道，忠臣不敢谏，知士不敢谋，天下已乱，奸不上闻，岂不哀哉？先王知雍蔽之伤国也[③]，故置公卿、大夫、士，以饰法设刑[④]，而天下治。其强也，禁暴诛乱而天下服；其弱也，五伯征而诸侯从[⑤]；其削也，内守外附而社稷存。故秦之盛也，繁法严刑而天下震；及其衰也，百姓怨望而海内畔矣。故周五序得其道[⑥]，而千余岁不绝；秦本末并失，故不长久。由此观之，安危之统，相去远矣。

【注释】

①足己不问：自大不征求臣下的意见。

②化：情况变化。

③雍蔽：蒙蔽，隔绝。雍，通“壅”。

④饰法：整顿法度。饰，通“饬”。

⑤五伯：指春秋五霸。

⑥五序：周朝武王、成王、康王、昭王、穆王五代君主的统治方法。

【译文】

秦始皇自以为了不起，从不征询臣下的意见，出现了失误也不去改正。秦二世继承皇位，承袭了秦始皇的策略而不变革，他十分残暴，又加重了秦的危机。子婴处于孤立境地，没有亲人的帮助，在危难的时候又缺少贤臣辅佐。这三代君主都很糊涂，到死也没有醒悟，灭亡难道不是活该吗？那个时候，社会上并非没有深谋远虑、了解社会风气的人，但是他们之所以不敢竭尽忠诚，劝谏皇帝的过失，是因为秦国的风俗中有很多不能触犯皇帝的禁忌，忠诚的言论还没说完，就已被杀死了。这就使天下的士人战战兢兢，侧耳而听，叠足而立，闭口不言。因此这三代国君治国失道，但忠臣不敢劝谏，谋士不敢献计，天下已经大乱，造反之事却不敢上报，难道不可悲吗？先王懂得下情不能上通、上令不能下达是件有损国家的事，所以才设置公、卿、大夫、士等官职，让他们修订法律，设立刑罚，于是天下安定。当强大时，平息战争诛杀叛乱，于是天下顺从；当衰弱时，五霸征讨夷狄，于是诸侯归附；当实力削弱时，内部稳固，外部服从，于是国家得以保存。秦国强盛时，法律繁琐，刑罚严酷，于是天下震恐；等到他衰弱时，百姓心怀不满，于是天下人都背叛了他。所以周朝武王、成王、康王、昭王、穆王五代君主治国得法，千余年也不灭亡；秦国历代君主治国始终不得法，因而很快灭亡。由此看来，安定的国家和危难的国家相差很远。

野谚曰："前事之不忘，后事之师也。"是以君子为国，观之上古，验之当世，参以人事，察盛衰之理，审权势之宜，去就有序，变化有时，故旷日长久，而社稷安矣。

【译文】

谚语说："前事不忘，后事之师。"因此君子治理国家，必然研究古代的历史，考察当代的形势，参考人世间的事务，推究强盛、衰弱的道理，仔细观察权力和威势的事宜，有条不紊地做出决策，不失时机地实施变革，这样才能国运长久，国家安定。

卷二·论著之属二

班彪

班彪(3—54),字叔皮,东汉时期的文学家和史学家。扶风安陵(今陕西咸阳东北)人。性格沉静好古。年轻时,遭王莽之乱,避难陇西依隗嚣,后至河北依窦融,并得到光武帝刘秀赏识。他才气很高,常留心史籍,认为《史记》对武帝太初元年以后之事没有记载,遂作《后传》数十篇,以补其缺。后其子班固、其女班昭,以此为基础,写成《汉书》。晚年任望都长史,卒于官。

王命论

【题解】

"王命"之意即帝王受命。该文节选自《汉书·叙传》。因王莽败乱,班彪避难于割据天水等郡的隗嚣处。当光武帝即位于冀州时,隗嚣问及班彪,战国时诸侯并争天下,合纵连横之事在当今又重新出现了吗?班彪于是作《王命论》对答。文中以天命为中心,述及"刘氏承尧之祚",分析高祖刘邦藉以获得天下的诸多有利条件。后人曾评价该文:"篇中有实有虚,实处在汉室之当兴,虚处在天位之难觊;实处虽详是主中宾,虚处虽含是宾中主,此可悟文章宾主法。"(《孙批胡刻文选》卷五十二批注)

昔在帝尧之禅曰[①]："咨尔舜，天之历数在尔躬[②]。"舜亦以命禹。暨于稷、契[③]，咸佐唐、虞，光济四海，奕世载德[④]，至于汤、武而有天下。虽其遭遇异时，禅代不同，至于应天顺人，其揆一焉[⑤]。是故刘氏承尧之祚[⑥]，氏族之世，著于《春秋》[⑦]。唐据火德[⑧]，而汉绍之[⑨]，始起沛泽，则神母夜号，以彰赤帝之符[⑩]。由是言之，帝王之祚，必有明圣显懿之德[⑪]，丰功厚利积累之业，然后精诚通于神明，流泽加于生民[⑫]。故能为鬼神所福飨[⑬]，天下所归往。未见运世无本，功德不纪，而得倔起在此位者也[⑭]。世俗见高祖兴于布衣，不达其故，以为适遭暴乱，得奋其剑。游说之士，至比天下于逐鹿[⑮]，幸捷而得之。不知神器有命[⑯]，不可以智力求[⑰]。悲夫！此世之所以多乱臣贼子者也。若然者，岂徒暗于天道哉[⑱]？又不睹之于人事矣！

【注释】

①禅(shàn)：禅让，帝王把帝位让给别人。

②历数：指天道，迷信的人所说的由天所预定的帝王统治的时间。躬：身体，引申为自身。

③暨：到，至。稷：周的祖先。契(xiè)：商的祖先，传说为舜臣。

④奕：累，重。载：继承。

⑤揆(kuí)：尺度，准则。

⑥祚(zuò)：福。引申为王朝统治之运。

⑦《春秋》：西周时晋史，非孔子所撰的鲁国编年史《春秋》。

⑧唐据火德：帝尧封于唐(今山西临汾西南)，为火德。

⑨绍：继续，接续。

⑩"始起沛泽"几句：见《汉书·高祖本纪》，高祖夜经泽中，有大蛇当道，于是拔剑斩蛇。后有人来到斩蛇处，看见一老妪夜哭，言其子是白帝子，化蛇当道，被赤帝子斩杀。

⑪懿（yì）：美好。

⑫生民：指百姓。

⑬飨（xiǎng）：通"享"。享用祭品。

⑭倔（jué）起：突起，兴起。倔，通"崛"。

⑮比：比拟，认为和……一样。逐鹿：古人言夺取天下如追逐野鹿，捷足者先得。

⑯神器：指帝王的玺、符、服、御等物件。

⑰智力：智谋和力量。

⑱暗：昏昧。

【译文】

当年在帝尧禅位时，说道："咨！舜啊，天道的大命落在你身上了。"舜也用同样的话语指示禹。到稷、契，都辅佐唐尧、虞舜，其荣光普济四海，美德世代传颂，商汤、周武王诛灭夏桀、殷纣获得天下。虽然时代背景有异，禅让的朝代不同，但顺天应人这一准则是一致的。因此刘氏继承尧的国统，家族世代写入史书。帝尧封于唐为火德，汉朝接续，高祖起兵于沛泽时，就有神母夜间哭号，用以彰显赤帝的符瑞。如此说来，帝王的福运，必须有圣明美好的德行，积累丰功厚利的业绩，然后真诚通达于神明，恩泽流被于百姓。因此能给神明享用祭品的，是众所归往的地方。没见过没有一定根基、功德不为史书所记载的人，能突然兴起取得帝王之位的。世人见高祖出身平民而成为一代君王，不明晓其缘由，认为适逢乱世，便能拔剑奋起。到处游说的人，认为夺取天下和追逐野鹿一样，能侥幸通过捷足先登而获得它。殊不知帝王的宝座是由天命决定的，不可以凭借智谋和力量求得。可悲啊，这世间之所以有这么多的乱臣贼子，正是因为不明此理的缘故。这样的人，难道只是不懂得天道吗？他们也不明白人间世事的变化啊！

夫饿馑流隶[①]，饥寒道路，思有短褐之袭、担石之蓄[②]，所愿不过一金，终于转死沟壑，何则？贫穷亦有命也。况乎天子之贵，四海之富，神明之祚，可得而妄处哉？故虽遭罹厄会[③]，窃其权柄，勇如信、布[④]，强如梁、籍[⑤]，成如王莽，然卒润镬伏锧[⑥]，烹醢分裂[⑦]。又况幺么不及数子[⑧]，而欲暗干天位者也[⑨]？是故驽蹇之乘[⑩]，不骋千里之涂[⑪]；燕雀之畴[⑫]，不奋六翮之用[⑬]；楶棁之材[⑭]，不荷栋梁之任；斗筲之子[⑮]，不秉帝王之重。《易》曰："鼎折足，覆公𫗧[⑯]。"不胜其任也。

【注释】

①饿馑(jǐn)：指灾荒。馑，本指蔬菜歉收。流隶：逃亡流离的贱隶。

②短褐(hè)：短衣。褐，用兽毛或粗麻制成的粗衣。袭：衣物一套为一袭。担石：一担之量，表示微小。担，量词，百斤为担，一担也称一石。

③罹(lí)：遭受。厄：灾难。

④信、布：信指韩信，布指英布，皆为功臣或大将，汉朝建立后分别被杀。

⑤梁、籍：梁指项梁，项羽的叔父。籍指项籍，即项羽。

⑥润镬(huò)伏锧(zhì)：均指受酷刑而死。镬，古代的大锅，用煮或炸来杀人的刑具。锧，铁砧板，古代的一种刑具，把犯人放在上面砍头。

⑦烹：一种酷刑，用鼎来煮杀人。醢(hǎi)：把人杀死后剁成肉酱。分裂：这里指肢解或分割。

⑧幺(yāo)么：不长称幺，细小称么。指微不足道。

⑨干：求。

⑩驽（nú）：劣马。蹇（jiǎn）：跛，行动迟缓。乘：指马车。

⑪骋：奔驰。

⑫畴：种类，同类。

⑬翮（hé）：鸟羽的茎。鸿鹄一举千里，所凭借的是六翮。

⑭楶棁（jié zhuó）：指小木料。楶，柱头斗栱。棁，梁上的短柱。

⑮斗筲（shāo）：形容才识短浅。筲，一种竹器。

⑯鼎折足，覆公𫗧（sù）：古代公卿列鼎而食，后以折足覆𫗧喻执政者不能胜任以致败事。𫗧，鼎内的食物。

【译文】

那些因灾荒而流亡的贱隶，在道路上饥寒交迫，想有一套粗布短衣、一担储粮，所希望的东西价值不超过一金，而最终相继死于路边的沟坑，这是什么原因？贫穷也是由天命决定的。况且天子的尊贵，天下的富有，神明的福气，又怎么可以随处得到呢？因此虽然乘灾难之机，窃取帝王的权位，其勇猛如韩信、英布，强悍如项梁、项羽，成功如王莽篡位，但最终都为极刑所处置。又何况是微不足道的几个人，想在暗中求帝王之位呢？因此劣马、跛马拉着的车，不能驰骋于千里的路途；燕雀之类，不可能有鸿鹄奋飞千里的本领；短小的木料，不能承担栋梁的大任；才识短浅的人，不能操持帝王的重任。《周易》说："鼎足折断，鼎内食物被倾覆。"这就是不能担当起重任。

当秦之末，豪杰共推陈婴而王之，婴母止之曰："自吾为子家妇，而世贫贱，今卒富贵①，不祥。不如以兵属人②，事成，少受其利。不成，祸有所归。"婴从其言，而陈氏以宁。王陵之母③，亦见项氏之必亡，而刘氏之将兴也。是时陵为汉将，而母获于楚。有汉使来，陵母见之，谓曰："愿告吾子，汉王长者[4]，必得天下，子谨事之，无有二心。”遂对汉使伏剑而死，以固勉陵。其后果定于汉，陵为宰相封侯。夫以匹妇之明，犹能推事理之致，探祸福之机，全宗祀于无穷，垂策书于春秋[5]，而况大丈夫之事乎？是故穷达有命，吉凶由人。婴母知废，陵母知兴，审此二者，帝王之分决矣[6]！

【注释】

①卒：同“猝”。突然。

②属(zhǔ)：委托，交付。

③王陵：人名。秦末聚众千人据南阳，后归刘邦。汉朝建立，封安国侯，任右丞相。

④长(zhǎng)者：谨厚者，指恭谨朴实之人。

⑤垂：流传。春秋：这里指史书。

⑥分(fèn)：名分，职分。

【译文】

当秦朝末年之时，豪杰们一起推举陈婴为王，陈婴母亲制止此事说：“自从我为陈氏之妇，我看到的是你家世代贫贱，今天突然富贵，是不祥之兆。不如把军队交付给他人，举事成功后，略微能得到一些好处。不成功，灾祸则有所归往。”陈婴听从其言，陈氏家族得以安宁。王陵的母亲，也看出项羽必然败亡，而刘邦将要兴起。这时，王陵为汉王刘邦的战将，而他的母亲被西楚俘获。有汉王的使者前来，王陵的母亲见过使者，说：“望告诉我的儿子，汉王是天下的长者，一定能得到天下，一定要慎重地侍奉汉王，不得有二心！”于是对着汉使伏剑自杀，以此坚定王陵的决心。其后天下果然为汉所定，王陵任宰相，封安国侯。以寻常妇人的见识，尚且能推定事理的尽致，探究祸福的玄机，保全宗祀绵延不断，被记于史书得以流传，何况大丈夫做事呢？因此得志显贵与否是由天命决定的，吉祥凶险是随不同的人而决定的。陈婴的母亲能预知衰败，王陵的母亲能预知兴盛，审察这两个方面，帝王的名分就判断清楚了。

盖在高祖，其兴也有五：一曰帝尧之苗裔①，二曰体貌多奇异②，三曰神武有征应③，四曰宽明而仁恕，五曰知人善任使。加之以信诚好谋，达于听受，见善如不及，用人如由己，从谏如顺流，趣时如响赴④。当食吐哺⑤，纳子房之策⑥；拔足挥洗，揖郦生之说⑦；悟戍卒之言，断怀土之情⑧；高四皓之名⑨，割肌肤之爱；举韩信于行阵⑩，收陈平于亡命⑪。英雄陈力⑫，群策毕举。此高祖之大略，所以成帝业也。若乃灵瑞符应，又可略闻矣。初，刘媪妊高祖而梦与神遇⑬，震电晦冥⑭，有龙蛇之怪。及长而多灵，有异于众。是以王、武感物而折契⑮，吕公睹形而进女⑯。秦皇东游，以厌其气⑰；吕后望云，而知所处。始受命则白蛇分，西入关则五星聚⑱。故淮阴、留侯谓之“天授⑲，非人力也”。

【注释】

①苗裔（yì）：后代。

②体貌多奇异：《汉书》中说高祖为人，隆准而龙颜，美须髯，左大腿处有七十二黑子。

③征应：应验，即指下文提及的灵瑞。

④趣（qū）：同“趋”。趋向，奔赴。

⑤吐哺：吐出口中含嚼的食物。形容认真地听他人之言。

⑥子房：即刘邦的重要谋臣张良。

⑦郦(lì)生:即郦食其(yì jī)。曾向刘邦献计,攻克陈留。

⑧断怀土之情:言刘邦接受戍卒娄敬建议,不都洛阳而进关中都长安,而离家乡沛更远。

⑨四皓:汉初隐士,即东园公、绮里季、夏黄公、甪(lù)里四先生,时年皆八十余,被称为"商山四皓"。

⑩韩信:刘邦的战将,有卓越的军事才能,战功卓著,汉朝建立后先被解除兵权,后被杀。

⑪陈平:刘邦的重要谋士。汉建立后,封曲逆侯,曾为惠帝、吕后、文帝的丞相。

⑫陈(zhèn)力:排列为阵。陈,同"阵"。

⑬媪(ǎo):对老年妇女的敬称。

⑭晦冥:昏暗。

⑮王、武:指王媪、武负。《史记·高祖本纪》中述及刘邦常从他们那里赊酒。刘邦醉卧后,王、武见其头上有怪异,于是两家折券弃债(即不要刘邦偿还酒钱)。

⑯吕公:吕雉之父。进女:指吕公将吕雉嫁给刘邦。

⑰秦皇东游,以厌其气:秦始皇谓东南有天子之气,于是东游以压挡之。

⑱五星聚:即指"五星联珠",五大行星运行至同一天区。

⑲淮阴:即淮阴侯韩信。留侯:指张良。

【译文】

就高祖而言,他的兴起有五个方面的条件:一是帝尧的后代,二是身体容貌诸多奇异,三是神武且有各种应验,四是宽明仁恕,五是知人善用。加上信用真诚好谋略,通达于视听,对善者恐不能达到,用人就像对待自己一样,接受规劝如顺流之水,趋之者闻声前来。正在饮食时吐出口中含嚼的食物,接纳张良的计策;从盆中拿出正洗着的脚,恭听郦生的计谋;领悟戍卒娄敬的劝说,断绝怀乡恋土之情;高扬四皓的声名，割断亲情之爱；在军阵中拜韩信为大将军，接收逃亡而来的陈平。英雄豪杰排列为阵，众人计谋悉数提出。这就是高祖的雄才大略，也是他成就帝业的原因。至于灵瑞符应，也可以粗略听说一些。当初，刘老妇人怀着高祖，梦见与神相遇，雷电交加，天色昏暗，见有龙蛇一样的怪异之物。到高祖长大成人，又多灵气，与众不同。因此王媪、武负感应于怪异之物而折券弃债，吕公相其体貌而嫁其女。秦始皇东游以压其帝王之气，吕后望云气而知其所在的地方。开始接受天命时则有白蛇被斩之事，西进关中时五星会聚。所以韩信、张良称之为“这是天授予的，不是人的力量所能得到的”。

历古今之得失，验行事之成败，稽帝王之世运①，考五者之所谓，取舍不厌斯位②，符瑞不同斯度，而苟昧权利③，越次妄据，外不量力，内不知命，则必丧保家之主④，失天年之寿，遇折足之凶，伏斧钺之诛。英雄诚知觉寤⑤，畏若祸戒，超然远览，渊然深识。收陵、婴之明分，绝信、布之觊觎⑥，距逐鹿之瞽说⑦，审神器之有授。毋贪不可冀⑧，为二母之所笑，则福祚流于子孙⑨，天禄其永终矣！

【注释】

①稽：考证，考核。

②厌：合，当。

③苟昧：不正当地贪冒。

④主：神主，供奉死人的牌位。

⑤觉寤（wù）：醒悟。寤，同“悟”。

⑥觊觎（jì yú）：非分的希望和企图。

⑦瞽（gǔ）说：不合事理的谬论。瞽，瞎眼。

⑧冀：希望。

⑨福祚（zuò）：福禄，福分。

【译文】

逐个推究古今的得失，验证行事的成败，考核帝王的世运，研究五个方面所说的意思，取舍不合于这种情况，符瑞也不同于这种程度。而不正常地贪冒权利，超越次序随意占据，外不自量力，内不知天命，那么必然丧失保家的神主，失去天赐的寿命，遭遇失败的凶灾，伏受斧钺的诛杀。英雄本应该醒悟，敬服灾祸的惩戒，超然远望，有真知灼见。汲取陈婴、王陵的明鉴，断绝韩信、英布的非分之念，拒绝逐鹿天下的谬论，明悉神器的授受。不可贪图不可以得到的东西，而为陈婴母、王陵母所笑，那么福祚就会流传于子孙，天赐的福气将会永久保有了。

陆机

陆机(261—303),字士衡,吴郡华亭(今上海松江)人。西晋诗人、文学家。东吴名将陆抗之子,与其弟陆云并称“二陆”。曾官平原内史。后为成都王司马颖后将军,河北大都督,最后为颖所杀。陆机为文大抵以韵文见长,辞藻宏丽,有《陆士衡集》传世。

辩亡论上

【题解】

陆机二十岁时吴亡。因其祖父陆逊、父亲陆抗均为吴将相,立下了汗马功劳,而孙皓却轻易使吴灭亡,于是写下《辩亡论》上下两篇,颂扬祖父功勋,批评孙皓外不量力,内不知命,致成亡国之祸。文章在写法上摹仿贾谊《过秦论》,虽笔势不如贾谊文章锋利流畅,但说理透彻,文辞壮丽,不愧为晋文中“最为博大者”(刘师培《中国中古文学史》)。

昔汉氏失御①,奸臣窃命②,祸基京畿③,毒遍宇内④,皇纲弛紊⑤,王室遂卑⑥。于是群雄蜂骇⑦,义兵四合⑧。吴武烈皇帝慷慨下国⑨,电发荆南⑩。权略纷纭⑪,忠勇伯世⑫。

威棱则夷羿震荡[13]，兵交则丑虏授馘[14]。遂扫清宗祊[15]，蒸禋皇祖[16]。于时云兴之将带州，飙起之师跨邑[17]；哮阚之群风驱[18]，熊罴之众雾集[19]。虽兵以义合，同盟戮力[20]，然皆苞藏祸心[21]，阻兵怙乱[22]。或师无谋律[23]，丧威稔寇[24]。忠规武节[25]，未有如此其著者也。

【注释】

①御：驾驭，控制。

②奸臣：指董卓。汉灵帝时任并州牧，昭宁元年(189)利用外戚宦官争斗之机，率兵入洛阳，废少帝，立献帝，自任相国，大权独揽。

③基：始。

④宇内：天下。

⑤皇纲：国家的纲纪法度。弛紊：弛废紊乱。

⑥卑：衰微。

⑦蜂骇：蜂起，比喻众多。

⑧义兵：除暴安良的军队。

⑨吴武烈皇帝：指孙坚。东汉末江东豪强，吴郡富春(今浙江富阳)人，吴主孙权之父，被称帝后的孙权追谥为武烈皇帝。下国：诸侯国，指长沙郡。

⑩电发：比喻起兵迅速。荆南：荆州，也指长沙郡。

⑪权略：权变的谋略。

⑫伯世：特出当世。

⑬威棱：声威。

⑭馘(guó)：战争中割取敌人左耳计数报功，称馘。

⑮宗祊(bēng)：宗庙。

⑯蒸禋(yīn)：祭祀。皇祖：指西汉开国皇帝刘邦。

⑰飙起：如暴风之起。跨：据有。

⑱哮：虎叫。阚(hǎn)：虎怒。

⑲熊罴(pí)：比喻勇士。

⑳戮(lù)力：合力。

㉑祸心：篡逆之心。

㉒阻：仗恃。怙(hù)：依仗。

㉓谋律：谋策之法。

㉔稔：庄稼成熟叫稔，这里指时机成熟可一举击溃的敌人。

㉕忠规：忠诚方面的典范。武节：武德。

【译文】

从前汉朝失去了权力，奸臣董卓窃取了权柄，祸乱始于京畿，很快遍及天下，国家法度弛废紊乱，王室衰微。于是群雄蜂拥而起，义兵从四面八方汇集而来。吴武烈皇帝孙坚在长沙郡慷慨激昂，闪电般起兵于荆南。权变的谋略纷纭而出，忠诚勇敢在当时堪称第一。声威使善射的后羿都震动悸惧，交战则使乱贼献上首级。于是清扫宗庙，祭祀汉祖。当时像云般涌现的将领布满各州，像风般迅猛的军队占据了城邑；虎豹之师如风驱驰，熊罴之众如雾聚集。虽然各路兵马以除暴安良的目的而会合在一起，结成同盟合力杀敌，但却都包藏着篡逆之心，企图凭借手中兵力乘乱谋利。有的军队没有谋策之法，丧失军威于可以一举击溃之敌。这之中只有武烈皇帝堪称是忠诚方面的典范，且武德卓著，没有比他更杰出者。

武烈既没①，长沙桓王逸才命世②，弱冠秀发③。招揽遗老④，与之述业⑤。神兵东驱，奋寡犯众。攻无坚城之将，战无交锋之虏。诛叛柔服⑥，而江外底定⑦。饬法修师⑧，则威德翕赫⑨。宾礼名贤⑩，而张昭为之雄⑪；交御豪俊⑫，而周瑜为之杰[13]。彼二君子，皆弘敏而多奇[14]，雅达而聪哲[15]，故同方者以类附[16]，等契者以气集[17]，而江东盖多士矣。将北伐诸华[18]，诛锄干纪[19]，旋皇舆于夷庚[20]，反帝座乎紫闼[21]。挟天子以令诸侯，清天步而归旧物[22]。戎车既次，群凶侧目。大业未就，中世而殒[23]。用集我大皇帝以奇踪袭于逸轨[24]，睿心因于令图，从政咨于故实[25]，播宪稽乎遗风[26]。而加之以笃固[27]，申之以节俭[28]，畴咨俊茂[29]，好谋善断，束帛旅于丘园[30]，旌命交于涂巷[31]。故豪彦寻声而响臻[32]，志士希光而景骛[33]。异人辐凑[34]，猛士如林。于是张昭为师傅，周瑜、陆公、鲁肃、吕蒙之俦[35]，入为腹心，出作股肱[36]；甘宁、凌统、程普、贺齐、朱桓、朱然之徒奋其威[37]，韩当、潘璋、黄盖、蒋钦、周泰之属宣其力[38]。风雅则诸葛瑾、张承、步骘[39]，以名声光国；政事则顾雍、潘濬、吕范、吕岱[40]，以器任干职[41]；奇伟则虞翻、陆绩、张温、张惇[42]，以讽议举正[43]；奉使则赵咨、沈珩[44]，以敏达延誉；术数则吴范、赵达[45]，以禨祥协德[46]。董袭、陈武[47]，杀身以卫主；骆统、刘基[48]，强谏以补过。谋无遗谞[49]，举不失策[50]。故遂割据山川，跨制荆、吴[51]，而与天下争衡矣。

【注释】

①没：同“殁”。死亡。

②长沙桓王：孙策。孙坚之子，孙权之兄。孙权称帝后，追谥孙策为长沙桓王。逸才：才智出众。命世：著名于当世。

③弱冠：古代男子二十岁行冠礼，弱冠即指二十岁左右的年纪。秀发：比喻才气横溢，风采照人。

④遗老：孙坚的部下。

⑤述:继承。

⑥柔:安抚。

⑦江外:长江以南地区。底(dǐ)定:平定,安定。

⑧饬:整饬。修师:理兵。

⑨威德:声威与德行。翕(xī)赫:显赫。

⑩宾礼:以宾客之礼相待。

⑪张昭:字子布,彭城(今江苏徐州)人。辅佐孙策、孙权,官至辅吴将军,封娄侯。

⑫御:任用。

⑬周瑜:字公瑾,庐江舒(今安徽庐江东南)人。辅佐孙策、孙权,为前部大都督。曾与刘备联军在赤壁之战中大破曹操。

⑭弘敏:大度机敏。

⑮雅达:风雅通达。哲:智。

⑯同方:同类。

⑰等契:相投合。气:意趣。

⑱诸华:中原诸国,这里指以曹操为首的中原群雄。

⑲诛锄:清除。干纪:违法犯纪。

⑳皇舆:国君所乘的车辆。夷庚:车马往来的大道。

㉑紫闼(tà):帝宫。

㉒天步:国运。旧物:旧有的典章制度。

㉓中世:中途。

㉔集:成就,成全。大皇帝:指孙权。孙权于229年称帝,国号吴,死后谥大皇帝。奇踪、逸轨:非凡的作为。

㉕咨:仿效。故实:值得效法的旧事。

㉖播宪:颁布法令。稽:考查。

㉗笃固:志向坚定。

㉘申:再加。

㉙畴咨：访求。俊茂：俊杰之士。

㉚束帛：聘问的礼物。丘园：隐者居住地。

㉛旌命：表扬征召。

㉜豪彦：豪杰之士。响臻(zhēn)：应声而至、响应归附。

㉝希光：企盼光辉。景：日光。骛：驰。

㉞辐凑：也称辐辏。指车辐集中于轴心，比喻人物聚集一处。辐，连接车轮轴心和轮圈的直木条。

㉟陆公：指陆逊，字伯言，孙策之婿，陆机的祖父。官至丞相。鲁肃：字子敬，临淮东城(今安徽定远东南)人。官至奋武校尉。吕蒙：字子明，汝南富陂(今安徽阜阳)人。破荆州，杀关羽，封孱陵侯。俦(chóu)：同辈。

㊱股肱(gōng)：大腿、胳膊，比喻辅佐之臣。

㊲甘宁：字兴霸，巴郡临江(今四川忠县)人。官至折冲将军。凌统：字幹瑾，吴郡余杭(今浙江余杭)人。拜偏将军。程普：字德谋，右北平土垠(今河北丰润东)人。周瑜死后，任荡寇将军。贺齐：字公苗，会稽山阴(今浙江绍兴)人。历任奋武将军、安乐将军、后将军，假节领徐州牧。朱桓：字休穆，吴郡(今江苏苏州)人。历任奋武将军、彭城相、前将军、青州牧等职。朱然：字义封，官至左大司马、右军师。徒：同类。

㊳韩当：字义公，辽西令支(今河北迁安西)人。曾封都亭侯，后改石城侯，加都督称号。潘璋：字文珪，东郡东干(今山东冠县东)人。官至右将军。黄盖：字公覆，零陵泉陵(今湖南零陵)人。官至偏将军。蒋钦：字公奕，九江寿春(今安徽寿县)人。官至右护军，掌管司法。周泰：字幼平，九江下蔡(今安徽凤台)人。拜汉中太守、奋威将军，封陵阳侯。属：类。宣其力：用其力。

㊴诸葛瑾：字子瑜，琅琊阳都(今山东沂南)人。诸葛亮之兄，拜大将军，左都护，领豫州牧。张承：字仲嗣，张昭之子。为濡须都

督、奋威将军，封都乡侯，善甄识人物。步骘（zhì）：字子山，淮阳（今江苏淮阳西南）人。历任海监长、鄱阳太守、交州刺史、冀州牧等职，后代陆逊为相。

㊵顾雍：字元叹，吴郡吴（今江苏苏州）人。为相十九年。潘濬：字承明，武陵汉寿（今湖南常德东北）人。累官少府、太常，封刘阳侯。吕范：字子衡，汝南（今安徽阜阳北）人。官至大司马。吕岱：字定公，广陵海陵（今江苏泰州）人。孙亮时官至大司马。

㊶器任：胜任的才能。干：担任。

㊷虞翻：字仲翔，会稽余姚（今浙江余姚西北）人。性情刚直，因多次直谏而被贬交州。陆绩：字公纪，吴郡吴（今江苏苏州）人。官至郁林太守，加偏将军。张温：字惠恕，吴郡吴（今江苏苏州）人。张惇：字叔方，吴郡吴（今江苏苏州）人。官至车骑将军，海昏令。

㊸正：通“政”。

㊹赵咨：字德度，南阳（今河南南阳）人。孙权任为骑都尉。沈珩（héng）：吴郡吴（今江苏苏州）人，官至少府。

㊺术数：用阴阳五行来推断人事吉凶的学说。吴范：字文则，会稽上虞（今浙江上虞西）人。孙权任为骑都尉，领太史令。赵达：河南（今河南洛阳）人，三国时吴术士。

㊻玑（jī）祥：祈求吉祥。

㊼董袭：字元代，会稽余姚（今浙江余姚西北）人。任别部司马、偏将军等职。陈武：字子烈，庐江松滋（今安徽潜山西南）人。官至偏将军。

㊽骆统：字公绪，会稽乌伤（今浙江义乌）人。官至偏将军，封新阳亭侯。刘基：字敬舆，东莱牟（今山东蓬莱东南）人。官终光禄勋。

㊾谞（xū）：才智。

㊿举：提出建议。

㉛跨制:控制。荆、吴:楚国和吴国,泛指长江以南地区。

【译文】

武烈皇帝谢世,长沙桓王孙策才智出众,闻名当世,二十岁左右就才气横溢,丰采照人。招揽武烈皇帝的旧部,与他们一起继承武烈皇帝未完的事业。率领神兵渡江东征,以寡敌众。进攻则未遇能坚守城池的将领,交战则没有敢与之交锋的对手。杀戮叛贼,安抚顺从者,长江以南地区终于得以平定。整饬律法治理军队,声威德行显赫一时。对有名望的贤士以礼相待,张昭就是其中的佼佼者;交结任用豪俊之士,周瑜是他们中的杰出者。这两位君子都大度机敏而多奇才,风雅通达而聪慧多智,所以同类的人因志向相投而来归附,意趣一致的人前来汇聚,这样江东就人才济济了。长沙桓王准备讨伐中原,清除乱贼,使皇帝的车驾能重返大道,帝辇重回皇宫。挟持天子以号令诸侯,振兴国运使之恢复旧有典章制度。战车已排列有序,令群贼不敢正视。但正在此大业尚未成就之时,长沙桓王却不幸早逝。上天成全了我们大皇帝,他继承了父兄非凡的才干和超凡的事业,以聪明的心智策划出良好的谋略,处理政务仿效父兄的旧例,发布法令参考过去的原则。再加上志向坚定不移和崇尚节俭的品德,多方访求俊杰之士,勤于思考,善于决断,带着聘礼穿行于隐者的居住地,聘问、征召的文书在道路、里巷传送。因此豪杰之士循声而至,企盼光辉的名士慕名而来。有奇才的人聚集一处,勇猛的将士多如林木。于是张昭做老师,周瑜、陆公、鲁肃、吕蒙等人在朝为心腹,出朝是股肱;甘宁、凌统、程普、贺齐、朱桓、朱然诸人振奋其威风,韩当、潘璋、黄盖、蒋钦、周泰诸将贡献其勇力。风流儒雅当属诸葛瑾、张承、步骘,以他们的名气为国增光;主持政事则有顾雍、潘濬、吕范、吕岱,以其才能担任公职;奇特伟岸则有虞翻、陆绩、张温、张惇,以婉言劝谏提出政见;奉命出使则有赵咨、沈珩,用他们的机敏通达为国增添荣誉;术数占卜则有吴范、赵达,祈求鬼神降吉祥来协助德行。董袭、陈武用自己的生命捍卫君主,骆统、刘基犯颜直谏以弥补过失。出谋划策没有不周到的地方，提出建议没有失策的时候。所以吴能够割据山川，控制长江以南地区，而与天下英雄一争高低。

魏氏尝藉战胜之威①，率百万之师，浮邓塞之舟②，下汉阴之众③，羽楫万计④，龙跃顺流，锐骑千旅⑤，虎步原隰⑥，谟臣盈室⑦，武将连衡⑧，喟然有吞江浒之志⑨，一宇宙之气。而周瑜驱我偏师⑩，黜之赤壁⑪，丧旗乱辙，仅而获免，收迹远遁⑫。汉王亦凭帝王之号⑬，帅巴、汉之民⑭，乘危骋变⑮，结垒千里，志报关羽之败，图收湘西之地。而陆公亦挫之西陵⑯，覆师败绩，困而后济⑰，绝命永安⑱。续以濡须之寇⑲，临川摧锐，蓬笼之战⑳，孑轮不返。由是二邦之将，丧气挫锋，势衄财匮㉑，而吴莞然坐乘其弊㉒。故魏人请好，汉氏乞盟㉓，遂跻天号㉔，鼎跱而立㉕。西屠庸、益之郊㉖，北裂淮、汉之涘㉗，东包百越之地㉘，南括群蛮之表㉙。于是讲八代之礼㉚，蒐三王之乐㉛，告类上帝㉜，拱揖群后㉝。虎臣毅卒㉞，循江而守，长棘劲铩㉟，望飙而奋㊱。庶尹尽规于上㊲，四民展业于下㊳，化协殊裔，风衍遐圻㊴。乃俾一介行人㊵，抚巡外域。巨象逸骏㊶，扰于外闲㊷；明珠玮宝㊸，耀于内府㊹。珍瑰重迹而至㊺，奇玩应响而赴。輶轩骋于南荒㊻，冲輣息于朔野㊼。齐民免干戈之患㊽，戎马无晨服之虞㊾，而帝业固矣。

【注释】

①战胜之威：赤壁之战前，曹操连续取得了消灭袁氏、平定乌桓、降荆州、败刘备于当阳长坂等一系列胜利。

②浮：顺水曰浮。邓塞：山名，在今河南邓县西南。

③汉阴之众：指荆州善水战的降兵。汉阴，汉水之南。

④羽楫：形容船快如飞。楫，船桨，这里指船。

⑤旅：军队编制，一旅五百人。

⑥虎步：威武之貌。原隰（xí）：原野。隰，低湿地。

⑦谟臣：谋臣。

⑧连衡：比喻众多。衡，车辕前端的横木。

⑨江浒（hǔ）：江边，代指江东。

⑩偏师：一部分军队。

⑪黜：击退。赤壁：地名，今湖北赤壁境内，长江南岸。

⑫收迹：收拾起残兵败将。

⑬汉王：指刘备。刘备于219年称汉中王，221年称帝。

⑭巴：巴郡，辖有今四川东部一带。

⑮乘危：踏入危险之地。骋变：驰入变幻莫测之地。

⑯西陵：西陵峡，长江三峡之一，西起湖北秭归的香溪口，东到宜昌的南津关。

⑰济：成功。

⑱永安：原名鱼复县（巴东郡治所，在今四川奉节东），有永安宫，刘备死于此。

⑲濡须：水名。源于安徽巢湖，东南流入长江，孙权在濡须立坞以拒曹军，谓之濡须坞（故地在今安徽无为东北）。

⑳蓬笼：地名，即逢龙，在今安徽境内。

㉑衄（nǜ）：缩。

㉒莞（wǎn）然：微笑的样子。乘：利用。弊：困乏。

㉓乞盟：请求盟誓互不相伐。

㉔跻（jī）：登上。天号：指孙权称帝。

㉕鼎跱（zhì）：鼎足并峙。

㉖屠：分裂，划分。庸、益：指蜀汉。庸，庸部，西汉末王莽曾改益州

为庸部。益，益州，辖有今四川大部及陕、甘、鄂、黔、滇部分地区，治成都（今成都市）。

㉗涘（sì）：水边。

㉘百越：散居在今浙江、福建、广东、广西等地的越族，因部族众多，故称百越。

㉙群蛮：南方各少数民族，这是一种蔑称。

㉚八代：三皇五帝时代。

㉛蒐（sōu）：搜集。三王：指夏、商、周三代。

㉜告：祭告。

㉝后：古代诸侯称后，此句是说拱手以揖诸侯，表示天下无事。

㉞虎臣：英勇的将帅。

㉟棘：同"戟"。铩（shā）：长矛。

㊱飙：疾风。

㊲庶尹：百官。庶，众。尹，官长。尽规：尽情规谏。

㊳四民：士、农、工、商。

㊴遐圻（qí）：远域。圻，都城周围千里之地。

㊵一介：一人。行人：出使四方的官员。

㊶逸骏：快马。

㊷扰：驯服。闲：马厩。

㊸玮（wěi）宝：珍宝。

㊹内府：藏放财宝之处。

㊺重迹：车马之迹重叠。

㊻輶（yóu）轩：轻车，使者所乘。

㊼冲輣（péng）：兵车。

㊽齐民：百姓。

㊾晨服：早晨整戎装待发。

【译文】

曹魏曾凭借打了一系列胜仗后的余威，率领百万大军，驾驶邓塞的战船，统率善水战的荆州降卒东行而来，疾行的战船数以万计，如巨龙腾跃顺流而下，精锐的铁骑千旅，威武地向中原开进，谋臣满室，武将成行，喟然有吞没江东的志向、一统天下的气概。而周瑜率领我江东的部分军队，败之于赤壁，魏军旗帜已失，军心已散，车辙混乱，曹操仅保住了自己的性命，集合起残兵败将远逃而去。汉王刘备也曾凭借帝王称号，率领巴、汉地区的兵众，不惜踏上危险莫测之地，构筑长达千里的营垒，志在报关羽失败被杀之仇，意在收回湘水以西的土地。而陆公在西陵将他也击败了，蜀军战败覆没，刘备被围困后虽得以逃脱，但次年就在永安宫去世。接着又有和魏军在濡须的交战，我方在江边将其精锐摧毁，蓬笼之战，敌人全军覆没，一只车轮都没能剩下。于是魏、蜀两国的将领丧失了气势，锋芒被挫，势力收缩，财力匮乏，而吴国则安然而坐，乘机利用其疲困。因而魏人请求和好，蜀汉请求盟誓互不相伐，我大皇帝于是称帝，与蜀、魏鼎足而立。西面我在庸部、益州的郊野划分边界，北面以淮河、汉水为界线，东面直到百越之地，南面包括了群蛮所居之外的地方。于是讲习三皇五帝时代的礼仪，追寻夏、商、周时期的乐曲，向上天祭告天下太平，向诸侯敬礼以示天下无事。猛将勇卒沿江防守，长戟利矛逆风振动。百官尽情规谏于庙堂之上，士农工商发展百业于下，教化协和异域，风教行于远方。于是派出使者，安抚巡视境外。大象骏马，驯于宫外马厩；明珠瑰宝，闪烁于宫内的府库。奇珍异宝重叠着车迹而送达，奇异的玩物应君王的命令而至。使者所乘的轻车奔驰在南方边远之地，兵车停息在北边的郊野。百姓免除了战争的忧患，戎马没有了清早整装待发的忧虑，我吴国帝业坚固之至。

大皇既没，幼主莅朝①，奸回肆虐②，景皇聿兴③，虔修遗宪④，政无大阙，守文之良主也⑤。降及归命之初⑥，典刑未灭⑦，故老犹存。大司马陆公以文武熙朝⑧，左丞相陆凯以謇谔尽规⑨，而施绩、范慎以威重显⑩，丁奉、离斐以武毅称⑪，孟宗、丁固之徒为公卿[12]，楼玄、贺劭之属掌机事[13]。元首虽病[14]，股肱犹存。爰及末叶，群公既丧，然后黔首有瓦解之志[15]，皇家有土崩之衅[16]。历命应化而微[17]，王师蹑运而发[18]。卒散于阵，民奔于邑；城池无藩篱之固，山川无沟阜之势[19]。非有工输云梯之械[20]，智伯灌激之害[21]，楚子筑室之围[22]，燕人济西之队[23]，军未浃辰[24]，而社稷夷矣。虽忠臣孤愤，烈士死节，将奚救哉？

【注释】

①幼主：指孙亮，孙权少子。莅(lì)：临。

②奸回：邪恶。

③景皇：景帝孙休，孙权第六子，在位期间轻徭薄赋，社会相对安定。死后谥景皇帝。聿(yù)：语助词。

④修：遵循。遗宪：先王留下的法度。

⑤守文：遵守成法。

⑥归命之初：孙皓即位之初。孙皓，孙权之孙，孙和之子，继孙休为吴主。专横暴虐，荒淫无度，280年降晋，被封为归命侯。

⑦典刑：旧法。

⑧陆公：指陆抗，字幼节，陆机之父。官至大司马，任荆州牧。熙：兴盛。

⑨陆凯：字敬风，吴郡吴(今江苏苏州)人。陆逊族子，官至右丞相。謇谔：正直。

⑩施绩：字公绪。孙皓时任上大将军、左大司马之职。范慎：字孝敬，广陵(今江苏扬州)人。孙皓时从武昌都督升任太尉。

⑪丁奉：字承渊，庐江安丰(今河南固始东)人。孙皓时为右大司马、左军师。离斐：即黎斐。

⑫孟宗：字恭武，江夏（今湖北武汉）人。官至司空。丁固：历任尚书、左御大夫、司徒等职。

⑬楼玄：字承先，沛郡蕲（今安徽宿州）人。主殿中事。贺劭：即贺邵，字兴伯，会稽山阴（今浙江绍兴）人。孙皓时任中书令，领太子太傅。

⑭元首：孙皓。病：指其暴虐无道。

⑮黔首：百姓。

⑯衅：灾祸。

⑰历命：天命。

⑱王师：晋朝军队。蹑：踩。

⑲沟：沟渠。阜：小山。

⑳工输：即鲁班、公输班，古代著名工匠。云梯：公输班所造的一种攻城器械。

㉑智伯：即知伯，春秋末晋四卿之一。围晋阳（今山西太原西南）时，曾引汾水灌其城。

㉒楚子：楚庄王。

㉓济西：济水之西。战国时燕将乐毅曾大破齐军于济西。

㉔浃（jiā）辰：十二日。古代以干支纪日，称自子至亥一周十二日为“浃辰”。

【译文】

大皇帝去世后，幼主继位，奸邪之人肆虐于朝堂之上，景帝继承大统，虔敬地遵守先王的法度，政事上没有大的过失，是一位遵守成法的良主。到归命侯初年，旧法未废，老臣仍在。大司马陆公以文德武功来兴盛我吴国，左丞相陆凯品德正直，尽力规谏，而施绩、范慎以威严出名，丁奉、离斐以刚毅著称，孟宗、丁固一类的人做公卿，楼玄、贺劭这样的人掌管机要。元首虽暴虐无道，但栋梁之臣还在。到了末期，上述老臣都已死去，这之后，百姓有离心的趋势，皇家有崩解的灾祸。天命顺应这种变化而王朝衰微，晋军乘机发兵征讨。士兵在阵前四散，百姓在城邑间奔逃；城池还不如栅栏、篱笆坚固，山川不具备小溪、沟渠那样的险要。晋军并无鲁班所造的攻城器械，没有智伯以汾水灌晋阳城那样的行为，没有楚庄王造房以长期围困的意志，没有乐毅率领下取得济西大捷那样的燕军队伍，但军队没能坚持多久，国家就灭亡了。尽管忠良之臣满怀孤愤，坚贞之士壮烈死节，又怎么能挽救国家呢？

夫曹、刘之将，非一世所选；向时之师，无曩日之众①。战守之道，抑有前符②；险阻之利，俄然未改③。而成败贸理，古今诡趣④。何哉？彼此之化殊⑤，授任之才异也。

【注释】

①曩（nǎng）：以往，过去。

②符：法。

③俄然：短暂。

④诡：变化。趣：形势。

⑤化：教化。

【译文】

曹操、刘备属下的将领，都是几世难得一见的人物；但太康年间灭吴的晋军，已不如曹操、刘备的军队。而吴国战守的方法，有前代的法则可以遵循；山川险阻的地利，短时间内也没有改变。但成败结果截然不同，古今形势各异。为什么呢？是由于彼此教化不同，授官任命的人才也不同的缘故啊。

辩亡论下

昔三方之王也，魏人据中夏①，汉氏有岷、益②，吴制荆、扬而奄交、广[3]。曹氏虽功济诸华[4]，虐亦深矣[5]，其民怨矣。刘公因险以饰智[6]，功已薄矣，其俗陋矣。夫吴，桓王基之以武，太祖成之以德[7]，聪明睿达[8]，懿度弘远矣[9]。其求贤如不及，恤民如稚子[10]，接士尽盛德之容[11]，亲仁罄丹府之爱[12]。拔吕蒙于戎行[13]，识潘濬于系虏[14]。推诚信士，不恤人之我欺；量能授器[15]，不患权之我逼。执鞭鞠躬，以重陆公之威；悉委武卫[16]，以济周瑜之师[17]。卑宫菲食[18]，以丰功臣之赏；披怀虚己[19]，以纳谟士之算[20]。故鲁肃一面而自托，士燮蒙险而致命[21]。高张公之德[22]，而省游田之娱[23]；贤诸葛之言[24]，而割情欲之欢；感陆公之规[25]，而除刑法之烦；奇刘基之议，而作三爵之誓[26]。屏气踢蹐[27]，以伺子明之疾[28]；分滋损甘[29]，以育凌统之孤[30]。登坛慷慨，归鲁子之功[31]；削投恶言[32]，信子瑜之节[33]。是以忠臣竞尽其谟[34]，志士咸得肆力[35]。洪规远略，固不厌夫区区者也[36]。故百官苟合，庶务未遑[37]。

【注释】

①中夏：中原地区。

②岷、益：岷山郡和益州。

③荆、扬：荆州和扬州。奄：覆盖。交、广：交州和广州。

④济：助益。

⑤虐：残暴。曹操好杀戮，所以说虐深民怨。

⑥刘公：刘备。饰智：弄巧欺人。

⑦太祖：指孙权。

⑧睿达：明智通达。

⑨懿度：度量厚大。懿，厚。

⑩恤：忧念。

⑪尽盛德之容：指礼节周到。

⑫罄：尽。丹府：丹心。

⑬戎行：行伍。

⑭潘濬：字承明，武陵郡汉寿县（今湖南汉寿）人。吴国重臣。系虏：俘虏。

⑮器：职务。

⑯委：放弃。

⑰济：帮助。

⑱卑宫：宫室低矮。菲：菲薄。

⑲披怀：敞开胸怀。虚己：虚心。

⑳谟士：谋士。算：筹谋。

㉑士燮：字威彦，苍梧广信（今广西梧州）人。致命：舍命报效。

㉒高：崇仰。张公：指张昭。

㉓游田：游猎。

㉔诸葛：指诸葛瑾。

㉕陆公：指陆逊。规：规劝。

㉖三爵之誓：酒后言杀，皆不得杀。

㉗跼蹐（jú jí）：谨慎小心。跼，弯着腰。蹐，轻轻地走。

㉘伺：探看。子明：吕蒙字子明。

㉙滋：滋味，美味的食物。

㉚凌统：字公绩，吴郡余杭（今浙江余杭）人。三国时吴国名将。

㉛鲁子：鲁肃。

㉜削投：抛弃。

㉝子瑜：指诸葛瑾。

㉞谟：计谋。

㉟肆力：尽力。

㊱厌:安定。区区:指吴国。

㊲未遑:没有空闲。

【译文】

过去,吴、蜀、魏三方称王,曹魏据有中原地区,蜀汉占有岷、益,吴国控制了荆、扬二州并将交、广地区包容进来。曹氏的功业虽然给中原地区带来了益处,但他过于残暴,招致老百姓的怨恨。刘备凭借地势险要弄巧欺人,但刘氏功德微薄,蜀地风俗敝陋。而吴国,桓王以武功奠定了基业,太祖以德行成就了大业,明智通达,胸怀宽广。他求贤若渴,体恤民众如稚子,接待士人礼节周到,亲近仁人一片赤诚。从行伍中提拔了吕蒙,从俘虏中慧眼识别了潘濬。以诚相待信任部下,用人不疑;按照才能授予官职,不顾虑别人侵权。在陆公面前恭恭敬敬,以加重他的威望;尽数放走身边的警卫,为周瑜的军队增添兵力。宫室简陋,饮食粗淡,以丰厚对功臣的赏赐;虚怀若谷,以接受谋士的建议。所以鲁肃与太祖见过一面就决心报效吴国,士燮冒险而舍命效忠。太祖崇仰张昭的德行,接受他的意见而舍弃了游猎带来的欢娱;尊重诸葛瑾的进言,割舍了情欲带来的欢乐;有感陆公的规劝,废除了苛烦的刑法;奇于刘基敢在自己大怒时进行的劝谏,做出了"酒后言杀皆不得杀"的誓言。屏气悄声,以探视吕蒙的病情;从自己的费用中分出一部分,以养育凌统的遗孤。登坛称帝言辞慷慨,将功绩归于鲁肃;不听谗言,坚信诸葛瑾的节操。因此忠臣争相贡献出全部计谋,志士仁人都得到了尽力的机会。宏远的规划深邃的谋略,本来就不是只用来治理区区小国的。所以百官暂且聚合,各种政务都没有来得及处理。

初都建业,群臣请备礼秩[①],天子辞而不许,曰:"天下其谓朕何[②]?"宫室舆服,盖慊如也[③]。爰及中叶,天人之分既定,百度之缺粗修[④],虽醲化懿纲[⑤],未齿乎上代[⑥],抑其体国经邦之具[7]，亦足以为政矣。地方几万里，带甲将百万[8]，其野沃，其兵练[9]，其器利[10]，其财丰。东负沧海[11]，西阻险塞，长江制其区宇[12]，峻山带其封域[13]。国家之利，未见有弘于兹者矣[14]。借使中才守之以道[15]，善人御之有术[16]，敦率遗典[17]，勤民谨政，循定策，守常险，则可以长世永年，未有危亡之患也。

【注释】

①备礼秩：即天子位。礼秩，礼仪位次。

②谓朕何：意犹天下会说朕无心存汉。

③慊（qiàn）如：不足。

④百度：各方面。修：增备。

⑤醲（nóng）化：隆盛的教化。醲，味醇之酒。懿纲：美好的纲纪。

⑥齿：并列。

⑦体国经邦：治理国家。具：才能。

⑧带甲：披甲，指军队。

⑨练：熟练。

⑩器：兵器。

⑪负：背靠。

⑫区宇：境域。

⑬带：环绕。封域：疆界。

⑭弘：超过。

⑮道：仁义。

⑯御：治理。

⑰敦：勉力。率：遵循。

【译文】

刚刚在建业立都时，群臣请求完备礼仪位次，天子没有答应，推辞说:“这样做,天下会怎样议论我呢?”宫室、车马、服饰,都没有达到天子的标准。等到了中期,吴在江南的帝业已定,各方面的不足业已增备,虽然在教化隆盛、纲纪整肃方面还不能与前代相比,但治理国家的才能经验,尽可以为政了。吴国疆土近万里,军队近百万,土地肥沃,兵民习战,武器锋利,财物丰富。东面背靠大海,西面有天险阻隔,长江流经区域,峻山环绕疆界。国家之盛未有超过此的。假使才能中等的人能以道守之,有道德的人治理得法,勉力遵从先王的旧法,勤于民事,慎于政务,遵循既定的方针,坚守险阻,就会使国家长存,不会有危亡的忧患。

或曰:吴、蜀,唇齿之国,蜀灭则吴亡,理则然矣。夫蜀盖藩援之与国[①],而非吴人之存亡也。何则?其郊境之接,重山积险,陆无长毂之径[②];川厄流迅[③],水有惊波之艰。虽有锐师百万,启行不过千夫;舳舻千里[④],前驱不过百舰。故刘氏之伐,陆公喻之长蛇[⑤],其势然也。昔蜀之初亡,朝臣异谋,或欲积石以险其流[⑥],或欲机械以御其变[⑦]。天子总群议而谘之大司马陆公[⑧],公以“四渎天地之所以节宣其气[⑨],固无可遏之理,而机械则彼我之所共,彼若弃长技以就所屈[⑩],即荆、扬而争舟楫之用,是天赞我也。将谨守峡口,以待禽耳”[⑪]。逮步阐之乱[⑫],凭宝城以延强寇[⑬],资重币以诱群蛮[⑭]。于时大邦之众[⑮],云翔电发[⑯],悬旍江介[⑰],筑垒遵渚[⑱],襟带要害[⑲],以止吴人之西,而巴、汉舟师,沿江东下。陆公以偏师三万,北据东坑[⑳],深沟高垒,案甲养威[㉑]。反虏踠迹待戮[㉒],而不敢北窥生路。强寇败绩宵遁,丧师太半[㉓]。分命锐师五千,西御水军。东西同捷,献俘万计。信哉,贤人之谋[㉔],岂欺我哉!自是烽燧罕警[㉕],封域寡虞[㉖]。陆公没而潜谋兆[27]，吴衅深而六师骇[28]。夫太康之役，众未盛乎曩日之师[29]；广州之乱[30]，祸有愈乎向时之难[31]？而邦家颠覆，宗庙为墟。呜呼！人之云亡，邦国殄瘁[32]，不其然与？《易》曰："汤、武革命[33]，顺乎天。"《玄》曰[34]："乱不极则治不形。"言帝王之因天时也[35]。古人有言曰："天时不如地利[36]。"《易》曰："王侯设险，以守其国。"言为国之恃险也。又曰"地利不如人和"，"在德不在险"，言守险之由人也。吴之兴也，参而由焉[37]，孙卿所谓合其参者也[38]。及其亡也，恃险而已，又孙卿所谓舍其参者也。

【注释】

①藩援：像藩篱那样可为援助。与国：共患难的友好国家。

②长毂(gǔ)：兵车。

③川厄：河道狭窄。

④舳舻(zhú lú)：指首尾衔接的船只。舳，船尾。舻，船头。

⑤陆公：陆逊。他将蜀兵比喻为蛇，指蜀地狭长，首尾不能相救。

⑥积石：在长江中堆积石块以遏制江水，使水流湍急以为险阻。

⑦机械：兵器的总称。

⑧谘：征询。陆公：指陆抗。

⑨四渎：古以长江、黄河、淮水、济水为四渎。渎，大河川。节宣：调节流通。

⑩屈：指不擅长水战。

⑪禽：同"擒"。

⑫逮：及。步阐：人名，为西陵督，据城降晋。

⑬宝城：指西陵城。强寇：晋军。

⑭群蛮：南方各少数民族。

⑮大邦:晋朝。

⑯云翔电发:如云飞电闪,形容晋军行动迅捷。

⑰悬旍(jīng):即悬旌,高举旗帜,比喻进军。江介:江岸。

⑱遵:沿着。渚:水中沙洲。

⑲襟带:扼守。

⑳东坑:在西陵城东北,长十余里,陆抗在其上筑城。

㉑案甲:按兵。

㉒踠(wǎn)迹:敛迹,藏身不出。踠,屈曲。

㉓太半:大半。

㉔贤人:指陆抗。

㉕烽燧:烽火。古代边防报警,白天放烟为"烽",夜晚举火叫"燧"。

㉖封域:疆界。虞:忧患。

㉗潜谋:指晋军暗中策划伐吴。兆:始。

㉘衅:灾祸,指孙皓无道,吴国内部危机日益加深。

㉙曩日:指曹、刘之世。

㉚广州之乱:279年夏,郭马联合何典、殷兴等人在广州反吴,孙皓派兵镇压,还没结果,晋军即已南下。

㉛向时:指曹、刘之世。

㉜殄(tiǎn)瘁:病困。

㉝汤、武革命:指商汤和周武王用暴力推翻夏桀和商纣,建立新政权。

㉞《玄》:扬雄《太玄经》。

㉟因:依靠。天时:天命。

㊱天时:此处天时指利于攻战的自然气候条件。地利:地理上的有利形势。

㊲参(sān):通"三"。意思是说吴国之兴,是天时、地利、人和三者并用的结果。由:用也。

㊳孙卿：指荀卿，即荀子、荀况，战国时赵人。汉时人避宣帝刘询讳，故不称荀子，后世沿称。

【译文】

有人说，吴、蜀是唇齿相依的国家，蜀国已灭而吴国随即灭亡是顺理成章的。蜀国，是像藩篱一样可伸出援助之手的友好的共患难的国家，但不是能决定吴国存亡的国家。为什么呢？蜀与我国接壤之处，崇山峻岭，险阻重重，它陆地上没有能够通过战车的道路；河道狭窄，水流湍急，有惊涛骇浪之险。虽然蜀拥有精兵百万，但能开进参战的不过千人；他的战船绵延千里，而向前挺进的不过百艘。所以刘备伐吴时，陆逊将其军队比作长蛇，认为蜀地狭窄，首尾不能相救，地形使之如此。以前蜀国刚为晋所灭时，群臣在如何加强防卫问题上出现了不同意见，有的想在长江中堆积石块以遏制江水，使水流湍急以为险阻，有的打算凭借兵器以防御晋军。天子汇总了大家的建议，征询大司马陆抗的意见，陆公认为："四条大河川是天地用来调节疏通气脉的，没有阻遏长江的道理，而兵器则是敌我双方所共有的，敌人如果放弃他们擅长的陆战而用其短，到荆州、扬州来同我们用舟船打水战，这是老天来帮我们吴国了。我们将小心地守住峡口，等着俘获敌人。"等到步阐发动叛乱，占据宝城西陵延请强敌，用财物作诱饵，引诱南方各少数民族一起叛吴。当时晋军如云飞电闪，进军江南，沿着沙洲构筑壁垒，扼守要害之地，以阻止吴军西进，而巴、汉的水军，则沿江东下。陆抗率领偏师三万，在西陵城北面的东坑上筑城，深挖沟高筑垒，按兵不动养精蓄锐。反叛的步阐龟缩在西陵城内坐等被杀，而不敢往此窥伺逃生之路。北面来的强敌遭到失败连夜逃跑，兵力损失了大半。陆公又命令分出五千精兵，西去抵御巴、汉的水军。东西两线同时告捷，俘虏敌人数以万计。必须相信，贤人的计谋，是不骗我们的。此后，烽火罕见，边境安定。陆公死后，晋朝开始暗中策划伐吴，吴主无道，国内危机日益加深，吴军时刻处于惊惧之中。晋灭吴的太康之役，军队并不比过去魏、蜀的军队强大；

广州发生的叛乱，灾难难道超过了过去魏、蜀带来的祸患吗？而国家被颠覆，宗庙成废墟。唉！贤人离世，国家危难，难道不是这样吗？《周易》说："商汤、周武王革命，是顺应天命的。"《太玄经》说："动荡不达到顶点，就不能够出现太平天下。"这说的是帝王要依顺天命。古人有言道："天时不如地利。"《周易》说："王侯设置险阻，以守卫其国家。"说的是凭借险要来捍卫国家。又说"地利不如人和"，"在德行不在险阻"，意思是要靠人才能守住险阻。吴国兴起，是天时、地利、人和三者并用的结果，这就是荀子说的天、地、人三者合用之理。到吴灭之时，吴国想只靠险阻来保住自己，这又是荀子所说的抛弃了天、地、人三者合用之理。

夫四州之萌[①]，非无众也；大江之南，非乏俊也。山川之险，易守也；劲利之器，易用也；先政之策[②]，易循也。功不兴而祸遘者[③]，何哉？所以用之者失也。是故先王达经国之长规，审存亡之至数[④]，谦己以安百姓，敦惠以致人和[⑤]，宽冲以诱俊乂之谋[⑥]，慈和以结士民之爱。是以其安也，则黎元与之同庆[⑦]；及其危也，则兆庶与之共患[⑧]。安与众同庆，则其危不可得也；危与下共患，则其难不足恤也[⑨]。夫然，故能保其社稷[⑩]，而固其土宇[⑪]，《麦秀》无悲殷之思[⑫]，《黍离》无愍周之感矣[⑬]。

【注释】

①四州：吴所辖的荆州、扬州、交州、广州。萌（méng）：通"氓"。民众。

②先政：孙权时期的政治。

③遘（gòu）：通"构"。构成。

④至数：至理，最根本的道理。

⑤敦惠：诚朴贤惠。

⑥宽冲：宽厚谦和。俊乂(yì)：才智出众。才德过千人为俊，过百人为乂。

⑦黎元：黎民百姓。

⑧兆庶：万民。

⑨恤：担忧。

⑩社稷：国家。

⑪土宇：疆域。

⑫《麦秀》：诗篇名，传说为商纣王叔父箕子伤感殷亡而作。

⑬《黍离》：《诗经·王风》篇名，为周大夫感叹西周沦亡之作。愍(mǐn)：怜悯。

【译文】

吴国拥有四个州的百姓，不是没有民众；大江之南，又不缺乏俊杰之士。山川之险要，是容易防守的；刚劲锋利的兵器，是容易使用的；先帝的政治策略，是容易遵循的。但却不能建成功业而招致祸患，这是为什么？这是统治者的失误。所以古代先王通达治理国家的法则，明白国家存亡的根本道理，谦逊抑己以使百姓安定，诚朴贤惠以使百姓和睦，宽厚谦和以使才智出众者提出建议计谋，慈祥和蔼赢得士民的爱戴。所以国家安定时，百姓与之同欢乐；国家遇到危难时，则万民与之共患难。安定时与大众共欢乐，则不会有危难；危难时与下民共忧患，则危难不足以担忧。这样就能够保住他的国家，巩固他的疆域，就不会有寄托殷亡哀思的《麦秀》诗和哀怜西周灭亡的《黍离》诗问世了。

李康

李康（生卒年不详），字萧远，中山（今属河北定州）人。三国时魏国的文学家，但作品大多已经散佚。据有关文献记载，李康曾在魏明帝时做过浔阳县令。他是一个耿介之士，一名与流俗不合的文人。

运命论

【题解】

本文是一篇亦骈亦散的论说文。文章先用史实论证“治乱，运也；穷达，命也；贵贱，时也”的观点，然后提出“乐天知命”的主张，最后告诫人们应明哲保身。联系魏晋时代的社会环境及作者本人的境遇，这些看似消极的观点实际曲折地表现出作者的人格和骨气。

文章清新流畅，言简意明，没有以往骈文奇字怪词的堆砌，而排比格的大量使用，又使文章汪洋恣肆，气势磅礴。文中“木秀于林，风必摧之”等句，流传至今，足见其表现力。《文心雕龙》说：“李康《运命》，同《论衡》而过之。”

夫治乱，运也；穷达，命也；贵贱，时也。故运之将隆，必生圣明之君；圣明之君，必有忠贤之臣。其所以相遇也，不求而自合;其所以相亲也,不介而自亲。唱之而必和,谋之而必从。道德玄同[1],曲折合符,得失不能疑其志,谗构不能离其交,然后得成功也。其所以得然者,岂徒人事哉?授之者天也,告之者神也,成之者运也。

【注释】

①玄同:混同为一。《老子》:"和其光,同其尘,是谓玄同。"

【译文】

安定与动荡,是由命运决定的;穷困与显达,是由天命决定的;富贵与贫贱,是由时机决定的。所以天运注定将要兴隆时,必定生出圣明的君王;而圣明的君王,必定有忠诚贤良的大臣。他们的相遇而得,不是有意的请求,而是自然的偶合;他们的亲密无间,不是靠人引介,而是自然地相亲。一方吟唱,另一方必定应和,一方出谋划策,另一方必定言听计从。彼此之间的道与德,都合而为一,就像曲折的符契相合,无论是得还是失,彼此都不怀疑对方的志向,挑拨离间不能破坏他们的交好如初,如能这样,就可以最后取得成功。他们能够如此,难道仅仅是靠人力为之吗?是上天授予,是神灵相告,是命运玉成其美啊。

夫黄河清而圣人生,里社鸣而圣人出[1],群龙见而圣人用。故伊尹[2],有莘氏之媵臣也[3],而阿衡于商[4]。太公[5],渭滨之贱老也,而尚父于周。百里奚在虞而虞亡[6],在秦而秦霸,非不才于虞而才于秦也。张良受黄石之符[7],诵《三略》之说[8],以游于群雄,其言也,如以水投石,莫之受也;及其遭汉祖,其言也,如以石投水,莫之逆也。非张良之拙说于陈、项[9],而巧言于沛公也[10]。然则张良之言一也,不识其所以合离。合离之由，神明之道也。故彼四贤者，名载于箓图[11]，事应乎天人，其可格之贤愚哉？孔子曰："清明在躬[12]，气志如神，嗜欲将至，有开必先。天降时雨，山川出云。"《诗》云："惟岳降神[13]，生甫及申[14]；惟申及甫，惟周之翰[15]。"运命之谓也。岂惟兴主，乱亡者亦如之焉。幽王之惑褒女也[16]，妖始于夏庭[17]；曹伯阳之获公孙彊也[18]，征发于社宫[19]；叔孙豹之昵竖牛也[20]，祸成于庚宗[21]。吉凶成败，各以数至。咸皆不求而自合，不介而自亲矣。

【注释】

①里社：古代祭土地神的地方，又称社庙。

②伊尹：商初大臣，原为有莘氏女的陪嫁之臣，后来帮助汤攻夏桀。

③有莘(shēn)氏：国名。媵(yìng)臣：古代诸侯嫁女，派大夫随行，该大夫被称作媵臣。

④阿衡：商代官名。

⑤太公：即姜太公，被周武王尊为师尚父。

⑥百里奚：春秋时秦穆公贤相，原为虞大夫。

⑦张良：汉高祖刘邦的谋士，因功封留侯。黄石之符：黄石公所说的符应。

⑧《三略》：相传为黄石公所撰的兵书。

⑨陈、项：指陈胜、项羽。

⑩沛公：指刘邦。

⑪箓(lù)图：即图谶。汉代宣扬符命占验的书，也称"图箓"。箓为符命之书，图为河图。

⑫躬：即身。

⑬岳：指五岳。

⑭甫：尹吉甫，周宣王时的大臣。申：申伯，周宣王的母舅。

⑮翰：通“幹”。主干。

⑯幽王：周幽王。褒女：即褒姒，因幽王宠幸，被立为王后。

⑰夏庭：夏帝（夏朝君主）之庭。

⑱曹伯阳：曹国末代君主，为宋人所杀。公孙彊：曹国人。以田猎之说取悦曹伯阳，劝说曹伯阳背晋干宋，造成曹国灭亡，后为宋人所杀。

⑲社宫：指古帝王和诸侯社祭的地方。

⑳叔孙豹：鲁国大夫，宠用竖牛，和竖牛在蒲丘打猎时患病，被竖牛断绝饮食而饿死。竖：指宫中小臣。

㉑庚宗：古代地名。

【译文】

黄河水清而圣人降生，社庙响鸣则圣人出现，群龙现世就有圣人为天下所用。所以，伊尹这个本是有莘氏用来陪嫁的媵臣，却位至阿衡，做了商汤王的辅佐大臣。姜太公本来只是渭水之滨垂钓的卑贱老人，而在周武王那里被尊为师尚父。百里奚在虞国，虞国灭亡了，后来到了秦国，秦国却成了天下的霸主，这并不是他在虞国时没有才能而到了秦国就有了才能。张良领受了黄石公的符应，诵读了黄石公所撰的兵书《三略》，并以此向群雄游说，他说的话，就像将水洒到石头上，没有一个人接受；等到遇上了汉高祖，他说的话，就像将石头投向水中，没有不被接受的。这并不是张良的话说给陈胜、项羽时显得笨拙，而说给沛公刘邦时就显得巧妙。张良的话是始终如一的，人们不明白的是其中合与离的道理。君臣之间的合与离，乃是神明之道。因此上面所说的四位贤人，名字被载于符命之书，事迹顺应天意人心，难道能用贤达愚昧来衡量他们吗？孔子说：“圣人清明在身，气度志向有如神灵，统治天下的日期将到，神灵必先为统治天下的人生出贤智的辅佐者。犹若天要降时雨的时候，山川先出云气。”《诗经》上说：“五岳为周兴，而降下神灵，生出尹吉甫和申伯;尹吉甫和申伯,是辅佐周朝的中坚。”这就是说的天命、命运。岂止是辅佐主人振国兴邦如此,导致乱国亡邦也是如此。周幽王被褒姒所迷惑,妖气实际开始在夏朝的宫廷;曹伯阳碰上公孙彊,征应出现在社祭的地方;叔孙豹宠信竖牛,祸端实际在庚宗时就已酿成。吉凶成败,各按自己的历数而到来。都是不用请求就巧合了,不经引介便亲临了。

昔者圣人受命《河》《洛》曰①:以文命者,七九而衰,以武兴者,六八而谋②。及成王定鼎于郏鄏③,卜世三十,卜年七百,天所命也。故自幽、厉之间④,周道大坏,二霸之后⑤,礼乐陵迟⑥。文薄之弊⑦,渐于灵、景⑧;辩诈之伪,成于七国⑨。酷烈之极,积于亡秦;文章之贵,弃于汉祖。虽仲尼至圣⑩,颜、冉大贤⑪,揖让于规矩之内⑫,訚訚于洙、泗之上⑬,不能遏其端;孟轲、孙卿⑭,体二希圣⑮,从容正道,不能维其末。天下卒至于溺,而不可援。夫以仲尼之才也,而器不周于鲁、卫⑯;以仲尼之辩也,而言不行于定、哀⑰;以仲尼之谦也,而见忌于子西⑱;以仲尼之仁也,而取雠于桓魋⑲;以仲尼之智也,而屈厄于陈、蔡⑳;以仲尼之行也,而招毁于叔孙㉑。夫道足以济天下,而不得贵于人;言足以经万世,而不见信于时;行足以应神明,而不能弥纶于俗㉒。应聘七十国,而不一获其主;驱骤于蛮夏之域,屈辱于公卿之门㉓,其不遇也如此。及其孙子思,希圣备体而未之至,封己养高㉔,势动人主。其所游历诸侯,莫不结驷而造门。虽造门,犹有不得宾者焉。其徒子夏,升堂而未入于室者也,退老于家,魏文侯师之,西河之人,肃然归德,比之于夫子,而莫敢间其言㉕。故曰:“治乱,运也;穷达,命也；贵贱，时也。"而后之君子，区区于一主，叹息于一朝。屈原以之沉湘，贾谊以之发愤，不亦过乎！

【注释】

①《河》：即《河图》。《洛》：即《洛书》。

②"以文命者"几句：七九、六八，指七世或九世、六世或八世。

③成王：指周成王。定鼎：定都或建立王朝。相传夏禹铸九鼎象征九州，作为国之重器置于国都。郏鄏（jiá rǔ）：地名，在今河南。

④幽、厉：指周幽王和周厉王。

⑤二霸：指齐桓公和晋文公。

⑥陵迟：衰落。

⑦文：指封建社会规定尊卑的等级制度。

⑧灵、景：灵王、景王。

⑨七国：指战国时秦、楚、燕、齐、韩、赵、魏七国，又作"七雄"。

⑩仲尼：孔丘之字。

⑪颜：孔丘弟子颜回。冉：孔丘弟子冉求。

⑫揖让：宾主相见的礼仪，以比喻文德。

⑬訚訚（yín）：和颜悦声貌，这里指和悦而诤。洙、泗：洙水和泗水，在今山东。

⑭孟轲：孟子。孙卿：即荀子，后人因避汉宣帝（刘询）讳，改"荀"为孙。

⑮体：连接，亲近，体察领悟，以为法式实行。二：指上文所说的颜、冉。希：望，仰慕。

⑯器不周于鲁、卫：才能不合于鲁国和卫国，最终不能用于这两个国家。

⑰定、哀：指鲁定公和鲁哀公。

⑱子西：人名，楚国令尹。

⑲雠：同“仇”。桓魋（tuí）：人名，春秋战国时宋国司马。

⑳陈、蔡：皆春秋战国时的小国。

㉑叔孙：指鲁国，因春秋鲁桓公的孙子兹称作叔孙，所以其后代以叔孙为姓。

㉒弥纶：弥补缝合。

㉓公：指鲁侯。卿：指季桓子。一说公、卿在这里是泛指。

㉔封：富厚。

㉕间（jiàn）：干犯。

【译文】

过去圣人受命于《河图》《洛书》，都说：以文德受命的，七世或九世就要衰败；以武功受命的，六世或八世就得谋划振兴之策。到周成王定都郏鄏，占卜所得的预言是三十世、七百年，这是天之命令。所以从幽王、厉王之世起，周朝的国运之道便大大败坏；齐桓公、晋文公这两个霸主之后，礼乐便开始衰落。文德薄弱的弊病，在灵王、景王之时渐渐产生；巧辩欺诈的虚伪风气，在战国七分时形成。刑罚的残暴，最终在秦末到达顶峰并导致秦亡；以文章为贵的风尚，终止于汉高祖时代。虽然孔丘这样的至圣，颜回、冉求这样的大贤，根据礼法的标准极力推行文德，在洙水和泗水之间和颜劝教，但也不能遏止鄙薄之风产生的势头；孟轲、荀子那样不遗余力地效法颜回和冉求，仰慕孔圣人，大度从容、奉行正道，但也不能维系在末世即将崩溃的礼教。天下终于到了大道沉沦的时候，而无可挽救。以孔圣人的才能，竟不合于鲁国和卫国，终不用于这两个国家；以孔圣人的口才，其言竟不能在鲁定公、鲁哀公那里得到实施；以孔圣人的谦逊，却还被子西所妒忌；以孔圣人的仁爱，却竟与桓魋结下了仇恨；以孔圣人的智慧，却委屈困厄于陈国和蔡国之间；以孔圣人的德行，竟在鲁国招来了诋毁。所行之道足以匡济天下，但并不能比别人更尊贵；言谈足以治理万世，但却不能被当世的国君信任重用；德行足以应合神明之道，但却不能在世俗中得到承认和推广。前后去七十个国家应聘，但碰不上一个适当的君主；驱驰奔走于各国之间，还在公、卿的门下遭受屈辱，其怀才不遇竟至如此！等到他的孙子子思，仰慕先圣，具备了圣人之道，但还没有到先圣那样完善的程度，却富厚自己培养高名，其声势使国君也为之动容。他游历经过的地方，没有哪个诸侯不坐着四马大车来登门拜见的。有的虽然也来造访，但还坐不上宾客的位置。他的弟子子夏，其学识犹如一个踏入了厅堂但还未进到内室的人，告老还家后，魏文侯拜他为师，西河一带的人，恭敬地归附于他的德行之下，把他和孔圣人一样看待，没有一个人敢对他的言论有什么非议干犯。因此说："安定与动荡，是命运安排的；穷困与显达，是天命决定的；富贵与贫贱，是时机决定的。"而后来的君子们，守着一个君主，叹息一朝一代。屈原因此而自沉于湘江支流，贾谊因此而悲哀愤恨，这不是过分了吗？

然则圣人所以为圣者，盖在乎乐天知命矣。故遇之而不怨，居之而不疑也。其身可抑，而道不可屈；其位可排，而名不可夺。譬如水也，通之斯为川焉，塞之斯为渊焉。升之于云则雨施，沉之于地则土润。体清以洗物，不乱于浊；受浊以济物，不伤于清。是以圣人处穷达如一也。夫忠直之迕于主，独立之负于俗，理势然也。故木秀于林，风必摧之；堆出于岸，流必湍之；行高于人，众必非之。前鉴不远，覆车继轨。然而志士仁人，犹蹈之而弗悔，操之而弗失，何哉？将以遂志而成名也。求遂其志，而冒风波于险涂；求成其名，而历谤议于当时。彼所以处之，盖有算矣。子夏曰："死生有命，富贵在天。"故道之将行也，命之将贵也。则伊尹、吕尚之兴于商、周①，百里、子房之用于秦、汉②，不求而自得，不徼而自遇矣③。道之将废也，命之将贱也。岂独君子耻之而弗为乎？盖亦知为之而弗得矣。凡希世苟合之士[4]，蘧蒢戚施之人[5]，俯仰尊贵之颜，逶迤势利之间[6]。意无是非，赞之如流；言无可否，应之如响。以窥看为精神，以向背为变通。势之所集，从之如归市；势之所去，弃之如脱遗。其言曰："名与身孰亲也？得与失孰贤也？荣与辱孰珍也？"故遂洁其衣服，矜其车徒，冒其货贿，淫其声色，脉脉然自以为得矣。盖见龙逢、比干之亡其身[7]，而不惟飞廉、恶来之灭其族也[8]；盖知伍子胥之属镂于吴[9]，而不戒费无极之诛夷于楚也[10]；盖讥汲黯之白首于主爵[11]，而不惩张汤牛车之祸也[12]；盖笑萧望之跋踬于前[13]，而不惧石显之绞缢于后也[14]。

【注释】

①吕尚：即姜太公。

②百里：即百里奚。子房：即张良。

③徼：即"邀"。请求。

④希世苟合：迎合世俗，随便附和。

⑤蘧蒢（qū chú）戚施：专门奉迎吹拍他人貌。

⑥逶迤：卑屈貌。

⑦龙逢：古代忠臣，为夏桀所杀。比干：古代忠臣，为商纣所杀。

⑧飞廉、恶来：两父子，都是商纣尽心尽力的臣子，后被割鼻挖眼而死。

⑨伍子胥：春秋时吴国大夫，因吴王听信伯嚭谗言而被迫自杀。属镂：古代剑名。

⑩费无极：春秋时楚国大夫，善于进说谗言，后为令尹囊瓦所杀，尽灭其族。

⑪汲黯：汉代人，武帝时为东海太守，东海大治，被召为主爵都尉，

因敢于面折廷诤，武帝表面虽敬重他而内心颇为不悦，所以再也得不到提升，最后出为淮阳太守。

⑫张汤：汉武帝时大臣，为朱买臣等陷害，被迫自杀。其兄弟欲厚葬之，其母曰："汤为天子大臣，被恶言而死，何厚葬为？"载以牛车，有棺无椁。

⑬萧望之：汉宣帝、元帝时大臣，后为石显杀害。跋踬(zhì)：跌倒，这里指死。

⑭石显：汉宣帝、元帝时大臣，为人外巧慧而内阴险，杀害萧望之、周堪等。成帝即位后，丞相奏显旧恶，免归，徙归故郡，忧懑不食，道病死。

【译文】

这样说来，圣人之所以成为圣人，大概就在于他们安于命运而自得其乐。因此，遇到坏运时，他们不怨恨，处在那种境地，也不生什么疑心。他们的身体可以受到压抑，但他们的精神意志却不能变得屈从；他们的位置可以被排挤，但他们的名节却不能被破坏。就像那水流，疏通它成为江河，堵塞它成为深渊。上升入云变雨降下，下沉入地把土滋润。身体清纯可以洗涤万物，而不会被污浊所乱；能救助受污浊包围的物体，而清纯不会受到伤害。所以圣人处于穷困和处于显达，都显得一样，并没有什么区别。忠直的言行往往触犯君王，特立独行的节操往往和世俗相背，事理的大势就是这样。所以，有树木高出整个林子，大风肯定把它吹断；有土堆高出河岸，急流肯定将它冲走；有德行比别人高尚的人，众人肯定非议他。前鉴并不远，而后面的车子还是继续在过去颠覆车子的路上翻倒。可是有志之士和讲求仁义道德的人，还是沿着那条路走而不后悔，矢志不移，这是为什么？是为了实现自己的理想而成就自己的声名。为了求得实现自己的志愿，而在险恶之途经受风波；为了求得成就自己的声名，而面对时人的诽谤议论。他们愿意处在这样的境地，是有他们的打算的。子夏说："死和生有命运决定，富与贵在于天的安排。”因此，所持之道将要得到推行时，就是命里注定将要显贵时。伊尹、太公在商代、周代发达，百里奚、张良为秦国、汉朝所用，不用请求而自然得到，不用追寻而自己碰上。所持之道将要废弛的时候，就是命里注定将要微贱时。难道只是君子以此为耻而不去有所作为吗？大概也是因为知道即便去有意为之也不可能得到什么吧。凡是迎合世俗、随便附和之士，阿谀献媚、奉迎吹拍之人，都按照尊贵之人的脸色或俯或仰，在势和利之间卑屈伏行。不管人家的意见是对还是错，赞美之词都像水在流淌；不管人家的言论是可行还是不可行，都会随声应和就像响声必产生回应。以窥察盛衰的走势来作为确定自己行为的根据，以人心的向背来作为临时变通的依据。权势集于某人身上时，跟随某人就如同赶集一样；一旦权势从某人身上失去，则背弃那人就像脱下烂鞋扔掉。他们的话是这样说的：“名声和生命谁更亲密？得到和失去谁更贤明？荣光和屈辱谁更珍贵？”因此便鲜洁其衣服穿戴，夸耀其车马侍从，贪取金银玉帛，沉溺声色犬马，左右顾盼自以为得到了很多很多。这大概只是看见龙逢、比干丢了性命，而没有想到飞廉、恶来全族绝灭；大概只知道伍子胥在吴国被迫自杀，而不知道拿费无极在楚国被杀来引以为戒；大概只知道讥笑汲黯在主爵都尉的位置上直到头发花白，而不知道张汤最后落得牛车安葬的教训；大概只知道笑话萧望之被迫自杀在前，而不知道惧怕石显的丢官自缢于后。

故夫达者之算也，亦各有尽矣。曰：凡人之所以奔竞于富贵，何为者哉？若夫立德，必须贵乎？则幽、厉之为天子，不如仲尼之为陪臣也。必须势乎？则王莽、董贤之为三公[①]，不如扬雄、仲舒之阒其门也[②]。必须富乎？则齐景之千驷[③]，不如颜回、原宪之约其身也[④]。其为实乎？则执杓而饮河者，不过满腹；弃室而洒雨者，不过濡身。过此以往，弗能受也。其为名乎？则善恶书于史册，毁誉流于千载，赏罚悬于天道，吉凶灼乎鬼神，固可畏也。将以娱耳目、乐心意乎？譬命驾而游五都之市[5]，则天下之货毕陈矣；褰裳而涉汶阳之丘[6]，则天下之稼如云矣；椎紒而守敖庾、海陵之仓[7]，则山坻之积在前矣[8]；扱衽而登钟山、蓝田之上[9]，则夜光玙璠之珍可观矣[10]。夫如是也，为物甚众，为己甚寡。不爱其身，而啬其神[11]，风惊尘起，散而不止。六疾待其前[12]，五刑随其后[13]。利害生其左，攻夺出其右，而自以为见身名之亲疏，分荣辱之客主哉！天地之大德曰生，圣人之大宝曰位。何以守位？曰"仁"。何以正人？曰"义"。故古之王者，盖以一人治天下，不以天下奉一人也。古之仕者，盖以官行其义，不以利冒其官也。古之君子，盖耻得之而弗能治也，不耻能治而弗得也。原乎天人之性，核乎邪正之分，权乎祸福之门，终乎荣辱之算，其昭然矣，故君子舍彼取此。若夫出处不违其时，默语不失其人，天动星回，而辰极犹居其所[14]；玑旋轮转[15]，而衡轴犹执其中。既明且哲，以保其身，贻厥孙谋[16]，以燕翼子者[17]，昔吾先友[18]，尝从事于斯矣。

【注释】

①王莽：汉元帝皇后之侄，汉平帝时为大司马，号安国公，平帝死后，立孺子刘婴为帝，自称摄皇帝，三年后称帝，改国号为新，公元23年被杀。董贤：汉哀帝时宠臣，后为王莽所劾，畏罪自杀。

②扬雄：汉代学者。仲舒：即董仲舒，汉景帝时为博士，武帝时拜江都相、胶西王相，推尊儒术，罢黜百家，开我国两千多年以儒学为正统的局面。阒(qù)：寂静。

③齐景：指齐景公。

④原宪：孔子弟子，安贫乐道。

⑤五都：古代五大城市，历代所指不同，也可泛指繁华的都市。

⑥褰(qiān)：用手提起。汶阳：春秋时鲁国地。

⑦椎紒(chuí jì)：即椎结、椎髻。一撮之髻，形状如椎，这里代指士卒。敖庾：秦代所建粮仓，在今河南荥阳。海陵：在今江苏泰州。

⑧山坻(dǐ)：山坡。

⑨扱(chā)：举。衽(rèn)：衣襟，一说衣袖。钟山：昆仑山的别名，产玉。蓝田：山名，在今陕西蓝田东，出美玉，又名玉山。

⑩夜光：宝珠名。玙璠(yú fán)：也作"璠玙"，美玉。

⑪啬(sè)：爱惜。

⑫六疾：古代指寒疾、热疾、末疾、腹疾、惑疾和心疾六种疾病，后泛指各种疾病。

⑬五刑：五种不同的刑罚。历代不尽相同，泛指各种刑罚。

⑭辰极：北极星。

⑮玑(jī)旋：即"玑璇"。北斗星座的两颗，北斗星座共由七星组成，包括下文中的"衡"。一说玑璇为古代观测天象的仪器。

⑯孙：通"洵"。远。

⑰燕：安定。翼：保护。

⑱先友：先人之友，指孔子。因为老子一说姓李名耳，所以作者以老子为祖先；而老子又与孔子是同时代人，并且孔子曾跟老子学习过，所以称孔子为老子之友。

【译文】

因此，这些通达之人的谋算，也还是各有止境、局限的。我们不禁要问：那些为了富贵而奔忙竞争的人，目的到底是什么呢？如果是立德，必须富贵吗？如果真是如此，那么周幽王、周厉王虽为天子，还不如孔子作陪臣。必须拥有权势吗？那么王莽、董贤作为三公，还不如扬雄、董仲舒门庭冷清。必须富有吗？那么齐景公的拥有千驷，还不如颜回、原宪的简约其身。他们是为了实际的利益吗？那么拿着勺子去河边饮水的人，也不过只是喝满一肚子；跑出屋子到外面去淋雨的人，也不过湿透全身。超过这个限度，身体是无法接受的。他们是为了名声吗？那么善行和恶德都记载于史册，诋毁和赞誉流传千秋万代，奖赏和惩罚由上天主宰，吉凶和祸福只有鬼神才最清楚，这固然可怕。他们是为了要用来愉悦耳目、快慰心意吗？譬如命令驾车者驶往五都的集市，就可以看到天下所有的货物都陈列在那里；提着衣服登上汶阳的山丘，就可以看见天下如云的庄稼；去到有士卒守卫的敖庾、海陵这两座大粮仓，就可以看见如山坡一样堆积的粮食在眼前；提起衣襟登上钟山和蓝田，就可以看到夜光宝珠和玙璠美玉的珍贵所在。像这样，就可以知道世上物什很多，但能为自己所有的很少。不珍惜自己的品节操守，而以自己的精神欲望为重，大风骤起，尘土飞扬，飘散不止。于是各种疾病等在前面，各种刑罚跟在后面。利害冲突发生在左边，攻取夺予出现在右边，却还自以为发现了生命和名分的亲疏、区分了荣光与屈辱的主客呢！天地的大德是生长万物，圣人的大宝是名位。用什么来守住名位？是“仁”。用什么来使人德行端正？是“义”。所以过去古代统治天下的君王们，是他一个人来治理天下，而不是让天下之人都来奉养他。古代为官的人，是用他的官职来施行他的义，而不是因为利禄去贪取官位。古代的君子，以得到了官职而不能治理其事为羞耻，不以能治理其事而得不到官职为羞耻。探求天和人的本性，查考邪与正的分别，权衡祸和福的门径道理，全面考虑荣与辱的问题，最终事情变得十分明显，所以君子便舍彼取此。如果出门做官和在家隐居都不违背时宜，沉默和说话没有选错对象，那么尽管天体运动、众星轮回，而北极星却始终还在那个地方；北斗星座如轮运转，而衡星却像车轴一样稳定其中。既明白通晓事理，又知识渊博能洞见万事万物，从而保全了自己的名节，将这长远的谋虑遗传下去，使子孙安定、得到保护，以前我祖先的同志之友孔夫子，曾经这样做了。

江统

江统（？—310），字应元，陈留圉（今河南杞县）人，主要活动在西晋时期。为人静默，志向远大。历官山阳令、尚书郎、廷尉、散骑常侍。晋怀帝永嘉四年（310），避难于成皋，病卒。所著赋、颂、奏、论多篇，传于世。为文尤长于政论。

徙戎论

【题解】

晋时，氐、羌人叛服无常，民族摩擦时有发生，形势严峻。鉴于此，江统作《徙戎论》，主张将氐、羌人迁出关中，使之回到原来游牧的区域，使"戎晋不杂，并得其所"。据说此论在当时并未引起重视，待晋室南迁、北方进入"五胡十六国"时期后，人们始服其识见。其实，汉胡杂处，互相融合，是为历史大势，并非哪一项政策可以改变。江统未能认识到这一点，是有其历史局限的。

夫夷蛮戎狄①，地在要荒②。禹平九土③，而西戎即叙④。其性气贪婪，凶悍不仁，四夷之中，戎狄为甚。弱则畏服，强则侵叛。当其强也，以汉高祖困于白登⑤，孝文军于霸上⑥。

及其弱也，以元、成之微[7]，而单于入朝，此其已然之效也[8]。是以有道之君牧夷狄也[9]，惟以待之有备，御之有常，虽稽颡执贽[10]，而边城不弛固守。强暴为寇，而兵甲不加远征[11]，期令境内获安，疆埸不侵而已。以上论御戎狄之道。

【注释】

①夷蛮戎狄：我国古代称东方各族为“夷”，南方各族为“蛮”，西方各族为“戎”，北方各族为“狄”，后泛指异族人。这里指西晋边陲的匈奴、鲜卑、羯、羝、羌民族。

②要荒：古时称距王室极远的地方。要，要服。荒，荒服。

③九土：九州之土。

④叙：次第。

⑤白登：指白登山，在山西大同东。一名白登台。《汉书・匈奴传》：“高帝先至平城，步兵未尽到，冒顿纵精兵三十余万骑围高帝于白登，七日……”

⑥孝文：汉文帝。霸上：地名，在陕西长安东，接蓝田县界。

⑦元、成：指汉元帝刘奭(shì)、汉成帝刘骜(ào)。

⑧已然：已经这样，已经成为事实。效：功用，效果，结论。

⑨牧：治民。古时把官吏治民比作牧人养牲畜。

⑩稽颡(sǎng)：古时一种跪拜礼。贽(zhì)：礼物，礼品。

⑪兵甲：这里指军队。

【译文】

汉族以外的异族人，生活在距离畿辅地区极远的地方。夏禹平定了九州，西方异族就陆续出现了。他们性情贪婪，凶猛强悍，四方异族之中，以西方和北方为甚。弱小时就畏惧臣服，强大时就侵犯作乱。当他们强盛的时候，把汉高祖刘邦围困在白登山，将汉文帝的军队围在了霸上。到他们弱时,即如汉元帝、汉成帝时那般国势衰弱,匈奴单于也来入朝纳贡,这是已经成为事实的结论。因此,有道的明君驾驭外族,只是加强防务,常备不懈,即使他们拿着礼物恭敬地来朝拜,边境线上的军事防守一点儿也不放松。强暴的势力来侵略时,军队不加以远征,只希望境内获得安宁,疆域不受侵犯就行了。以上说的是统御戎狄的策略。

及至周室失统,诸侯专征[1],封疆不固,利害异心,戎狄乘间,得入中国。或招诱安抚,以为己用。自是四夷交侵,与中国错居。及秦始皇并天下,兵威旁达,攘胡走越。当是时,中国无复四夷也。以上周、秦。

【注释】

①专征:古代帝王授予诸侯、将帅掌握军权,不必等待天子的命令,即可率军征伐。

【译文】

等到周朝国内失去了统一的局面,诸侯们都不听周天子的命令自专征战,疆土不定,利害异心,于是夷狄乘机得以侵入中国。有的统治者采用招诱安抚的羁縻政策,以使夷狄为自己所用。于是四方异族交替侵犯,和中国人杂错居处。到了秦始皇统一天下,军队的威力强大,攘除胡人,赶走了越人。那时,中国四方的少数民族不再侵犯中国了。以上说的是周、秦时期的情况。

汉建武中[1],马援领陇西太守[2],讨叛羌,徙其余种于关中,居冯翊、河东空地[3]。数岁之后,族类蕃息,既恃其肥强,且苦汉人侵之。永初之元[4],群羌叛乱,覆没将守,屠破城邑。邓骘败北[5],侵及河内[6]。十年之中,夷夏俱敝,任尚、马贤仅乃克之[⑦]。自此之后，余烬不尽，小有际会[⑧]，辄复侵叛。中世之寇，惟此为大。魏兴之初，与蜀分隔，疆埸之戎，一彼一此。武帝徙武都氐于秦川，欲以弱寇强国，扞御蜀虏。此盖权宜之计，非万世之利也。以上汉、魏之世，氐、羌得居关中。

【注释】

①建武：东汉光武帝刘秀的年号。

②马援：东汉初期的大将，归附刘秀后，参加灭隗嚣的战争。建武十一年(35)任陇西太守，十七年(41)任伏波将军，封新息侯。

③冯翊：古地名。后汉末年置冯翊郡，今陕西大荔县。河东：古地区名。泛指黄河以东之地，唐朝以后，泛指今山西全省。

④永初之元：107年。永初，东汉安帝刘祜的年号(107—113)。

⑤邓骘：东汉大将军，其妹为和帝皇后。辅政期间，曾进贤士、罢力役，有所建树。后来汉安帝与宦官李闰合谋诛灭邓氏，他被迫自杀。

⑥河内：黄河以北，总谓之河内。

⑦任尚：东汉将领，安帝时，代班超为西域都护，继任征西校尉，率军镇压羌人起义，后又任中郎将，与邓遵(邓太后弟)、马贤等镇压汉羌联合起义。元初五年(118)，因与邓遵争功，被邓太后杀。马贤：东汉将领。

⑧际会：遇合，机会。

【译文】

东汉建武年间，马援为陇西太守时，他征讨羌人叛乱，把余下的羌人迁移到汉中地区，(让他们)在冯翊、河东的空余之地定居了下来。几年以后，羌人滋生众多，羌人既依仗其强大，又苦于汉人侵扰他们。东汉安帝永初元年，大批羌人叛乱，汉朝守军全军覆没，羌人破城后屠杀百姓。大将军邓骘被打败，羌人侵入到河内地区。十年当中，羌人和华夏俱疲敝，东汉将领任尚、马贤才打败了他们。从此以后，战火的余烬始终不绝，稍有机会，就又会发生侵犯叛乱。东汉中叶来自外族的寇扰中，羌人的叛乱是最大的了。曹魏开国之初，和蜀汉分离，在疆场上，西部的少数民族分别归属魏、蜀两方。魏武帝曹操将武都的氐人迁移到秦川地区，想用以削弱敌人，强固国家，并防御抵抗归属蜀汉的少数民族。这只不过是暂时变通的计略，并非永久之利。以上说的是汉魏时期，氐、羌人得以到关中居住。

今者当之，已受其敝矣。夫关中土沃物丰，帝王所居，未闻戎狄宜在此土也。非我族类，其心必异，而因其衰敝，迁之畿服，士庶玩习[①]，侮其轻弱，使其怨恨之气毒于骨髓。至于蕃育众盛，则坐生其心。以贪悍之性，挟忿怒之情[②]，候隙乘便，辄为横逆[③]。而居封域之内[④]，无障塞之隔掩不备之人[⑤]，收散野之积，故能为祸滋蔓，暴害不测，此必然之势，已验之事也。当今之宜[⑥]，宜及兵威方盛，众事未罢，徙冯翊、北地、新平、安定界内诸羌[⑦]，著先零、罕、幵、析支之地[⑧]；徙扶风、始平、京兆之氐[⑨]，出还陇右，著阴平、武都之界[⑩]。廪其道路之粮[⑪]，令足自致[⑫]，各附本种，反其旧土，使属国、抚夷就安集之。戎晋不杂，并得其所，纵有猾夏之心[⑬]，风尘之警[⑭]，则绝远中国[⑮]，隔阂山河，虽有寇暴，所害不广矣。以上言氐、羌之敝，宜徙于外。

【注释】

①士庶：魏、晋、南北朝时士族、庶族的等级区别。

②挟:心中怀着。

③横逆:强暴无理。

④封域:疆域,界域。

⑤障塞:秦汉边塞上险要处作防御用的城堡。

⑥宜:谓适宜的事。宜,事也。

⑦北地:古地名,在今陕西铜川耀州区东南。新平:古郡名,后汉置,即今陕西邠县。安定:古郡名,汉置,今甘肃固原。

⑧开(qiān):地名,开即开头山,在今甘肃平凉。

⑨扶风:古郡名。三国魏以右扶风改名。治槐里(今陕西兴平东南),辖境相当今陕西永寿、礼泉、陕西西安鄠邑区以西,秦岭以北地区。京兆:古郡名。汉置,因地属畿辅,故不称郡,为三辅之一。治所在长安,即今西安,辖境相当于今陕西秦岭以北,西安以西,渭河以南地。

⑩武都:郡名,汉置,在今甘肃。文县、陇南市武都区、徽县及陕西宁羌县是其地。

⑪廪:旧时官府发给的粮米。

⑫致:归还。

⑬猾:扰乱。

⑭风尘:比喻战乱。

⑮中国:这里指国都。

【译文】

现在承袭这一历史沿革,已感受到它的害处了。关中地区土地肥沃,物产丰富,是帝王所居住的地方,不曾听说异族人适合在此地居住。不是我华夏民族,他们的心一定与我们不同,只是由于他们衰败了,才把他们迁移到畿辅地区,华夏人士轻慢成习,欺负他们弱小,使他们怨恨之气深入到骨髓之中。至于繁衍众多的人口,那就是助长他们形成野心。以他们贪婪凶悍的性格,及心中充满的怨恨情绪,一旦有时机,就会起来叛乱。使戎狄居住在华夏的界域之内，又没有关隘的阻隔挡住那些不能防备的人，他们收集散布在原野上的力量，所以能滋生祸乱，这是必然的趋势，已经经过验证的事了。当今应做的事，就是应该乘军事威力正旺盛，许多事情未了结之际，将冯翊、北地、新平、安定地区的羌人迁移，发遣到先零、罕、幵、析支等地去；将扶风、始平、京兆地区的氐族人，经过陇右，发遣往阴平、武都的界域去。发给他们一路上所需的粮米，让他们足以能够到那里，各自归附自己的本族，回到他们的故土去，建立属国抚慰他们，使安居下来。这样，西方异族和晋朝不相混杂，各得其所，纵然他们有扰乱华夏的心及发生战乱的紧急情况，但远离国都，有山河阻隔，虽然有强暴的敌寇，所受的祸害不大。以上说的是氐、羌人居关中的敝害，指出应将其迁徙出境。

难者曰[1]："氐寇新平，关中饥疫，百姓愁苦，咸望宁息。而欲使疲悴之众，徙自猜之寇，恐势尽力屈，绪业不卒，前害未及弭，而后变复横出矣。"

【注释】

①难：质问。

【译文】

有人质问说："氐族敌寇刚刚平定，关中地区又发生了饥荒疾病，老百姓万分愁苦，都希望安定，停止战争。因而要想使疲劳之众，迁移自起疑心的敌人，恐怕是力量用尽了，剩余的事业也不能完成，前边的祸害还未来得及平息，后面的变乱又意外地出现了。"

答曰："子以今者群氐为尚挟余资，悔恶反善，怀我德惠而来柔附乎？将势穷道尽，智力俱困，惧我兵诛以至于此乎?”曰:“无有余力,势穷道尽故也。”然则我能制其短长之命,而令其进退由己矣。夫乐其业者不易事,安其居者无迁志。方其自疑危惧,畏怖促遽,故可制以兵威,使之左右无违也。迨其死亡流散,离逷未鸠[①],与关中之人,户皆为雠,故可遐迁远处,令其心不怀土也。夫圣贤之谋事也,为之于未有[②],治之于未乱[③],道不著而平,德不显而成。其次则能转祸为福,因败为功,值困必济,遇否能通[④]。今子遭敝事之终而不图更制之始,爱易辙之勤而遵覆车之轨,何哉?以上言群氐势穷,兵威可制。

【注释】

①逷:远。鸠:聚集。

②为:计划。

③治:消灭。

④否(pǐ):不通。

【译文】

回答道:“你以为现在的氐族人是挟制剩余的力量,悔恶从善,感戴我们的恩惠,来归附我们呢?还是势力和道义都穷尽了,智慧和力量都贫乏了,害怕我们的军队去消灭他们才这样做的呢?”对答说:“是因为他们没有一点儿剩余的力量,势力和道义穷尽了的缘故啊!”既然这样,我能限制他们命运的长短,让他们进退由己。大抵乐于其业的人不愿意改变工作,安于其居的人没有迁移的心思。当他们自疑害怕、惊慌失措的时候,正可以用军事威力来管束,使他们左右不能不依从。等到他们死亡或流离失散,走得远远的不能聚集在一起,和关中地区的每户人家都成为仇人,就可以将他们迁到极远的地方,让他们心里不怀念故土。圣贤之人计划事情时,总是计划于事情未发生之前,将祸乱消灭于未发生之先,道不显出而万事通达,德不显露而事业成功。然后能转灾祸为福祥,化失败为成功,遇到危困必渡过,遇到不通能通达。现在你遇到败事的完结,可是不谋求变更制度的起始,喜欢经常变更行车道路,却按照翻车的轨道去行驶,这是为什么呀?以上说的是氐族势穷,可用兵威管制它们。

且关中之人百余万口,率其少多,戎狄居半,处之与迁,必须口实[①]。若有穷乏糁粒不继者[②],故当倾关中之谷以全其生生之计[③],必无挤于沟壑而不为侵掠之害也。我今迁之,传食而至,附其种族,自使相赡,而秦地之人得其半谷,此为济行者以廪粮,遗居者以积仓,宽关中之逼[④],去盗贼之原,除旦夕之损[⑤],建终年之益。若惮暂举之小劳[⑥],而忘永逸之弘策;惜日月之烦苦,而遗累世之寇敌,非所谓能创业垂统[⑦],谋及子孙者也。以上秦地之人得其半谷。

【注释】

①口实:粮食。

②乏:没有积蓄。糁(shēn)粒:米粒。

③倾:用尽。

④逼:狭窄。

⑤旦夕:早晨和晚上,比喻短时间内。

⑥惮:怕。

⑦垂统:指封建帝王把基业传给后代。

【译文】

况且关中地区有一百多万人,估计其各种人口比例,异族人约占一半左右,无论是在这里居住的和迁移走的人口,都必须有粮食吃。假如没有积蓄，甚至于连碎米粒儿都接续不上，就应当用尽关中地区的谷米，以保全他们一代一代生活下去，这样才能使他们不致饿死和起来叛乱侵掠为害。现在将他们迁移，发给粮食使他们能到达那里，依附他们的种族，自然就能使他们互相帮助，而关中的人民，可以得到戎狄迁徙后余下的一半粮谷，这样做就是用粮仓里的粮食救济远行人，把多年积蓄起来的仓粟留给居住下来的人，使关中地区不再拥挤，铲除产生盗贼的根本，除去随时可能发生的祸乱的根由，建立长久的益处。若是怕短时间举动的小的劳作，而忘记了永久安定的宏伟的策略；害怕一时的烦劳困苦，而将敌寇留给后世，就不是能创立大业、为子孙谋福的人。以上是说秦地之人得到戎狄迁徙后留下的一半粮谷。

并州之胡[①]，本实匈奴桀恶之寇也。建安中，使右贤王去卑诱质呼厨泉[②]，听其部落散居六郡。咸熙之际[③]，以一部太强，分为三率。泰始之初[④]，又增为四。于是刘猛内叛[⑤]，连结外虏。近者郝散之变，发于谷远。今五部之众，户至数万，人口之盛，过于西戎。其天性骁勇，弓马便利，倍于氐、羌。若有不虞风尘之虑，则并州之域可为寒心。正始中[⑥]，毌丘俭讨句骊[⑦]，徙其余种于荥阳[⑧]。始徙之时，户落百数，子孙孳息，今以千计，数世之后，必至殷炽。今百姓失职，犹或亡叛，犬马肥充，则有噬啮，况于夷狄，能不为变！但顾其微弱，势力不逮耳。

【注释】

①并州：古十二州之一，虞舜分冀东恒山之地为并州，即河北正定、保定及山西太原、大同等地。汉时为山西及陕西延安、榆林等地，后汉时并州刺史治晋阳。

②呼厨泉：后汉时为南匈奴单于。南匈奴将其持至呼兰若尸逐侯单于弟，兴平中立，以兄被逐，不得归国。建安中汉迁都许昌，始得归汉朝。曹操因留于邺，遣右贤王去卑监其国。

③咸熙：三国魏元帝曹奂的年号（264—265）。

④泰始：西晋武帝司马炎的年号（265—274）。

⑤刘猛：东汉人，嘉平初为司隶校尉，时有人书朱雀阙，言天下大乱，曹节、王甫幽杀太后，常侍侯览多杀党人，公卿皆尸位素餐，无有忠言者。诏猛逐捕，猛以诽书言直，不肯急捕。月余主名不立，坐左转谏议大夫，节等奏猛抵罪，输左校，朝臣多以为言，始免刑，复公车征之。

⑥正始：三国魏齐王曹芳的年号。

⑦毌丘俭：字仲恭，三国时魏人。明帝时为尚书郎，累迁荆州刺史。以征讨辽东有功，封安邑侯。正始中数讨高句骊，破走句骊王宫，追奔至肃慎氏南界，刻石记功。后讨司马师，不克被杀。句骊：亦称高句骊、句丽、高丽，为朝鲜的古国名。

⑧荥阳：郡名。今河南荥泽县西南十七里。

【译文】

并州的胡人，本来是匈奴，是凶悍残暴的敌寇。后汉建安年间，汉丞相曹操派遣右贤王去卑引诱呼厨泉单于作为人质，任凭南匈奴各部落散居在六郡一带。三国时魏元帝曹奂咸熙年间，由于一部力量过于强大，于是将他们分为三部。到了晋武帝司马炎泰始初年，又将三部增为四部。由于这样，东汉嘉平年间发生了刘猛勾结外部异族的内部叛乱。近期出现的郝散事变，发生在谷远。现在匈奴人已达五部之多了，户口达到了几万，这个数目超过了西部异族人数。这些人天性勇猛善射，骑马射箭的功夫十分娴熟灵便，比氐族人和羌族人强得多。假如有意料不到的事情发生，那么并州一带的地方可实在让人担忧呀！在三国魏齐王曹芳的正始年间，曾做过荆州刺史、安邑侯的毌丘俭奉命征讨高句骊，大捷而归。他把剩下的高句骊族人迁移到了河南荥阳地区。开始迁移的时候，只有一百多住户，经过子子孙孙的繁衍生息，现在已达千计，那数代之后，必然会更加兴旺。现在老百姓不能尽力本业，尚且逃跑叛离，犬马长得肥壮了，还互相撕咬，更何况是存有异心的外方异族，能不生变吗？只是他们还弱小，势力还没有达到生变的程度罢了。

夫为邦者，忧不在寡而在不安。以四海之广，士民之富，岂须夷虏在内，然后取足哉！此等皆可申谕发遣，还其本域，慰彼羁旅怀土之思，释我华夏纤介之忧①。惠此中国，以绥四方，德施永世，于计为长也。以上并州之胡、荥阳之夷皆宜并徙。

【注释】

①纤介：亦作“纤芥”。细微。

【译文】

作为一个国家，值得忧虑的不在于财富少，而在于不安定。凭借着四海之内地域广阔，人民富足，哪里需要异族人来内地然后才算富足呢？对这些人，都可发遣他们回到原来的地域去，一方面可以抚慰他们长久寄居他乡怀念故土的情思，另一方面可以清除我们华夏民族的忧虑。这样能使中原受惠，四方安宁，恩德传之万世，是为长久之计啊。以上说的是并州的胡人、荥阳的夷人都应迁徙。

韩愈

韩愈(768—824),唐朝文学家、哲学家。字退之,河南河阳(今河南孟州)人。因其郡望昌黎,后人称之为“韩昌黎”。早孤,由嫂抚养。治学刻苦,二十五岁时进士及第。累官监察御史、山阳令、刑部侍郎、吏部侍郎。死后谥号为“文”,故世亦称韩文公。

政治上,他一直反对宦官擅权、藩镇割据;伦理思想上尊崇儒学,排斥佛教和道教,以继承儒家道统自任,开宋明理学之先声。文学上,他是古文运动的倡导者,反对六朝以来的华靡文风,主张发扬先秦两汉散文传统,提倡语言独创和文从字顺。其散文内容丰富,形式多样,文笔遒劲,气势雄健。他本人也因此被尊为“唐宋八大家”之首。著作有《昌黎先生集》。

原道

【题解】

本文乃韩愈用心之作,较为系统地阐明了其于道德及社会的认识。文章主旨在于系统阐述所谓圣王之道,以排斥佛老,正人视听。所以写作时先立后破,破中有立,先言儒学所以该尊倡的原因,后述其废兴以致众人惑乱从于邪说,由此引出佛老理论并比之于儒道,驳其谬误,层层递进。文章于理论辨析同时又着眼佛道二教的现实危害，结构严谨有序，文字雄辩锋锐，居高临下，纵横捭阖，可为读学韩文的首选作品。

博爱之谓仁[①]，行而宜之之谓义[②]。由是而之焉之谓道[③]，足乎己无待于外之谓德[④]。仁与义为定名[⑤]，道与德为虚位[⑥]。故道有君子小人[⑦]，而德有凶有吉[⑧]。老子之小仁义[⑨]，非毁之也，其见者小也。坐井而观天[⑩]，曰天小者，非天小也。彼以煦煦为仁，孑孑为义[⑪]，其小之也则宜[⑫]。其所谓道，道其所道，非吾所谓道也；其所谓德，德其所德，非吾所谓德也[⑬]。凡吾所谓道德云者，合仁与义言之也，天下之公言也。老子之所谓道德云者，去仁与义言之也[⑭]，一人之私言也。

【注释】

①博爱之谓仁：儒家视仁为爱人，故韩愈将仁归结为博爱。

②行而宜之之谓义：做事合乎人情事理为义，是仁的具体表现。宜，适应。

③是：指仁义。之：往，这里指进修。

④足乎己：自己修养充足，仁义出自内心。无待于外之谓德：按照仁义的标准修养自己，形成稳定的世界观，不被外界的影响所左右。

⑤定名：指仁和义都具有实际的内容，名副其实。

⑥虚位：指道德而言。道德比较抽象，可作不同的解释，需要具体的内容对其加以充实。

⑦道有君子小人：道以是否具有仁义内容分为君子之道和小人之道。

⑧德有凶有吉：德有凶德和吉德之分。《左传·文公十八年》："孝敬忠信为吉德，盗贼藏奸为凶德。"

⑨老子之小仁义：老子把仁义放在道德之下，故韩愈说他"小仁义"。

⑩坐井而观天：从井水中看天，譬喻见识不广。坐，守。

⑪彼以煦煦（xù）为仁，孑孑为义：老子不了解仁义涵义博大，故降低了仁义的意义。彼，指老子。煦煦，和悦，柔顺。孑孑，琐屑小谨。

⑫其小：指仁义而言，即上文说的"小仁义"。

⑬"其所谓道"几句：指老子所讲的道与德，均归为无为自化，与作者所说的内涵完全不同。"道其所道"的前一个"道"（即"讲"）字和"德其所德"的前一个"德"（同"得"）字，均是动词。

⑭去仁与义：指《老子》书中所论道德绝去仁与义。

【译文】

泛爱一切被称作仁，做事合乎人情事理被称作义。按照仁义去修身行世的即是道，按照仁义的标准修养充实自己，形成不受外界所左右的稳定的世界观就是德。仁与义，都有固定的内涵，道与德，内涵不固定。所以道分君子之道和小人之道，德有凶德和吉德之分。老子轻视仁义，并非有意诋毁，是因为他的见识浅陋。坐井观天而说"天小"，并不是天小。老子以好行小惠为仁，以特立独行为义，那么他贬低仁义就是很自然的事了。老子所定义的以及他所提倡的道，并非是我所说的道；老子所定义的以及他所提倡的德，并非是我所说的德。凡是我所言及的道与德，是包括仁义而说的德，是天下公认的道理。老子所言及的道与德，是绝去仁义而说的，是他一人的言论。

周道衰[①]，孔子没[②]，火于秦[③]，黄、老于汉[④]，佛于晋、魏、梁、隋之间。其言道德仁义者，不入于杨，则入于墨[⑤]；不入于老，则入于佛。入于彼，必出于此。入者主之[⑥]，出者奴之[⑦]；入者附之[⑧]，出者污之[⑨]。噫！后之人其欲闻仁义道德之说，孰从而听之？以上正仁义道德之名。

【注释】

①周道：指周代推行的政令。

②没：通“殁”。即死亡。

③火于秦：指秦始皇焚书。“火”作动词用。

④黄、老：即黄帝、老子，指盛行于汉代的道家学说。

⑤不入于杨，则入于墨：杨，杨朱。墨，墨翟。

⑥主之：当主人看待。

⑦奴之：视为奴仆。

⑧附：附和。

⑨污：诬蔑。

【译文】

儒家崇拜的文、武、周公之道的衰落，孔子的死，秦始皇的焚书，使以黄帝和老子为代表的道家学说盛于西汉，佛教流行于晋、魏、梁、隋这些朝代。有说及道德仁义的，不归属于杨朱便归属于墨翟；不归于道教，便归于佛教。入了那一家，则必然违背这一家。对入的学派就推崇，对违背的学派就贬低；对入的学说就赞成附和，对其他学说就污蔑。唉！后人若想听仁义道德学说，该跟从谁的学说呢？以上论述正仁义道德之名。

老者曰[①]：“孔子，吾师之弟子也。”佛者曰[②]：“孔子，吾师之弟子也。”为孔子者[③]，习闻其说[④]，乐其诞而自小也[⑤]，亦曰：“吾师亦尝师之云尔[⑥]。”不惟举之于其口，而又笔之于其书。噫！后之人虽欲闻仁义道德之说，其孰从而求之？甚矣，人之好怪也！不求其端，不讯其末，惟怪之欲闻。古之为民者四⑦，今之为民者六⑧；古之教者处其一⑨，今之教者处其三⑩。农之家一，而食粟之家六；工之家一，而用器之家六；贾之家一，而资焉之家六⑪；奈之何民不穷且盗也！以上言举世习闻佛、道之说而莫知其非。

【注释】

①老者：尊崇老子学说的人。

②佛者：即佛教徒。

③为孔子者：尊崇信奉孔子学说的人。

④习：习惯。

⑤乐：喜欢，赞同。诞：荒唐，怪诞。自小：自以为渺小。

⑥吾师：指孔子，儒者称孔子为师。

⑦古之为民者四：指士、农、工、贾（即商）四民。

⑧今之为民者六：四民加上僧、道，称六民。

⑨古之教者处其一：指古时的“先王之教”（即儒教）教化人民。

⑩今之教者处其三：指今时除以儒教教民外，又增加了佛教、道教。儒、佛、道三者并立，故曰三。

⑪资焉：赖以为生的意思。

【译文】

信奉道教的说：“孔子，我们师祖的徒弟。”信奉佛教的说：“孔子，我们师祖的徒弟。”信奉孔子的儒家学说的人，听惯了他们的说法，赞同他们荒诞的学说而瞧不起自己，也说：“我们的祖师孔子也曾请教过老子。”不仅在口头上说，而且还这样书写。唉！后人若想听听仁义道德学说，他们该听从谁的呢？唉，人变得好奇怪啊！不探求佛、老学说的起源，不推究其的结局，却只愿听那些荒诞的说法。古代老百姓分士、农、工、贾四种，现在老百姓分士、农、工、贾、僧、道六种；古代信教的仅占一种，现在信教的却占三种。务农的仅一家，而消费者却有六家；加工的仅一家，而用器具的却有六家；搞商业的仅一家，而靠贩卖的却有六家；怎样能使老百姓不再贫乏困穷和走上邪路呢？以上讲世人常听佛、道之说，但不知其误。

古之时，人之害多矣。有圣人者立，然后教之以相生相养之道。为之君，为之师，驱其虫蛇禽兽，而处之中土[①]。寒，然后为之衣；饥，然后为之食。木处而颠，土处而病也，然后为之宫室。为之工，以赡其器用[②]；为之贾，以通其有无；为之医药，以济其夭死[③]；为之葬埋祭祀，以长其恩爱；为之礼，以次其先后；为之乐，以宣其湮郁[④]；为之政，以率其怠倦[⑤]；为之刑，以锄其强梗[⑥]。相欺也，为之符玺斗斛权衡以信之[⑦]；相夺也，为之城郭甲兵以守之。害至而为之备，患生而为之防。今其言曰："圣人不死，大盗不止；剖斗折衡，而民不争。"呜呼！其亦不思而已矣！如古之无圣人，人之类灭久矣。何也？无羽毛鳞介以居寒热也，无爪牙以争食也。是故君者，出令者也；臣者，行君之令而致之民者也[⑧]；民者，出粟米麻丝、作器皿、通货财，以事其上者也。君不出令，则失其所以为君；臣不行君之令而致之民，则失其所以为臣；民不出粟米麻丝、作器皿、通货财，以事其上，则诛。今其法曰："必弃而君臣[⑨]，去而父子[⑩]，禁而相生相养之道。以求其所谓清静寂灭者[⑪]。"呜呼！其亦幸而出于三代之后，不见黜于禹、汤、文、武、周公、孔子也；其亦不幸而不出于三代之

前[12]，不见正于禹、汤、文、武、周公、孔子也。以上言圣人所作为，皆切于民生不得已之事。

【注释】

①处：居住。中土：指中原地区。

②赡：供给。器用：器皿用具。

③济：救助。夭死：早死。

④宣：宣泄。湮郁：亦作“堙郁”，情志郁结忧闷。

⑤怠：懈怠。倦：厌倦。

⑥锄：铲除。梗：这里指灾害。

⑦符：古时封建帝王传达旨意或调动兵将用的凭证。玺：即玉制的印，古时通用，秦之后专指皇帝的印。斗斛(hú)：容量单位，古代十升为一斗，十斗为一斛，宋以后五斗为一斛。权：秤锤。衡：秤杆。

⑧致：表达，传递。

⑨弃而君臣：即废弃君臣关系。而：尔，汝，你。

⑩去而父子：指废弃父子关系。

⑪寂灭：梵语“涅槃”的义译。佛家认为，信奉佛家者，经长期修行，可达到无烦恼的清静境界，故称寂灭。

⑫三代：指夏、商、周三个朝代。

【译文】

古时候，人类的灾害多。有圣人站出来了，然后教化人们互相帮助以维持生活和生存的道理。成为君主，成为老师，为人们驱赶虫蛇禽兽，把人们安置在中原沃土。寒冷时，就为人们谋衣；饥饿时，就为人们谋食。人们在树上筑巢居住容易颠覆，穴居野处容易得病，因此就为人们构筑房舍。为人们谋工艺，以便提供器皿用具；为人们谋商业，以便互通有无；为人们谋医药，以便救助人们而免于早死；为人们谋葬埋祭祀活动，以延续人们的情感；为人们谋礼仪，以安排人们礼节方面的先后；为人们谋音乐，以宣泄人们郁结忧闷的情结；为人们谋管理制度，以便人们能从懈怠厌倦中振作起来；为人们谋刑法，以铲除罪魁祸首。为防止人们之间相互欺骗，以符玺、斗斛、秤砣、秤杆使人们之间相互信任；为防止人们相互争夺，则为人们修筑城墙并安排军队守护。灾害来了则为人们做好准备，担心生活中所要发生的事而为人们做好预防。现在有人说："圣人不死，大盗不止；要想社会安定，就要让人类回到无知无识的状态中去。"唉，真是不动脑筋啊！如果古代没有圣人，人类早就灭亡了。为什么呢？没有羽毛鳞爪就不便在寒冷的环境中居住，没有爪牙就不便争夺食物。因此君主，是发号施令的人；臣子们，传达君主的命令到百姓之中；老百姓，生产粟米麻丝，制作器具，畅通货财，以侍奉皇上。君主不善于发号施令，则失掉了作为君主的根本；臣子们不能把君主的命令传到老百姓中，老百姓不生产粟米麻丝，不制作器具，不畅通货财，来侍奉皇上，则应受惩罚。现今的说法是："必须臣不事君，子不事父，民不从事相互养生之道。以追求佛教中所谓的清静寂灭的境界。"唉！幸运的是佛教出现在夏、商、周三代以后，而不被禹、汤、文、武、周公、孔子否定；不幸的是，佛教没有出现在这三代以前，不被禹、汤、文、武、周公、孔子匡正。以上说圣人的所作所为，都事关民生无可奈何之处。

帝之与王①，其号虽殊，其所以为圣一也。夏葛而冬裘，渴饮而饥食，其事虽殊，其所以为智一也。今其言曰："曷不为太古之无事？"是亦责冬之裘者曰："曷不为葛之之易也？"责饥之食者曰："曷不为饮之之易也？"以上言圣人因时立法，不必慕太古之无事。

【注释】

①帝之与王：指五帝三王。五帝，即黄帝、颛顼、帝喾、尧、舜。三王，即夏禹、殷汤、周文周武王（文武二王作为一王）。

【译文】

帝与王，他们的名称不同，但他们成为圣人的本原是一样的。夏穿葛麻冬穿皮衣，渴则饮而饥则食，事情虽然不同，但道理是一样的。现在有人说："为何不回到太古那个清净无事的年代？"这就如同责备冬天穿皮衣的人说："为何不穿麻布，那多容易啊？"责备因饥而食的人说："为何不喝水，那多容易啊？"以上论述的是圣人因时立法，不要羡慕太古无事。

《传》曰[①]："古之欲明明德于天下者，先治其国；欲治其国者，先齐其家；欲齐其家者，先修其身；欲修其身者，先正其心；欲正其心者，先诚其意。"然则古之所谓正心而诚意者，将以有为也。今也欲治其心，而外天下国家[②]，灭其天常[③]，子焉而不父其父，臣焉而不君其君，民焉而不事其事。孔子之作《春秋》也，诸侯用夷礼则夷之，进于中国则中国之[④]。《经》曰："夷狄之有君[⑤]，不如诸夏之亡也[⑥]。"《诗》曰："戎狄是膺，荆、舒是惩[⑦]。"今也举夷狄之法，而加之先王之教之上，几何其不胥而为夷也[⑧]！以上言不宜离事而求心。

【注释】

①《传》：指儒家之书。

②外：疏远，遗弃。

③天常：天伦，指君臣、父子、夫妇、兄弟、朋友等儒家提倡的天然伦理关系。

④中国：指当时的中原地带。

⑤夷狄：当时汉族称东方少数民族为夷，称北方少数民族为狄。

⑥诸夏：指居于中原地区的汉族国家。亡：同“无”。

⑦戎狄是膺（yīng），荆、舒是惩：戎狄，古时称西方少数民族。膺，抵挡，抗拒。荆，即楚国。舒，归属于楚国的小国。

⑧几何：若干，多少，此处是“这样”的意思。胥：皆。

【译文】

古书上说：“古代想在世上发扬光明道德的人，要先治理他的国；想要治理他的国，要先使他的家管理到位；想要他的家管理好，要先修养自身；想要修养自身，要先端正他的思想；想要端正思想，要先使态度诚实。”因此古代人所说的思想端正、态度诚实的人，将有治理天下国家的作为。如今有人也想修身养性，却置天下国家于不顾，不要天伦关系，做儿子的不按父子关系赡养父亲，做臣子的不按君臣关系侍奉君主，做老百姓的不从事自己的职业。孔子作的《春秋》中写道：诸侯采用了夷狄的礼法，就被当作夷狄；夷狄若能接受中原的礼节，就被当作中原地区的诸侯。《论语》中写道：“夷狄尽管有君主，还不如中国没有君主。”《诗经》中写道：“对戎狄就是打击，对荆、舒就是惩罚。”如今却推崇夷狄的法术，将之强加于先王的礼教之上，这样大家不都成夷狄了吗？以上说的是不能离开具体事情而讲求修身养性。

夫所谓先王之教者，何也？博爱之谓仁，行而宜之之谓义，由是而之焉之谓道，足乎己无待于外之谓德。其文，《诗》《书》《易》《春秋》；其法，礼、乐、刑、政；其民，士、农、工、贾；其位，君臣、父子、师友、宾主、昆弟、夫妇①；其服，麻丝；其居，宫室；其食，粟米、果蔬、鱼肉。其为道易明，而其为教易行也。是故以之为己②，则顺而祥；以之为人，则爱而公③；以之为心，则和而平；以之为天下国家，无所处而不当。是故生则得其情[④]，死则尽其常[⑤]，郊焉而天神假[⑥]，庙焉而人鬼飨[⑦]。曰："斯道也，何道也？"曰："斯吾所谓道也，非向所谓老与佛之道也。尧以是传之舜，舜以是传之禹，禹以是传之汤，汤以是传之文、武、周公，文、武、周公传之孔子，孔子传之孟轲。轲之死，不得其传焉。荀与扬也[⑧]，择焉而不精[⑨]，语焉而不详[⑩]。由周公而上，上而为君，故其事行；由周公而下，下而为臣，故其说长[⑪]。然则如之何而可也？"曰："不塞不流，不止不行。人其人[⑫]，火其书[⑬]，庐其居[⑭]，明先王之道以道之[⑮]，鳏寡孤独废疾者有养也[⑯]。其亦庶乎其可也[⑰]。"

【注释】

①昆弟：即兄和弟。

②以：用。之：指"先王之教"。为：治，下文中的"为"与此同。

③爱而公：即文章首句"博爱之谓仁"的意思。

④生：即上文中所提到的"天常"。得其情：合乎情理。

⑤常：伦常，即儒家宣扬的常行不变的伦理道德。

⑥郊：通常城外为郊，这里指古时祭天于南郊，故称祭天作郊。假(gé)：意同"来""到"。

⑦庙：指祭祀祖庙。人鬼：指已故的祖宗。飨(xiǎng)：通"享"。即享受。

⑧荀：荀卿。扬：扬雄。

⑨择焉而不精：指荀子言论缺乏选择，并非都是精华。

⑩语焉而不详：指扬雄言论简而不详。

⑪长：流传。

⑫人其人：使僧、道返回到四民队伍之中，各就本业，负担人民对国

家应尽的义务。

⑬火其书：烧毁宣扬佛、老学说的书。

⑭庐其居：把寺庙改为民用庐舍。

⑮道：同“导”。引导，开导。

⑯鳏(guān)寡孤独废疾：老而无妻叫鳏，老而无夫叫寡，少而无父叫孤，老而无子叫独。废，残废的人。疾，患疾病的人。

⑰庶乎：差不多。

【译文】

所谓先王的礼教，是什么呢？泛爱一切被称作仁，行动合乎事理被称作义，按照仁义去修身行世的即是道，按照仁义的标准修养充实自己，形成不受外界所左右的稳定的世界观就是德。先王作的文章，《诗》《书》《易》《春秋》；先王的法典，礼、乐、刑、政；先王的百姓，士、农、工、商；先王的地位安排，君臣、父子、师友、宾主、兄弟、夫妇；先王的服装，麻、丝；先王居住的地方，皇宫、皇室；先王所食用的，小米、米、果子、蔬菜、鱼、肉。先王提倡的道容易发扬，他所倡导的教化也容易实行。因此，把先王倡导的道和教用于自己，则顺利且吉祥；把它用于人，则会博爱而公道；把它用于人心，则会心和而平稳；把它用于全天下国家，则没有不适合的地方。因此，在生时得益于合乎情理的教化，寿终正寝时尽力以礼节来进行丧葬，祭天作郊时天神就降临，祭祀祖庙时已故前辈们就前来享受祭品。有人会问：“你说的这道，是什么道啊？”回答说：“这是我所认为的道，而不是以前所说的道教与佛教所提倡的道。尧帝把这道传给舜帝，舜帝把这道传给禹，禹把这道传给汤帝，汤帝把这道传给文王、武王、周公，而文王、武王、周公传给孔子，孔子传给孟轲。孟轲死后，未能使儒教流传下来。荀卿与扬雄，选择的不是精华，谈论的也不详尽。由周公往上，他以上的都是君主们，所以他们所信奉的可以施行；由周公往下，这以下的都是大臣们，所以他们的学说流行。那么怎样对待这件事才可以呢？”答道：“没有堵塞的地方，就没有水的流淌；没有停止，就没有行动。使僧、道等人再回到老百姓中去，烧毁宣扬佛老的书籍，把寺庙改为民用庐舍，发扬先王的礼教以引导人民，使老而无妻、无夫、无子、幼年无父、残疾的、有病的都有人供养。社会差不多也就可以了。”

原性

【题解】

本文就“性”和“情”做了较为详尽的论述。文章发挥了孔子“唯上智与下愚不移”的观点，并借此层层辨析孟、荀、扬雄三人的人性论，以为其所以提出人性可“导而上下”，是因为他们皆“举其中而遗其上下者也”。而事实上上下两品终不变其质，只是或学而益明智慧，或刑法治使少罪，最后又以佛老所言性理之说与孔子不同收尾，基本囊括了有关人性的见解。

性也者，与生俱生也；情也者，接于物而生也。性之品有三，而其所以为性者五[①]；情之品有三，而其所以为情者七。曰：何也？曰：性之品有上中下三。上焉者[②]，善焉而已矣；中焉者，可导而上下也；下焉者，恶焉而已矣。其所以为性者五：曰仁、曰礼、曰信、曰义、曰智。上焉者之于五也，主于一而行于四[③]；中焉者之于五也，一不少有焉，则少反焉，其于四也混[④]；下焉者之于五也，反于一而悖于四[⑤]。性之于情视其品[⑥]。情之品有上中下三，其所以为情者七：曰喜、曰怒、曰哀、曰惧、曰爱、曰恶、曰欲。上焉者之于七也，动而处其中[⑦]；中焉者之于七也，有所甚[⑧]，有所亡[⑨]，然而求合其中者也；下焉者之于七也，亡与甚，直情而行者也[10]。情之于性视其品。孟子之言性曰：人之性善。荀子之言性曰：人之性恶。扬子之言性曰：人之性善恶混。夫始善而进恶[11]，与始恶而进善，与始也混而今也善恶，皆举其中而遗其上下者也[12]，得其一而失其二者也。叔鱼之生也[13]，其母视之，知其必以贿死；杨食我之生也[14]，叔向之母闻其号也[15]，知必灭其宗；越椒之生也[16]，子文以为大戚[17]，知若敖氏之鬼不食也。人之性果善乎？后稷之生也[18]，其母无灾，其始匍匐也，则岐岐然，嶷嶷然[19]。文王之在母也，母不忧；既生也，傅不勤；既学也，师不烦。人之性果恶乎？尧之朱[20]，舜之均[21]，文王之管、蔡[22]，习非不善也，而卒为奸；瞽叟之舜[23]，鲧之禹[24]，习非不恶也，而卒为圣。人之性善恶果混乎？故曰：三子之言性也，举其中而遗其上下者也；得其一而失其二者也。曰：然则性之上下者，其终不可移乎？曰：上之性，就学而愈明；下之性，畏威而寡罪。是故上者可教，而下者可制也，其品则孔子谓不移也。曰：今之言性者异于此，何也？曰：今之言者，杂佛老而言也；杂佛老而言也者，奚言而不异？

【注释】

①所以为性者五：指性的内涵，即仁、礼、信、义、智。

②上焉者：指上品。

③主于一而行于四：意思是说上品的性，以仁为主，并通于其他四德。

④“一不少有焉”几句：指中品的性，虽具有仁但有所违背，其他四德也有些混乱。

⑤反于一而悖于四：指下品的性，违背仁义也违背其他四德。

⑥视：比照。

⑦动而处其中：指都是合乎道德原则的要求。中，恰到好处。

⑧甚：超过。

⑨亡：不及。

⑩直情而行者也：不顾道德原则纵情而为。

⑪进：逐渐为。

⑫举：宣扬。

⑬叔鱼：晋大夫。因贿赂被斩。

⑭杨食我：晋朝人，因助乱被杀。

⑮号：号哭。

⑯越椒：楚令尹子文之从子，司马子良之子。后官至司马、令尹。

⑰大戚：大害。

⑱后稷：名弃，古代周族的始祖。传说曾在尧舜时代任农官，教民耕种。

⑲岐岐然，嶷嶷(yí)然：聪明早慧，出生不久即能有所识别。

⑳朱：传说中唐尧的儿子，性傲狠，喜漫游。

㉑均：传说中虞舜的儿子。

㉒文王：即周文王，西周奠基者。管、蔡：周文王的两个儿子，即管叔和蔡叔。周武王死后，成王年幼，由周公摄政。他俩不满，造谣说周公将不利于成王。纣子武庚乘机与之勾结，共同叛周。周公东征三年，乱乃平，管叔被杀，蔡叔遭放逐。

㉓瞽(gǔ)叟：舜的父亲。

㉔鲧(gǔn)：禹的父亲。

【译文】

性是一个人生下来就具备的，而情是后来待人接物过程中所形成的。性品有三种，而性的内涵有五个方面；情品有三种，而情的内涵有七个方面。是怎样的呢?性品有上、中、下三种。上品是完美的,中品通过教导是可以变化的,下品是丑恶的。性的内涵有五个方面:叫仁、叫礼、叫信、叫义、叫智。上品对于这五个方面,以仁为主,并通于其他四德;中品对于这五个方面,虽具有仁但有所违背,其他四德也有些混乱;下品对于这五个方面,既违背仁也违背其他四德。性与情在品的方面可以对照。情品有上、中、下三种,情的内涵有七个方面:喜、怒、哀、惧、爱、恶、欲。上品对于这七个方面,都是合乎道德原则的;中品对于这七个方面,有些会超出,有些会不及,然后追求合乎道德原则;下品对于这七个方面,不及或超出,不顾道德原则而纵情而为。情与性在品的方面可以对照。孟子评价性说:人性是善良的。荀子评价性说:人性是丑恶的。扬子评价性说:人性是善良和丑恶兼混。开始是善良的而逐步变为丑恶,与开始是丑恶而逐步变为善良,与开始是丑恶混乱而今天也是善恶皆有,都是提出其中的中品而遗失其中的上下品,得到其中的一种而失掉其中的二种。叔鱼出生时,他的母亲看着他,料知他必会因为贿赂而受死;杨食我出生时,叔向的母亲听见他的号哭声,料知他必定会使宗族灭亡;越椒出生时,子文认为是大害,料知若敖氏那些鬼将不会有吃的了。人性果然是善良的吗?后稷出生时,他的母亲没有灾难,他刚能爬着走时,就聪明早慧能有所识别。文王的生母,并不优秀;文王出生后,并不经常被教导;上学以后,学习不厌其烦。人性果然是邪恶的吗?尧的儿子朱、舜的儿子均、文王的儿子管和蔡,本性并非不善,最终却为奸人;瞽叟的儿子舜、鲧的儿子禹,本性并非不恶,最终却为圣人。人性善恶果然是混杂的吗?所以说:三人所说的性,都是列举其中的一种却遗失上下两种;得到其中一种却失去其中两种。问:那么性的上下品,最终不可以改变吗?答:上品性,通过学习更加明白人之本性;下品性,害怕严刑峻法而少犯罪。因此上品性可以调教,下品性可以严以制裁,这两种品是孔子所说的不可改变的。问:现在有关人性的说法不同于上面所说的,是为什么呢?答:现在有关人性的说法,是夹杂以佛老的学说来谈论的;夹杂佛老的学说而谈论,自然就不同了。

原毁

【题解】

唐代出身贵族大地主阶层的官员,为了自己仕途的畅达,往往排斥、压制中小地主阶级中通过科举考试进身的官员。韩愈针对时俗,结合自己所受的不公待遇,写出此文,尖锐、深刻地揭示出一般士大夫排挤、毁谤后进之士的根源和这种恶劣风气的影响,具有强烈的现实意义和积极作用。

鲜明的对比手法,是本文的突出特色。另外,本文排比句的成功运用,更增强了文章的气势和说理性。

古之君子,其责己也重以周[①],其待人也轻以约[②]。重以周,故不怠[③];轻以约,故人乐为善。闻古之人有舜者,其为人也,仁义人也。求其所以为舜者[④],责于己曰:“彼,人也,予,人也;彼能是,而我乃不能是!”早夜以思,去其不如舜者,就其如舜者[⑤]。闻古之人有周公者[⑥],其为人也,多才与艺人也。求其所以为周公者,责于己曰:“彼,人也,予,人也;彼能是,而我乃不能是!”早夜以思,去其不如周公者,就其如周公者。舜,大圣人也,后世无及焉;周公,大圣人也,后世无及焉。是人也,乃曰:“不如舜,不如周公,吾之病也。”是不亦责于身者重以周乎!其于人也,曰:“彼人也,能有是,是足为良人矣;能善是,是足为艺人矣。”取其一,不责其二;即其新,不究其旧,恐恐然惟惧其人之不得为善之利⑦。一善易修也，一艺易能也，其于人也，乃曰："能有是，是亦足矣。"曰："能善是，是亦足矣。"不亦待于人者轻以约乎！

【注释】

①重：严格。以：而，连词。周：全面，详尽。

②轻：宽容。约：少。

③怠：随便，怠慢。

④求：研究。

⑤就：追求。

⑥周公：西周初年政治家，周文王之子，武王之弟，成王之叔。曾助武王伐纣灭商。武王死后，立成王，因成王年幼，他代其执政，制礼作乐，建立了一整套统治国家的礼乐、典章制度。

⑦恐恐然：惶恐、忧惧的样子。

【译文】

古代的君子，他们要求自己严格而且全面，他们对待别人宽容而且简约。严格且全面，所以自己不敢随便；宽容且简约，所以别人乐于与之交往。听说古时的虞舜，他的为人，可以说是仁义之人。探求舜之所以成为圣人的原因后，就要求自己说："他是人，我也是人；他能这样，而我却不能这样！"早晚都思考，去掉那些不如舜的地方，追求那些与舜一致的地方。听说古代的周公，其为人，可谓多才多艺。探求周公成为圣人的原因后，就要求自己说："他是人，我也是人；他能这样，而我却不能这样！"早晚加以思考，去掉那些不如周公的地方，追求那些与周公一致的地方。舜，是大圣人，后世人不能和他相比；周公，是大圣人，后世人不能和他相比。当时的人就说："比不上舜，比不上周公，是我的缺陷啊。"这不就是要求自己严格而全面吗？他们对待别人，却说："他是人，能有这些，这就够得上一个善良的人了；能擅长这些，这就够得上一个有技能的人了。”取他的一个优点，而不要求他有第二个优点；就他现在的成绩加以赞许，不追究他过去如何，担心的是别人不能取得做善事的好处。一件好事易做，一种技能易学，但他们对于他人则说：“能有这样，这也就够了。”说：“能擅长这些，这也就够了。”不也是对待他人宽容而且简约吗？

今之君子则不然。其责人也详，其待己也廉。详，故人难于为善；廉，故自取也少。己未有善，曰：“我善是，是亦足矣。”己未有能，曰：“我能是，是亦足矣。”外以欺于人，内以欺于心，未少有得而止矣，不亦待其身者已廉乎！其于人也，曰：“彼虽能是，其人不足称也；彼虽善是，其用不足称也①。”举其一不计其十，究其旧不图其新，恐恐然惟惧其人之有闻也②。是不亦责于人者已详乎！夫是之谓不以众人待其身，而以圣人望于人，吾未见其尊己也。

【注释】

①用：才能，本领。

②闻：声誉。

【译文】

现在的君子则不是这样。他们要求别人尽善尽美，要求自己却很简单。对人要求尽善尽美，所以别人难以与之友好相处；对己要求简单，所以获得的益处也少。自己没有什么美德，却说：“我能有这般德行，也就够了。”自己没有什么才能，却说：“我能有这般才能，也就够了。”对外是欺人，对内是自欺，没有收获就停止了，这不就是要求自己过于简单了吗？他们对于别人，说：“他虽然能这样，但这人不值得称颂;他虽然有这般美德,但这人的才能不值得称颂。”举别人的一个缺点,却不管他的许多长处;只考虑人家旧的差错,而不考虑人家新的表现,惶惶然唯恐别人有声誉。这不是要求别人过于多了吗?这就是所谓不以普通人的身份看待自己,而以圣人的高标准要求别人,我看不出他的自尊自重来。

虽然,为是者有本有原,怠与忌之谓也①。怠者不能修,而忌者畏人修。吾尝试之矣。尝试语于众曰:“某,良士;某,良士。”其应者,必其人之与也;不然,则其所疏远不与同其利者也;不然,则其畏也。不若是,强者必怒于言②,懦者必怒于色矣③。又尝语于众曰:“某,非良士;某,非良士。”其不应者,必其人之与也;不然,则其所疏远不与同其利者也;不然,则其畏也。不若是,强者必说于言④,懦者必说于色矣。是故事修而谤兴⑤,德高而毁来。呜呼!士之处此世,而望名誉之光,道德之行,难已!

将有作于上者,得吾说而存之,其国家可几而理欤⑥!

【注释】

①怠:懒惰。

②怒于言:愤怒表现在言语中。

③怒于色:愤怒表现在脸上。

④说:同“悦”。下句中的“说”与此同。

⑤事修:事情办好了。

⑥几:同“冀”。希望。理:治理。

【译文】

虽然如此,这样做其实是有根源的,是懒惰与嫉妒起的作用。懒惰的人自己不求进取，而嫉妒的人害怕人家进取。我曾经试验过这件事。曾经试着告诉大家说："某人是贤良之士，某人是贤良之士。"那些随声附和的，必定是那个人的朋友；否则，就是与他关系疏远并同他没有利害关系的人；再不然，就是害怕他的人。如果不是这样，强横的人必定会将其愤怒用语言表达出来，懦弱的人必定会将愤怒用脸色表现出来。我也曾经告诉大家说："某人不是贤良之士，某人不是贤良之士。"那些不附和的，必定是那人的朋友；否则，就是与他关系疏远并同他没有利害关系的人；再不然，就是害怕他的人。如果不是这样，强横的人必定会说出来，懦弱的人必定会用脸色表现出来。所以事情办好了，毁谤也跟着兴起；品德高尚，毁谤就要跟着而来。唉！士大夫们处于当今的世界，而希望名望声誉显扬光大，道德被推广，难啊！

将要有所作为而身居高位的人，得到我说的这些道理并铭记心中，这样国家大概可治理好了吧。

伯夷颂

【题解】

伯夷，与叔齐并称。二人为商末孤竹国国君的两个儿子。相传孤竹君遗命立次子叔齐为继承者，叔齐让位给伯夷，伯夷不受，叔齐也不愿登位，先后都逃到周国。周武王伐纣，两人曾叩马谏阻。武王灭商后，他们耻食周粟，逃到首阳山，采薇而食，饿死在山里。事见《孟子·万章下》《史记·伯夷传》。传统社会里视之为高尚守节的典型。

韩愈此篇的主旨，也在于极力颂扬伯夷、叔齐的义举。

士之特立独行[①]，适于义而已[②]，不顾人之是非[③]，皆豪杰之士，信道笃而自知明者也[④]。

【注释】

①特立独行：有独特见地和操守而不随波逐流。《礼记·儒行》："儒有澡身而浴德，……世治不轻，世治不沮，同弗与，异弗非也。其特立独行有如此者。"

②适：相契合。

③人之是非：一般人的是非论断。

④笃：坚定不移。

【译文】

士子能够秉执独到的见地、操守，不与世浮沉，关键在合于道义，不理会世人的是非论断，这样的人都是豪勇俊杰之士，信仰道德坚定不移，而且了解自己很透彻。

一家非之，力行而不惑者，寡矣；至于一国一州非之[①]，力行而不惑者[②]，盖天下一人而已矣；若至于举世非之，力行而不惑者，则千百年乃一人而已耳。若伯夷者，穷天地、亘万世而不顾者也[③]。昭乎日月不足为明[④]，崒乎太山不足为高[⑤]，巍乎天地不足为容也[⑥]！当殷之亡，周之兴，微子贤也[⑦]，抱祭器而去之；武王、周公圣也，从天下之贤士[⑧]，与天下之诸侯而往攻之[⑨]，未尝闻有非之者也。彼伯夷、叔齐者，乃独以为不可。殷既灭矣，天下宗周[⑩]，彼二子乃独耻食其粟，饿死而不顾[⑪]。由是而言，夫岂有求而为哉？信道笃而自知明也。

【注释】

①非之：非难。

②力行：全力实行。

③亘：终。

④昭：光明显著。

⑤崒（zú）：险峻。

⑥巍：高大。

⑦微子：商纣王庶兄，名启。因数谏纣王不听，于是抱祖祭之器逃去。周灭商后，称臣于周，封于宋，延其礼祀。

⑧从：率从。

⑨往攻之：前往攻打殷商。

⑩宗：奉为帝王。

⑪不顾：不回头。

【译文】

一家人非难他，仍旧全力实行而不动摇的人就很少了；等到一国一州的人非难他，却还全力实行而不动摇的人，大概天下也只是一人而已了；假若举世都非难他而能全力实行而不动摇的，那要千百年才有一个人而已吧！像伯夷这样，是天地之间、万世以来，不顾念世俗议论的人。他的光辉啊，日月都比不上他亮洁；他的险峻啊，泰山都比不上他高耸；他的博大啊，天地都难以容纳。正值殷商灭亡，周代兴起，微子虽称贤，所能做的也只是怀抱祭器而去；武王、周公是圣人，率领天下贤士与诸侯前往攻打殷商，不曾听说有反对责难的人。那伯夷、叔齐，偏偏认为不可为之。殷被灭除，天下宗奉周朝，那二人偏偏以食周粟为耻，宁肯饿死也不回头。从这来说，难道是有所求才如此做吗？是信仰道德笃定，了解自己透彻的缘故！

今世之所谓士者，一凡人誉之[①]，则自以为有余；一凡人沮之[②]，则自以为不足。彼独非圣人[③]，而自是如此。夫圣人乃万世之标准也。余故曰：若伯夷者，特立独行，穷天地、亘万世而不顾者也。虽然[4]，微二子[5]，乱臣贼子接迹于后世矣[6]。

【注释】

①一凡：一旦。

②沮：阻止，打击。

③彼：谓伯夷、叔齐。独：难道。

④虽然：即便如此。谓二子不顾念世俗。

⑤微：没有。

⑥接迹：连续出现。此句指若无二人立道义之标准，后代乱臣贼子会更多。

【译文】

当代所谓士子，一旦人们称颂他，就自以为了不起；一旦人们打击他，就以为自己不行了。莫非只有圣人才能坚定地持守自己的立场？圣人，是万世的标准、榜样。我因此说：像伯夷这样的人，特立独行，是天地之间、万世以来最能坚持自己立场的人！假使没有这两个人超离于常人观念的道德榜样，乱臣贼子怕要在后世当中接连出现了。

获麟解

【题解】

史载，公元前481年，鲁人猎获一麒麟而不识之，孔子为此反袂拭面，同年，辍笔停修《春秋》。唐元和七年(812)，麟复现东川，韩愈于是著此文阐发己见。文章虽仅百余字，却结构严整，脉络清晰，以瑞兽麒麟不为世俗所识比喻有大德深行的圣智之人往往不能被社会理解。郁郁不平之气现于纸端，使人深思之余又为其所感，不觉扼腕再三。

麟之为灵昭昭也①，咏于《诗》②，书于《春秋》③，杂出于传记百家之书，虽妇人小子，皆知其为祥也。然麟之为物，不畜于家④，不恒有于天下⑤。其为形也不类⑥，非若马牛犬豕豺狼麋鹿然⑦。然则虽有麟，不可知其为麟也。角者，吾知其为牛；鬣者⑧，吾知其为马；犬豕豺狼麋鹿，吾知其为犬豕豺狼麋鹿；唯麟也不可知。不可知，则其谓之不祥也亦宜。虽然，麟之出，必有圣人在乎位，麟为圣人出也。圣人者，必知麟，麟之果不为不祥也⑨。又曰：麟之所以为麟者，以德不以形。若麟之出不待圣人，则谓之不祥也亦宜。麟，韩文公自况也。圣人必知麟，犹云惟汤知伊尹也；出不以时，犹云处昏上乱相之间也。

【注释】

①麟：传说中的一种象征灵异、祥瑞的动物，鹿身，牛尾，马蹄，一只角。昭昭：明明白白，显而易见。

②咏于《诗》：《诗经》里歌颂过麟。

③书于《春秋》：《春秋》里有记载。

④畜：豢养。

⑤不恒：不经常。

⑥不类：什么也不像。

⑦豕（shǐ）：猪。

⑧鬣（liè）：某些兽类（如马、狮子等）颈上的长毛。

⑨果：最终。

【译文】

麟是象征灵异、祥瑞的神物，是显而易见的，在《诗经》中被歌颂过，在《春秋》中也有记载，传记百家之书也夹杂着记述，即使妇女儿童也知道它是吉祥之物。但是麟不被家庭所豢养，自然界也不常有。它的外形什么也不像，不像马、牛、犬、猪、豺狼、麋鹿那样。既然这样，即使有麟，人们也不认识它是麟啊。有角的，我知道它是牛；有鬃毛的，我知道它是马；犬、猪、豺狼、麋鹿，我知道它们是犬、猪、豺狼、麋鹿；只有麟没法认得。不认得，那么人们说它不祥也就很自然了。虽然这样，有麟出现，就必然有圣人在世谋政，麟是因为圣人才现形于世。圣人一定认识麟，麟终究并非不祥之物啊。又听说：麟之所以被称作麟，是按照德而不是按照外形。假若麟自行出现，而没有圣人在世能够认得，那么说它不吉祥也是合适的。“麟”，是韩愈的自我比况。讲“圣人必知麟”，仿佛是在说只有像商汤那样的明君才能了解并任用伊尹；又讲麟出现在不当的时机，好似在说自己现在正处在昏君乱相之间。

杂说四首

【题解】

此文乃是不同内容的四篇短论，具体写作年代不详，据其言论可略断为屡贬后所作。

第一篇以龙游云从作喻，阐述云和龙相互依托的关系，但其寓意不明，有说是“君臣的遇合”，有说是朋友的相互协调应和。

第二篇以对病人的医治来类比对社会的治理，说明治理国家必须有严明的法典，要以法治国。

第三篇讲判断人不该取其貌，而应论其心与其行事之可否。

第四篇较为人所熟知。通篇以相马作喻，借题发挥，慨叹奇才异能之士受到压抑，往往怀才不遇，辛辣地讽刺了当权者的黑暗偏私、昏聩庸碌。此文笔锋犀利，形式活泼，文气矫健，有尺幅千里之势。

其一

龙嘘气成云[①]，云固弗灵于龙也[②]。然龙乘是气，茫洋穷乎玄间[③]，薄日月[④]，伏光景[⑤]，感震电，神变化[⑥]，水下土，汨陵谷[⑦]，云亦灵怪矣哉！云，龙之所能使为灵也；若龙之灵，则非云之所能使为灵也。然龙弗得云，无以神其灵矣。失其所凭依[⑧]，信不可与！异哉，其所凭依，乃其所自为也。《易》曰："云从龙。"既曰龙，云从之矣。龙以自喻其身，云以喻其文章。"凭依，乃其所自为"，犹曰"文书自传道，不仗史笔垂"。

【注释】

①嘘气：缓慢地呼气。

②灵：神灵。

③茫洋：深远广大的意思。玄：幽远的天空。

④薄：迫近。

⑤伏光景：是说日月的光被云挡住了。

⑥神变化：使其变化神秘莫测。

⑦汨：水流。陵：高大的土山。谷：两山之间的水道或夹道。

⑧凭依：依托。

【译文】

龙呼出的气变成云，云本不比龙更神灵。但龙驾乘着这种气，游荡在广阔深远的天空，迫近日月，遮挡它们的光，感应雷震和闪电，变化神秘莫测，降水滋润大地，水在高山山谷中流动，难道云也因此成了神灵吗？云，是龙的作用使它变得神灵；而像龙的神灵，则不是云的作用所能成就的。但是龙若没有云，就不能把自己的神灵发挥出来。失去了它所依托的，真的就不行么？奇怪啊！龙所依靠的，就是它自己呼出来的。《易经》说："云附从龙。"一说到龙，云也就跟着来了。"龙"是韩愈的自喻,“云”喻其文章。讲“凭依,乃其所自为”,就如同他在《寄崔二十六立之》这首诗中所表达的那样:“文书自传道,不仗史笔垂。”

其二

善医者,不视人之瘠肥,察其脉之病否而已矣;善计天下者①,不视天下之安危,察其纪纲之理乱而已矣。天下者,人也;安危者,肥瘠也;纪纲者,脉也。脉不病,虽瘠不害;脉病而肥者,死矣。通于此说者,其知所以为天下乎!夏、殷、周之衰也,诸侯作而战伐日行矣。传数十王而天下不倾者,纪纲存焉耳。秦之王天下也,无分势于诸侯,聚兵而焚之,传二世而天下倾者,纪纲亡焉耳。是故四支虽无故,不足恃也,脉而已矣;四海虽无事,不足矜也,纪纲而已矣。忧其所可恃,惧其所可矜,善医善计者,谓之天扶与之②。《易》曰:“视履考祥③。”善医善计者为之。

【注释】

①计:谋划。

②扶:扶持,辅助。

③履:鞋,此处指事情的底细或基础。

【译文】

善于医术的人,不看人的胖瘦,检查人的脉是否有病就行了;善于谋划天下的人,不注重天下的安危情况,检核典章制度有条理还是杂乱就行了。天下,就好比一个人;安危的情况,就好比是胖与瘦;治理国家的法典,就好比脉。脉没病,即使瘦点也没事;脉有病,即使肥壮,也将死去。能明白这种说法的人,他就知道了治理天下的根本所在。夏、殷、周衰微，诸侯蜂起，攻战不已。传数十世而天下不灭亡，是典章制度保存的缘故。秦始皇统一天下后，没有分割势力于诸侯，将天下的兵器都收缴来销镕掉了，但仅传位二世，天下就倾覆了，这是因为治理国家的法典灭亡了啊。因此四肢没有病，不足为恃，脉才是关键；天下虽然没有什么事，不值得夸耀，典章制度才是关键。为可依凭的事情而忧虑，为可骄矜的事情而恐惧，这样的善医善谋划者，可以称之为得天扶助了。《周易》说："察看事物的轨迹才能考察详细周到。"善于医术的和善于谋划的人是这样做的。

其三

谈生之为崔山君传[①]，称鹤言者，岂不怪哉！然吾观于人，其能尽吾性而不类于禽兽异物者希矣，将愤世嫉邪长往而不来者之所为乎？昔之圣者，其首有若牛者，其形有若蛇者，其喙有若鸟者[②]，其貌有若蒙倛者[③]。彼皆貌似而心不同焉，可谓之非人邪？即有平胁曼肤[④]，颜如渥丹[⑤]，美而很者[⑥]，貌则人，其心则禽兽，又恶可谓之人邪？然则观貌之是非，不若论其心与其行事之可否为不失也。怪神之事，孔子之徒不言，余将特取其愤世嫉邪而作之，故题之云尔。

【注释】

①倛：立传。

②喙(huì)：鸟兽的嘴。

③倛：通"䫏"。魌头，为古代驱疫时用的面具。

④曼：柔美。

⑤渥(wò)丹：红润的颜色。

⑥很：通"狠"。即凶暴。

【译文】

谈生为崔山君立传，称他为鹤言，岂不奇怪！但是我观察世人，能尽到人性而不类同于禽兽他物的很少，是愤世嫉俗，长往而不来的人所做的吗？古时的圣人们，有些脑袋像牛，有些身体像蛇，有些嘴像鸟，有些好像戴了面具。他们都是外貌像兽而内心却并不同，可以说他们不是人吗？即使有平胁细肤，颜色红润，很美丽但却很凶暴，外貌是人，内心却如禽兽，又怎么可以说他们是人呢？所以观察外貌是人或不是人，不如评论他的内心和他所做的事是否是不失人性。神怪之事，孔子等人未做评价，我将特取其愤世嫉邪而作，故写下以上这些话。

其四

世有伯乐[①]，然后有千里马。千里马常有，而伯乐不常有。故虽有名马，只辱于奴隶人之手[②]，骈死于槽枥之间[③]，不以千里称也。马之千里者，一食或尽粟一石[④]。食马者[⑤]，不知其能千里而食也。是马也，虽有千里之能，食不饱，力不足，才美不外见，且欲与常马等不可得，安求其能千里也！策之不以其道，食之不能尽其材，鸣之而不能通其意[⑥]，执策而临之曰："天下无马。"呜呼！其真无马邪[⑦]？其真不知马也[⑧]！

【注释】

①伯乐：秦穆公之臣，相传以善相马著名。或说即孙阳。

②辱：屈辱，埋没。奴隶：奴仆，此处指庸夫俗子。

③骈：一并。槽枥：指马厩。

④石(dàn)：容量单位，十升为一斗，十斗为一石。

⑤食(sì)：喂养。

⑥鸣：吆喝。通：通晓。

⑦其：岂，难道。

⑧其：恐怕。

【译文】

世上有伯乐，然后才有千里马。千里马常常有，而伯乐却不常有。因此，即使有名马，只埋没在平庸人的手里，和普通的马同死于马厩里，不能叫做千里马。能行千里的马，一顿有时能吃完一石小米。饲养马的人，不懂得它能日行千里而喂养它。这种马，即使有日行千里的才能，但是吃不饱，力气不足，才能就表现不出来，想要与普通的马一样，都不可能，怎么能要求它日行千里呢！驱策它不能依循它的习性，喂养它不能用尽它的才能，吆喝它不能通晓它的意思，拿着鞭子面对着马说："天下没有千里马。"唉！难道真的没有千里马吗？恐怕是不识千里马吧！

改葬服议

【题解】

此篇主要辨明改葬之时死者亲属当如何服丧吊祭。

唐时死者改葬，亲人如新丧重服，故韩愈以此文驳议之。文章先以经典为据，提出改葬时应当只是其家人服丧，且因年隔久远轻服"缌"才对；然后以司徒文子之问引出久而未葬与改葬的区别，认为倘重服就属未葬之礼，若以未葬礼论，在此葬以前本也不该除服，"未可除而除"，是违礼，而这样在除服很久以后再服丧，事实上就已经是在行改葬之礼，倘重服就是"不当重而更重"，也属违礼。议论至最后又对改葬之礼中几个有关的问题加以辨明。全文言之有据，逻辑性强，颇具说服力。

《经》曰①："改葬，缌②。"《春秋穀梁传》亦曰③："改葬之礼，缌；举下[④]，缅也。”此皆谓子之于父母，其他则皆无服。何以识其必然？经次五等之服，小功之下[⑤]，然后著改葬之制，更无轻重之差。以此知惟记其最亲者，其他无服则不记也。若主人当服斩衰[⑥]，其余亲各服其服，则《经》亦言之，不当惟云缌也。《传》称“举下，缅”者，缅，犹远也；下，谓服之最轻者也。以其远，故其服轻也。江熙曰：“礼，天子诸侯易服而葬[⑦]。”以为交于神明者[⑧]，不可以纯凶。况其缅者乎？是故改葬之礼，其服惟轻。以此而言，则亦明矣。

【注释】

①《经》：指《仪礼・丧服》篇。

②缌(sī)：指缌麻，丧服名，五服(斩衰、齐衰、大功、小功、缌麻)中最轻的一种，以疏织细麻布制成孝服，服丧三月。

③《春秋穀梁传》：自秦火后，《春秋》传家有五，其一即《穀梁传》，传说授自子夏，由穀梁赤传。重于释经，宣扬宗法伦理，礼教礼治。

④举：施行。

⑤小功：五服之一。以较粗的熟布制成，服期五月。

⑥斩衰：五服之最重者。以粗麻布制成丧服，左右下边不缝。

⑦易服而葬：谓天子诸侯临葬，臣子皆更换轻服。

⑧交：交接。

【译文】

经典说：“改葬，缌。”《春秋穀梁传》也讲：“改葬之礼，缌；举下，缅也。”这都是指子女对于父母，其他人就都不服丧。怎么知道一定是这样的呢？经典按次序一一排列五种等级的丧服制度，小功之后到缌才标明了改葬的礼制，并且没有依亲属远近分别服丧的轻重。因此可以知道这只是记录那些最亲的人，其余亲属不用服丧也就不记录。倘使丧主应该服斩衰之丧，其余亲属各自按等服丧，那么经典也会一一说明，不该只说“缌”而已。《穀梁传》说“举下，缅”，缅，犹如远的意思；下，是说服丧之制中最轻的一种。由于时间相隔久远，所以丧主的服制就轻。江熙注释：“《礼》：天子诸侯正式临葬之时，臣子要更换轻服。”把这事当做天子诸侯与神明交接，不能认为完全是凶事。何况那些隔年久远的丧事呢？所以改葬的礼制中，丧主服丧是很轻的。由此说来，也就很清楚了。

卫司徒文子改葬其叔父，问服于子思。子思曰：“礼，父母改葬，缌，既葬而除之①，不忍无服送至亲也。非父母无服。无服则吊服而加麻②。此又其著者也③。”文子又曰：“丧服既除，然后乃葬，则其服何服？”子思曰：“三年之丧未葬，服不变，除何有焉？”

【注释】

①除：除服。守孝期满，除去丧服。

②吊服而加麻：此衍“服”字。吊，追悼。麻，麻布丧服。

③著：显明，特出。

【译文】

卫国司徒文子改葬他的叔父，向子思请教服丧之礼。子思说：“《礼》：父母改葬，缌。完结改葬之事后脱去丧服，这是不忍心不着丧服葬送至亲之人。改葬的不是父母就不服丧。不用服丧却披麻戴孝地追悼，这就又是张扬标举了。”文子又问：“服丧之期已过，丧服已经脱掉，而后才举行葬事，那么在这当中该怎样服丧？”子思回答说：“是三年的丧期，但若没有入葬，服丧的礼制就不该变，哪里有什么脱去丧服的说法？”

然则改葬与未葬者有异矣。古者诸侯五月而葬，大夫三月而葬，士逾月。无故，未有过时而不葬者也。过时而不葬，谓之不能葬，《春秋》讥之。若有故而未葬，虽出三年，子之服不变，此孝子之所以著其情，先王之所以必其时之道也。虽有其文，未有著其人者，以是知其至少也。改葬者，为山崩水涌毁其墓，及葬而礼不备者。若文王之葬王季，以水啮其墓[①]；鲁隐公之葬惠公，以有宋师，太子少，葬故有阙之类是也。丧事有进而无退，有易以轻服，无加以重服。殡于堂，则谓之殡；瘗于野[②]，则谓之葬。近代以来，事与古异，或游或仕，在千里之外；或子幼妻稚，而不能自还；甚者拘以阴阳畏忌，遂葬于其土。及其反葬也[③]，远者或至数十年，近者亦出三年。其吉服而从于事也久矣，又安可取未葬不变服之例，而反为之重服与？在丧当葬，犹宜易以轻服，况既远而反纯凶以葬乎？若果重服，是所谓未可除而除，不当重而更重也。或曰："'丧与其易也，宁戚[④]。'虽重服不亦可乎？"曰："不然，易之与戚，则易固不如戚矣；虽然，未若合礼之为懿也。俭之与奢，则俭固愈于奢矣；虽然，未若合礼之为懿也[⑤]。过犹不及，其此类之谓乎？"

【注释】

①啮：咬，引申为侵蚀。

②瘗(yì)：深埋入地。

③反葬：即返葬。

④丧与其易也，宁戚：意谓以心确实哀痛，故而甘愿重服。易，治，重丧之仪节。戚，心中哀痛。

⑤懿(yì):美好。

【译文】

然而改葬和未葬有不同。古时诸侯五个月以后葬,大夫三个月以后葬,士一个月以后葬。没有特殊原因,就不会有超过时间却不入葬的。超过葬时却不入葬就称作不能葬,《春秋》对此有所讥嘲。假如有特殊原因没有下葬,即使已经过了三年,子女也还得像先前一样着重服服丧,这是孝子用以彰明他们哀情,先王用以保证天下能够按时而葬的办法。虽然经有明文,可史无具载,因此我们对此了解很少。改葬,是由于山岭崩塌流水漫延毁了亡者的墓冢,以及以前葬时礼数简陋不够完备。比如文王改葬王季,是因为有水侵蚀了坟墓;鲁隐公改葬惠公,是因为有宋国军队侵犯,太子年幼,葬礼有缺漏这一类的例子都是这样。"丧事有进而无退",有换成轻服的,没有添成重服的。在大堂上吊孝叫作殡,在野外埋到地下叫作葬。近代以来,事情和古代不一样:或者出游或者为官,远在千里之外;或者孩儿幼小,妻子不谙世事礼数,以致自顾不暇;更有甚者,为阴阳风水中种种禁忌束缚,于是就将亡者葬在当地。等到返葬祖坟,远的可能已近数十年,近的也出了三年丧期。这些人穿着吉服做事生活时间已经很长了,又怎么可以取用未葬不变服的例子,反而为此服重丧呢?在丧期之内下葬,尚且适于更换成轻服,何况已经年隔久远,却反要视作纯凶之事来下葬呢?如果真的着重服,就是所说的不可以脱掉丧服时脱掉了它,不应当服重丧时却更加重了。有人说:"'丧与其易也,宁戚。'即使重服不也可以吗?"回答说:"不是这样,易和戚比较,易当然不如戚;可即便如此,不如合于礼数为最好。俭和奢比较,俭当然比奢强;可即便如此,不如合于礼数为最好。过犹不及,说的就是这类事吧?"

或曰,"《经》称'改葬,缌',而不著其月数,则似三月而后除也。子思之对文子,则曰'既葬而除之',今宜如何?"

曰:“自启至于既葬,而三月,则除之[1];未三月,则服以终三月也。”曰:“妻为夫何如?”曰:“如子。”“无吊服而加麻则何如[2]?”曰:“今之吊服,犹古之吊服也[3]。”

【注释】

①“自启至于既葬”几句:启下或有“殡”字。谓从开墓启棺到完成改葬三月以后除服。

②无吊服而加麻:谓无如古之加麻吊服。

③犹:好比,就像。

【译文】

有人说:“经典说,‘改葬,缌’,却不标明服丧的月数,那好像是三个月后脱掉丧服。子思问答文子,则说,‘完结葬事就可以脱去丧服’,当今应该怎样才好?”回答说:“从开墓启棺到完结葬事三个月后脱掉丧服,不满三个月就一直服丧到三月已完。”问:“妻子对于亡夫该怎样服丧?”回答说:“像儿子一样。”“没有古时麻制吊服怎么办?”回答说:“现在的吊服,就好比古代的吊服了。”

争臣论

【题解】

争臣,亦作“诤臣”,指直言敢谏之臣。

本文主要论述“君子居其官,则思死其官。未得位,则思修其辞以明其道”。强调在其位,应当谋其政、负其任;提出君子贤士独善为下,尤当兼济天下,为民造福才对。

全文以问答方式,四问四答,逐步推进,深入论证,前后呼应,论辩透彻,显示出韩愈强烈的使命感和责任感。文章直贯韩愈自身的品质骨格,无论形式还是内容,都属论辩文中不可多得的佳作。

或问谏议大夫阳城于愈[1]:“可以为有道之士乎哉?学广而闻多,不求闻于人也[2]。行古人之道[3],居于晋之鄙[4],晋之鄙人薰其德而善良者几千人[5]。大臣闻而荐之,天子以为谏议大夫。人皆以为华[6],阳子不色喜[7]。居于位五年矣,视其德如在野[8],彼岂以富贵移易其心哉?”愈应之曰:“是《易》所谓‘恒其德,贞’而‘夫子凶’者也[9],恶得为有道之士乎哉?在《易》《蛊》之上九云[10]:‘不事王侯,高尚其事[11]’;《蹇》之六二则曰[12]:‘王臣蹇蹇,匪躬之故[13]。’夫亦以所居之时不一,而所蹈之德不同也。若《蛊》之上九,居无用之地,而致匪躬之节;以《蹇》之六二,在王臣之位,而高不事之心,则冒进之患生[14],旷官之刺兴[15],志不可则[16],而尤不终无也[17]。今阳子在位,不为不久矣[18];闻天下之得失,不为不熟矣;天子待之,不为不加矣;而未尝一言及于政。视政之得失,若越人视秦人之肥瘠[19],忽焉不加喜戚于其心[20]。问其官,则曰谏议也;问其禄,则曰下大夫之秩也[21];问其政,则曰我不知也。有道之士固如是乎哉?且吾闻之,有官守者[22],不得其职则去;有言责者[23],不得其言则去。今阳子以为得其言乎哉?得其言而不言,与不得其言而不去,无一可者也[24]。阳子将为禄仕乎[25]?古之人有云:‘仕不为贫,而有时乎为贫[26]。’谓禄仕者也。宜乎辞尊而居卑,辞富而居贫,若抱关击柝者可也[27]。盖孔子尝为委吏矣[28],尝为乘田矣[29],亦不敢旷其职,必曰‘会计当而已矣’[30],必曰‘牛羊遂而已矣'[31]。若阳子之秩禄，不为卑且贫，章章明矣，而如此，其可乎哉?"

【注释】

①谏议大夫：官名。西汉置谏大夫，掌议论，属光禄勋，东汉改为谏议大夫。唐时隶属门下省，掌侍从规谏。阳城：字亢宗，唐定州北平(今河北顺平县东南)人。家贫好学，为集贤院写书吏，唐德宗(李适)时考中进士。曾隐居中条山，远近敬慕他的德行，多以他为师。后由李泌推荐，召为谏议大夫。阳城任谏官五年，每日饮酒，未尝言事，韩愈为此写《争臣论》。

②学广而闻多，不求闻于人也：闻多，即见闻多，有知识。后一"闻"字为动词，即闻名。

③古人之道：古人立身处世之道。指隐居山林，不慕名利。

④晋：春秋时国名，包括今山西大部、河北西南部、河南北部及陕西一角。鄙：边境，指当时阳城隐居的中条山。

⑤薰：熏陶，感化。几(jī)：几乎，将近。

⑥华：荣，显贵。

⑦不色喜：无喜色。

⑧在野：本指庶民处山野，后相对居官在朝言，意谓不当官。

⑨《易》所谓"恒其德，贞"而"夫子凶"者也：《易》，《周易》，内容包括《经》和《传》两部分。《经》主要是六十四卦和三百八十四爻，卦、爻各有说明，作为占卜之用。旧传伏羲作画，文王作辞。《传》包括解释卦辞、爻辞等文辞共十篇，旧传孔子作。《周易》通过八卦形式(象征天、地、雷、风、水、火、山、泽八种自然现象)推测自然和社会的变化，认为阴阳两种势力的相互作用是产生万物的根源。"恒其德，贞"而"夫子凶"，《周易·恒》六五："恒其德，贞，妇人吉，夫子凶。"意即"恒其德"的原则下，有所占问，妇人则吉，丈

夫则凶。因妇人从夫，其道一轨，其德不可不恒；丈夫因事制宜，其道多方，其德不可恒。（见高亨《周易大传今注》）

⑩《蛊》（gǔ）：卦名。上九：爻名。

⑪不事王侯，高尚其事：是《蛊》卦上九的爻辞。前“事”，动词，谓侍奉；后“事”，名词，指节操、行为。

⑫《蹇》（jiǎn）：卦名。六二：爻名。

⑬王臣蹇蹇，匪躬之故：是《蹇》六二爻辞，意即王臣屡屡直谏，不是为了他自己，而是为君为国。蹇蹇，直言不已。匪，通“非”。躬，自身。故，事。

⑭冒进：言论立异鸣高。

⑮旷官：荒废职守，才不称职。刺：指责，讥刺，讽刺。

⑯则：效法。

⑰尤：过失。不终无：不会没有。

⑱为：是，算。

⑲越人视秦人：越国人看待秦国人。越、秦乃春秋两国，相距甚远。此处用以形容极疏远，毫不相关。

⑳忽焉：毫不在意的样子。

㉑下大夫：唐时谏议大夫年俸二百石，秩品为正五品，约相当于古代下大夫。秩：官吏的俸禄。

㉒官守：居官守职。

㉓言责：进言的责任。

㉔可：合宜，合适。

㉕禄仕：为俸禄而出仕做官。

㉖仕不为贫，而有时乎为贫：见《孟子·万章下》，文字稍异。

㉗抱关：守门。击柝（tuò）：打更，守夜。柝，木梆子。

㉘委吏：春秋鲁管粮仓的小吏。

㉙乘（shèng）田：春秋鲁管理牧场饲养六畜的小吏。

㉚会计：管理财物及出纳等事。当(dàng)：合适。

㉛遂：顺利地成长。

【译文】

有人向我询问谏议大夫阳城："这个人可以认为是有道德的人吗？他学问渊博，见识也广，又不想出名。学习了古人立身处世的道理后，隐居在晋国边境，那里的人民受他道德熏陶而品行善良的几至于千人。大臣闻听他的德名，就荐他为官，天子任命他做了谏议大夫。大家都认为这是荣耀的事，而阳城没有得意之色。他任职已五年，品德看起来仍如在野的时候，他怎么会因为富贵就改变自己的操守意志呢？"我回答说："这就是《周易》所说的，如果长久保持一种德操，不能因事制宜，是很危险的，又哪里称得上有道呢？《周易·蛊》的'上九'爻辞说：'不去侍奉王侯，只求自己的节操高尚。'《周易·蹇》的'六二'爻辞说：'王臣屡屡直谏，不是为了自己，而是为君为国。'那也是因为所处的时势不一样，所以实行不同的道德。假如像《周易·蛊》'上九'一样据处的是不被任用的地位，却要去死身致节；而像《周易·蹇》'六二'一样位居大臣，却要去'高尚其事'，自命清高，那忧患就要产生，旷废职守的责难也会兴起，这样的志向不能效法，而他自己的过失也终究不可避免。现在阳城身居官位，不是不长久；听到朝政的得失，不是不熟悉；天子对待他，也不是不重视；可是他没有一句话关系朝政。他看待朝政的得失，犹如越国人看秦国人的胖瘦贫富一样，毫不在意，在他心中引不起任何高兴和忧愁。问他官位，就说谏议大夫；问他官俸，就说下大夫俸禄；问他朝政情况，却说我不知道。有道德的人，难道是这样的吗？况且我听说：有官职的人，不能尽职就辞去；有进言责任的人，不能提出规劝意见就辞去。现在阳城觉得能够提出规劝意见了吗？能提出规劝意见而不说，和不能提出规劝意见又不辞去，都是不对的。阳城是为了俸禄做官的吧？古人说：'做官不是因为贫穷，但有时候是因为贫穷。'说的就是为俸禄做官的人。这样的人应当辞去高位而担任卑贱的职务，放弃富贵而安处贫贱的生活，去当个看门、打更的小吏就可以了。但即使这样，如孔子，曾任管粮仓的小吏，管饲养牲畜的小吏，也还是不敢旷废他的职守，一定要财物账目相符才行，一定要牛羊顺利成长才行。像阳城的等级俸禄，显然不是低下贫穷的，却这样做事，这难道可以吗？”

或曰：“否，非若此也。夫阳子恶讪上者①，恶为人臣招其君之过而以为名者②。故虽谏且议，使人不得而知焉。《书》曰③：‘尔有嘉谋嘉猷④，则入告尔后于内⑤，尔乃顺之于外’；曰：‘斯谋？斯猷⑥，惟我后之德。’夫阳子之用心，亦若此者。”愈应之曰：“若阳子之用心如此，滋所谓惑者矣⑦。入则谏其君，出不使人知者，大臣宰相者之事，非阳子之所宜行也。夫阳子本以布衣，隐于蓬蒿之下⑧。主上嘉其行谊⑨，擢在此位⑩，官以谏为名，诚宜有以奉其职，使四方后代知朝廷有直言骨鲠之臣⑪，天子有不僭赏从谏如流之美⑫。庶岩穴之士⑬，闻而慕之，束带结发⑭，愿进于阙下⑮，而伸其辞说⑯，致吾君于尧、舜⑰，熙鸿号于无穷也⑱。若《书》所谓，则大臣宰相之事，非阳子之所宜行也。且阳子之心，将使君人者恶闻其过乎？是启之也。”

【注释】

①恶（wù）：厌恶，不喜。讪（shàn）：诽谤，诋毁。

②招（qiáo）：举，这里是检举、揭露之意。

③《书》：《尚书》，古史书，载上古帝王言论、文告。

④嘉：善。谋、猷（yóu）：皆计谋、策略意。

⑤后：君主。

⑥斯：这个。

⑦滋：更加。惑：困惑，糊涂。

⑧蓬蒿之下：犹言草莽之中。

⑨行谊：品行和道义。谊，通“义”。

⑩擢（zhuó）：提拔。

⑪骨鲠（gěng）：比喻刚直、刚劲。

⑫僭（jiàn）赏：滥用奖赏。如流：如流水，喻其速其多。

⑬岩穴之士：指隐居山林之人。

⑭束带结发：谓整理衣冠，表示礼貌。

⑮阙下：借指朝廷。阙，宫殿的门楼。

⑯伸：陈述，表达。

⑰致：使到达。

⑱熙：光耀。鸿号：大的名声。

【译文】

有人说：“不，不是这样的。阳城是厌恶毁谤皇上，厌恶为臣以揭露君主的过失而出名。所以虽然规谏议论，却不让人家知道。《尚书》说：‘你有好计谋好策略，就进去告诉你的君主，然后在外面夸奖你的君主的英明’；说：‘这个计谋策略，都是我们君主做出的。’那阳城的存心，也像是这样的。”我回答说：“如果阳城存心如此，那就更是所谓的糊涂了。进去规劝君主，出来不使人知道，这是大臣宰相的事情，不是阳城所应当做的。那阳城本是平民，隐居草莽之中。主上赞赏他的品行，提拔到这个位置上，官职既名为谏议，实在应当有所作为来奉行他的职守，让天下的人和他们的后代知道朝廷有直言敢谏的刚正臣子，天子有不滥赏赐和从谏如流的美名。这样就可使山野隐士闻风向慕，束好衣带，结好头发，自愿来到宫阙陈述他们的意见，使我们的君主仁德和尧、舜并列，美名光耀万代千秋。至于《尚书》所说的，是大臣宰相的事情，非阳城所应为。而且阳城的用意，不是将使做君主的人厌恶听到自己的过失吗？这是为君主厌恶听到自己过失开了头。”

或曰：“阳子之不求闻而人闻之，不求用而君用之，不得已而起守其道而不变①，何子过之深也②？”愈曰：“自古圣人贤士皆非有求于闻用也。闵其时之不平③，人之不乂④，得其道，不敢独善其身，而必以兼济天下也，孜孜矻矻死而后已⑤。故禹过家门不入，孔席不暇暖，而墨突不得黔⑥。彼二圣一贤者，岂不知自安逸之为乐哉？诚畏天命而悲人穷也。夫天授人以贤圣才能，岂使自有余而已？诚欲以补其不足者也。耳目之于身也，耳司闻而目司见，听其是非，视其险易，然后身得安焉。圣贤者，时人之耳目也；时人者，圣贤之身也。且阳子之不贤，则将役于贤，以奉其上矣。若果贤，则固畏天命而闵人穷也，恶得以自暇逸乎哉？”

【注释】

①起：起用，指出仕。

②子：您。过：责备。

③闵：通“悯”。怜悯，忧虑。

④乂(yì)：安定。

⑤孜孜矻矻(kū)：勤奋不倦的样子。

⑥孔席不暇暖，而墨突不得黔：谓孔子和墨子热心世事，周游列国，整日忙碌而四处奔走，座席没坐暖，灶突未烧黑，就又离家出行。突，烟囱。黔，黑色。

【译文】

有人说：“阳城不求出名而人家都知道他，不求任用而君主任用他，不得已才出来做官的，保持他的德行而不改变，为什么您要那么严厉地指责他呢？”我说：“自古以来圣人贤士，都不是要求闻名和任用的。只是怜悯时世不太平，百姓不安定，有了道德学问，不敢独善其身，一定要用来普救天下，勤奋努力，到死方休。所以夏禹三过家门而不入，孔子回家座席还没有坐暖，墨子回家烟囱还没来得及烧黑，就又都出行了。这两位圣人，一位贤人，难道不知道自己过安逸的日子是快乐的吗？实在是畏惧天命而怜悯人民穷困啊。上天把道德、智慧和才能授给人，难道只是让他自己有余而已？实在是要用他以弥补人家的不足。耳目对于人身，耳朵管听，眼睛管看，听清是非，看明安危，而后身体才得到安全。圣人贤人，就好比是世人的耳目；世人就好比是圣贤的身体。再说，阳城若不贤明，就该被圣贤役使，来奉事他的君主。若是果真贤明，那就应畏惧天命而怜悯人民的穷困，怎么能够只图自己安逸呢？”

或曰：“吾闻君子不欲加诸人①，而恶讦以为直者②。若吾子之论，直则直矣，无乃伤于德而费于辞乎？好尽言以招人过③，国武子之所以见杀于齐也④。吾子其亦闻乎⑤？”愈曰：“君子居其位，则思死其官；未得位，则思修其辞，以明其道。我将以明道也，非以为直而加人也。且国武子不能得善人，而好尽言于乱国，是以见杀。《传》曰⑥：‘惟善人能受尽言。’谓其闻而能改之也。子告我曰：‘阳子可以为有道之士也。’今虽不能及已⑦，阳子将不得为善人乎哉？”

【注释】

①加：凌驾，凌辱。

②恶：厌恶。讦(jié)：攻击揭发别人的短处。

③尽言：犹极言，直言。

④国武子:名佐,春秋时齐国大夫。

⑤其:大概,也许。

⑥《传》:指《国语》。《国语》又称《春秋外传》。下句见《国语·周语下》。

⑦及:达到。已:通“矣”。表陈述。

【译文】

有人说:“我听说君子不想把自己所不要的东西加在别人身上,而且憎恨那种把揭发别人的短处当作直率的人。像您这样议论,直率是直率了,只怕有些伤害道德,多费口舌了吧?喜欢直言不讳揭发别人的过失,这就是国武子在齐国被杀的原因。您大概也听说了吧?”我说:“君子有了官职,就想到以身殉职;没有做官,就想到修饰文辞来阐明道理。我要用言辞来阐明道理,不是自命正直而把自己所不要的东西加在别人身上。况且国武子是因为没有遇到善良的人,却喜欢在乱国直言不讳,所以被杀。古书上说:‘只有好人能接受直言规劝。’这是说他听到规劝的意见后一定能改正。您告诉我说:‘阳城可以算是有道德的人。’现在虽然还不能说达到了,可阳城还不能算是个善人吗?”

师说

【题解】

《师说》是作者写给李蟠的赠言,从人生而有惑开始,言及人之学必有师,而后分析抨击当时社会普遍羞于从师,以及唯小学而大遗的弊病。重点提出“师者,传道、授业、解惑也”之义,认为学无定师,唯道是从才对。

古之学者必有师[①]。师者,所以传道、授业、解惑也[②]。

人非生而知之者，孰能无惑[3]？惑而不从师，其为惑也终不解矣[4]。生乎吾前[5]，其闻道也，先乎吾，吾从而师之。生乎吾后，其闻道也亦先乎吾，吾从而师之。吾师道也，夫庸知其年之先后生于吾乎[6]！是故无贵无贱[7]，无长无少，道之所存，师之所存也。嗟乎！师道之不传也久矣，欲人之无惑也难矣。古之圣人，其出人也远矣[8]，犹且从师而问焉[9]。今之众人，其下圣人也亦远矣[10]，而耻学于师。是故圣益圣，愚益愚，圣人之所以为圣，愚人之所以为愚，其皆出于此乎！爱其子，择师而教之，于其身也，则耻师焉，惑矣！彼童子之师，授之书而习其句读者[11]，非吾所谓传其道解其惑者也。句读之不知，惑之不解，或师焉，或不焉[12]，小学而大遗[13]，吾未见其明也。巫医乐师百工之人[14]，不耻相师。士大夫之族[15]，曰师、曰弟子云者，则群聚而笑之。问之，则曰："彼与彼年相若也[16]，道相似也。位卑则足羞[17]，官盛则近谀[18]。"呜呼！师道之不复可知矣[19]！巫医乐师百工之人，君子不齿[20]，今其智乃反不能及，其可怪也欤！

【注释】

①学者：求学的人，或研究学问的人。

②道：道理，此处指儒家之道。

③孰：谁，哪个。

④解：解答，解决。

⑤乎：介词，于，在。

⑥庸知：岂管，哪知。

⑦是故：因此，所以。

⑧出人也远矣:高出一般人很多。

⑨焉:语气助词,呢。

⑩下:不如。

⑪句读(dòu):古书无标点,句读就是断句。

⑫不(fǒu):同“否”。

⑬遗:放弃。

⑭巫医:古代巫与医不分,这里主要指医生。乐师:歌唱奏乐的人。百工:各种手艺人。

⑮族:类。

⑯年相若:年纪差不多。

⑰卑:低下。

⑱盛:高大。谀:谄媚。

⑲复:恢复。

⑳不齿:不屑与其同列。齿,并列。

【译文】

古代求学的人一定有老师。老师是传授大道、教授知识、解答疑难的人。人不是生下来就懂得事理,谁能没有疑难?有了疑难却不向老师请教,他的迷惑就始终得不到解决。比我先出生的,他闻知道理自然较我为先,我就跟他学习。后我出生的,他闻知道理也可能比我早,我也跟他学习。所师法学习的是知识,哪管他出生是先我还是后我!因此无论人之贵贱,人之老少,知识存在的地方,就是老师存在的地方。可惜呀!从师学道的风气很久不流传了,想要人没有疑难也难啊。古代的圣人们,他们远超出普通人,尚且向老师请教。当今的普通人,他们远低于圣人们,却以跟从老师学习为羞耻。因此圣人越发圣明,愚蠢的人更加愚蠢,圣人之所以能够圣明,愚蠢的人之所以愚蠢,原因都在这里呀!疼爱自己的孩子,选择老师教育他们;而他们自己,却以向老师学习为羞耻,糊涂啊!那些教育孩子的老师,只传授他们书本知识并教他们断句注音，还并不是我所说的传授大道、解答疑惑的老师。不知句读要去请教老师，有不能解决的疑难问题却不请教老师，小的学习，大的却放弃了，我看不出来他能明白什么道理。巫医乐师各种手艺人，不以互相学习为羞耻。士大夫这类人，说起老师、弟子的时候，就聚在一起哄笑。问他们，则说："我和他如果年岁相近，道德修养就会差不多。如果他的地位低，以他为师，会让人感到耻辱；如果他位高势重，拜他为师，就觉得近于谄媚。"唉！从师学习道理的风气不再恢复的原因总算明白了。巫医乐师各种手艺人，君子们是不屑和他们同列的，如今却竟不如他们明智，难道不令人奇怪吗？

圣人无常师，孔子师郯子、苌弘、师襄、老聃[①]。郯子之徒，其贤不及孔子。孔子曰："三人行，则必有我师。"是故弟子不必不如师[②]，师不必贤于弟子。闻道有先后，术业有专攻[③]，如是而已。

【注释】

①郯（tán）子：春秋时郯国（今山东郯城县境）的国君，孔子曾向他请教官制。苌弘：周敬王时候的大夫，孔子曾向他请教过音乐。师襄：春秋时鲁国乐官，孔子曾向他学弹琴。老聃：即老子，春秋时思想家、哲学家，道家创始人，孔子曾向他问周礼。

②不必：不一定。

③术业：学术和技能。

【译文】

圣人没有固定的老师，孔子曾向郯子、苌弘、师襄、老聃学习。而郯子这批人，他们比不上孔子贤明。孔子说："三个人走在一起，则其中必定有人可以做我的老师。"所以学生不必比不上老师，老师也不一定要比学生贤明。闻知道理有先后，学术有专门研究，仅此罢了。

李氏子蟠[①]，年十七，好古文，六艺经传[②]，皆通习之，不拘于时，学于余。余嘉其能行古道[③]，作《师说》以贻之[④]。

【注释】

①李氏子蟠：李家孩子名蟠。李蟠，唐德宗贞元十九年(803)进士，韩愈的学生。

②六艺经传：六经的本文或其他人解释经的著作。六经，指《诗》《书》《礼》《乐》《易》《春秋》。

③嘉：嘉奖，赞许。

④贻：赠送。

【译文】

李家孩子名蟠，十七岁，喜欢古文，六艺经传，通通加以学习，不拘于时俗的不良风气来向我学习。我赞许他能走以求师为荣的古人之道，写下《师说》赠送给他。

柳宗元

柳宗元(773—819),字子厚,唐代河东(今山西运城解州镇)人。我国杰出的文学家和著名的思想家。二十一岁中进士,后做过校书郎和蓝田县尉,三十一岁拜监察御史。三十三岁因参加王叔文主张改革的政治集团,旧派执政时被贬为永州司马,直到四十三岁才又迁官柳州刺史,四十七岁死于柳州贬所。作品收在《柳河东集》中。

柳宗元与韩愈同是古文运动的先驱者和领导者,为唐宋散文八大家之一。他重视文学的社会作用,主张文体和文风的革新。他的散文包括论说、寓言、传记和游记等。他的论文思想深刻,寓言文笔犀利,传记写人状物生动形象。尤为称道的是,他的山水游记刻画入微,寄托深远,富于诗情画意,为后世所传诵。

封建论

【题解】

《封建论》是古代政论散文的典范之作。

本文对秦汉以来关于郡县制与分封制的论争做了总结。作者站在统治者的立场上,旗帜鲜明地提出"封建非圣人意,势也"的观点。他根据各个时期的历史事实,深刻而系统地阐明了"郡县制"比"封建制"优越及郡县制代替封建制的必然性，热情赞扬秦始皇废分封立郡县是“公天下之端”。

文章间架宏阔，体势雄俊，层次分明，论证有力，笔锋犀利，具有势不可挡的论辩力量。

天地果无初乎[1]？吾不得而知之也[2]。生人果有初乎[3]？吾不得而知之也。然则孰为近[4]？曰：有初为近[5]。孰明之[6]？由封建而明之也[7]。彼封建者，更古圣王尧、舜、禹、汤、文、武而莫能去之[8]。盖非不欲去之也[9]，势不可也[10]。势之来，其生人之初乎[11]？不初[12]，无以有封建。封建非圣人意也。彼其初与万物皆生，草木榛榛[13]，鹿豕狉狉[14]，人不能搏噬[15]，而且无毛羽，莫克自奉自卫[16]，荀卿有言[17]，必将假物以为用者也。夫假物者必争[18]，争而不已，必就其能断曲直者而听命焉[19]。其智而明者，所伏必众[20]，告之以直而不改[21]，必痛之而后畏[22]，由是君长刑政生焉[23]。故近者聚而为群。群之分，其争必大，大而后有兵有德[24]。又大者，众群之长又就而听命焉，以安其属，于是有诸侯之列。则其争又有大者焉。德又大者，诸侯之列又就而听命焉，以安其封[25]，于是有方伯、连帅之类[26]，则其争又有大者焉。德又大者，方伯、连帅之类又就而听命焉，以安其人，然后天下会于一[27]。是故有里胥而后有县大夫[28]，有县大夫而后有诸侯，有诸侯而后有方伯、连帅，有方伯、连帅而后有天子。自天子至于里胥，其德在人者，死必求其嗣而奉之[29]。故封建非圣人意也，势也。以上封建之初。

【注释】

①天地：自然界。

②得：能够。

③生人：生民，指人类。在唐代，因李世民而避讳用“民”字，所以柳宗元此处用“人”字，在本文中，凡是应用“民”字，都用“人”字来代替，文中著有“民”字，当是后人改的。

④然则：那么。

⑤近：接近实际情况。

⑥孰：什么，这里作“怎么”“用什么”解。明：证明，知道。

⑦封建：封建制。本文所说的封建，是指战国时天子把爵位、土地和人民分封给他的宗室、亲戚和有功的大臣，建立诸侯国之贵族世袭制度，也就是“分封制”。

⑧去：废除，去掉。

⑨盖：大概，句首语气词。

⑩势：客观形势，自然趋势。

⑪其：大概，揣测语气词。

⑫不初：没有原始阶段。

⑬榛榛(zhēn)：草木杂乱丛生的样子。

⑭豕(shǐ)：猪。狉狉(pī)：野兽成群奔跑的样子。搏噬(shì)：指像野兽那样用爪牙去争斗撕咬。搏，抓。噬，咬。

⑯克：能够。自奉自卫：自己奉养自己、自己保卫自己。

⑰荀卿：指荀况(前313—前238)。

⑱夫(fú)：发语词，用于句首。

⑲就：找到，接近。

⑳伏：屈服，使服从。

㉑直：这里是指正确的道理。

㉒痛：使痛苦，指惩罚。

㉓刑政：刑法，政令。

㉔兵：武器，军队。

㉕封：封国，封地。

㉖方伯：一方诸侯的首领。连帅：十国诸侯的领袖。

㉗会于一：指统一听命于天子。

㉘里胥(xū)：古代乡官，相当于后来的乡长或村长。县大夫：掌管一个县的长官。

㉙嗣(sì)：后代。奉：拥护。

【译文】

自然界果真没有原始阶段吗？我不得而知。人类果真有原始阶段吗？我也不得而知。既然这样，那么，哪种情况更接近真实呢？我认为有原始阶段这种观点更接近。用什么来证明它呢？由分封制来证明。分封制，即使是远古贤明的帝王唐尧、虞舜、夏禹、商汤、周文王、周武王都不能废弃它。不是他们不想废弃，是客观形势不许可啊！这种形势的产生，大概是在人类的原始阶段。没有原始阶段，就无从产生分封制。实行分封制，并不是古代贤明帝王的意志。人类在原始阶段同万物共存，那时草木杂乱丛生，野兽成群到处奔跑，人不能像野兽那样用爪牙去搏斗撕咬，而且身上又没有羽毛，不能够自己供养自己、自己保卫自己，正如荀卿所说的，人类一定要凭借外物来作为求生的工具。凭借外物求生，人类相互间必然产生争斗，争斗不止，一定去找那些能够判断是非曲直的人并听命于他。对那些有智慧又明事理的人，一定有很多人服从他；他把正确的道理告诉那些争斗的人而他们不肯改悔，一定得惩罚他们才能使他们敬畏，于是就产生了君主、官吏和刑法、政令。所以彼此亲近的人便聚集成为一群。分成群之后，他们的相互争斗一定会扩大，扩大之后就产生了用武力来镇压和用道德来安抚的统治方法。其中对武力更强的人，各个群体的首领又去听从他的命令，以此来安定他们的部属，于是就产生了许多诸侯。这样，他们的争斗就又更扩大了。等到出现了道德更高的人,许多诸侯就又去听从他的命令,以此来安定他们的封国,于是就产生了“方伯”“连帅”之类的诸侯首领,这样,他们相互间争斗的规模又进一步扩大了。便又出现了比“方伯”“连帅”威望更高的人,“方伯”“连帅”一类的诸侯领袖,又去听从他的命令,来安定他们统治下的人民,然后天下就统一于天子一个人了。因此先有乡里的长官然后有县的长官,有了县的长官然后有诸侯,有了诸侯然后才有“方伯”“连帅”,有了“方伯”“连帅”然后才有天子。从天子到乡里的长官,他们中有给人民做了好事的人,死后人们一定拥护他们的后代继续做首领。所以说分封制的产生不是圣人的个人意志,而是形势发展所造成的。以上说的是实行封建制之初的事情。

夫尧、舜、禹、汤之事远矣,及有周而甚详①。周有天下,裂土田而瓜分之②,设五等③,邦群后④,布履星罗⑤,四周于天下,轮运而辐集⑥。合为朝觐会同⑦,离为守臣扞城⑧。然而降于夷王⑨,害礼伤尊,下堂而迎觐者⑩。历于宣王⑪,挟中兴复古之德⑫,雄南征北伐之威⑬,卒不能定鲁侯之嗣⑭。陵夷迄于幽、厉⑮,王室东徙⑯,而自列为诸侯。厥后问鼎之轻重者有之⑰,射王中肩者有之⑱,伐凡伯、诛苌弘者有之⑲。天下乖戾⑳,无君君之心㉑,余以为周之丧久矣㉒,徒建空名于公侯之上耳㉓。得非诸侯之盛强㉔,末大不掉之咎欤㉕?遂判为十二㉖,合为七国㉗,威分于陪臣之邦㉘,国殄于后封之秦㉙。则周之败端㉚,其在乎此矣。以上周。

【注释】

①有周:即周朝。有,常常加在朝代名称前面的语词,没有意义。

②裂:分割。

③设五等:设立五等爵位,即:公、侯、伯、子、男五个等级。

④邦:封国,这里作"分封"讲,动词。后:君长,这里指诸侯。

⑤布履:布是遍布,履是足迹,意为列国疆界的分布。

⑥轮运:车轮转动。辐集:辐条集中向着车毂。这里比喻诸侯集结于天子周围就像车轮转动时辐条集中于车毂上一样。辐,指条,连结车辋的毂(车轮中心圆木)的直木条。

⑦合:指诸侯与天子会合。朝觐(jìn):诸侯朝见天子,在春天称"朝",在秋天称"觐"。会同:诸侯朝见天子或互相聚会。随时去叫会,同时去叫同。

⑧离:指诸侯离开天子,回到各自的封国。扞(hàn)城:天子的捍卫者。扞,同"捍"。

⑨降:这里是向下传的意思。夷王:是指西周第九代君主,名燮(xiè),前887—前858年在位。

⑩迎觐:迎接朝见的诸侯。

⑪历:直到。宣王:西周第十一代君主,前827—前782年在位。

⑫挟(xiē):挟持,凭藉。中兴:指周宣王起兵平定四方部族的叛乱,恢复了周王朝初期统治的威权,历史上称为"中兴"。

⑬雄:显示,动词。南征北伐:指周宣王南征楚国,北伐北方部族猃狁(xiǎn yǔn)等。

⑭卒:终究。

⑮陵夷:一天天地衰弱下去。迄:到。幽:周幽王,名宫涅,西周最后一个君主。厉:周厉王。

⑯王室东徙:周平王即位后,把都城由镐(hào)京(今陕西西安)东迁到洛邑(今河南洛阳),历史上称为东周。

⑰厥后:从那以后。问鼎之轻重:《左传·宣公三年》记载,楚庄王伐陆浑之戎(当时住在今河南嵩县东北一带的部族),顺道在东周的边境上进行军事演习,炫耀威力。周定王派人去慰问楚军,

庄王向他询问周朝宗庙里陈列之鼎有多大多重，显露出夺取周朝政权的野心。鼎，指九鼎，相传为夏禹所铸，共有九个，象征天下九州，是夏、商、周三代传国之宝和王权的象征。

⑱射王中肩：《左传·桓公五年》记载，周朝大臣凡伯出使鲁国，归途中在楚丘（今山东曹县东南）遭到一部族的袭击，被活捉。

⑲诛苌弘：《左传·哀公三年》记载，晋国大臣赵鞅与范吉射相攻，苌弘支持范吉射，后范失败，赵鞅责问周朝，周敬王因此杀死大臣苌弘，以表示向赵氏道歉。

⑳乖戾（lì）：反常。

㉑君君：前一个是动词，表尊重。后一个指周天子。

㉒丧：丧失，指失去统治。

㉓徒建：白白保存。

㉔得非：岂不是。

㉕末大不掉：义同“尾大不掉”，比喻诸侯强天子弱，指挥不动。

㉖判：分。十二：指春秋时期鲁、齐、秦、晋、楚、宋、卫、燕、韩、曹、郑、吴等十二个主要诸侯国。

㉗合为七国：战国时期，诸侯国之间混战，又合并为秦、楚、齐、燕、韩、赵、魏七个强国。

㉘威分：权力已被分割。

㉙殄（tiǎn）：灭亡。

㉚端：起因。

【译文】

尧、舜、禹、汤的时代离我们太久远了，到了周代，情况才比较详细。周代占有天下后，把土地像切瓜一样分割开来，设立公、侯、伯、子、男五等爵位，分封了许多诸侯，诸侯国像繁星罗列，布满天下，他们集结在天子周围，就像车轮运转时辐条集中向着轮子轴心那样。诸侯按时聚合去朝见天子，离开天子回国，就成为周王室的守土之臣，保卫朝廷的屏障。可是往下传到了周夷王的时候，就出现了破坏礼法、损害朝廷尊严、天子竟下堂迎接诸侯的事了。直到周宣王的时候，他虽然仗恃着复兴国势的功德，显示出南征北伐的威风，但终究无力决定鲁国君位的继承人。到周幽王、周厉王时逐渐衰落，周平王迁都洛阳后，周天子把自己降到了跟诸侯同等的地位。从那以后，询问九鼎轻重的人有了，放箭射中周天子肩膀的事出现，伏击绑架周天子大臣凡伯、逼迫周天子杀掉大夫苌弘的事也出现了。天下反常，没有尊重天子的心，我认为周王朝丧失对诸侯的统治权已经很久了，只不过还在公侯之上保存着一个空名罢了！这岂不是诸侯力量太强大，形成尾大不掉的过失吗？于是周朝的天下被分为十二个大的诸侯国，后来又合并为七个强国，周朝的权力分散到陪臣掌政的国家里，最后周王朝被受封较晚的秦国所灭掉。那么周朝所以灭亡的原因，就在于实行分封制了。以上讲的是周朝的事。

秦有天下，裂都会而为之郡邑①，废侯卫而为之守宰②。据天下之雄图③，都六合之上游④，摄制四海⑤，运于掌握之内⑥，此其所以为得也。不数载而天下大坏，其有由矣。亟役万人⑦，暴其威刑⑧，竭其货贿⑨。负锄梃谪戍之徒⑩，圜视而合从⑪，大呼而成群。时则有叛民而无叛吏⑫，人怨于下而吏畏于上，天下相合，杀守劫令而并起⑬。咎在人怨⑭，非郡邑之制失也。以上秦。

【注释】

①都会：诸侯的都城，这里指诸侯的封国。郡邑：郡县。

②侯卫：即诸侯，周朝以侯国的远近分为几服，其中距天子直属领地近的诸侯国叫做“侯服”，较远的叫做“卫服”。守：郡守，一郡的行政长官。宰：县令，一县的行政长官。

③雄图：指形势险要的地方。

④都：建都。六合：天、地、东、西、南、北，这里指天下。上游：秦建都成阳（今陕西成阳），是殷周以来所谓中原地区黄河流域的上游。

⑤摄制：控制。

⑥运：转动。

⑦亟（qì）：多次，屡次。万人：万民，指大批百姓。

⑧暴其威刑：把刑罚搞得很残暴。

⑨货贿（huì）：货财。

⑩梃（tǐng）：木棍。谪戍之徒：被惩罚去守边的人。指秦二世元年（前209）派去防守渔阳（今北京密云）的陈胜、吴广等人。

⑪圜视：互相顾看的样子。圜，同“环”。合从：同“合纵”。联合起来。

⑫叛民：指起义的百姓。叛吏：反秦的官吏。

⑬杀守：杀郡守。

⑭人怨：使人民怨恨。

【译文】

秦国统一了天下，把各地诸侯的都城一概改成郡县，废掉诸侯而任命郡守县令。秦占据着天下的险要地势，建都于西北的咸阳，居高临下，控制着全国，把天下局势操纵在手中，听凭运用，这就是秦朝做得正确的地方。没有几年天下大乱，那是有原因的。它频繁地征发数以万计的百姓去服兵役、劳役，炫耀它的威势和刑法，消耗尽它的财力。于是那些扛着锄头、木棍被派去防守边境的人们，惊愕四顾，聚集起来，大声一呼便汇合成起义的队伍。当时只有造反的老百姓而没有反叛的官吏，在下的老百姓怨恨秦王朝，在上的官吏害怕秦王朝，天下的老百姓互相配合，杀郡守、抓县令的事情在各地同时发生。秦朝败亡，错误在于秦王朝激起了人民的怨恨，并不是实行郡县制的过失。以上说的是秦朝的事。

汉有天下，矫秦之枉①，徇周之制②，剖海内而立宗子③，封功臣。数年之间，奔命扶伤而不暇。困平城④，病流矢⑤，陵迟不救者三代⑥。后乃谋臣献画⑦，而离削自守矣⑧。然而封建之始，郡国居半，时则有叛国而无叛郡。秦制之得，亦以明矣。以上汉。

【注释】

①枉：不直，引申为偏差、错误。

②徇（xún）：依从。

③宗子：这里指刘邦的同宗子弟。

④困平城：汉高祖六年（前201），韩王信勾结匈奴攻汉，次年高祖前去讨伐，在平城（今山西大同）被匈奴军围困七天。

⑤病流矢：被飞箭射伤。指汉高祖十一年（前196）淮南王英布叛乱，高祖领兵镇压，被飞箭射中，因伤发病，于次年四月死去。

⑥陵迟：逐渐衰弱。三代：三世，因避李世民讳，用“代”字代替“世”字，指汉高祖以后的惠帝、文帝、景帝三世都有诸侯谋反作乱。

⑦谋臣献画：指汉文帝时的贾谊、景帝时的晁错和武帝时的主父偃，都曾向皇帝献策削减诸侯王的封地，或把一个诸侯国分成几个小国，并逐步剥夺他们干预地方行政之权力。

⑧离削：分散削弱。

【译文】

汉朝取得天下以后，纠正秦朝的错误，沿袭周朝的分封制，把国土分封给自己的子弟和功臣。几年之内，汉王朝疲于奔命，到处救援。汉高祖刘邦被匈奴围困在平城，又被英布部下的飞箭射伤，就这样汉代衰落不振达三年之久。后来由于谋臣献策，才使诸侯王的势力遭到分散削弱仅能自保。但是，汉王朝在恢复分封制的初期，全国有一半地区实行郡县制，当时只有反叛的诸侯国，却没有反叛的郡县。秦朝郡县制的正确，也就由此得到证明。以上说的是汉朝的事。

继汉而帝者，虽百代可知也。唐兴，制州邑[①]，立守宰，此其所以为宜也。然犹桀猾时起[②]，虐害方域者[③]，失不在于州而在于兵[④]，时则有叛将而无叛州。州县之设，固不可革也[⑤]。以上唐。

【注释】

①制：建立，实行。州邑：州县，唐高祖武德年间改郡为州，设刺史。

②桀猾：凶恶奸猾之人，这里指割据叛乱者。

③方域：地方，指州县。

④兵：兵制。唐代初期是府兵制，中唐以后，采用雇佣兵制，边镇将领借此扩大军队，逐渐形成军阀割据。

⑤固：确实，本来。革：改变。

【译文】

继汉王朝以后称帝的人，就是再过一百代，也是可以知道他必然实行郡县制的。唐朝建立以后，设置了州县，任命了州县的长官，这是唐朝做得对的地方。但是还有凶恶狡猾的藩镇不时起来作乱，残害地方，这个过错不在于建立州县制，而在于兵制有问题，那时有反叛的藩镇将领而没有反叛的州县长官。可见州县的设立，确实是不可改变的。以上说的是唐朝的事。

或者曰："封建者，必私其土，子其人，适其俗，修其理[①]，施化易也[②]。守宰者，苟其心[③]，思迁其秩而已[④]，何能理乎？"余又非之。周之事迹，断可见矣[⑤]。列侯骄盈，黩货事戍[⑥]。大凡乱国多，理国寡。侯伯不得变其政，天子不得变其君。私土子人者，百不有一。失在于制[⑦]，不在于政[⑧]，周事然也。秦之事迹亦断可见矣。有理人之制，而不委郡邑，是矣；有理人之臣，而不使守宰，是矣。郡邑不得正其制[⑨]，守宰不得行其理，酷刑苦役，而万人侧目[⑩]。失在于政，不在于制[⑪]，秦事然也。汉兴，天子之政行于郡，不行于国，制其守宰，不制其侯王。侯王虽乱，不可变也；国人虽病，不可除也。及夫大逆不道，然后掩捕而迁之[⑫]，勒兵而夷之耳[⑬]。大逆未彰[⑭]，奸利浚财[⑮]，怙势作威[⑯]，大刻于民者[⑰]，无如之何。及夫郡邑，可谓理且安矣。何以言之？且汉知孟舒于田叔[⑱]，得魏尚于冯唐[⑲]，闻黄霸之明审[⑳]，睹汲黯之简靖[㉑]，拜之可也[㉒]，复其位可也，卧而委之以辑一方可也[㉓]。有罪得以黜[㉔]，有能得以赏[㉕]。朝拜而不道，夕斥之矣；夕受而不法[㉖]，朝斥之矣。设使汉室尽城邑而侯王之，纵令其乱人，戚之而已。孟舒、魏尚之术，莫得而施；黄霸、汲黯之化，莫得而行。明谴而导之[㉗]，拜受而退已违矣[㉘]。下令而削之，缔交合从之谋，周于同列，则相顾裂眦[㉙]，勃然而起[㉚]。幸而不起，则削其半。削其半，民犹瘁矣，曷若举而移之以全其人乎[㉛]？汉事然也。今国家尽制郡邑，连置守宰[㉜]，其不可变也固矣[㉝]。善制兵，谨择守[㉞]，则理平矣[㉟]。以上校论封建与郡县之治乱。

【注释】

①修：修明。理：治，指政治。此处是避唐高宗（名治）之讳而写为“理”，下文中的“理”都是治的意思。

②施化：施行教化。

③苟其心：存在着苟且偷安、得过且过的心理。

④秩：官阶，品级。

⑤断：确实，断然。

⑥黩(dú)：贪污。货：钱财。事戎：从事战争，指好战。

⑦制：制度。

⑧政：具体的政治措施。

⑨正：修正。

⑩侧目：斜视，愤怒的样子。

⑪制：控制。

⑫掩捕：乘其不备加以逮捕。

⑬夷：平定，消灭。

⑭彰：明显，暴露。

⑮奸利：非法取利。

⑯怙(hù)势：依仗权势。

⑰大刻：非常刻毒。

⑱汉知孟舒于田叔：《汉书·季布栾布田叔传》："孝文帝初立，召叔问曰：'公知天下长者乎？'……叔顿首曰：'故云中守孟舒，长者也。'"文帝便起用孟舒为云中郡太守。

⑲得魏尚于冯唐：汉文帝时魏尚为云中郡太守，防匈奴侵扰有功，一次因上报的杀敌首级比实际数字多六颗，被免官，冯唐在文帝面前为魏尚辩明功过，文帝因此恢复了魏尚的官职。

⑳闻黄霸之明审：汉宣帝时，黄霸任颍川郡太守，执法明审，受到朝廷赏识，官至丞相。

㉑睹汲黯(àn)之简靖：汉武帝时，汲黯任东海郡太守，主张精简政事，安定官民，得到朝廷赏识。后来汉武帝要他去做淮阳郡太守，他以病推辞。汉武帝对他说："淮阳官民关系不好，我只好借重你的威望。有病不要紧，你躺着治理就行了。"简靖，政事简

要，地方安定。

㉒拜：任命。

㉓卧而委之：指汉武帝让汲黯去做淮阳太守的事。

㉔黜（chù）：罢免，贬斥。

㉕能：这里指功劳、成绩。

㉖受：同“授”。授官。

㉗明：公开。导：开导。

㉘拜受：下拜表示接受。

㉙裂眦（zì）：眼睛瞪得眼眶都要裂开了。眦，眼眶。

㉚勃然：发怒的样子。

㉛曷（hé）若：哪如。

㉜连置：普遍设置。

㉝固：肯定。

㉞守：太守，指地方官吏。

㉟理：治理，指政治。平：清平。

【译文】

有人说：“分封制下的世袭君长，一定会把所封给他的地方当做私人产业尽心治理，把那里的人民当做自己子女一样地爱护，采取适应当地风俗的措施，搞好那里的政治，这样施行教化是很容易的。郡县制下的州县地方长官，抱着得过且过的心理，只想升官罢了，怎么能把地方治理得好呢？”我又否定了这种说法。周朝的事迹，确实可以看得清楚了。当时诸侯骄横跋扈，贪财好战。大致说来，政治混乱的侯国多，治理得好的侯国少。在分封制下，诸侯的首领不能改变各诸侯国腐败的政治，周天子也不能撤换不称职的诸侯。真正能做到爱惜土地、爱护人民的诸侯，一百个当中也没有一个。其过错在于实行分封制，不在于朝廷的政治措施，周朝的情况就是这样。秦朝的事迹，也确实可以看得清楚了。朝廷有治理人民的制度，可是不依靠郡县长官在这方面发挥作用,这种情况是确实的;有能够治理人民的地方官吏,可是不让他们行使治理人民的职权,这种情况也是确实的。郡县不能正确地发挥它的作用,地方长官不能行使治理人民的职权,而秦朝刑罚残酷、劳役繁重,引起了万民的怨恨。过错在于政治措施,而不在于郡县制,秦朝的情况就是这样。汉朝兴起的时候,天子的政令只能推行到郡县,不能推行到诸侯国,天子只能控制那些郡县长官,不能控制那些诸侯王。诸侯王虽然胡作非为,朝廷也不能改变这种状况;诸侯国的人民虽然受害,朝廷也不能除掉诸侯王。只有等到诸侯王发动叛乱,这才能把他们逮捕流放到别处去,或者派兵消灭他们。如果诸侯王叛乱的阴谋还没有明显地暴露出来,他们非法取利,搜刮钱财,依仗权势,作威作福,对人民非常刻毒,君王对他们也不能怎么样。至于那实行郡县制的地方,可以说是治理得好并且社会安定。凭什么这样说呢?如汉文帝从田叔那里了解到孟舒的德行,从冯唐那里了解了魏尚的功劳,汉宣帝了解到黄霸明察执法,汉武帝看到汲黯简政安民,就可以提升他们恢复他们原来的官职,可以让汲黯躺着养病,而委任他去安抚一个地方。犯了罪的可以罢免,有才能的能够奖赏。早晨任命的官吏不行正道,晚上就撤换他;晚上授权任命的官吏不守法,早晨就罢免他。假使汉王朝把郡县都改成诸侯王国,即使他们残害百姓,朝廷也只能发愁罢了。就是孟舒、魏尚的治理方法,也不能够施展;黄霸、汲黯的道德教化,也不能够实行。朝廷公开谴责并劝导他们,当面接受但一退朝就违背了。朝廷如果下令削减他们的封地,他们就相互联合起来,对朝廷相顾而视,气势汹汹地发动叛乱。即使侥幸不起来闹事,朝廷只能削减他们的一半封地。虽然削减他们一半封地,另一半封地的人民还是照样受害,哪如全部废除诸侯王以保全那里的人民呢?汉朝的情况就是这样。现在国家全部实行郡县制,普遍地任命州县长官,这种情况不可改变是确定的。朝廷只要善于掌握军队、谨慎地选择地方官吏,那么国家就可以治理好了。以上就封建制与郡县制对治乱的影响进行比较分析。

或者又曰："夏、商、周、汉封建而延，秦郡邑而促[①]。"尤非所谓知理者也。魏之承汉也[②]，封爵犹建[③]。晋之承魏也[④]，因循不革。而二姓陵替[⑤]，不闻延祚[⑥]。今矫而变之，垂二百祀[⑦]，大业弥固，何系于诸侯哉？以上校论封建与郡邑祚之久暂。

【注释】

①"或者又曰"几句：这里引用的是曹元首《六代论》基本观点的概括，唐代萧瑀、刘秩等人曾因袭这种观点。促，短促。

②魏：指曹丕建立的魏国（220—265）。

③封爵：分封国土，授予爵位。

④晋：指司马炎建立起来的西晋（265—316）。

⑤二姓：指三国时魏国的曹氏和晋朝的司马氏。陵替：衰落。

⑥祚（zuò）：帝位，王位。

⑦垂：将及。祀（sì）：年。古代重视祭祀，四季祭祀一遍，因称年为祀。

【译文】

有人又说："夏、商、周、汉实行分封制而其统治都很长久，秦朝实行郡县制却统治得短促。"这种说法，更不是所谓懂得治理国家的人说的。魏国继承汉朝，仍然建立了封土赐爵的分封制。晋朝继承魏朝，分封制仍沿袭不改。但魏国的曹氏、晋朝的司马氏都很快就衰亡了，没听说国运长久。现在唐朝矫正了汉朝以来的分封制，采用郡县制，从开国到现在将近二百年了，国家基业很巩固，这与分封诸侯又有什么关系呢？以上论述封建制与郡县制对政权延续长短的影响。

或者又以为："殷、周，圣王也，而不革其制，固不当复议也[①]。”是大不然。夫殷、周之不革者，是不得已也。盖以诸侯归殷者三千焉[②]，资以黜夏[③]，汤不得而废[④]；归周者八百焉，资以胜殷，武王不得而易。徇之以为安[⑤]，仍之以为俗[⑥]，汤、武之所不得已也。夫不得已，非公之大者也，私其力于己也，私其卫于子孙也。秦之所以革之者，其为制，公之大者也；其情，私也，私其一己之威也，私其尽臣畜于我也[⑦]。然而公天下之端自秦始[⑧]。夫天下之道，治安斯得人者也。使贤者居上，不肖者居下[⑨]，而后可以治安。今夫封建者，继世而理。继世而理者，上果贤乎？下果不肖乎？则生人之理乱未可知也。将欲利其社稷[⑩]，以一其人之视听，则又有世大夫世食禄邑[⑪]，以尽其封略[⑫]。圣贤生于其时，亦无以立于天下，封建者为之也。岂圣人之制使至于是乎？吾固曰："非圣人之意也，势也。"以上论公私。

【注释】

①"或者又以为"几句：引文中是陆机《五等诸侯论》基本观点的概括。唐代刘秩也说封建是什么"古帝王所以建万世长策"，是出于"公心"的"良法"。

②盖以：大概因为。

③资：凭借，依靠。黜：指灭掉。

④汤：商汤。

⑤徇：因循。

⑥仍：因循。

⑦臣畜：臣服，归顺，古代统治者认为人民、臣下都是他们所蓄养的。

⑧公天下：以天下为公。

⑨不肖：不贤，没有德才的人。

⑩社稷(jì)：土神和谷神。古代把社稷作为国家的代称。

⑪世大夫：世袭的大夫。禄邑：世袭大夫的封地。

⑫封略：疆界，此指国土。

【译文】

有人又认为："商汤王和周武王都是圣王，他们都没有改变分封制，那么，本来就不应该再来议论了。"这种说法是非常错误的。商汤王和周武王没有废除分封制，是迫不得已的。因为商汤王征伐夏桀王时有三千个诸侯归附商朝，商朝靠了他们的力量才灭掉了夏朝，所以商汤王就不能废掉他们；在周武王征伐商纣王的时候，归附周朝的诸侯有八百个，周朝靠了他们的力量才战胜了商朝，所以周武王也不能废掉他们。沿用旧制以安定国家，因袭旧制以尊重风俗，商汤王、周武王这样做都是不得已的。这种不得已，并不是什么大公无私的美德，而是怀着私心要诸侯为自己出力，保卫自己的子孙后代。秦朝所以要废除分封制，实行郡县制，从制度本身来说，是最大的公；而从动机来看，则是为私的，他的私心就在于皇帝想要巩固个人的权威，想使天下的人都服从自己的统治。但是废除分封，以天下为公，毕竟是从秦朝开始的。按天下的常理，国家治理得好，才是得人心的办法。使贤能的人居上位，不贤的人居下位，然后国家才能治理得好。现在看来，分封制下的统治者，是一代继承一代地统治下去的。这种世袭的统治者，居上位的人果真都贤明吗？居下位的人果真都是不贤的吗？那么人民究竟是得到太平还是遭遇祸乱，就不能知道了。分封制下的诸侯王为了巩固他们的政权，必须统一人民的认识，因此又让士大夫统治世袭封地，以至把国内的土地都分光了。即使有圣人贤人生于那个时代，也不能为天下人民立功立德，这就是分封制所造成的后果。难道是圣人的制度使它这样吗？我肯定地说："当时的分封制不是圣人的意愿，是形势的发展要求。"以上辩析两种制度的公私动机。

桐叶封弟辩

【题解】

本文针对《吕氏春秋》和《说苑》所载“桐叶封弟”一事进行辩证，批驳所谓“天子不可戏”的谬说。

作者运用设问中之提问，从多方面提出问题，逐层进行反驳，思想严密，使人无懈可击。又以设问中之激问，加强了表达力量。文章虽不长，但节节转换、层层辩驳，文法周匝、曲曲写尽。

文中还以桐叶封宦官的假设，影射了唐朝当时宦官专权、皇帝昏庸无能的腐朽统治，反映了柳宗元对保守势力把持朝政的憎恶和对革新时政的渴望。

古之传者有言①，成王以桐叶与小弱弟②，戏曰③：“以封女④。”周公入贺。王曰：“戏也。”周公曰：“天子不可戏。”乃封小弱弟于唐⑤。吾意不然。王之弟当封邪？周公宜以时言于王⑥，不待其戏而贺以成之也⑦。不当封邪？周公乃成其不中之戏⑧，以地以人与小弱者为之主⑨，其得为圣乎⑩？且周公以王之言，不可苟焉而已，必从而成之邪？设有不幸⑪，王以桐叶戏妇寺⑫，亦将举而从之乎？凡王者之德，在行之何若⑬。设未得其当，虽十易之不为病⑭。要于其当，不可使易也，而况以其戏乎？若戏而必行之，是周公教王遂过也⑮。吾意周公辅成王，宜以道，从容优乐，要归之大中而已⑯，必不逢其失而为之辞。又不当束缚之，驰骤之⑰，使若牛马然⑱，急则败矣。且家人父子尚不能以此自克⑲，况号为君臣者邪？是直小丈夫缺缺者之事⑳，非周公所宜用，故不可信。或曰：“封唐叔㉑，史佚成之㉒。”

【注释】

①传(zhuàn)者:编写史书的人,这里指《吕氏春秋》的编者吕不韦和《说苑》的作者刘向。传,记载。

②成王:周武王的儿子,姓姬,名诵,十三岁继位。以:拿,用。桐叶:这里是成王开玩笑,以桐叶作圭(古代帝王用作凭证的玉制礼器)。小弱弟:年幼的弟弟,指叔虞。

③戏:开玩笑。

④封:古代帝王把土地、人民和爵位赐给亲属或臣子。

⑤唐:古国名,在今山西翼城西。

⑥以时:及时,适时。

⑦成之:促成这件事。

⑧中(zhòng):恰当,合适。

⑨主:统治者,君主。

⑩得:能够。

⑪设:假如,如果。

⑫妇寺:指君主身边的妻妾和太监。

⑬何若:情况怎样。

⑭病:过错。

⑮遂过:顺成其过错。

⑯大中:大中之道,中庸之道,柳宗元心目中正确的道理、原则。

⑰驰骤:奔驰,引申为催迫。

⑱使:驱使。

⑲克:约束,克制。

⑳直:只。小丈夫:不懂大中之道的庸人。缺缺(quē):耍小聪明的人。

㉑唐叔:即叔虞,因成王封他于唐,所以也称唐叔。

㉒史佚:周武王时的太史尹佚。

【译文】

古代编写史书的人说，成王拿桐叶给年幼的弟弟开玩笑说："我拿这个作为凭证封你。"周公进去祝贺。成王说："我是开玩笑的。"周公说："天子不能开玩笑。"于是，成王把唐国封给了年幼的弟弟。我认为不是这样。成王的弟弟应当封吗？周公应当及时地告诉成王，不能等待成王开了玩笑才进行祝贺来促成这件事。不应当封吗？周公竟促成了成王的不恰当的玩笑，拿土地和人民封给年幼的弟弟，让他成为统治者，周公这样能成为圣人吗？况且周公只是认为成王说的话不能够随便罢了，一定要顺从而去促成它吗？假如不幸成王拿桐叶与妇女和宦官开玩笑，也打算全部照办吗？大凡君主的恩德，在于施行得如何。假若施行不得当，即使改变十次也不算过错。总之在于得当，不能轻易从事，何况用君主开玩笑的话来办事呢？如果开玩笑的话一定得实行，这样是周公在教成王顺成其过失。我认为周公辅佐成王，应当用正道，从容不迫、轻松愉快地进行教育，使成王的言行符合正确的原则才好，决不会迎合成王的错误还替他辩解。既不应当束缚他，又不可放纵他，使他像牛马一样，操之过急，便要坏事了。而且家人父子之间，尚不能拿这种因开玩笑而促成的办法来约束，何况周公与成王是君臣呢？这只是庸人耍小聪明所做的事，不是周公所应该做的，因此不能相信。有人说："封唐叔的事情，是太史尹佚促成的。"

欧阳修

欧阳修(1007—1072),字永叔,号醉翁,晚年号六一居士,死后谥号文忠。祖籍吉州庐陵(今江西吉安),生在绵州(今四川绵阳)。四岁丧父,随母郑氏迁居随州依叔父为生。家甚贫,其母"以荻画地"教之。天圣八年(1030)中进士第,初任西京留守推官,始从尹洙游,与梅尧臣诗文交往,后入为馆阁校勘。庆历初年(1041)进集贤校理,知谏院,任龙图阁直学士、河北都转运使。范仲淹改革失败,革新派相继罢黜,他上书极谏,被贬知滁州、扬州、颍州,后以翰林学士知贡举,拜枢密副使、参知政事、刑部尚书、兵部尚书等。后因与王安石不合,退居汝阴(今安徽阜阳)而卒。

欧阳修是我国北宋时期著名的文学家和史学家,他不仅在散文方面成绩卓著,为唐宋八大家之一,而且于诗、词、史传以及文学批评方面也都颇有建树。著有《欧阳文忠公集》,另有史学专著《新五代史》和《新唐书》(与宋祁合修)。

本论

【题解】

欧阳修共作《本论》三篇,本篇是其中的上篇,为探讨治国根本的论说文。

北宋自仁宗即位之后，国家逐渐形成积弱积贫之势，表面上一片升平，实际上危机四伏。《本论》推古论今，阐述了“佛”进中国的原因关键在于不自强，讲述了内弱而外必侵的道理。文中表面看去是讲思想观念的转化问题，而弦外之音则扣国家政务。

本文论述严谨，层层推进，步步为营，无懈可击，体现了欧阳修论说的一贯风格。

佛法为中国患千余岁①，世之卓然不惑而有力者②，莫不欲去之。已尝去矣，而复大集，攻之暂破而愈坚，扑之未灭而愈炽③，遂至于无可奈何。是果不可去邪？盖亦未知其方也。

【注释】

①佛法：佛教的教义。

②卓然：不平凡、超出寻常的样子。

③炽：火力旺盛，引申为盛。

【译文】

佛法成为中国的祸患已经上千年了，社会上有远见卓识，不被迷惑的人，或有能力的人，没有不想将它铲除的。曾经铲除过，可是后来又重新汇集起来了，进攻它，它短时间受到了破坏，时间一长恢复过来就更坚硬，就如灭火，扑打它没有灭尽，过一会儿会烧得更猛烈，于是便到了拿它无可奈何的地步。果然像所说的那样，没有方法可以铲除吗？原因大概在于不知道铲除的方法吧。

夫医者之于疾也，必推其病之所自来，而治其受病之处。病之中人，乘乎气虚而入焉。则善医者，不攻其疾，而务养其气，气实则病去，此自然之效也。故救天下之患者，亦必推其患之所自来，而治其受患之处。佛为夷狄[①]，去中国最远，而有佛固已久矣[②]。尧、舜、三代之际，王政修明，礼义之教充于天下，于此之时，虽有佛无由而入。及三代衰，王政阙，礼义废，后二百余年而佛至乎中国。由是言之，佛所以为吾患者，乘其阙废之时而来，此其受患之本也。补其阙，修其废，使王政明而礼义充，则虽有佛无所施于吾民矣，此亦自然之势也。以上政教阙废，患所由生。

【注释】

①夷狄：指外族或外域的。古代称东部的少数民族为夷，称北部的为狄。

②有佛固已久矣：佛教于公元前6—前5世纪由印度释迦牟尼创立。相传东汉明帝时传入我国，至晋后盛行。

【译文】

像医生对付疾病，医生一定要推断这个病的根源在哪里，再来治疗他得病的地方。病能够治住人，是它能乘人身体气血虚弱而侵入。所以，好医生用药并不是直接针对疾病，而是必须先滋养病人的气血，气血充实了，那么病也就没有了，这是一个很自然的道理。因此要想解除社会上的祸患，也一定要推断出这祸患的来源之所，来根治它患病的地方。佛法产于外邦之中，距离中国很远，佛教本来由来已久了。唐尧虞舜及夏、商、周时代，国家政治管理搞得十分开明，礼义教化遍布于整个社会，在那个时候，即使有佛教也难以渗入。等到尧、舜、三代衰败，国家的行政管理出现了漏洞，礼义也偏废了，之后又过了二百多年，佛教就传到了中国。从这方面来看，佛法之所以成为我们的祸患，是因为我们的管理上的漏洞和废弛给它提供了乘虚而入的机会，这是我们受祸害的根本所在啊！修补我们的漏洞，更改我们出现的废弛现象，让国家的行政管理开明起来，让社会崇尚礼义道德，那么即使有佛教的存在也无法对我们百姓施加什么影响，这也是客观趋势。以上说的是因政教的阙废才导致佛法之患的产生。

昔尧、舜、三代之为政[①]，设为井田之法[②]，籍天下之人，计其口而皆授之田，凡人之力能胜耕者，莫不有田而耕之，敛以什一[③]，差其征赋，以督其不勤。使天下之人，力皆尽于南亩，而不暇乎其他。然又惧其劳且怠而入于邪僻也，于是为制牲牢酒醴以养其体[④]，弦匏俎豆以悦其耳目[⑤]。于其不耕休力之时，而教之以礼。故因其田猎而为蒐狩之礼[⑥]，因其嫁娶而为婚姻之礼，因其死葬而为丧祭之礼，因其饮食群聚而为乡射之礼。非徒以防其乱，又因而教之，使知尊卑长幼，凡人之大伦也。故凡养生送死之道，皆因其欲而为之制。饰之物采而文焉，所以悦之，使其易趣也。顺其情性而节焉，所以防之，使其不过也。然犹惧其未也，又为立学以讲明之。故上自天子之郊，下至乡党，莫不有学。择民之聪明者而习焉，使相告语而诱劝其愚惰。呜呼！何其备也。盖尧、舜、三代之为政如此，其虑民之意甚精，治民之具甚备，防民之术甚周，诱民之道甚笃，行之以勤而被于物者洽，浸之以渐而入于人者深。故民之生也，不用力乎南亩，则从事于礼乐之际，不在其家，则在乎庠序之间[⑦]。耳闻目见，无非仁义，乐而趣之，不知其倦。终身不见异物，又奚暇夫外慕哉[⑧]？故曰虽有佛无由而入者，谓有此具也。以上古者政修教明，佛不得入。

【注释】

①三代：指夏、商、周三代。

②井田法：相传为古代社会的一种土地制度。以方九百亩的地为一里，划为九区，中间为公田，另八家均私田百亩，同养公田。因形如井字，故名。

③什：通“十”。

④牲：供祭祀和宴用的牛、羊、猪，引申为祭祀之礼。牢：同“牲”义。醴：甜酒。

⑤弦：指代音乐。匏（páo）：八音（金、石、土、木、丝、竹、匏、革）之一。俎（zǔ）：置肉的几。豆：盛干肉一类食物的器皿。都是古代宴客、朝聘、祭祀用的礼器。

⑥蒐（sōu）：春天打猎。狩：冬天打猎。

⑦庠：周代称学校为庠。序：商代称学校为序。

⑧奚：什么。疑问词。

【译文】

从前唐尧虞舜及夏、商、周三代的行政管理，是实行井田制的方法，将天下的人登记注册，按照他们人数的多少，交拨给他们田地，但凡有能力进行耕种劳作的人，没有得不到田地耕种的，按照得十收一的规定分派他们赋税，以此来督促那些不愿意干活的。让全社会的人力都用在从事农业生产上，而没有闲暇的时间去顾及其他的事情。尚且还怕他们劳动后松懈起来把精力投到那些怪异邪僻的地方，于是就制造牲牢酒醴来滋养人们的身体，又设了弦乐管乐和俎豆一类乐器和礼器，用以满足他们听力与视力上的享受。在他们农闲的时候，教化他们礼仪。在从事打猎的时候，就给他们讲述关于春天、冬天打猎的礼节；在他们婚姻嫁娶的时候，就教给他们关于婚姻的礼节；在丧葬的时候，就教他们关于丧祭的礼节；在饮食群聚的时候，教他们关于乡射的礼节。这些举措并非只是防范他们作乱，而是教化他们，让他们懂得尊卑长幼，是为人最重要的伦理。所以，但凡是养生送死的礼节，都是依照他们的需求而设制的。修饰物品使之富有光彩就要纹饰它，因此要使他们欢乐让他们改变自己的志趣。就要按着他们的性情爱好，同时又要有所节制，这样做的原因是为了防范他们的行动，使之不过分。然而还怕他们的思想没有达到要求，于是又设立了学校使他们明白事理规矩。所以从上到帝王郊礼的地方，下到百姓生活的乡村，没有不设立学校的。选取那些聪慧明达的人，让他们学习礼义，这样好让他们相互转告，得以普及，从而诱导规劝那些生性迟钝和懒散的人。唉，这是多么完备啊！大概唐尧虞舜及三代的政治就像这样吧，他们为百姓的着想是那样精细，管理百姓的设施是那样齐备，防范百姓的方法甚为周道，教诲百姓的道理尽心尽意，措施的执行全力以赴，这就使得人与物的关系十分和谐融洽，以缓慢不断的方法去浸染他们，那么就能达到深入人心的效果。所以百姓的生息，所用力不是在农业生产上，就是在从事礼仪音乐方面，不是在家里，就是在学校里面。百姓每天耳听的眼见的，无不是礼义方面的内容，就会很高兴地接受，而不感到厌倦。试想，他们一辈子不去看那些怪异的东西，哪会有闲暇的时间对外界的东西去追慕呢？所以说，虽然有佛法存在，但没有空隙可入，正所谓有所准备啊！以上说的是上古及夏商周时政教修明，使佛法不得进入。

及周之衰，秦并天下，尽去三代之法，而王道中绝。后之有天下者，不能勉强，其为治之具不备，防民之渐不周，佛于此时，乘间而出。千有余岁之间，佛之来者日益众，吾之所为者日益坏。井田最先废，而兼并游惰之奸起。其后所谓蒐狩、婚姻、丧祭、乡射之礼，凡所以教民之具，相次而尽废。然后民之奸者,有暇而为他;其良者,泯然不见礼义之及己①。夫奸民有余力,则思为邪僻;良民不见礼义,则莫知所趣。佛于此时,乘其隙,方鼓其雄诞之说而牵之,则民不得不从而归矣。又况王公大人往往倡而驱之曰:"佛是真可归依者。"然则吾民何疑而不归焉?幸而有一不惑者,方艴然而怒曰②:"佛何为者,吾将操戈而逐之!"又曰:"吾将有说以排之!"夫千岁之患遍于天下,岂一人一日之可为?民之沉酣入于骨髓,非口舌之可胜。

【注释】

①泯然:茫然无知。

②艴(bó)然:十分生气的样子。

【译文】

等到周朝衰败了,秦兼并了天下,将三代优良的做法都废除了,先王所行之正道也就断绝了。这以后,拥有国家政权的人,又不能努力自强,他们治理国家的措施也不齐全,防范百姓的方法也逐步地不全面了,佛教就在这时乘虚而出现了。在一千多年的时间里,佛教的传播也越来越广了,而我们所从事的事业,一天天坏起来了。井田制最早被废除,同时兼并强暴、优游懒惰出现了。那些蒐狩、婚姻、丧祭、乡射等等的礼仪,以及但凡可以教化百姓的措施,一个接一个地都废止了。这以后百姓中有些坏人,有时间做其他的事了;那些好的,也悄然无声息了,再也见不到礼义推及自身了。那些坏人就有多余的精力去想那些奸邪怪僻的事了,好人看不到礼义的推行,就不知道自己的方向。佛教就在这时候乘隙而入,鼓吹它的荒诞之说,导引民心,这样百姓就不得不跟着它去了。更何况一些王公大臣们常常提倡宣传,使百姓都往那里跑去,并说:"佛教是完全可以依托的。"照这样,我们的百姓还有什么不皈依它们的呢！幸而有一位没有被迷惑的，才生气地怒吼道：“佛是干什么的？我要手执长矛去追杀他。”又讲道：“我会有言辞来排斥他。”一种观念如果遍于天下，历时上千年，哪是一个人一天就能改变的？百姓对之信仰深入骨髓之中，不是用口舌之劳就可以取胜的。

然则将奈何？曰：莫若修其本以胜之。昔战国之时，杨、墨交乱①，孟子患之而专言仁义，故仁义之说胜，则杨、墨之学废。汉之时，百家并兴，董生患之而退修孔氏②，故孔氏之道明而百家息。此所谓修其本以胜之之效也。今八尺之夫，被甲荷戟，勇盖三军，然而见佛则拜，闻佛之说则有畏慕之诚者，何也？彼诚壮佼，其中心茫然无所守而然也。一介之士，眇然柔懦，进趋畏怯，然而闻有道佛者则义形于色，非徒不为之屈，又欲驱而绝之者，何也？彼无他焉，学问明而礼义熟，中心有所守以胜之也。然则礼义者，胜佛之本也。今一介之士知礼义者，尚能不为之屈，使天下皆知礼义，则胜之矣。此自然之势也。以上修礼义以胜之。

【注释】

①杨、墨交乱：杨指杨朱，墨指墨翟。杨主张为我，墨主张兼爱。他们各自代表战国时期和儒家对立的两个主要学派，所以被儒家学派称之为“乱儒之杨墨”。

②董生：指董仲舒（前179—前104），汉广川人，生平讲学著书，向汉武帝建议推崇儒术，罢黜百家，开以后二千多年封建社会以儒学为正统的局面。

【译文】

那该怎么办呢？有人讲，不如治理自己的根本来胜过它。战国时期，杨朱与墨翟的言论造成了观念上的混乱，孟子担心这种现象，就只宣讲仁义，所以使仁义之说的观念取胜，而杨、墨的学说被废止了。汉代的时候，各家学说同时兴起，董仲舒担忧这种事态的发展，于是辞官专一攻读孔氏之学，因此使孔氏之学昌明而其他各家的学说都熄灭了。这就是所说的治理自己的根本来胜过其他的效益啊！现在竟有八尺高的汉子，身披铠甲手执戈戟，勇冠三军，可是一见到佛像就立刻下拜，只要听到佛教的言辞，就诚心恐惧向慕，这是为什么？那实在是因为他尽管强壮，可他内心里却空白一片。一个微不足道的人，长得细小瘦弱，每向前走一步都表现出害怕的样子，可是只要听到有讲述佛教的，就在他脸上显现出大义凛然的表情来了，不但不被佛法所屈服，还要驱赶并要灭绝它，这是什么原因呢？这没有别的，学问明达，礼义谙熟，在内心之中有坚不可摧的必胜领地啊。礼义是战胜佛教的根本。现在一位微不足道的人物，因懂得礼义而不被佛法所屈服；若让普天下的人都懂得礼义，那么一定会战胜佛法。这也是客观的必然趋势啊！以上说的是只有修明礼义才能战胜佛法。

朋党论

【题解】

本文作于仁宗庆历三年(1043)。是年八月，范仲淹等推行新政，欧阳修亦为新政出谋划策，但遭到夏竦、王拱辰等旧臣的反对。而“修言事一意径行，略不以形迹嫌疑顾避。竦因与其党造为党论，目衍、仲淹及修为党人。修乃作《朋党论》上之”(李焘《续资治通鉴长编》卷148)。朋党，指排斥异己的宗派集团。文章针对当时保守派对革新派的责难，有的放矢地进行了反击，剖析深刻，论述透彻，文笔犀利，史实确凿，颇具气势与战斗力。清人金圣叹评价此文是：“最明畅之文，却甚幽细；最条直之文，却甚郁勃；最平夷之文，却甚跳跃鼓舞。”(金圣叹评点《才子

必读古文》卷 13)

臣闻朋党之说,自古有之,惟幸人君辨其君子小人而已[①]。大凡君子与君子,以同道为朋[②];小人与小人,以同利为朋,此自然之理也。然臣谓小人无朋,惟君子则有之,其故何哉?小人所好者,禄利也;所贪者,财货也。当其同利之时,暂相党引以为朋者[③],伪也。及其见利而争先,或利尽而交疏,则反相贼害[④],虽其兄弟亲戚不能相保。故臣谓小人无朋,其暂为朋者,伪也。君子则不然。所守者道义[⑤],所行者忠信,所惜者名节[⑥]。以之修身,则同道而相益;以之事国,则同心而共济。终始如一,此君子之朋也。故为人君者,但当退小人之伪朋,用君子之真朋,则天下治矣。

【注释】

①幸:希望。

②同道:即指理想、志向、道德规范一致。

③党引:勾结、串通在一起。

④贼害:杀害。

⑤道义:道德,义理。

⑥名节:名声,节操。

【译文】

我听说“朋党”的说法,自古就有的,只希望君王能分辨清楚它是君子还是小人罢了。但凡君子和君子往往由于志同道合而结成朋党,小人同小人因图谋私利而结成朋党,这是很自然的道理。然而我还要讲:小人不会有什么朋党,只有君子才能有朋党,这缘由在哪里呢?小人所爱好的是利禄,所贪图的是钱财。在他们感到利益相同的时候,就会暂时勾结形成朋党，但这是虚假的。一旦他们看到利益就争相夺取，一旦利益耗尽就关系疏远，他们就反过来互相残害，即便是自己的兄弟亲属也不再保持团结一体了。所以我说，小人称不上什么朋党，他们一时为朋，是虚假的。君子就不是这样了。他们所坚守的是道义，所奉行的是忠信，所珍惜的是名节。以此来修养自身，志同道合并相互帮助；以此来报效国家，同心同德而共同前进。始终如一，这是君子的朋党。因此作为一国之君的，只要摒弃小人的假朋党，启用君子的真朋党，那么国家就大治了。

尧之时，小人共工、驩兜等四人为一朋①，君子八元、八恺十六人为一朋②。舜佐尧，退四凶小人之朋，而进元恺君子之朋，尧之天下大治。及舜自为天子，而皋、夔、稷、契等二十二人并列于朝③，更相称美，更相推让，凡二十二人为一朋④，而舜皆用之，天下亦大治。《书》曰⑤："纣有臣亿万，惟亿万心；周有臣三千，惟一心。"纣之时，亿万人各异心，可谓不为朋矣，然纣以亡国。周武王之臣三千人为一大朋，而周用以兴。后汉献帝时⑥，尽取天下名士囚禁之，目为党人⑦。及黄巾贼起⑧，汉室大乱，后方悔悟，尽解党人而释之，然已无救矣。唐之晚年，渐起朋党之论。及昭宗时⑨，尽杀朝之名士⑩，咸投之黄河，曰："此辈清流，可投浊流。"而唐遂亡矣。

【注释】

①共工、驩兜等四人：尧时四凶，即共工、驩兜、鲧(gǔn)和三苗。

②八元：指高辛氏时的才子八人：伯奋、仲堪、叔献、季仲、伯虎、仲

熊、叔豹、季狸。八恺:指高阳氏时的才子八人:苍舒、隤敳(tuí ái)、梼戭(táo yǎn)、大临、尨(páng)降、庭坚、仲容、叔达。

③皋(gāo):即皋陶(yáo),舜时贤臣,掌刑律。夔(kuí):舜时贤臣,掌音乐。稷(jì):后稷,舜时贤臣,掌农事。契:舜时贤臣,掌教化。

④二十二人:即"四岳"(四方诸侯之长)和十二牧(十二州牧)及掌百工的"垂",掌山泽出产的"益"和皋、夔、稷、契。

⑤《书》:《尚书》。

⑥后汉献帝:即东汉献帝刘协。

⑦党人:指政治思想上引为同类的人。

⑧黄巾贼:指东汉末年(184)张角领导的黄巾起义军。

⑨昭宗:唐昭宗李晔,889—904年在位。

⑩尽杀朝之名士:事发生于唐哀帝时,作者说为昭宗时,当为误记。

【译文】

尧那个时候,有小人共工、驩兜等四人勾结成一伙朋党,君子八元、八恺等十六人结成一个朋党。舜辅助尧,斥退那被国人称之为"四凶"的小人朋党,同时晋升了八元、八恺的君子朋党,尧的天下从此大治。等到舜自己成了天子,就有皋陶、夔、后稷、契等二十二人同时辅佐朝政,相互赞美,彼此谦让,他们二十二人成为一个朋党,可舜全都信任他们,天下也从此大治。《尚书》上讲:"纣有臣民亿万人,只是亿万人有亿万个心;周有臣民三千人,只是三千人有同一个心。"纣王执政时,亿万人各怀异心,可以说没有结成朋党,但是商纣王因此而亡国。周武王的臣民,三千人团结成为一个大朋党,周王朝因此而兴旺发达起来了。之后,汉献帝时期,将国内的著名人士全关押起来,视他们为"党人"。等到黄巾贼作乱了,汉室王朝大乱,才悔悟过来,解除对党人的禁令,释放了他们,但是国家的命运已经不能够挽救了。唐朝末年,逐渐出现了朋党的论调。到了昭宗执政时,把当时有名望的士大夫都杀害了,全将之投到黄河里了，还说道："这等清流，还是扔到浊流里去吧。"可是唐朝也就随之而灭亡了。

夫前世之主，能使人人异心不为朋，莫如纣；能禁绝善人为朋，莫如汉献帝；能诛戮清流之朋，莫如唐昭宗之世。然皆乱亡其国。更相称美推让而不自疑，莫如舜之二十二臣，舜亦不疑而皆用之。然而后世不诮舜为二十二人朋党所欺，而称舜为聪明之圣者，以能辨君子与小人也。周武之世，举其国之臣三千人共为一朋，自古为朋之多且大莫如周，然周用此以兴者，善人虽多而不厌也。夫兴亡治乱之迹，为人君者可以鉴矣。

【译文】

看来，前代的君王，能让人人异心不能团结成朋党的，没有人比得上商纣王了；能完全禁止好人结成朋党的，没有人比得上汉献帝了；能屠杀清流人士组成的朋党的，没有人比得上唐昭宗那个时代了。可是，都由此而使他们的国家灭亡了。相互赞美谦让又不多心自疑的，没有谁比得上舜时的二十二位大臣了，舜帝毫不猜疑地全任用了他们。可后世并没有人讥笑舜帝被二十二人的朋党所欺骗，反倒盛赞舜帝是圣明的君王，根源是他能分辨君子和小人啊。周武王执政时期，将全国所有的臣民三千人团结成了一个朋党，自古以来形成朋党大而多的，没有一个像周朝那样的；可是周朝任用这样的朋党而兴盛起来，原因何在？是因为善良的人尽管再多，也是不够用的啊。前朝治乱兴亡的经验教训，作为君王的，可以引为借鉴呀。

周敦颐

周敦颐（1017—1073），原名敦实，后避宋英宗讳，改为敦颐，字茂叔，道州营道（今湖南道县）人。曾建书堂于庐山麓，堂前有溪，仿其乡里濂溪之名，命名濂溪书堂，晚年定居于此，后人又称他为濂溪先生。

周敦颐早年以恩荫入仕，历仕仁宗、英宗、神宗三朝，均在州县任职，未臻显位。但喜谈名理，精于《易》学。所提出的哲学范畴，如无极、太极、理、气、心、性、命等，均是后世理学家所共同探讨的问题。主要著作有《太极图说》《通书》和文集，后人合编为《周子全书》。

通书

【题解】

现存的《通书》各章体例不一，有些是专讲易卦的，有些是通论《周易》的，它们大致来源于周敦颐的另外两部著作，即《易说》和《易通》。这两部著作后来都残缺了，有人把剩余的部分混为一书，总名之曰《通书》。朱熹认为，周敦颐的思想“莫备于太极之一图”，而《通书》是“所以发明其蕴”的。

周敦颐在《太极图说》和《通书》中已经把道学的主题基本上提了出来，并做了初步的解说。道学家们把他推崇为前辈，即缘于此。

诚上第一

诚者，圣人之本。大哉乾元，万物资始，诚之源也①。乾道变化，各正性命，诚斯立焉②，纯粹至善者也。故曰："一阴一阳之谓道，继之者善也，成之者性也③。"元亨，诚之通；利贞，诚之复④。大哉《易》也，性命之源乎⑤！

【注释】

①"大哉乾元"几句：见《周易·乾卦·文言》。《周易》以乾为天，乾元是说天的根本。《文言》认为万物由乾元所生，所以说"万物资始"。

②"乾道变化"几句：见《周易·乾卦·文言》。

③"一阴一阳之谓道"几句：见《周易·系辞》。

④"元亨"几句：元亨、利贞，是《周易》乾卦的卦辞。在这里表示事物发展的阶段。通，通顺，指"继诸善"。复，复归，指"成之者性"。

⑤性命之源：语本《周易·说卦》："昔者圣人之作易也，将以顺性命之理。"

【译文】

诚是圣人之为圣人的根本。伟大的天道是万物生成的根据。在万物开始生成的时候，也正是诚出现的时候。天道变化的结果，是万物各自成就自己的本性。诚也就在这种变化过程当中确立了自己。宇宙万物的变化生成就是纯粹至善本身。因此说："统一阴阳的根据是道，道的演变生化过程就是善，万物各自成就的就是性。"元亨，是指道的发展，正是诚的实现；利贞，是指道的成熟，正是诚的恢复。伟大的《易》呵，是万物本性的源泉！

诚下第二

圣,诚而已矣。诚,五常之本,百行之源也。静无而动有,至正而明达也。五常百行,非诚非也,邪暗塞也,故诚则无事矣。至易而行难,果而确,无难焉。故曰:“一日克己复礼,天下归仁焉。”①

【注释】

①一日克己复礼,天下归仁焉:见《论语·颜渊》。

【译文】

圣人是做到诚的人而已。诚是一切道德原则,诸如仁义礼智信五常的根本,也是一切道德行为,诸如人伦百行的源泉。诚作为体是虚静无为的,作为用却是涵藏于万物变化之中的,它公正无私,智慧明达。五常百行这些道德原则和道德行为,如果失去了诚就是不道德的,成为被私欲蒙蔽的行为。因此,如果克服了私欲做到了诚,也就没有违背道德的事了。这种境界说起来容易做起来难,但如果能下决心去做,也没有什么困难的。因此说:“一旦能够克服自己的私欲,符合礼的要求,天下人都会归顺于仁。”

诚几德第三

诚,无为;几,善恶①。德爱曰仁,宜曰义,理曰礼,通曰智,守曰信;性焉安焉之谓圣,复焉执焉之谓贤,发微不可见、充周不可穷之谓神。

【注释】

①几,善恶:语本《周易·系辞》:“几者,动之微,吉之先见者也。”

【译文】

诚即无为无欲，一有思虑就有善恶的区分。仁德慈爱叫做仁，举措适当叫做义，天理的表现叫做礼，通达事理叫做智，遵守诺言叫做信；安于自性就是圣人，恢复本性、坚持不懈的人就是贤人，那种非常微妙不可捉摸，充满宇宙的无穷无尽的东西，就是神。

圣第四

寂然不动者，诚也；感而遂通者，神也①。动而未形、有无之间者，几也。诚精故明，神应故妙，几微故幽。诚、神、几，曰圣人。

【注释】

①“寂然不动者”几句：语本《周易·系辞》：“易无思也，无为也，寂然不动，感而遂通天下之故。非天下之至神，其孰能与于此。”

【译文】

寂静安详不为所动而自在的本体，就是诚；易感而能发用、周遍而无穷的，就是神。在动和未动之间、似有似无之际的正是几（事情的征兆）。把握住诚的精髓就会智慧明达，体会神的感应是非常微妙的，在有形无形之间的几是非常难以把握的。能够同时做到诚、神、几的人就是圣人。

慎动第五

动而正曰道，用而和曰德。匪仁，匪义，匪礼，匪智，匪信，悉邪也！邪动，辱也。甚焉，害也。故君子慎动。

【译文】

举止得当、不偏不倚叫做道,发用平和、不急不厉叫做德。非仁、非义、非礼、非智、非信的行为,都是不正确的。举止行为违背道德原则,就会自取其辱。这种做法如果太过分,就会受到伤害。因此君子需要小心行事。

道第六

圣人之道,仁义中正而已矣。守之贵,行之利,廓之配天地。岂不易简?岂为难知?不守,不行,不廓耳!

【译文】

圣人行事的原则,只是做到仁义中正而已。能够坚守这个原则就会获得尊严,实践这个原则就会带来很多好处,扩充这个原则就会与天地之德相匹配。这难道不是很简单吗?这难道很难了解吗?人们只是不愿意去遵守、去实践、去扩充而已。

师第七

或问曰:"曷为天下善?"曰:"师。"曰:"何谓也?"曰:"性者,刚柔善恶,中而已矣。"不达。曰:"刚,善:为义,为直,为断,为严毅,为干固;恶:为猛,为隘,为强梁。柔,善:为慈,为顺,为巽①;恶:为懦弱,为无断,为邪佞。惟中也者,和也,中节也,天下之达道也②,圣人之事也。故圣人立教,俾人自易其恶,自至其中而止矣。故先觉觉后觉,暗者求于明,而师道立矣。师道立,则善人多;善人多,则朝廷正,而天下治矣。"

【注释】

①巽：通“逊”。谦让。

②天下之达道：语本《礼记·中庸》：“中也者，天下之大本也；和也者，天下之达道也。”

【译文】

有人曾问道：“什么是天下最善的？”回答说：“师。”又问道：“为什么呢？”回答说：“他的本性是能在刚、柔、善、恶四种品质当中做到中庸。”问者还是不明白。于是又进一步解释说：“刚与善的结合，就是义，就是正直，就是果断，就是严肃刚毅，就是干练坚持；与恶的结合，则是鲁莽、狭隘、不讲道理。柔与善的结合，则是慈爱、和顺、谦让；与恶的结合，则是懦弱、不果断、做事不正。只有做到中庸、平和，符合事物本身的道理，那就是符合天下达道的行为，这是圣人才能做到的事情。因此，圣人设立教化，只是要使人改变自己的恶行，自己能够做到中正就可以了。因此先觉者只是去觉悟后觉的人，那些愚暗不明事理的人想要明白道理，于是师道就产生了。师道一确立，善人自然会越来越多；善人多了，朝廷做事自然会符合正道，这样天下就会得到大治。”

幸第八

人之生，不幸不闻过；大不幸，无耻。必有耻则可教，闻过则可贤。

【译文】

人这一生，不幸在于没能听到别人对自己的批评；最大的不幸，则是没有廉耻感。人一旦有廉耻感就能被教育好，能接受批评就可能成为贤人。

思第九

《洪范》曰："思曰睿"，"睿作圣。"无思，本也；思通，用也。几动于彼，诚动于此。无思而无不通为圣人。不思则不能通微，不睿则不能无不通。是则无不通生于通微，通微生于思。故思者，圣功之本，而吉凶之机也。《易》曰："君子见几而作，不俟终日。"又曰："知几，其神乎①！"

【注释】

①"《易》曰"几句：语本《周易·系辞》。

【译文】

《洪范》中说："能思虑叫做智慧"，"有智慧的人可以做圣人。"无思无虑，是天道的本来状态；通过思虑而贯通天道，则是道的作用。几就在天道的微妙变化当中产生，诚也就在几的变化中出现。无思无虑而能做到无不通达天道的人就是圣人。无思虑就不能通达细微的变化，无智慧也就不能做到无不通达。因此，对天道的完全通达产生于对细微变化之几的了解，对微妙之几的了解又产生于思虑。因此思是成就圣人功绩的根本，吉凶变化的关键。《周易》说："君子要在看到事情征兆的时候去行事，而不整天等待。"又说："知道事物变化的微妙之兆，就是做到神通了。"

志学第十

圣希天，贤希圣，士希贤。伊尹、颜渊，大贤也。伊尹耻其君不为尧、舜，一夫不得其所，若挞于市；颜渊不迁怒，不贰过，三月不违仁。志伊尹之所志，学颜子之所学，过则圣，及则贤，不及则亦不失于令名。

【译文】

圣人希望能照天道行事，贤人希望能像圣人一样行事，士子们希望能像贤人一样行事。伊尹、颜渊都是大贤。伊尹以他们的君主不学作尧舜为耻辱，百姓中有一个人没有安排好，伊尹就像被鞭挞于市井一样感到羞耻；颜渊从不把怒气向别人发泄，从不犯同样的过错，三个月不违背仁的要求。以伊尹之志为志，学颜子之所学，超过他们就会成为圣人，达到他们的水平就成为贤人，即使达不到也不会丧失好名声。

顺化第十一

天以阳生万物，以阴成万物。生，仁也；成，义也。故圣人在上，以仁育万物，以义正万民。天道行而万物顺，圣德修而万民化。大顺大化，不见其迹、莫知其然之谓神。故天下之众，本在一人。道岂远乎哉？术岂多乎哉？

【译文】

天道以阳生化万物，以阴成就万物。生就是仁，成就是义。因此圣人在上，以仁养育万物，以义来端正万民的行为。天道运行，万物顺应，圣人之德终，而万民顺之而化。大顺大化，不露形迹、不知其所以然叫作神。因此天下人虽多，其根本在于圣人一人。道难道很远吗？治术难道很多吗？

治第十二

十室之邑，人人提耳而教，且不及，况天下之广、兆民之众哉？曰：纯其心而已矣。仁、义、礼、智四者，动静、言貌、视听无违之谓纯。心纯则贤才辅，贤才辅则天下治。纯心要矣，用贤急焉。

【译文】

十室封户的采邑，要想把每一个人都教育到都不可能，何况天下这么大、人民这么多呢？所以说：只要使他们心地无私就可以了。只要在仁、义、礼、智这四个方面做到动静、言语形象以及视听上都不违背就叫纯。心地无私纯洁，那么贤才就能去辅佐，若能得到贤才的辅佐，天下就会大治。因此纯心是关键，用贤是最要紧的。

礼乐第十三

礼，理也；乐，和也。阴阳理而后和。君君臣臣，父父子子，兄兄弟弟，夫夫妇妇，万物各得其理然后和，故礼先而乐后。

【译文】

礼，就是天理的表现；乐，是使行为和顺的东西。阴阳之间符合天理就会自然和顺。君臣之间，父子之间，兄弟之间，夫妇之间，以及万物之间都是各得其理以后才能和谐，因此礼在先而乐在后。

务实第十四

实胜，善也；名胜，耻也。故君子进德修业，孳孳不息，务实胜也；德业有未著，则恐恐然畏人知，远耻也。小人则伪而已。故君子日休，小人日忧。

【译文】

以实取胜，就是善；以名取胜，就是耻辱。因此，君子增进德行、修习功业，从不停息，是以实取胜；如果德行和事业两方面都没能完成，就非常担心被别人知道，这样才能远离耻辱。小人却会作伪。因此君子一天比一天安宁，小人却是一天比一天恐慌。

爱敬第十五

“有善不及？”曰：“不及则学焉。”问曰：“有不善？”曰：“不善则告之不善，且劝曰：‘庶几有改乎，斯为君子。’有善一，不善二，则学其一而劝其二。有语曰：‘斯人有是之不善，非大恶也？’则曰：‘孰无过？焉知其不能改？改则为君子矣！不改，为恶，恶者天恶之。彼岂无畏耶？乌知其不能改？’”故君子悉有众善，无弗爱且敬焉。

【译文】

有人没有达到善的要求，就告诉他：“没有达到就去学习。”又有人问道：“如果有不善的行为呢？”回答说：“如果有不善就告诉他有不善的行为，而且要劝勉他说：‘只要你能改正，就能成为君子。’如果有人某些方面做到了善，别的方面还有不善，就向他学习善的方面，同时劝说他改正自己不善的方面。有人又说道：‘这人有这样的不善，难道不是大恶吗？’于是就回答道：‘谁能没有过错呢？谁又能知道他不能改正呢？改正自己的不善就是君子了。不改正，反而再去做恶，那么连天都会讨厌他。他难道能不害怕天吗？又怎么能知道他不能改正呢？’”因此君子已经具备了很多善行，没有人会不喜欢且敬佩的。

动静第十六

动而无静，静而无动，物也；动而无动，静而无静，神也。

动而无动，静而无静，非不动不静也。物则不通，神妙万物[①]。水阴根阳，火阳根阴。五行阴阳，阴阳太极[②]，四时运行，万物终始，混兮辟兮，其无穷兮。

【注释】

①物则不通，神妙万物：语本《周易·说卦》："神也者，妙万物而为言者也。"

②五行阴阳，阴阳太极：即《太极图说》所说："五行一阴阳，阴阳一太极也。"

【译文】

有动无静，有静无动，是物的性质；既动又不动，既静又不静，那是神。动又不动，静又不静，不是不动不静。物的本性是不能贯通于他物的，而神则能对万物起到一种神妙的作用。水属阴，却以阳为根本，火属阳，却以阴为根本。五行以阴阳为根本，阴阳以太极为根本，四季的运行，万物的生死变化，都是那个不可把握的天道的作用才产生无穷变化的。

乐上第十七

古者，圣王制礼法，修教化。三纲正，九畴叙，百姓大和，万物咸若。乃作乐以宣八风之气，以平天下之情。故乐声淡而不伤，和而不淫。入其耳，感其心，莫不淡且和焉。淡则欲心平，和则躁心释。优柔平中，德之盛也；天下化中，治之至也。是谓道配天地，古之极也。后世礼法不修，政刑苛紊，纵欲败度，下民困苦。谓古乐不足听也，代变新声，妖淫愁怨，导欲增悲，不能自止。故有贼君弃父、轻生败伦，不可禁者矣。呜呼！乐者，古以平心，今以助欲；古以宣化，今以长怨。不复古礼，不变今乐，而欲至治者，远矣！

【译文】

古代圣王制订礼法，修成教化。三纲得以端正，九畴得以安宁，百姓之间和谐相处，万物也都是这般共生共荣。于是制作乐曲来宣扬四方的风气，来安宁天下百姓的情绪。因此乐曲的声音平淡而不哀伤，和悦而不过分。进了人的耳朵，就会使人心受到感动，使他们没有不平淡而且和顺的。内心平淡，欲望就会平静，内心和谐，浮躁之气就会慢慢减少。因此柔顺和平的状态，是德行最可贵的；天下以中庸来教化，就会达到大治的局面。这是所谓以道匹配天地，是古人中最高明的。后世礼法弃而不用，政事与刑罚既混乱又不合理，君王放纵欲望，破坏法度，百姓受困。他们认为古乐不值得一听，每一代都要有新的乐曲制作出来，都是些靡靡之音，只能引导人的欲望，增加人的悲情，不能自止。因此有弑君弃父、轻生败伦的行为出现，以至于不能禁止。唉！乐曲本是用来平静心情的，今天却用来助长情欲；古代是用来宣扬教化的，今天却用来增长愁怨。如果不恢复古礼，不改变今天的乐曲，而想使天下得到大治，那是不可能的呵！

乐中第十八

乐者，本乎政也。政善民安，则天下之心和。故圣人作乐，以宣畅其和心，达于天地，天地之气，感而大和焉。天地和则万物顺，故神祇格，鸟兽驯。

【译文】

音乐，是以政治为根本的。政治良善，民生安定，则天下人心气和平。所以圣人制作音乐,是为了畅通和顺之心,通达于天地之间,天地之气受其感染而显广大和谐之象。天地和谐则万物顺理,神祇感通,鸟兽驯服。

乐下第十九

乐声淡,则听心平;乐辞善,则歌者慕。故风移而俗易矣。妖声艳辞之化也,亦然。

【译文】

乐声淡泊,听者心里就会平和;乐辞好,那唱的人就会心生仰慕。这样社会风气习俗就会改变了。妖声艳辞对人的潜移默化作用也是这样。

圣学第二十

"圣可学乎?"曰:"可。"曰:"有要乎?"曰:"有。""请闻焉。"曰:"一为要。一者,无欲也。无欲,则静虚动直。静虚则明,明则通;动直则公,公则溥[①]。明、通、公、溥。庶矣乎!"

【注释】

①溥(pǔ):广大,大。

【译文】

"圣人可学吗?"回答道:"可学。"问道:"有窍门吗?"回答说:"有。""请告诉我。"答道:"一是关键。一就是无欲。无私欲就会内心虚静,做起事来就会一往直前。内心虚静就会处事明确,明确了认识就会把事情看得清清楚楚；行为直率做事就会公正，公正的行为就会给天下百姓带来好处。能做到‘明’‘通’‘公’‘溥’这四个方面的人，就离圣人不远了。”

公明第二十一

公于己者公于人，未有不公于己而能公于人也。明不至，则疑生。明，无疑也。谓能疑为明，何啻千里！

【译文】

对自己公正的人对他人也能公正，没有对自己不公正而能对他人公正的人。明确的认识如果没有获得，疑虑就会产生。明确就意味着没有疑虑。那种把能怀疑叫做智慧的说法，与这种看法相差何止千里！

理性命第二十二

厥彰厥微[①]，匪灵弗莹[②]。刚善刚恶，柔亦如之，中焉止矣。二气五行，化生万物。五殊二实[③]，二本则一[④]。是万为一，一实万分；万一各正，小大有定。

【注释】

①厥：其。彰：显明。微：精微。

②匪灵弗莹：是说非有至灵的心不会明白。

③五殊：指五行之气。二实：指阴阳二气。

④一：指太极。

【译文】

它的显明和精微之处，如果不是至灵的心是不会明白的。有刚善则有刚恶，有柔善也会有柔恶，只有做到中庸，恶才会消失。阴阳二气与五行的作用，万物得以化生、成长。阴阳二气的根本只有一个，那就是太极。万物归一为太极，太极化成万物；万物和太极都各有自己的本性，小和大之间的差别确实存在着。

颜子第二十三

颜子，一箪食，一瓢饮，在陋巷，人不堪其忧，而不改其乐[①]。夫富贵，人所爱也，颜子不爱不求，而乐乎贫者，独何心哉？天地间有至贵至爱可求而异乎彼者，见其大而忘其小焉尔！见其大则心泰，心泰则无不足，无不足则富贵贫贱处之一也。处之一，则能化而齐，故颜子亚圣。

【注释】

①"颜子"几句：见《论语·雍也》："贤哉，回也！一箪食，一瓢饮，在陋巷，人不堪其忧，回也不改其乐。贤哉，回也！"

【译文】

颜子，饿了只有一筐箩饭可吃，渴了只能喝一瓢凉水，身住陋巷当中，他却从不担心自己的生活，不改变自己的爱好。富贵是人人都喜欢的，颜子却不喜欢也不追求，而能以贫为乐，他是什么想法呢？天地之间有非常可贵可爱又能实现的东西，它与富贵不同，能让人见到它就忘掉其他小事。见到这种东西心里就很从容，心里从容了就没有什么不满足的；没有什么不满足的，自然会把富贵贫贱平等对待。平等对待富贵贫贱，就能与天地大化相提并论，因此颜子是亚圣。

师友上第二十四

天地间，至尊者道，至贵者德而已矣。至难得者人，人而至难得者，道德有于身而已矣。求人至难得者有于身，非师友则不可得也已。

【译文】

天地之间，最尊贵的是道，最可贵的是德。最难得的是人，对人来说最难得的又是能亲身实践道德。要想获得这种最难得的东西，不经过师友是不可能得到的。

师友下第二十五

道义者，身有之，则贵且尊。人生而蒙，长无师友则愚。是道义由师友有之，而得贵且尊，其义不亦重乎！其聚不亦乐乎！

【译文】

道义是每个人都具备的非常尊贵的东西。人生下来都懵懂，长大以后如果没有老师和朋友就会成为愚人。这就是说道义是由师友的教诲才能表现出它的尊贵的本性来，师友的关系难道不是很重要的吗？能够与师友相聚不是很快乐的吗？

过第二十六

仲由喜闻过，令名无穷焉。今人有过，不喜人规，如护疾而忌医，宁灭其身而无悟也。噫！

【译文】

仲由喜欢听别人的批评，所以他的好名声传得非常远。现在的人有了过错，不喜欢别人的规劝，就像病人害怕病情的严重而忌讳见到医生一样，即使有灭身之祸也不醒悟。哎！

势第二十七

天下，势而已矣。势，轻重也。极重不可反。识其重而亟反之，可也。反之，力也。识不早，力不易也。力而不竞，天也；不识不力，人也。天乎？人也，何尤！

【译文】

天下的治乱兴亡，都是由势决定的。势，就是形势的轻重缓急。如果形势发展很严重，就无法挽回。应该认识到这种严重性，赶快去挽回，这样也许还有救。要挽回，就只能靠实力来实现。如果认识不及时，即使有实力也不能改变。有实力但却不与天相违背，这是符合天意的行为；如果既没有认识到形势发展的特点，又没有改变形势的能力，那就是以人逆天的行为。如果凡事都能与天道相顺应，人又有什么可担心的呢？

文辞第二十八

文，所以载道也。轮辕饰而人弗庸，徒饰也，况虚车乎？文辞，艺也；道德，实也。笃其实，而艺者书之，美则爱，爱则传焉。贤者得以学而至之，是为教。故曰："言之无文，行之不远。"然不贤者，虽父兄临之，师保勉之，不学也，强之，不从也。不知务道德，而第以文辞为能者，艺焉而已。噫！弊也久矣！

【译文】

文辞是用来承载道理的。车轮和车辕上的装饰物对人没有什么实际用途,只是装饰而已,何况它所装饰的不过是空车而已。文辞只是技巧,道德却是实实在在的东西。把握住这个实实在在的东西,再由那些有技巧的人把它写下来,写得漂亮自然会有人喜欢,有人喜欢就会把它传下去。有德有能的人得到这种东西去学习,这就起到了教化的作用。因此说:"说话如果没有文采,就不会流传很远。"然而如果是无德无能的人,即使父兄亲自教导,老师极力劝勉,也不会去学圣人之教,强迫他也不会接受。如果不知道追求道德,而只以文辞为本事的人,不过是艺人而已。哎,这种流弊已经出现很久了。

圣蕴第二十九

"不愤不启,不悱不发。举一隅不以三隅反,则不复也。"子曰:"予欲无言,天何言哉!四时行焉,百物生焉。"然则圣人之蕴,微颜子殆不可见。发圣人之蕴,教万世无穷者,颜子也。圣同天,不亦深乎!常人有一闻知,恐人不速知其有也,急人知而名也,薄亦甚矣!

【译文】

"人不激励就不会有所作为,不愁苦也不会发奋。从一件事例类推却不能知道许多事情,就是没有复归本性。"孔子说:"我也没有什么好说的,天又说了什么呢?四季运行,百物自然生长。"然而圣人把握的道,除了颜子,别人都没有看到。因此能够发明圣人的精神,教化万世后人的人,就是颜子。圣人与天同体,不是很深邃吗?平常人一旦有了点见识,就生怕别人不能马上知道,想立刻让别人知道他的名字,这也太浅薄了。

精蕴第三十

圣人之精，画卦以示；圣人之蕴，因卦以发。卦不画，圣人之精不可得而见；微卦，圣人之蕴殆不可悉得而闻。《易》，何止五经之源？其天地鬼神之奥乎！

【译文】

圣人把握到的天地精髓，通过画卦象来显示；圣人的精神，因为卦象而表现出来。卦象如果没有被画出来，圣人的精微奥妙的道理就不能让我们看到；如果画得少，圣人的道理也不会让我们全部知道。《周易》何止是五经的源头，它是天地鬼神的奥妙所在。

乾损益动第三十一

君子乾乾，不息于诚[①]，然必惩忿窒欲、迁善改过而后至[②]。乾之用，其善是，损益之大莫是过，圣人之旨深哉！"吉凶悔吝生乎动[③]。"噫！吉一而已，动可不慎乎！

【注释】

①君子乾乾，不息于诚：语本《周易·乾卦》："君子终日乾乾，夕惕若，厉无咎。"乾乾，勤勉努力。

②惩忿窒欲：语本《周易·损卦》："山下有泽，损。君子以惩忿窒欲。"惩，制止。忿，怒。窒，塞。迁善改过：语本《周易·益卦》："风雷，益。君子以见善则迁，有过则改。"

③吉凶悔吝生乎动：语本《周易·系辞》。

【译文】

君子要勤勉努力地去追求诚，然而必须通过抑止私欲、改过从善才能达到。乾道的作用，就是促进这种善，损益的道理也不过如此，圣人的道理不是很深刻吗？“吉凶悔吝生于行动。”哎，吉是一样的，行动却不能不小心。

家人睽复无妄第三十二

治天下有本，身之谓也；治天下有则，家之谓也。本必端，端本诚心而已矣，则必善，善则，和亲而已矣。家难而天下易，家亲而天下疏也。家人离，必起于妇人。故《睽》次《家人》，以“二女同居而志不同行也”。尧所以釐降二女于妫汭，舜可禅乎？吾兹试矣。是治天下观于家，治家观身而已矣。身端，心诚之谓也。诚心，复其不善之动而已矣。不善之动，妄也；妄复，则无妄矣；无妄，则诚矣。故无妄次复，而曰“先王以茂对时育万物”，深哉！

【译文】

治理天下的根本，是人身；治理天下的原则，是由家庭决定的。根本必须端正，正本只需要使心符合诚的要求就可以了，心诚以后，人就一定会善，善的原则是和亲而已。家里边人伦关系有问题，天下就会改变，家里人伦亲睦，天下也就会清静无事。家人之间的不和睦，一定由妇人所起。故《睽》卦接着《家人》卦，是“二女同居，意见不能一致”。尧将两个女儿下嫁给了居住在妫汭的舜，就是要测试一下，舜是不是那个可以受禅的人。我试着论述一下。因此治天下要从治家中学习，治家要从治身中学习。身正，就是心诚的意思。所谓心诚就是指把不善的行为改正掉。不善的行为，就是妄；妄如果能够被改正，就无妄了；无妄，就是诚。因此无妄卦接着复卦，并说“圣人勉力配天时，化育万物”，这是很深刻的道理呵！

富贵第三十三

君子以道充为贵，身安为富，故常泰无不足。而铢视轩冕，尘视金玉，其重无加焉耳！

【译文】

君子以得道为贵，身体安宁为富，因此始终处于从容的地位，没有什么不满足的。于是把官位和财富都看得很轻，根本不加以重视。

陋第三十四

圣人之道，入乎耳，存乎心，蕴之为德行，行之为事业。彼以文辞而已者，陋矣！

【译文】

圣人所行之道，都是耳听教化，心里存念，积蓄久了发之为德行，实践它作为事业。那些以文辞取胜的人，都是很不懂道理的。

拟议第三十五

至诚则动，动则变，变则化。故曰："拟之而后言，议之而后动，拟议以成其变化。"

【译文】

至诚的人就会有所行动，行动就会带来改变，改变就会促进万物的化生。因此说："做了准备以后才讲话，讨论之后才行动，准备充足，讨论清楚之后就会成就变化。"

刑第三十六

天以春生万物,止之以秋。物之生也,既成矣,不止则过焉,故得秋以成。圣人之法天,以政养万民,肃之以刑。民之盛也,欲动情胜,利害相攻,不止则贼灭无伦焉。故得刑以治。情伪微暧,其变千状,苟非中正明达果断者,不能治也。《讼》卦曰:"利见大人。"以刚得中也[①]。《噬嗑》曰:"利用狱。"以动而明也[②]。呜呼!天下之广,主刑者,民之司命也,任用可不慎乎!

【注释】

①刚得中:语本《周易·讼卦·彖辞》:"讼有孚,窒,惕中吉,刚来而得中也。终凶,讼不可成也。利见大人,尚中正也。"

②"《噬嗑》曰"几句:语本《周易·噬嗑卦·彖辞》:"噬嗑而亨,刚柔分,动而明,雷电合而章,柔得中而上行,虽不当位,利用狱也。"

【译文】

天道以春来生育万物,用秋来节制它们。万物的生长,长大以后不加以节制就会过度,因此用秋来完成它们的生长。圣人法天道,用政教来养育万民,用刑法来整齐万民。人民如果发展得很壮大,情欲就会勃发,为利害而互相攻伐,不加以制止就会把人伦毁灭掉。因此要用刑罚来管理。人情变化,千姿百态,如果不是能做到中正明达果断的人,是不能治理好他们的。《讼卦》说:"见大人会得利。"这是以刚得中的意思。《噬嗑》说:"运用刑罚会有好处。"这是用行动来说明这个道理。唉!天下这样广大,主持刑罚的人,是掌握百姓生命的人,怎么能不小心使用呢!

公第三十七

圣人之道，至公而已矣。或曰："何谓也？"曰："天地至公而已矣。"

【译文】

圣人之道，只是公正而已。有人问："这是什么意思呢？"答道："天地就是大公的。"

孔子上第三十八

《春秋》，正王道，明大法也，孔子为后世王者而修也。乱臣贼子，诛死者于前，所以惧生者于后也。宜乎万世无穷，王祀夫子，报德报功之无尽焉！

【译文】

《春秋》，端正王道，彰明大法，孔子为后世的王者修撰而成。诛杀历史上的乱臣贼子，可以警戒后来的人们。这样才能万世无穷地存在下去，所以像祭祀帝王那样来祭祀孔子，是报答他的无尽功德。

孔子下第三十九

道德高厚，教化无穷，实与天地参而四时同，其惟孔子乎？

【译文】

道德高尚，教化世人没有穷尽，能与天地并列、与四时的作用相同，除了孔子，还能有谁？

蒙艮第四十

童蒙求我，我正果行，如筮焉。筮，叩神也，再三则渎矣，渎则不告也。山下出泉，静而清也。汩则乱，乱不决也，慎哉，其惟时中乎！“艮其背”，背非见也；静则止，止非为也，为不止矣。其道也深乎！

【译文】

幼稚的年轻人来向我求教，我用果断的行动来培养他们，就像《蒙卦》占筮的筮辞一样。占筮，是在询问神灵，如果占问次数太多，就是亵渎神灵，神灵就不会告诉我们了。《蒙卦》的卦象是山下流出泉水，象征平静清澈。去治理就会扰乱它，扰乱而不至于决堤，要慎重啊，这就是要把握合适的时机的道理。《艮卦》说“止于其背”，背转过去就看不到引发欲望的东西了；身心安静就会知止，知止就是不去做非分的事，做非分的事就是不知止。其中的道理真是深刻啊！

张载

张载（1020—1077），字子厚，凤翔郿县（今陕西眉县）人。世称横渠先生，北宋思想家。年少喜谈兵事，曾造谒范仲淹。嘉祐间举进士，为祁州司法参军，调云岩令，为政以敦本善俗为先。熙宁初，御史中丞吕公著荐之，召为崇文院校书，未几，以疾屏居南山下，敝衣蔬食，与诸生讲学。吕大防荐知太常礼院。以疾归，卒，谥明公。有《崇文集》及《易说》《正蒙》等。张氏主要是个道学家，散文创作亦有一定成就。

西铭

【题解】

本文是张载《正蒙·乾称》中的一部分。张载曾于学堂的双牖各录《乾称》之一部，左书《砭愚》，右书《订顽》，后来由宋理学家程颐将《砭愚》改称《东铭》，将《订顽》改称《西铭》。本文中，张载从儒家“天人合一”思想出发，指出了人在自然中的位置，提出了“民胞物与”的命题。铭文采用先理而后实的写作方法，前面阐发理论，而后援引传说和历史事实做理论的佐证，使其中的主张具有说服力。

乾称父，坤称母[①]；予兹藐焉[②]，乃混然中处。故天地之塞[3]，吾其体；天地之帅，吾其性。民，吾同胞；物，吾与也。大君者，吾父母宗子；其大臣，宗子之家相也。尊高年，所以长其长；慈孤弱，所以幼其幼。圣，其合德；贤，其秀也。凡天下疲癃残疾、茕独鳏寡[4]，皆吾兄弟之颠连而无告者也[5]。于时保之，子之翼也[6]；乐且不忧，纯乎孝者也[7]。违曰悖德，害仁曰贼；济恶者不才[8]。其践形[9]，惟肖者也。知化则善述其事[10]，穷神则善继其志[11]。不愧屋漏为无忝[12]，存心养性为匪懈[13]。恶旨酒[14]，崇伯子之顾养[15]；育英才，颍封人之锡类[16]。不施劳而底豫[17]，舜其功也；无所逃而待烹，申生其恭也[18]。体其受而归全者，参乎[19]！勇于从而顺令者，伯奇也[20]。富贵福泽，将厚吾之生也；贫贱忧戚，庸玉女于成也[21]。存，吾顺事；没，吾宁也[22]。

【注释】

①乾称父，坤称母：古人认为乾为阳，坤为阴，以此识别男女。《周易》认为乾为天，称父，地为坤，称母。

②藐：小。

③天地之塞：即所谓浩然之气充塞天地之间。

④疲癃（lóng）：年老衰败。茕（qióng）：指没有弟兄的人。鳏（guān）：中年无妻或丧妻的人。

⑤颠连：困苦。

⑥翼：辅助。

⑦纯乎孝者：《周易》云："顺天以行则为天地之孝子。"

⑧不才：没有才能。

⑨践形：体现人天赋的品质。

⑩知化：懂得事物的变化。

⑪穷神：研究事物的精微道理。

⑫不愧屋漏：无愧于暗室。屋漏，原指房子的西北角，其处开有天窗，日光由此照射入室，故称屋漏。后称不欺屋漏，即不欺暗室的意思。忝：辱。

⑬匪：通“非”。

⑭旨：美味。

⑮崇伯：禹父鲧。

⑯颍封人：指颍考叔。春秋初期郑国人。

⑰底豫：由不乐至欢乐。底，致。豫，乐。

⑱申生：春秋晋献公世子。

⑲参：曾参，孔子弟子。

⑳伯奇：周代尹吉甫之子。

㉑玉：成金。女：通“汝”。

㉒宁：安宁。

【译文】

天可称得上是父亲，地可算得上是母亲；像我这样渺小，就混混然处于其中吧。所以说，天地间充满着浩然正气，构成我的形体；天地所树立的表率，形成我的人性。百姓是我的同胞兄弟，万物与我同类。君王是我的父母和长兄，他的大臣们是家臣之长。敬重年龄大的人，是尊敬年长人的缘故；疼爱孤儿弱女，是疼爱年幼者的缘故。圣人的思想品德同天地之德相吻合，贤良俊士则为人中之俊秀！但凡社会上那些衰颓、病老、残疾、孤独、鳏寡之人，都是我的兄弟姐妹，他们困苦而无处诉说。在适当的时候要保护他们，帮助他们；这正像《周易》上所说的，乐天知命就不会忧虑，言谈举止顺乎天意，就会成为天地的孝子。违反了这些就是反叛道德准则，伤害仁义可称是贼；帮助作恶的人是无能。能体现人的天赋本色的，只有那些圣贤好人！懂得物体形态变化的道理，就能很好地处理各种事情；如果能通达神明之德，那么就能很好地继承发扬神的意愿。无论有人无人都是表现如一而无愧，才称得上无辱！一心一意培养自己的美德，才称得上是不懈。大禹厌恶美酒美味，这是大禹之父鲧教育的结果；培养出来杰出人才，以善施及众人，那是颍考叔所为带来的影响。不劳累于人，使母亲由不快乐到快乐，那是舜的功德；无所逃避，只等烹死，那是申生恭敬的行为。谦逊有礼，受杖责却能顾全家庭，那是曾参吧？顺从后母的怒斥而被赶出家门的，是伯奇。富贵恩泽，将会优厚地对待我们的一生；那些贫贱忧伤的事，只是用来玉成你的功名事业！人活着，就要顺理行事；死了，也就心里安宁了。

东铭

【题解】

本文是作者《正蒙·乾称》中的一部分（参见《西铭》题解），作者从道学的角度指出人的行动举止是受自己思想意识即“心”所支配的，强调了内在意识决定外在行为，人们必须戒惕出于自己内心的东西。

戏言出于思也，戏动作于谋也。发乎声，见乎四支[①]，谓非己心，不明也；欲人无己疑，不能也。过言非心也，过动非诚也。失于声，缪迷其四体[②]，谓己当然，自诬也[③]；欲他人己从，诬人也。或者以出于心者归咎为己戏[④]，失于思者自诬为己诚，不知戒其出汝者，归咎其不出汝者，长傲且遂非，不知孰甚焉！

【注释】

①四支：即四肢。支，通“肢”。

②缪：通“谬”。错误。

③诬：捏造事实冤枉人。

④归咎：归罪。

【译文】

玩笑的话出于自己的思想，戏谑的行为出于自己内心的谋虑。由声发出，由四肢表现出来，而说成不是出于自己内心，这是不明；想要别人对自己不产生怀疑，那是不可能的。过分的言论本不是人心所固有的，过分的举动本不是人的诚心所应该如此。讲话有失误，四肢举动怪戾，而说自己是应当这样的，这是自诬其本心了；要想让别人听从自己，那是误导他人。昏惑不明的人把出于自己内心的言行归于自己的不严肃，把自己错误的想法硬说成是出于自己的真心，不知道儆戒那些出于自己内心的错误，却归咎于自以为不出于自己本心的随意戏耍，傲气日益滋长，错误不断延续，真不知道哪有比这更过分的事情！

司马光

司马光(1019—1086),字君实,陕州夏县(今属山西)涑水乡人。世称涑水先生,北宋著名史学家。宋仁宗宝元初年中进士。仁宗末年,任天章阁待制兼侍讲知谏院。神宗任用王安石实施新政,他表示反对,并坚决推辞枢密副使之职。哲宗即位后,他被任命为尚书左仆射兼门下侍郎,勤于政事,废除新法。八个月后病逝,追封温国公,谥号文正。

司马光学识渊博,为给统治者提供历史借鉴,他决定对浩繁的史书删削冗长,举撮机要,编纂一部以国家盛衰得失为主题的史书。宋英宗时,他编成《通志》八卷,英宗看后大为欣赏,命设局续修。神宗元丰七年(1084)成书,神宗赐名为《资治通鉴》。这部历时19年编成的史学巨著,是我国古代编年史书的最高成就和总结性作品,对后世史学发展有极大的影响。司马光遗著还有《稽古录》《司马文正公集》等。

汉中王即皇帝位论

【题解】

此文是司马光在《资治通鉴》中叙述汉中王刘备即帝位之事后所做的议论,对传统的正统观提出了不同意见。文章首先正名,阐述君、王的概念,接着说明正闰之论的由来,指出分裂时代各国相互攻击,均自称正统,是“私己之偏辞,非大公之通论”。进而用历史事实说明,政权的接替、地理位置和国君是否有道德,均不能作为正统与僭伪之分的根据,而只有统一天下的人才是名副其实的天子,这在古代社会是一种进步的历史观。最后,司马光说明自己取魏、宋等国的年号纪事,只是为了纪事的方便,而不是区分正闰,从而自圆其说。文章语言朴实,先立后破,很有说服力。

天生烝民①,其势不能自治,必相与戴君以治之。苟能禁暴除害以保全其生,赏善罚恶使不至于乱,斯可谓之君矣。是以三代之前,海内诸侯,何啻万国②,有民人、社稷者,通谓之君。合万国而君之,立法度,班号令,而天下莫敢违者,乃谓之王。王德既衰,强大之国能帅诸侯以尊天子者,则谓之霸。故自古天下无道,诸侯力争,或旷世无王者,固亦多矣。秦焚书坑儒,汉兴,学者始推五德生胜③,以秦为闰位④,在木火之间,霸而不王,于是正闰之论兴矣。及汉室颠覆,三国鼎峙。晋氏失驭,五胡云扰⑤。宋、魏以降,南北分治,各有国史,互相排黜,南谓北为索虏,北谓南为岛夷。朱氏代唐⑥,四方幅裂,朱邪入汴⑦,比之穷、新⑧,运历年纪,皆弃而不数,此皆私己之偏辞,非大公之通论也。

【注释】

①烝民:百姓。烝,众多。

②啻(chì):仅仅,只有。

③五德生胜:金、木、水、火、土相生相克。

④闰位:闰,与“正”相对,闰位指非正统的帝位。

⑤五胡：匈奴、鲜卑、羯、氐、羌五种少数民族。

⑥朱氏：指朱全忠，篡唐建梁。

⑦朱邪：西突厥部落的称号。汴：今洛阳。

⑧穷、新：指有穷篡夏、新室篡汉。

【译文】

天生百姓，不能自治，必须共同推举一个君主来治理。假如能够禁止暴力，消除祸害，保全百姓的生存，奖赏善良，惩罚罪恶，使百姓不至于作乱，这样的人就可以称为君主。所以，夏、商、周三代以前，天下的诸侯，何止有上万个国家，拥有百姓、土地的人，通称为君主。合并所有的国家而加以统治，设立法度，颁布号令，天下无人敢违背，才称为王。王德衰退后，强大的国家能够率领诸侯尊奉天子，就叫做霸主。所以，自古以来，天下无道，诸侯纷争，有时长期没有帝王，这种情况本来也有很多次。秦朝焚书坑儒，汉朝兴起后，学者们开始推究金、木、水、火、土的相生相克，认为秦朝不是正统，在木、火之间，是霸主而不是帝王，正统和非正统的理论于是兴起。到了汉朝灭亡，三国鼎立。晋朝失去控制，匈奴、鲜卑、羯、氐、羌纷乱不定。宋、北魏以来，南北朝分治，各有各的国史，互相排挤、贬斥，南朝称北朝为索虏，北朝称南朝为岛夷。朱全忠取代唐朝，四方分裂，西突厥进入汴京，被比作有穷篡夏、新室篡汉，所用纪年都废弃不算，这都是袒护自己的偏见，不是客观公正的观点。

臣愚诚不足以识前代之正闰，窃以为苟不能使九州合为一统，皆有天子之名，而无其实者也。虽华夏仁暴，大小强弱，或时不同，要皆与古之列国无异，岂得独尊奖一国谓之正统，而其余皆为僭伪哉？若以自上相授受者为正邪，则陈氏何所受[①]？拓跋氏何所受[②]？若以居中夏者为正邪，则刘、石、慕容、苻、姚、赫连所得之土[③]，皆五帝、三王之旧都也。若以有道德者为正邪，则蕞尔之国[④]，必有令主[⑤]，三代之季，岂无僻王[⑥]！是以正闰之论，自古及今，未有能通其义，确然使人不可移夺者也。

【注释】

①陈氏：指南朝陈建立者陈霸先。

②拓跋氏：北魏皇帝之姓。

③刘：指前赵建立者刘渊。石：指后赵建立者石勒。慕容：指前燕国君慕容皝、后燕建立者慕容垂、南燕建立者慕容德。苻：前秦国君苻坚。姚：后秦建立者姚苌。赫连：夏建立者赫连勃勃。

④蕞（zuì）尔：小。

⑤令：美好。

⑥僻：邪僻。

【译文】

我很愚笨，实在不能识别以前朝代是否正统，只是私下认为，如果不能统一全国，都是有名无实的天子。虽然有时有汉族和少数民族，仁德和残暴，强大和弱小，或是时间的不同，但总的说来，都与古代的列国没有什么差别，怎么能唯独尊崇褒扬一个国家，称之为正统，而其余的国家都是僭伪呢？如果以从上一朝代接受政权的为正统，那么陈霸先建立陈是谁传给的呢？拓跋氏建立北魏是从哪里接受的呢？如果以地处中原的为正统，那么刘渊、石勒、慕容皝、慕容垂、慕容德、苻坚、姚苌、赫连勃勃所占据的土地，都是五帝、三王的旧都。如果以有道德的为正统，那么小国也必定有品行美好的君主，三代末期难道没有品行邪僻的君王？所以，正统与非正统的评论，从古至今，没有能弄通道理，使人坚定不移的。

臣今所述，止欲叙国家之兴衰，著生民之休戚，使观者自择其善恶得失，以为劝戒，非若《春秋》立褒贬之法，拨乱世反诸正也。正闰之际，非所敢知，但据其功业之实而言之。周、秦、汉、晋、隋、唐，皆尝混壹九州，传祚于后[①]，子孙虽微弱播迁，犹承祖宗之业，有绍复之望[②]，四方与之争衡者，皆其故臣也，故全用天子之制以临之。其余地丑德齐[③]，莫能相壹，名号不异，本非君臣者，皆以列国之制处之，彼此均敌，无所抑扬，庶几不诬事实，近于至公。然天下离析之际，不可无岁、时、月、日以识事之先后。据汉传于魏而晋受之，晋传于宋以至于陈而隋取之，唐传于梁以至于周而大宋承之，故不得不取魏、宋、齐、梁、陈、后梁、后唐、后晋、后汉、后周年号，以纪诸国之事，非尊此而卑彼，有正闰之辨也。昭烈之于汉[④]，虽云中山靖王之后[⑤]，而族属疏远，不能纪其世数名位，亦犹宋高祖称楚元王后[⑥]，南唐烈祖称吴王恪后[⑦]，是非难辨，故不敢以光武及晋元帝为比，使得绍汉氏之遗统也。

【注释】

①祚（zuò）：一个朝代的国统。

②绍：继承。

③丑：类似。

④昭烈：三国时蜀汉昭烈帝刘备。

⑤中山靖王：汉景帝子刘胜。

⑥楚元王：汉高祖同父兄弟刘交。

⑦吴王恪：唐太宗子李恪。

【译文】

我现在所叙述的，只是国家的兴衰，百姓的苦乐，让读者自己区分善恶得失，来作为劝勉和警戒，而不像《春秋》用褒贬的方法拨乱反正。是否正统，我不敢判定，只是根据他们功业的实际情况来谈论。周、秦、汉、晋、隋、唐，都曾统一全国，把国家政权传给后代，虽然子孙力量微弱，流离迁徙，但仍然继承祖宗的基业，有继续恢复的希望，四方与他争斗的，都是他以前的臣下，所以完全用天子的规格来对待。其余的国土差不多大，德行相等，不能相互统一，名号没有什么不同，相互之间本来不是君臣，都用列国的规格来处理，彼此势均力敌，没有什么贬抑褒扬，大体上不违背事实，接近公正。但天下分裂时期，不能没有年、季、月、日来标明事情的先后。根据汉朝传给魏，晋又从魏接受，晋传给宋一直到陈而被隋夺取，唐传给梁一直到后周而被大宋承接，所以不能不用魏、宋、齐、梁、陈、后梁、后唐、后晋、后汉、后周的年号来记载各国的事情，不是尊崇这个而贬抑那个，有正统与非正统的区分。蜀汉昭烈帝刘备，虽然说是中山靖王的后代，但亲族关系疏远，不能记载他世代的名义和地位，就像宋高祖自称是楚元王的后代，南唐烈祖自称是吴王恪的后代，是非难以分辨，所以不敢以之比拟汉光武帝及晋元帝，认同他能继承汉朝的国统。

苏洵

苏洵(1009—1066),字明允,号老泉,世称“苏文公”,北宋眉州眉山(今四川眉山)人。宋代著名散文家。少好游侠,近三十岁才发愤读书。嘉祐元年(1056),偕二子赴京都应进士试,以文谒翰林学士欧阳修而受推崇,一时声名大震。因宰相韩琦的举荐,召试舍人院。推辞不就,授秘书省校书郎,后为霸州文安县(今河北文安)主簿,死于任上。

苏洵深受《孟子》《战国策》的影响,其文纵厉雄奇,尤擅长策论,有战国纵横家的风格。曾巩称之为“雄壮俊伟,若决江河而下”(《苏明允哀词》)。其子苏轼、苏辙在议论文方面深受其影响。父子被世人并称为“三苏”,同列于“唐宋八大家”。

易论

【题解】

苏洵晚年好《易》,他为了纠“诸儒以附会之说乱之”的偏向,重现“圣人之旨”,曾作《易传》百余篇,但业未竟而卒,后命苏轼述其志。本文出自《六经论》。

文中指出:贪生怕死、好逸恶劳是人之常情,不承认这种人之常情是不现实的,问题在于如何引导。圣人只是利用贪生怕死的常情来抑制好逸恶劳的常情，以“遵蹈其法制”。并大胆指出：“圣人用其机权，以持天下之心。”

如苏洵所说，他著书“务一出己见，不肯蹑故迹”，故文章思想富于独创性，为“有《易》以来未始有也”。语言多使用排比句，富有气势。

圣人之道，得礼而信，得《易》而尊①。信之而不可废，尊之而不敢废，故圣人之道所以不废者，礼为之明而《易》为之幽也。生民之初，无贵贱，无尊卑，无长幼，不耕而不饥，不蚕而不寒，故其民逸。民之苦劳而乐逸也，若水之走下。而圣人者，独为之君臣，而使天下贵役贱；为之父子，而使天下尊役卑；为之兄弟，而使天下长役幼。蚕而后衣，耕而后食，率天下而劳之。一圣人之力固非足以胜天下之民之众，而其所以能夺其乐而易之以其所苦，而天下之民亦遂肯弃逸而即劳，欣然戴之以为君师，而遵蹈其法制者，礼则使然也。

【注释】

①《易》：又称《周易》《易经》，简称《易》，儒家重要经典之一。

【译文】

圣人之道，掌握了礼法便有了信用，懂得了《周易》便有了尊严。信任它而不可以废止，尊重它而不敢废止，因此圣人的主张所以不被废止的原因在于，礼法为它彰明，而《周易》使之神秘化。人类刚刚诞生时，没有贵贱、尊卑之分，也没有长辈与小辈的区别，不耕种庄稼也没有饥饿，不养蚕织布也不感到寒冷，因此那时的人生活也很安逸。百姓厌恶劳作而喜欢安逸，就如同水往低处流一样。而作为圣人，偏偏替人设置了君臣差别，让天下尊贵的人差遣低贱者；替人设置了父子差别，让天下做尊长者差遣卑微者；替人设置了兄弟差别，让天下年长者差遣年幼者。先植桑养蚕,然后才有衣服穿;先播种耕耘,然后才有粮食吃,带领天下人从事各种劳作。以一个圣人的力量,固然不足以胜过天下众多的百姓,可他之所以能够剥夺百姓的欢乐而代之以劳动的艰辛,天下的百姓答应舍弃安逸而走向劳作,高高兴兴拥戴他作为自己的君师,遵守、执行他制定的法令规章,是礼法使他们这样的。

圣人之始作礼也,其说曰:“天下无贵贱,无尊卑,无长幼,是人之相杀无已也。不耕而食鸟兽之肉,不蚕而衣鸟兽之皮,是鸟兽与人相食无已也。有贵贱,有尊卑,有长幼,则人不相杀;食吾之所耕,而衣吾之所蚕,则鸟兽与人不相食。”人之好生也甚于逸,而恶死也甚于劳,圣人夺其逸死而与之劳生,此虽三尺竖子知所趋避矣。故其道之所以信于天下而不可废者,礼为之明也。

【译文】

圣人当初制定礼法时,这样说:“天下没有贵贱、尊卑、长幼的差别,由此人与人的相互残杀没完没了。不耕种庄稼而吃鸟兽的肉,不养植蚕桑而把鸟兽的毛皮当衣服穿,这便导致鸟兽和人之间的相互吞食没完没了。有了贵贱、尊卑、长幼的差别,那么人们就不会相互残杀;吃的是自己耕种的粮食,穿的是自己养蚕织的布,那么鸟兽和人也不会相互吞食。”人们对生存的喜好胜过追求安逸,而对死亡的厌恶也胜过躲避劳苦,圣人夺走了人们的安逸和死亡,但却给了他们劳作和生存,这是虽三岁小孩也知道该要什么、躲避什么。因此,圣人的主张之所以取信于天下而不可废止,是因为礼法为之彰明了。

虽然,明则易达,易达则亵,亵则易废。圣人惧其道之废，而天下复于乱也，然后作《易》。观天地之象以为爻[1]，通阴阳之变以为卦，考鬼神之情以为辞。探之茫茫，索之冥冥，童而习之，白首而不得其源。故天下视圣人如神之幽，如天之高，尊其人而其教亦随而尊。故其道之所以尊于天下而不敢废者，《易》为之幽也。

【注释】

①爻（yáo）：构成《易》卦的基本符号。"—"为阳爻；"--"为阴爻，每三爻合成一卦，可得八卦。两卦（六爻）相重可得六十四卦。《周易·系辞上》："爻者，言乎变者也。"《系辞下》："爻也者，效天下之动者也。"

【译文】

虽然如此，圣人主张得到彰明就容易取信于人，容易取信于人就容易有失庄重，有失庄重就容易被废止。圣人害怕他的主张被废止而天下又回到混乱的状况，这才创制了《周易》。察看天地之象来设置断吉凶的爻，通晓世间阴阳之间的变化来设置卦，考察鬼神的性情来设置辞。探寻它是那样渺茫，索求它又不见踪影，从孩童时就练习它，直到鬓发花白仍然弄不清它的根源。所以天下人看圣人，就如神灵般幽暗，如蓝天般高远，尊崇圣人，包括圣人主张也一并加以尊重。因此，圣人的主张之所以被天下人尊重而不敢废止，是因为《周易》使圣人主张增添了神秘感。

凡人之所以见信者，以其中无所不可测者也。人之所以获尊者，以其中有所不可窥者也。是以礼无所不可测，而《易》有所不可窥，故天下之人信圣人之道而尊之。不然，则《易》者岂圣人务为新奇秘怪以夸后世耶？

【译文】

大凡人之所以被信任,是因为他的内心没有什么不可以猜测的。人之所以获得别人的尊重,是因为他的内心有着常人不可以看到的胸襟。因而礼没有什么不可以猜测,但是《易》却有不可以看到的内涵,所以,天下的人信任圣人主张并尊崇它。如不这样,那么,《易》岂不成了圣人为追求新奇诡异来向后人夸耀的东西了?

圣人不因天下之至神,则无所施其教。卜筮者,天下之至神也。而卜者[①],听乎天而人不预焉者也,筮者决之天而营之人者也[②]。龟,漫而无理者也,灼荆而钻之,方功义弓[③],惟其所为,而人何预焉?圣人曰:"是纯乎天技耳!"技何所施吾教?于是取筮。夫筮之所以或为阳、或为阴者,必自分而为二始;卦一,吾知其为一而挂之也;揲之以四[④],吾知其为四而揲之也;归奇于扐[⑤],吾知其为一、为二、为三、为四而归之也,人也。分而为二,吾不知其为几而分之也。天也,圣人曰:"是天人参焉。"道也,道有所施吾教矣。于是因而作《易》以神天下之耳目,而其道遂尊而不废。此圣人用其机权以持天下之心,而济其道于无穷也。

【注释】

①卜:占卜。古人用火灼龟甲,以灼开的裂纹来推测行事的吉凶。

②筮:用蓍草占卦。《礼记·曲礼上》:"龟为卜,策为筮。"

③方功义弓:《周礼·卜师》:"掌开龟之四兆,一曰方兆,二曰功兆,三曰义兆,四曰弓兆。"

④揲(shé):古代用蓍草占卦时,数蓍草的数目,并把它分成几份。

⑤奇:零数,余数。扐(lè):手指之间。古代筮法,数蓍草占卜时,每次数剩零余的蓍草夹在指间称扐。亦指零数。

【译文】

圣人如果不承袭天下最高神灵的精神,就无处施行他的主张。卜筮的人就是天下最高的神灵。用龟甲占卜的卜者,只会听命于天,预测人所不能预知的吉凶;用蓍草占卜的筮者,由上天决定,而由人来经营。龟甲本身是天然而没有纹理的,烧红荆条用来钻龟甲,就会呈现出方兆、功兆、义兆、弓兆这些不同的兆象,唯其如此,人又是怎么预先知晓的呢?圣人说:“这纯粹是上天的技艺呀。”这种技艺又是从何处施行给我们的呢?于是又选取筮这种方法。卜筮之所以有时呈阳爻,有时呈阴爻,必定从一分为二开始;卜一卦,我们知道它是先抽取一根而悬置不用的;数四遍分执在左右手中的蓍草,我们知道它是以四作为基数而数的;把余下的零数用手指夹起来,我们知道余数是一个、两个、三个、四个才分别归到不同的手指中间的。人,也是分开而成为两个,我不知道他的余数是几而加以区分的;天,圣人说:“天是由人参与的。”什么是道呢?道能从某个地方施行到我身上。由此圣人创制了《易》来使天下人耳聪目明,而他所宣扬的主张受到人们尊崇而不被废止。这是圣人运用机变来拥有天下人的心智,修饬他的主张至于无穷啊。

书论

【题解】

《书》,即《尚书》。作者观《书》有感,遂作《书论》。文中提出了“风俗之变,圣人为之也。圣人因风俗之变而用其权”的观点,认为风俗的演变,社会的发展离不开“圣人”,如果“其后无圣人,其变穷而无所复入”,社会就将停滞不前。文章论点鲜明,结构严谨,运用举例、比喻、对比等论证手法,有较强的说服力。

风俗之变,圣人为之也。圣人因风俗之变而用其权[1]。圣人之权用于当世,而风俗之变益甚,以至于不可复反。幸而又有圣人焉,承其后而维之,则天下可以复治。不幸其后无圣人,其变穷而无所复入,则已矣。

【注释】

①权:权变,应变能力。

【译文】

风俗习惯的改变,是圣人促成的。圣人根据风俗的演变情况,运用他的权变才能。圣人的权变才能是用在他那个时代,因而风俗的改变就更加厉害,以至于达到不可复返的地步。幸而又出现新的圣人,继承他之后,继续从事他的事业,天下因此而又得以治理。不幸的是往往先圣之后没有出现新的圣人,风俗的改变陷入困境而不再有圣人的介入促成,那么社会的发展就停滞了。

昔者,吾尝欲观古之变而不可得也,于《诗》见商与周焉而不详。及今观《书》,然后见尧、舜之时与三代之相变,如此之极也。自尧而至于商,其变也皆得圣人而承之,故无忧。至于周,而天下之变穷矣。忠之变而入于质,质之变而入于文,其势便也[1]。及夫文之变,而又欲反之于忠也,是犹欲移江河而行之山也。人之喜文而恶质与忠也,犹水之不肯避下而就高也。彼其始未尝文焉,故忠质而不辞;今吾日食之以太牢[2],而欲使之复茹其菽哉?呜呼!其后无圣人,其变穷而无所复入,则已矣。周之后而无王焉,固也。其始之制其风俗也,固不容为其后者计也,而又适不值乎圣人,固也,后之无王者也。

【注释】

①"忠之变而入于质"几句:夏时尚忠,商时尚质,周时尚文。此系苏洵述夏商周三代风俗变化之大势。

②太牢:祭祀时最多规格的牺牲供品。

【译文】

从前,我曾想了解古代风俗的演变,可是无所收获,通过《诗》,我了解了商代与周代的情况,但不详细。到如今观阅了《书》,这之后了解到尧舜时代与夏商周三代之间前后风俗的变化达到了如此的极点。从尧到商代,这期间风俗的演变,都得到一代又一代圣人的继承,所以没有忧患。到了周朝,天下的这种变化陷入了困境。自夏至周其风俗先由崇尚"忠"变为崇尚"质",后由崇尚"质"变为崇尚"文",这个趋势是事理发展的必然。待到演变至"文",却又想恢复到"忠",这犹如想移动江河却进入山岭寻找途径。人们喜好"文"却又厌恶"质"与"忠",这犹如水不肯避开低下的地势而往高处流淌。那夏商时代还不曾发展到"文",所以崇尚"忠""质"而没有提倡"文";现在我们每日以牛肉为食,却想使这样的生活标准恢复到吃豆类食物,这不是在倒退吗?哎呀!一个时代之后不再出现圣人,社会的发展变化受到阻碍而不能有圣人的介入与促进,社会就停滞不前了。周以后无圣明的君王,风俗固陋不变了!那周初的制度和风俗,本来就不许可替他们的后代谋划,可又恰好没能遇到圣人,世风固定不变,所以后世没有圣明的君王了!

当尧之时,举天下而授之舜。舜得尧之天下,而又授之禹。方尧之未授天下于舜也,天下未尝闻有如此之事也,度其当时之民,莫不以为大怪也。然而舜与禹也,受而居之,安然若天下固其所有，而其祖宗既已为之累数十世者，未尝与其民道其所以当得天下之故也，又未尝悦之以利，而开之以丹朱、商均之不肖也[1]。其意以为天下之民以我为当在此位也，则亦不俟乎援天以神之，誉己以固之也。

【注释】

①丹朱：上古尧的儿子。商均：上古舜的儿子。丹朱、商均均不肖，故不得受禅。

【译文】

在尧的时代，尧将天下授予舜。舜得到尧的天下后又将它传给禹。在尧未传天下于舜时，天下人不曾听说有如此禅位的事，推测尧时的百姓，无人不认为这是很奇怪的事。然而舜和禹接受天下而居于帝王之位时，安稳得像是天下原本理应归他们所有，然而他们的祖宗已经为其后代得天下而积蓄准备了几十代，舜、禹未曾向他们的百姓说明自己应当得天下的理由，也未曾因得天下之利而高兴，更未曾因丹朱、商均的不肖而开心。意下认为天下的百姓赞成我理当居于此位，因此，也就没有期待请天神来保佑，没有炫耀自己并以此巩固其地位。

汤之伐桀也，嚣嚣然数其罪而以告人[1]，如曰彼有罪，我伐之宜也。既又惧天下之民不己悦也，则又嚣嚣然以言柔之曰："万方有罪，在予一人。予一人有罪，无以尔万方。"如曰："我如是而为尔之君，尔可以许我焉尔。"吁！亦既薄矣。

【注释】

①嚣嚣然：嘈杂纷乱的样子。

【译文】

汤讨伐桀时，哄哄嚷嚷地列数桀的罪状来告示众人，如汤宣称："他有罪，我讨伐他是应该的。"以后又怕天下的百姓不赞成自己，就又哄哄嚷嚷地用言语笼络大家说："八方有罪，责任在我一人。我一个人有罪，不关八方百姓之事。"就好比说："我这样做你们的君主，你辈可要答应我伐桀。"唉！这也已经是够浅薄的了。

至于武王，而又自言其先祖父皆有显功，既已受命而死，其大业不克终，"今我奉承其志，举兵而东伐，而东国之士女束帛以迎我，纣之兵倒戈以纳我"。吁！又甚矣。如曰："吾家之当为天子久矣，如此乎民之欲我速入商也。"

【译文】

到了武王，他又声称自己的先祖先父都有显赫的功勋，在受天命之后死去，他们的大业尚未完成，"现在我奉命继承先祖父的遗志，发兵东进，东方的百姓以帛束身来迎接我，纣王的兵士放下武器向我投降。"唉！这又比汤更浅薄了，就好比说："我家具备做天子的资格已经很久了，因此百姓希望我迅速入商灭纣。"

伊尹之在商也，如周公之在周也。伊尹摄位三年而无一言以自解①，周公为之纷纷乎急于自疏其非篡也②。夫固由风俗之变而后用其权，权用而风俗成，吾安坐而镇之，夫孰知风俗之变而不复反也。

【注释】

①伊尹：商初大臣，助商汤攻灭夏桀。太甲即位，破坏商汤典制，不

理国政，被伊尹放逐，三年后太甲悔过，才接回复位。

②周公：西周初年政治家。武王死后，成王年幼，周公摄政。国内有流言，成王生疑，周公遂避位居东都。

【译文】

商代伊尹为相时，如同周公在周辅政一样。伊尹摄位三年，竟无一句用来解释自己的话，而周公辅佐幼主，却不停地急于表白自己无篡位之心。本来圣人可以凭借风俗变化的趋势，使用权变之才能，权变的使用可促使新的风俗形成，那么我们就可以稳坐江山而震慑四方，可是又有谁懂得风俗的变化是一去不复返的道理呢？

诗论

【题解】

在这篇议论性文章中，作者苏洵围绕如何对待“好色与怨其君、父、兄”这一论题，阐发了自己的见解。他认为对于人们心中的“好色”之念和“怨其君、父、兄”的情绪，不应一概加以禁堵，而应给予疏导。认为“圣人之道，严于礼而通于《诗》”，因而主张因人而治，“严以待天下之贤人，通以全天下之中人”。

文章运用引证和对比的论证方法，辩证地分析和认识问题，言辞恳切，入情入理，观点鲜明，说理透辟。

人之嗜欲，好之有甚于生，而愤憾怨怒，有不顾其死，于是礼之权又穷。礼之法曰：“好色不可为也。为人臣，为人子，为人弟，不可以有怨于其君父兄也。”使天下之人皆不好色，皆不怨其君父兄，夫岂不善。使人之情皆泊然而无思①，和易而优柔，以从事于此，则天下固亦大治。而人之情又不能皆然，好色之心驱诸其中，是非不平之气攻诸其外，炎炎而生[②]，不顾利害，趋死而后已。噫！礼之权止于死生[③]。

【注释】

①泊然：安闲宁静的样子。

②炎炎：火光盛烈的样子。

③权：权威，威慑力。

【译文】

人的嗜好、欲望，有喜好到胜过自己生命的，因烦闷、不满、怨恨、愤怒，有人便不顾死的危险，于是礼的权威终止了。礼的法则告诉人们："好色之事，是不该做的。作为人之臣、人之子、人之弟，不能因故对自己的君主、父辈、兄长有怨恨。"假使天下之人都不好色，都不怨恨自己的君主、父辈、兄长，那岂不是好事吗？假使人的情感欲望都很淡泊并且没有思虑、平和而无主见，以此态度对待世事，那么天下本来也可以得到最好的治理。可是人的情感思想又不可能都这样，好色的欲望躁动于内心，是非不平之气激发于外部，旺盛地滋生，不考虑利害关系，甚至走向死亡而后罢休。唉，礼的权威终止于死生之间。

天下之事不至乎可以博生者[①]，则人不敢触死以违吾法。今也，人之好色与人之是非不平之心勃然而发于中，以为可以博生也，而先以死自处其身，则死生之机固已去矣。死生之机去，则礼为无权。区区举无权之礼以强人之所不能，则乱益甚，而礼益败。今吾告人曰："必无好色，必无怨而君父兄。"彼将遂从吾言而忘其中心所自有之情邪？将不能也。

【注释】

①慱:换取,保全。

【译文】

天下的事,不到非要以性命相搏不可的地步,人们是不敢冒死以违法的。现在,人们好色的欲望和是非不平的怨气旺盛地生于内心,认为可以性命相搏,因而先往往将自身置于死地,于是生死的约束就不存在了。没有了生死的约束,那么礼就没有权威了。拿软弱而无权威的礼,来强制人们放弃不该做的事,结果却是违法乱纪的现象愈加严重,而礼的法纪愈加败坏。而今假如我告诫人们:“千万不要好色!千万不要怨恨你的君主父兄!”那么别人就会听从我的话而忘记生于心中的情感欲望吗?那将是不可能的。

彼既已不能纯用吾法,将遂大弃而不顾吾法。既已大弃而不顾,则人之好色与怨其君父兄之心,将遂荡然无所隔限,而易内窃妻之变,与弑其君父兄之祸,必反公行于天下。圣人忧焉,曰:“禁人之好色而至于淫,禁人之怨其君父兄而至于叛,患生于责人太详。”好色之不绝,而怨之不禁,则彼将反不至于乱。故圣人之道,严于《礼》而通于《诗》。《礼》曰:“必无好色,必无怨而君父兄。”《诗》曰:“好色而不至于淫,怨而君父兄而无至于叛。”严以待天下之贤人,通以全天下之中人。

【译文】

那些已经不能受法度约束的人,将完全抛弃并且不顾忌我们的法度。已经抛弃而不顾法度,那么人们好色与怨恨自己的君主、父辈、兄长的心思,就将放纵而无所限制,从而换家眷偷人妻的变故与弑君、弑父、弑兄的祸患，必将公然蔓延于天下。圣人对此甚为忧虑，说："禁止人们好色，反而导致淫乱；禁止人们怨恨自己的君主父兄，反而导致反叛，此祸根产生于责备人过于苛细。"对于好色之念不加断绝，对于怨恨之气不加禁堵，那么别人反而不至于作乱。所以圣人的思想，体现在《礼》中是严格的，而体现在《诗经》中是灵活变通的。《礼》主张："千万不能好色，一定不可怨恨你的君主、父辈和兄长！"而《诗经》主张："容忍好色但不可发展到淫乱，允许怨恨你的君主父兄，但不能发展到反叛！"应当用严格的礼法来对待天下的贤人，用灵活变通的方略来保全天下的一般人。

吾观《国风》婉娈柔媚而卒守以正[①]，好色而不至于淫者也；《小雅》悲伤诟讟[②]，而君臣之情卒不忍去，怨而不至于叛者也。故天下观之曰："圣人固许我以好色，而不尤我之怨吾君父兄也。"许我以好色，不淫可也；不尤我之怨吾君父兄，则彼虽以虐遇我，我明讥而明怨之，使天下明知之，则吾之怨亦得当焉，不叛可也。

【注释】

①《国风》：《诗经》分"风""雅""颂"三大类，《国风》为其一，共十五国风，系反映各地社会风俗、生活之作。娈（luán）：美好。

②《小雅》：《诗经》"风""雅""颂"中，"雅"分为《大雅》《小雅》。《小雅》多祝颂之辞。讟（dú）：诽谤，怨言。

【译文】

我观阅《国风》，它是那样柔婉美好，而且始终恪守正道，好色但不至于淫乱；《小雅》格调悲伤，有咒骂痛怨之意，但君臣之情始终不忍割弃，有怨气而无反叛之心。所以天下人看后认为："圣人原来允许我好色，而且也不责怪我怨恨自己的君主父兄。”允许我好色，不淫乱就可以了；不指责我怨恨自己的君主、父辈、兄长，那么他们即使虐待我，我将当面指责并埋怨他们，让天下之人明晓实情，那我的怨恨指责也是得当的，不反叛就可以了。

夫背圣人之法而自弃于淫叛之地者，非断之不能也，断之始，生于不胜。人不自胜其忿，然后忍弃其身。故《诗》之教，不使人之情至于不胜也。

【译文】

违背圣人的法度，将自己置于淫乱反叛地步的人，并非自己不能中止淫乱反叛行为，而往往在行将中止之初，不能自制。人不能克制自己愤怒的情绪，这以后就会狠下心来抛弃自己的身家性命。因此《诗经》的教诲是，不可让人的情感发展到不能自制的地步。

夫桥之所以为安于舟者，以有桥而言也。水潦大至①，桥必解而舟不至于必败。故舟者，所以济桥之所不及也。吁！礼之权穷于易达，而有《易》焉；穷于后世之不信，而有乐焉；穷于强人②，而有《诗》焉。吁！圣人之虑事也盖详。

【注释】

①潦（lǎo）：雨水。《列子·汤问》：“百川，水潦归焉。”

②强：强制。

【译文】

桥被认为比舟安全的原因，是由于有了桥才这样说的。一旦天下大雨而洪水到来，桥必定会被冲垮而舟倒不一定会颠覆。所以舟又具有渡桥所比不上的优势。唉，礼的权威缺少通达与灵活，因而有圣人写出了《周易》；困窘于后代不信服，于是有圣人创作了《乐经》；困窘于呆板且强制人，因而有圣人整理出《诗经》。啊，圣人考虑事情也实在是周详！

乐论

【题解】

本文巧用比喻法，以喻代议，寓议于喻，形象生动地阐述了作者的观点。文章指出，礼好比苦口良药，在推行礼的过程中，人们往往易被外物所惑，忽略守礼之道，且礼有它达不到的地方，而乐则弥补了礼的不足，礼乐相辅相成，从而维护圣人的礼治之道。

礼之始作也，难而易行，既行也，易而难久。天下未知君之为君，父之为父，兄之为兄，而圣人为之君父兄。天下未有以异其君父兄，而圣人为之拜起坐立。天下未肯靡然以从我拜起坐立[①]，而圣人身先之以耻。呜呼！其亦难矣。天下恶夫死也久矣，圣人招之曰："来，吾生尔。"既而其法果可以生天下之人，天下之人视其向也如此之危[②]，而今也如此之安，则宜何从？故当其时虽难而易行。既行也，天下之人视君父兄，如头足之不待别白而后识，视拜起坐立如寝食之不待告语而后从事。虽然，百人从之，一人不从，则其势不得遽至乎死。天下之人，不知其初之无礼而死，而见其今之无礼而不至乎死也，则曰："圣人欺我。"故当其时虽易而难久。

【注释】

①靡然：一边倒的样子。

②向：往日。

【译文】

礼在开始制定的时候，是艰难的，但以后推行起来，还是容易的；推行时虽然容易，可是难以持久。天下人不懂为君者应尽君主职责，为父者应尽父辈责任，为兄者应尽兄长义务的道理，于是有圣人出现，为人们做君、做父、做兄以示榜样。天下没有区别君、父、兄的规矩，因而圣人制定出拜、起、坐、立的礼节。天下人不肯随顺地服从我而行拜、起、坐、立的礼节，因此圣人亲自率先行礼节，并以不行礼节为耻。哎呀，这也够难的了！天下人厌恶死亡也已很久了，圣人便招呼人们："到我这里来，我让你们活下去。"不久他的办法果然能使天下人活下来。天下的人，他们原先是那样危险，而今又是如此安宁，那么应当跟从谁呢？这是不言而喻的事了。所以礼在最初制作时，虽然艰难，可是推行容易。推行以后，天下人礼待自己的君主父兄，如同区别头足，不须先辨别而后认识；行拜、起、坐、立的礼节，如同睡觉吃饭，不须别人指教而后行事。虽然这样，百人遵从礼节，有一人不遵从，那他所处的形势已经不至于落到立刻被处死的地步。天下人不了解那最初因无礼而死的特殊历史环境，却只看到现在无礼不至于获死罪的现实，就说："圣人欺骗我！"所以礼在推行时虽然容易，但却难以持久。

呜呼！圣人之所恃以胜天下之劳逸者[①]，独有死生之说耳。死生之说不信于天下，则劳逸之说将出而胜之。劳逸之说胜，则圣人之权去矣。酒有鸩[②]，肉有堇[③]，然后人不敢饮食。药可以生死，然后人不敢以苦口为讳。去其鸩，彻其堇，则酒肉之权固胜于药。圣人之始作礼也，其亦逆知其势之将必如此也[④]，曰："告人以诚，而后人信之。幸今之时吾之所以告人者，其理诚然，而其事亦然，故人以为信。吾知其理，而天下之人知其事，事有不必然者，则吾之理不足以折天下之口，此告语之所不及也。"告语之所不及，必有以阴驱而潜率之。于是观之天地之间，得其至神之机，而窃之以为乐。

【注释】

①逸：放纵，不拘礼节。

②鸩(zhèn)：传说中一种有毒的鸟，喜吃蛇，羽毛为紫绿色，放入酒中，能泡制成毒酒，人饮即死。

③堇(jìn)：肉中有毒的部分。

④逆知：预料。

【译文】

哎呀！圣人凭借来制服天下那些放纵不拘礼节之人的办法，唯有死生的说法罢了。死生的说法不被天下人信服，那么放纵不拘礼节的劳逸之说就会抬头，进而胜过圣人死生之说。劳逸之说一旦胜了，那圣人的权威也就失去了。如果知道酒和肉中有毒，这以后人们就不敢喝不敢吃了。药能起死回生，这以后人们不再因药苦口而避忌了。如若去掉酒中鸩鸟的羽毛，剔去肉中有毒的部分，那酒肉的吸引力自然就又胜过药了。圣人在最初制定礼时，他也预料到其发展的趋势必将如此，因而指出："以真诚之心告诉人们道理，这样人们才能相信你的话。幸运的是，如今我所告诉人们的，那道理是诚恳的，而所做的事情也同样如此，所以人们相信。我知道许多道理，而天下人知道许多事情，有的事情做得不一定完全符合告人之理，那么我的道理就不足以说服天下之人，这是因为告人之理有它不能达到的地方(有局限性)。"告人之理既然有它不能达到的地方，那么世间一定还有暗地里潜移默化地驱使人们去遵从礼节的巧妙办法。于是有圣人观察于天地之间，获得其中最神妙的玄机，并且偷偷拿来将它化为有声之乐。

雨，吾见其所以湿万物也；日，吾见其所以燥万物也；风，吾见其所以动万物也；隐隐谹谹而谓之雷者[①]，彼何用也？阴凝而不散，物蹙而不遂，雨之所不能湿，日之所不能燥，风之所不能动，雷一震焉而凝者散，蹙者遂[②]。曰雨者，曰日者，曰风者，以形用；曰雷者，以神用。用莫神于声，故圣人因声以为乐。为之君臣、父子、兄弟者，礼也。礼之所不及，而乐及焉。正声入乎耳，而人皆有事君、事父、事兄之心，则礼者固吾心之所有也，而圣人之说又何从而不信乎？

【注释】

①隐隐谹谹(hóng)：雷声。

②蹙(cù)：紧迫，窘迫。

【译文】

雨，我看它是用来滋润万物的；太阳，我看它是用来晒干万物的；风，我看它是用来吹动万物的。轰隆隆发出巨大声响而称为雷的，它有什么作用呢？阴云凝聚而不散，万物紧缩而不通，雨淋不能湿透，日晒不能干燥，风吹不能活动，雷一震动，凝聚的散开了，紧缩的疏松贯通了。雨、日、风凭借形态发挥作用，而雷则是凭借神奇的声响发挥作用。任何事物的作用没有比声音更神妙，因此圣人依据声音的规律把它变成音乐。严明君臣、父子、兄弟等级关系的，是礼。礼所达不到的地方，音乐可以达到。雅正之声进入人耳(即可感化人心)，因而人们都有事奉君主，事奉父辈，事奉兄长的心思，那么，就可以巩固我心中已有的良知,因而圣人的说法又还有什么让人不信服的呢?

谏论二首

【题解】

这篇议论文颇能代表苏洵的文风:感情充沛,纵横恣肆,又笔带锋芒,妙喻连篇。全文有两篇,上篇重在论证"欲君必纳",从孔子论谏谈起,有总论、分论、小结。结构谨严,说理周详,并提出五种谏法。下篇重在论证"欲臣必谏",以"兴王赏谏臣"起笔,并以勇、勇怯半、怯三人临渊为妙喻,论述臣谏赏、不谏刑之必要,最终达到谀者、佞者、忠直者争相进谏的目的。文章既形象生动,妙趣横生,又具雄辩的说服力。

古今论谏,常与讽而少直。其说盖出于仲尼①。吾以为讽、直一也,顾用之之术何如耳。伍举进隐语,楚王淫益甚②;茅焦解衣危论,秦帝立悟③。讽固不可尽与,直亦未易少之。吾故曰:顾用之之术何如耳。

【注释】

①"古今论谏"几句:《孔子家语》记载,孔子曰:"忠臣之谏君,有五义焉。一曰谲谏,二曰戆谏,三曰降谏,四曰直谏,五曰讽谏。唯度五以行之,吾从其讽谏乎?"

②伍举进隐语,楚王淫益甚:楚庄王即位三年不出号令,日夜为乐,伍举进谏说:"有鸟在于阜三年,不飞不鸣,是何鸟?"庄王接受了进谏,居数月,乃大反前行。伍举,即椒举。春秋战国时楚庄王的大臣。

③茅焦解衣危论,秦帝立悟:秦王政迁太后于雍,下令谏者死,齐客茅焦请见,王欲烹之。茅焦劝说秦王放弃狃悖之行,否则天下士

人不会再对秦国心生向往，秦王的地位就岌岌可危了。秦王醒悟后拜茅焦为上卿。

【译文】

古今说起劝谏，常常采用含蓄的讽谏而很少直谏。这种说法大概是从孔子那儿来的。我认为含蓄的讽谏和直谏应该是一样的，就看你怎样使用谏术了。伍举运用含蓄的讽喻，结果楚庄王的骄奢淫逸越发厉害；茅焦将被烹时危言耸听，秦王政顿时感到问题的严重。既不能完全使用委婉的讽谏，也不能缺少直谏。所以我说：就看你怎样使用谏术了。

然则仲尼之说非乎？曰：仲尼之说，纯乎经者也。吾之说，参乎权而归乎经者也。如得其术，则人君有少不为桀、纣者，吾百谏而百听矣，况虚己者乎？不得其术，则人君有少不若尧、舜者，吾百谏而百不听矣，况逆忠者乎？

【译文】

那么孔子的说法错了吗？我说，孔子的见解纯粹是至当不变的常理。我的意见只是加以变通，又灵活使用劝谏的常规方法。假如掌握了进谏的方法，那么世上像桀、纣的君王即使很多，也会是我劝谏百次，一百次都听我的，何况我是虚己以待人呢？没有掌握这种方法，世上即使像尧、舜这样的明君很多，也会是我劝谏百次，一百次都不听我的，何况是没有忠心的人劝谏呢？

然则奚术而可？曰：机智勇辨如古游说之士而已。夫游说之士，以机智勇辨济其诈，吾欲谏者，以机智勇辨济其忠。请备论其效。周衰，游说炽于列国，自是世有其人。吾独怪夫谏而从者百一，说而从者十九，谏而死者皆是，说而死者未尝闻。然而抵触忌讳，说或甚于谏。由是知不必乎讽谏，而必乎术也。说之术可为谏法者五，理谕之，势禁之，利诱之，激怒之，隐讽之之谓也。触誊以赵后爱女贤于爱子，未旋踵而长安君出质①；甘罗以杜郵之死诘张唐，而相燕之行有日②；赵卒以两贤王之意语燕，而立归武臣③。此理而谕之也。子贡以内忧教田常，而齐不得伐鲁④；武公以麋鹿胁顷襄，而楚不敢图周⑤；鲁连以烹醢惧垣衍，而魏不果帝秦⑥。此势而禁之也。田生以万户侯启张卿，而刘泽封⑦；朱建以富贵饵闳孺，而辟阳赦⑧；邹阳以爱幸悦长君，而梁王释⑨。此利而诱之也。苏秦以牛后羞韩，而惠王按剑太息⑩；范雎以无王耻秦，而昭王长跪请教⑪；郦生以助秦陵汉，而沛公辍洗听计⑫。此激而怒之也。苏代以土偶笑田文⑬，楚人以弓缴感襄王⑭，蒯通以娶妇悟齐相⑮。此隐而讽之也。五者，相倾险诐之论⑯，虽然，施之忠臣足以成功。何则？理而谕之，主虽昏必悟；势而禁之，主虽骄必惧；利而诱之，主虽怠必奋；激而怒之，主虽懦必立；隐而讽之，主虽暴必容。悟则明，惧则恭，奋则勤，立则勇，容则宽，致君之道尽于此矣。

【注释】

①触誊（lóng）以赵后爱女贤于爱子，未旋踵而长安君出质：秦攻赵，赵求救于齐，齐必以长安君为质。赵太后不同意。触誊说赵太后道："今媪尊长安君之位……而不及今令有功于国，一旦山陵崩，长安君何以自托于赵？"赵后悟，乃以长安君出质。触砻，亦称触龙。太后，即惠文王后。事见《史记·赵世家第十三》。

②甘罗以杜邮之死诘张唐，而相燕之行有日：甘罗，即甘茂孙，年十二，事文信侯吕不韦。吕不韦派张唐相燕，张唐不肯行。甘罗对张唐说，范雎欲攻赵，白起不赞成，立即被害死于杜邮。吕不韦亲自请你相燕，你不肯行，“臣不知卿所死之处矣”。唐说：“请因孺子而行。”杜邮，今陕西咸阳。事见《战国策·秦策五》。

③赵卒以两贤王之意语燕，而立归武臣：武臣与张耳、陈馀受命攻赵地，在二人引诱下，武臣自立为赵王。后武臣为燕将所俘，一赵卒往见燕将说：“夫武臣、张耳、陈馀，杖马箠下赵数十城，亦各欲南面而王。……今君囚赵王，念此两人名为求王，实欲燕杀之，此两人分赵而王。夫以一赵尚易燕，况以两贤王左提右挈，而责杀王，灭燕易矣。”燕乃归武臣。两贤王，即陈胜属下张耳、陈馀。事见《汉书·张耳陈馀传》。

④子贡以内忧教田常，而齐不得伐鲁：当时田常欲伐鲁，子贡对田常说：“（伐鲁不如伐吴）臣闻之，忧在内者攻强，忧在外者攻弱。今君忧在内，……故曰不如伐吴。”子贡，孔子弟子。

⑤武公以麋鹿胁顷襄，而楚不敢图周：楚顷襄王欲攻周，武公对楚王说：“攻之者，名为弑君。然而犹有欲攻之者，见祭器在焉故也。夫虎肉臊而兵利身，人犹攻之，若使泽中之麋蒙虎之皮，人之攻之必万倍矣。”楚计遂不行。事见《纲鉴易知录·周纪·赧王》。

⑥鲁连以烹醢（hǎi）惧垣衍，而魏不果帝秦：魏派辛垣衍说赵，共尊秦为帝。鲁仲连（即鲁连）以纣醢九侯、脯鄂侯事劝说辛垣衍，魏于是不敢帝秦。醢，将人剁成肉酱的暴刑。

⑦田生以万户侯启张卿，而刘泽封：汉初，吕后封诸吕为王，田生劝张泽（即张卿）讽吕后说，封诸吕为王，恐大臣未服，不如封刘泽为王，则诸吕王益固。吕后然之，封刘泽为琅玡王。

⑧朱建以富贵饵闳孺，而辟阳赦：辟阳侯审食其幸吕后，人毁之。

汉惠帝欲杀之。朱建乃说惠帝幸臣闳孺："何不肉袒为辟阳侯言于帝？帝听君出辟阳侯，太后大欢。两主共幸君，君贵富益倍矣。"事见《史记·郦生陆贾列传第三十七》。

⑨邹阳以爱幸悦长君，而梁王释：梁孝王派人暗杀袁盎，汉景帝遣使追究。邹阳言于长君说："长君弟得幸于上，……长君诚能精上言之，得毋竟梁事，长君必固自结于太后，太后厚德长君入于骨髓，而长君之弟幸于两宫，金城之固也。"长君遂言之于帝，帝怒解。邹阳，齐人。长君，即王信，景帝王后兄。事见《资治通鉴·汉纪八》。

⑩苏秦以牛后羞韩，而惠王按剑太息：苏秦劝韩王勿事秦说："'宁为鸡口，勿为牛后。'……夫以大王之贤，挟强韩之兵，而有牛后之名，臣窃为大王羞之。"王乃按剑太息曰："寡人虽不肖，必不能事秦。"牛后，牛屁股。事见《史记·苏秦列传第九》。

⑪范雎以无王耻秦，而昭王长跪请教：范雎入秦岁余，乃见昭王。谓秦昭王曰："（臣居山东时）……闻秦之有太后、穰侯、华阳、高陵、泾阳，不闻其有王也。臣窃为王恐，万世之后，有秦国者非子孙也。"秦王惧而请教焉。事见《史记·范雎蔡泽列传第十九》。

⑫郦生以助秦陵汉，而沛公辍洗听计：郦生入谒刘邦，刘邦踞床洗脚见郦生。郦生长揖不拜，曰："足下必欲诛无道秦，不宜踞见长者。"刘邦乃辍洗听计。事见《史记·高祖本纪第八》。

⑬苏代以土偶笑田文：孟尝君将入秦。苏代以土偶人笑桃梗之故事阻之曰："'淄水至，流子而去。则子漂漂者，将何如耳？'今秦四塞之国，譬如虎口，而君入之，则臣不知君所出矣。"苏代，苏秦之弟。田文，即孟尝君。事见《战国策·齐策三》。

⑭楚人以弓缴感襄王：楚人庄辛对楚顷襄王说，黄鹄奋其六翮，自以为无患，不知射者将治其缯缴，将加乎百仞以上。此喻秦将侵楚。缴，拴在箭上的绳。事见《战国策·楚策四》。

⑮蒯通以娶妇悟齐相：蒯通劝齐相曹参举隐士东郭先生说："妇人有夫死三日而嫁者，有幽居守寡不出门者，足下求妇何取？"参曰："取不嫁者。"蒯通于是以东郭荐。事见《汉书·蒯伍江息夫传第十五》。

⑯险诐(bì)：不正。

【译文】

那么使用怎样的方法才可以呢？我说：既很机智又善于辩论，像古时周游列国四处游说的人就可以了。那些四处游说的人，用他们的机智善辩来助其内心的奸诈，而我所希望的劝谏者，是用机智善辩来进一步助其内心的忠诚。请让我们详备地探讨它们的效果。周朝衰微，游说这种现象便在各诸侯国盛行起来，从此世上便出现了专事游说的人。我却惊疑地发现，劝谏被采纳的微乎其微，游说而听从的，十次当中却有九次，因劝谏而掉脑袋的比比皆是，因游说而掉脑袋的却未曾听到。然而违背、触犯了君王意愿的，常常是游说超过了劝谏。由此知道这种成败之别并非在于是否进行了劝谏本身，而是在于讽谏的方式方法。游说的手段可以成为劝谏方法的有五种：讲道理让人明白，讲清利害关系阻止事态发展，用利益去引诱他，用激将法使他冲动起来，拐弯抹角地劝说他。触詟用赵太后喜欢女儿超过儿子来加以劝导，不久长安君来到齐国做了人质；甘罗用武安君白起死于杜邮来劝说张唐，张唐前往燕国任宰相这件事便有了结果；一名赵卒把张耳、陈馀攻城略地，意欲瓜分赵地自立为王的图谋告知燕将，燕将便立即释放了赵王武臣，这就是讲道理来让对方明白的事例。子贡用应着眼解决内部忧患来引导田常，使齐国不能进攻鲁国；周武公用麋鹿披着虎皮的比喻警告顷襄王，使楚国不敢觊觎周朝社稷；鲁仲连用纣王残酷对待功臣的例子来吓唬魏臣辛垣衍，使魏国想要尊秦为帝的做法不能实施。这就是讲述利害关系来阻止事态发展的事例。田生用万户侯的利禄引诱张泽，使刘泽被吕后封为琅玡王；朱建用财富权贵来诱惑汉惠帝宠臣闳孺，使辟阳侯审食其的罪责得以赦免；邹阳用得到太后喜爱来取悦长君王信，使汉景帝释放了梁孝王。这就是用利益来引诱对方的事例。苏秦用“宁当鸡口不为牛后”的俗语来羞辱韩惠王，使韩惠王按剑长叹必不事秦；范雎用外姓专权，百姓不知有国王这件事来耻笑秦昭王，使秦昭王行大礼请求指教；郦食其用助秦灭汉以报复沛公不尊重长者来刺激沛公，使沛公停止洗濯，虚心听从计谋。这就是用激将法使人冲动起来的事例。苏秦之弟苏代用泥偶人对话的寓言来劝导孟尝君田文，楚国人庄辛用弓缴射鸟的典故来感化楚顷襄王，蒯通用男人娶妇为例来提醒齐国宰相曹参用人之道。这就是拐弯抹角劝说对方的事例。这五种方法相互排斥，又不正当，即便是那样，忠臣使用这些方法，也可以成就大业。为什么呢？用讲道理来使人明白，做君王的虽然昏庸却终究会懂得其中的道理；用讲清利害关系的方法来阻止事态的发展，做君王的虽然骄横却终究会为某些结局感到恐惧；用利益去引诱他们，做君王的虽然懈怠却终究会振奋起来；用激将法使他们冲动起来，做君王的虽然懦弱却终究会刚强起来；拐弯抹角地劝导他们，做君王的虽暴戾却终究会宽容人的。懂得了道理就会贤明，害怕某种结局就会处事谨慎，精神振奋就会做事勤勉，刚强起来就会有魄力，为人宽容就会政治和谐，劝谏君王的道理，全都包含在这里了。

吾观昔之臣言必从，理必济，莫若唐魏郑公[①]，其初实学纵横之说，此所谓得其术者与？噫！龙逄、比干不获称良臣[②]，无苏秦、张仪之术也；苏秦、张仪不免为游说，无龙逄、比干之心也。是以龙逄、比干吾取其心，不取其术；苏秦、张仪吾取其术，不取其心，以为谏法。

【注释】

①魏郑公：魏徵。唐太宗时拜谏议大夫，封郑国公。

②龙逢、比干:商末大臣,历史上有名的忠臣。

【译文】

我看从前做大臣的,说出的话必定会被听从,讲出的道理必定对君王有所帮助,没有谁赶得上唐朝郑国公魏徵,他起初扎实学习了纵横家的学说,这就是所谓掌握了其中方法的人吧?哎呀!龙逢和比干得不到好大臣的美名,是因为没有掌握苏秦、张仪的处事方法;而苏秦、张仪免不了做四方游说的勾当,却没有龙逢、比干这样对国家的忠心。因此,对龙逢、比干,我用他们的忠诚,而不用他们的处事方法;对苏秦、张仪,我借鉴他们的方法,而剔除他们的内心,以此作为劝谏的方法。

夫臣能谏,不能使君必纳谏,非真能谏之臣。君能纳谏,不能使臣必谏,非真能纳谏之君。欲君必纳乎,向之论备矣。欲臣必谏乎,吾其言之。

【译文】

作为大臣能进行劝谏,却不能让君王必定采纳劝谏,并不是真正能进行劝谏的大臣。作为君王能采纳劝谏,却不能让作大臣的必定进行劝谏,并不是真正能纳谏的君王。想要君王必定采纳劝谏,以前的论述已很详备了。想要让大臣必定积极劝谏,还得让我说说。

夫君之大,天也;其尊,神也;其威,雷霆也。人之不能抗天、触神、忤雷霆,亦明矣。圣人知其然,故立赏以劝之。《传》曰"兴王赏谏臣"是也。犹惧其选耎阿谀[1],使一日不得闻其过,故制刑以威之。《书》曰"臣下不正,其刑墨"是也。人之情非病风丧心,未有避赏而就刑者,何苦而不谏哉?赏与刑不设,则人之情又何苦而抗天、触神、忤雷霆哉?自非性忠义、不悦赏、不畏罪，谁欲以言博死者？人君又安能尽得性忠义者而任之？

【注释】

①选耎(ruǎn)：畏怯。

【译文】

君王的伟大，就像蓝天；君王的尊严，就像神灵；君王的威力，就像咆哮的雷霆。作为人不能抗拒上天、触犯神灵、得罪雷霆，这是尽人皆知的。圣人懂得其中的道理，所以设奖赏来劝导人们。《左传》中所说“有作为的君王常常奖励劝谏的大臣”，讲的就是这个。但君王还是担心有一些人阿谀奉承，使他一天也听不到自己有什么过失，所以制定刑法来使人敬畏。《书》中所说“做大臣的不匡正君王的过失，必受墨刑惩处”，讲的就是这个。人之常情如不是发疯或丧失了理智，不会有躲避封赏而甘愿领受刑罚的，又何苦见到君王的过失不去劝谏呢？假如不设立奖赏与刑罚，那么依人之常情又何苦去抗拒上天、触犯神灵、得罪雷霆呢？如果不是具备忠义的秉性、不贪图奖赏、不害怕获罪，谁又愿意因为说话而落得被处死的下场呢？作为君王又怎么能完全得到那些具有忠义秉性的豪杰并重用他们呢？

今有三人焉，一人勇，一人勇怯半，一人怯。有与之临乎渊谷者，且告之曰：“能跳而越，此谓之勇，不然为怯。”彼勇者耻怯，必跳而越焉，其勇怯半者与怯者则不能也。又告之曰：“跳而越者与千金，不然则否。”彼勇怯半者奔利，必跳而越焉，其怯者犹未能也。须臾，顾见猛虎暴然向逼，则怯者不待告，跳而越之如康庄矣。然则人岂有勇怯哉，要在以势驱之耳。君之难犯，犹渊谷之难越也。所谓性忠义、不悦赏、不畏罪者，勇者也，故无不谏焉。悦赏者，勇怯半者也，故赏而后谏焉。畏罪者，怯者也，故刑而后谏焉。

【译文】

现在有三个人，一个人勇敢，一个人勇敢与怯懦各占一半，一个人很怯懦。和他们一起来到深渊边的人告诉他们说："能跳过这个深渊的人才称得上是勇敢，否则就是胆怯。"那个勇敢的人以怯懦为羞，必定会跳起越过这个深谷，那个勇敢和怯懦各占一半以及本身就怯懦的人，则不能跳过深谷。又告诉他们说："能跳过这个深渊者奖励一千两黄金，否则就没有。"那个勇敢和怯懦各占一半的人追逐利益，必定也会跳起越过深谷，那个怯懦者还是不能跳过去。一会回头突然看到一只猛虎，咆哮着逼过来，那么怯懦者不等别人催促，就会迫不及待地跳过去，如同跳过康庄大道一般。那么，人本身难道有勇敢和怯懦的区别吗？重要的在于用利害关系来驱使他们啊！君王的尊严难以忤犯，就好像很深的沟壑难以逾越一样。所谓有忠义的秉性、不贪求奖赏、不害怕获罪的人才是勇敢的人，所以这类人没有不进行劝谏的。贪图奖赏的人是勇敢和怯懦各占一半的人，所以在奖赏之下会进行劝谏。害怕承担罪责的人是怯懦的人，所以用法律规范之后才会进行劝谏。

先王知勇者不可常得，故以赏为千金，以刑为猛虎，使其前有所趋，后有所避，其势不得不极言规失，此三代所以兴也。末世不然，迁其赏于不谏，迁其刑于谏，宜乎臣之噤口卷舌，而乱亡随之也。间或贤君欲闻其过，亦不过赏之而已。呜呼！不有猛虎，彼怯者肯越渊谷乎？此无他，墨刑之废耳。三代之后，如霍光诛昌邑不谏之臣者[①]，不亦鲜哉！

【注释】

①霍光：字子孟。汉昭、宣时辅政，以昌邑王荒淫，白于太后废之，并诛不谏之臣。

【译文】

先王知道勇敢的人不是寻常可以得到的，所以用千金作奖赏，用刑法充当猛虎，使人们前有追求的目标，后有应该躲避的灾难，眼前的情势使他们不得不用尽言辞规劝君王的过失，这就是夏商周三代兴盛的原因。后世却非如此，移赏给那些不进行劝谏的人，移刑给那些敢于劝谏的人，这就致使大臣们把嘴闭住、舌头卷起来，随口附和了。偶尔有贤明的君王想要听听自己的过失，也不过是以奖赏的方式获得罢了。唉！没有猛虎，那个怯懦的人肯跳越深谷吗？这没有别的，只因为废除了要求大臣劝谏君王的法律呀。三代之后，像霍光处罚昌邑王属下不进行规劝的大臣的事件，不也很少见吗！

今之谏赏，时或有之，不谏之刑，缺然无矣。苟增其所有，有其所无，则谀者直，佞者忠，况忠直者乎！诚如是，欲闻谠言而不获①，吾不信也。

【注释】

①谠(dǎng)言：即直言。

【译文】

现在奖励劝谏的情况，不时也有，但对不进行劝谏的人施刑，则不曾有过。假如增添应有的措施，增加应有而实际没有的制度，那么阿谀奉承的人也会正直起来，奸邪的人也会忠诚起来，更何况本身就很忠诚正直的豪杰呢？真能做到这样，想要听到正直的话语却又得不到，我是不相信的。

辨奸论

【题解】

此文一般认为并非苏洵作品，而为南宋初邵伯温假托苏洵之名而作，意在影射攻击王安石变法特别是王安石本人，为当时统治者上层提出的所谓北宋不亡于金，而亡于王安石变法的无耻谰言张本。文章采用由理而人，由远及近，层层类比并叙议结合的笔法，论理颇有力度，但其居心在现在看来却是不良。不过，苏洵父子在政治上均属与王安石对立的保守派确是事实。

事有必至，理有固然[①]，惟天下之静者乃能见微而知著[②]。月晕而风，础润而雨[③]，人人知之。人事之推移，理势之相因，其疏阔而难知[④]，变化而不可测者，孰与天地阴阳之事[⑤]？而贤者有不知，其故何也？好恶乱其中而利害夺其外也。

【注释】

①理：情理。

②静：清静，沉静。道学家以“静”为最高道德修养。指在任何情况下都不受外界事物和表象的干扰。

③础：柱子下面的石礅。

④疏阔：宽阔广大。这里指渺茫难以捉摸。

⑤天地阴阳之事：指自然界的一切现象。阴阳，中国古代哲学的一对基本范畴。指自然界两种互为对立又互为消长的物质力量。

【译文】

事物的发展有其必然的趋势，情理有其不可更易的根由，只有天底下最有修养的人，才能从细微的迹象预见到将来明显的后果。月亮周围出现光晕就预示着要起风，础石返潮则预示着将下雨，这是人人都知道的常识。人世间的事情发展变化，道理情势的相互联系，这其中渺茫无际又难以捉摸，情势变化又不可预测的困苦，哪里比得上天地阴阳当中奇妙的变幻呢？可是贤能的人对此也不知道，这其中的缘故是什么呢？个人感情的喜好、憎恶搅乱了他们的内心，而利害得失的顾虑又牵制了他们的言行。

昔者山巨源见王衍曰①："误天下苍生者，必此人也。"郭汾阳见卢杞曰②："此人得志，吾子孙无遗类矣。"自今而言之，其理固有可见者。以吾观之，王衍之为人，容貌言语固有以欺世而盗名者，然不忮不取③，与物浮沉，使晋无惠帝④，仅得中主⑤，虽衍百千，何从而乱天下乎？卢杞之奸，固足以败国，然而不学无文，容貌不足以动人，言语不足以欺世，非德宗之鄙暗，亦何从而用之。由是言之，二公之料二子，亦容有未必然也。今有人口诵孔、老之言，身履夷、齐之行⑥，收召好名之士、不得志之人，相与造作言语，私立名字，以为颜渊、孟轲复出⑦，而阴贼险很与人异趣，是王衍、卢杞合而为一人也，其祸岂可胜言哉？

【注释】

①山巨源：名涛，晋初人，曾任吏部尚书、太子少傅等官职。王衍：字夷甫，与山涛同时但年辈较晚。《晋书·王衍传》记载，王衍少时秀美，山涛见王衍后说："误天下苍生者，必此人也。"晋惠帝时王衍任宰相，终日邀人清谈，不理国事，后被石勒所杀。

②郭汾阳：即郭子仪，唐中期名将，因平定安史之乱被封为汾阳郡

王。卢杞：字子良。形貌丑陋却有口才。《新唐书·卢杞传》记载，郭子仪每见宾客，姬妾不离侧。惟杞至，子仪悉屏侍妾。或问其故，子仪曰：杞貌陋而心险，妇人见之必笑，杞必怀恨。他日得志，则吾族无遗类矣。卢杞在唐德宗时曾任宰相，因陷害忠良、搜刮百姓，后被贬职。

③忮(zhì)：忌恨。

④惠帝：即晋惠帝司马衷，以昏庸愚蠢而闻名于史。在位时其妻贾后专权，酿成“八王之乱”。

⑤中主：才能中等的皇帝。

⑥夷：伯夷。齐：叔齐。二人均为商朝末年孤竹国(今河北卢龙)国君的儿子，传说孤竹君死后，兄弟互相推让，都不肯承继。商为武王所灭后，兄弟逃往首阳山，立誓足不踏周地，口不食周粟，因此饿死山中。其行为被儒家所推崇。

⑦颜渊：孔子的学生。孟轲：即孟子，战国中期儒家的代表人物。

【译文】

从前，山巨源看到王衍，曾说过：“将来使天下百姓们遭受祸殃的，一定就是这个人。”郭汾阳看到卢杞，也曾说过：“此人一旦得志，我的子孙将没有遗存下来的了。”从今天的情形说起来，其中的确有可以预见之处。但依我看，王衍其人，他的容貌言语，确实有欺世盗名的地方，但他不忌恨别人，也不贪求，只是随波逐流，假如晋朝当时没有晋惠帝，而只是一个很普通的皇帝当政，即使像王衍这类的人有成百上千，又怎么会使天下大乱呢？卢杞的阴险，固然足以使一个国家衰败，但是他不学无术，容貌不足以打动别人，言谈不足以迷惑世人，要不是唐德宗那样鄙陋昏庸，又怎么会重用他呢？由此说来，山、郭二公对王、卢二人的预见，也或许未必对。现在有人口里吟诵的是孔子、老子的名言，身体实践的是类似伯夷、叔齐的行为，私下收罗了一批沽名钓誉和郁郁不得志的人，凑到一起玩弄文字，相互标榜，自以为是颜渊、孟轲再生，但是内心却阴险狠毒，志趣也和别人大不相同，这实在是王衍、卢杞合在一起变成的一个人，他所造成的灾祸难道是可以用语言来描述的吗？

夫面垢不忘洗，衣垢不忘浣，此人之至情也。今也不然，衣臣虏之衣①，食犬彘之食②，囚首丧面而谈《诗》《书》③，此岂其情也哉？凡事之不近人情者，鲜不为大奸慝④，竖刁、易牙、开方是也⑤。以盖世之名而济其未形之患，虽有愿治之主、好贤之相，犹将举而用之，则其为天下患必然而无疑者，非特二子之比也。孙子曰⑥："善用兵者，无赫赫之功⑦。"使斯人而不用也，则吾言为过，而斯人有不遇之叹，孰知祸之至于此哉？不然，天下将被其祸，而吾获知言之名，悲夫！

【注释】

①臣虏：奴仆。

②犬彘（zhì）：即猪狗。彘，猪。

③囚首丧面：指形貌猥琐。囚首，头发蓬乱，像囚犯。丧面，好像居丧人的面孔。

④奸慝（tè）：奸邪。

⑤竖刁、易牙、开方：春秋时齐桓公的三个宠臣。竖刁自阉以入宫侍奉国君，易牙曾杀子以味齐桓公，开方追随桓公而不奔丧。桓公死后，诸子争位，他们为拥立公子无亏而大肆杀戮大臣，齐国因此发生内乱。

⑥孙子：即孙武，齐国人。战国时杰出的军事家。著有《孙子兵法》。

⑦善用兵者，无赫赫之功：《孙子兵法·形篇》："善战者之胜也，无智名，无勇功。"曹操注曰："敌兵形未成，胜之无赫赫之功。"

【译文】

脸上有脏污不忘洗干净，衣服上沾上污秽不忘记洗涤，这是人之常情。现在这个人却不是这样，穿的是和奴仆一样的衣服，吃的是类似猪狗的食物，蓬头垢面像守丧的人一般，却在那里谈论《诗经》《尚书》，这难道是合乎情理的吗？对任何事情都不近人情的人，很少有不是大奸贼的，竖刁、易牙、开方就是这样的人。以盖世的威名，来助成他潜在的祸患，虽然有要励精图治的君王，喜爱贤才的宰相，还是准备提拔并重用他的，那么他成为天下的祸患，也就是必然无疑的了，这不是王衍、卢杞所能比的了。孙子说："善于用兵的人，表面上往往没有显赫的战功。"假使不重用这个人，那么人们就认为我说的话错了，而这个人就会有怀才不遇的感叹，这样，又有谁能知道他所带来的灾祸会达到这样严重的程度呢？反之，若重用他，天下就将遭受他的祸害，而我个人却博得个有远见的美名，多么可悲啊！

苏轼

苏轼(1037—1101),字子瞻,眉山(今属四川)人。北宋著名文学家、书画家。因谪居黄州(今湖北黄冈)时筑室于东坡,故而自号"东坡居士"。与其父苏洵、弟苏辙俱有文名,世称"三苏"。苏轼早年以反对王安石新法被贬出任杭州通判,转知密、徐、湖三州。元丰二年(1079),又以作诗"谤讪朝廷"罪贬黄州。哲宗时,任翰林学士,又先后出知杭州、颍州,官至礼部尚书。尔后又遭贬事。卒后追谥文忠。

苏轼以俊杰之才,屡逢蹇穷,便转而深究人生、命运、宇宙一类本质问题,参研儒、释、道三家,逐渐形成了独特、深刻的文人人格,并贯穿在苏轼中后期的创作中。此阶段苏轼作品多出黄钟大吕之声,十分丰厚成熟,历来为学人所推崇。今存诗文有《东坡七集》等。

鲁隐公论

【题解】

本文选自《东坡志林》中《论古十三首》,文章标题各本不一,今从其一说。

文章论述了鲁隐公、晋里克、秦李斯、郑小同、王允之五人之"听遇祸福",指出他们所以"智""愚"之处,认为"危邦不居,乱邦不入"为最上，否则就需提防乱臣贼子，知人察事，相机而行。听之任之或求利保己往往反会埋下大患。作者以充分论据、翔实史料，取其中心，贯于一线，归结出自己的论点，写作上具有一定特色。

公子翚请杀桓公以求太宰[①]。隐公曰[②]："为其少故也，吾将授之矣。使营菟裘[③]，吾将老焉。"翚惧，反谮公于桓公而弑之[④]。

【注释】

①公子翚(huī)：字羽父，鲁国大夫。太宰：官名。殷代设置，西周时沿置，掌王室内外事务，春秋时各国沿用。

②隐公：名姑息。鲁隐公与鲁桓公是异母兄弟，都是鲁惠公的庶子。惠公的元妃孟子，没有生养，隐公是次妃所生为长，桓公是鲁夫人(名仲子)所生为弟。惠公无正宗嫡子，故其死后，由隐公继位。隐公总想将来把政权让给弟弟。

③菟裘：鲁城。在今山东泗水北。

④谮(zèn)：诬陷，中伤。弑(shì)：古代臣杀君、子杀父称弑。

【译文】

(鲁国大夫)公子翚为得到太宰的职位，向隐公请求杀死桓公。隐公说："因为他年岁尚小，我暂居王位，将来要交还给他。让我经营菟裘城，然后在那里养老。"公子翚害怕于己不利，就反过来在桓公面前诬陷隐公，并杀死了隐公。

苏子曰：盗以兵拟人[①]，人必杀之。夫岂独其所拟，涂之人皆捕击之矣[②]。涂之人与盗非仇也，以为不击，则盗且并杀己也。隐公之智，曾不若是涂之人也，哀哉！隐公，惠公继室之子也。其为非嫡，与桓均尔，而长于桓。隐公追先君之志而授国焉[③]，可不谓仁乎？惜乎其不敏于智也。使隐公诛翚而让桓，虽夷、齐何以尚兹[④]。

【注释】

①盗以兵拟人：盗贼用兵器比划作杀人的样子。拟，比划。

②涂之人：过路的人。

③追先君之志而授国焉：抚念先君的遗志而将王位转交给（桓公）。惠公原欲授位桓公。

④夷：伯夷，商末孤竹君长子。齐：叔齐，伯夷之弟。孤竹君死后，两人相让不休，终同弃王位。

【译文】

苏子言：强盗用兵器比划杀人的样子，所以人们一定要把强盗杀死。不止他比划过的那个人，即使过路的人也都会追捕击杀他的。过路的人与这个强盗并非仇人，但他们认为不捕击，强盗就会连同自己一块杀掉。隐公的智慧，竟不如一个过路人，可悲啊！隐公是惠公次妃所生。不是嫡出，与桓公位置相衡，比桓公年长。隐公追念先君的志愿，想要将国家交给桓公，能说不仁吗？可惜的是他太不明智。假使隐公先诛杀公子翚，而后让位给桓公，即使伯夷、叔齐又怎么能够比得上呢？

骊姬欲杀申生而难里克[①]，则优施来之[②]；二世欲杀扶苏而难李斯，则赵高来之[③]。此二人之智，若出一人，而其受祸亦不少异。里克不免于惠公之诛[④]，李斯不免于二世之虐，皆无足哀者。吾独表而出之，以为世戒。君子之为仁义也，非有计于利害。然君子之所为，义利常兼，而小人反是。李斯听赵高之谋，非其本意，独畏蒙氏之夺其位，故勉而听高。

使斯闻高之言，即召百官，陈六师而斩之，其德于扶苏，岂有既乎？何蒙氏之足忧？释此不为，而具五刑于市⑤，非下愚而何？

【注释】

①骊姬：晋献公之妾。一作丽姬，生奚齐。欲立其为太子，于是谮杀太子申生，并逐群公子。里克：晋献公重臣。骊姬之乱平后，里克为惠公所不容，遂自杀。

②优施：伶人施。优，伶人。

③二世欲杀扶苏而难李斯，则赵高来之：始皇方亡，宦官赵高谋废太子扶苏，立次子胡亥。李斯初恶而不欲，赵高诱之，终合谋而成事。胡亥立未久，赵高诬李斯谋反，腰斩李斯于咸阳，夷灭其族。

④惠公：晋惠公，献公子，名夷吾。因献公立幼子为嗣，为骊姬逐，奔梁后，由梁、秦相助回国即位。

⑤具五刑：具备五种刑罚。

【译文】

骊姬想杀死太子申生，立自己的儿子奚齐为太子，但碍于大臣里克的阻挠，于是优施说服了里克；秦二世欲杀太子扶苏，碍于丞相李斯，于是便有赵高诱哄李斯同谋。里克与李斯二人的智慧，如出于一人，他们所遭受的灾祸也没什么不同。里克未免于被惠公诛杀，李斯也终于被二世害死，两人都不值得为之哀悼。我把他们的事迹单独列出，是为了让世人引为借鉴。君子行仁义之事，从不考虑与自己的利害关系。然而君子的作为，常常义利兼得，小人则与此相反。李斯听信赵高的阴谋，并非是本意，不过害怕蒙恬夺他的职位，所以勉强听从了赵高。假使当初李斯不受赵高的诱惑，立即召集百官，陈列六军，处斩赵高，他对扶苏大有功德，后来被害之事难道还会发生吗？蒙恬有什么值得担忧的？放弃此举不做，而选择被受五刑，不是下愚之人又是什么呢？

呜呼！乱臣贼子，犹蝮蛇也。其所螫草木，犹足以杀人，况其所噬啮者欤？郑小同为高贵乡公侍中[①]，尝诣司马师[②]。师有密疏未屏也[③]。如厕还，问小同："见吾疏乎？"曰："不见。"师曰："宁我负卿，无卿负我。"遂鸩之[④]。王允之从王敦夜饮[⑤]，辞醉先寝。敦与钱凤谋逆[⑥]，允之已醒，悉闻其言，虑敦疑己，遂大吐，衣面皆污。敦果照视之，见允之卧吐中，乃已。哀哉小同，殆哉岌岌乎允之也[⑦]！孔子曰："危邦不入，乱邦不居。"有以也夫！

【注释】

①郑小同：郑玄孙子。高贵乡公：指魏主曹髦。侍中：官名。侍从皇帝左右，出入宫廷。初仅伺应杂事，后位渐重，乃掌机要。

②司马师：当为司马昭。

③密疏：密信。屏：封口。

④鸩(zhèn)：极毒的药酒。这里用作动词，指用毒酒杀人。

⑤王允之：字深献，王敦的从侄，相貌与王敦相似，深得王敦喜爱。王敦：字处中，司徒王导的从父兄。明帝时谋反，事败而亡。

⑥钱凤：字世仪，为王敦参军。

⑦殆(dài)：危险。岌岌(jí)：山高的样子。比喻危险。

【译文】

唉！乱臣贼子，就像蝮蛇。它们所咬过的草木，还是可以致人死命，更何况被其所噬啮呢？郑小同在魏帝髦时为侍中，曾拜谒司马昭。司马昭有封密信，未封口。司马昭从厕所回来之后，问小同："你看我的密信了吗?"小同说:"没看。"司马昭说:"宁让我负你,不能让你负我。"于是用毒酒药死了小同。王允之与王敦夜里饮酒,推辞酒醉,先睡觉了。王敦与其参军钱凤密谋造反,允之醒了,听到了他们说的所有话,王允之怕王敦怀疑自己,就使劲呕吐,衣服脸上都弄脏了。王敦果然点灯来看他,见允之卧在吐出的脏物之中,便作罢。可悲啊,小同!岌岌可危啊,王允之!孔子说:"不进入危险的国家,不在混乱的国家居住。"真乃英明啊!

吾读史,得鲁隐公、晋里克、秦李斯、郑小同、王允之五人,感其所遇祸福如此,故特书其事。后之君子,可以览观焉。

【译文】

我读史时知鲁隐公、晋里克、秦李斯、郑小同、王允之五人的事,对他们的福祸遭遇很有感慨,所以特写下他们的事。后代的君子们,可参看,以之为镜。

战国任侠论

【题解】

本文选自《东坡志林》中《论古十三首》,又称《论养士》《六国论》等。文章以"养士"为核心,大量引证史实,侧面论述了"六国之所以久存与秦之所以速亡"的原因,从而抨击了北宋末朝廷轻视人才的习气。当然,作者论述颇偏,但能一反前人如贾谊、杜牧等人之论,从新的角度探寻秦亡的原因,见解独特,仍属难能可贵。同时文章还提出了一个很重要的问题,即如何选拔和任用才能智士,这无论在当时还是现代都是具有一定意义的。

春秋之末，至于战国，诸侯卿相皆争养士[①]。自谋夫说客、谈天雕龙、坚白同异之流[②]，下至击剑扛鼎、鸡鸣狗盗之徒[③]，莫不宾礼。靡衣玉食以馆于上者[④]，何可胜数。越王句践有君子六千人。魏无忌、齐田文、赵胜、黄歇、吕不韦[⑤]，皆有客三千人。而田文招致任侠奸人六万家于薛[⑥]。齐稷下谈者亦千人[⑦]。魏文侯、燕昭王、太子丹[⑧]，皆致客无数。下至秦、汉之间，张耳、陈馀号多士[⑨]，宾客厮养[⑩]，皆天下豪杰。而田横亦有士五百人[⑪]。其略见于传记者如此。度其余[⑫]，当倍官吏而半农夫也。此皆奸民蠹国者[⑬]，民何以支[⑭]，而国何以堪乎[⑮]？

【注释】

①士：古代统治阶级中最低的一个阶层，也泛指知识分子。这里指有一技之长者。

②谋夫：谋划之士。谈天雕龙：战国时人邹衍"言天事"，善宏辩；邹奭学邹衍之术为文，齐人称他们为"谈天衍""雕龙奭"。雕龙，指善于修饰文字，如雕镂龙纹一般。坚白：离坚白，战国名家公孙龙认为，对石而言，坚、白是脱离石而独立存在的实体，抹杀事物的统一性。同异：即合同异，战国名家惠施以此否定差别的客观存在。均为诡辩。

③击剑：指剑客。扛鼎：指力能举鼎的大力士。鸡鸣狗盗：孟尝君困于秦，有善狗盗的门客，盗得一珍贵白狐皮衣献给秦王宠幸的妃子，秦王答应妃子的要求，放孟尝君走了。孟尝君逃至关口。关口的规定是每天鸡叫开门，有善模仿鸡叫的门客学鸡叫，群鸡

尽鸣，孟尝君等得以出关。后用“鸡鸣狗盗”以指称有卑微技能的人。

④靡：奢侈，华丽。玉食：即用玉器盛食。此处言待遇甚为优越。

⑤魏无忌：即信陵君，礼贤下士，有食客三千。齐田文：即孟尝君，有食客数千。赵胜：即平原君，赵惠文王弟，善养士。黄歇：即春申君，战国时楚国贵族，门下食客三千。此四人称“战国四公子”。吕不韦：原是巨商，秦庄襄王时任丞相，太子政（即秦始皇）立，尊为相国。有食客三千。

⑥任侠：指侠客。奸人：指逃亡罪犯。薛：今山东滕州，孟尝君之封邑。

⑦稷：齐都临淄城门的名字。

⑧魏文侯：燕桓子之孙，礼贤下士，国人称仁。据说秦欲伐魏，因有文侯，不敢轻易动兵。燕昭王：名平，燕王哙之子，国人拥立为王。他“卑身厚币，以招贤者”，于是乐毅等四方贤士纷纷而来。太子丹：曾在秦国作人质，归国后，欲报秦仇，使荆轲等刺秦王。

⑨张耳：大梁（今河南开封）人，魏国名儒，善结交贤士。曾参加陈胜起义，项羽封他为常山王，归刘邦后，被封为赵王。陈馀：大梁人，张耳的朋友。

⑩厮养：为人服役、地位低微的人。厮，指劈柴、养马之役。养，指烹炊之役。

⑪田横：秦末狄县（今山东高青）人。本是齐国贵族，秦末，从兄田儋起兵反秦，自立为齐王，后被汉军所破，率党徒五百余人逃往海岛。汉高祖刘邦召他到洛阳，他与客二人被迫前往，因不愿向汉称臣，途中自杀，二客随之。海岛五百人闻讯也自杀。

⑫度：估计。余：总数。

⑬奸民蠹（dù）国：奸害人民，蛀蚀国家。奸，邪恶，狡诈，这里用作动词，有欺压、残害之意。蠹，蛀虫，这里为蛀蚀、损害意。

⑭支：支撑，担负。

⑮堪：经得起，受得住。

【译文】

从春秋末期，到战国时期，诸侯将相，都争着供养宾客。对谋士说客，谈天者，文饰如雕镂龙纹者，以及持坚白同异之论的辩士，下至击剑扛鼎的力士和鸡鸣狗盗之徒，没有不以宾客之礼相待的。华服美食，居于高级馆舍内的人，哪里能数得清呢？越王勾践有门客六千人。魏无忌、齐田文、赵胜、黄歇、吕不韦，都各有宾客三千人。而齐田文在自己的封地薛竟收罗并任用侠客、逃亡罪犯达六万户。齐都临淄稷门之下聚会谈论政事者，亦有千人之多。魏文侯、燕昭王、太子丹也都收养宾客无数。至秦、汉两朝期间，张耳、陈馀号称养士众多，各类宾客都是天下豪杰。而田横也有五百壮士相跟随。这些门客见于记载的大概就这么多。估计当时宾客的总数应该有官吏的两倍，农人的一半。这都是些奸害人民、蛀蚀国家的人，人民怎么能负担得起、国家怎么能承受得了呢？

苏子曰：此先王之所不能免也。国之有奸也，犹鸟兽之有猛鸷①，昆虫之有毒螫也②。区处条理，使各安其处，则有之矣。锄而尽去之，则无是道也。吾考之世变，知六国之所以久存，而秦之所以速亡者，盖出于此，不可以不察也③。夫智、勇、辨、力④，此四者，皆天民之秀杰者也，类不能恶衣食以养人⑤，皆役人以自养者也。故先王分天下之富贵，与此四者共之。此四者不失职，则民靖矣⑥。四者虽异，先王因俗设法，使出于一⑦。三代以上⑧，出于学⑨；战国至秦，出于客⑩；汉以后，出于郡县吏⑪；魏、晋以来，出于九品中正⑫；隋、唐至今，出于科举⑬。虽不尽然，取其多者论之。六国之君，虐用其民，不减始皇、二世，然当是时，百姓无一人叛者，以凡民之秀杰者，多以客养之，不失职也。其力耕以奉上，皆椎鲁无能为者⑭，虽欲怨叛而莫为之先，此其所以少安而不即亡也。

【注释】

①鸷（zhì）：凶猛的鸟。

②螫（shì）：指蜂、蝎等带有毒刺的昆虫。

③察：明察，详审。

④夫：发语词。智：有智慧、能出谋划策的人。勇：勇士。辨：辩士，口才好、能游说辩论的人。力：大力士，指"击剑扛鼎"之士。

⑤恶：坏，引申为粗劣。

⑥靖：安定。

⑦出于一：用统一的办法选拔出来。

⑧三代：指夏、商、周。

⑨学：指学校教育。

⑩客：食客，也叫"门客"。

⑪汉以后，出于郡县吏：汉代从郡县官吏中选拔人才。

⑫魏、晋以来，出于九品中正：据《三国志·魏书》记载：魏文帝时，吏部尚书陈群立九品官人之法，各州县设置"中正"，掌管选择贤才。这种制度至隋朝始废。

⑬科举：隋以后各朝代设科考试选拔官吏的制度，由于分科取士而得名。清光绪三十一年（1905）推行学校教育，科举制度即废除。

⑭椎鲁：愚钝。椎，愚蠢。鲁，迟钝。

【译文】

苏子说：这种做法是先王们不可避免要做的。国家有奸恶之人，犹如鸟兽里面有极凶猛的鸷鸟，昆虫里面有长毒螫的虫子。只要区别对待，妥善处置，使各得其所，便相安无事。全然消灭铲除它们，是不合乎自然规律的。我考察历史的变迁，知道了六国之所以能存在很久，而秦国所以会如此迅速灭亡，基本原因就在这里，因此，不可不详察。智者、勇士、辩士、力士这四种人，都是人民当中的优秀杰出者，他们都不可能穿粗衣吃劣食以供养他人，而是终当役使他人来养活自己。所以，先王们分配天下之富贵，与这四种人共同享受。这四种人只要不失其应得的职位，那么人民便能安定无事。四种人虽各不相同，先王们总是沿袭古代风俗，设置律令，用统一的标准进行选拔。夏、商、周三代，通过学校教育来挑选；从战国至秦朝，从宾客里挑选；汉朝以后，从郡县官吏中选拔；魏、晋以来，从九品中正制中选拔；隋、唐以来直到今天，通过科举取士。虽不都是这样，但其绝大多数是这样做的。六国的君主，对人民的残酷不亚于秦始皇、秦二世，然而当时，百姓中无一人叛乱的，这都是因为普通百姓中的优秀杰出人物，都被作为宾客供养着，未失他们的职位。那些进行辛苦劳作供奉上层人物的，都是些愚钝无能的人，虽然怨恨而想叛乱，却没有杰出人物领导他们，这就是六国所以能保持安定而不会马上灭亡的原因。

始皇初欲逐客[①]，用李斯之言而止[②]。既并天下[③]，则以客为无用，于是任法而不任人[④]，谓民可以恃法而治[⑤]，谓吏不必才[⑥]，取能守吾法而已。故堕名城[⑦]，杀豪杰，民之秀异者散而归田亩[⑧]，向之食于四公子、吕不韦之徒者[⑨]，皆安归哉？不知其能槁项黄馘以老死于布褐乎[⑩]？抑将辍耕太息以俟时也[⑪]？秦之乱虽成于二世[⑫]，然使始皇知畏此四人者[⑬]，有以处之，使不失职，秦之亡不至若是速也。纵百万虎狼于山林而饥渴之，不知其将噬人[⑭]，世以始皇为智，吾不信也。

【注释】

①始皇:即秦始皇。逐客:驱逐一切客籍(他国在本国做事的人)人士。

②李斯:楚国上蔡(今河南上蔡)人,任秦国长吏。秦王下逐客令,李斯被逐,在半道上作《谏逐客书》,秦王收回成命,李斯返秦,后任丞相。

③既并天下:指公元前211年秦始皇统一中国。

④任:信任而使用。

⑤恃:依靠,凭借。

⑥不必:不一定。

⑦堕:毁坏。

⑧散而归田亩:分散回乡种地。

⑨向:从前,往昔。

⑩其:代词,指四公子、吕不韦的食客以及一切归田之士。槁(gǎo)项黄馘(xù):面黄肌瘦的样子。槁项,脖子饿得干瘦细长,形容羸瘦的样子。槁,枯干。项,脖子。馘,脸。布褐:古时贫苦人所穿衣服,引申为贫贱、寒苦。布,麻布衣服。褐,兽毛或粗麻制成的短衣。

⑪辍(chuò):停止。太息:叹息。俟(sì)时:等待时机。

⑫二世:秦二世,秦始皇少子胡亥,以阴谋取得皇位。

⑬四人:四种人,指智、勇、辨、力之士。

⑭噬(shì):咬。

【译文】

当初秦始皇要驱逐在秦的宾客,后来听信李斯的话停止了这种做法。等统一天下后,就以为宾客没用了,因此相信法律而不相信贤人,认为人民可以凭借法律来统治,认为官吏不必有才能,任用那些能守法的人就可以了。所以毁名城,杀豪杰,人民中的杰出者都分散回乡种地，以前归属于四公子及吕不韦的门客，都回到哪里去了？不知他们能否忍受面黄肌瘦、穿着粗布衣服老死于乡间？抑或会停止耕作，叹息着等待时机的到来吧？秦朝的叛乱虽发生在二世年间，却发端于始皇，假使秦始皇了解这四种人的重要，心存畏惧，合适地加以安置，使他们不失去应得的职位，秦朝的灭亡也不至于如此迅速。纵百万虎狼归于山村，饥渴无食，却没想到他们要咬人，世人认为秦始皇是个智者，我不相信。

楚、汉之祸[①]，生民尽矣，豪杰宜无几[②]，而代相陈豨[③]，从车千乘，萧、曹为政[④]，莫之禁也。至文、景、武之世[⑤]，法令至密，然吴濞、淮南、梁王、魏其、武安之流[⑥]，皆争致宾客，世主不问也[⑦]。岂惩秦之祸[⑧]，以为爵禄不能尽縻天下士[⑨]，故少宽之使得或出于此也邪？

【注释】

①楚、汉之祸：项羽、刘邦争夺天下，劳民伤财，贻害重重。楚，楚霸王项羽。汉，汉高祖刘邦。

②宜：大概。无几：没有多少，很少。

③陈豨（xī）：冤句（今山东菏泽）人，刘邦的将领。汉初任赵国的相国，统帅赵、代（地在今河北蔚县）两国的军队，大养宾客。后勾结匈奴叛乱，公元前195年冬，战败被杀。

④萧：萧何，沛丰（今江苏沛县、丰县一带）人，辅佐汉高祖刘邦建立西汉王朝有功，任相国。曹：曹参，与萧何同乡，秦末同在沛县县衙任小官，辅佐刘邦建立汉朝有功，封平阳侯。后继萧何为相国，执行萧何制定的既定政策，史称“萧规曹随”。

⑤文：汉文帝刘恒，前179—前156年在位。景：汉景帝刘启，前

152—前140年在位。武：汉武帝刘彻，前141—前86年在位。

⑥吴濞(bì)：吴王刘濞，高祖的哥哥刘仲之子，曾击破英布叛军。他收罗天下亡命之徒为己所用。汉景帝三年(前154)打着"诛晁错以清君侧"的旗号发动了吴、楚七国叛乱，兵败被杀。淮南：淮南王刘长，高祖刘邦的小儿子，他收罗各地逃亡罪犯，藏在家中，给予田产。其子刘安继任淮南王后，阴结宾客，养士数千，高才八人。梁王：梁孝王刘武，汉孝文帝之子。曾招延四方豪杰之士。魏其：魏其侯窦婴，汉孝文皇后的侄子，收养游士、宾客。武安：武安侯田蚡，汉孝景皇后的弟弟，善养宾客。

⑦世主：指皇帝。

⑧惩：苦于。

⑨縻(mí)：牛缰绳。引申为牵系、束缚。

【译文】

楚汉之争，人民伤亡殆尽，豪杰大概也没有几个了，后来代相陈豨，随从的车辆千余乘，萧何、曹参执政时，也不加以禁止。到了文帝、景帝、武帝年间，法令特别严密，然而吴王刘濞、淮南王刘长、梁孝王刘武、魏其侯窦婴、武安侯田蚡等，都争着笼络宾客，皇帝也不过问。难道不是鉴于秦朝的灾祸，认为高爵厚禄尚不能尽收天下豪士，故而放宽法度，使那些人从做宾客这一途径得到选拔任用吗？

若夫先王之政，则不然，曰："君子学道则爱人，小人学道则易使也。"呜呼！此岂秦、汉之所及也哉①！

【注释】

①及：企及，够得上。

【译文】

先王们的政治则不是这样，正如孔子所说："统治者学道则实行仁政，被统治者学道易被役使。”唉，这哪里是秦汉的君王们所能企及的呢？

韩非论

【题解】

苏轼此文意在正本清源，寻索流传久远的法家理论根源，认为世人有所不见，实际上老庄即万害之端，法家实际是老庄之虚无思想运用于政治的产物。因为非礼非乐，无所敬畏，轻视天下，导致人们不近情理，无上下相爱，而至于“杀人不足以为不仁”的地步。可见，其抨击对象并非韩非等人，而是老庄。文章反映出浓郁的儒家气质，有韩愈之风，也从另一方面使我们对复杂深刻的苏轼人格有了更多的了解。

文章逻辑缜密，结构严谨，层次清晰。

圣人之所为恶夫异端①，尽力而排之者，非异端之能乱天下，而天下之乱所由出也。昔周之衰，有老聃、庄周、列御寇之徒②，更为虚无淡泊之言，而治其猖狂浮游之说，纷纭颠倒，而卒归于无有③。由其道者，荡然莫得其当④，是以忘乎富贵之乐，而齐乎死生之分。此不得志于天下，高世远举之人，所以放心而无忧。虽非圣人之道，而其用意，固亦无恶于天下。自老聃之死百余年，有商鞅、韩非⑤，著书言治天下无若刑名之贤。及秦用之，终于胜、广之乱⑥。教化不足而法有余，秦以不祀⑦，而天下被其毒⑧。

【注释】

①异端：违背正道的学说，非儒家的思想。

②老聃：即老子，名李耳，主张无为而治。庄周：即庄子，老子学说的继承者，老庄学派的又一代表人物。列御寇：周人，东晋传有《列子》一书。今以为伪出。

③卒：完全的意思。

④荡然：狂放，任意发挥。

⑤商鞅：战国末年人，曾为秦孝公变法，使秦国逐步走向富强并统一中国，受封于商。韩非：法家的主要代表，著《韩非子》，主张用严厉的法律治国。

⑥终于：终于导致。终，终于。于，达到。

⑦不祀：不能够祭祀，意即统治不能够维持、流传。

⑧被：遭受。

【译文】

圣人之所以厌恶异端而极力排斥他们，并不是因为异端本身可以使天下动荡而产生祸乱，而是异端是天下动荡祸乱的思想根源。当年周朝衰微的时候，老子、庄子、列御寇等人反而散发崇尚虚无淡泊的言谈和无视纲常、不讲礼教的放肆学说，把大千世界芸芸众生，都归结为虚无的东西。信奉他们学说的人，狂放而不循自己应当遵循的规矩，因而忘记了富贵的乐趣，抹杀了生死的区别。这种人因为政治抱负不能实现，而远离喧嚣的社会，所以很恬淡并且心无所忧。这虽不符合圣人的处世方法，但他的用意，也对天下没什么害处。从老子死了百多年后，又有商鞅、韩非等人，著书立说，谈论救治天下的道理，认为没有比用"刑名之学"更好的。等到秦朝采用了他们的学说，终于导致了陈胜、吴广的动乱。人民的教化不足，却过多地滥用法律，秦朝因而不能够延续自己的统治，天下的百姓也饱受其毒害。

后世之学者，知申、韩之罪，而不知老聃、庄周之使然，何者？仁义之道，起于夫妇、父子、兄弟相爱之间；而礼法刑政之原，出于君臣上下相忌之际。相爱则有所不忍，相忌则有所不敢。不敢与不忍之心合，而后圣人之道得存乎其中。今老聃、庄周论君臣父子之间，泛泛乎若萍游于江湖而适相值也[1]，夫是以父不足爱，而君不足忌。不忌其君，不爱其父，则仁不足以怀，义不足以劝，礼乐不足以化。此四者皆不足用，而欲置天下于无有。夫无有，岂诚足以治天下哉！商鞅、韩非求为其说而不得，得其所以轻天下而齐万物之术，是以敢为残忍而无疑。

【注释】

①适：恰巧。值：遇到，碰到。

【译文】

后来做学问的人，知道申不害、韩非的过错，却不知道他们的理论正是源于老庄的学说，为什么呢？仁义的道理，产生于夫妇、父子、兄弟之间的互相爱护；而礼教刑法等制度，是起于君王臣子间的相互敬畏。因为互相爱护，所以就不忍心做坏事；因为敬畏，所以就不敢做坏事。这种不忍与不敢结合，便是圣人的处事之道。而现在老子、庄子认为君臣、父子之间，就像萍水相逢的人碰到一块那么平淡，因而父母不值得爱，君王不值得敬。不敬君王，不爱父母，因而仁不能够打动他，义不能够劝诫他，而礼乐也不足以感化他。这四种手段在他的身上都不能产生作用，而认为天下都是虚无的东西。难道这种把一切都归于虚无的理论能够治理国家吗？商鞅、韩非没能把握他们的理论，只是领会了他们轻视天下的理论，这可能就是他们轻易地杀人的原因吧！

今夫不忍杀人，而不足以为仁，而仁亦不足以治民，则是杀人不足以为不仁，而不仁亦不足以乱天下。如此，则举天下惟吾之所为，刀锯斧钺，何施而不可[①]？昔者夫子未尝一日易其言，虽天下之小物，亦莫不有所畏。今其视天下眇然若不足为者[②]，此其所以轻杀人与！

【注释】

①何施：即"施何"，做什么。

②眇然：渺小的样子。

【译文】

现在不忍杀人不以为是仁，而仁又不足以统治百姓，那便是以为杀人并非不仁，而不仁也不足以祸乱天下。如此，则普天之下，任我为所欲为，刀锯斧钺，各类刑具，有哪一样不能施行呢？过去，孔夫子不曾有一日轻发其论，虽是对待天下的平常物事，也无不有所敬畏。而现在轻视天下，仿佛不足以任其施为，这大概就是轻于杀人的原因吧？

太史迁曰："申子卑卑[①]，施于名实；韩子引绳墨[②]，切事情，明是非，其极惨核少恩[③]，皆原于道德之意。"尝读而思之，事固有不相谋而相感者，庄、老之后，其祸为申、韩。由三代之衰至于今，凡所以乱圣人之道者，其弊固已多矣，而未知其所终，奈何其不为之所也！

【注释】

①卑卑：刻苦认真的样子。

②绳墨：木工用来描摹直线的工具，引申为法律、法规等。

③惨核：惨忍严厉。

【译文】

司马迁说："申不害极力追求生活中的名实相符；韩非子运用法律

来判断事物，辨别是非，非常惨忍严厉而不够宽容，都是因为领会了《道德经》中的轻视天下万物的思想的缘故。”我读后曾想，世界上毕竟有从未谋面而具有相同感想的事。庄子、老子之后，由申不害和韩非等人为害。使夏、商、周三代以后的衰败延续至今。大凡扰乱圣人的学说的做法，弊端本来就是很多的，但竟不去寻求它们的理论根源，难道不是“清静无为”的思想造成的吗？

卷三·词赋之属上编一

诗

《诗经》是我国历史上最早的一部诗歌总集，共305篇。本只称"诗"或"诗三百"，因传为孔子所删定，被儒家尊为经典之一，故称《诗经》。

《诗经》分《风》《雅》《颂》三大类。《风》又称《国风》，主要反映各地风俗民情，根据采集地的不同分为十五国风，系各地民歌整理而成。《雅》又分《大雅》和《小雅》，主要是上层人士的创作，反映了统治阶层的思想和生活。《颂》是祭祀乐歌，对社会现实也多有反映，有《周颂》《鲁颂》《商颂》。

《诗经》的创作时间，大约在周初至春秋中叶的五百多年之间。产生的地域包括今陕西、山西、河北、河南、山东、湖北等地。《诗经》不仅保存了珍贵的史料，反映了当时社会生活的各个方面，而且对后世文学的发展产生了极其深远的影响，长期以来受到很高的评价。

七月

【题解】

选自《豳风》。豳（bīn），在今陕西旬邑西南，为周代先祖公刘所开发。本篇共八章八十八句，以自述的口吻，诉说了农人一年的生活状况和劳动艰辛。全篇有如一卷农事速写连环画,月份为经,农事为纬,纵横交错,组成了一幅幅生动的画面。

七月流火[①],九月授衣[②]。一之日觱发[③],二之日栗烈[④]。无衣无褐[⑤],何以卒岁[⑥]?三之日于耜[⑦],四之日举趾[⑧]。同我妇子[⑨],馌彼南亩[⑩],田畯至喜[⑪]。

【注释】

①七月流火:大火星开始西沉,表示天气开始变凉。七月,夏历七月。流,向下沉。火,星宿名。又名大火。夏历六月,大火星黄昏出现在正南方,七月则开始西沉。

②授衣:发授寒衣。

③一之日:周历正月,夏历十一月的日子。以下二之日、三之日等类推。觱发(bì bō):寒风触物声。

④栗烈:凛冽,寒气袭人。

⑤褐:粗布衣服。

⑥卒岁:终岁。

⑦于:为,修理。耜(sì):农具,用以翻土。

⑧举趾:下田耕种。

⑨妇子:妻子和孩子。

⑩馌(yè):送饭到田间。

⑪田畯(jūn):农官。

【译文】

七月里大火星向西沉去,九月里大家分授寒衣。冬月里北风劲吹,腊月里寒风刺骨。没有衣服如何度过这残年?正月开始修理农具,二月便要忙到田里,妻子儿女一起去,把酒把饭送向田间,田官见了有了笑脸。

七月流火，九月授衣。春日载阳[①]，有鸣仓庚[②]。女执懿筐[③]，遵彼微行[④]，爰求柔桑[⑤]。春日迟迟[⑥]，采蘩祁祁[⑦]。女心伤悲，殆及公子同归[⑧]。

【注释】

①载：开始。阳：温暖。

②仓庚：黄鹂鸟。

③懿筐：深筐。

④遵：沿着。微行：小径。

⑤爰：于是。

⑥迟迟：天长之意。

⑦蘩：白蒿。祁祁：人多的样子。

⑧殆：畏。及：与。同归：强行带走。

【译文】

七月里大火星向西沉去，九月里大家分授寒衣。春天到了太阳日渐温暖，黄鹂鸟的叫声格外清甜。姑娘们手里拿上深筐，沿着墙边的小径走着，为的是去采摘那柔嫩的蚕桑。春天的白昼逐渐变长，采白蒿的人们个个繁忙。姑娘们心中担忧，生怕被公子看上带走。

七月流火，八月萑苇[①]。蚕月条桑[②]，取彼斧斨[③]，以伐远扬[④]，猗彼女桑[⑤]。七月鸣鵙[⑥]，八月载绩[⑦]。载玄载黄，我朱孔阳[⑧]，为公子裳。

【注释】

①萑（huán）苇：即芦苇。

②蚕月：夏历三月。条桑：修剪桑枝。

③斧斨(qiāng):一种斧类工具,方孔。

④伐:砍。远扬:又长又高的桑条。

⑤猗(yī):用绳拉引。女桑:嫩桑。

⑥鵙(jú):伯劳鸟。

⑦绩:织麻。

⑧朱:红色。孔阳:很鲜亮。

【译文】

七月里大火星向西沉去,八月里要将芦苇收获完毕。养蚕的季节要整修桑树,拿起斧头砍掉又高又长的枝条,拉住枝条采摘嫩叶。七月里伯劳鸟还在叫,八月里就开始绩麻了。染色有黑又有黄,朱红色的更鲜亮,正好给公子做衣裳。

四月秀葽①,五月鸣蜩②。八月其获③,十月陨萚④。一之日于貉⑤,取彼狐狸,为公子裘。二之日其同⑥,载缵武功⑦,言私其豵⑧,献豜于公⑨。

【注释】

①秀:不开花而结实。葽(yāo):植物名。即远志。

②蜩(tiáo):蝉。

③其获:农作物将要收获。

④陨:落下。萚(tuò):草木皮叶枯落者。

⑤于貉(hé):打猎。貉,兽名。

⑥同:会合,会同。

⑦缵(zuǎn):继续。武功:武事。

⑧言:乃。私:私有。豵(zōng):小猪。

⑨豜(jiān):大猪。公:奴隶主。

【译文】

四月里远志开始结子，五月里蝉鸣正盛。八月收谷，十月里草木枯落。冬月开始打猎，捉到狐狸剥了皮，要给公子做皮衣。腊月里大家聚一起，继续打猎练武艺。得到小野猪归自己，捉到大野猪要献上去。

五月斯螽动股[1]，六月莎鸡振羽[2]。七月在野，八月在宇，九月在户[3]，十月蟋蟀入我床下。穹窒熏鼠[4]，塞向墐户[5]。嗟我妇子，曰为改岁[6]，入此室处。

【注释】

①斯螽(zhōng)：蚱蜢。动股：两腿跳动。或谓以股鸣。

②莎(shā)鸡：纺织娘。振羽：鼓翼而飞。或谓以双翅发声。

③"七月在野"几句：野，田野。宇，檐下。户，室内。

④穹窒：堵塞室内洞隙。

⑤塞向：堵塞北窗。墐(jìn)户：以泥土涂抹门缝。

⑥改岁：过年。

【译文】

五月蚂蚱跳得欢，六月纺织娘叫得响。七月蟋蟀在野地，八月来到屋檐下，九月到了屋门口，十月钻到我床下。用烟熏耗子堵好鼠洞，封好北窗户门缝涂上泥。可叹我的老婆孩子，名曰过新年，却住在如此简陋的屋里。

六月食郁及薁[1]，七月亨葵及菽[2]。八月剥枣[3]，十月获稻。为此春酒[4]，以介眉寿[5]。七月食瓜，八月断壶[6]。九月叔苴[7]，采荼薪樗[8]，食我农夫。

【注释】

①郁:郁李。或说为山楂。薁(yù):野葡萄。

②葵:葵菜。菽:大豆。

③剥:扑,打。

④春酒:冬酿春成的酒。

⑤介:祈求。眉寿:高寿。人老眉长,故称高寿为眉寿。

⑥断:摘下。壶:葫芦之类。

⑦叔:拾取。苴(jū):麻子。

⑧荼(tú):苦菜。薪樗(chū):砍椿树为柴。

【译文】

六月里吃郁李和葡萄,七月里有葵菜和豆角。八月打枣,十月收稻。酿成美酒,以求长寿。七月吃瓜果,八月摘葫芦。九月收麻子,挖野菜备木柴,农夫生计妥安排。

九月筑场圃[①],十月纳禾稼[②]。黍稷重穋[③],禾麻菽麦。嗟我农夫,我稼既同[④],上入执宫功[⑤]。昼尔于茅[⑥],宵尔索绹[⑦]。亟其乘屋[⑧],其始播百谷。

【注释】

①场:打谷场。圃:菜园子。

②纳禾稼:将谷物收仓。

③黍:小米。稷:高粱。重:晚熟作物。穋(lù):早熟作物。

④同:收齐集中。

⑤上:同“尚”。还要。执:负担。宫功:修建宫室的事。

⑥于茅:去割草。

⑦索绹(táo):搓绳子。

⑧亟：同“急”。乘屋：上房修屋。

【译文】

九月里菜园子变成打谷场，十月里谷物要入仓。早谷晚谷小米高粱，芝麻豆麦与杂粮。可叹我们庄稼人，刚刚干完地里活，又要给官家修宫房。白天去割草，晚上搓草绳。赶快盖好房屋，春天一到又要忙着播种百谷。

二之日凿冰冲冲[①]，三之日纳于凌阴[②]。四之日其蚤[③]，献羔祭韭。九月肃霜[④]，十月涤场[⑤]。朋酒斯飨[⑥]，曰杀羔羊。跻彼公堂[⑦]，称彼兕觥[⑧]，万寿无疆！

【注释】

①冲冲：凿冰之声。

②凌阴：冰窖。

③蚤：同“早”。

④肃霜：天气肃爽。

⑤涤场：清扫场地。

⑥朋酒：两壶酒。飨：以酒食待客。

⑦跻(jī)：登上。公堂：公共场所。

⑧称：举杯。兕觥(sì gōng)：酒器。

【译文】

腊月里凿冰冲冲响，正月里抬冰窖中藏。二月里选一个清早，祭献韭菜和羔羊。九月天高气爽露结为霜，十月草木摇落万物涤荡。搬出两坛酒，杀上几只羊。大家齐集在公堂，举起盛酒的兕觥，祝一声“万寿无疆”。

东山

【题解】

选自《豳风》。反映的是周公东征时，一位从征士兵解甲还乡途中思念家乡的心情。此诗历来被认为是《诗经》中最出色的抒情佳作之一。除运用多种艺术手法，如语言上的双声叠韵、情景描写的水乳交融等之外，至关重要的是“情真”，即是征人用自己的满怀深情谱写出来的。所以能给人以强烈的艺术感染。

我徂东山①，慆慆不归②。我来自东，零雨其濛③。我东曰归，我心西悲④。制彼裳衣，勿士行枚⑤。蜎蜎者蠋⑥，烝在桑野⑦。敦彼独宿⑧，亦在车下。

【注释】

①徂（cú）：往。东山：古奄国之地，今山东曲阜一带。

②慆慆（tāo）：久。

③零雨：小雨。濛：微雨的样子。

④悲：思念。

⑤士：事，从事。行枚：衔枚。古时行军，士兵口中衔枚以免出声。

⑥蜎蜎（yuān）：蠕动的样子。蠋（zhú）：毛虫。

⑦烝（zhēng）：乃。一说，久。

⑧敦：团曲。

【译文】

自从我出征前往东山，一别家乡就是几年。如今我终于踏上归程，细雨微洒天色迷蒙。当我得知就要离开东方，心中顿时思念起西边的家乡。换上一身老百姓的衣裳，再也不用衔枚打仗。你看那桑间的毛虫自由地爬动，任意地来往于桑树林中。而我却只能蜷曲着身子，独宿在车子之下避避凉风。

我徂东山，慆慆不归。我来自东，零雨其濛。果臝之实[①]，亦施于宇[②]。伊威在室[③]，蠨蛸在户[④]。町畽鹿场[⑤]，熠耀宵行[⑥]。亦可畏也，伊可怀也[⑦]。

【注释】

①果臝(luǒ)：植物名。一称瓜蒌。

②施(yì)：蔓延。宇：屋檐。

③伊威：昆虫名。即土鳖。

④蠨蛸(xiāo shāo)：长脚蜘蛛。

⑤町畽(tiǎn tuǎn)：田舍旁被兽蹄践踏的空地。

⑥熠(yì)耀：闪光的样子。宵行：萤火虫。

⑦伊：这是。

【译文】

自从我出征前往东山，一别家乡就是几年。如今我终于踏上归程，细雨微洒天色迷蒙。瓜蒌长藤结了果，果实挂在屋檐下。土鳖在屋里到处爬，蜘蛛结网在门旮旯。房边空地满是鹿蹄印，萤火虫的光亮到处闪。家园如此荒凉可怕，这让我越发牵挂它。

我徂东山，慆慆不归。我来自东，零雨其濛。鹳鸣于垤[①]，妇叹于室。洒埽穹室[②]，我征聿至[③]。有敦瓜苦[④]，烝在栗薪[⑤]。自我不见，于今三年。

【注释】

①鹳(guàn)：鸟名。垤(dié)：小土堆。

②埽(sǎo):同“扫”。

③聿(yù):将要。

④敦:圆的。

⑤栗薪:积薪。栗,通“裂”。

【译文】

自从我出征前往东山,一别家乡就是几年。如今我终于踏上归程,细雨轻洒淅沥不停。小土堆前鹳鸟在鸣叫,茅草屋中妻子在叹息。快把屋子收拾好吧,我们不日就要重逢。你看那苦瓜圆又圆,搁在柴堆无人管。想来我们分别之后,如今已整整三年!

我徂东山,慆慆不归。我来自东,零雨其濛。仓庚于飞①,熠耀其羽。之子于归②,皇驳其马③。亲结其缡④,九十其仪⑤。其新孔嘉⑥,其旧如之何⑦?

【注释】

①仓庚:黄鹂。于:在。

②之子:指妻子。于归:女子出嫁。

③皇:黄白杂色。驳:红白杂色。

④亲:妻母。缡(lí):佩巾的带。女子结婚时母亲为之结缡。

⑤九十:形容多。仪:仪式,仪礼。

⑥新:新婚时。孔嘉:很好。

⑦旧:久。

【译文】

自从我出征前往东山,一别家乡就是几年。如今我终于踏上归程,漫天的丝雨满眼的迷蒙。想当初黄鹂欢唱,美丽的羽毛闪闪发光。未婚的妻子就要做我的新娘,她的马儿色彩辉煌。她的母亲亲手为她系上佩巾，各种礼仪仪式纷纷。新婚燕尔多美好，久别重逢真不知感觉如何？

六月

【题解】

选自《小雅》。这是一首军事题材的史诗。诗中对周宣王命大臣尹吉甫出征猃狁，靖边安国，大胜而归进行了热情的赞颂。因这次战争发生在六月，故诗以“六月”开头，并以《六月》为题。

六月栖栖①，戎车既饬②。四牡骙骙③，载是常服④。猃狁孔炽⑤，我是用急⑥。王于出征⑦，以匡王国⑧。

【注释】

①栖栖(xī)：惶惶不安的样子。

②饬：整顿。

③骙骙(kuí)：马强壮的样子。

④常服：画有日月的战旗。日月为常。

⑤猃狁(xiǎn yǔn)：古时北方部族，即匈奴。孔：很。炽：盛。

⑥急：紧急。

⑦于：令。

⑧匡：救。

【译文】

六月里人心惶惶，整顿好兵车要上前方。驾车的四马很强壮，车上战旗随风飘扬。边境告急猃狁来势凶猛，故而队伍紧急集合。国王下令去出征，抗敌保国卫家园。

比物四骊[①]，闲之维则[②]。维此六月，既成我服[③]。我服既成，于三十里[④]。王于出征，以佐天子。

【注释】

①比物：力气均衡。

②闲：通“娴”。娴熟，熟练。

③服：军服。

④于三十里：队伍走了三十里。

【译文】

四匹黑壮的马驾着战车力量均衡，训练有素战法精良。就在这六月的日子里，我们备好了戎装。备好了戎装上战场，每日行军三十里。王命出征去抗敌，以此辅佐我天子。

四牡修广，其大有颙[①]。薄伐猃狁，以奏肤公[②]。有严有翼[③]，共武之服[④]。共武之服，以定王国。

【注释】

①颙(yóng)：大的样子。

②奏：为。肤公：大功。

③严：威严。翼：敬。

④共武之服：共武事，共同作战。

【译文】

驾车的四马大又高，高昂的头儿显雄壮。就此出发征猃狁，建功立业在今朝。队伍威严又敬慎，并肩作战为国家。共赴国难去出征，保家卫国定边关。

猃狁匪茹①，整居焦获②。侵镐及方③，至于泾阳④。织文鸟章⑤，白旆央央⑥。元戎十乘⑦，以先启行。

【注释】

①匪：不。茹：度，自度。

②整居：居周之地，无所畏惮。焦获：泽薮名。一作焦护。在今陕西泾阳西北。

③镐、方：周地名。镐，镐京，西周都城。

④泾阳：泾水北岸。

⑤织：同“帜”。旗帜。

⑥旆：旗。央央（yīng）：鲜明的样子。

⑦元戎：大战车。

【译文】

猃狁猖狂不自量，侵占焦获得意扬扬。又来侵扰镐和方，一直深入我泾阳。我们的战旗上绣着猛禽的图样，白绸子旗子更加鲜亮。大战车就有许多辆，充当先锋向战场。

戎车既安，如轾如轩①。四牡既佶②，既佶且闲。薄伐猃狁，至于大原③。文武吉甫，万邦为宪。

【注释】

①轾（zhì）：车前低后高。轩：车前高后低。

②佶（jí）：形容马匹健壮。

③大原：地名。在今甘肃平凉。

【译文】

兵车走得很安稳，忽高忽低向前奔。四匹马儿真雄健，步伐矫健又熟练。为伐猃狁勇向前，一直深入到大原。我们的统帅尹吉甫，文武兼备万邦仰。

吉甫燕喜，既多受祉[①]。来归自镐，我行永久。饮御诸友[②]，炰鳖脍鲤[③]。侯谁在矣？张仲孝友[④]。

【注释】

①祉（zhǐ）：福。

②御：进，劝。

③炰（páo）：烹煮。脍（kuài）：细切。

④张仲：尹吉甫的朋友。

【译文】

设宴庆贺尹吉甫，他高兴地接受了很多赏赐和祝福。这次班师自镐京，我们行军已很久。设筵招待战士们，美味佳肴样样有。还有谁人在其中？以孝悌闻名的张仲好朋友。

采芑

【题解】

选自《小雅》。此诗描述的是军旅将士一边操练，一边采集野菜，回忆在方叔率领下出征南方，大败荆蛮的壮烈场面。前选《六月》系颂尹吉甫北伐，而《采芑》则是赞方叔南征。二者可视为《诗经》中战争纪功诗的姐妹篇章。

薄言采芑[①]，于彼新田[②]，于此菑亩[③]。方叔莅止[④]，其车三千，师干之试[⑤]。方叔率止，乘其四骐，四骐翼翼[⑥]。路车有奭[7],簟茀鱼服[8],钩膺鞗革[9]。

【注释】

①芑(qǐ):苦菜。

②新田:指休耕后的田地。

③菑(zī):开垦一年的田地。

④莅:临,到。

⑤师:众。干:捍。试:用。

⑥翼翼:形容有序。

⑦路车:辂车。即古代天子或诸侯贵族所乘之车。奭(shì):赤色。

⑧簟茀:竹簟车篷。鱼服:鱼皮箭囊。

⑨钩膺:马胸腹部的带饰。鞗(tiáo)革:饰以铜环的革辔。

【译文】

我们正要去采苦菜,到那休耕后新种的田里,到那开垦了一年的田中。方叔来了,率领着三千辆战车,车上是能征善战的勇士。方叔作为队伍的统帅,坐着那四匹大马驾着的战车,雄健的四马有规则地走着。车子高大颜色朱红,竹席车篷鱼皮的箭袋,马的身上装饰着铜钩金勒。

薄言采芑,于彼新田,于此中乡[1]。方叔莅止,其车三千,旂旐央央[2]。方叔率止,约軝错衡[3],八鸾玱玱[4]。服其命服,朱芾斯皇[5],有玱葱珩[6]。

【注释】

①乡:新田当中。

②旂(qí):画有蛟龙的旗。旐(zhào):画有龟蛇的旗。

③约軝(qí):约束车毂。错衡:车上衡木的花纹。

④八鸾:八个铃。镳上的铃称鸾。玱(qiāng):玉相撞击声。

⑤朱芾(fú):朱色的蔽膝。皇:通“煌”。光辉的样子。

⑥葱珩(héng):青色佩玉。

【译文】

我们正要去采苦菜,到那休耕后新种的田里,到那田野的中央。方叔来了,率领着三千辆战车的队伍,旌旗鲜艳猎猎飘扬。方叔作为队伍的统帅,他的战车包束着车毂,横梁装饰着花纹,八个鸾铃一齐鸣响。他身穿主帅的战服,朱色的衣服格外鲜亮,衣上的佩玉叮当作响。

鴥彼飞隼①,其飞戾天②,亦集爰止。方叔莅止,其车三千,师干之试。方叔率止,钲人伐鼓③,陈师鞠旅④。显允方叔⑤,伐鼓渊渊⑥,振旅阗阗⑦。

【注释】

①鴥(yù):疾飞的样子。隼(sǔn):鸟名。又名鹘。鹰类中最小者,飞速善袭。

②戾:至。

③钲(zhēng)人:击钲传令的人。钲,一种古代乐器。形似钟而狭长,有柄,击之发声,用铜制成。行军时用以节止步伐。

④陈师:整列队伍。鞠旅:告诫士兵。

⑤允:语助词。

⑥渊渊:鼓声。

⑦振旅:休整军队。阗阗:众多、旺盛的样子。

【译文】

鹞鹰在天上盘旋,时而一飞冲天,时而一起停落在大树枝头。方叔来了,率领着三千辆战车,车上都是能征惯战的士兵。方叔统帅着队伍，击鼓进军击钲退兵，摆开战阵誓师训卒。主帅方叔好威风，进军时鼓声震天响，整兵时队伍多雄壮。

蠢尔蛮荆[①]，大邦为仇。方叔元老，克壮其猷[②]。方叔率止，执讯获丑。戎车啴啴[③]，啴啴焞焞[④]，如霆如雷[⑤]。显允方叔，征伐猃狁，蛮荆来威。

【注释】

①蠢：不恭。

②猷：谋。

③啴啴（tān）：众多。

④焞焞（tūn）：盛大的样子。

⑤霆：疾雷。

【译文】

荆楚南蛮大不恭，与我大国来作对。国家元老有方叔，想出计谋很高妙。方叔率领着军队，审问抓来的俘虏。我们的队伍战车众多，气势恢宏，行军的声势如雷鸣。主帅方叔真英武，北方的猃狁已被征服，南方的荆蛮闻风丧胆畏服宣王国威。

车攻

【题解】

选自《小雅》。此诗记述的是周宣王约会诸侯于东都，举行田猎之事。田猎只是其名，而炫耀武力慑服列邦以巩固周朝的盟主地位是其实。全诗以正言直陈为主，语言文字在总体上呈现出一种庄严厚重的色调。

我车既攻[①]，我马既同[②]。四牡庞庞[③]，驾言徂东。

【注释】

①攻：坚，牢。

②同：聚。

③庞庞(lóng)：高大强壮。

【译文】

我们的车子已经整修坚固，我们的马匹已经训好聚齐。驾车的四马膘肥体壮，我们乘车要向东进发。

田车既好[①]，四牡孔阜[②]。东有甫草[③]，驾言行狩。

【注释】

①田车：狩猎之车。

②阜：壮大。

③甫草：大草地。

【译文】

打猎的车已经准备好，驾车的四马很高大。东边的大泽草正茂，我们驾车去打猎。

之子于苗[①]，选徒嚣嚣[②]。建旐设旄，搏兽于敖[③]。

【注释】

①苗：夏猎。

②嚣嚣(xiāo)：喧嚣。

③敖：地名。

【译文】

这些人要外出夏猎,清点人数喧哗热闹。竖起各色大旗,同往敖山猎取野兽。

驾彼四牡,四牡奕奕。赤芾金舄①,会同有绎②。

【注释】

①舄(xì):古代一种以木为复底不怕泥湿的鞋。

②会同:聚集。绎:络绎不绝。

【译文】

驾着四匹大马,马儿精壮又神气。红皮蔽膝金色的靴,聚集的人们络绎不绝。

决拾既佽①,弓矢既调②。射夫既同③,助我举柴④。

【注释】

①决、拾:射者所用工具。佽(cì):调整弓矢。

②调:指调弓矢。

③同:协同。

④柴(zì):积。

【译文】

射击用的工具已经备齐,弓箭也都调试完毕。弓箭手们齐心协力,让我们猎获成群的猛兽。

四黄既驾,两骖不猗①。不失其驰②,舍矢如破③。

【注释】

①猗(yǐ):通“倚”。依,靠着。

②驰:驱驰之规则。

③舍矢如破:发出的箭会命中目标。

【译文】

四匹黄马驾着车,两边的马儿无偏差。大家的步调配合得好,射出的箭儿从不虚发。

萧萧马鸣,悠悠旆旌。徒御不警[①],大庖不盈。

【注释】

①徒:士兵。御:驾车人。不:语助词。

【译文】

马儿长啸,旌旗轻飘。徒步的驾车的都很警惕,厨房的野味岂不丰饶?

之子于征,有闻无声。允矣君子[①],展也大成[②]。

【注释】

①允:信。

②展:诚。

【译文】

这些人们打猎出征,能够听到却并无闹声。真可谓是信得过的君子,确实能够大功告成。

吉日

【题解】

选自《小雅》。记叙了周宣王从祭祀马神，到出猎，到以猎物宴饮宾客的田猎活动的全过程。前篇《车攻》中的田猎实质上是一项政治活动，而《吉日》中的田猎则是一次纯娱乐性活动。《吉日》以描述具体的狩猎活动为重点，语言生动活泼，劲健活脱，洋溢着轻松愉快的气氛。

吉日维戊[①]，既伯既祷[②]。田车既好，四牡孔阜。升彼大阜，从其群丑[③]。

【注释】

①戊：指初五。古人以十日中的单数为刚日，余为柔日。

②伯：马神。

③从：追逐。群丑：众禽兽。

【译文】

初五是个吉祥的日子，祭祀马神，祈祷完毕。猎车早已准备好，驾车的四马很高大。登上那个大山坡，追逐那成群的野兽。

吉日庚午，既差我马[①]。兽之所同，麀鹿麌麌[②]。漆沮之从[③]，天子之所。

【注释】

①差：选择。

②麀(yōu)：母鹿。麌麌(yǔ)：形容鹿群聚集。

③漆、沮：皆水名。

【译文】

初七是个吉祥的日子，我们早已选好马匹。野兽聚集，母鹿成群。沿着漆水、沮水岸边追逐，一直来到天子的猎场。

瞻彼中原，其祁孔有[①]。儦儦俟俟[②]，或群或友[③]。悉率左右，以燕天子。

【注释】

①祁：大。

②儦儦（biāo）：形容奔跑。俟俟（sì）：形容行走。

③群、友：指兽群。

【译文】

抬眼望那大草原，是那么无边无际。很多野兽，有的在跑，有的在走，三五成群。我们从左右把它们驱赶，好让天子打猎方便。

既张我弓，既挟我矢。发彼小豝[①]，殪此大兕[②]。以御宾客，且以酌醴[③]。

【注释】

①豝（bā）：母猪。

②殪（yì）：一箭致死。

③醴：甜酒。

【译文】

拉开我们的弓，搭好我们的箭。射向那小野猪，射杀那大野牛。用它们来宴宾客，用它们来下酒。

节南山

【题解】

选自《小雅》。一名《节》，是周大夫家父所作的一首政治讽刺诗。在诗中，作者批评了周幽王任用太师尹氏，听政不公、与民争利的行为，并对幽王提出了规谏。全诗气势淋漓，造语明畅，极富感染力。

节彼南山①，维石岩岩②。赫赫师尹③，民具尔瞻④。忧心如惔⑤，不敢戏谈。国既卒斩⑥，何用不监⑦？

【注释】

①节：山高峻的样子。南山：指终南山。

②岩岩：山石堆积的样子。

③赫赫：形容权势显要。师尹：太师尹氏。太师为周三公之一，执掌兵权。

④具：俱，都。

⑤惔(tán)：炎，火烧。

⑥卒：终，尽。斩：断绝，灭绝。

⑦监：监督，检查。

【译文】

终南山高峻险拔，怪石累累堆成层峦。权倾朝野的太师尹氏，多少人都在注意着你。忧心如焚，不敢戏言。国运已近断灭，你为何还没察觉？

节彼南山，有实其猗①。赫赫师尹，不平谓何？天方荐瘥②，丧乱弘多。民言无嘉③，憯莫惩嗟④。

【注释】

①实：草木广布的样子。猗：通"阿(ē)"。指大的丘陵。

②荐：重，再。瘥(cuó)：病疫。

③嘉：善，称赞。

④憯(cǎn)：竟然。惩：戒止。嗟：叹词。

【译文】

终南山高峻险拔，草木茂盛层峦叠嶂。权倾朝野的太师尹氏，为什么不能公正平和？上天正在降下灾荒，死亡流离的人实在太多。人民没有说你好的，你还不知道自己要有所儆戒。

尹氏大师，维周之氐①。秉国之均②，四方是维③。天子是毗④，俾民不迷。不吊昊天⑤，不宜空我师⑥！

【注释】

①氐：柢，根本，柱石。

②秉：掌握。均：平。

③维：维系。

④毗(pí)：辅弼。

⑤吊(dì)：善，好。昊天：皇天，老天。

⑥空：空乏，穷困。师：军队。一说众民。

【译文】

尹太师身居要职，你是周室的柱石。掌握着国家的重权，天下靠你来维持。周天子靠你来辅弼，要使人民方向不迷。不好的皇天呀，不该让我们如此穷困。

弗躬弗亲①，庶民弗信。弗问弗仕②，勿罔君子③。式夷式已[④]，无小人殆[⑤]。琐琐姻亚[⑥]，则无朊仕[⑦]。

【注释】

①弗躬弗亲：不亲理政事。

②仕：考察，任用。

③罔：欺骗。

④式：语助词。夷：平，消除。已：制止。

⑤殆：危害。

⑥琐琐：卑微渺小。姻亚：指裙带关系。

⑦朊(wǔ)仕：高官厚禄。朊，厚。

【译文】

什么事情都不亲力亲为，人民就不会相信你。用人不问不察，不要把君子当傻瓜。或是清除或是罢免，不要因为小人误国。无能的人即使有裙带关系，也不要让他们占据高官要位。

昊天不佣[①]，降此鞠讻[②]。昊天不惠[③]，降此大戾[④]。君子如届[⑤]，俾民心阕[⑥]。君子如夷[⑦]，恶怒是违[⑧]。

【注释】

①佣(chōng)：公平。

②鞠：极，穷。讻(xiōng)：凶，祸。

③惠：恩惠。

④戾：灾祸，灾难。

⑤届：止，至。

⑥阕：止息。

⑦夷：平，公平。

⑧违：消除。

【译文】

皇天真不公平，降生这样的灾星。皇天真不仁慈，降下如此灾难。君子如果亲临理政，人民就会消除疑虑。君子如果处事公平，人民就不会心生怨恨。

不弔昊天，乱靡有定。式月斯生[①]，俾民不宁。忧心如酲[②]，谁秉国成[③]？不自为政，卒劳百姓[④]。

【注释】

①式：因，以。斯：指祸乱。

②酲（chéng）：病酒，醉酒。

③成：法度，规程。

④卒：通“瘁”。指疾苦。

【译文】

不好的皇天，降下丧乱总无完结。每月都有发生，人民生活无定。忧心忡忡如醉酒，是谁掌握着国家的权柄？不自己好好地理政，最终苦了老百姓。

驾彼四牡，四牡项领[①]。我瞻四方，蹙蹙靡所骋[②]。

【注释】

①项领：肥脖颈。

②蹙蹙（cù）：局促不得舒展。靡所骋：没有奔走驰骋的地方。

【译文】

驾着四马拉的车子，久养不驾的马颈项肿大成病。我举目四望，局促不展无处可以驰行。

方茂尔恶[①]，相尔矛矣[②]。既夷既怿[③]，如相酬矣[④]。

【注释】

①茂：盛，极。

②相：注视。

③怿：喜悦。

④酬：互相敬酒。

【译文】

正在极力作恶的人们，眼看长矛相对就要动武；忽而又喜笑颜开，像个朋友似的互相劝酒。

昊天不平，我王不宁。不惩其心，覆怨其正[①]。

【注释】

①覆：反。正：规劝。

【译文】

老天真不公平，使我国王不得安宁。他不但不知自律自儆，反而抱怨别人劝他改正。

家父作诵[①]，以究王讻[②]。式讹尔心[③]，以畜万邦[④]。

【注释】

①家父：周大夫，本诗作者。作诵：作诗讽谏。

②究：追究。

③讹：化，改正。

④畜：休养，安定。

【译文】

家父写了这首诗，用以举发君王的错误。使你改弦更张，来安抚天下的黎民百姓！

正月

【题解】

选自《小雅》。系周大夫批评周幽王宠幸褒姒、荒淫乱政之作。这首诗长达九十四行，鲜明生动地表达了诗中主人公强烈的危机意识与孤独感。感情凝重，比喻丰赡，具有鲜明的时代特征。

正月繁霜[①]，我心忧伤。民之讹言[②]，亦孔之将[③]！念我独兮[④]，忧心京京[⑤]。哀我小心，癙忧以痒[⑥]。

【注释】

①正月：夏历四月，是孟夏时节。繁霜：多霜。孟夏时节多霜，指天气反常。

②讹言：即谣言。讹，伪。

③孔：很。将：大，广。

④独：孤独。

⑤京京：忧不能止。

⑥癙(shǔ)忧：隐忧，剧忧。痒：病。

【译文】

初夏的天气还在下霜，我的心情格外忧伤。民间的怪话纷纷，也确实越传越广。想想我孤独的情怀，心中忧郁悲伤。可叹我如此小心，忧愁使我像多病的模样。

父母生我，胡俾我瘉[①]？不自我先，不自我后[②]。好言自口，莠言自口[③]。忧心愈愈[④]，是以有侮[⑤]。

【注释】

①俾：使。瘉（yù）：病。

②不自我先，不自我后：言忧患不早不迟，正让我赶上。

③莠言：坏话。

④愈愈：形容忧惧的样子。

⑤是以：因此。

【译文】

父母生下了我，为什么却要我受苦。苦难不发生在我生之前，也不在我去世之后。好话出自人口，坏话也出自人口。忧伤令我惶恐，因此越发遭人欺侮。

忧心茕茕[①]，念我无禄[②]。民之无辜[③]，并其臣仆[④]。哀我人斯[⑤]，于何从禄[⑥]？瞻乌爰止[⑦]，于谁之屋？

【注释】

①茕茕（qióng）：忧闷孤独的样子。

②无禄：无福，不幸。

③辜：罪。

④并：使。臣仆：奴仆。

⑤我人：我们。斯：语气词。

⑥于何:从何处。从禄:得福。

⑦爰:何处。止:停落。

【译文】

忧心愁绪难排,想我福浅命乖。人民本来无罪,却一并沦为奴才。可怜我们这些人啊,向哪里求取幸福?看看乌鸦要落降,不知停在谁家屋?

瞻彼中林①,侯薪侯蒸②。民今方殆③,视天梦梦④。既克有定⑤,靡人弗胜⑥。有皇上帝⑦,伊谁云憎⑧?

【注释】

①中林:林中。

②侯:维,为。薪:粗柴。蒸:草丛,细枝。

③殆:危难。

④梦梦:昏暗不明。

⑤克:能够。定:定准。

⑥靡:无。弗:不。

⑦有皇:皇皇,大。

⑧伊:维。云:语助词。憎:恨。

【译文】

看那大片的林中,树木小草都被砍伐做柴薪。人民如今正在遭难,老天爷却昏昏不见。既然老天这样安排,没有人能与天争胜。老天啊上帝,你到底把什么人憎恨?

谓山盖卑①?为冈为陵②。民之讹言,宁莫之惩③。召彼故老④,讯之占梦⑤。具曰予圣⑥,谁知乌之雌雄?

【注释】

①盖：通“盍(hé)”。怎么。卑：低下。

②冈：高冈。

③宁：难道。惩：止。

④故老：元老。

⑤讯：问。占梦：指以圆梦为职的人。

⑥具曰：都说。予圣：我为圣。

【译文】

说山怎么这么低，山却依然是高冈峻陵。民间的传言不断，难道能听之任之无动于衷？请来元老故臣，询问卜者占梦。都说自己高明，谁能辨别乌鸦的雌雄？

谓天盖高？不敢不局①。谓地盖厚？不敢不蹐②。维号斯言③，有伦有脊④。哀今之人，胡为虺蜴⑤？

【注释】

①局：弯腰。

②蹐(jí)：小步，走路小心。

③号：呼号。

④伦：理。脊：道理。

⑤虺蜴(huǐ yì)：毒蛇和蜥蜴。

【译文】

说天怎么这么高，却不敢不弯腰。说地怎么这么厚，却不敢不轻走。人们大呼这类话，这话说得确有道理。可怜兮兮的人们，为什么都像蛇蜥一样爱逃走？

瞻彼阪田[①]，有菀其特[②]。天之扤我[③]，如不我克[④]。彼求我则[⑤]，如不我得。执我仇仇[⑥]，亦不我力[⑦]。

【注释】

①阪(bǎn)田：山坡上的田。

②菀(wǎn)：茂盛的样子。特：独特。

③扤(wù)：动摇。

④克：克制。

⑤彼：指周王。则：语尾助词。

⑥执：掌握。仇仇：同“执执”。迟缓的样子。

⑦不我力：不力我，不重用我。

【译文】

看那山坡上的田里，独特的禾苗生长繁茂。天用风雨摧撼我，唯恐不能把我打倒。如果有求于我，就唯恐不能得到我。一旦得到又不用，要想重用更别提。

心之忧矣，如或结之[①]。今兹之正[②]，胡然厉矣[③]？燎之方扬[④]，宁或灭之[⑤]。赫赫宗周[⑥]，褒姒威之[⑦]！

【注释】

①或：有。

②正：同“政”。

③厉：恶，虐。

④燎：火烧。扬：盛。

⑤宁：难道。

⑥宗周：镐京，指周王朝。

⑦褒姒:褒国女子,姒姓。周幽王宠妃。烕(miè):同“灭”。

【译文】

我心的忧伤啊,就像绳子打了结。如今的朝政,为什么如此糟糕!大火烧得正旺,可有谁能把火灭掉?如此强大的西周王朝,却被褒姒把它灭亡了。

终其永怀[①],又窘阴雨[②]。其车既载,乃弃尔辅[③]。载输尔载[④],将伯助予[⑤]!

【注释】

①终:既。永怀:长忧。

②窘:困。

③辅:车上载物时用以夹持所载物的板。喻国之辅佐之臣。

④输:坠落。

⑤将:请。伯:对男子的敬称。

【译文】

我经常极度忧伤,又困于阴雨天气。车子既已装好货物,却要丢弃挡板。货物已经掉下,才请老大哥帮忙。

无弃尔辅,员于尔辐[①]。屡顾尔仆[②],不输尔载!终逾绝险[③],曾是不意[④]。

【注释】

①员(yún):增益。辐:车辐。

②屡顾:经常照看。仆:车夫。

③逾:越。

④曾:乃。是:如此。不意:不在意。

【译文】

不要丢弃你的挡板,还要加固你的车辐。经常照念你的赶车人,才不会坠落你的车中物。险路终于越过,可你却如此不以为意。

鱼在于沼,亦匪克乐①。潜虽伏矣②,亦孔之炤③。忧心惨惨④,念国之为虐⑤。

【注释】

①匪:非。克:能。

②潜虽伏:虽潜伏。

③炤(zhāo):明显。

④惨惨:忧郁的样子。

⑤为虐:实行暴政。

【译文】

鱼儿游在池里,它并不能快乐。虽然深藏在水里,也被看得很分明。我的心儿忧伤不断,想的是国家政事的暴虐。

彼有旨酒,又有嘉殽①。洽比其邻②,昏姻孔云③。念我独兮,忧心殷殷④。

【注释】

①殽(yáo):通"肴"。

②洽:融洽。比:亲近。

③云:周旋。

④殷殷:隐隐,忧伤的样子。

【译文】

他有美酒，又有佳肴。与邻里和睦，对亲友更好。想到孤独的我，心情更加烦恼。

佌佌彼有屋[①]，蔌蔌方有谷[②]。民今之无禄，天夭是椓[③]。哿矣富人[④]，哀此茕独[⑤]！

【注释】

①佌（cí）：卑小的样子。

②蔌蔌（sù）：丑陋的样子。

③天夭：天灾。椓（zhuó）：打击。

④哿（gě）：喜乐。

⑤茕独：孤独无靠。

【译文】

卑贱的小人都有房，丑陋的人们都有粮。人民却没有福分，老天降下灾殃。富人们高高兴兴，穷人们孤苦伶仃。

绵

【题解】

选自《大雅》。周的先祖古公亶父率领族人自豳迁至岐，开发周原，奠定了周人强大的基础。这首诗就是对这一迁徙的记叙与赞美。此诗章法富于变化，开合度大，但从容自然，别有一种雄劲之美。

绵绵瓜瓞[①]，民之初生[②]，自土沮漆[③]。古公亶父[④]，陶复陶穴[⑤]，未有家室[⑥]。

【注释】

①绵绵:连绵不断的样子。瓞(dié):小瓜。

②民:周人。

③土:通"杜"。古水名。沮、漆:皆古水名。

④古公亶(dǎn)父:周之祖先周太王。古公是称号,亶父是名。

⑤陶:挖。复:窑洞。

⑥家室:房屋。

【译文】

长长的瓜蔓结着大瓜小瓜,当初我们周民在杜水、沮水、漆水一带安家。我们的首领古公亶父,带领我们把洞穴挖,只是还没有筑室为家。

古公亶父,来朝走马[①]。率西水浒[②],至于岐下[③]。爰及姜女[④],聿来胥宇[⑤]。

【注释】

①朝:早晨。走马:赶着马。

②率:沿,循。浒:水边。

③岐下:岐山之下。

④爰:于是。姜女:姜姓的女子。

⑤聿:发语词。胥:察看。宇:屋宇。

【译文】

古公亶父为了大家,清早赶着马。沿着西边的河岸,一直来到岐山下。和他的夫人姜氏,为找住地四处勘察。

周原膴膴[①],堇荼如饴[②]。爰始爰谋,爰契我龟[③]。曰止曰时[④]，筑室于兹。

【注释】

①朊(wǔ)：肥美。

②堇(jǐn)：苦野菜。

③契：刻。龟：龟甲。

④止：定居。时：适宜。

【译文】

周原的土地肥沃，苦菜也觉得甘甜。大家开始讨论，于是用龟甲占卜。卦上说立刻停留，我们便在这盖起了房屋。

乃慰乃止[①]，乃左乃右[②]，乃疆乃理[③]，乃宣乃亩[④]。自西徂东，周爰执事[⑤]。

【注释】

①慰：安心。止：住下。

②乃左乃右：划分区域。

③疆：疆界。理：地理。

④宣：疏通，疏导。此指开渠。亩：田垄，田中高处。此指修治田垄。

⑤周：普遍。

【译文】

我们住了下来内心安定，把住地或左或右地分开。划出土地的界线，兴修水利整治田亩。从西到东，人人都有了活干。

乃召司空[①]，乃召司徒[②]，俾立室家[③]。其绳则直[④]，缩版以载⑤，作庙翼翼⑥。

【注释】

①司空：司工，掌营建。

②司徒：司土，掌土地、耕种。

③俾：使。

④绳：绳墨尺度。

⑤缩：束，捆扎。

⑥庙：宗庙。翼翼：严正的样子。

【译文】

叫来管工程的司空，召来管田亩的司徒，让他们建筑家园。拉直绳线，捆好墙板，建成宗庙要威严。

捄之陾陾①，度之薨薨②。筑之登登③，削屡冯冯④。百堵皆兴⑤，鼛鼓弗胜⑥。

【注释】

①捄（jū）：铲土入筐。陾陾（rēng）：很多。

②度：投土入槽。薨薨（hōng）：人声及填土声。

③筑：捣土。登登：捣土声。

④屡：通“镂”。冯冯（píng）：象声词。

⑤百堵：很多堵墙。

⑥鼛（gāo）鼓：大鼓名。

【译文】

挖土装筐人来往，填土的声音轰轰响。捣土的声音登登登，削墙的声音砰砰砰。百堵高墙同时起，大鼓的声音也难胜。

乃立皋门[①]，皋门有伉[②]。乃立应门[③]，应门将将[④]。乃立冢土[⑤]，戎丑攸行[⑥]。

【注释】

①皋(gāo)门：王都的廓门。

②伉：高。

③应门：王宫正门。

④将将：严正貌。

⑤冢土：大社。冢，大。

⑥戎：大。丑：众。

【译文】

于是建起了王都的门，都门高大又雄伟。王宫的正门建起来，正门威严又端正。建起了高大的社坛，举行了盛大的祭典。

肆不殄厥愠[①]，亦不陨厥问[②]。柞棫拔矣[③]，行道兑矣[④]，混夷駾矣[⑤]，维其喙矣[⑥]！

【注释】

①肆：所以。殄(tiǎn)：绝。厥：其。愠：愤恨。

②陨(yǔn)：断绝。

③柞(zuò)：柞树。棫(yù)：小木名。丛生有刺。

④兑：通畅。

⑤混(kūn)夷：昆夷，古种族名。駾(tuì)：奔突。

⑥喙(huì)：气促，喘息。

【译文】

对敌人的仇恨不曾消退，也不忘对友邻的聘问。柞树棫树已拔尽，行走的道路已畅通。昆夷已经吓跑，他们只能喘息逃奔。

虞芮质厥成①，文王蹶厥生②。予曰有疏附③，予曰有先后④，予曰有奔奏⑤，予曰有御侮⑥。

【注释】

①虞、芮：皆古姬姓之国。质：评判。成：定。

②文王蹶(guì)厥生：事指虞芮两国争田，求周文王裁判。他们进入周境，被周人的礼让之风所感动，以致自动相让。蹶，感动。生，性。

③予：周人自称。曰：语助词。疏附：宣布德泽使民亲附之臣。

④先后：前后辅佐之臣。

⑤奔奏：奔走。

⑥御侮：捍卫国家。

【译文】

虞、芮二国以我们为榜样，文王感动了他们的天性。我们有能团结上下的贤臣，我们有能前后辅佐的贤臣，我们有能奔走宣传的贤臣，我们有能保土御侮的贤臣。

皇矣

【题解】

选自《大雅》。是周人赞美其先祖的作品。诗中历叙自太王至文王这段历史时期周族的发展历程，篇幅较长，头绪较多，但气脉贯通，不散不乱，语言亦形象生动，巧妙传神。

皇矣上帝，临下有赫[①]。监观四方，求民之莫[②]。维此二国[③]，其政不获。维彼四国[④]，爰究爰度[⑤]。上帝耆之[⑥]，憎其式廓[⑦]。乃眷西顾[⑧]，此维与宅。

【注释】

①临：视。赫：分明。

②莫：安定。

③二国：指邰、豳二国。一说指殷、夏。

④四国：四方。

⑤究：谋划。度：居。一说亦谋划意。

⑥耆（zhǐ）：致。

⑦憎：增。式廓：规模，范围。

⑧眷：回顾。

【译文】

伟大的上帝啊，俯察天下如此分明。监视着天下四方，希望人民能够安定。只此邰、豳两个小国，他们的政令尚不得施行。想想那四方的诸侯国，如何谋划求安身？上帝想要赐予他们，增大了他们的疆域。于是把目光西移，这里可以给他安居。

作之屏之[①]，其菑其翳[②]。修之平之，其灌其栵[③]。启之辟之，其柽其椐[④]。攘之剔之[⑤]，其檿其柘[⑥]。帝迁明德，串夷载路[⑦]。天立厥配[⑧]，受命既固。

【注释】

①作：通“斫”。砍。

②菑（zì）：死了不倒的树。翳（yì）：死了倒下的树。

③栵(lì):再生的小树。

④柽(chēng):柳的一种。椐(jū):灵寿树。

⑤攘:排除。

⑥檿(yǎn):山桑。柘(zhè):柘树。

⑦串夷:即昆夷,西戎的一个部族。路:疲困。

⑧配:符合天意。

【译文】

砍伐屏除清理它,那些死树枯杈。修剪削平它,那些丛生的杂树。铲除砍掉它,那些柳树灵寿。攘除剔掉它,那些山桑和柘树。上帝迁就有明德的人,昆夷只得疲困逃去。上天树立了符合天意的人,太王受命于天已经巩固。

帝省其山,柞棫斯拔,松柏斯兑。帝作邦作对①,自大伯、王季。维此王季,因心则友②。则友其兄,则笃其庆③。载锡之光④,受禄无丧,奄有四方⑤。

【注释】

①邦:国。作对:使成为国君。朱熹《诗集传》说,“对”相当于“当”,“作对”是说选择能领导这个国家的人做国君。

②因心:仁心。陈奂《诗毛氏传疏》中说:“因”为古“姻”字,“姻”有亲仁之意。

③笃其庆:笃其亲。笃,诚笃,深厚。庆,陈奂《诗毛氏传疏》中说:“庆”有“善”意,“善”可释为“亲”。

④锡:赐。光:光荣。

⑤奄有:广有。

【译文】

上帝察看那里的山林,柞树棫树都已拔尽,松柏间的道路已开通。

上帝立国又立国君，起自太伯、王季相让。想起这个王季，他本性友善。友好地对待他的哥哥，厚待他的亲人。赐给他以光荣，得到福禄不丢丧，广有天下臣民和四方。

维此王季，帝度其心，貊其德音[①]。其德克明，克明克类[②]，克长克君[③]。王此大邦，克顺克比[④]。比于文王[⑤]，其德靡悔。既受帝祉，施于孙子。

【注释】

①貊(mò)：静。

②克明：能区分对错。克类：能区别种类。

③克长克君：能为族长，能为国君。

④比：顺从。

⑤比：榜样。

【译文】

就是这个王季，上帝知道了他的心，静修他的好名声。他的美德在于是非分明，是非能明善恶能分，可以为长可以为君。统治这个大国，能够顺乎民情择善而从。文王就是以他为榜样，他的德性没有人恨。已经受到上帝的赐福，还能传给后世子孙。

帝谓文王，无然畔援[①]，无然歆羡，诞先登于岸[②]。密人不恭[③]，敢距大邦，侵阮徂共[④]。王赫斯怒，爰整其旅，以按徂旅[⑤]，以笃周祜，以对于天下[⑥]。

【注释】

①无然：不要这样。畔援(huàn)：跋扈。

②诞先登于岸：先据高以制下。诞，语助词。岸，高位。

③密：密须，古国名。在今甘肃灵台西。

④阮：古国名。在今甘肃泾川。共：古国名。在今甘肃泾川北。

⑤按：制止。旅：即莒。古国名。

⑥对：安定，成就。

【译文】

上帝对文王说，不要跋扈，不要贪婪，要先登上高位以制下。密人不肯恭顺，敢于抗拒大邦之国，侵略阮国又到了共国。文王赫然大怒，于是整兵出征，阻止密人往莒，巩固周国的国运，顺应了天下的民心。

依其在京①，侵自阮疆②，陟我高冈。无矢我陵③，我陵我阿；无饮我泉，我泉我池。度其鲜原④，居岐之阳，在渭之将⑤。万邦之方⑥，下民之王。

【注释】

①依：据。京：大阜，高丘。

②侵：寝，息兵。

③矢：陈列。

④鲜（xiǎn）原：山地与平原。

⑤将：侧。

⑥方：榜样。

【译文】

驻扎在高地上的军队，从阮国的土地上息兵归来，登上我国的高山。不要陈兵在我国的山陵，这里是我们的丘陵我们的山；不要喝我们的泉水，这里是我们的泉井我们的池。测量了那山地平原，居住在岐山的南面，在渭水的边上。天下的万邦都在效法我们，天下的人民都把我们仰望。

帝谓文王：予怀明德，不大声以色，不长夏以革①；不识不知，顺帝之则。帝谓文王：询尔仇方②，同尔兄弟；以尔钩援③，与尔临冲④，以伐崇墉⑤。

【注释】

①夏：夏楚，一种刑罚。以：与。革：鞭刑。

②仇方：盟国。仇，匹。

③钩援：古时攻城之具。

④临冲：古时两种战车的名称。

⑤崇墉：崇国的城池。

【译文】

上帝对文王说：我赐予你天性明德，不用大声与怒色，不用刑罚与鞭革；就像不认识不知道一样，只是顺着上帝的法则。上帝对文王说：与你的盟国商量好，与你的兄弟联合好；用你的攻城器具，以及你的战车，去攻打崇国的城墙。

临冲闲闲①，崇墉言言②。执讯连连③，攸馘安安④。是类是祃⑤，是致是附⑥，四方以无侮。临冲茀茀⑦，崇墉仡仡⑧。是伐是肆⑨，是绝是忽⑩，四方以无拂⑪。

【注释】

①闲闲：摇动。

②言言：高大的样子。

③连连：从容不忙。

④馘(guó):俘虏的耳朵。安安:不慌不忙。

⑤类:祭天。祃(mà):军中祭名。于军队所止之处举行的祭礼。

⑥致:送。附:通“抚”。

⑦茀茀(fú):强盛的样子。

⑧仡仡(yì):高耸的样子。仡,同“屹”。

⑨肆:袭击,冲锋。

⑩忽:灭。

⑪拂:违抗。

【译文】

战车在前进,攻向高高耸立的崇国的城墙。慢慢地审问俘虏,从容地割下敌人的耳朵。于是举行类祭和祃祭,于是归还他们土地安抚民众,四方诸侯国再不敢对我欺侮。战车众多气势雄伟,崇国的城池高高耸立。于是攻打于是冲锋,于是把崇国斩绝灭尽,四方诸侯国再不敢背叛我邦。

崧高

【题解】

选自《大雅》。周宣王的母舅申伯就封于谢地,临行时,宣王的大臣尹吉甫作此诗以赠之。全诗叙事清晰,步步深入,次序井然。起笔气势不凡,尤足称道。

崧高维岳①,骏极于天②。维岳降神,生甫及申。维申及甫,维周之翰。四国于蕃,四方于宣③。

【注释】

①崧(sōng):山高的样子。岳:指四岳。

②骏：通“峻”。高峻。

③于：为。

【译文】

高大无比的是四岳，挺拔高峻上摩天。山岳奇绝神灵生，甫侯申伯降人间。唯此申伯与甫侯，乃是周朝的中坚。四国需要保障，四方需要传宣。

亹亹申伯[①]，王缵之事[②]。于邑于谢，南国是式[③]。王命召伯，定申伯之宅。登是南邦[④]，世执其功。

【注释】

①亹亹（wěi）：勤勉。

②缵：继续。

③式：法式。

④登：成为。

【译文】

勤勉不懈的申伯，王使他继续为国效力。前往谢地建城邑，统领南方为法式。周王传命召公，安顿好申伯的住宅。成为南方的一邦，世代掌握此一方。

王命申伯，式是南邦。因是谢人，以作尔庸[①]。王命召伯，彻申伯土田。王命傅御[②]，迁其私人。

【注释】

①庸：城。

②傅御：家宰。

【译文】

周王传令申伯，去统领这南国之邦。依靠谢地的人民，建好你的都城。周王传令召伯，整理好申伯的田地。周王传令冢宰，迁移好申伯的家臣。

申伯之功，召伯是营。有俶其城[①]，寝庙既成。既成藐藐[②]，王锡申伯，四牡蹻蹻[③]，钩膺濯濯[④]。

【注释】

①俶(chù)：修整。

②藐藐：美的样子。

③蹻蹻(jiǎo)：形容强壮。

④濯濯(zhuó)：形容光明的样子。

【译文】

申伯迁谢的工作，召伯负责经营。于是开始修建都城，宫室宗庙也已建成。已然建得壮美绝伦，周王赏赐了申伯，四马极其雄壮，装饰华美无匹。

王遣申伯，路车乘马。我图尔居，莫如南土。锡尔介圭[①]，以作尔宝。往近王舅[②]，南土是保。

【注释】

①介圭：大圭。介，大。

②近(jì)：语气助词，相当于“矣”。

【译文】

周王派遣申伯，赐予高车大马。我考虑你的居处，莫如南方为好。

特赐你大圭，作为你的国宝。去吧王舅，南方望你守好。

申伯信迈[1]，王饯于郿。申伯还南，谢于诚归[2]。王命召伯，彻申伯土疆，以峙其粻[3]，式遄其行[4]。

【注释】

①信：住两宿。迈：动身行走。

②谢于诚归：诚归于谢，诚心要到谢邑去。

③峙（zhì）：具备，储备。粻（zhānɡ）：食粮。

④遄（chuán）：速。

【译文】

申伯又住了两夜便启程，周王在郿地设宴饯行。申伯从此南去，诚心前往谢邑。周王命令召伯，整理好申伯国土的疆界，备好沿途用的食粮，以便申伯尽快去到南方。

申伯番番[1]，既入于谢，徒御啴啴[2]。周邦咸喜，戎有良翰[3]。不显申伯，王之元舅，文武是宪[4]。

【注释】

①番番（bō）：勇武的样子。

②徒：徒步者。御：御车者。啴啴（chǎn）：和气高兴的样子。

③戎：你们。

④宪：法则。

【译文】

申伯威武地向南进发，一行人都已来到谢地，步卒车兵欢欣雀跃。邦国的人民都喜气洋洋，你们有了好国君。就是这位显耀的申伯，他是周王的大舅，文武诸臣以他为榜样。

申伯之德，柔惠且直。揉此万邦[①]，闻于四国。吉甫作诵，其诗孔硕[②]。其风肆好[③]，以赠申伯[④]。

【注释】

①揉：使顺服。

②孔：很。硕：大。

③风：和美如清风。肆好：极好。

④赠：增。

【译文】

申伯品德行为，温和友爱正直。使得万邦归顺，声誉闻于四方。吉甫作此诗篇，诗篇情真意切，犹如和美清风，赠以增美申伯。

烝民

【题解】

选自《大雅》。周宣王派大臣仲山甫到齐地筑城，平乱。宣王的另一大臣尹吉甫做此诗相赠，赞颂宣王任用贤能及仲山甫的美德与政绩。这首诗基本上采用了“敷陈其事而直言”的表现手法，语言质而雅，富有创造性和表现力。

天生烝民[①]，有物有则[②]。民之秉彝[③]，好是懿德。天监有周，昭假于下[④]。保兹天子，生仲山甫。

【注释】

①烝：众。

②则：法则。

③彝：常理，常道。

④假（gé）：至，致。

【译文】

上天生下众人民，有万物来有法则。人民的习惯是遵守常道，爱好的就是这种美德。上天照看着周家，下民的精诚感动了神明。为了保护这个上天之子，所以生了仲山甫。

仲山甫之德，柔嘉维则。令仪令色，小心翼翼。古训是式，威仪是力。天子是若①，明命使赋②。

【注释】

①若：选择。

②赋：布。

【译文】

仲山甫的品德，美好善良是他的准则。仪表美好态度和善，行为谨慎小心恭敬。凡是先王的遗训他都效法，凡是君子的威仪他都勉力。于是天子选择了他，让他传布王命。

王命仲山甫，式是百辟①。缵戎祖考②，王躬是保。出纳王命，王之喉舌。赋政于外，四方爰发③。

【注释】

①百辟（bì）：诸侯。辟，君主。

②戎：你。

③发：施行。

【译文】

周王命令仲山甫，作为各诸侯国国君的表率。继续你先祖的事业，尽力保护好周王的安宁。传达王的命令，你是王的喉舌。对外传令布政，让四方得以施行。

肃肃王命[①]，仲山甫将之[②]。邦国若否[③]，仲山甫明之。既明且哲，以保其身。夙夜匪解，以事一人。

【注释】

①肃肃：庄严的样子。

②将：奉行。

③若否：好坏。

【译文】

周王庄严的命令，是仲山甫去推行。国事的善恶美丑，是仲山甫去辨明。他又聪明又智慧，能够保护好自身。昼夜操劳不懈怠，服务于周王一人。

人亦有言：柔则茹之[①]，刚则吐之。维仲山甫，柔亦不茹，刚亦不吐；不侮矜寡，不畏强御。

【注释】

①茹(rú)：吃。

【译文】

有人说过这样的话：软的吞下，硬的吐出。只有仲山甫，软的也不吞，硬的也不吐；不去欺侮孤寡之人，也不畏惧强大的敌人。

人亦有言：德輶如毛[①]，民鲜克举之。我仪图之[②]，维仲山甫举之，爱莫助之[③]。衮职有阙[④]，维仲山甫补之。

【注释】

①輶（yóu）：轻。

②仪图：思考。仪，忖度。图，谋划。

③爱：惜。

④衮：天子。职：识。

【译文】

有人说过这样的话：德行很轻就如毫毛，可人们很少能举起它。我思来想去得出结论，只有仲山甫能够举起，可惜没法帮助他。天子如果考虑不周，只有仲山甫能补救。

仲山甫出祖[①]，四牡业业[②]。征夫捷捷[③]，每怀靡及[④]。四牡彭彭[⑤]，八鸾锵锵。王命仲山甫，城彼东方。

【注释】

①祖：路祭。

②业业：形容高大。

③捷捷：高兴。

④每：虽然。

⑤彭彭：蹄声。

【译文】

仲山甫远行路祭，四匹马高大强壮。随行的人兴高采烈，每每担心自己追赶不上。驷马不停马蹄声声，八铃相碰铃声当当。周王命令仲山甫，去那东方建城修墙。

四牡骙骙①，八鸾喈喈②。仲山甫徂齐，式遄其归③。吉甫作诵，穆如清风④。仲山甫永怀⑤，以慰其心。

【注释】

①骙骙（kuí）：马行雄壮的样子。

②喈喈：象声词。钟、铃等的声音。

③遄：速。

④穆：和美。

⑤永怀：多思而劳。

【译文】

四匹健马行进雄壮，八只铃儿响声叮当。仲山甫前往齐国地方，吉甫盼他早日归来。于是做了这篇诗，愿他如和美的清风。仲山甫远行劳思，特以此来安慰他劳顿的心。

荀子

荀子简介参见卷一。

赋篇

【题解】

本文是由作者的五篇赋外加一《佹诗》组成的赋体篇章。前五赋假物寓意，宣扬理想的道德风尚，批判违反礼义的行为和现象，号召人们实行仁义道德，洁身自好；要求统治者效法尧、禹，施行仁政，推行礼制，表达了作者一贯的政治主张。而《佹诗》，则是直抒胸臆，明言心志。

前五赋均采用猜谜问答的形式，开历代此类赋体文章之先河。

《佹诗》既有仿效雅诗的痕迹，也可明显地见出楚人文赋和骚体赋的影响。这正是历代将其归入《赋篇》的原因。

爰有大物[①]：非丝非帛，文理成章；非日非月，为天下明。生者以寿，死者以葬；城郭以固，三军以强。粹而王[②]，驳而伯[③]，无一焉而亡。臣愚不识，敢请之王。王曰：此夫文而不采者与[④]？简然易知而致有理者与？君子所敬而小人所不者与？性不得则若禽兽，性得之则甚雅似者与[⑤]？匹夫隆之则为圣人[⑥]，诸侯隆之则一四海者与[⑦]？致明而约[⑧]，甚顺而体[⑨]。请归之礼。右礼赋。

【注释】

①爰：语助词，用于引起下文，无实义。

②粹：纯粹。

③驳：驳杂不纯。伯：通“霸”。霸业。

④文：文理。采：彩色。与：同“欤”。疑问词。

⑤雅：正。似：语助词，无实义。

⑥隆：尊崇，尊重。

⑦一：统一。

⑧致明：极明白，极清楚。约：简要。

⑨顺：合乎。体：身体。

【译文】

这里有一个庞然大物：它既不是丝，也不是帛，却文理分明，铺排成章；它不是太阳，也不是月亮，却给天下带来光明。活着的人依靠它得以长寿，死去的人依靠它得以安葬；城池依靠它得以坚固，三军依靠它得以强大。遵照它不走样地行事，就能称王天下，即使未能完全做到，也可以称霸一方，完全不遵行它，那就只有走向灭亡。我因为愚钝而不能认识它，冒昧向君王请教。君王说：这个庞然大物有文理而没有浮华的辞彩吧？它简明易懂而极富哲理吧？它被君子所敬重而被小人所轻视吧？人的本性没有了它就如禽兽，而人的本性有了它就品行端正吧？普通人奉行它就成为圣人，诸侯奉行它就能统一四海吧？它极为明确而又简要，很合乎道理又能让人身体力行。就把它称为礼吧。以上是礼赋。

皇天隆物[①],以示下民,或厚或薄,帝不齐均。桀、纣以乱,汤、武以贤。湣湣淑淑[②],皇皇穆穆,周流四海,曾不崇日[③]。君子以修,跖以穿室。大参乎天,精微而无形。行义以正[④],事业以成。可以禁暴足穷[⑤],百姓待之而后宁泰[⑥]。臣愚不识,愿问其名。曰:此夫安宽平而危险隘者邪[⑦]?修洁之为亲,而杂污之为狄者邪[⑧]?甚深藏而外胜敌者邪?法禹、舜而能弇迹者邪[⑨]?行为动静,待之而后适者邪?血气之精也,志意之荣也,百姓待之而后宁也,天下待之而后平也,明达纯粹而无疵也[⑩]。夫是之谓君子之知。右知赋。

【注释】

①隆:通"降"。降下。物:这里暗指"智力"。

②湣:昏乱。淑:清明。

③崇日:一天的时间。崇,通"终"。

④正:端正。

⑤足穷:使穷者富足。

⑥宁泰:康泰安宁。

⑦宽平:宽慰平安。邪:语助词,义同啊、吧。

⑧狄:远,疏远。

⑨弇(yǎn)迹:重蹈脚印。此指效仿。弇,覆盖,掩蔽。

⑩疵:污点。

【译文】

上天降下一种东西,施予人间万民,有人得到的丰厚,有人得到的却菲薄,常常都是每个人不均等地获得。桀、纣因缺少它而昏乱,汤、武因富有它而贤明。它清浊无度,大小无极,游流四海也不需要一天的时间。君子用它修身养性,盗跖用它入室行窃。它大则高耸入云,小则无影无形。举止仪态依仗它而端正，事情业务依仗它而成功。它能够禁止凶暴使穷人富足，百姓依仗它而安泰康宁。我因愚钝而不能认识它，想要问问它的名称。君王回答说：这东西能使人平安宽慰而远离危险吧？它使人亲近有修养道德的人而疏远奸诈污秽的人吧？它虽深深地蕴藏在人的心中，但运用它就能战胜敌人吧？它能使人效法禹、舜而沿着他们的足迹朝前走吧？行为举止依仗它才能适当吧？它是血气的精髓，精神的光华，百姓依仗它然后才有安宁，天下依仗它然后才有太平。它明晰通达纯粹而没有污点。它就叫作君子的智慧。以上是智赋。

有物于此①：居则周静致下②，动则綦高以巨③。圆者中规，方者中矩。大参天地，德厚尧、禹。精微乎毫毛，而大盈乎大寓④。忽兮其极之远也⑤，攭兮其相逐而返也⑥，卬卬兮天下之咸蹇也⑦。德厚而不捐⑧，五采备而成文。往来惛惫⑨，通于大神⑩。出入甚极⑪，莫知其门。天下失之则灭，得之则存。弟子不敏，此之愿陈，君子设辞，请测意之⑫。曰：此夫大而不塞者与⑬？充盈大宇而不窕、入郄穴而不逼者与⑭？行远疾速，而不可托讯者与⑮？往来惛惫，而不可为固塞者与？暴至杀伤⑯，而不亿忌者与⑰？功被天下，而不私置者与⑱？托地而游宇，友风而子雨⑲。冬日作寒，夏日作暑。广大精神，请归之云。右云赋。

【注释】

①物：这里暗指“云”。

②居：停留。周静致下：弥漫在地面。

③綦(qí)：极。

④大盈：充盈。大寓(yǔ)：太空。寓，同“宇”。

⑤忽：速度快。极：至，到达。

⑥𧆓(lì)：云气回旋的样子。返：旋转。

⑦卬卬(áng)：指云层高而浓密。咸蹇：都能取到或都能得到。

⑧捐：舍弃。

⑨惛(hūn)惫：昏暗困顿。

⑩大神：变化莫测。

⑪极：迅速。

⑫意：猜测，猜度。

⑬不塞：不堵塞。

⑭窕：空隙，间隙，缝隙。郄：同“隙”。缝隙。逼：狭窄。

⑮讯：书信。

⑯暴至：突然而猛烈地来到。指风狂雨骤雷电交加。

⑰不亿忌：毫不迟疑。

⑱不私置：不偏向，指一视同仁，对谁都一样。

⑲友风：与风为友。子雨：以雨为子。古代人认为雨是云所生。

【译文】

这里有一种东西：积聚静谧时，就弥漫在大地上，腾展流动时，就悬聚布满高空。当它是圆形时，符合圆规的要求，当它呈方形时，符合矩形的规定。它广大可以与天地并列，德行敦厚如同尧与禹。它细小时，比毫发还微细，盈大时可充满整个太空。它飘行时，瞬间可达到极远的地方，奔腾回旋时，相互追逐翻卷，浓密居高化作雨水，天下四方都得到滋润。它德行深厚而不舍弃，五彩缤纷构成美丽的纹饰。它往来阴晦隐秘，畅行变化莫测。来去迅疾，谁也不知道它在哪里形成。天下没有它，万物就会灭亡，有了它就能生存。弟子不聪明，愿意将它叙述描绘出来，君子善措辞，请猜猜它是什么？先生回答说：这东西是又庞大又无法堵塞吧？它充满太空也不留空隙，进入很小的缝隙也不感到狭窄吧？它走得很远而又迅疾却不能捎带书信吧？它来去隐秘而不会停留在一个地方吧？它会突然而来，风狂雨骤，杀伤万物而毫不迟疑吧？它的功德遍及整个天下，毫不偏私而一视同仁吧？它依托大地却在天宇中遨游，与风为友，以雨做子。冬天它凝聚着寒冷，夏天它发散着热气。它很广大又善于变化，就把它称作云。以上是云赋。

有物于此[1]：儳儳兮其状[2]，屡化如神[3]。功被天下，为万世文[4]。礼乐以成，贵贱以分。养老长幼，待之而后存。名号不美，与暴为邻[5]。功立而身废，事成而家败。弃其耆老[6]，收其后世[7]。人属所利，飞鸟所害。臣愚而不识，请占之五泰[8]。五泰占之曰：此夫身女好而头马首者与[9]？屡化而不寿者与？善壮而拙老者与[10]？有父母而无牝牡者与？冬伏而夏游，食桑而吐丝，前乱而后治。夏生而恶暑，喜湿而恶雨[11]，蛹以为母，蛾以为父，三俯三起[12]，事乃大已[13]。夫是之谓蚕理[14]。右蚕赋。

【注释】

①物：这里暗指“蚕”。

②儳(luǒ)：形容没羽毛，赤裸。

③屡化：多次变化。

④文：文饰，文彩。

⑤暴：残忍。蚕音谐“残”，故有此说。

⑥耆(qí)：年老。

⑦后世：这里指蛾产的卵，喻指后代。

⑧占：占卜，指寻求答案。五泰：神巫名。

⑨女好：柔润婉转。

⑩善壮：壮健时得优待。拙老：年老时被丢弃。

⑪喜湿：指育蚕时，蚕种必须用水洗。恶雨：指蚕孵化出来后，必须保持干燥。

⑫俯：睡，眠。

⑬已：毕，完毕，结束。

⑭蚕理：蚕的道理。

【译文】

这里有种东西：它呈赤身裸体状，善于变化犹如神通。它的功绩遍及天下，成为世代的文明饰物。礼乐制度有了它得以完成，高贵低贱有了它得以区分。敬养老人保育幼儿，先有它才能进行。它的名称不好听，与残暴的"残"字谐音。它功业建立后，自身就被抛弃，事业成就了，家庭就破败了。它一旦老龄就被丢弃，但它的后代却被很好地收管。它被人类利用，却遭遇飞鸟的伤害。我愚钝而不能认识它，请求神巫五泰占卜释疑。五泰占卜说：这东西身体柔润婉转，头像马头吧？多次变化却不长寿吧？当它健壮时就受到优待，当它老龄时就被抛弃吧？它有父有母却没有雌雄吧？它冬天隐伏不出，夏天孵化生长，吃桑叶吐细丝，开始时很乱，经过加工后就条缕分明。它生长在夏季却不喜欢酷暑，喜欢湿润却又不喜欢雨水。蛹是它的母亲，蛾子是它的父亲，它三次长眠之后又三次苏醒，才做成茧而事业告成。这就是蚕的道理。以上是蚕赋。

有物于此[①]：生于山阜[②]，处于室堂。无知无巧，善治衣裳。不盗不窃，穿窬而行[③]。日夜合离[④]，以成文章[⑤]。以能合从[⑥]，又善连衡[⑦]。下覆百姓，上饰帝王。功业甚博，不见贤良[⑧]。时用则存，不用则亡。臣愚不识，敢请之王。王曰：此夫始生巨[⑨]，其成功小者邪[⑩]？长其尾[⑪]，而锐其剽者邪[⑫]？头铦达而尾赵缭者邪[⑬]？一往一来，结尾以为事[⑭]，无羽无翼，反覆甚极[15]，尾生而事起[16]，尾邅而事已[17]；簪以为父，管以为母[18]，既以缝表，又以连里。夫是之谓箴理[19]。右箴赋。

【注释】

①物：这里暗指“针”。

②山阜：铁矿所在，喻指矿山。

③窬(yú)：洞穴，孔穴。

④合：合并，连结。

⑤文章：制成的花饰、文彩。

⑥以：同“已”。既。从：同“纵”。

⑦衡：横。

⑧不见贤良：不自我居功。见，显示。

⑨始生：指制针的铁。

⑩成功：指制成的针。

⑪长其尾：指给针穿线。

⑫剽：针尖。

⑬铦(xiān)：锐利。赵缭：指线很长的样子。

⑭结尾：指针穿上线后，在线末端打个结。

⑮极：迅速。

⑯尾生：指穿线于针。

⑰邅(zhān)：回绕盘旋。

⑱管：保管针的器物。

⑲箴：同“针”。

【译文】

这里有种东西：它出生在矿山之中，居住在房室堂屋。它没有智慧也不懂窍门，却擅长缝制衣裳。它既不抢劫也不偷盗，却穿洞而行。不分昼夜地把分离的东西连在一起，制成各种花纹饰物。它既能合拢纵的东西，又擅长连结横的东西。对下能遮掩百姓，对上能装饰帝王。它的功业很博大，却从不显示自逞贤能。使用的时候它就存在，不用的时候它就隐匿。我因为愚钝而不能认识它，冒昧请教君王。君王回答说：这东西出生时大而制成后却很小吧？它的尾巴很长而尖头很锐利吧？它的头先穿过而尾还在缭绕吧？它一来一去，穿线后先打结然后才能做事吧？它没有羽毛，没有翅膀，往返的动作却极快。穿了线有了尾巴就做事，回旋盘绕就把事情做完。簪是它的父亲，管子是它的母亲。既能缝合表面，又能连结里面。这就是针的道理。以上是针赋。

天下不治，请陈佹诗[①]：天地易位，四时易乡[②]。列星殒坠[③]，旦暮晦盲[④]。幽晦登昭[⑤]，日月下藏[⑥]。公正无私，反见从横。志爱公利，重楼疏堂[⑦]。无私罪人，憼革贰兵[⑧]。道德纯备，谗口将将[⑨]。仁人绌约[⑩]，敖暴擅强[⑪]。天下幽险，恐失世英。螭龙为蝘蜓[⑫]，鸱枭为凤凰[⑬]。比干见刳，孔子拘匡[⑭]。昭昭乎其知之明也，郁郁乎其遇时之不祥也。拂乎其欲礼义之大行也，暗乎天下之晦盲也。皓天不复[⑮]，忧无疆也。千岁必反，古之常也。弟子勉学，天不忘也。圣人共手[⑯]，时几将矣。与愚以疑，愿闻反辞[⑰]，其小歌曰：念彼远方[⑱]，何其塞矣[⑲]！仁人绌约，暴人衍矣[⑳]！忠臣危殆，谗人服矣[㉑]！璇玉瑶珠，不知佩也。杂布与锦，不知异也。闾娵、子奢[㉒]，莫之媒也。嫫母、力父[㉓]，是之嘉也！以盲为明，以聋为聪，以危为安，以吉为凶。呜呼上天，曷维其同！

【注释】

①佹（guǐ）：激愤。

②乡：通“向”。方位。
③殒：坠落。
④盲：冥，昏暗。
⑤昭：显著。
⑥日月：这里指光明磊落的君子。
⑦重楼疏堂：华丽的住宅。
⑧憼：同“儆”。戒备。貳：增益。
⑨将将（qiāng）：形容集聚的样子。
⑩绌：同“黜”。黜退。约：穷困。
⑪敖：逞强，专横。
⑫螭（chī）：古代传说中的一种蛟龙。蝘蜓（yǎn diàn）：蜥蜴，俗称壁虎。
⑬鸱枭：鸟名。俗称猫头鹰。
⑭匡：古地名。在今河南长垣西南。孔丘曾在这里被乡民所包围。
⑮皓：同“昊”。大。
⑯共：同“拱”。拱手。
⑰反辞：反复叙述之辞。指下文的歌辞。
⑱远方：指楚国。
⑲塞：闭塞不通。
⑳衍：多。
㉑服：见用，使用。
㉒闾娵（jū）：战国时期魏国的美女。子奢：即子都，春秋时期郑国的美男子。
㉓嫫母：传说中的丑女。力父：无考证，疑是丑男子。

【译文】

天下得不到治理，请让我陈献激愤的诗：天地交换了位置，四季颠倒了秩序。所有的星星都坠落了，白天夜晚都昏暗不明。阴险的小人登上了显要的位置，像日月一样光明磊落的君子却不被任用而隐退。公正无私，反被说成是反复无常。一心为公众利益，反被说成是营建华丽的私宅。不曾以私怨得罪他人，反被说成是增添兵革戒备私敌。道德纯洁完备反而遭到众多流言蜚语的攻击。仁人被罢免而处境穷困，傲慢残暴的人却可以专横逞强。天下昏暗凶险，恐怕已失掉了世上英豪。蛟龙被当成壁虎，猫头鹰被当成凤凰。比干忠诚被挖去了心，孔子圣贤被匡人困留。他们的智慧如日月般明亮，遭遇和愿望相反是因为遇到了不祥的时运。他们要实行的礼义是多么光彩照人，却遇上了昏暗的世道。皎洁明亮的上天一去不复返，真让人忧愁无尽。乱久必治，这是古代的常理。弟子们要努力学习，上天是不会忘记你们的。圣人在这种时候也只能拱手等待，大治的时机必将要到来。我愚钝又疑惑，很希望再听听反映乱世的小歌谣。那首小歌谣说：想到那遥远的地方，那里的政治多么闭塞。仁人被罢免而处境穷困，暴虐的人充斥四方。忠臣危险，谗人受用。美玉、美石、珠宝不知佩戴，土布和锦帛混在一起不知道区分。美女闾娵与美男子子奢没有人为他们做媒，丑女嫫母丑男力父却受人爱悦。把瞎眼当作明目，把聋耳当作聪敏，把危险当作平安，把吉祥当作凶险。唉！上天啊！我怎么能和这些人一样呢？

屈原

屈原（约前340—前278），名平，字原，战国时楚人。他是楚王同姓贵族，曾任左徒、三闾大夫等职。学识丰富，具有远大的政治理想，主张任用贤能，修明法度，抵抗秦国的侵凌。曾辅助楚怀王图议国事，处理内政，应对诸侯，甚得信任。后为同僚上官大夫所谗，被楚怀王疏远。顷襄王时，更因令尹子兰之忌，被流放江南。最后，因感国事日非，悲愤忧郁而自沉汨罗江。屈原是我国的伟大诗人，"楚辞"的代表作家，"骚体"的创始者，作有《离骚》《九歌》《天问》《九章》等，强烈地反映了他的政治理想、坚强性格和爱国精神。作品运用了大量神话传说和奇妙的比喻、象征，文采绚烂，是古代积极浪漫主义诗歌的典范。

离骚

【题解】

《离骚》是屈原作品中最长、最有代表性的一篇，是屈原自叙平生的抒情篇。篇中反复申述作者远大的政治理想，诉说自己在政治斗争中所受的迫害，批判现实的黑暗，并借幻想境界的描述，表达了自己对祖国的热爱之情，对理想的积极追求和对反动腐朽势力毫不妥协的斗争精神。

帝高阳之苗裔兮[①]，朕皇考曰伯庸[②]。摄提贞于孟陬兮[③]，惟庚寅吾以降[④]。皇览揆余于初度兮[⑤]，肇锡余以嘉名[⑥]：名余曰正则兮[⑦]，字余曰灵均[⑧]。纷吾既有此内美兮[⑨]，又重之以修能[⑩]。扈江蓠与辟芷兮[⑪]，纫秋兰以为佩[⑫]。汩余若将不及兮[⑬]，恐年岁之不吾与[⑭]。朝搴阰之木兰兮[⑮]，夕揽洲之宿莽[⑯]。日月忽其不淹兮，春与秋其代序[⑰]。惟草木之零落兮[⑱]，恐美人之迟暮[⑲]。不抚壮而弃秽兮[⑳]，何不改乎此度也[㉑]？乘骐骥以驰骋兮[㉑]，来吾导夫先路。

【注释】

①高阳：传说中古代部族的首领颛顼，号高阳。相传楚国国君是颛顼的后代。春秋时，楚武王时期有莫敖屈瑕（一说即武王之子），受封于屈邑，其子孙因以屈为氏。屈原即屈瑕的后人。苗裔：指后世子孙。

②朕：我。秦始皇之前无论贵贱都可称朕。皇考：指屈原的父亲。王逸注："皇，美也。父死曰考。"伯庸：屈原父亲的字。

③摄提：即摄提格，古纪年术语，相当于寅年。贞：正。孟陬（zōu）：夏历正月，亦即寅月。孟，开始。

④降：生。

⑤皇：指父亲。揆：揣度。初度：犹言初生的时节。

⑥肇：始。一说肇即"兆"之假借字。兆，卦兆。

⑦正则：公正而有法则，含有"平"字之意。

⑧灵均：地之善而均平者，含有"原"字之意。一说正则与灵均是屈原的小名小字。

⑨纷：众盛貌。内美：内在的美质。

⑩重（chóng）：加。修能：即美好的容态。修，善，美好。能，长于

才能。

⑪扈：披在身。江蓠：香草名。又名蘼芜。辟：同"僻"。芷：香草名。

⑫纫：联缀。兰：即泽兰，秋天开花。佩：佩带在身上的饰物。

⑬汩(yù)：水流迅疾的样子。这里形容时光逝去之快。

⑭与：等待。

⑮搴(qiān)：拔取。阰(pí)：王逸注："山名。"戴震云："楚南语，大阜(土山)曰阰。"木兰：香木名。皮似桂，状如楠木。

⑯揽：采。洲：水中可居之地。宿莽：草名。经冬不死。

⑰代：更替。序：次序。

⑱惟：思。零落：飘零，坠落。

⑲美人：喻君主。迟暮：犹晚暮，指年老。

⑳不：即何不，与下句"何不"互文。抚：握持。壮：指壮盛之年。秽：指秽恶之行。

㉑度：法度。一说指态度。

㉑骐骥：骏马，比喻贤智之臣。

【译文】

我是高阳帝的后人，先父名叫伯庸。寅年正月，庚寅那天正是我的生日。父亲反复思考我的生辰，为我取了相合的美名：名正则，字灵均。我有很好的天赋，又自我修养不已。把江蓠芷草披上肩头，将秋兰结成佩带挂在身上。时光飞逝我好像就要跟不上，岁月不饶人让我忧惧。早上在大坡采木兰，黄昏在小洲摘宿莽。岁月匆匆不淹留，四季有常相交替。想到草木凋谢，很怕君王会衰老。何不趁年轻抛弃秽行，为什么不改变这些法度？乘上千里马奔驰吧，我来为你引路！

昔三后之纯粹兮①，固众芳之所在②。杂申椒与菌桂兮③，岂惟纫夫蕙茝④？彼尧、舜之耿介兮⑤，既遵道而得路；

何桀、纣之昌披兮[⑥]，夫惟捷径以窘步[⑦]。惟党人之偷乐兮[⑧]，路幽昧以险隘[⑨]。岂余身之惮殃兮？恐皇舆之败绩[⑩]。忽奔走以先后兮，及前王之踵武[⑪]。荃不察余之中情兮[⑫]，反信谗而齐怒[⑬]。余固知謇謇之为患兮[⑭]，忍而不能舍也[⑮]。指九天以为正兮[⑯]，夫惟灵修之故也[⑰]。初既与余成言兮[⑱]，后悔遁而有佗[⑲]。余既不难夫离别兮，伤灵修之数化[⑳]。

【注释】

①三后：旧说指禹、汤、文王。或以为指三位楚先君熊绎、若敖、蚡冒。纯粹：指德行精美无疵。

②众芳：喻众多的贤臣。在：萃集。

③申椒：申地所产之椒。椒，木名。其果实称为花椒。菌：一作箘。菌桂，香木名。皮卷似菌竹，故名。

④惟：通"唯"。独。蕙：香草名。生下湿地，叶如麻，茎方，赤花，黑实。茝(zhǐ)：即白芷，香草名。

⑤耿介：光明正直。

⑥昌披：衣不束带的样子，引申为放纵不检。

⑦捷径：邪出的小路。窘步：困窘不能行走。

⑧党人：指结党营私的小人。偷乐：苟且贪图享乐。

⑨路：指国家的前途。幽昧：昏暗。

⑩皇舆：君王所乘的车子。这里比喻国家。败绩：古代军事术语，就是覆败的意思。

⑪及：赶上。前王：指上文"三后"及"尧、舜"。踵武：足迹。

⑫荃(quán)：香草名。喻君主。

⑬齐(jì)怒：犹暴怒。齐，通"斋"。

⑭謇謇(jiǎn)：忠言貌。

⑮舍:停止。

⑯九天:古时以天有九重,故云。正:同“证”。

⑰灵修:指楚王。

⑱成言:彼此约定的话。

⑲悔遁:后悔而回避,指心意改变。佗(tuō):同“他”。别的。

⑳数(shuò)化:屡次变化,主意摇摆不定。

【译文】

远古三圣德行完美,所以群贤荟萃。夹杂申椒菌桂,不止有香草茝和蕙。尧、舜光明正直,循道治国而得坦途。桀、纣狂妄邪恶,专好旁门左道最终无路可走。结党营私之徒苟且偷安,其未来凶多吉少。我是怕自己遭殃吗,只不过为国忧心罢了。我奔走操劳,只望君王追随先王正道。君王却不了解我,听信谗言而怪我。我早知道忠言逆耳,只是无法容忍。上指苍天作证,一切只为君王。君臣本来早有约定,谁想你后悔违约另有图谋。我离开你并不难,只伤心你的反复无常。

余既滋兰之九畹兮①,又树蕙之百亩。畦留夷与揭车兮②,杂杜蘅与芳芷③。冀枝叶之峻茂兮,愿俟时乎吾将刈④。虽萎绝其亦何伤兮,哀众芳之芜秽⑤。以上言以道事君,见疑而不改。

【注释】

①滋:栽植。畹:田三十亩叫一畹。一说,十二亩为一畹。又说,二十亩为一畹。

②畦(qí):垄。这里作动词,意指一垄垄地栽种。留夷(liú yí):通行本作“留夷”。即芍药。揭车:香草。一名乞舆,味辛,花白。

③杂:参差栽种。杜衡:香草。似葵而香,俗名马蹄香。

④冀枝叶之峻茂兮,愿俟时乎吾将刈(yì):比喻待贤才长成时将加以任用。冀,希望。峻茂,高大而茂盛。俟,等待。刈,收割,引申为收获的意思。

⑤虽萎绝其亦何伤兮,哀众芳之芜秽:这两句意思说,自己所培栽的贤才遭受摧折原不足伤,可悲的是他们的变节与堕落。萎绝,枯萎零落。芜秽,荒芜污秽。

【译文】

我栽种了许多春兰,又植了大片香草秋蕙。分垄种了留夷、揭车,中间套种杜衡、芳芷。但愿它们枝繁叶茂,秋来有好收成。它们纵然枯死也无妨,只恨它们纷纷变质沦为污秽。以上是说用正道事奉楚王,虽然被猜疑而不改变。

众皆竞进以贪婪兮,凭不厌乎求索[①]。羌内恕己以量人兮[②],各兴心而嫉妒。忽驰骛以追逐兮[③],非余心之所急。老冉冉其将至兮[④],恐修名之不立[⑤]。朝饮木兰之坠露兮,夕餐秋菊之落英[⑥]。苟余情其信姱以练要兮[⑦],长顑颔亦何伤[⑧]!擥木根以结茝兮[⑨],贯薜荔之落蕊[⑩]。矫菌桂以纫蕙兮[⑪],索胡绳之纚纚[⑫]。謇吾法夫前修兮[⑬],非时俗之所服[⑭]。虽不周于今之人兮[⑮],愿依彭咸之遗则[⑯]。

【注释】

①众皆竞进以贪婪兮,凭不厌乎求索:这两句意思是说,众小人贪得无厌,全然没有满足的时候。众,指众小人。竞进,争着求进。指争相追逐私利。凭,满。厌,饱。索,求。

②羌:句首助词。恕:忖度。

③骛(wù):乱驰。追逐:指追逐私利。

④冉冉:渐渐。

⑤修名:美好的名声。

⑥落:坠落。英:花。

⑦信:真实。姱(kuā):美好。练要:即精诚专一的意思。

⑧颇颔(kǎn hàn):食不饱而面呈黄色的样子。

⑨擥(lǎn):同"揽"。持。结:编结束缚。

⑩贯:贯串。薜荔:香草名。蕊:花心。

⑪矫:举起。

⑫索:编为绳索。胡绳:香草名。有茎叶,可作绳索。缅缅(shǐ,又读 xǐ):相连属之貌,形容绳索的美好。

⑬謇:犹謇謇,忠贞的样子。一说,謇为发语词。法:效法。前修:前代贤人。

⑭服:用。

⑮不周:不合。今之人:指世俗之人。

⑯彭咸:王逸注:"殷贤大夫,谏其君不听,自投水而死。"遗则:遗留下来的法则,即榜样。

【译文】

人人竞逐私利,贪得无厌。他们嫉贤妒能宽容自己,勾心斗角相互忌恨。钻营取巧,这不是我的天性。只是年华渐渐老去,我怕不能留名百世。晨饮木兰之露,夕食落花精英。只要我坚贞不渝,面黄肌瘦又何妨?用树根编茝草,把薜荔花蕊穿联。以菌桂联结蕙草,胡绳编成绳索。学习先贤,非凡人能够做到。虽时俗不容,我仍坚守彭咸遗训。

长太息以掩涕兮[①],哀人生之多艰。余虽好修姱以鞿羁兮,謇朝谇而夕替[②]。既替余以蕙纕兮,又申之以揽茝[③]。亦余心之所善兮,虽九死其犹未悔!怨灵修之浩荡兮[④],终不察夫人心。众女嫉余之蛾眉兮[5]，谣诼谓余以善淫[6]。固时俗之工巧兮[7]，偭规矩而改错[8]。背绳墨以追曲兮[9]，竞周容以为度[10]。忳郁邑余侘傺兮[11]，吾独穷困乎此时也！宁溘死以流亡兮[12]，余不忍为此态也！鸷鸟之不群兮[13]，自前代而固然。何方圆之能周兮，夫孰异道而相安[14]？屈心而抑志兮，忍尤而攘诟[15]。伏清白以死直兮[16]，固前圣之所厚[17]。以上言谗人之害，而将挤于死。

【注释】

①太息：叹息。掩涕：擦拭眼泪。

②余虽好修姱以鞿(jī)羁兮，謇朝谇(suì)而夕替：这两句屈原以马自喻，谓己为人所牵累不能贯彻主张。修姱，修洁而美好。鞿，马缰绳。羁，马络头。谇，进言。替，废弃。

③既替余以蕙纕(xiāng)兮，又申之以揽茝：这两句意思是说，君王的废弃我，是因我带佩芳蕙，志行忠贞之故；然而我又重持芳茝以自我修饰，表示志行坚定不移。纕，佩带。申，重。

④浩荡：无思虑的样子。

⑤众女：指众小人。蛾眉：眉如蚕蛾，美好的样子。

⑥诼(zhuó)：谮毁，诬谤。

⑦工巧：善于取巧作伪。

⑧偭(miǎn)：违背。规矩：犹言法则。规，用以求圆形的工具。矩，用以求方形的工具。改错：改变措施。错，通“措”。

⑨绳墨：用以画直线的工具。追：追随。曲：邪曲。

⑩周容：苟合以求相容。度：方法。

⑪忳(tún)：忧貌。郁邑：忧思郁结。侘傺(chà chì)：失意的样子。

⑫溘(kè)死：忽然死去。

⑬鸷(zhì):鹰隼类猛禽。不群:指不与凡鸟同群。

⑭何方圆之能周兮,夫孰异道而相安:这两句意思是说方和圆的东西不能相互配合,喻不同道的人不能相安处。何,犹如何。能周,能够周合。

⑮尤:怪罪。攘:容让。诟:诟骂。

⑯伏清白:犹保持清白。伏,通“服”。死直:守正直之道而死。

⑰厚:重视。

【译文】

拭泪长叹,可怜人生多艰。我虽清正无私,却早上进言晚上丢官。他们指责我爱佩蕙草,又攻击我好采茝兰。这是我深爱的东西,纵死不悔。只恨君主执迷不悟,从不体察人心。那些女人嫉恨我的美貌,诬蔑我好色爱淫。世俗流行的就是投机取巧,违背法理变化多端。违犯原则争着苟合取媚。我忧愁失意,孤立无助。宁可死去,我也做不出这种嘴脸!雄鹰不与燕雀为伍,自古而然。方圆岂能相合,志向各异岂能相安!宁可自我抑制,忍受一切斥责咒骂。保持节操而死于正道,本就为古代圣贤所称赞。以上说谗佞小人陷害,将要排挤逼死自己。

悔相道之不察兮①,延伫乎吾将反②。回朕车以复路兮③,及行迷之未远。步余马于兰皋兮④,驰椒丘且焉止息⑤。进不入以离尤兮,退将复修吾初服⑥。制芰荷以为衣兮⑦,集芙蓉以为裳⑧。不吾知其亦已兮,苟余情其信芳。高余冠之岌岌兮⑨,长余佩之陆离⑩。芳与泽其杂糅兮⑪,唯昭质其犹未亏⑫。忽反顾以游目兮⑬,将往观乎四荒⑭。佩缤纷其繁饰兮⑮,芳菲菲其弥章⑯。人生各有所乐兮⑰,余独好修以为常。虽体解吾犹未变兮⑱,岂余心之可惩⑲!以上言欲退隐不涉世患而不能。

【注释】

①相(xiàng):观看。察:明审。

②延:长久。伫:站立。反:同“返”。

③复路:回复原来所行的道路。

④皋:近水的高地。其上有兰,叫兰皋。

⑤椒丘:长着椒的山丘。且焉止息:暂且于此休息下来。

⑥进不入以离尤兮,退将复修吾初服:这两句意思是,自己进身君前既不为君接纳,反而获罪,退下来将重整自己当初的服饰。离,同“罹”。遭遇。

⑦芰(jì):菱。荷:莲叶。衣:上衣。

⑧集:采集。芙蓉:莲花。裳(cháng):下衣。

⑨岌岌:高的样子。

⑩佩:玉佩。陆离:犹参差,众貌。一说陆离为长貌。

⑪芳:香草。泽:污垢。杂糅:混杂在一起。糅也是杂的意思。

⑫昭质:光明洁白的本质。亏:亏损。以上八句皆隐喻“复修初服”之事。

⑬游目:纵目而望。

⑭四荒:四方边远之地。

⑮缤纷:盛多的样子。

⑯菲菲:芬香气很浓的样子。弥章:更加显著。弥,愈加。章,同“彰”。

⑰乐:犹爱好,喜乐。

⑱体解:肢解,古代酷刑。

⑲惩:戒惧。

【译文】

只悔未看清路,迟疑一阵我想回头。回车向原路呀,趁迷路还不远。骑马行于水边长满兰草的高地,再策马跑上椒林小山逗留。既然进取不成反而有罪，不如回来收拾旧好。菱叶做上衣，荷花做下衣。无人了解我也没什么了不起，只要我的情怀真正芳香。高冠巍巍，长带悠悠。尽管芳洁污垢混杂，但我纯正永远如一。忽而回顾远望，想游历四方。佩着华丽衣饰，散发阵阵清香。人各有所好，我只独爱修饰。即使粉身碎骨也不变啊，我心怎会恐惧。以上说想要退隐不再涉世历患而做不到。

女媭之婵媛兮[①]，申申其詈予[②]，曰“鲧婞直以亡身兮，终然殀乎羽之野[③]。汝何博謇而好修兮[④]，纷独有此姱节[⑤]？赍菉葹以盈室兮[⑥]，判独离而不服[⑦]。众不可户说兮[⑧]，孰云察余之中情[⑨]？世并举而好朋兮[⑩]，夫何茕独而不予听[⑪]？”以上设为女媭辞，劝其和光同尘。

【注释】

①女媭(xū)：王逸注：“屈原姊也。”贾逵说，楚人谓姊为媭。一说，指侍妾。婵媛：眷恋。即由于内心关切而表现出牵持不舍的样子。一说，婵媛为“啴咺”之假借字。啴，喘息。咺，惧。扬雄《方言》：“凡恐而噎噫，南楚江湘之间曰啴咺。”言女媭因代屈原忧惧以致呼吸急促。

②申申：犹言重重，反复地。詈(lì)：责骂。

③鲧(gǔn)婞直以亡身兮，终然殀乎羽之野：《史记·夏本纪》载，尧使鲧治洪水，九年而水不息，舜乃殛鲧于羽山以死。又《山海经》云，鲧窃帝(天帝)之息壤(一种生长不息的神土)以治洪水，天帝令祝融杀鲧于羽郊。鲧，尧臣，夏禹之父。婞直，犹刚直。婞，狠。亡身，犹言不顾一身安危。亡，通“忘”。殀，早死。羽之野，羽山之郊。

④汝：女媭称屈原。博謇：学识广博而志行忠直。

⑤姱节：美好的节操。一说“节”当作“饰”。

⑥薋(cí)：草多的样子。菉(lù)、葹(shī)：均草名。二物皆恶草，喻奸邪之徒。盈室：充满朝廷。

⑦判：分别，区别。服：用。

⑧众：指一般人。户说：一户一户地去解说。

⑨余：指屈原，是女媭代屈原而称。

⑩世：指世俗之人。并举：相互抬举。朋：朋党，指营私结党。

⑪茕(qióng)独：孤独。予：女媭自称。

【译文】

姐姐关心我，一再告诫我说：“鲧太刚直而忘性命，结果死在羽山荒野。你为何忠言无忌爱好修饰，又自命清高？满室普通花草，你何必与众不同。你又不可能一家家去说清，谁体察我们的内心？人皆爱结党营私，你怎么不听我的话而甘于孤独？”以上设想女媭的言辞，劝自己和光同尘。

依前圣以节中兮，喟凭心而历兹[①]。济沅、湘以南征兮[②]，就重华而陈辞[③]。启《九辩》与《九歌》兮[④]，夏康娱以自纵[⑤]。不顾难以图后兮[⑥]，五子用失乎家巷[⑦]。羿淫游以佚田兮[⑧]，又好射夫封狐[⑨]。固乱流其鲜终兮[⑩]，浞又贪夫厥家[⑪]。浇身被服强圉兮[⑫]，纵欲而不忍[⑬]。日康娱而自忘兮[⑭]，厥首用夫颠陨[⑮]。夏桀之常违兮[⑯]，乃遂焉而逢殃[⑰]。后辛之菹醢兮[⑱]，殷宗用而不长[⑲]。汤、禹严而祗敬兮[⑳]，周论道而莫差[㉑]。举贤而授能兮，修绳墨而不颇[㉒]。皇天无私阿兮[㉓]，览民德焉错辅[㉔]。夫维圣哲以茂行兮[㉕]，苟得用此下土[㉖]。瞻前而顾后兮[㉗]，相观民之计极[㉘]。夫孰非义而可用兮，孰非善而可服[㉙]？阽余身而危死兮[㉚]，览余初其犹未悔。

不量凿而正枘兮[31]**，固前修以菹醢。**以上言质之于舜，而又不敢不为善，不敢与世俗和同。

【注释】

①依前圣以节中兮，喟(kuì)凭心而历兹：这两句大意说，我所行皆依照前代圣人的法则，节制自己，以合于中正之道；但不为世俗所容，始终愤懑叹息，直至现在。节，节制，节度。中，谓中正之道。喟，叹息。凭，愤懑。历兹，犹言至此。

②济：渡。沅、湘：二水名。皆在今湖南。南征：南行。

③重华：舜名。传说大舜死于九嶷山，在沅、湘之南。

④启：夏禹之子。《九辩》与《九歌》：皆乐章名。据《山海经》注，两者皆天帝之乐，启登天偷下来用于人间。

⑤夏：指启。康娱：耽于安乐。

⑥顾：念。难：祸难。图：图谋。

⑦五子：据王引之说，即五观，又作武观，启的幼子，曾据西河之地发动反叛。用：因而。失：据王引之考证系衍文，当删。家巷：指内乱。巷，为"哄"之假借字，战争之意。

⑧羿(yì)：后羿，相传为夏初诸侯，有穷国君。淫：过度。佚：放纵。田：打猎。

⑨封狐：大狐。

⑩乱流：王夫之说："横流而渡曰乱流，言不顺理也。"鲜终：少有好结果。鲜，少。

⑪浞(zhuó)又贪夫厥家：指寒浞指使家臣逢蒙弑羿，并强占后羿之妻。浞，即寒浞，相传为后羿的国相。厥，与"其"字同义。家，指妻室。

⑫浇(ào)：寒浞之子。被服：同"披服"。原作穿戴解，引申为依仗负恃。强圉(yǔ)：强暴有力。一说，强圉指坚甲，披服强圉指穿

着坚甲。

⑬不忍:指不能自制其欲望。

⑭自忘:忘掉自身的安危。

⑮用:因而,因此。颠陨:坠落。

⑯常违:经常违背正道。

⑰遂:终究之意。

⑱后辛:即殷纣王。菹醢(zū hǎi):古代把人剁成肉酱的酷刑。后亦用以泛指处死。菹、醢,肉酱。

⑲殷宗:殷朝的宗祀。

⑳严:畏,即知所戒惧的意思。祗(zhī):敬。

㉑周:指周朝文王、武王、周公等开国君臣。论道:讲论治国的道理。莫差:没有过失。

㉒颇:偏斜。

㉓私阿:犹偏爱,偏私。

㉔民德:指人民所戴德者。错:通"措"。置。

㉕茂行:茂盛的德行。

㉖苟:诚,确实。用此下土:享有天下。用,享用。下土,指天下。

㉗瞻:观看。前:指前代。后:指未来。

㉘相:观看。民之计极:人民考虑事情之准则。意即人民拥护什么,反对什么。计,计虑。极,犹标准。

㉙夫孰非义而可用兮,孰非善而可服:这两句的意思是,哪有不善、不义而能施行于天下呢?用,施行。服,用。

㉚阽(diàn):临近危境。危死:险些死去。

㉛凿:木工所凿之孔。枘(ruì):木楔,木工削木的一端用以入孔者。

【译文】

我尊崇先圣节制性情,愤激却从未平息。过了沅水湘水向南,我要向舜倾诉内心:"夏启偷窃《九辩》和《九歌》,寻欢作乐放纵忘情。无远虑之心，所以五观叛乱。后羿耽于田猎，爱射大狐狸。这样背理而行注定没有好结果，寒浞杀了他并夺其妻。浇自恃强大，放纵无度，天天放荡，终于人头落地。桀行为违背常理，终于逃不了恶果。纣王把忠臣剁成肉酱，因此国运不长。汤禹正直恭敬，还有周文王、武王，都能用贤人讲正道而没有差错。上天公正无私，给有德人以扶持。只有先圣品德高尚，才配久有天下。回顾与前瞻，观察人民的意愿怎样。不义之事不可为，不善之举不可张。我面对死亡而心志不改。不量凿眼就削榫头，历代贤人为此遭殃。”以上说向舜陈辞，而又不敢不做善事，不敢和世俗之人一样。

曾歔欷余郁悒兮①，哀朕时之不当。揽茹蕙以掩涕兮②，沾余襟之浪浪③。跪敷衽以陈辞兮④，耿吾既得此中正⑤。驷玉虬以乘鷖兮⑥，溘埃风余上征⑦。朝发轫于苍梧兮⑧，夕余至乎县圃⑨。欲少留此灵琐兮⑩，日忽忽其将暮。吾令羲和弭节兮，望崦嵫而勿迫⑪。路漫漫其修远兮，吾将上下而求索。饮余马于咸池兮⑫，总余辔乎扶桑⑬。折若木以拂日兮⑭，聊须臾以相羊⑮。前望舒使先驱兮⑯，后飞廉使奔属⑰。鸾皇为余先戒兮⑱，雷师告余以未具⑲。吾令凤皇飞腾兮，又继之以日夜。飘风屯其相离兮⑳，帅云霓而来御㉑。纷总总其离合兮㉒，班陆离其上下㉓。吾令帝阍开关兮㉔，倚阊阖而望予㉕。时暧暧其将罢兮㉖，结幽兰而延伫。世溷浊而不分兮㉗，好蔽美而嫉妒。

【注释】

①曾：重叠的意思，即屡次。歔欷：哀泣的声音。

②茹:柔软。

③浪浪:泪流不止的样子。

④敷:铺开。衽:衣的前襟。

⑤耿:光明。中正:中正之道。

⑥驷玉虬(qiú):即以四玉虬驾车。驷,驾车的四匹马,此处作动词用。虬,王逸注:"有角曰龙,无角曰虬。"鹥(yì):五彩鸟名。凤属。

⑦溘(kè):掩,覆于其上之意。埃风:挟带尘埃之风。上征:到天上去。

⑧发轫(rèn):撤去轫木,意即出发。轫,放在车轮前的木头,用以制止车轮转动。苍梧:舜葬之地九嶷山。

⑨县(xuán)圃:神话中山名。

⑩灵琐:即神灵之门。灵,神灵。琐,门上缕纹,形如连琐。

⑪吾令羲和弭节兮,望崦嵫(yān zī)而勿迫:这两句意为,我命羲和慢些赶车,好让太阳不要很快落山。连"日忽忽其将暮"句,隐喻作者自知老之将至,期望岁月延伫,以求实现理想。羲和,神话中太阳之御者,相传他以六龙为太阳驾车。弭节,谓停止鞭龙前进。弭,止。节,与策同义,即鞭子。崦嵫,神话中太阳所入之山。迫,迫近。

⑫咸池:神话中池名。太阳在此沐浴。

⑬总:系结。扶桑:神话中树名。《淮南子·天文训》:"日出于旸谷,浴于咸池,拂于扶桑。"

⑭若木:神木名。传说在昆仑西极。一说,即扶桑。拂:击。一说,作遮蔽解。

⑮聊:暂且。相羊:与"徜徉"同,徘徊之意。

⑯望舒:神话中月之御者。

⑰飞廉:神话中的风伯,即风神。奔属:跟在后面走。属,跟随。

⑱鸾:鸟名。凤凰之类。皇:即凰。先戒:先行戒备。

⑲雷师:雷神。未具:指出行准备尚未齐全。

⑳飘风:回风,旋风。屯:聚合。离:同“罹”。犹言遭遇。

㉑帅:率领。霓:雌虹。御:通“迓”。迎接。

㉒总总:聚集的样子。离合:忽离忽合。

㉓班:乱的样子。形容五光十色。

㉔帝阍:为天帝守门者。阍,守门者。开关:开门。关,门闩。

㉕阊阖:天门。

㉖暧暧(ài):昏暗的样子。罢:极,终了。

㉗溷(hùn)浊:黑白混淆。不分:是非不分。

【译文】

我悲不自胜,叹息生不逢时。用蕙草拭泪,衣襟也湿了。铺衣下跪陈辞,我终于得到中正之道而内心敞亮。驾玉龙乘凤车,飘然飞往天空。早晨从南方苍梧出发,傍晚到昆仑山上的县圃。想在神灵之门逗留,天却已近黄昏。我让羲和停鞭慢走,不要让太阳即近崦嵫。道路又远又长,我将上下追求。让我的马在咸池饮水,缰绳拴在扶桑树上。折下若木遮阴啊,我暂且从容徜徉。望舒在前为前驱,飞廉则紧随其后。鸾凤先行为我警戒,雷师却还未安排停当。命凤凰飞翔,日夜不停。旋风纠结,率云霓迎来。云霓积聚光怪离合。我叫卫士打开天门,他只是倚着天门看着我。天已昏黄,我纽结兰草而彷徨。这世道混浊不清,喜欢嫉贤妒能。

朝吾将济于白水兮①,登阆风而绁马②。忽反顾以流涕兮,哀高丘之无女③。溘吾游此春宫兮④,折琼枝以继佩⑤。及荣华之未落兮⑥,相下女之可贻⑦。吾令丰隆乘云兮⑧,求宓妃之所在⑨。解佩纕以结言兮⑩,吾令蹇修以为理⑪。纷总总其离合兮，忽纬繣其难迁[12]。夕归次于穷石兮[13]，朝濯发乎洧槃[14]。保厥美以骄傲兮[15]，日康娱以淫游。虽信美而无礼兮，来违弃而改求[16]。览相观于四极兮[17]，周流乎天余乃下[18]。望瑶台之偃蹇兮[19]，见有娀之佚女[20]。吾令鸩为媒兮[21]，鸩告余以不好。雄鸠之鸣逝兮，余犹恶其佻巧[22]。心犹豫而狐疑兮，欲自适而不可。凤皇既受诒兮，恐高辛之先我[23]。欲远集而无所止兮[24]，聊浮游以逍遥。及少康之未家兮，留有虞之二姚[25]。理弱而媒拙兮，恐导言之不固[26]。时溷浊而嫉贤兮，好蔽美而称恶[27]。闺中既已邃远兮[28]，哲王又不寤。怀朕情而不发兮，余焉能忍与此终古[29]？以上涉出世之遐想，即远游之意也。宓妃、有娀、二姚，冀有所遇合而皇皇尔。

【注释】

①白水：神话中水名。出昆仑山。

②阆风：神话中山名。在昆仑山上。绁(xiè)马：系马。

③高丘：山名。在楚国。一说在阆风山上。女：指神女。喻与自己同心之人。

④溘：奄忽，匆匆。春宫：神话中东方青帝所居之宫。

⑤琼枝：玉树之枝。琼，美玉。继佩：接续自己之玉佩。

⑥荣华：草本植物开的花叫荣，木本植物开的花叫华，这里指琼枝所开之花。

⑦下女：下界之女，指下文之宓妃、简狄及有虞二姚。贻：赠送。

⑧丰隆：云神。一说雷神。

⑨宓妃：相传为伏羲氏之女，溺死于洛水，遂为洛水之神。宓，同“伏”。

⑩佩纕：佩带。结言：指定立盟约。

⑪蹇修：传说伏羲氏的臣子。理：媒人，使者。
⑫纬繣(wěi huà)：乖戾。难迁：指宓妃的意志难以转移。
⑬次：止宿，住宿。穷石：山名。在今甘肃张掖。《淮南子》说：弱水出于穷石，入于流沙。
⑭濯：沐洗。洧(wěi)槃：神话中的水名。出崦嵫山。
⑮保：仗恃。
⑯虽信美而无礼兮，来违弃而改求：这两句意思说，宓妃虽然确实美丽，但骄傲无礼，故弃去而更求他女。
⑰览相观：三字同义连用，均为看的意思。四极：四方极远的地方。
⑱周流：遍行。
⑲瑶台：用玉所造之台。瑶，玉之美者。偃蹇：高的样子。
⑳有娀(sōng)：古代国名。相传有娀氏有二美女，居住于高台之上，其一名简狄，后来嫁给帝喾(即高辛氏)，生契。佚女：美女。
㉑鸩(zhèn)：鸟名。羽极富毒性。
㉒雄鸠之鸣逝兮，余犹恶其佻巧：这两句意思说，我欲使雄鸠为媒，又嫌它轻佻巧利，不可信用。鸠，鸟名。似山鹊而小，短尾，青黑色，多鸣声。鸣逝，且鸣且飞去。佻，轻佻。
㉓凤皇既受诒(yí)兮，恐高辛之先我：这两句意思说，凤凰既受我委托而去为媒，又恐高辛氏已先我而娶得有娀氏的女儿。一说，凤凰系受高辛氏之诒。受诒，即受委托。
㉔欲远集而无所止兮：这句说，自己要像鸟那样远去他方，却又无处可以栖止。集，鸟栖止于树木。
㉕及少康之未家兮，留有虞之二姚：这两句意思说，趁着少康还未娶妻的时候，聘定有虞的两个姓姚的女子。少康，夏后相之子。有虞，国名。姓姚氏，舜之后代。寒浞使浇杀夏后相，少康逃至有虞，有虞把两个女儿嫁给他。后来少康灭浇，恢复夏的政权。
㉖导言：通达双方意见。不固：不坚，犹言无力，指不能结成盟约。

㉗称恶：称扬可恶之事。

㉘闺：宫中小门。邃远：深远。

㉙终古：犹永久。

【译文】

早晨我要过白水河，上阆风山歇马。忽然回顾泪流不止，悲叹高山没有自己仰慕的神女。游荡到春宫，折玉枝为佩。趁琼枝花朵未谢，快把下界的美女找寻。命云师驾起云车，去寻找宓妃所在。解佩带束好书信，请蹇修去做媒。聚云时离时合，很快知道好梦难成。晚上宓妃回穷石歇息，早上到洧盘洗头。宓妃自恃貌美，成天放荡寻欢。虽美而无礼法，我放弃她而他求。在天观四面八方，周游一遍回来。仰望华丽巍峨的玉台，有娀氏的美人在那儿。请鸩鸟去做媒，鸩鸟却说那美人不好。雄鸠叫唤想去做媒，我却嫌它轻狂。心中迷惑不定，自己去又不好。凤凰虽已受了托付，还是怕高辛帝赶在我前头。想去远方又无处安身，只好四处漂泊。趁少康还未成婚，可以追求有虞国两位美女。媒人无伶牙俐齿，怕希望渺茫。世间浑浊处处嫉贤妒能，爱遮蔽美德把恶行称道。难以接近闺中人，君主又执迷不悟。一腔忠情无以倾诉，我怎能始终如此忍耐！以上说到了出世，即远游的遐想，期望能遇到如宓妃、有娀、二姚一样的美人，神情恍惚不安。

索藑茅以筳篿兮[①]，命灵氛为余占之[②]。曰："两美其必合兮[③]，孰信修而慕之[④]？思九州岛之博大兮，岂唯是其有女？"曰："勉远逝而无狐疑兮，孰求美而释汝？何所独无芳草兮，尔何怀乎故宇[⑤]？""世幽昧以昡曜兮[⑥]，孰云察余之美恶？人好恶其不同兮，惟此党人其独异[⑦]。户服艾以盈要兮[⑧]，谓幽兰其不可佩。览察草木其犹未得兮，岂珵美之能当[⑨]？苏粪壤以充帏兮[⑩]，谓申椒其不芳！欲从灵氛之吉占兮，心犹豫而狐疑⑪。”以上“两美必合”至“何怀故宇”，灵氛之词；“幽昧昡曜”至“犹豫狐疑”，屈子答灵氛之词。

【注释】

①索：取。藑(qióng)茅：一种灵草。以：与。筳：折断的小竹枝。篿(zhuān)：楚人用结草折竹来占卜叫篿。

②灵氛：古代善占卜的人。

③两美其必合：喻良臣必定会遇着明君。

④孰信修而慕之：大意是，有谁信服你的美好德行而羡慕你呢？

⑤“勉远逝而无狐疑兮”几句：都是灵氛申释占卜结果之词。释汝，舍掉你。芳草，王逸以为喻贤君。怀，思恋。故宇，故居。

⑥昡曜：惑乱的样子。

⑦人好恶其不同兮，惟此党人其独异：这两句意思是，人们的好恶原不一致，而楚国这批结党营私把持政权的小人，其好恶尤为特殊。

⑧艾：恶草名。即白蒿。要：同“腰”。

⑨览察草木其犹未得兮，岂珵(chéng)美之能当：这两句大意是说，这些人连草木的美恶都不能辨别，鉴别美玉又如何可能呢？珵，美玉。

⑩苏：取。粪壤：犹粪土。帏：香囊。

⑪欲从灵氛之吉占兮，心犹豫而狐疑：王逸注：“言己欲从灵氛劝去之吉占，则心中狐疑，念楚国也。”

【译文】

找来灵草和竹枝，让神巫灵氛为我占卜。神巫说：“双方彼此仰慕必定合好，可谁信你爱她？想想天下是多么辽阔广大，难道只有这里才有娇女？”又说：“劝你远走高飞莫犹豫，去寻找真正的美人，她会舍不得你。天下何处无芳草，你何必苦恋故土？”“世道黑暗，世态混乱，谁知我的好坏？人人本来好恶不同，群小尤其特殊。他们满腰佩艾草，以幽兰为劣物。连草木香臭也分不清，怎能正确评价玉器？取粪土装满香袋，反说申椒无香味。想听从灵氛的吉卦，心里却迟疑难决。”以上“两美必合”至“何怀故宇”，是灵氛的话；“幽昧昡曜”至“犹豫狐疑”，是屈原回答灵氛的话。

巫咸将夕降兮，怀椒糈而要之①。百神翳其备降兮②，九疑缤其并迎③。皇剡剡其扬灵兮④，告余以吉故⑤。曰：“勉升降以上下兮⑥，求矩矱之所同⑦。汤、禹俨而求合兮⑧，挚、咎繇而能调⑨。苟中情其好修兮，又何必用夫行媒⑩？说操筑于傅岩兮，武丁用而不疑⑪；吕望之鼓刀兮，遭周文而得举⑫；宁戚之讴歌兮，齐桓闻以该辅⑬。及年岁之未晏兮⑭，时亦犹其未央⑮。恐鹈鴂之先鸣兮⑯，使百草为之不芳！”“何琼佩之偃蹇兮⑰，众薆然而蔽之⑱？惟此党人之不亮兮⑲，恐嫉妒而折之⑳。时缤纷其变易兮㉑，又何可以淹留？兰芷变而不芳兮，荃蕙化而为茅。何昔日之芳草兮，今直为此萧艾也㉒？岂其有他故兮？莫好修之害也。余以兰为可恃兮，羌无实而容长㉓。委厥美以从俗兮㉔，苟得列乎众芳。椒专佞以慢谄兮，樧又欲充其佩帏。既干进而务入兮，又何芳之能祗㉕？固时俗之从流兮㉖，又孰能无变化？览椒兰其若兹兮，又况揭车与江离！”以上“升降上下”起至“百草不芳”止，巫咸之词；“琼佩偃蹇”起至“揭车江离”止，屈子答巫咸之词。

【注释】

①巫咸将夕降兮，怀椒糈(xǔ)而要(yāo)之：这两句写再向巫咸卜吉凶。巫咸，古代神巫，名咸。怀，藏。椒，香物，用以降神者。糈，

精米,用以享神者。要,迎。

②百神翳其备降:这里指百神蔽空而降。翳,遮蔽。备,全部。

③九疑:指九嶷山的神。缤:众多的样子。

④皇:指百神。剡剡(yǎn):闪光貌。扬灵:显现神之灵光。

⑤故:事。

⑥升降、上下:即前文"上下求索"的意思。

⑦矩矱(huò)之所同:指志同道合的人。矩矱,犹法度。矱,度量长短的工具。

⑧俨:敬。合:指能和自己相合帮助治天下者。

⑨挚:商汤时贤相伊尹的名。咎繇:即皋陶,舜禹时的贤臣。调:调和,指君臣和衷共济,安定天下。

⑩苟中情其好修兮,又何必用夫行媒:这两句意思是,只要内心爱好修美,臣与君自能遇合,不必通过媒介。

⑪说(yuè)操筑于傅岩兮,武丁用而不疑:相传傅说怀抱道德而遭刑罚,在傅岩操杵筑墙,武丁举为相,殷大治。说,即傅说,殷朝武丁时贤相。筑,建筑用的杵。傅岩,地名。武丁,殷高宗名。

⑫吕望之鼓刀兮,遭周文而得举:吕望曾在朝歌为屠夫,后遇周文王,被举为师。吕望,即太公姜尚。鼓刀,鸣刀,屠宰时必敲击其刀有声,故称鼓刀。

⑬宁戚之讴歌兮,齐桓闻以该辅:宁戚在饲牛时扣牛角而歌,齐桓公听见了,知道他是贤人,举之为卿。宁戚,春秋时人。该辅,备为辅佐。

⑭晏:晚。

⑮央:尽。

⑯鹈鴂(tí jué):鸟名。即杜鹃,常在初夏时鸣,鸣时百花皆谢。一说,鹈鴂即伯劳。

⑰琼佩:喻美德。偃蹇:出众貌。

⑱薆(ài)然：掩蔽的样子。

⑲亮：诚信。一说，亮通“良”。

⑳折：摧折。之：指琼佩。

㉑缤纷：纷乱的样子。

㉒“兰芷变而不芳兮”几句：均比喻君子蜕变为小人。萧、艾，都是贱草名。

㉓无实而容长：内中没有诚信的实质，徒有美善的外表。

㉔委：弃掉。

㉕“椒专佞以慢谄兮”几句：大意说，椒榝(shā)之类，只求进身朝廷，取得禄位，又怎能敬爱贤人而任用之。专，专擅。慢谄，傲慢。谄，通行本作“慆(tāo)”，傲慢之意。榝，恶草名。似茱萸而小。干，求。务入，指钻营求进。祗，敬。

㉖从流：一本作“流从”，意思说，从恶好像从水而流。

【译文】

听说巫咸今晚要使神降临，便带花椒精米去迎请他。诸神遮天蔽日从天齐降，九嶷山的众神纷纷相迎。灵火闪闪，神灵显扬，巫咸讲了很好的话。他说：“应该努力上天入地，去寻找同道。汤、禹为人严正求贤若渴，便有伊尹、皋陶君臣协调。只要内心贞洁，何必托媒去讲？傅说曾拿杵在傅岩筑过墙，武丁却以他为相；姜尚做过屠夫，却为周文王重用；宁戚喂过牛，敲着牛角唱歌，齐桓公听到后以之为大夫。趁现在年轻，施展才华还有时间。只怕杜鹃叫得太早，使百草不再芳华！”“为何这么好的琼佩，人们却遮挡其光芒？想到群小无信义，怕因嫉妒把它摧残。时世纷乱变幻无常，怎能在此久驻？兰芷不再芳香，荃蕙也成了茅草。为何从前的香草，现在全成了野蒿？难道还有其他原因吗，全是不洁之人造成的祸端。兰草我曾认为可靠，哪想华而不实徒有其表。抛弃美质追随世俗，勉强列入众芳。花椒专横奸佞又傲慢，榝草冒充香草。它们如此热衷于钻营，还有什么香草能吐芬芳？世间习俗本是随波逐流，谁还能坚定不移？椒兰如此，何况揭车、江蓠。”以上“升降上下”起至“百草不芳”止，是巫咸的话；“琼佩偃蹇”起至“揭车江蓠”止，是屈原回答巫咸的话。

惟兹佩之可贵兮①，委厥美而历兹②。芳菲菲而难亏兮，芬至今犹未沬③。和调度以自娱兮④，聊浮游而求女。及余饰之方壮兮，周流观乎上下。

【注释】

①惟兹佩之可贵兮：这句说，自己独能坚持忠贞操守，故为可贵。兹佩，指琼佩。兹，此。

②委厥美而历兹：这句说，自己虽有美德，却被废弃不用，一直到现在。委，指被人废弃。厥美，指此佩之美。历兹，至此。

③沬：昏昧亏损之意。

④和：和谐，此作动词用。调度：格调与法度。

【译文】

只有我的佩饰最为可贵，但被委弃一直到现在。但它的香气经久不息，至今还未亏损。我只有自娱自乐，姑且飘游四方寻找神女。趁自己的佩饰正美，我要将天上地下游尽观遍。

灵氛既告余以吉占兮，历吉日乎吾将行①。折琼枝以为羞兮②，精琼爢以为粻③。为余驾飞龙兮④，杂瑶象以为车⑤。何离心之可同兮⑥？吾将远逝以自疏！邅吾道夫昆仑兮⑦，路修远以周流。扬云霓之晻蔼兮⑧，鸣玉鸾之啾啾⑨。朝发轫于天津兮⑩，夕余至乎西极。凤皇翼其承旂兮⑪，高翱翔之翼翼⑫。忽吾行此流沙兮⑬，遵赤水而容与⑭。麾蛟龙使梁津兮⑮，诏西皇使涉予⑯。路修远以多艰兮，腾众车使径待[17]。路不周以左转兮[18]，指西海以为期[19]。屯余车其千乘兮，齐玉轪而并驰[20]。驾八龙之婉婉兮[21]，载云旗之委移[22]。抑志而弭节兮[23]，神高驰之邈邈。奏《九歌》而舞《韶》兮[24]，聊假日以媮乐[25]。陟升皇之赫戏兮[26]，忽临睨夫旧乡[27]。仆夫悲余马怀兮，蜷局顾而不行[28]。以上欲远逝以自疏，有浩然长往之意。末言蜷局不行，则眷眷君国不能忘也。

【注释】

①历：选择。

②羞：有滋味的食物。

③精：作动词用，将米弄细。靡(mí)：末屑。粻(zhāng)：同“粮”。

④驾飞龙：以飞龙驾车。

⑤瑶：美玉。象：指象牙。

⑥离心：指意见不合。

⑦邅(zhān)吾道夫昆仑：我转道行向昆仑。邅，转。

⑧云霓：画云霓的旌旗。一说，以云霓为旗。晻(yǎn)蔼：荫蔽重叠的样子。形容旌旗蔽空。

⑨玉鸾：车上的铃，作鸾鸟形，用玉制成。啾啾：鸣声。

⑩天津：天河，在南极箕、斗二星之间。

⑪翼：展翅。承：奉持。旂(qí)：古代画有两龙并在竿头悬铃的旗。

⑫翱翔：鸟之高飞，鸟翼一上一下为翱，直刺不动曰翔。翼翼：和貌。

⑬流沙：指西北沙漠地带。

⑭赤水：神话中水名。出昆仑山。容与：游戏貌。一说，作从容不迫解。

⑮麾：指挥。梁津：在津上架桥。梁，桥。

⑯诏：命令。西皇：西方之神。使涉予：使他渡我过去。

⑰腾众车使径待：令众车先过，从小路上超越至前面等待我。腾，越过。

⑱不周：神话中山名。

⑲西海：神话中西方之海。

⑳轪（dài）：车辖，包在车毂外面。一说即车轮。

㉑婉婉：同“蜿蜿”。这里形容龙身游动貌。

㉒云旗：饰云霓之旗。委移：旗随风伸展貌。

㉓抑志：稳定心志。一说，志读为“帜”，抑志，即垂下旗帜。

㉔《韶》：舜乐名。

㉕假日：假借时日。媮（yú）：快乐。

㉖陟：登，上升。皇：皇天，广大的天空。赫戏：光明的样子。

㉗临：居高临下。睨（nì）：旁视。旧乡：故乡。

㉘仆夫悲余马怀兮，蜷（quán）局顾而不行：这两句以御者和马的怀恋故乡衬托作者自己的心情。仆夫，指御者。蜷局，蜷曲不行。

【译文】

灵氛告诉了我这吉卦，选定吉日我要出发。折下玉枝作肉脯，碾碎美玉为干粮。飞龙为我驾车，车上装饰美玉象牙。彼此心意不同怎能相合？我要远远离开他！我转往昆仑山下，路途遥远四方游历。云霓之旗蔽日，车上玉铃叮当。清晨从天河渡口出发，黄昏到达极远的西方。凤凰展翅承托旌旗，上下飞翔是那样整齐和谐。忽而又来到这流沙之地，沿赤水慢慢行进。命蛟龙在渡口架桥，让西皇渡我过河。路途遥远又多艰，传令众车等在路旁。经不周山向左转去，指定西海为目的地。千万车辆聚合，玉轮对齐并驾齐驱。八龙驾车蜿蜒前行，云霓随风卷动旌旗。稳定心神慢慢行进，思绪还是远远飞去。奏《九歌》跳《韶》舞，趁大好时光寻求欢娱。太阳东升光耀万丈，忽然看见自己的故乡，连仆人和马匹也悲伤啊，再也不肯向前。以上说的是打算远行以使自己与君王疏离,有一去不复回的意思。但文尾又说到人马不行,说明对国家、对君王的眷念之情不能忘怀。

乱曰[①]:已矣哉[②]! 国无人莫我知兮,又何怀乎故都? 既莫足与为美政兮,吾将从彭咸之所居!

【注释】

①乱:终篇的结语,乐歌的卒章。

②已矣哉:绝望之辞,犹言“算了吧”。

【译文】

总言之:“算了吧! 国中没有了解我的人,何必苦恋故国呢? 既然无法实现抱负辅佐美政,我只有追随彭咸的行迹。”

九歌

【题解】

《九歌》十一篇,一般被认为是屈原流放湘沅时期根据当地民间祭祀乐歌加工创作的辞赋作品,用来表现自己忠君爱国,抒发自己内心抑郁苦闷等情感。对“九歌”这个篇名,大致有两类观点,一类认为“九歌”是远古乐曲名,“九”并非数之实指;另一类则认为“九”是实指数目,“九歌”是用来祭祀东君、云中君、湘君、湘夫人、大司命、少司命、河伯、山鬼、国殇等九神,“东皇太一”篇和“礼魂”篇分别是迎神序曲和送神尾声。

作品描写生动,用意婉曲,于叙事中见感情,是一个既简又丰,既质又美,既实又虚,看似单纯,其实复杂的多面体。

东皇太一

吉日兮辰良，穆将愉兮上皇①。抚长剑兮玉珥②，璆锵鸣兮琳琅③。瑶席兮玉瑱④，盍将把兮琼芳⑤。蕙肴烝兮兰藉⑥，奠桂酒兮椒浆。扬枹兮拊鼓⑦，疏缓节兮安歌。陈竽瑟兮浩倡⑧。灵偃蹇兮姣服⑨，芳菲菲兮满堂。五音纷兮繁会⑩，君欣欣兮乐康⑪。

【注释】

①穆：恭敬的样子。上皇：即东皇太一。

②玉珥：剑把上的玉饰。

③璆锵（qiú qiāng）：所佩之玉相互撞击发出的声音。琳琅（lín láng）：美玉。

④瑶席：用萺草编的席子。瑶，通“萺”。香草名。玉瑱（zhèn）：压席子的玉器。瑱，通“镇”。

⑤盍：句首语助词。琼芳：指似玉之花。

⑥肴烝：古时饮宴，把肉切成大块，盛于俎中，叫肴烝，也叫折俎。《国语·周语中》：“亲戚宴飨，则有肴烝。”韦昭注：“肴烝，升体解节折之俎也。”藉：用东西垫着。

⑦枹（fú）：同“桴”。鼓槌。拊（fǔ）：敲击。

⑧浩倡：放声歌唱。倡，同“唱”。

⑨灵：这里指巫女。偃蹇（yǎn jiǎn）：舞蹈蹁跹貌。姣服：服饰华美。

⑩五音：古指宫、商、角、徵、羽。繁会：犹交响。谓繁多的音调互相参错。

⑪君：即东皇太一。

【译文】

选取吉日和良辰，恭敬愉悦我东皇。轻抚剑柄之玉饰，所佩美玉响璆锵。香蒿为席玉作镇,似玉之花满席香。蕙包肴烝垫兰草,斟上桂酒与椒浆。挥扬鼓槌敲击鼓,节奏舒缓歌安详。再将竽瑟来摆上,随曲放声去高唱。巫女蹁跹来舞蹈,艳装丽服芳满堂。五音相谐美旋律,东皇欣然乐以康。

云中君

浴兰汤兮沐芳,华采衣兮若英[①]。灵连蜷兮既留[②],烂昭昭兮未央[③]。蹇将憺兮寿宫[④],与日月兮齐光。龙驾兮帝服,聊翱游兮周章[⑤]。灵皇皇兮既降[⑥],猋远举兮云中[⑦]。览冀州兮有余[⑧],横四海兮焉穷[⑨]?思夫君兮太息[⑩],极劳心兮忡忡[⑪]。

【注释】

①英:花。一说通“瑛”。指美玉之光。

②灵:即云神。连蜷(quán):回环宛曲的样子。留:这里指降临。

③未央:没有穷尽。

④蹇:句首语助词。憺(dàn):安乐。寿宫:供神的殿堂,一说为云神所居之天庭。

⑤周章:周游。

⑥皇皇:同“煌煌”。广大灿烂貌。

⑦猋(biāo):迅疾。

⑧冀州:中国古代设九州,冀州为九州之首,所以这里用以代指整个中国。

⑨四海:古人以四海为四方的边极。焉穷:无穷。

⑩君:即云神。太息:叹息。

⑪劳心兮忡忡(chōng):犹言忧心忡忡。劳心,忧心。忡忡,同“忡

忡”。忧虑不安的样子。

【译文】

在放有兰草的热水中洗身，用饱含花朵芬芳的水濯发，穿上五色之衣，就像花放异彩。云神蹁跹而降，明丽灿烂无比。安然处于神堂，可与日月同辉。乘着龙驾之车，穿上天帝之服，姑且遨游太空。广大灿烂的云神时而降临，紧接着又迅速地高升入云。俯瞰九州，横跨四海，漫无边际。想着云神您，我不禁叹息，忧心忡忡。

湘君

君不行兮夷犹[1]，蹇谁留兮中洲[2]？美要眇兮宜修[3]，沛吾乘兮桂舟[4]。令沅、湘兮无波[5]，使江水兮安流。望夫君兮未来，吹参差兮谁思[6]？驾飞龙兮北征，邅吾道兮洞庭[7]。薜荔拍兮蕙绸[8]，荃桡兮兰旌[9]。望涔阳兮极浦[10]，横大江兮扬灵[11]。扬灵兮未极，女婵媛兮为予太息[12]。横流涕兮潺湲[13]，隐思君兮陫侧[14]。桂棹兮兰枻[15]，斫冰兮积雪。采薜荔兮水中，搴芙蓉兮木末[16]。心不同兮媒劳，恩不甚兮轻绝。石濑兮浅浅[17]，飞龙兮翩翩。交不忠兮怨长，期不信兮告余以不闲[18]。朝骋骛兮江皋[19]，夕弭节兮北渚[20]。鸟次兮屋上[21]，水周兮堂下。捐余玦兮江中[22]，遗余佩兮澧浦[23]。采芳洲兮杜若[24]，将以遗兮下女[25]。时不可兮再得，聊逍遥兮容与[26]。

【注释】

①君：指湘君。夷犹：犹豫的样子。

②中洲：水中陆地。

③要眇：妖眇，窈窕。宜修：修饰打扮得恰到好处。

④沛：船疾行于水中的样子。

⑤沅、湘：分别指沅江、湘江。

⑥参差(cēn cī)：即“篸箺”，指排箫，因形状参差不齐而得名。

⑦邅(zhān)：返转，回转。

⑧拍：通“帕”。旌旗的总称。一说拍通“箔”。指帘子。

⑨桡(ráo)：旗杆上的曲柄，用来悬帛和装饰，一说指船桨。按，此句前有本有“承”“乘”“采”等字，皆误。

⑩涔(cén)阳：地名。在洞庭湖和长江之间的涔水北岸。极浦：犹言远滩。浦，水滨，水滩。

⑪扬灵：指湘君显神，发出灵光。一说指飞速行船，灵，同“舲”，与“舲”同，是一种有窗户的船。

⑫女：侍女。婵媛(chán yuán)：关切，牵挂。

⑬潺湲(chán yuán)：流动的样子。

⑭隐：忧愁，痛苦。陫(fěi)恻：同“悱恻”。悲伤的样子。

⑮棹：长的船桨。枻(yì)：短的船桨。

⑯搴(qiān)：摘取。芙蓉：荷花。

⑰濑(lài)：底下为沙石的浅水。

⑱期：相约。

⑲骋骛(wù)：疾驰。江皋：江边。

⑳弭节：徘徊，停滞。渚(zhǔ)：水中小陆地。

㉑次：栖息。

㉒捐：丢弃。玦(jué)：古时佩戴的玉器。环形，有缺口。

㉓佩：玉佩。澧浦：澧水之边。

㉔芳洲：指香草生长的地方。杜若：香草名。

㉕遗(wèi)：赠送。下女：这里指湘君的下女，即侍女。

㉖容与：从容宽适的样子。

【译文】

湘君您为何犹豫不决不往前行？您为了谁而淹留在那中洲？我打

扮得恰到好处、美丽窈窕，乘着急行于江中的桂树所做之舟。让沅水和湘江之水不起波浪，叫长江之水安静流淌。然而我期望的您还是没有前来，我吹响排箫是为思念谁呢？您驾着飞龙向北而来，中途却又改变了来我这里的路线转去了洞庭。用薜荔作旗，用蕙草来捆束，用荃荪草装饰旗杆，用兰草装饰旌旗。遥望涔阳极远的水边，我看到您渡过了宽阔的江面。虽然远远望见了您，但您并没有到我的身边，我的侍女也替我发出关切的叹息。泪下如雨不可停止，思念您啊悲愁不已。用桂树制作，用兰草装饰的船桨，劈开水上的冰雪，我仍在继续追寻着您。就如去水中采取薜荔，到树梢摘取荷花。两颗心不能彼此倾慕，只能使媒人白费苦劳，感情不深，轻易便会断绝。浅石滩上的水，轻快地流淌着，您驾着的飞龙在上面轻飞而过。相交相爱而不忠诚，只能让人长久地哀怨，相约而不按时前来，却告诉我说没有空闲。我早晨急驰于江边，傍晚则滞留于小岛。飞鸟在屋上栖息，流水在堂下周流。我将您送我的玉玦丢进长江之中，我把您送我的佩玉扔在澧水之边。我到长满香草的地方采撷杜若，用来送给您的侍女。时光流逝不能再回来，姑且逍遥自乐宽怀自慰。

湘夫人

帝子降兮北渚[①]，目眇眇兮愁予[②]。袅袅兮秋风[③]，洞庭波兮木叶下。登白薠兮骋望[④]，与佳期兮夕张[⑤]。鸟何萃兮蘋中[⑥]？罾何为兮木上[⑦]？沅有茝兮澧有兰，思公子兮未敢言[⑧]。荒忽兮远望[⑨]，观流水兮潺湲。麋何为兮庭中？蛟何为兮水裔[⑩]？朝驰余马兮江皋，夕济兮西澨[⑪]。闻佳人兮召予[⑫]，将腾驾兮偕逝[⑬]。筑室兮水中，葺之兮荷盖。荪壁兮紫坛，播芳椒兮成堂。桂栋兮兰橑[⑭]，辛夷楣兮药房[⑮]。罔薜荔兮为帷[⑯]，擗蕙櫋兮既张[⑰]。白玉兮为镇，疏石兰兮为芳[⑱]。

芷葺兮荷屋,缭之兮杜蘅。合百草兮实庭,建芳馨兮庑门[19]。九疑缤兮并迎[20],灵之来兮如云。捐余袂兮江中[21],遗余褋兮澧浦[22]。搴汀洲兮杜若[23],将以遗兮远者[24]。时不可兮骤得[25],聊逍遥兮容与。

【注释】

①帝子:指湘夫人。

②眇眇:极目远望貌。

③袅袅(niǎo):微风吹动的样子。

④白蘋(pín):水中浮草。

⑤张:布设。

⑥萃:聚集,汇集。

⑦罾(zēng):鱼网。

⑧公子:指湘夫人。

⑨荒忽:同"恍惚"。不分明。

⑩水裔:水边。

⑪澨(shì):水边。

⑫佳人:指湘夫人。

⑬逝:去,往。

⑭橑(lǎo):椽子。

⑮辛夷:香木名。楣:门上的横木。药:即芷。房:指卧房,卧室。

⑯罔:同"网"。

⑰擗(pǐ):用手分开。櫋(mián):一本作"榠"。即幔,帐顶。一说指室内隔扇。

⑱石兰:兰草的一种。

⑲建:陈列。芳馨:这里泛指各种香草。庑(wǔ):廊。

⑳九疑：山名。又名九嶷山、苍梧山，在今湖南宁远南。传说湘君居于此，这里代指此山中的诸神。

㉑袂（mèi）：衣袖，借指上衣。

㉒褋（dié）：单衣。

㉓汀洲：水中平地。

㉔远者：远方的人。此指湘夫人。

㉕骤：数次。

【译文】

湘夫人您降临北边的小岛，我极目远望无限愁思。袅袅秋风吹皱洞庭湖水，树叶飘然落下。登上长有白薠的地方放眼而望，和美人相约今晚相会，因此赶快布设。山鸟为何聚集于水中的蘋草间，鱼网为何挂在了树上？沅水有芷草，澧水有兰草，我思念您却未曾敢用话语表白。向远处望恍恍惚惚不甚分明，但见流水潺潺而行。麋鹿为什么跑到了庭院之中？蛟龙为何到了岸上？我早晨策马于江边，傍晚则渡河到了西岸。听见了佳人对我的召唤，我愿和您并驾齐驱一起前行。我将在水里修筑起宫室，用荷叶来修饰我们的屋顶。用荃荪草来装饰我们的墙壁，用紫苏装饰我们的庭院，撒播芬芳的香椒修饰我们的殿堂。用桂木做栋梁，用兰草装饰椽子，用辛夷木做门楣，用芷草装饰卧房。用薜荔网成帷帐，将蕙草分开放在帐顶之上。白玉镇在席四方，分开石兰四溢其芳。用芷草和荷叶修筑房屋，再用杜蘅来环绕。把百草集中到庭院之内，将众花陈列在门廊之前。九嶷山上诸神和我一起来迎驾，他们纷纷前来之时就像云彩会聚。我将您赠我的袂丢入长江之中，我将您赠我的褋扔在澧水之边。我到水中的平地上采撷杜若，将它赠给远方的佳人。时机不可能屡屡得到，姑且逍遥自得宽怀自慰。

大司命

广开兮天门，纷吾乘兮玄云[①]。令飘风兮先驱，使涷雨兮洒尘[②]。君回翔兮以下[③]，逾空桑兮从女[④]。纷总总兮九州，何寿夭兮在予？高飞兮安翔，乘清气兮御阴阳。吾与君兮齐速[⑤]，导帝之兮九坑[⑥]。灵衣兮披披，玉佩兮陆离。壹阴兮壹阳，众莫知兮余所为[⑦]。折疏麻兮瑶华[⑧]，将以遗兮离居。老冉冉兮既极[⑨]，不浸近兮愈疏[⑩]。乘龙兮辚辚[⑪]，高驰兮冲天。结桂枝兮延伫[⑫]，羌愈思兮愁人[⑬]。愁人兮奈何，愿若今兮无亏。固人命兮有当[⑭]，孰离合兮可为！

【注释】

①吾：指大司命。这里是男巫代大司命自称。

②涷(dōng)雨：暴雨。

③君：男巫称呼大司命之敬词。

④空桑：神话传说中的山名。女：同“汝”。男巫称呼大司命之代词。

⑤吾：男巫自称。与：跟从。齐速：同“齐遬”。虔诚恭敬貌。

⑥帝：天帝。九坑(gāng)：九州岛。坑，大山坡，土冈。

⑦余：男巫代大司命自称。

⑧疏麻：传说中的一种神麻，其花似玉，食之可以延年。瑶华：玉华，玉色之花。

⑨冉冉：渐渐。

⑩浸近：稍稍亲近。

⑪辚辚(lín)：车行之声。

⑫延伫(zhù)：久立眺望。

⑬羌：句首语助词。

⑭当：常。

【译文】

天门大开，我乘着纷纭的黑云而来。让狂风做我的先驱，叫滂沱大雨开道。您盘旋而下,我飞越空桑神山紧随着您。纷繁广大的九州岛,人们的长寿和短命为什么都操纵在您的手中?您飞升于高天安然翱翔,乘着清霄之气驾驭着万物的化生。我恭敬虔诚地跟随着您,引导着天帝君临九州岛。神灵的衣服轻柔飘逸,神灵的玉佩色彩斑斓。我一时为阴,一时为阳,众生没有谁知道我的所为。折下开有如玉之花的神麻和瑶华,赠给那离群索居的人。老之将至,不稍稍亲近,将和您更加疏远。乘着发出辚辚之声的龙驾之车,于高处奔驰直上青天。编结桂枝伫立痴望,越想越使人愁肠满结。发愁又能怎么样,但愿如今生今世永无亏损。本来人的命运有常,哪里是与神疏远或亲近可以改变的!

少司命

秋兰兮蘼芜①,罗生兮堂下②。绿叶兮素枝,芳菲菲兮袭予。夫人兮自有美子,荃何以兮愁苦③?秋兰兮青青④,绿叶兮紫茎。满堂兮美人,忽独与予兮目成⑤。入不言兮出不辞,乘回风兮载云旗。悲莫悲兮生别离,乐莫乐兮新相知。荷衣兮蕙带,倏而来兮忽而逝。夕宿兮帝郊⑥,君谁须兮云之际⑦?与女沐兮咸池⑧,晞女发兮阳之阿⑨。望美人兮未来⑩,临风怳兮浩歌⑪。孔盖兮翠旍⑫,登九天兮抚彗星。竦长剑兮拥幼艾⑬,荃独宜兮为民正⑭。

【注释】

①秋兰:即兰草。蘼芜:草名。

②罗:并列。

③荃:一作“荪”,本指一种香草,这里用以代指少司命。

④青青:茂盛。青,同“菁”。

⑤目成:以目传情。

⑥帝郊：天上之国的郊野。

⑦须：等待。

⑧女：同“汝”。指少司命。咸池：神话传说中的池名。

⑨晞（xī）：晒干。阳之阿：神话传说中的山名。

⑩美人：指少司命。

⑪怳（huǎng）：同“恍”。心神不定，失意的样子。浩歌：放声高歌，大声歌唱。

⑫孔：孔雀。翠：翡翠鸟。旍（jīng）：同“旌”。

⑬竦（sǒng）：执，拿。幼艾：指儿童。

⑭正：官长，主宰。

【译文】

秋天的兰草和麋芜草，杂生于屋堂之下。绿色之叶素白之枝，芳香浓浓四溢侵袭着我。人家都自然而然已有了好儿好女，少司命您为何还这样愁苦？秋兰繁盛，绿叶紫茎是那样美丽。美人满堂，您忽然独独与我以目传情。您降临时不言语，离去时也不告别，乘着旋风以云为旗。要说悲伤，没有比活着但必须分离更悲伤的，要说快乐，没有比新遇到一个知己更快乐的。以荷花为衣，以蕙草做带，您倏忽而来又突然离去。晚上在天国的郊野歇宿，您在天云之际是等待谁呢？和您一起在咸池沐浴，您在阳之阿山晒干您的秀发。盼望着与您相会，但您始终不再来，临着大风我神情恍惚，放声高歌。以孔雀毛为车盖，以翠鸟羽为旌旗，登上九天去安抚彗星。手握长剑，保佑童孺，只有您才真正适合做众生的主宰。

东君

暾将出兮东方[①]，照吾槛兮扶桑[②]。抚余马兮安驱，夜皎皎兮既明。驾龙辀兮乘雷[③]，载云旗兮委蛇。长太息兮将上，心低徊兮顾怀。羌声色兮娱人，观者憺兮忘归[4]。緪瑟兮交鼓[5]，萧钟兮瑶簴[6]。鸣篪兮吹竽[7]，思灵保兮贤姱[8]。翾飞兮翠曾[9]，展诗兮会舞。应律兮合节，灵之来兮蔽日。青云衣兮白霓裳，举长矢兮射天狼[10]。操余弧兮反沦降[11]，援北斗兮酌桂浆[12]。撰余辔兮高驰翔[13]，杳冥冥兮以东行[14]。

【注释】

①暾(tūn)：初升的太阳。

②槛(jiàn)：栏杆。扶桑：神话中的树木，是日出之处。

③辀(zhōu)：车辕。这里代指车子。

④憺(dàn)：安于，贪恋。

⑤緪(gēng)：拧紧瑟弦。

⑥萧：通"摍"。敲击。瑶：通"摇"。簴(jù)：悬钟之架。

⑦篪(chí)：同"篪"。古代的一种竹制乐器。

⑧灵保：扮神的巫。姱(kuā)：美好。

⑨翾(xuān)：鸟飞的样子。翠：翠鸟。曾：通"翻"。鸟高飞貌。

⑩天狼：星名。古人以为主侵掠。王逸注："以喻贪残。"

⑪弧：星座名。即弧矢，共有九星，形似弓箭，故又称天弓。反：同"返"。

⑫北斗：指北斗星座，形似杓子。

⑬撰：抓住。

⑭杳：深远貌。

【译文】

初升的太阳出现在东方，照耀着扶桑我太阳神的栏杆。轻抚着我的马安然驱驰，黑夜于是隐去，天空已经变得一片光明。驾着龙拉的车乘上雷霆，以彩云为旌旗逶迤前行。长长地叹息一声将要向上升举，心里还想在低处徘徊回首怀念。美丽的歌舞是那样动人让人享受，观看者都贪恋不已流连忘返。拧紧瑟弦弹奏，交叉敲响乐鼓，击打编钟使钟架都摇晃。吹响篪和竽，想着让神灵保佑既贤且美。翠鸟忽而低飞忽而高举，展开歌喉吟唱，并且一起舞蹈。应着旋律合着节拍，神灵来的时候遮天蔽日。青云为衣白虹作裳，拉开长弓射向天狼。拿着我的天弓返回下降，捧起北斗酌饮桂花酿制的酒浆。抓住我的马辔在高高的天空中奔驰翱翔，在深远幽暗中又向东行驶。

河伯

与女游兮九河①，冲风起兮横波②。乘水车兮荷盖，驾两龙兮骖螭③。登昆仑兮四望，心飞扬兮浩荡。日将暮兮怅忘归，惟极浦兮寤怀。鱼鳞屋兮龙堂，紫贝阙兮朱宫。灵何为兮水中④，乘白鼋兮逐文鱼⑤？与女游兮河之渚，流澌纷兮将来下⑥。子交手兮东行，送美人兮南浦。波滔滔兮来迎，鱼邻邻兮媵予⑦。

【注释】

①九河：即黄河。

②冲风：暴风。

③骖：乘，驾驭。螭(chī)：无角的龙。

④灵：指河伯。

⑤鼋(yuán)：大鳖。文鱼：有花斑的鱼。

⑥澌(sī)：流水。

⑦邻邻：一个挨着一个。媵(yìng)：陪送。

【译文】

跟随您在黄河中游玩，暴风突起大波汹涌河水横流。乘着用荷叶做篷的水神之车，两龙主驾，螭为骖马。登上昆仑山举目四望，心情激越飞扬，波荡不已。白昼即将过去夜幕就要降临，内心惆怅忘记了返回，在极远的水边，睡不着觉，时时怀思。鱼鳞饰屋，龙鳞饰堂，用紫贝作成阙观，把宫殿涂成朱红。您为何在水中，乘着大白鳖追逐有花纹的鱼？跟随您游玩到河中的岛上，只见河水不断地涌动奔流而下。您握手告别向东而去，我送您一直送到南边的河岸。水波滔滔纷纷前来迎接您的大驾，鱼儿一个挨着一个都来陪我送别。

山鬼

若有人兮山之阿[①]，被薜荔兮带女萝[②]。既含睇兮又宜笑[③]，子慕予兮善窈窕。乘赤豹兮从文狸，辛夷车兮结桂旗。被石兰兮带杜蘅，折芳馨兮遗所思。余处幽篁兮终不见天[④]，路险难兮独后来。表独立兮山之上[⑤]，云容容兮而在下[⑥]。杳冥冥兮羌昼晦[⑦]，东风飘飘兮神灵雨。留灵修兮澹忘归[⑧]，岁既晏兮孰华予[⑨]？采三秀兮于山间[⑩]，石磊磊兮葛蔓蔓[⑪]。怨公子兮怅忘归，君思我兮不得闲。山中人兮芳杜若[⑫]，饮石泉兮荫松柏，君思我兮然疑作[⑬]。雷填填兮雨冥冥[⑭]，猿啾啾兮狖夜鸣[⑮]。风飒飒兮木萧萧[⑯]，思公子兮徒离忧。

【注释】

①若：句首语助词。人：指山鬼。

②被：同“披”。女萝：一种寄生植物，又名松萝。

③含睇（dì）：含情而视。宜笑：笑得自然貌。

④幽篁（huáng）：竹林深处。

⑤表：独立特出貌。

⑥容容：常作“溶溶”，流云涌动貌。

⑦羌：句中助词。

⑧灵修：指山鬼所思念者。澹：安定，安静。

⑨晏（yàn）：晚。华：同“花”。以……为花，即爱。

⑩三秀：即芝草。芝草一年开三次花，故有此称呼。

⑪磊磊：石块重叠貌。葛：草名。

⑫山中人：山鬼自称。

⑬然疑作：或信或疑，时信时疑。

⑭填填：雷声。冥冥：形容阴雨连绵时的昏暗。

⑮啾啾：猿叫声。狖（yòu）：黑色长尾猿。

⑯飒飒：风声。萧萧：风吹叶落之声。

【译文】

山之深处有个人儿，披着薜荔，松萝为带。双目脉脉含情，脸上露出迷人微笑，美丽多情，令您爱慕。乘着赤色之豹，与花狸为伍，以辛夷木做车，编结桂花为旗。披上石兰，用杜蘅做带子，采摘花儿，送给心上人。我住在竹林深处总是见不到天日，路途艰险所以总是最后姗姗来迟。高山之巅特立独出，流云在山下涌动。昏黑幽暗白昼也不见光明，东风吹来神灵又开始降雨。我要留住心上人让他心安忘归，年龄已大谁还爱我？到山间采取芝草，山石层叠，葛草蔓蔓。对公子的幽怨油然而生，惆怅无限，使我忘记了返回。您说想我但没有空闲前来相会。我以杜若为香脂，喝的是石中流出的泉水，住的是松柏搭盖的房屋。您说您想我，让我或信或疑。雷声填填，大雨阴阴，猿声啾啾，狖出夜鸣。风吹飒飒，叶落萧萧，我想念公子只是徒生忧愁。

国殇

操吴戈兮被犀甲①，车错毂兮短兵接②。旌蔽日兮敌若云，矢交坠兮士争先。陵余阵兮躐余行[3]，左骖殪兮右刃伤[4]。霾两轮兮絷四马[5]，援玉枹兮击鸣鼓[6]。天时怼兮威灵怒[7]，严杀尽兮弃原野[8]。出不入兮往不返，平原忽兮路超远[9]。带长剑兮挟秦弓，首虽离兮心不惩[10]。诚既勇兮又以武[11]，终刚强兮不可陵。身既死兮神以灵[12]，魂魄毅兮为鬼雄。

【注释】

①吴戈：吴国制造的戈，据传是一种最锋利的戈。

②毂(gǔ)：车轮的代称。短兵：刀、剑一类的短武器。

③陵：侵犯。躐(liè)：践踏。行：行列。

④骖：驾车时位于两边的马。殪(yì)：仆地而死。

⑤霾(mái)：通“埋”。絷(zhí)：绊住。

⑥玉枹(fú)：有玉饰的鼓槌。

⑦怼(duì)：怨愤。威灵：神灵。

⑧严杀：激战。尽：止。

⑨忽：形容风尘弥漫之状。

⑩心不惩：指心中并不屈服。

⑪武：指富有力量。

⑫神以灵：精神不灭，化为英灵。

【译文】

手执吴戈，身披犀甲，战车交错，短兵相接。旌旗蔽日，敌军如云，箭矢乱飞，士卒争先。敌攻我阵，敌冲我伍，左边骖马，仆地而亡，右边骖马，则被砍伤。车轮被埋，马儿被绊，拿起鼓槌，猛击战鼓。此时此刻，苍天愤懑，神灵震怒；激战之后，横尸遍野。出门之人，不再进门，征战之人，不再返回，平原之上，风尘弥漫，长路漫漫，异常遥远。身佩长剑，肩挎秦弓，脑袋可丢，志不能屈。确实可称：又勇又武，始终刚强，不可侵犯。肉身虽死，精神不灭，化为英灵，坚毅之魂，鬼中之雄。

礼魂

成礼兮会鼓[①]，传芭兮代舞[②]，姱女倡兮容与。春兰兮秋菊，长无绝兮终古[③]。

【注释】

①成礼：指祭祀的典礼已完成。

②芭：同“葩”。花朵。代舞：交替而舞。

③终古：永远，永久。

【译文】

祭祀典礼，既已完成，众鼓齐鸣，花儿传递，交替而舞，美女轻唱，从容舒缓。春兰秋菊，永发不止，终无绝时。

九章

【题解】

《九章》是屈原先后所作《惜诵》《涉江》《哀郢》《抽思》《怀沙》《思美人》《惜往日》《橘颂》《悲回风》九篇诗歌的总称。作品思想内容与《离骚》接近，抒写诗人的理想，批判楚国的黑暗政治，描写作者被疏远或流放的经历、处境和苦闷悲愤的心情，直抒胸臆，感情激烈。作品文笔比较朴素，但语言富有表现力，运用白描手法，描写了大量的自然景物，形式上散而不乱，跌宕有致。

惜诵

惜诵以致愍兮[①]，发愤以抒情。所非忠而言之兮[②]，指苍天以为正[③]。令五帝以折中兮[④]，戒六神以乡服[⑤]。俾山川以备御兮[⑥]，命咎繇以听直[⑦]。竭忠诚以事君兮，反离群而赘肬[⑧]。忘儇媚以背众兮[⑨]，待明君其知之。言与行其可迹兮，情与貌其不变。故相臣莫若君兮[⑩]，所以证之不远[⑪]。吾谊先君而后身兮[⑫]，羌众人之所仇也。专惟君而无他兮[⑬]，又众兆之所仇也[⑭]。壹心而不豫兮，羌不可保也。疾亲君而无他兮[⑮]，有招祸之道也。

【注释】

①致：表达。愍（mǐn）：病痛。此处指心中的忧伤。

②非：一作“作”。

③正：即“证”。验证。

④五帝：五方神。东方为太皞，南方为炎帝，西方为少昊，北方为颛顼，中央为黄帝。折中：取正，用为判断事物的准则。

⑤戒：告诫。这里有请、令的意思。六神：上下四方之神。乡服：即“向服”，对质其事理。

⑥俾（bǐ）：使。山川：即山川之神。备御：陪侍，这里是陪审之意。

⑦咎繇（gāo yáo）：即皋陶，传说虞舜时的司法官。直：曲直。

⑧离群：指被排挤。赘肬（yóu）：肉瘤。肬，同“疣”。

⑨儇（xuān）：轻佻。背众：离群。

⑩相臣：观察臣下。

⑪证：证明。

⑫谊：同“义”。合理的行为。先君而后身：先君主然后才考虑自身。

⑬惟：思。

⑭众兆：很多的人。

⑮疾：急迫。

【译文】

满怀悼惜之情追述往事，倾吐忧思愤激。我所讲如有不忠之言，苍天可以验证。让五方之神公断，请六神也来对质理论。使山川之神陪审，让皋陶辨明是非。我尽忠侍奉君主，却被排挤流放。不想轻佻取媚而见弃于众，只好等待明君了解。我言行一致可以相互印证，表里如一不会改变。君王最了解臣子，不必稽远求证。我的原则先君后己，这正是群小忌恨的。一心效忠，竟成众矢之的。我心志坚贞，不存犹豫，却无法自保。急切地想侍奉君主别无二心，却由此生祸。

思君其莫我忠兮，忽忘身之贱贫[①]。事君而不贰兮，迷不知宠之门。忠何罪以遇罚兮？亦非予心之所志也[②]。行不群以颠越兮[③]，又众兆之所咍也[④]。纷逢尤以离谤兮[⑤]，謇不可释也。情沉抑而不达兮，又蔽而莫之白也[⑥]。心郁邑予侘傺兮[⑦]，又莫察予之中情。固烦言不可结诒兮[⑧]，愿陈志而无路。退静默而莫予知兮，进号呼又莫吾闻。申侘傺之烦惑兮，中闷瞀之忳忳[⑨]。

【注释】

①贱贫：屈姓为楚王远支，故云。蒋骥《山带阁注楚辞》说："贱贫，指前已被疏而失禄位言。"说可参。

②志：意想。

③行不群：行为与众不同。颠越：陨落，坠落。引申为废失。

④咍（hāi）：嗤笑。

⑤纷：众多。尤：责备。离：同“罹”。遭受，遭遇。

⑥蔽：遮蔽，压抑。

⑦侘傺（chà chì）：失意而神情恍惚的样子。

⑧结：类于书信的封口。诒：赠送。

⑨闷瞀（mào）：苦闷烦乱。忳忳（tún）：心情忧伤的样子。

【译文】

我忠心无二，忘了自己的卑微。只知精忠报国，却不知邀宠之法。忠诚何罪之有而被处罚？实在出乎意料。特立独行而摔跤，又为众人嗤笑。屡遭责难诽谤，百口难辩。心情郁结不能抒发，思想压抑语言难以表白。内心忧郁我恍惚不安，却无人体察。本来话多而无从开口，想陈述也无办法。沉默不为人解，呼号也无人听。我彷徨无计，心中愁苦无比。

昔予梦登天兮，魂中道而无杭①。吾使厉神占之兮②，曰：“有志极而无旁③。终危独以离异兮④？”曰：“君可思而不可恃⑤。故众口其铄金兮⑥，初若是而逢殆。惩于羹而吹齑兮⑦，何不变此志也？欲释阶而登天兮，犹有曩之态也⑧！众骇遽以离心兮⑨，又何以为此伴也？同极而异路兮⑩，又何以为此援也？晋申生之孝子兮⑪，父信谗而不好。行婞直而不豫兮⑫，鲧功用而不就⑬。”吾闻作忠以造怨兮，忽谓之过言⑭。九折臂而成医兮，吾至今而知其信然。

【注释】

①杭：同“航”。此处指渡船。

②厉神：附在巫身上的大神。

③旁：旁辅之象。

④离异：被当作异类而疏远。

⑤恃：依靠。

⑥铄(shuò)：融化。

⑦惩：提防。羹：热汤。齑：用醋、酱拌和，切成碎末的菜或肉。

⑧曩：往昔。

⑨骇遽：惊慌。

⑩极：目的。

⑪申生：春秋的晋献公太子，献公信骊姬谗言，申生被迫自杀。

⑫婞(xìng)直：耿直。不豫：果断，没有迟缓的余地。

⑬鲧(gǔn)：禹父，因治水不力被诛杀。

⑭过言：过分的说法。

【译文】

我曾梦中升天，中途却把船儿丢失。我请厉神卜梦之吉凶，神说："志向高远而无人辅助，最终只能是危难与孤独吧？"神又说："君主可以怀念但不可依赖。群小众口铄金，从前就是这样才遇危险。被热汤烫过的人冷菜也会吹，为何不改变你的态度？你舍梯登天，一如从前。众人心思扰乱，你如何能得同伴？同样的目的你却另辟蹊径，叫人如何相援？晋国太子申生是孝子，父亲信谗却说他不好。鲧性格刚直，治水之功因而不能成就。"我听说忠诚会有怨敌，以为言过其实并不在意。多次折臂终成良医，今天才明信此理。

矰弋机而在上兮[①]，罻罗张而在下[②]。设张辟以娱君兮，愿侧身而无所。欲儃回以干傺兮[③]，恐重患而离尤。欲高飞而远集兮，君罔谓女何之？欲横奔而失路兮[④]，盖坚志而不忍。背膺牉以交痛兮[⑤]，心菀结而纡轸[⑥]。今称忧虑过甚有背痛者，有膺痛者。牉者，两体若分割，而仍交痛也。

【注释】

①矰(zēng)、弋(yì):两种带绳子的箭。机:捕鸟工具。此为动词,作发动解。

②罻(wēi)罗:皆捕鸟之网。

③邅回(chán huái):徘徊。干傺(chì):寻求机会进取。傺,住,停留。

④横奔:乱跑。失路:不择正路而行。

⑤膺:胸。牉(pàn):分裂。

⑥纡轸(yú zhěn):隐痛。

【译文】

世间弓矢暗藏在上,陷阱罗网布置在下。群小取巧使奸讨君王欢心,想避祸无处容身。犹豫着想等待时机进取,又只怕再遭祸殃。想高飞远去,国君会迷惑地问你去什么地方?想乱走而迷失正道,内心又坚定不忍。我只觉撕心裂肺,心情郁结痛苦难耐。这里说到由忧虑过甚而导致后背、前胸都疼痛,前胸后背如同被分割,都交相疼痛不止。

捣木兰以挢蕙兮[①],糳申椒以为粮[②]。播江蓠与滋菊兮,愿春日以为糗芳[③]。恐情质之不信兮[④],故重著以自明[⑤]。矫兹媚以私处兮[⑥],愿曾思而远身[⑦]。

【注释】

①挢:揉细。

②糳(zuò):精细米。这里作动词,舂碎。

③糗:干粮。

④情:内心之情。

⑤著:与"明"同义,表白之意。

⑥矫：举起，引申为拥有、保持。媚：爱。此指所爱之道，所守之节。

⑦曾：重，复。远身：远去。

【译文】

把木兰捣碎把蕙草揉细，舂好申椒作为食粮。我栽江蓠又养菊，希望成为春天芳香的干粮。只怕无以申明真情，故而一再表白苦心。我坚持美德而独处，愿百折不挠洁身自好。

涉江

余幼好此奇服兮[①]，年既老而不衰。带长铗之陆离兮[②]，冠切云之崔嵬[③]，被明月兮佩宝璐[④]。世溷浊而莫予知兮[⑤]，吾方高驰而不顾。驾青虬兮骖白螭[⑥]，吾与重华游兮瑶之圃[⑦]。登昆仑兮食玉英[⑧]，与天地兮比寿，与日月兮齐光。

【注释】

①奇服：奇异的服饰，喻志行高洁，不与众同。

②长铗（jiá）：长剑。陆离：参差的样子，这里形容剑的上下前后摆动。

③切云：高冠名。取高摩青云之意。崔嵬（wéi）：高的样子。

④被：同“披”。明月：夜明珠。璐：美玉。

⑤溷浊：不清明。

⑥螭（chī）：无角之龙。

⑦重华：舜名。瑶：美玉。圃：园圃。

⑧玉英：玉树的花。

【译文】

我自小喜欢奇装异服，到老依然没变。身挂长剑，头顶高冠，佩着美玉戴着明月珠。污浊的世间没人了解我，我要奔向远方不再回头。

青龙白虎驾车，和舜同游美玉之园。登上昆仑山以玉花为食，生命与天地同在，与日月同辉。

哀南夷之莫吾知兮①，旦予济于江、湘②。乘鄂渚而反顾兮③，欸秋冬之绪风④。步余马兮山皋⑤，邸予车兮方林⑥。乘舲船予上沅兮⑦，齐吴榜以击汰⑧。船容与而不进兮⑨，淹回水而疑滞⑩。朝发枉渚兮⑪，夕宿辰阳⑫。苟余心其端直兮⑬，虽僻远之何伤⑭！

【注释】

①南夷：旧说指南人，即楚人。

②旦：清晨。济：渡。江：长江。湘：湘水。

③鄂渚：地名。今湖北武昌黄鹤山上游长江中。

④欸(āi)：叹。绪风：余风。

⑤山皋：依山傍水之高地。

⑥邸：宿止。方林：地名。

⑦舲船：有窗门的船。上：溯流而上。沅：沅水。

⑧齐：谓并举。吴榜：大桨。吴，大。一说，吴榜指吴地制造的船桨。汰：水波。

⑨容与：缓慢前进的样子。

⑩淹：停留。回水：回漩的水流。滞：停留不前之意。

⑪枉渚：地名。在今湖南常德南。

⑫辰阳：地名。在今湖南辰溪西。

⑬端直：正直。

⑭僻远：偏远之地。

【译文】

哀叹南方夷人无人知我，早上我将渡过湘水长江。登上鄂渚回顾，感叹秋风萧瑟。让马慢行山湾，把车停在方林。登上舲船逆沅水而上，船桨拍击波浪。船在水中回转不进，徘徊于急流漩涡中。早晨我从枉渚乘船出发，晚上住宿于辰阳。只要心地正直，流放远方也无妨。

入溆浦予儃回兮[①]，迷不知吾所如[②]。深林杳以冥冥兮[③]，乃猿狖之所居[④]。山峻高而蔽日兮，下幽晦以多雨。霰雪纷其无垠兮[⑤]，云霏霏而承宇[⑥]。哀吾生之无乐兮，幽独处乎山中。吾不能变心而从俗兮，固将愁苦而终穷[⑦]。

【注释】

①溆浦：溆水（今湖南境内）的沿岸。儃（chán）回：回旋，无所适从而徘徊之状。

②如：往。

③杳：深远。冥冥：昏暗状。

④狖（yòu）：黑色长尾猿。

⑤霰（xiàn）：冰粒。

⑥霏霏：盛多的样子。承宇：上承屋檐。

⑦终穷：穷困到底。

【译文】

在溆浦徘徊，心中迷茫，密林幽暗，猿猴出没。高山蔽日，山谷阴暗有雨。大雪纷飞天边，乌云密布垂到屋宇。可怜我的生活凄凉，孤单地住在山上。不能变心随波逐流，宁肯痛苦到底。

接舆髡首兮[①]，桑扈臝行[②]。忠不必用兮，贤不必以[③]。伍子逢殃兮[④]，比干菹醢[⑤]。与前世而皆然兮[⑥]，吾又何怨乎今之人？予将董道而不豫兮[⑦]，固将重昏而终身[⑧]。

【注释】

①接舆：春秋时楚国狂士。髡(kūn)首：剃去头发，古代刑罚之一。相传接舆曾经自刑身体，避世不仕。

②桑扈：古代隐士，洪兴祖以为即《庄子》所说子桑户。朱熹《楚辞集注》云："或疑《论语》所谓子桑伯子，亦是此人。盖夫子称其简。《家语》又云：伯子不衣冠而处，夫子讥其欲同人道于牛马，即此裸行之证也。"

③以：用。

④伍子：即伍子胥，名员。忠于吴国的春秋名将，为吴王夫差迫令自杀。

⑤比干：纣时贤臣，因进谏被杀。菹醢(zū hǎi)：古代把人剁成肉酱的酷刑。后亦用以泛指处死。菹、醢，都是肉酱的意思。

⑥与：同"举"。整个的意思。

⑦董道：正道。豫：犹豫。

⑧重昏：犹言处于层层黑暗之中。一说重昏，即一再陷于黑暗环境之中。重，一再。

【译文】

接舆装疯剃头，桑扈裸体而行。好人不受重用，贤人难被举荐。伍员直言遭殃，比干忠君被杀。自古如此啊，又何必要怨今人。我要坚持正道毫不犹豫，虽然那必将终身处在重重黑暗之中。

乱曰：鸾鸟凤皇，日以远兮；燕雀乌鹊，巢堂坛兮。露申辛夷①，死林薄兮②。腥臊并御③，芳不得薄兮④。阴阳易位⑤，时不当兮⑥。怀信侘傺⑦，忽乎吾将行兮⑧！

【注释】

①露申：芳香植物。露，底本作"灵"，据众本改。辛夷：香木名。初

春开花。

②薄:草木交错之地。

③御:进用。

④薄:靠近。

⑤阴阳易位:喻反常。易位,变换位置。

⑥时不当:屈原自伤生不逢时。

⑦怀信:怀抱忠信。侘傺(chà chì):失志的样子。

⑧忽:飘忽,迅速。

【译文】

总言之:鸾凤一天天远去,燕雀和乌鹊却住在高堂。露申辛夷死在密林。臭秽之物逞强,芳洁之物却不能近前。阴阳颠倒,时节反常。我忠直失意,只能落魄远走他乡。

哀郢

皇天之不纯命兮[①],何百姓之震愆[②]?民离散而相失兮,方仲春而东迁[③]。去故乡而就远兮,遵江、夏以流亡[④]。出国门而轸怀兮[⑤],甲之鼂吾以行[⑥]。

【注释】

①皇天之不纯命:天命无常。纯,正,常。

②震:震动。愆(qiān):《楚辞通释》曰:“失其生理也。”一说,震愆,指百姓心怀震惧,恐获罪过。愆,罪过。

③仲春:阴历二月。

④遵:循着。江、夏:长江和夏水。

⑤国门:指郢都城门。轸:痛。

⑥甲:指甲日。鼂:通“朝(zhāo)”。早晨。

【译文】

老天无常，为什么折磨庶民？人们家破人散，在二月逃往东方。离乡背井，沿长江夏水流亡。走出郢都城门我很悲伤，甲日一早我开始上路。

发郢而去闾兮[①]，荒忽其焉极[②]！楫齐扬以容与兮[③]，哀见君而不再得。望长楸而太息兮[④]，涕淫淫其若霰[⑤]。过夏首而西浮兮[⑥]，顾龙门而不见[⑦]。心婵媛而伤怀兮，眇不知余所蹠[⑧]。顺风波以从流兮，焉洋洋而为客[⑨]。陵阳侯之泛滥兮[⑩]，忽翱翔而焉薄[⑪]？心絓结而不解兮[⑫]，思蹇产而不释。

【注释】

①闾：里门。

②荒忽：恍惚，心神不定。焉极：哪有终止。

③楫（jí）：船桨。齐扬：并举。容与：行进缓慢。

④楸（qiū）：紫薇科落叶乔木。此指郢都的大树。古代有悠久历史的国都，大都植有乔木。

⑤淫淫：流不止的样子。霰（xiàn）：小冰粒。

⑥夏首：夏水与长江合流处。西浮：指船顺水势向西浮流。本篇所述路程，是由西向东行。此处言西浮，当是舟行至水流曲折之处，路或向西。

⑦顾：回望。龙门：郢都东门。

⑧眇：同“渺”。指前程的渺茫辽远。不知所蹠（zhí）：不知所止。蹠，践踏。

⑨焉：乃。洋洋：无所归的样子。

⑩陵阳侯：古代传说陵阳国之侯，溺水而死，其神能为大波。

⑪翱翔：形容船的忽上忽下。薄：止。

⑫结（guà）：悬挂。

【译文】

离开祖国，离开故乡，何处是尽头我心迷茫。船桨齐荡慢慢前行，可叹再见不到君王。望故都乔木长叹，泪水如雨霰滚滚而流。经夏首沿江西去，回头已不见郢都城门。心中牵挂无限伤感，前途渺茫不知去向。顺风沿江而下，漂泊无定四处流浪。我乘着波涛前行，船儿忽上忽下不知飘到何方。心中忧思不解，混乱纠缠无法通畅。

将运舟而下浮兮①，上洞庭而下江。去终古之所居兮②，今逍遥而来东③。羌灵魂之欲归兮，何须臾而忘反？背夏浦而西思兮④，哀故都之日远。登大坟以远望兮⑤，聊以舒吾忧心。哀州土之平乐兮⑥，悲江介之遗风⑦。

【注释】

①运舟：驾船。下浮：顺流下航。

②终古之所居：祖先世代所居之处。

③逍遥：犹飘荡。

④背：背向。夏浦：夏水之滨。西思：思念西方。

⑤坟：水边高地。

⑥哀州土之平乐：州土，指所经江汉地区。平乐，土地宽平而人民富乐。按，看到这里富饶的国土，想到楚国的富饶广大而竟迫近危亡，这里也将不能久保，不禁感到哀痛，所以本句开头用“哀”字。

⑦江介：江畔。遗风：古代遗留下来的风俗。

【译文】

掉船头顺流东下，过洞庭入长江。离开世代所居，漂泊来到东方。

我的灵魂只想回去，片刻难忘故乡。背对夏浦思念家乡，郢都越来越远令人悲伤。登上水边高地远眺，暂展我忧愁心肠。叹这里一片安宁富康，江边古风尤酣。

当陵阳之焉至兮①，淼南度之焉如②。曾不知夏之为丘兮③，孰两东门之可芜？心不怡之长久兮，忧与愁其相接。惟郢路之辽远兮，江与夏之不可涉！忽若去不信兮④，至今九年而不复⑤。惨郁郁而不通兮，蹇侘傺而含戚⑥。

【注释】

①当：面对。

②淼(miǎo)：大水望不到边际。如：往。

③曾不知：简直不能料到。夏：借作“厦”。为丘：荒废成为丘墟。

④忽若去不信兮：时光迅速得令人不可置信。忽，速。

⑤复：回返。

⑥蹇(jiǎn)：发语词。侘傺(chà chì)：失志的样子。戚：悲伤。

【译文】

对着波涛我思考它来自何处，南渡茫茫长江我不知所去。怎料宫阙成土，还有那两座东门荒芜。听后心中难以平静，新愁旧恨相继。郢都遥远，渡不过江水夏水。时间流逝无情叫人难以置信，离开郢都已过九年。愁恨难解啊，惶惶悲哀。

外承欢之汋约兮，谌荏弱而难持①。忠湛湛而愿进兮②，妒披离而鄣之③。尧、舜之抗行兮④，瞭一无瞭字杳杳而薄天⑤。众谗人之嫉妒兮，被以不慈之伪名⑥。憎愠惀之修美兮，好夫人之慷慨⑦。众踥蹀而日进兮⑧，美超远而逾迈⑨。

【注释】

①外承欢之汋(zhuó)约兮,谌荏(rěn)弱而难持:这两句写群小表面上讨人喜欢,实不可靠。汋约,姿态柔美的样子。谌,真实。荏弱,软弱。

②忠:指忠臣。湛湛(zhàn):厚重的样子。愿进:愿意进用,为国君尽力。

③妒:嫉妒的小人。披离:很多的样子。鄣:障蔽。

④抗行:高洁的行为。抗,高。

⑤瞭杳杳而薄天:这句意思是,尧舜眼光明了,远至上天,无不照察。瞭,眼明。杳杳,远的样子。薄天,迫近天,极言高远。

⑥被:加上。不慈:洪兴祖补注:"尧舜贤而不与子,故有不慈之名。《庄子》曰:'尧不慈,舜不孝。'"

⑦憎愠惀(yùn lún)之修美兮,好夫(fú)人之慷慨:这两句写国君不察君子小人。愠惀,指忠贤之人。《楚辞集注》:"愠,心所缊积也。思求晓知谓之惀。"《楚辞通释》:"愠惀,诚积而不能言也。"夫人,那些人,指小人。慷慨,此处指口头上讲得慷慨激昂。

⑧众:众小人。躞蹀(xiè dié):行走的样子。

⑨美:指修美的君子。逾:越。

【译文】

有人善媚外貌姣好,实际内心虚伪难以依托。忠心事君,反被嫉恨阻挠。尧舜行为高尚,目光高远直达九天。小人嫉妒不休,竟说尧舜不慈不孝。君主憎恶美德,只爱听花言巧语。佞人投机钻营而不断进升,贤人只好远去。

乱曰:曼予目以流观兮[①],冀壹反之何时[②]?鸟飞反故乡兮,狐死必首丘[③]。信非吾罪而弃逐兮,何日夜而忘之!

【注释】

①曼予目：犹放开自己的眼睛，向远处看。曼，远的样子。流观：四望。

②冀：希望。

③首丘：头向山丘。据说狐在死时还头向山丘，以示不忘所生之地。

【译文】

总言之：张目四望，想回一次故乡又在什么时候？鸟儿终归回旧巢，狐死时头向山冈。我无罪被放逐，心中片刻不曾忘！

抽思

心郁郁之忧思兮，独永叹乎增伤。思蹇产之不释兮①，曼遭夜之方长②。悲秋风之动容兮，何回极之浮浮③？数惟荪之多怒兮④，伤予心之忧忧。愿摇起而横奔兮⑤，览民尤以自镇⑥。结微情以陈辞兮，矫以遗夫美人⑦。

【注释】

①蹇产：纠缠，不顺畅。

②曼：长。

③回极：回旋之极。此指天极回旋之枢轴北极。浮浮：言其运转之速而不可挡。

④惟：想。荃(quán)：香草名。比喻楚王。一作“荪”。

⑤横奔：乱跑，喻自暴自弃，随波逐流。

⑥尤：苦难。镇：镇定。

⑦矫：举起。美人：喻君王。

【译文】

内心郁积忧思，孤独长叹悲伤徒增。愁思纠缠难以释怀，长夜漫漫。秋风萧瑟草木凋残，为何天极如此迅速回旋？常想起君王如此易怒，让我伤悲使我忧心。真想随波逐流，见人们苦难才又坚定。我用言辞表达深情，把它献给我的君王。

昔君与我诚言兮[①]，曰黄昏以为期[②]。羌中道而回畔兮[③]，反既有此他志。㤭吾以其美好兮[④]，览予以其修姱。与予言而不信兮，盖为予而造怒。愿承间而自察兮[⑤]，心震悼而不敢。悲夷犹而冀进兮[⑥]，心怛伤之憺憺[⑦]。

【注释】

①诚言：约定之言。诚，一作"成"。

②曰黄昏以为期：此句意即君臣相约以老死为盟。黄昏，喻老年。

③羌：楚方言中的发语词。回畔：即反悔。畔，通"叛"。

④㤭（jiāo）：同"骄"。

⑤承间：找机会。间，间隙，机会。

⑥夷犹：犹豫。

⑦怛（dá）：悲伤。憺憺（dàn）：动荡。

【译文】

往日我们曾约定，同心同德到老。岂知他中途翻悔，现在有了二心。他夸耀长处，自示美好。他的话全无信用，还故意向我发怒。我想寻机自辩，却恐惧难言。可悲的是我犹豫地仍愿进取，心中实在痛苦不得宁静。

历兹情以陈辞兮[①]，荪详聋而不闻[②]。固切人之不媚兮[3]，众果以我为患。初吾所陈之耿著兮[4]，岂至今其庸亡[5]？何独乐斯之謇謇兮[6]，愿荃美之可完。望三、五以为像兮[7]，指彭咸以为仪[8]。夫何极而不至兮[9]？故远闻而难亏[10]。善不由外来兮，名不可以虚作。孰无施而有报兮？孰不实而有获？

【注释】

①历：列举。

②详：同“佯”。

③切人：恳切之人。

④耿著：显明。

⑤庸：乃，就。亡：同“忘”。

⑥謇謇：直言敢说的样子。

⑦三、五：三王五伯的简称。三王，夏禹、商汤、周文王。五伯，即春秋齐桓公、晋文公、宋襄公、楚庄公、秦穆公。一说为齐桓公、晋文公、楚庄王、吴王阖闾、越王勾践。

⑧彭咸：传说中殷代贤臣。

⑨极：目的。

⑩远闻：名声远播。闻，名声。亏：损。

【译文】

我陈述一腔真情，他却装聋不听。原本老实人不善取悦，众人视我如祸患。我曾表白了一切，怎么很快他就忘了？何以自己独好多言，只希望他发扬美德。愿他以三王五霸为榜样，我自己则效法彭咸。一切目标都能实现，君臣名声可以流芳不朽。美德靠自励，好名须副实。谁能不劳而获，哪会白有所得？

少歌曰①：与美人抽怨兮，并日夜而无正。憍吾以其美好兮，敖朕辞而不听。

【注释】

①少歌：乐章音节的名称。从音乐表现形式上看，似乐歌中间穿插的小合唱。从内容上看，又如某一部分的小结。

【译文】

少歌：我向君王倾诉衷肠，他却终日黑白不分。他自以为是，对忠言一字不听。

倡曰①：有鸟自南兮，来集汉北。好姱佳丽兮，牉独处此异域②。既茕独而不群兮③，又无良媒在其侧。道逴远而日忘兮，愿自申而不得。望南山而流涕兮，临流水而太息。望孟夏之短夜兮，何晦明之若岁④？惟郢路之辽远兮，魂一夕而九逝。曾不知路之曲直兮，南指月与列星。愿径逝而不得兮，魂识路之营营。何灵魂之信直兮？人之心不与吾心同。理弱而媒不通兮，尚不知予之从容⑤。

【注释】

①倡：同“唱”。这也是乐章音节的名称。从表现形式上看，好似领唱。在内容上为另一层意思的发端。

②牉(pàn)：背离，分离。

③茕(qióng)：孤独。

④晦明：指一整夜。

⑤从容：举止行为。

【译文】

唱：有一只鸟从南飞来，在汉水之北暂时栖息。鸟儿羽毛丰满美丽，却离群独处异乡。它没有伴侣没有知交，也没有良媒在身旁。路途遥远日见忘记，想申诉又无法做到。远看北山暗泣，对着流水长叹。愿初夏夜短一点，为何这么漫长如年。思念郢都相距遥远，梦魂一夜九次往返。魂魄不知归途坎坷，靠着星月南飞。直接回去不可能啊，魂魄来去何其匆匆。灵魂何以如此忠诚，别人不和我们同心。表白不清无法沟通啊，媒人尚且不知我的行为。

乱曰：长濑湍流①，溯江潭兮②。狂顾南行，聊以娱心兮。轸石崴嵬③，蹇吾愿兮④。超回志度⑤，行隐进兮⑥。低徊夷犹⑦，宿北姑兮⑧。烦冤瞀容⑨，实沛徂兮⑩。愁叹苦神⑪，灵遥思兮。路远处幽，又无行媒兮。道思作颂⑫，聊自救兮。忧心不遂，斯言谁告兮？

【注释】

①濑：沙上流过的浅水。湍：急流。

②溯：逆流而上。

③轸石：方崖。崴嵬（wēi wéi）：突兀高耸的样子。

④蹇（jiǎn）：阻碍。

⑤超：超越。回：曲折的路。志：记住。度：与“回”相对成文，似应作直路解。

⑥行隐：前进和后退。

⑦低徊：流连貌。

⑧北姑：山名。

⑨瞀（mào）：内心烦乱。

⑩沛：水速流的样子。徂：往。

⑪苦神：劳神。

⑫道思：阐明见解主张。作颂：写诗。

【译文】

尾声：浅水急急流过沙滩，我沿江逆流而上。急顾南方大道而行，姑且自慰忧伤之心。南路怪石密布，阻碍我回郢都之愿。越曲径向直道，我只能隐进密行。犹豫徘徊，留宿北姑。心情愁闷烦乱露于容表，很想随流而去。悲叹苦思，怀念远方故里。路远地偏，无人传达心声。为表达自我而作此文，聊以自慰而已。忧心如麻，这话可对谁讲！

怀沙

滔滔孟夏兮[①]，草木莽莽。伤怀永哀兮，汩徂南土[②]。眴兮窈窈[③]，孔静幽默[④]。菀结纡轸兮[⑤]，离愍而长鞠[⑥]。抚情效志兮[⑦]，俯屈而自抑。刓方以为圜兮[⑧]，常度未替[⑨]。易初本迪兮[⑩]，君子所鄙。章画职墨兮[⑪]，前图未改。内直质重兮，大人所盛[⑫]。

【注释】

①滔滔：《史记·屈原贾生列传》作"陶陶"，和暖。一说水大的样子。

②汩(yù)：水流迅疾的样子。

③眴(shùn)：看，眨眼。

④孔：很。幽默：幽静无声。

⑤纡：婉曲。轸：苦痛。

⑥愍(mǐn)：忧患。鞠：穷困。

⑦抚：依循，省察。效：察核。

⑧刓(wán)：削。圜：同"圆"。

⑨常度：正常的法度。替：废弃。

⑩易初本迪：《山带阁注楚辞》："谓变易其初始本然之道也。"迪，正道。

⑪章：彰明。画：规矩。职：通"识"。念，记。墨：绳墨。

⑫大人：圣贤。

【译文】

初夏风和日丽，百草丰茂。我心愁苦伤悲，因为要急奔南方。望前途渺茫，四周寂寥。满腹痛苦委屈，遭受忧患穷困已长。扪心自问，虽受冤屈仍要自制。虽有人削方为圆，正常法度我还不敢废弃。改变初衷，三心二意，君子不齿。规矩不可忘，前人的法度也不可变。内心淳厚，圣人所取。

巧倕不斫兮[①]，熟察其揆正[②]？玄文处幽兮[③]，蒙谓之不章[④]。离娄微睇兮[⑤]，瞽以为无明。变白而为黑兮，倒上以为下。凤皇在笯兮[⑥]，鸡鹜翔舞[⑦]。同糅玉石兮，一概而相量[⑧]。夫惟党人之鄙固兮，羌不知吾所臧[⑨]。任重载盛兮，陷滞而不济。怀瑾握瑜兮，穷不知所示。

【注释】

①倕（chuí）：人名。《楚辞章句》："倕，尧巧工也。"斫（zhuó）：砍。

②揆正：准则，正理。一说，揆当作"拨"，拨正，犹今之言拨乱反正。

③玄文：黑色花纹。

④蒙（méng）：盲人。章：明，文彩。

⑤离娄：人名。《楚辞集注》："古之明目者也。"微睇：微看一下。

⑥笯（nú）：鸟笼。

⑦鹜：鸭子。

⑧概：平斗斛木。

⑨臧：美好。

【译文】

巧匠不动斧，何以成曲直？黑的花纹处于暗处，人们瞎子一样指责它不华丽。离娄明察秋毫但只是一瞥，盲人便认为和自己一样。说黑为白，上下颠倒。凤凰在笼，鸡鸭乱飞。玉石杂混，等量齐观认为一样。党人卑鄙，不管我忠贞。我肩负大任，却陷窘境不能自拔。我所藏美玉珍宝，穷困中不知向谁人献上。

邑犬群吠兮，吠所怪也。诽骏疑桀兮，固庸态也。文质疏内兮[①]，众不知吾之异采。材朴委积兮[②]，莫知予之所有。重仁袭义兮[③]，谨厚以为丰。重华不可遌兮[④]，孰知予之从容？古固有不并兮[⑤]，岂知其故也？汤、禹久远兮，邈不可慕也。惩违改忿兮[⑥]，抑心而自强。离慜而不迁兮，愿志之有像。进路北次兮，日昧昧其将莫[⑦]。舒忧娱哀兮，限之以大故[⑧]。

【注释】

①内：通“讷”。木讷。

②材：木中用者。朴：未成器之材。

③重、袭：均为累积之意。

④遌(è)：逢，遇。

⑤不并：言圣贤不并时而生。

⑥违：同“愇”。怨恨。

⑦昧昧：渐暗的样子。莫：同“暮”。

⑧限：极限。大故：死亡。

【译文】

村狗乱吠，大惊小怪。诋毁英杰，小人本来就是这样。外疏语讷啊，人不知我的异才。有用之原材堆积一边，无人知我所能。我德才仁义累积，为人谨慎忠淳。虞舜不可再遇，谁能识我行为？圣贤自古不同时啊，哪知为了什么？汤、禹已远，令人不敢向往。不必再怨恨愤怒，克制内心独自坚贞。遭受忧患也不移志，希望有学习的榜样。顺路往北，太阳西下暮色苍茫。我要解除烦恼，最好就是一死。

乱曰：浩浩沅、湘，分流汩兮。修路幽蔽①，道远忽兮。曾吟恒悲②，永叹喟兮。世既莫吾知，人心不可谓兮。怀情抱质，独无匹兮。伯乐既没，骥将焉程兮③？民生禀命，各有所错兮④。定心广志，予何畏惧兮？知死不可让，愿勿爱兮。明告君子，吾将以为类兮。

【注释】

①蔽(fú)：草多路阻。

②曾：同“增”。重。

③程：衡量。

④错：通“措”。安排。

【译文】

总言之：沅湘滚滚，日夜奔流。长路坎坷，前途渺茫。无穷忧伤悲哀，使我叹息不止。黑暗人间无人知我，人心难测。人品高洁，却无人证明。伯乐已死，千里马无人品评。人生由命，上天已安排好了。定下心来放开胸怀，无可畏惧了。死已难免，生命不足吝惜。伟大的先贤啊，我将与你们为伍。

思美人

思美人兮，擥涕而伫眙[①]。媒绝路阻兮，言不可结而诒。蹇蹇之烦冤兮[②]，陷滞而不发。申旦以舒中情兮[③]，志沉菀而莫达[④]。愿寄言于浮云兮，遇丰隆而不将。因归鸟而致辞兮，羌迅高而难当。难当，不相值也。高辛之灵晟兮[⑤]，遭玄鸟而致诒。欲变节以从俗兮，愧易初而屈志[⑥]。独历年而离愍兮[⑦]，羌冯心犹未化[⑧]。宁隐闵而寿考兮[⑨]，何变易之可为！

【注释】

①擥：同"揽"。收拢。伫眙（chì）：久久伫立盼望。眙，直视。

②蹇蹇：通"謇謇"。忠直敢言的样子。

③申旦：申明旦誓之信。

④沉菀（yùn）：沉郁，郁结不舒。菀，通"蕴"。蕴积，郁结。

⑤晟：兴盛。一本作"盛"。

⑥易初：改变初志。

⑦离愍：同"离慜"。遭受忧患。

⑧冯心：愤懑的心情。冯，同"凭"。烦闷，愤怒。未化：没有消除。

⑨隐闵：隐忍着忧悯。寿考：年高。此指终身。

【译文】

我思念你啊美人，擦干眼泪久久将你眺望。无人作媒路不畅，有话难讲。直言带来忧伤冤屈，愁思郁结心中。常想申明真情，却始终压抑难言。想请浮云带话，云神却不通情。想托归鸟捎信，它飞得太高太快难以遇上。难当，不相遇的意思。高辛帝伟岸，有玄鸟代他送礼。想变节随波逐流，却有愧于改变初衷。个人多年遭受忧患，愁愤之情丝毫未减。宁愿忍受痛苦忧郁到老，也不改变我的志向！

知前辙之不遂兮，未改此度。车既覆而马颠兮，蹇独怀此异路。勒骐骥而更驾兮，造父为我操之①。迁逡次而勿驱兮②，聊假日以须时。指嶓冢之西隈兮③，与纁黄以为期④。

【注释】

①造父：周穆王时善御者。

②迁：前进。逡次：逡巡，徘徊不前。

③嶓冢：山名。又名兑山，在今甘肃，为汉水发源地。西隈：西边。

④纁：通“曛”。落日之晖。

【译文】

我知前事不遂，但不改初志。尽管车仰马翻，我仍要特立独行。重驾千里马，请造父为我赶车。车儿慢慢不必急行，姑且打发时间等待机会。车子驰往嶓冢之西，黄昏时停下休息。

开春发岁兮，白日出之悠悠。吾将荡志而愉乐兮，遵江、夏以娱忧。擥大薄之芳茝兮①，搴长洲之宿莽。惜吾不及古人兮，吾谁与玩此芳草？解萹薄与杂菜兮②，备以为交佩。佩缤纷其缭转兮，遂萎绝而离异。吾且儃回以娱忧兮，观南人之变态③。窃快在中心兮，扬厥冯而不俟④。

【注释】

①大薄：野草丛生之地。

②萹薄：蔚竹丛生之地。

③变态：异状，疑指不同的生活习惯。

④厥冯：那些愤慨的情绪。

【译文】

春天来临一年开始，太阳冉冉东升。我要纵情娱乐，沿江水、夏水而行排遣忧愁。采草木中的芳茝，摘长洲上的宿莽。可惜未与前贤同时，和谁共赏香草？拔取丛生萹竹杂菜，备以佩戴左右。萹竹杂菜好看一时，很快就会凋谢枯败。姑且在此徘徊消愁，观赏南方的异俗。心中暗暗洋溢快意，丢开愤激不再期盼。

芳与泽其杂糅兮，羌芳华自中出。纷郁郁其远蒸兮，满内而外扬。情与质信可保兮[①]，羌居蔽而闻章[②]。令薜荔以为理兮，惮举趾而缘木。因芙蓉而为媒兮，惮蹇裳而濡足[③]。登高吾不说兮，入下吾不能。固朕形之不服兮，然容与而狐疑。

【注释】

①情：外表。质：内心。

②章：同“彰”。

③蹇（qiān）：通“褰”。提起衣裳。

【译文】

香花污秽混杂，花香总不会被恶臭掩盖。阵阵花香远布，处处充满馥郁香气。只要内外确保美好，处境虽劣而美名会更显扬。想让薜荔为媒，却又怕抬脚上树。想托荷花去说合，又不敢撩衣下水。不乐意上树登高，也不喜下水。这不合我的习惯，心中犹豫徘徊不已。

广遂前画兮[①]，未改此度也。命则处幽吾将罢兮，愿及白日之未莫也。独茕茕而南行兮[②]，思彭咸之故也。

【注释】

①广：全部。遂：实现。

②茕茕(qióng)：孤独无依的样子。

【译文】

我要完全依照前头的谋划，始终不改。命该受难处幽看来我只能作罢，趁太阳未落抓紧时间。形影孤单向南，我只思念彭咸故迹。

惜往日 此首不似屈子之词，疑后人伪托也。浅句以△识之。

惜往日之曾信兮[①]，受命诏以昭时[②]。奉先功以照下兮[③]，明法度之嫌疑。国富强而法立兮，属贞臣而日娭[④]。祕密事之载心兮，虽过失犹弗治。心纯庬而不泄兮[⑤]，遭谗人而嫉之。君含怒而待臣兮，不清澄其然否。蔽晦君之聪明兮，虚惑误又以欺[⑥]。弗参验以考实兮，远迁臣而弗思[⑦]。信谗谀之溷浊兮，盛气志而过之[⑧]。何贞臣之无罪兮，被谤谤而见尤[⑨]？惭光景之诚信兮[⑩]，身幽隐而备之[⑪]。

【注释】

①惜：以哀伤的心情追忆。曾信：曾得信任。

②昭时：使时世清明。

③先功：先王的功业。下：对“先功”而言，指后世子孙。

④属：托付。娭(xī)：同“嬉”。快乐。

⑤庬(máng)：忠厚。

⑥虚：把无说成有。惑：把假说成真。

⑦迁：流放。

⑧过：动词。给人加罪。

⑨见尤：被责罚。尤，罪过。

⑩光景：指太阳的光辉。诚信：真诚可信。引申为阳光对万物都一视同仁，普照天下。

⑪备：疑为“避”之声误。

【译文】

忆当年深受信任，奉命廓清时世。遵先王功业普照后代，法度严明没有疑问。国富法立，政予忠臣天下安乐。我把国家机密放在心上，纵有差错国君并不责怪。我心忠厚作风严谨，却遭群小嫉恨。君王信谗对我发怒，并不加以辨明。谗人混淆君王视听，无中生有以假乱真将君主欺骗。君主却并不查实证明，无情地放逐我到远方。听信谗言啊，盛气凌人处罚我。何以忠臣无罪，却遭诽谤责罚？叹息阳光普照大地，我却幽隐享受不到。

临江、湘之玄渊兮[①]，遂自忍而沉流[②]。卒没身而绝名兮，惜壅君之不昭[③]。君无度而弗察兮，使芳草为薮幽[④]。焉舒情而抽信兮[⑤]？恬死亡而不聊[⑥]。独鄣壅而蔽隐兮，使贞臣为无由[⑦]。闻百里之为虏兮[⑧]，伊尹烹于庖厨[⑨]。吕望屠于朝歌兮[⑩]，宁戚歌而饭牛[⑪]。不逢汤、武与桓、缪兮[⑫]，世孰云而知之？吴信谗而弗味兮，子胥死而后忧[⑬]。介子忠而立枯兮，文君寤而追求[⑭]。封介山而为之禁兮[⑮]，报大德之优游[⑯]。思久故之亲身兮[⑰]，因缟素而哭之。

【注释】

①玄渊：深渊。

②沉流：指投水自尽。

③壅君：昏庸的君主。

④薮（sǒu）：水少而草木茂盛的湖泽。幽：掩盖，埋没。

⑤抽信：陈述心中的真情。抽，抽绎，有条理地表明。信，真，指真实心意。

⑥不聊：不苟生。

⑦无由：不可行。

⑧百里之为虏：百里即百里奚，又称“五羖大夫”。原为虞国大夫，虞亡时被晋所俘，后以陪嫁之臣被送入秦国。百里奚又逃至楚国。秦穆公闻百里奚贤，用五张公羊皮将其赎回，用为大夫，为秦重臣。

⑨伊尹烹于庖厨：尹是官名，名伊，一说名挚。商初大臣。传说原为商汤之妻有莘氏女的陪嫁之臣，商汤用为小臣。后以烹饪为商汤论为政之道，得到商汤赏识，任之以国政，助商汤攻灭夏桀。

⑩吕望屠于朝（zhāo）歌：吕望即太公姜尚。传说吕望穷困时，在朝歌做屠户。后钓于渭滨，遇文王，为周文王重用，辅周武王灭商。吕望，一名吕尚。姜姓，吕氏，名望，一说字子牙。武王灭商后封之于齐，是周代齐国始祖。民间习称其姜太公。朝歌，在今河南淇县。商代纣的别都。

⑪宁戚歌而饭牛：宁戚是春秋时卫国人。他欲见齐桓公，但穷困无法办到。于是去齐国做买卖，晚上宿于郭门之外，在车下喂牛，望见桓公，就击牛角而歌。桓公听到后认为宁戚不是常人，将其带回，后为桓公客卿。一说桓公任为大夫。

⑫汤：商汤。武：周武王。桓：齐桓公。缪（mù）：同“穆”。即秦穆公。

⑬吴信谗而弗味兮，子胥死而后忧：伍子胥直谏反对吴越议和及攻伐齐国争霸。夫差听信伯嚭谗言，逼其自杀，后越趁吴伐齐国力

疲敝之机灭吴。吴，即吴王夫差。子胥，即伍员，字子胥。味，品味，分辨。

⑭介子忠而立枯兮，文君寤而追求：介之推随晋文公重耳流亡在外十九年，回国后不居功而隐居绵山。文公想请他回来，派人放火烧山，意在逼介之推出山，结果介子抱树而死。介子，即介之推。春秋时晋国贤大夫。文君，晋文公。

⑮封介山：子推死后，晋文公把绵山改名为介山，以绵上之田封于子推，作为子推祭田。禁：禁止上山柴猎。

⑯大德：据传介之推于文公流亡时曾割自己的腿肉给文公食用。优游：宽大。这里指其德之大。

⑰久故：多年旧交。亲身：身边亲近的人。

【译文】

来到江、湘渊边，我要忍痛投江。只有身死名绝啊，可惜糊涂君王全不明白。他反复无常又不明察，竟让湖泽埋没香草。何以表达真情？我愿死去而不偷生。只是君王仍被谗言蒙蔽，忠臣末路不可能再得任用。听说百里奚曾做囚徒，伊尹做过司厨。姜尚在朝歌做过屠夫，宁戚唱着歌喂牛。若非遇到商汤、周文王、武王、齐桓公、秦穆公，世人谁说了解他们的长处？吴王信谗是非不辨，诛伍员方知忧患安危。介之推忠贞而被烧死，晋文公觉悟亡羊补牢。绵山更名介山禁猎，只为报答恩情大德。思念故旧随从，服丧哭悼有加。

或忠信而死节兮，或訑谩而不疑[①]。弗省察而按实兮，听谗人之虚辞。芳与泽其杂糅兮，孰申旦而别之[②]？何芳草之早夭兮[③]？微霜降而下戒。谅聪不明而蔽壅兮，使谗谀而自得[④]。自前世之嫉贤兮，谓蕙若其不可佩[⑤]。妒娃冶之芬芳兮[⑥]，嫫母姣而自好[⑦]。虽有西施之美容兮，谗妒入以自代。愿陈情以白行兮[⑧]，得罪过之不意。情冤见之日明兮，如列宿之错置[⑨]。

【注释】

①诧谩（tuó mán）：强不知以为知而欺人。

②申旦：申明表白。

③早夭：早死。这里指过早凋零。

④得：称心。

⑤蕙若：蕙草与杜若。皆香草。

⑥娃冶：美人。娃，一本作“佳”。按，“娃”与“佳”义相通。吴楚方言中“娃”表示美好之意。《说文解字》：“吴楚之间谓好曰娃。”《方言》：“娃，美也。吴楚衡淮之间曰娃。”

⑦嫫母：传说为黄帝妻，貌甚丑。这里代指丑人。

⑧白行：表白行为。

⑨列宿（xiù）：众星。错置：罗列。错，通“措”。

【译文】

有人忠诚守节而死，有人奸诈得宠。如不据实考察，只会听到谗言假话。芳草污秽混杂，谁能明辨呢？何以香草过早凋零，不曾留心微霜下降。君王耳目受蔽，小人天天得意。贤人自古受嫉，小人竟说香草不能佩在身。臭物嫉妒美人芬芳，丑妇弄姿自以为姣好。纵有西施美貌，谗人也要将她代替掉。想陈述自白，却突然得罪。我的冤情日见分明，如同罗列在天的星辰。

乘骐骥而驰骋兮，无辔衔而自载[①]；乘泛泭以下流兮[②]，无舟楫而自备。背法度而心治兮，辟与此其无异[③]。宁溘死而流亡兮[④]，恐祸殃之有再。不毕辞而赴渊兮[⑤]，惜壅君之不识⑥！

【注释】

①辔（pèi）：缰绳。衔：马勒。载：具备。

②洑（fū）：木筏。

③辟：同“譬”。

④溘（kè）：突然。

⑤毕辞：说完话。

⑥惜壅君之不识：按，曾国藩怀疑本篇并非屈原所作，但王般则认为本篇是屈原最后的作品，即所谓“临终绝笔”（林云铭《楚辞灯》）、“垂死之音”（胡文英《屈骚指掌》）。文中所表现的正是屈原为谗言所害，政治理想未得实现，于是不得不以一死来使顷襄王有所省悟。

【译文】

想纵马奔驰，自己却不备马缰马勒；想驱舟航行，自己却不备船桨。背理而恣行，亦如此理。宁可忽然死去魂魄离散，只怕再招致祸殃。话未完我就赴往深渊，可叹那君王如此糊涂不知我心意！

橘颂

后皇嘉树①，橘徕服兮②。受命不迁，生南国兮③。深固难徙，更壹志兮。绿叶素荣④，纷其可喜兮⑤。曾枝剡棘⑥，圜实抟兮⑦。青黄杂糅⑧，文章烂兮⑨。精色内白⑩，类任道兮⑪。纷缊宜修⑫，姱而不丑兮⑬。

【注释】

①后皇：后土皇天。这里是敬称天地。嘉：美好。

②徕:同"来"。服:《楚辞章句》:"服,习也。"即适应。引申为落地生根之意。

③受命不迁,生南国兮:指受天地之命,生长于南国而不可移植。《周礼·考工记》:"橘逾淮而北为枳。"橘为美果,枳则不堪食也。

④素荣:白花。橘树初夏时开五瓣白色小花。

⑤纷:指花叶茂盛纷披。

⑥曾:同"层"。剡(yǎn):锐利。棘:刺。

⑦抟:同"团"。圆状。

⑧青黄:指橘果生熟之异色。糅:错杂。

⑨文章:橘果皮色的纹理色彩。烂:绚丽有光彩之状。

⑩精:闻一多《楚辞校补》:"精,读为情,赤黄色也。"

⑪类:像。任道:担当重任的形象。

⑫纷缊:即纷纭。一说缊通"氲"。指香气浓郁。

⑬姱:美好。不丑:出类拔萃,与众不同。丑,类。

【译文】

橘树是天地间的美树,生长在南方。受天命不可迁移,只适应南方。根深不可移,更因意志专一。绿叶白花,茂盛讨人喜欢。枝条层叠棘刺锋利,圆果丰满。青黄相映,色彩艳美。金皮白瓤,真像个担当重任之人。橘树香气浓郁,资质美好。

嗟尔幼志[①],有以异兮[②]。独立不迁,岂不可喜兮!深固难徙,廓其无求兮[③]。苏世独立[④],横而不流兮[⑤]。闭心自慎[⑥],终不失过兮。秉德无私[⑦],参天地兮[⑧]!愿岁并谢[⑨],与长友兮[⑩]。淑离不淫[⑪],梗其有理兮[⑫]。年岁虽少,可师长兮[⑬]。行比伯夷[⑭],置以为象兮[⑮]。

【注释】

①嗟:感叹词。尔:你。指橘树。

②异:与众不同。

③廓:广旷辽阔,指心胸宽广。

④苏世:即独清醒于浊醉之世。

⑤横:横渡。流:随波逐流。

⑥闭心:藏于心中,意即守心不纵。

⑦秉:持。

⑧参:合。《楚辞补注》:"天无私覆,地无私载,秉德无私,则与天地参也。"

⑨岁:生命。谢:过去,消逝。

⑩长友:做永久的朋友。

⑪离:丽。淫:过度,放纵。

⑫梗:直,坚定。理:纹理。这里指原则、道理。

⑬师长:用如动词,做师长。

⑭伯夷:商末孤竹国公子,曾谏阻周武王伐商。商亡后,与其弟叔齐义不食周粟,饿死首阳山。

⑮象:榜样,模范。

【译文】

我歌颂你啊,幼时的志向,已经是与众不同。性格独立坚定,岂不令人欢喜。根牢而不可移,胸怀宽广对世俗之利无所追求。远离时俗独立,敢于横渡不随波逐流。一切在心谨慎自守,始终不犯过失。品德美好大公无私,精神与天地相合。希望与你同生,你我情谊长久。你美丽而不淫佚,性格刚强理直气壮。你年岁虽小,却可为师为长。你品行可比伯夷,我种植你啊作为我的榜样。

悲回风

悲回风之摇蕙兮，心菀结而内伤。物有微而陨性兮[1]，声有隐而先倡[2]。夫何彭咸之造思兮[3]，暨志介而不忘[4]？万变其情岂可盖兮？孰虚伪之可长？鸟兽鸣以号群兮，草苴比而不芳[5]。鱼葺鳞以自别兮[6]，蛟龙隐其文章[7]。故荼荠不同亩兮[8]，兰茝幽而独芳。惟佳人之永都兮[9]，更统世而自贶[10]。眇远志之所及兮[11]，怜浮云之相羊[12]。介眇志之所惑兮[13]，窃赋诗之所明。

【注释】

①有微：尽管微小。陨性：损伤生命。

②有隐：听不见。倡：同“唱”。

③造思：思念。

④暨(jì)：以及。志介：志气节操。

⑤苴(jū)：枯草。比：挨在一起。

⑥葺(qì)：《楚辞章句》：“累也。”一层又一层的意思。自别：自行区别。引申为互相对比。

⑦文章：纹理与色彩。此处指美丽的鳞甲。

⑧荼：苦菜。荠：甘菜。

⑨惟：思念。佳人：美人。指代圣贤。都：美丽。

⑩更：经历。统世：世世代代相继不绝。统，丝的头绪。引申为传统。自贶(kuàng)：指自己充实起来。贶，赐，赠予。

⑪眇：审视。一说遥远。

⑫相羊：同“徜徉”。逍遥自在的样子。

⑬介：通“芥”。微小。眇：微小。

【译文】

旋风摇蕙草无限悲凉，愁思郁结无比忧伤。物虽小却伤命，声虽细却先扬。为何总想彭咸，难忘他的节操。变幻的情感难以掩盖，虚情岂能久长？鸟兽鸣叫为了同群，香草与枯草堆积不再芳香。群鱼彼此炫耀鳞片，蛟龙却深藏坚甲。所以苦菜甜菜分田栽种，兰茝在偏僻之地芬芳。思慕前贤不朽的光彩，自励不息流传后世。细想这远大志向如何实现，自怜如浮云飘荡不定。我的心志不被理解，私下写诗来表明。

惟佳人之独怀兮，折芳椒以自处①。曾歔欷之嗟嗟兮，独隐伏而思虑。涕泣交而凄凄兮，思不眠而极曙。终长夜之曼曼兮，掩此哀而不去。寤从容以周流兮，聊逍遥以自恃。伤太息之愍怜兮，气於邑而不可止②。纠思心以为纕兮③，编愁苦以为膺④。折若木以蔽光兮⑤，随飘风之所仍⑥。存髣髴而不见兮⑦，心踊跃其若汤。抚佩衽以案志兮⑧，超惘惘而遂行⑨。

【注释】

①自处：自己安排，引申为自爱、自慰的意思。

②於邑：气短，气息急促而不舒缓。

③纕：佩带。

④膺：胸。此处指胸前的饰物。

⑤若木：古代神话中的树名。一说，即扶桑。

⑥仍：引。

⑦存：四周存在的事物。髣髴（fǎng fú）：隐约，依稀。

⑧案：同“按”。压抑。

⑨超惘惘：失意而心中渺茫的样子。

【译文】

我只怀恋前贤，折杜若申椒舒怀。一次又一次长叹，独在僻地思绪万千。伤心泪水涟涟，直到天明未眠。漫漫黑夜，很难抑制心中悲伤。醒来四处游荡，用逍遥来慰藉忧愁。一腔悲愤使我伤心长叹，难舒胸臆。搓无数忧思为带，编无限悲愤为膺。折若木遮阳，任从狂风吹我到何方。不顾周围一切，心若沸水激荡。抚玉佩衣襟强自镇定，心中渺茫走向远方。

岁曶曶其若颓兮[①]，时亦冉冉而将至。薠衡槁而节离兮[②]，芳已歇而不比[③]。怜思心之不可惩兮，证此言之不可聊[④]。宁溘死而流亡兮，不忍此心之常愁。孤子吟而抆泪兮[⑤]，放子出而不还[⑥]。孰能思而不隐兮[⑦]？昭彭咸之所闻[⑧]。

【注释】

①曶曶（hū）：迅速。

②薠：香草名。衡：通行本作“蘅”，香草名。节离：枝节断离。

③歇：消散。不比：此指叶落香消。

④不可聊：不可依赖。一说谓无聊之极。

⑤抆（wěn）：揩拭。

⑥放子：弃儿。

⑦隐：痛。

⑧闻：郭沫若《屈原赋今译》：“‘闻’字与上‘还’字失韵，当是‘閒’字之误。‘閒’与闲通。”所闲，即安闲。

【译文】

一年将逝，人也渐老。香草枯谢，花枝飘零。可怜我痴心不改，求证斯言实属多余。宁愿突然死去魂魄离散，不忍受这长期忧烦。如孤儿呻吟抹泪，如弃儿无家可归。谁能忧虑而不痛苦，真想明白彭咸风范。

登石峦以远望兮，路眇眇之默默。入景响之无应兮[①]，闻省想而不可得[②]。愁郁郁之无快兮，居戚戚而不可解。心鞿羁而不开兮[③]，气缭转而自缔[④]。穆眇眇之无垠兮[⑤]，莽芒芒之无仪[⑥]。声有隐而相感兮[⑦]，物有纯而不可为[⑧]。藐蔓蔓之不可量兮，缥绵绵之不可纡[⑨]。愁悄悄之常悲兮，翩冥冥之不可娱[⑩]。陵大波而流风兮，托彭咸之所居。

【注释】

①景响之无应：形容境界的寂寥。景，同"影"。影随形，响应声。

②闻：听。

③鞿(jī)羁：马缰绳和络头。比喻束缚。鞿，马嚼子。

④自缔：自结。缔，郁结。

⑤眇眇：同"渺渺"。

⑥芒芒：同"茫茫"。无仪：无匹敌者。

⑦相感：相互感应。

⑧有纯：看不见。不可为：不可造出。

⑨缥：缥渺。绵绵：深长的样子。纡：缠绕。

⑩翩冥冥：指精神的飞离。翩，飞翔。

【译文】

登上山峦极目远望，道路寂静又渺茫。想进入幽冥之界，可在世免不了听闻反省思考。愁思郁结毫无欢乐，悲凉无边无际无法逃避。思想困顿难展，我气息幽闷郁结。天高地广，宇宙无边。无声可有所感，无形却难以勾勒。路远难测，忧苦难解。悲愁紧紧相随，看来神魄消逝才会舒畅。我要随风乘波涛而去，把彭咸居住的地方作为依托。

上高岩之峭岸兮，处雌霓之标巅[1]。据青冥而摅虹兮[2]，遂倏忽而扪天。吸湛露之浮凉兮，漱凝霜之雰雰[3]。依风穴以自息兮[4]，忽倾寤以婵媛[5]。冯昆仑以瞰雾兮[6]，隐岐山以清江[7]。惮涌湍之礚礚兮[8]，听波声之汹汹[9]。纷容容之无经兮[10]，罔芒芒之无纪[11]。轧洋洋之无从兮[12]，驰委移之焉止[13]？飘翻翻其上下兮，翼遥遥其左右[14]。泛潏潏其前后兮[15]，伴张弛之信期[16]。观炎气之相仍兮[17]，窥烟液之所积[18]。悲霜雪之俱下兮，听潮水之相击。借光景以往来兮，施黄棘之枉策[19]。求介子之所存兮，见伯夷之放迹[20]。心调度而不去兮[21]，刻著志之无适[22]。

【注释】

①雌霓：古人把虹分内外两层，内层为虹，外层为霓。虹色鲜明，为雄；霓色阴暗，为雌。标颠：顶点。

②青冥：指青色的天空。摅(shū)：舒展。

③漱：漱口。雰雰：霜降落的样子。

④风穴：神话中飘风居住之地。

⑤倾寤：醒转过来。婵媛：即啴咺。惊骇的意思。

⑥冯：依凭。

⑦岐山：即岷山，从今甘肃南部延伸至四川北部。

⑧礚：水石撞击声。

⑨汹汹：水声。

⑩纷：乱。容容：内心纷乱的样子。无经：不知经纬，即不知在

哪里。

⑪罔:通“惘”。芒:通“茫”。

⑫轧:相倾轧。这里指波涛互叠。

⑬委移:同“逶迤”。流水曲折回旋的样子。

⑭翼:指像鸟翼一样左右扇动的波浪。遥遥:同“摇摇”。摇动貌。

⑮潏潏(yù):流转的样子。

⑯张弛:指潮汐涨落。信期:固定不变的时间。

⑰炎气:地上蒸腾的热气。相仍:相因。

⑱烟液:云和雨。

⑲黄棘:黄色的荆棘。枉策:弯曲的马鞭。

⑳放迹:遗迹,遗风。

㉑调度:仔细思忖、处理。

㉒刻:刻意,有约束的意思。著志:显著的方向。

【译文】

登上高山之巅,坐在彩虹之顶。占据天空拉直长虹,很快又伸手抚摸青天。吸饮甘露多么凉爽,含漱飘然而降的霜冰。依风穴休息,忽然惊醒不胜彷徨。凭靠昆仑俯视云雾,隐身岷山眺望长江。云雾奔涌令人胆颤,波涛澎湃惊人心房。心里惶张不知方向,满怀迷惘不知身去何方。层浪相叠不知首尾,曲折奔涌不知流向哪里。浪翻涛滚,潮水汹涌,依时涨落。观看不断蒸腾的热气,再看它们凝成云雨。悲叹冰霜一同下降,听潮水彼此相击。借时光往来天地之间,用的黄荆马鞭弯弯曲曲。寻介之推之居,找伯夷之踪。心中反复思忖不想走,约束自己意志不离去。

曰:吾怨往昔之所冀兮,悼来者之悐悐[①]。浮江、淮而入海兮,从子胥而自适[②]。望大河之洲渚兮,悲申徒之抗迹[③]。骤谏君而不听兮,任重石之何益[④]?心絓结而不解兮,思蹇产而不释[5]。

【注释】

①惄(tì):同“惕”。忧惧的样子。

②自适:顺从自己的心意。

③申徒:即申徒狄,殷贤臣。《庄子》:“申徒狄谏纣不听,负石自沉于河。”抗迹:高洁的形象。抗,同“亢”。高。

④任重石:指抱重石投水自沉。任,负。

⑤蹇产:屈曲。

【译文】

尾声:我恨往昔的夙愿,哀悼未来多忧。顺长江、淮河漂流至海,追随伍员了却自己心愿。看见了河中有沙洲,令人悲怀申徒狄高尚的行为。多次劝谏君王无效,负石投水又有什么意义?心中的牵挂无以排解,忧思郁积难以释然。

卜居

【题解】

卜居本指占卜选择家居之地,本篇显然是引申为询问人生态度、处世之道。通过与太卜的对话,表达了作者不满现实、愤世嫉俗的情怀,抒发了作者壮志难酬、怀才不遇的苦闷,表现了作者无所适从的彷徨心态。

屈原既放,三年不得复见[1]。竭智尽忠,蔽鄣于谗。心烦意乱,不知所从。乃往见太卜郑詹尹曰[2]:“余有所疑,愿因先生决之[3]。”詹尹乃端策拂龟[4],曰:“君将何以教之?”

【注释】

①复见：指再见到楚王。

②太卜：掌握卜筮的官。郑詹尹：太卜的姓名。

③因：依靠。

④端策：把蓍草放端正。策，蓍草。筮要用蓍草作工具。拂龟：拂去龟壳上的灰尘。龟，龟壳。卜要用龟壳，灼之见纹以观其兆。

【译文】

屈原被外放，三年没能见到楚王。忠君报国用尽了心力，却遭到谗言诋毁。心烦意乱不知怎么办，他悲伤地去见太卜郑詹尹说："我有些地方想不通，请您帮忙解答。"詹尹放正蓍草，拂净龟甲，问："您有什么见教呢？"

屈原曰："吾宁悃悃款款[①]，朴以忠乎？将送往劳来[②]，斯无穷乎？宁诛锄草茅，以力耕乎[③]？将游大人[④]，以成名乎？宁正言不讳，以危身乎？将从俗富贵，以偷生乎？宁超然高举，以保真乎？将呢訾栗斯、喔咿嚅唲[⑤]，以事妇人乎[⑥]？宁廉洁正直，以自清乎？将突梯滑稽、如脂如韦[⑦]，以絜楹乎[⑧]？宁昂昂若千里之驹乎[⑨]？将泛泛若水中之凫[⑩]，与波上下，偷以全吾躯乎？宁与骐骥抗轭乎[⑪]？将随驽马之迹乎？宁与黄鹄比翼乎[⑫]？将与鸡鹜争食乎[⑬]？此孰吉孰凶？何去何从？世溷浊而不清：蝉翼为重，千钧为轻；黄钟毁弃，瓦釜雷鸣；谗人高张，贤士无名。吁嗟默默兮，谁知吾之廉贞？"

【注释】

①宁：应当。悃悃（kǔn）款款：诚实而殷勤的样子。悃悃，忠诚的

样子。

②送往劳来：周旋应酬，应付俗务。

③力耕：勉力耕种。《山带阁注楚辞》："力耕，所以隐退也。"

④游大人：游说诸侯。

⑤哫訾（zú zǐ）：阿谀逢迎。栗斯：与"哫訾"同义。喔咿：即嗫嚅，想说又不敢说的神态，用来形容一种屈己从人的态度。嚅唲（rú ér）：强颜欢笑的样子。

⑥妇人：《山带阁注楚辞》认为是指楚怀王的宠姬郑袖。

⑦突梯滑稽：形容处世圆滑、善于迎合别人。如脂如韦：指像油脂那样光滑，像牛皮那样柔软，形容人没有骨气。

⑧絜楹：意为测量屋柱，顺圆而转，这里比喻随俗周旋的处世之风。

⑨昂昂：昂首挺胸、堂堂正正的样子。

⑩泛泛：浮游不定的样子。凫（fú）：野鸭。

⑪抗轭：并驾齐驱。

⑫黄鹄（hú）：即大雁。

⑬鹜：这里指鸭子。

【译文】

屈原说："我该诚实、质朴呢？还是应周旋取媚？该耕锄隐退，还是四处游说求名？该直言不讳就死，还是贪图富贵而苟活？是远走高飞以自洁，还是阿谀逢迎屈己从俗，奴颜婢膝取媚妇人？是廉洁清白，还是圆滑随俗不讲骨气，像油脂牛皮一样滑软？是如千里马昂然直往，还是像水鸟浮游，随波逐流苟且全身？是与骏马齐驱，还是追随劣马？是与大雁比翼，还是去与鸡鸭争食？到底孰好孰坏，我该何去何从？此世如此浑浊：人们以蝉翼为重而以千钧为轻；铜钟被毁，瓦釜雷鸣；小人得势，好人潦倒。啊，我还说什么，谁知我的操行？"

詹尹乃释策而谢曰："夫尺有所短，寸有所长。物有所不足，智有所不明。数有所不逮，神有所不通。用君之心，行君之意，龟策诚不能知此事。”

【译文】

詹尹放下蓍草致歉说：“尺有所短，寸有所长。凡事都有不足，聪明人也有不明之理。数术也有所不能，神灵也有迷惑之处。你只有依心而行，龟甲蓍草于事无补。”

远游

【题解】

本篇是屈原思想发展过程中最重要的文章之一。它反映了作者政治理想完全破灭后，欲求得个人纯洁自然、返本归真的思想，同时也表现了作者始终怀着的爱国情结。

值得一提的是，本文的谋篇布局及创作手法和《离骚》极为相同。可以说《离骚》是本文的初形，本文是《离骚》的极则。

悲时俗之迫厄兮[①]，愿轻举而远游[②]。质菲薄而无因兮[③]，焉托乘而上浮[④]？遭沉浊之污秽兮，独菀结其谁语！夜耿耿而不寐兮[⑤]，魂营营而至曙[⑥]。惟天地之无穷兮，哀人生之长勤。往者予弗及兮，来者予弗闻。步徙倚而遥思兮[⑦]，怊惝怳而乖怀[⑧]。意荒忽而流荡兮[⑨]，心愁凄而增悲[⑩]。以上因时俗迫厄、人生勤劳，思出世而远游。

【注释】

①迫厄(è)：逼迫，胁迫。这里指嫉贤妒能。厄，灾难，引申为危害。

②轻举:轻身高举。

③质:本性。因:依靠,凭借。

④托乘:《楚辞通释》:"乘太清之气也。"浮:漂浮。

⑤耿耿:不寐之状。

⑥营营:意同"耿耿"。一本作"茕茕"。

⑦徙倚:徘徊不定。

⑧怊(chāo):悲伤。惝怳(tǎng huǎng):失意而不快乐。乖怀:理想不能实现。乖,违犯。

⑨荒忽:通"恍惚"。

⑩凄:痛。

【译文】

可悲呀,习俗嫉贤妒能,我要飞举远游。本性卑陋无所依靠,怎能乘气飞高?逢浑浊之世,愁思对谁诉?夜不成眠,神魂凄凄到天明。天地无极,人只有奔波一生。往昔我不能追及,未来我也不能听见。我迷茫远思,惆怅失意理想似要被违背。心情迷惑游荡不定,又增无比悲伤。以上说的是因时俗的逼迫、人生的劳苦,有出世远游的愿望。

神倏忽而不反兮①,形枯槁而独留。内惟省以端操兮②,求正气之所由。漠虚静以恬愉兮③,澹无为而自得④。闻赤松之清尘兮⑤,愿承风乎遗则。贵至人之休德兮⑥,美往世之登仙⑦。与化去而不见兮⑧,名声著而日延。奇傅说之托辰星兮⑨,羡韩众之得一⑩。形穆穆以浸远兮⑪,离人群而遁逸。因气变而遂曾举兮⑫,忽神奔而鬼怪⑬。时髣髴以遥见兮⑭,精皎皎而往来⑮。绝氛埃而淑邮兮⑯,终不反乎故都。免众患而不惧兮,世莫知其所如。以上思炼气以登仙。

【注释】

①倏忽:迅急。反:同“返”。

②惟省:思索。端:端详,审视。操:操守,志向。

③漠虚静:淡漠空虚宁静。恬愉:恬然自乐。这些都是道家、阴阳家要求正气者炼形归神的原则。

④澹无为:道家为人处世的原则。

⑤赤松:《列仙传》:“赤松子者,神农时为雨师也。服水玉以教神农,能入火自烧。往往至昆山上,常止西王母石室中,随风雨上下。炎帝少女追之,亦得仙俱去。”清尘:对人的敬称,本指对方脚下的尘土,此处指赤松子的行迹。

⑥休:美好。

⑦美:羡慕。登仙:成仙。

⑧与化去:《楚辞通释》:“与化去者,蜕形而往,所谓尸解也。”

⑨傅说之托辰星:傅说是商王武丁的大臣,传说他死后,其精神化为星辰。《楚辞通释》:“相传傅说上升为星,在箕尾心房之间,心为大辰,故曰辰星。”

⑩韩众之得一:指韩众得道成仙。韩众,《楚辞补注》引《列仙传》:“齐人韩终(众),为王采药,王不肯用,终自服之,遂得仙也。”得一,这是道家哲学概念。《老子》:“天得一以清,地得一以宁,神得一以灵。”一,也可以直解为“道”。

⑪穆穆:幽远。浸远:越来越远的意思。

⑫因:凭借。气变:指精气变化。

⑬神奔:神御气往来。这里喻指速度之快。

⑭髣髴:即仿佛。

⑮精:神灵。皎:明亮。

⑯氛埃:昏浊的尘世。淑邮:《山带阁注楚辞》:“淑,善也。邮,传舍也。神仙往来,皆洞府名胜之地,故曰淑邮。”

【译文】

魂魄飞逝不复，躯壳枯槁独留。反复思索审察志向，探寻正气由来。淡泊方安逸，寡欲才自适。愿听赤松之美行，想继承他的遗风。我向往先圣之贤，羡慕古人成仙。他们形灭而名传不朽。惊叹傅说死化辰星，羡慕韩众得道而仙。他们形体远遁，逃避世俗隐去。依凭精气飞升，像鬼神一样变幻。时隐时现神灵闪烁宇宙之间。超浊世而居名山，终不愿返回故都。避免世人忧患无所惧怕，来去无影无踪。以上说的是想通过炼气以成仙。

恐天时之代序兮[①]，曜灵晔而西征[②]。微霜降而下沦兮[③]，悼芳草之先零。聊仿佯而逍遥兮，永历年而无成[④]。谁可与玩斯遗芳兮？晨乡风而舒情[⑤]。高阳邈已远兮，予将焉所程？重曰：春秋忽其不淹兮，奚久留此故居？轩辕不可攀援兮[⑥]，吾将从王乔而戏娱[⑦]。以上恶人生勤劳，思出世而戏娱。

【注释】

①代序：交替。

②曜灵：太阳。晔：闪光的样子。西征：向西而行。

③沦：沉。

④永历年：经历了很多年。

⑤乡：通“向”。

⑥轩辕：传说远古帝王黄帝为轩辕氏。

⑦王乔：即仙人王子乔。《楚辞集注》：“周灵王太子晋也。《列仙传》曰：‘好吹笙，作凤鸣，遇浮丘公，接之仙去。’”

【译文】

惊心四季流转，夕阳西下。寒霜始降，悼惜香草先凋。暂且徘徊流浪，一生也是虚度。谁与我共赏香草？只有独自久久临风抒怀。高阳帝已远，如何追随古人？又歌道：四季流转而去，怎能滞居故地？难以求助黄帝，我将跟随王乔游戏娱乐。以上说的是厌恶人生劳苦，想远离尘世去玩乐。

餐六气而饮沆瀣兮[1]，漱正阳而含朝霞[2]。保神明之清澄兮，精气入而粗秽除。顺凯风以从游兮[3]，至南巢而壹息[4]。见王子而宿之兮[5]，审壹气之和德[6]。曰："道可受兮，不可传。其小无内兮，其大无垠[7]。无淈而魂兮[8]，彼将自然。壹气孔神兮[9]，于中夜存[10]。虚以待之兮[11]，无为之先[12]。庶类以成兮[13]，此德之门。"以上思炼气而上升。

【注释】

①六气：指从朝到暮色彩变幻的云霞。沆瀣（hàng xiè）：露水。

②正阳：南方日正之气。

③凯风：南风。

④南巢：地名。在今安徽桐城南。一说在今巢湖一带。

⑤王子：即王乔。宿：与"肃"通，深深地作揖。

⑥审：问。壹气：即"道"。

⑦其小无内兮，其大无垠：指道既大又小、无大无小，详见《庄子》。

⑧淈（gǔ）：乱。

⑨孔：最。

⑩于中夜存：至精之气在夜中至静之时存于一身。

⑪虚：清虚。与"无为"同。

⑫无为之先：即《老子》"不敢为天下先"之意。

⑬庶类：众多之类。

【译文】

食六气饮清露，含朝霞吸正阳之气。保持精神纯洁，吐浊故纳清新。我要乘南风而去，到南巢休息。见王乔而作揖，问“一气”与“和德”。他说：“道可心授不可言说，道至大又至小，只要精神纯一，‘气’与‘德’便会自己这样。‘一气’最神通，夜半静存心中。万物顺其自然，万事无为是要。成众多法门，即和德之门。”以上说的是想通过炼气而飞起来。

闻至贵而遂徂兮，忽乎吾将行。仍羽人于丹丘兮[①]，留不死之旧乡。朝濯发于汤谷兮，夕晞予身乎九阳[②]。吸飞泉之微液兮[③]，怀琬琰之华英[④]。玉色頩以脕颜兮[⑤]，精醇粹而始壮[⑥]。质销铄以汋约兮[⑦]，神要眇以淫放[⑧]。嘉南州之炎德兮[⑨]，丽桂树之冬荣。山萧条而无兽兮，野寂漠其无人。载营魄而登霞兮[⑩]，掩浮云而上征[⑪]。以上浑写远游。

【注释】

①仍：就。羽人：飞仙。丹丘：南方赤色之丘，神之所在。

②晞：晒干。

③微液：即飞泉之水。

④琬琰：美玉。

⑤頩(pīng)：美好。脕(wǎn)：光泽，美艳。

⑥醇粹：纯粹美好。

⑦质：形体。汋约：同“绰约”。

⑧要眇：深远的样子。淫放：无拘无束。

⑨炎德：南方气候温暖，故以为南方有炎德。

⑩营魄：轻盈的精魄。

⑪掩：攀援，乘。

【译文】

领教要诀我想加以实行，于是马上就出发。来到飞仙们住的丹丘，流连于长生之地。早晨在汤谷洗发，晚上让九阳晒干身体。饮飞泉甘液，佩美玉鲜花。我貌如玉光艳目，精神纯一开始旺健。凡胎尽脱质丽体轻，神魄奇妙无羁。温和的南方可赞，桂树冬日花放。仙山无兽迹，原野无人影。魂魄飞上朝霞，乘彩云飞升。以上是概括地写远游的情形。

命天阍其开关兮，排阊阖而望予[①]。召丰隆使先导兮，问太微之所居[②]。集重阳入帝宫兮[③]，造旬始而观清都[④]。朝发轫于太仪兮[⑤]，夕始临乎于微闾[⑥]。屯予车之万乘兮，纷容与而并驰。驾八龙之婉婉兮，载云旗之委移。建雄虹之采旄兮[⑦]，五色杂而炫耀。服偃蹇以低昂兮[⑧]，骖连蜷以骄敖[⑨]。以上升天。

【注释】

①阊阖（chāng hé）：传说中天上的南门。

②太微：传说中天上的宫殿名。

③集：停留，引申为来到。

④旬始：星名。清都：太清之都。

⑤太仪：天帝之庭。

⑥于微闾：传说中的地名。

⑦雄虹：即内虹。旄（máo）：旗之属。本指旗杆饰品。

⑧服：服马，即拉中辕的两匹马。偃蹇：高大雄俊的样子。低昂：俯仰自如之态。

⑨骖：边马。连蜷：体形长而四腿弯曲自如。骄敖：雄豪之态。

【译文】

叫守门人打开天门，他启南门望我。唤丰隆带路，询问太微宫之所在。自九重天进太微宫，造访旬始星游览太清之都。早发天帝宫，暮至于微闾。众车聚集，并驾徐行。八龙驾车蜿蜒前行，云旗随风逶迤。以虹为帜，五色混杂很是耀眼。服马丰美，骖马纵横。以上写的是升天。

骑胶葛以杂乱兮[①]，班曼衍而方行[②]。撰予辔而正策兮[③]，吾将过乎句芒[④]。历太皞以右转兮[⑤]，前飞廉以启路[⑥]。阳杲杲其未光兮[⑦]，陵天地以径度[⑧]。以上东。

【注释】

①胶葛：杂乱的样子。

②班：从行之众列。曼衍：从游众盛的样子。

③撰：持，拿。

④句芒：神话中的木神。

⑤太皞(hào)：古帝王伏羲之名。

⑥飞廉：风神。

⑦杲杲(gǎo)：明亮。

⑧径度：此处指从东向西直去。

【译文】

车骑众多错杂，队伍浩荡前行。抓缰持鞭，车骑欲过句芒。经太皞向右，飞廉在前开路。太阳未放光芒，由东自西横亘太空。以上写往东。

风伯为予先驱兮，氛埃辟而清凉[①]。凤皇翼其承旂兮，遇蓐收乎西皇[②]。擥彗星以为旍兮[③]，举斗柄以为麾[④]。叛陆离其上下兮[⑤]，游惊雾之流波。时暧曃其曭莽兮[⑥]，召玄武而奔属[⑦]。后文昌使掌行兮[⑧]，选署众神以并毂[⑨]。路曼曼其修远兮，徐弭节而高厉。左雨师使径侍兮，右雷公以为卫。欲度世以忘归兮[⑩]，意恣睢以担挢[⑪]。内欣欣而自美兮，聊媮娱以淫乐[12]。以上西。

【注释】

①辟:同“避”。

②蓐收:传说中的西方之神。西皇:指神话中的古帝少昊氏,也是西方之神。

③旍(jīng):同“旌”。旗的一种。

④斗柄:指北斗之柄。麾(huī):旗帜。

⑤陆离:光彩闪动不定的样子。

⑥暧曃:昧暗的样子。曭(tǎng)莽:《楚辞补注》:“曭,音傥,日不明也。莽……日无光也。”

⑦玄武:北方之神。

⑧文昌:星名。掌行:掌领从行者。

⑨并毂:并驾齐驰。

⑩度世:度越尘世而仙去。

⑪恣睢:放肆。担挢(jiāo):高举。

⑫媮(yú)娱:愉快。媮,乐。淫乐:尽情欢乐。

【译文】

风伯为车队先驱,我已离浊世而心怡。凤凰展翅迎旗,途遇蓐收和西皇。取彗星为旗,扬举北斗柄指挥。群旗闪光,上如云雾流动下如波浪翻腾。渐渐日月无光,我令玄武跟上。文昌在后率领随从,安排诸神并驾齐往。前途又远又长,徐停车高望。雨师侍于左,雷公护于右。只想遗世为乐,随心所欲不再回头。身心快乐啊,姑且尽情为欢。以上写往西。

涉青云以泛滥兮①,忽临睨夫旧乡。仆夫怀予心悲兮,边马顾而不行。思故旧而想象兮，长太息而掩涕。泛容与而遐举兮[2]，聊抑志而自弭[3]。指炎帝而直驰兮[4]，吾将往乎南疑[5]。览方外之荒忽兮[6]，沛罔瀁而自浮[7]。祝融戒而跸御兮[8]，腾告鸾鸟迎宓妃。张《咸池》奏《承云》兮[9]，二女御《九韶》歌[10]。使湘灵鼓瑟兮[11]，令海若舞冯夷[12]。列螭象而并进兮[13]，形蟉虬而委移[14]。雌霓便娟以曾挠兮[15]，鸾鸟轩翥而翔飞[16]。音乐博衍无终极兮[17]，焉乃逝以裴回。以上南。

【注释】

①泛滥：自由自在到处周游。

②泛：游荡。容与：徘徊不定的样子。

③自弭：自我控制。

④炎帝：一本作炎神，指南方之神。

⑤南疑：九嶷山。

⑥方外：世外。荒忽：渺渺茫茫不甚分明的样子。

⑦沛：水流的样子。罔瀁(yǎng)：水盛大的样子。

⑧跸御：停止行进。

⑨《咸池》：尧帝时乐名。《承云》：又称《云门》，黄帝时乐名。

⑩二女：指舜妻娥皇、女英。《九韶》：舜时乐曲名。

⑪湘灵：传说中湘水之神。

⑫海若：北海之神。冯夷：河神，即河伯。

⑬螭：龙之属。象：水中之神物。

⑭蟉(liú)虬：盘曲的样子。

⑮便娟：轻灵地回旋飞舞的样子。

⑯轩翥：高高地飞翔。翥，举。

⑰博衍：宽平。形容音乐舒缓悠扬。

【译文】

穿越青云纵游，忽见故乡。车夫感动我悲伤，连马也走不动了。怀念故土啊想象它的模样，深深叹息掩面流泪。徘徊离去，故作坚强。遥望炎帝，向南奔往九嶷山。世外渺茫，如浩瀚波涛浮荡。祝融让我停下，我便让鸾鸟迎上宓妃。奏《咸池》《承云》，娥皇、女英献上《九韶》。令湘神鼓瑟，叫海神河神共舞。水中神物一齐走出，形体屈曲婉转自如。娇艳彩虹绕我，鸾鸟环我而舞。音乐舒展不尽，我欲离去还徘徊四顾。以上写往南。

舒并节以驰骛兮[①]，逴绝垠乎寒门[②]。轶迅风于清原兮[③]，从颛顼乎曾冰[④]。历玄冥以邪径兮，乘间维以反顾[⑤]。召黔嬴而见之兮[⑥]，为予先乎平路。以上北。

【注释】

①节：车上的缰绳。

②逴：远。绝垠：天之边际。寒门：神话中的北极之门。

③轶：穿过。清原：指寒冷的北极风的源头。

④颛顼：神话中北方之神。

⑤间维：指天地之间。上下四方为六间，四隅为四维。

⑥黔嬴：雷神。

【译文】

松缰纵马，直向天边寒门。过寒风之源，跟颛顼到冰雪之地。经玄冥崎岖道路，依凭天地休息。召黔嬴问话，让他在前铺平道路。以上写往北。

经营四荒兮[①]，周流六漠[②]。上至列缺兮[③]，降望大壑[④]。

下峥嵘而无地兮，上寥阔而无天。视倏忽而无见兮，听惝怳而无闻[5]。超无为以至清兮[6]，与太初而为邻[7]。

【注释】

①经营：指到处周游。

②六漠：指东南西北上下。

③列缺：闪电。代指天的最高处。

④降望：往下看。

⑤惝怳：寂静无声的样子。

⑥至清：最清虚之境。

⑦太初：即万物产生之初。这里指时间、空间的开端。

【译文】

驾车跑遍四方，东西南北上下周游，上到闪电之处，向下俯视巨沟大谷。下界深渺无底，上界空旷无极。看不清无穷变幻，四方万籁俱寂。从“无为”之境直抵清虚啊，我与太初为邻。

宋玉

宋玉，生卒年不详，战国时楚人，是稍后于屈原的楚辞作家。他是屈原的学生，曾因友人推荐，入仕于楚顷襄王朝，官位不高，很不得意。宋玉的作品有《九辩》《招魂》《高唐赋》《神女赋》《风赋》《登徒子好色赋》《对楚王问》等，除《九辩》一篇外，其余各篇后人多怀疑不是宋玉所作。

宋玉文章深受屈原的影响，富于想象力，擅长用夸张和对比的手法描写事物，是屈原艺术风格的继承者，后人常常以"屈宋"并称。不过，他不像屈原那样具有强烈的正义感和爱国精神，作品也缺乏积极浪漫主义特色。

九辩

【题解】

《九辩》是宋玉最可信的辞赋作品。"九辩"原是远古的乐曲名，作者借用旧曲填写新辞，自怜自叹仕途失意，穷困潦倒，发泄怀才不遇的不平之感，抒发老之将至的悲秋之情。作品用优美细腻的文笔，情景交融的手法，将作者的悲哀心境淋漓尽致地表露出来，能引起不得志文人的感情共鸣，广为后世称道。开首一段，以其对秋天描写的细致，用字的深刻，音韵的和美，以及声色情感的水乳交融，成为中国文学史上的著名段落。

悲哉！秋之为气也[①]。萧瑟兮，草木摇落而变衰。憭栗兮[②]，若在远行，登山临水兮送将归。泬寥兮[③]，天高而气清；宋漻兮[④]，收潦而水清[⑤]。憯凄增欷兮[⑥]，薄寒之中人[⑦]。怆怳圹悢兮[⑧]，去故而就新。坎壈兮[⑨]，贫士失职而志不平[⑩]。廓落兮[⑪]，羁旅而无友生[⑫]。惆怅兮，而私自怜。燕翩翩其辞归兮，蝉寂寞而无声。雁廱廱而南游兮[⑬]，鹍鸡啁哳而悲鸣[⑭]。独申旦而不寐兮[⑮]，哀蟋蟀之宵征[⑯]。时亹亹而过中兮[⑰]，蹇淹留而无成[⑱]。

【注释】

①气：古代有一种观点认为，世界是由气构成的，整个宇宙充满了各种各样的气，比如说秋天，就主要是一种萧杀之气。

②憭(liáo) 栗：凄凉。

③泬寥(xuè liáo)：空旷明朗的样子。

④宋漻(jì liáo)：平静清澈的样子。宋，即"寂"。

⑤潦(lǎo)：积水，这里指洪水。

⑥憯(cǎn)：同"惨"。欷(xī)：叹息声。

⑦中(zhòng)：侵袭。

⑧怆(chuàng) 怳：惆怅、失意的样子。圹悢(kuǎng lǎng)：意同"怆怳"。

⑨坎壈：困顿，不得志。

⑩失职：丢掉职位。志：内心之意。

⑪廓落：孤独空虚的样子。

⑫友生：朋友。

⑬噰噰（yōng）：和鸣之声。

⑭鹍（kūn）鸡：一种似鹤之鸟。啁哳（zhāo zhā）：声音杂乱细碎。

⑮申旦：达旦。申，延。

⑯宵征：夜出活动。

⑰亹亹（wěi）：前行不止的样子。中：这里指中年。

⑱蹇：句首语助词。

【译文】

悲凄啊，秋天萧杀之气！景色凄凉，草木在秋风扫荡中衰败凋黄。心情悲伤，犹若背井离乡远行他方，又像登山临水送别友朋。碧空晴朗，万里无云，天高又气爽；洪水已止，秋水平静而清澈。轻寒袭人，心感凄惨，倍增哀叹。离开故里，到新地方，心中充满惆怅。贫寒之士丢掉职位，困顿失意，忧愤难平。作客他乡，没有友朋，孤独空虚。内心伤感，也只有暗暗顾影自怜。燕子翩翩飞翔，就要告别北方，秋蝉静默，不再发出声响。大雁邕邕和鸣，要到南方飞游，鹍鸡悲鸣，声音细碎急乱。孤独的我，通宵达旦难以成眠，只能悲哀于蟋蟀夜间竞鸣。时间自顾前行，年龄已过中年，留滞异乡却还一事无成。

悲忧穷蹙兮独处廓[①]，有美一人兮心不绎[②]。去乡离家兮来远客[③]，超逍遥兮今焉薄[④]？专思君兮不可化[⑤]，君不知兮可奈何！蓄怨兮积思，心烦憺兮忘食事[⑥]。愿一见兮道余意，君之心兮与余异。车驾兮朅而归[⑦]，不得见兮心悲。倚结軨兮太息[⑧]，涕潺湲兮沾轼[⑨]。慷慨绝兮不得[⑩]，中瞀乱兮迷惑[⑪]。私自怜兮何极[⑫]，心怦怦兮谅直[⑬]。

【注释】

①蹙（cù）：局促。廓：空虚。

②有美一人：有一美人。美人在这里是作者自比。绎：通“怿”。喜悦，快乐。

③客：作客。

④超：远。逍遥：漂泊无依的样子。薄：至，到。

⑤君：一般认为是指楚国的顷襄王。化：改变。

⑥憺：通“惮”。怕，惊悸。事：做事。

⑦朅（qiè）：离去。

⑧结軨（líng）：车栏。

⑨潺湲（chán yuán）：水流不断的样子。轼：车厢之前供人依凭的横木。

⑩慷慨：激愤。

⑪瞀（mào）：昏乱。

⑫极：终结。

⑬怦怦：心急的样子。谅直：诚实正直。

【译文】

悲伤忧愁，穷困潦倒，寂寞空虚，有一个美人儿，心中没有喜悦。离开家乡来到远方作客，远远地漂泊，如今又到了哪里？思念君王之心，不可更易，君王不知，却无可奈何！幽怨、思念之情愈积愈多，心中烦躁又害怕，以致忘了吃饭和做事。但愿见上一面，将我的衷肠诉说，君王的心思却和我的不同。车已驾好又只好回去，不能相见，内心悲戚。倚着车栏，叹息不已，眼泪流淌，落在车轼上。一气之下，想断绝这种念想，但最终还是忍不住要思念，内心混乱更加迷惑。暗地里自怜自怨，何时才是个了结，心急如焚，充满着忠诚。

皇天平分四时兮，窃独悲此凛秋[①]。白露既下降百草兮，奄离披此梧楸[②]。去白日之昭昭兮，袭长夜之悠悠。离芳蔼之方壮兮[③]，余委约而悲愁[④]。秋既先戒以白露兮，冬又申之以严霜[5]。收恢台之孟夏兮[6],然坎傺而沉藏[7]。叶菸邑而无色兮[8],枝烦挐而交横[9]。颜淫溢而将罢兮[10],柯彷佛而委黄[11]。萷櫹椮之可哀兮[12],形销铄而瘀伤[13]。惟其纷糅而将落兮[14],憾其失时而无当[15]。揽騑辔而下节兮[16],聊逍遥以相羊[17]。岁忽忽而遒尽兮[18],恐余寿之弗将[19]。悼余生之不时兮,逢此世之俇攘[20]。澹容与而独倚兮,蟋蟀鸣此西堂。心怵惕而震荡兮[21],何所忧之多方!仰明月而太息兮,步列星而极明[22]。

【注释】

①凛秋:寒凉之秋。

②奄:忽然。离披:分散的样子。这里指树木叶落枝疏。楸(qiū):树名。

③薆(ǎi):繁盛的样子。

④委约:萎缩拘束。委,通“萎”。委顿,衰败。

⑤申:加上。

⑥恢:广大。台:通“胎”。象征生机。孟夏:初夏。

⑦然:乃,就。坎傺(chì):沉沦停止。

⑧菸(yū)邑:枯萎的样子。无色:没有色泽,失去了光泽。

⑨烦挐(rú):纷乱。

⑩颜:指植物的外形。淫溢:过度,过分。这里指过度成熟。罢:通“疲”。

⑪柯:树枝。彷佛:这里指色泽暗淡。委黄:枯黄。委,通“萎”。

⑫萷(xiāo):疏秃的样子。櫹椮(xiāo sēn):树木高耸貌。

⑬销铄:销熔,受到损毁。瘀伤:受伤而坏血瘀积。

⑭惟:思,想。纷糅:众多错杂的样子。

⑮失时:失去了壮盛之时。无当:没有好的际遇。

⑯騑(fēi):在边上拉车的马,泛指驾车的马。下节:停车。

⑰相羊:通“徜徉”。徘徊。

⑱忽忽:很快貌。遒(qiú):迫近。

⑲将:长。

⑳俇攘(kuāng rǎng):纷扰不宁貌。

㉑怵惕:忧惧。

㉒步:徘徊。极:至。

【译文】

上天把一年平均分成四季,我独独悲伤于这寒凉之秋。白色的霜露已降临百草之上,忽然有一天,这些梧桐和楸树开始叶落枝疏。光明漫长的白昼已经过去,接着而来的是漫漫长夜。万花繁盛、草木茂盛的时节已离我而去,我萎缩拘束,悲伤愁闷之感油然而生。秋天已经先用白霜来惩戒万物,冬天又加上更为严寒的冰霜。生机盎然的初夏已经被秋收起,万物就沉沦停止而藏匿。树叶枯萎,失去光泽,枝条纷陈,交错横出。草木生长成熟到极至,便会开始变形,树枝色泽暗淡而枯萎发黄。疏秃、高耸的树木让人哀叹,外形伤痕累累,内中瘀滞受伤。想到它们众多错杂即将凋败,真为它们失去了壮盛之时而无好的际遇遗憾。手拉马辔让车停住,姑且徘徊逍遥一番。时间过得很快,忽然便一年将尽,恐怕我的寿命不会久长。悲悼我此生生不逢时,遇到的世道纷扰不宁。还是淡泊从容,自宽自慰,独倚栏干吧,听蟋蟀正鸣叫于西堂。心中忧惧,动荡不宁,为何百感交集忧愁这般多!仰望明月,几多叹息,跟着众星徘徊,直到天明。

窃悲夫蕙华之曾敷兮[①],纷旖旎乎都房[②]。何曾华之无实兮[③]?从风雨而飞飏[④]。以为君独服此蕙兮[⑤],羌无以异于众芳。闵奇思之不通兮,将去君而高翔。心闵怜之惨凄兮，愿一见而有明[⑥]。重无怨而生离兮[⑦]，中结轸而增伤[⑧]。岂不郁陶而思君兮[⑨]？君之门以九重！猛犬狺狺而迎吠兮[⑩]，关梁闭而不通[⑪]。皇天淫溢而秋霖兮[⑫]，后土何时兮得干[⑬]！块独守此无泽兮[⑭]，仰浮云而永叹[⑮]。

【注释】

①敷：开放。

②旖旎：茂美的样子。都房：华屋。

③曾华：花朵层叠。曾，通"层"。

④飏：飞扬，飘扬。

⑤服：佩带。

⑥明：明叙心迹。

⑦重：看重。无怨：行为无可埋怨，即无罪。生离：这里是被抛弃之意。

⑧结轸(zhěn)：心中愁闷郁结。

⑨郁陶：忧思郁结的样子。

⑩狺狺(yín)：犬吠声。

⑪关：门关。梁：桥梁。

⑫霖：久下不止的雨。

⑬后土：大地。

⑭块：孤独的样子。无：通"芜"。荒芜。

⑮永叹：长叹。

【译文】

暗自悲伤于蕙草之花曾经竞相开放，在宫中华屋是那样美丽繁茂。为什么花儿层叠却没有果实？都随了风雨而凋落飘零。还认为君王只爱佩带这种香蕙，实际上您并没有把它看得和别的花草不一样。自己怜悯自己，曲折幽思不能舒畅，想离开君王身旁，而独自高高飞翔。心儿充满自怜，多么凄惨，但愿见上一面能够把衷肠表上。想到没有罪过却要生生离别，心中愁闷郁结，更加感伤。能不柔肠百结而思念君王吗？只是君王之门重重，凶猛的看门狗迎着我狺狺而吠，门关和桥梁都关闭不通。苍天降下绵绵不止的秋雨，大地什么时候才能有干燥的地方！孤寂地独对着这荒芜的大泽，仰望浮云只能长叹声声。

何时俗之工巧兮[①]，背绳墨而改错[②]！却骐骥而不乘兮[③]，策驽骀而取路[④]。当世岂无骐骥兮？诚莫之能善御！见执辔者非其人兮，故驹跳而远去[⑤]。凫雁皆唼夫粱藻兮[⑥]，凤愈飘翔而高举。圆凿而方枘兮[⑦]，吾固知其鉏铻而难入[⑧]。众鸟皆有所登栖兮，凤独遑遑而无所集[⑨]。愿衔枚而无言兮，常被君之渥洽[⑩]。太公九十乃显荣兮，诚未遇其匹合。谓骐骥兮安归？谓凤凰兮安栖？变古易俗兮世衰，今之相者兮举肥。骐骥伏匿而不见兮，凤凰高飞而不下。鸟兽犹知怀德兮，何云贤士之不处！骥不骤进而求服兮[⑪]，凤亦不贪喂而妄食。君弃远而不察兮，虽愿忠其焉得？欲寂寞而绝端兮，窃不敢忘初之厚德。独悲愁其伤人兮，冯郁郁其何极[⑫]！

【注释】

①工巧：善投机取巧。

②背：违背，背弃。绳墨：这里喻指正道。错：通“措”。指正常的措施。

③骐骥：骏马，喻指贤能的人。

④驽骀(nú tái):劣马,喻指庸俗无能之辈。取路:赶路。

⑤驹跳:跳跃。

⑥凫(fú):野鸭。唼(shà):水鸟吞食东西。

⑦圆凿:圆的插孔。方枘(ruì):方的榫头。

⑧钼铻(yǔ):同"龃龉"。相互抵触,彼此不合。

⑨遑遑:匆忙不安貌。

⑩被:蒙受。渥(wò)洽:深厚的恩泽。

⑪服:用。

⑫冯:同"凭"。内心的愤懑之情。

【译文】

为何时俗这般流行投机取巧,违背正道而改变了正常的伦纲!把骐骥这样的骏马撇在一边不乘,却驾上驽骀这等劣马去赶路。当今之世难道没有骏马?实在是没有人善于御驾!看到御马的不是善御者,所以骏马都奔跳着远远离开。凫雁都在吞食着粮食水藻,是那样津津有味,凤凰却展翅翱翔,飞入更高的天疆。圆形凿孔,却用方形榫头,我早就知道会相互抵触,彼此不合,难以插进去。百鸟都有在树上栖息的地方,唯独凤凰却匆忙不安找不到歇息的地方。但愿衔枚闭口不再言语,可因过去常常得到君王深厚的恩泽而难以这样。姜太公九十岁才荣耀显赫,实在是因为此前没有遇上明主与他相合。你说骏马的归宿在哪里?你说凤凰应栖息在何方?古风已变、风俗已改,如今的世道已经衰败,相马的人只选那些肥胖的马匹。骏马藏匿不肯露面,凤凰高举不愿下飞。鸟兽还知道恋慕有德行的人,为什么责怪贤达之士的隐居遁世?骏马不会急急忙忙冒进而求人御用,凤凰也不会贪图别人喂食随便乱吃东西。君王不辨是非,抛弃远离贤能之人,我虽然愿意忠心效力,又哪能做到?想斩断感念君王的思绪,寂寞隐处,但私下里又不敢忘掉当初君王对我的深厚德泽。孤独地悲哀忧愁,使人伤痛欲绝,满腹的抑郁何时才是个尽头!

霜露惨凄而交下兮①，心尚幸其弗济②。霰雪雰糅其增加兮③，乃知遭命之将至。愿侥幸而有待兮，泪莽莽兮与野草同死④。愿自直而径往兮⑤，路壅绝而不通。欲循道而平驱兮，又未知其所从⑥。然中路而迷惑兮⑦，自厌按而学诵⑧。性愚陋以褊浅兮⑨，信未达乎从容。

【注释】

①霜露：喻指诬陷、迫害。

②幸：希望。济：成功。

③雰糅：意同“纷糅”。

④莽莽：指荒野。

⑤自直：自辩曲直。径往：直接去见楚王。

⑥从：由。

⑦然：乃。

⑧厌按：自我克制。厌，同“压”。压制，抑制。学诵：指学习诵读《诗经》，以达到心平气和的境地。

⑨褊(biǎn)：狭隘。

【译文】

凛冽寒冷的霜露交相袭来，心里还希望它们不能逞凶。霰雪纷飞，越下越大，才知道悲惨的命运即将来临。但愿能侥幸而有个盼头，在莽莽荒野飘泊只能和野草一同死灭。但愿能直接见到君王，自己辩明曲直，可是道路堵塞阻断已不通。想循着大道而行，平稳地驱驰，又不知道从哪里出发。于是中途便迷惑不知所往，只好自我克制而学习诵读《诗经》。生性愚蠢浅陋，心胸狭隘，确实没有达到从容不迫、心气平和的境地。

窃美申包胥之气晟兮[①]，恐时世之不固。何时俗之工巧兮？灭规矩而改凿！独耿介而不随兮，愿慕先圣之遗教。处浊世而显荣兮，非予心之所乐。与其无义而有名兮，宁穷处而守高！食不偷而为饱兮[②]，衣不苟而为温！窃慕诗人之遗风兮，愿托志乎素餐[③]。蹇充倔而无端兮[④]，汩莽莽而无垠。无衣裘以御冬兮，恐溘死不得见乎阳春[⑤]。

【注释】

①申包胥：春秋时楚国大夫，楚昭王十年，他为了让秦国来救助楚国，站在秦廷哭了七天七夜，终于感动了当时的秦哀公出兵相救。晟：盛，大。

②偷：苟且。

③素餐：指《诗经·魏风·硕鼠》中的“彼君子兮，不素餐兮”之句。意谓君子不无功受禄。

④倔：通“屈”。委屈。

⑤溘（kè）死：突然死去。

【译文】

暗自赞赏申包胥的志气壮盛，但恐怕时代已经发生变化，学非所用。为什么时俗是这样地赞同投机取巧，破坏了古代的规矩改变了伦纲！唯独自己耿直不阿，不能随波逐流，只愿仰慕过去的贤圣所创立的教化。身处污浊之世而显达荣耀，不是我心里所乐意的。与其了无道义而有荣名，宁可处于困顿而操守高节！吃饭不苟且去吃饱，穿衣不苟且去穿暖！暗自仰慕《诗经》创作者的高尚遗风，愿意将自己的志向寄托于“君子不素餐”。心中满是委屈无穷无尽，在茫茫荒野中飘泊。没有棉衣皮袄来抵御冬寒，恐怕突然死去不能再见到光明的春天。

靓杪秋之遥夜兮[①]，心缭悷而有哀[②]。春秋逴逴而日高兮[③]，然惆怅而自悲。四时递来而卒岁兮，阴阳不可与俪偕[④]。白日畹晚其将入兮[⑤]，明月销铄而减毁。岁忽忽而遒尽兮[⑥]，老冉冉而愈弛[⑦]。心摇悦而日幸兮[⑧]，然怊怅而无冀[⑨]。中憯恻之凄怆兮[⑩]，长太息而增欷。年洋洋以日往兮，老嵺廓而无处[⑪]。事亹亹而觊进兮[⑫]，蹇淹留而踌躇。

【注释】

①靓(jìng)：通“静”。杪(miǎo)秋：秋末。

②缭悷(lì)：缠绵曲折。

③春秋：指年岁。逴逴(chuō)：遥远的样子。

④阴阳：这里指寒来暑往的变化。俪(lì)偕：偕同，同在一起。俪，并，同。

⑤畹(wǎn)晚：太阳将下山。

⑥遒尽：迫近于尽头，终了。遒，迫，尽。

⑦弛：松懈，这里指心志松懈。

⑧幸：心存侥幸。

⑨怊(chāo)怅：惆怅。

⑩憯(cǎn)恻：悲痛。

⑪嵺(liáo)廓：通“寥廓”。空虚的样子。

⑫觊(jì)：企图。

【译文】

在静静的秋末的长夜，心情缠绵曲折是那样哀伤。岁月已去了很多，年龄日渐增高，心中因此而充满惆怅和悲伤。四季依次而来，一年又过去了，寒来暑往，时光流逝，生命无法永驻。白日就要隐到山后，明月销熔受到损毁。岁月匆匆而过，即将完结，衰老渐渐来临，心志愈加松懈。心神不宁,要说还有点喜悦是每日心存侥幸,但最终都还是失意惆怅,没有任何希望。内心悲惨凄恻,只能长长地叹息又叹息。无涯无岸的时间一天一天地过去,老来空虚寂寞无所归依。事情变化不止而企图再得仕进,因此又停留下来继续徘徊。

何泛滥之浮云兮[①],猋壅蔽此明月[②]?忠昭昭而愿见兮[③],然露曀而莫达[④]!愿皓日之显行兮,云蒙蒙而蔽之。窃不自料而愿忠兮,或黕点而污之[⑤]。尧、舜之抗行兮,瞭冥冥而薄天[⑥]。何险巇之嫉妒兮[⑦],被以不慈之伪名[⑧]?彼日月之照明兮,尚黯黮而有瑕[⑨]。何况一国之事兮,亦多端而胶加[⑩]。被荷裯之晏晏兮[⑪],然潢洋而不可带[⑫]。既骄美而伐武兮[⑬],负左右之耿介[⑭]。憎愠惀之修美兮[⑮],好夫人之慷慨。众踥蹀而日进兮[⑯],美超远而逾迈[⑰]。农夫辍耕而容与兮,恐田野之芜秽。事绵绵而多私兮,窃悼后之危败。世雷同而炫曜兮[⑱],何毁誉之昧昧[⑲]!今修饰而窥镜兮,后尚可以窜藏[⑳]。愿寄言夫流星兮,羌倏忽而难当[㉑]。卒壅蔽此浮云兮,下暗漠而无光。

【注释】

①泛滥:这里指浮云布满天空。

②猋:狗奔跑很快的样子,这里指浮云飘来飘去。

③见:通“现”。

④露曀(yīn yì):乌云蔽日,天色昏暗貌。露,同“阴”。曀,阴暗。

⑤黕(dǎn):污垢。点:玷污,污辱。

⑥瞭冥冥:高远的样子。

⑦险巇(xī):艰险,这里用来指用心险恶的人。

⑧伪名:捏造的罪名。

⑨黯黮(àn dǎn):昏暗的样子。

⑩胶加:相互交缠,很难理清。

⑪裯(dāo):即“袛裯”,短衣。晏晏:轻柔的样子。

⑫潢(huàng)洋:空空荡荡的样子。带:结带。

⑬骄美:自骄其美。伐武:自夸勇武。

⑭负:依仗。

⑮愠惀(yùn lún):心地实诚而不善言辞。

⑯众:指谗人。踥蹀(qiè dié):小步行走的样子。

⑰美:指贤人。逾迈:远行。

⑱世:指世俗之人。炫曜:目光迷乱,不辨是非。

⑲昧昧:昏暗不明貌。

⑳窜藏:逃脱危难,得以保全。

㉑当:值,遇上。

【译文】

为何浮云布满天空,飘来飘去将明月遮阻?忠心昭然若揭但愿能被发现,但阴云蔽日,天色昏暗而无法做到!但愿白日能够显赫地前行,可朦朦阴云却把它遮蔽。暗中自不量力而愿意尽忠竭力,可有些污垢却将一片忠心玷污。唐尧、虞舜有着高洁的行为,高远到接近云天。为什么那些用心险恶的人一定要嫉妒,给他们安上不仁慈的罪名?那太阳和月亮能把整个大地照亮,但还是有昏暗照不到的地方。何况一国的事情,是那么头绪繁多,相互交缠,难以理清。披着用荷叶做的短衣,是那样轻柔,但空空荡荡,无法用带子系住。自骄其美,自夸其勇,依仗着左右的耿耿忠心。厌恶实诚而不善言辞的美好之士,喜好那些只会慷慨激昂之徒。谗人们小心翼翼步步谨慎日见进用,贤明之人只好远远地离开。农夫停止耕种而悠闲自在,恐怕田野就会荒芜。国事总是那样夹杂着私欲，我暗自悲悼国家的危险和衰败。世俗之人总是一样地目光迷乱，不辨是非，为什么赞美和贬斥那样昏暗不明！现在对镜修饰打扮，自省一番，日后还可以逃脱危难得以保全。希望让流星寄上谏言，但流星太快难以遇上。最终还是被浮云所遮蔽阻隔，天下阴暗昏漠没有光明。

尧、舜皆有所举任兮，故高枕而自适。谅无怨于天下兮[①]，心焉取此怵惕？乘骐骥之浏浏兮[②]，驭安用夫强策？谅城郭之不足恃兮，虽重介之何益[③]！邅翼翼而无终兮[④]，忳惛惛而愁约[⑤]。生天地之若过兮，功不成而无效。愿沉滞而不见兮，尚欲布名乎天下？然潢洋而不遇兮，直怐愗而自苦[⑥]。莽洋洋而无极兮，忽翱翔之焉薄[⑦]？国有骥而不知乘兮，焉皇皇而更索[⑧]？宁戚讴于车下兮，桓公闻而知之[⑨]。无伯乐之善相兮，今谁使乎誉之？罔流涕以聊虑兮[⑩]，惟着意而得之。纷忳忳之愿忠兮[⑪]，妒被离而鄣之[⑫]。愿赐不肖之躯而别离兮，放游志乎云中。乘精气之抟抟兮[⑬]，骛诸神之湛湛[⑭]。骖白霓之习习兮[⑮]，历群灵之丰丰[⑯]。左朱雀之茇茇兮[⑰]，右苍龙之躣躣[⑱]。属雷师之阗阗兮[⑲]，通飞廉之衙衙[⑳]。前轻辌之锵锵兮[㉑]，后辎乘之从从[㉒]。载云旗之委蛇兮，扈屯骑之容容[㉓]。计专专之不可化兮[㉔]，愿遂推而为臧[㉕]。赖皇天之厚德兮，还及君之无恙。

【注释】

①谅：确实。

②浏浏：水流的样子，意指顺畅。

③介：甲，盔甲。

④邅（zhān）翼翼：小心谨慎，不敢冒进的样子。邅，难行不进。翼翼，谨慎的样子。无终：没有结果。

⑤忳（tún）惛惛（hūn）：烦闷抑郁，神志不清的样子。忳，忧郁，烦闷。愁约：穷愁潦倒。

⑥怐愗（kòu mào）：愚昧的样子。

⑦薄：到，止。

⑧皇皇：通"遑遑"。匆忙不安貌。

⑨宁戚讴于车下兮，桓公闻而知之：春秋时卫国人宁戚想要晋见齐桓公但没有门路，于是经商到了齐国。有一次他夜间在车下喂牛，看到齐桓公，便敲着牛角歌唱，自叹怀才不遇，齐桓公于是跟他谈话，后来让他在齐做卿。

⑩罔：通"惘"。怅惘。失意。聊虑：深思，精心专一。

⑪纷忳忳：极诚挚的样子。

⑫被离：通"披离"。纷杂的样子。鄣：同"障"。

⑬精气：元气。抟抟（tuán）：积聚成团貌。

⑭骛：追随。湛湛：浓厚的样子，这里用来形容神成群。

⑮习习：飞动的样子。

⑯丰丰：众多的样子。

⑰朱雀：星座名。是南方七宿的总称。茇茇（bèi）：飞舞翻动的样子。

⑱苍龙：星座名。是东方七宿的总称。躣躣（qú）：蜿蜒而行的样子。

⑲属（zhǔ）：接连，跟随。阗阗：雷声。

⑳通：开路。飞廉：神话传说中的风神。衙衙（yú）：行进的样子。

㉑辌（liáng）：古代的一种卧车。锵锵：车铃声。

㉒辎（zī）乘：重车。从从：车行时的铃声。

㉓扈:扈从,侍从。屯骑:成群的车骑。容容:从容不迫,不紧不慢。

㉔计:心意。专专:专一,执着。

㉕遂:终于。推:推广。臧(zāng):善,美好。

【译文】

尧、舜都能举贤任能,所以可以高枕无忧,自由自在。天下确实没有什么怨恨,心中哪会有什么恐惧。驾车的骏马,拉车非常顺畅,驾车的人哪里需用有力的鞭子?如果确实是城郭不能足以让人依靠,虽然有重重的盔甲又有什么益处!小心翼翼,没完没了,终无结果,烦闷抑郁愁肠百结拘手拘脚。生于天地之间就像匆匆过客,功业不成没有任何效应。希望沉隐滞藏不再露面,还是想最后名扬天下?就这样在茫茫无边的人海世事中怀才不遇,简直是愚昧地自讨苦吃。莽原广阔无边,飞来飞去,到哪里止息?国家有骏马而不知道乘驾,却匆匆忙忙,心神不宁地又到别处索寻?宁戚在车下歌唱,齐桓公听到后便加以任用,赐予知遇之恩。当今已无伯乐这样善于相马的人,让谁再去赞美他呢?怅惘失意而泪流满面,姑且这样思考:只有着意才能得到。忠心耿耿地想着效忠,嫉妒的人却纷纷来阻挡。希望能恩准我这不好的人离开您,放任遨游志向托于云中。乘着团团的元气,追随成群的众神。驾着飞动的白霓,经过众多的神灵面前。左边是飞舞翻动的朱雀星座,右边是跃跃跳动的苍龙星座。跟随着阗阗而鸣的雷师,让风神飞廉衙衙开路。前面是轻便的卧车在锵锵而行,后面是载物的重车铃声从从。载着五彩的似云之旗,逶迤而行,侍从的车骑成群,从容不迫地跟在后面。心意执着,不可更易,希望终有一日能被推崇赞赏。托皇天的深厚恩德,还是让我的君王无病无殃。

贾谊

贾谊简介参见卷一。

鹏鸟赋 有序

【题解】

本文是贾谊谪居长沙时所作。作品依据老、庄万物变化的道理，说明祸福荣辱实不足介意，抒发自己怀才不遇的郁抑不平情绪。这是作者哀伤时的自我排遣，是逆境中感伤情绪的流露。

谊为长沙王傅，三年，有鹏鸟飞入谊舍①，止于坐隅。鹏似鸮，不祥鸟也。谊既以谪居长沙，长沙卑湿，谊自伤悼，以为寿不得长，乃为赋以自广。其辞曰：

【注释】

①鹏(fú)鸟：又名山鸮，古人认为是不祥之鸟。

【译文】

贾谊做长沙王的傅已经三年了，忽然有只鹏鸟飞入他的房子，落在他的座旁。鵩鸟很像猫头鹰，是种不祥的鸟。贾谊自从被贬居住在长沙以来，因长沙地势低注、气候潮湿，常常觉得感伤悲哀，觉得寿命不长，于是作一首赋来宽慰自己。赋的内容是这样的：

单阏之岁兮[①]，四月孟夏，庚子日斜兮，鵩集予舍，止于坐隅兮，貌甚闲暇。异物来萃兮[②]，私怪其故，发书占之兮，谶言其度[③]，曰“野鸟入室，主人将去”。请问于鵩：“予去何之？吉乎告我，凶言其灾。淹速之度兮，语余其期。”鵩乃叹息，举首奋翼，口不能言，请对以臆。

【注释】

①单阏：卯年的别称。时汉文帝六年丁卯（前175）。

②萃：聚集。

③谶言：预断吉凶之言。

【译文】

岁在丁卯，四月孟夏庚子这天，太阳就要落山了，有只鵩鸟落到我的屋子，停在我的座旁，样子很悠闲。奇怪的鸟儿飞来，这令我十分惊奇，翻书占卜此事的吉凶。书上预言说：“野鸟飞入屋中，预示着主人即将离去。”我就请教鵩鸟：“我将到哪里去？是吉是凶？快快告诉我。或早或迟，请说出离开的日期。”于是鵩鸟叹了口气，抬起头来振动着翅膀，嘴里却说不出话。请让我猜猜它想说的吧。

曰：万物变化兮，固无休息。斡流而迁兮[①]，或推而还。形气转续兮，变化而嬗[②]。沕穆无穷兮[③]，胡可胜言。祸兮福所倚，福兮祸所伏，忧喜聚门兮，吉凶同域。彼吴强大兮，夫差以败[④]；越栖会稽兮，句践霸世。斯游遂成兮，卒被五刑；

傅说胥靡兮,乃相武丁。夫祸之与福兮,何异纠纆[5]?命不可说兮,孰知其极?水激则旱兮[6],矢激则远。万物回薄兮[7],振荡相转。云蒸雨降兮,纠错相纷。大钧播物兮,坱圠无垠[8]。天不可预虑兮,道不可预谋。迟速有命兮,焉识其时?

【注释】

①斡(wò)流:流转。斡,旋转,运转。

②变化而嬗(chán):如蝉一样地蜕变。嬗,通"蝉"。

③沕(wù)穆:深微的样子。

④彼吴强大兮,夫差以败:夫差打败越国,北伐齐国,与晋争做中原霸主,后反为越所灭。

⑤纠纆(mò):绳索。意为绞在一起的绳索。

⑥旱:通"悍"。猛疾的意思。

⑦回薄:循环相迫变化无常。

⑧坱圠(yǎng yà):漫无边际的样子。

【译文】

它是想说:世间万事万物都在变化之中,永无休止,回旋的水流流动,有时又转而流回。有形和无形循环相继、变化相连。世间万物深妙精微,无边无际,怎能说得尽。灾祸中蕴含着幸福,幸福中隐藏着灾祸,忧愁和欢喜会同时降临,凶吉本在一起。吴国强大,吴王夫差却因而败亡;越国退保会稽,越王句践却因而称霸。李斯西游于秦国而成就功业,最终却身受酷刑;傅说本是刑徒,却做了商朝武丁的宰相。那灾祸与幸福和缠绕而成的绳子有何区别?命运难于说清,谁知道它的终极?水受外力冲击奔流迅捷,箭受外力推动就会飞向远处。万物循环运行,震动摇荡,互相转化。水气上蒸,雨水下降,纠缠交错,纷纷纭纭。造物主创造万物，其气弥漫天地之间。天地不能预知，大道不能预料，生命的长短是命运决定的，又怎能知道你离去的日期。

且夫天地为炉兮，造化为工；阴阳为炭兮，万物为铜。合散消息兮，安有常则？千变万化兮，未始有极！忽然为人兮，何足控抟？化为异物兮[①]，又何足患？小智自私兮，贱彼贵我；达人大观兮，物无不可。贪夫徇财兮，烈士徇名；夸者死权兮，品庶每生。怵迫之徒兮[②]，或趋西东；大人不曲兮，意变齐同。愚士系俗兮，窘若囚拘；至人遗物兮，独与道俱。众人惑惑兮，好恶积亿[③]；真人恬漠兮[④]，独与道息。

【注释】

①化为异物：意指人死掉了。

②怵迫之徒：势利小人。

③积亿：犹纷纭，极言其多。

④恬漠：淡漠，不因利诱而动心。

【译文】

天地就像个大熔炉，造物主就像冶炼工；阴阳像炉底下的木炭，万物像炉里的铜矿石。或聚合或分散、或消灭或生长，哪有什么常规？千变万化，从来没有终极。偶然成了人形，有什么值得爱惜、依恋；忽然死去，又有什么可怕？小聪明、自私的人轻视外物专为自己；达观的人观察透彻，一视同仁。贪婪的人为钱丧生，有气节的人为名节而牺牲；自大的人为权力而死，而一般人则贪恋生命。嫌贫爱富的人为利益东奔西走；品德高尚的人不为利益所动，对待事物的态度前后相同。愚蠢的人被世俗利益牵扯，像囚徒一样窘迫；道德完善的人不为外物驱使，只为了追求真理。众人糊里糊涂，仅仅积攒了些好恶之情；人格完美的人恬静、淡漠，只为了得到大道。

释智遗形兮，超然自丧；寥廓忽荒兮[①]，与道翱翔。乘流则逝兮，得坻则止[②]；纵躯委命兮，不私与己。其生兮若浮，其死兮若休；澹乎若深渊之静，泛乎若不系之舟。不以生故自宝兮，养空而浮；德人无累兮，知命不忧。细故蒂芥兮[③]，何足以疑！

【注释】

①忽荒：天地混沌未分的样子。

②坻：水中的高地。

③蒂芥：细小的梗塞物，这里指心胸狭小。

【译文】

放弃智慧和形骸，超然物外而物我两忘；在寥廓无垠的世界与大道一起翱翔。顺流而去，遇到阻碍则停息；把自己的生死交给命运，别把身体看作一己的私有。人活着就像漂浮在水面，死了如同休息；淡泊无为，就像静止不动的深潭，逍遥飘逸，就像没有绳系的小舟。不因为享有生命而依恋、爱惜，排除杂念，追求逍遥；有圣德的人没有牵挂，知道天命因而没有忧愁。那些不如意的小事情，又有什么值得疑虑的呢！

惜誓

【题解】

《惜誓》一篇，在《史记》《汉书》的《贾谊传》中均不曾提及，故王逸《楚辞章句》认为其作者不一定是贾谊。但后世认为此篇的主题思想和语词都与贾谊的《吊屈原赋》相同，无疑是贾氏之作。王夫之《楚辞通释》："惜誓者，惜屈子之誓死，而不知变计也。"

通篇充满对历史和人生的感慨。

惜余年老而日衰兮，岁忽忽而不反。登苍天而高举兮，历众山而日远。观江河之纡曲兮[①]，离四海之沾濡。攀北极而一息兮，吸沆瀣以充虚[②]。飞朱鸟使先驱兮[③]，驾太乙之象舆[④]。苍龙蚴虬于左骖兮[⑤]，白虎骋而为右騑。建日月以为盖兮，载玉女于后车[⑥]。驰骛于杳冥之中兮，休息乎昆仑之墟。

【注释】

①纡曲：曲折。

②沆瀣(hàng xiè)：夜间的水气，露水。古人认为北方夜半的水气，饮后可以升仙。

③朱鸟：星宿名。即朱雀。古云"前朱鸟而后玄武"，朱鸟指向方位为南。

④太乙：即太一，北极神之别名。

⑤蚴(yǒu)虬：龙行的样子。骖：驾车时位于两旁的马。

⑥玉女：仙女。

【译文】

可叹我年迈，一天天衰老，岁月匆匆，一去不回头。想登上苍天高飞，经过层层山峦，一天天走远。观看那江河的纡回曲折，经历了四海的波浪，沾湿了我的衣襟。登上北极星，深深呼吸，吸饮仙露以充实自己。让飞翔的朱鸟当先驱，赶着神仙太乙乘坐的象车。蜷曲行进的苍龙做左骖马，驰骋的白虎做右骖马。把日月做车盖，让仙女坐在后车。飞驰于虚空之中，休息在昆仑山之上。

乐穷极而不厌兮，愿从容乎神明。涉丹水而驰骋兮[①]，右大夏之遗风[②]。黄鹄之一举兮，知山川之纡曲；再举兮，睹天地之圜方。临中国之众人兮，托回飙乎尚羊[③]。乃至少原之野兮[④]，赤松、王乔皆在旁[⑤]。二子拥瑟而调均兮，予因称乎清商。澹然而自乐兮，吸众气而翱翔[⑥]。念我长生而久仙兮，不如反予之故乡。

【注释】

①丹水：赤水。古传该水源出昆仑。

②右：古人以右为上，此指崇尚。大夏：神话传说中的地名。

③回飙(biāo)：旋转的狂风。尚羊：徜徉，逸荡的样子。

④少原：仙人所居之地。

⑤赤松、王乔：神仙名。

⑥众气：朝霞。

【译文】

欢乐无穷，永无厌倦，希望和神仙交往。渡过赤水奔驰而去，崇尚大夏的古朴风尚。黄鹄一飞冲天，看到山河的纡回曲折；再向高飞，了解了天地的大小方圆。俯看中国的人民，我又乘着旋转的狂风徜徉。于是到了少原的郊野，这是神仙居住的地方，赤松、王乔都在这里。两位神仙抱着瑟琴弹奏，音调非常和谐，我于是唱了一曲清商歌。恬然自乐，呼吸众多的仙气飘飘欲仙，在天空翱翔。虽想长生不老，成为长寿的神仙，但不如回到我的故乡。

黄鹄后时而寄处兮，鸱枭群而制之；神龙失水而陆居兮，为蝼蚁之所裁[①]。夫黄鹄神龙犹如此兮，况贤者之逢乱世哉！

【注释】

①裁：害。

【译文】

黄鹄错过起飞的时间，寄栖在山林，猫头鹰就会一起对付它；神龙一旦离开水，落在陆地上，蚂蚁也能伤害它。那黄鹄、神龙尚且如此，何况遇上乱世的贤人呢？

寿冉冉而日衰兮，固儃回而不息[①]。俗流从而不止兮，众枉聚而矫直。或偷合而苟进兮，或隐居而深藏。苦称量之不审兮，同权概而就衡[②]。或推移而苟容兮，或直言之谔谔[③]。伤诚是之不察兮，并纫茅丝以为索。

【注释】

①儃（chán）回：运转。

②权：秤砣。概：平斛用的木板。

③谔谔：直言的样子。

【译文】

生命渐渐流逝，一天天衰老，时光总是转运不息。世俗的风气难于制止，众多坏风气加在一起改变了正直的习俗。有的人迎合流俗，苟且求荣，有的隐居起来深深地躲藏。苦于评价人才的标准不确定，要求以同一标准来权衡。有人推卸责任，苟且偷安，有人直言不讳，不留情面。这些不为人所了解，实在令人悲伤，就像编织茅草的绳索，将正直和邪恶混在一起。

方世俗之幽昏兮，眩白黑之美恶[①]。放山渊之龟玉兮，相与贵夫砾石。梅伯数谏而至醢兮[②]，来革顺志而用国[③]。

悲仁人之尽节兮，反为小人之所贼。比干忠谏而剖心兮，箕子被发而佯狂。水背流而源竭兮，木去根而不长。非重躯以虑难兮，惜伤身之无功。

【注释】

①眩：迷惑。

②梅伯：商纣王时的诸侯，因直言谏纣，为纣王所杀。

③来革：即恶来革，商纣王宠臣。

【译文】

当今社会黑暗，黑白、美丑全都糊涂难明。放弃山中美玉、深潭大龟，却都说石头是个宝贝。梅伯多次进谏，却被商纣剁成了肉泥，恶来革处处顺从纣王的意思，因而执掌国政。可悲的是仁义的人坚守节操，反而被小人所害。比干进忠言却被挖了心，箕子劝谏被拒，只得披散头发，假装疯癫，躲开纣王的迫害。如果让流水脱离源头，水流就一定会枯竭，树木离开树根就不能生长。并不是爱惜生命、惧怕危难，只是可惜送了性命事情也办不成。

已矣哉！独不见夫鸾凤之高翔兮，乃集大皇之野[①]。循四极而回周兮，见盛德而后下。彼圣人之神德兮，远浊世而自藏。使麒麟可得羁而系兮[②]，又何以异乎犬羊？

【注释】

①大皇：大荒，广阔的土地。

②系：捆住。

【译文】

算了吧，难道看不见凤凰高飞，聚集在大荒的原野上。它们围绕天地四周来回飞翔，看见有盛德的君主才降落下来。那圣人的神明、德行都超凡，远离污浊的尘世而深深隐藏。假如麒麟也能被羁绊、捆绑，又和狗、羊有何区别？

枚乘

枚乘(?—前140),字叔,淮阴(今江苏淮安)人。曾为吴王刘濞郎中,吴王谋叛时曾上书谏阻。后为梁孝王刘武的文学侍从。景帝时召为弘农都尉,以病辞官,复游于梁。梁孝王死后回淮阴。武帝即位,以安车蒲轮征召,此时枚乘已老,死于途中。

枚乘是汉初著名辞赋家,《汉书·艺文志》载其赋九篇,现存者只有《七发》《柳赋》《菟园赋》,后二篇前人疑为伪作,可靠的只有《七发》。

七发

【题解】

七发,李善《文选注》云:“说七事以起发太子也。”加上说明缘起的开篇一段,计为八段(首),所以又称七发八首。全篇以问答体的叙事形式,假设楚太子有病,吴客前往探望,从音乐之美、饮食之丰、车马之盛、巡游之丽、田猎和观涛之乐等方面求病之愈,终以圣贤的要言妙道使太子醒悟,“霍然病已”。枚乘写此文的目的是以奇文取悦于王,但对贵族奢靡淫佚的生活,具有一定的讽喻意义和批判色彩。全文规模宏大,语言生动而富于变化,为“七”体赋的开山之作,在赋史上具有重要地位。

楚太子有疾，而吴客往问之[①]，曰："伏闻太子玉体不安[②]，亦少间乎[③]？"太子曰："惫。谨谢客。"客因称曰[④]："今时天下安宁，四宇和平。太子方富于年[⑤]，意者久耽安乐[⑥]，日夜无极，邪气袭逆[⑦]，中若结轖[⑧]；纷屯澹淡[⑨]，嘘唏烦酲[⑩]，惕惕怵怵，卧不得瞑[⑪]；虚中重听[⑫]，恶闻人声，精神越渫[⑬]，百病咸生；聪明眩曜[⑭]，悦怒不平，久执不废，大命乃倾。太子岂有是乎？"太子曰："谨谢客。赖君之力，时时有之，然未至于是也。"

【注释】

①楚太子有疾，而吴客往问之：楚太子、吴客，本赋中假设的两个人物。

②伏：谦卑之词，可视为下对上的自称。

③少间（jiàn）：病稍稍好了点。

④称：通"趁"。趁机。

⑤方富于年：年纪尚轻，岁月还多。

⑥意者：料想。耽：沉湎。

⑦袭逆：侵袭。

⑧中：指身体内部。轖（sè）：郁结不通。

⑨澹淡：动荡漂浮的样子。

⑩酲（chéng）：醉酒。

⑪瞑：通"眠"。

⑫重（zhòng）：耳聋。

⑬越渫（xiè）：发散不能集中。

⑭聪明：指耳朵和眼睛。眩曜：昏花迷乱，视而不明。

【译文】

楚国太子患病，从吴地来的客人前去探望，吴客说："听说太子您贵体欠安，现在好些了吗？"太子说："还是觉得疲乏。谢谢您的关心。"吴客趁机向太子进言道："如今之世，天下安宁，四方太平。太子正年轻，想来您是因为长期地沉醉于安乐之中，日日夜夜没有限制，而导致邪气侵入体内，郁结堵塞，所以才心神不定、烦躁不安，困乏无力，就像喝醉了酒一样，而且心中恐慌，睡不着觉；体内虚弱，听力下降，讨厌听人说话，人的真精被大量耗散，各种各样的疾病都出来了；别看是耳鸣目眩，喜怒无常，时间一久，便有性命之忧。太子您是不是这种情况？"太子回答说："谢谢您。托您的福，我确实时常有这些情况，但还没有达到您所说的那种程度。"

客曰："今夫贵人之子，必宫居而闺处，内有保母[①]，外有傅父[②]，欲交无所。饮食则温淳甘膬[③]，腥醲肥厚[④]；衣裳则杂沓曼暖[⑤]，燂烁热暑[⑥]。虽有金石之坚，犹将销铄而挺解也[⑦]，况其在筋骨之间乎哉？故曰：纵耳目之欲，恣支体之安者[⑧]，伤血脉之和。且夫出舆入辇，命曰蹷痿之机[⑨]；洞房清宫，命曰寒热之媒；皓齿娥眉，命曰伐性之斧；甘脆肥醲，命曰腐肠之药。今太子肤色靡曼[⑩]，四支委随[⑪]，筋骨挺解，血脉淫濯[⑫]，手足惰窳[⑬]；越女侍前，齐姬奉后[⑭]，往来游讌[⑮]，纵恣乎曲房隐间之中[⑯]。此甘餐毒药，戏猛兽之爪牙也。所从来者至深远。淹滞永久而不废，虽令扁鹊治内，巫咸治外[⑰]，尚何及哉？今如太子之病者，独宜世之君子，博闻强识，承间语事，变度易意，常无离侧，以为羽翼。淹沉之乐，浩唐之心[⑱]，遁佚之志，其奚由至哉？"太子曰："诺[⑲]。病已，请事此言。”客曰：“今太子之病，可无药石针刺灸疗而已，可以要言妙道说而去也，不欲闻之乎？”太子曰：“仆愿闻之。”

【注释】

①保母：或作“保姆”“媬姆”，在宫中负责照管君主子女的女子。

②傅父：负责辅导贵族子弟日常功课的师傅。

③膬（cuì）：同“脆”。指食物松脆，或松脆的食物。

④脭（chéng）：肥肉。醲（nóng）：醇厚之酒。

⑤杂沓（tà）：众多的样子。曼：轻细。

⑥燂（xún）、烁（shuò）：都是很热的意思。

⑦销铄（shuò）：熔化。挺解：散开，解体。

⑧支：同“肢”。

⑨蹷痿（jué wěi）：腿脚瘫痪，不能行走。

⑩靡曼：身体虚弱。

⑪委随：痿缩不能屈伸。

⑫淫濯（zhuó）：胀大。濯，大，盛。

⑬惰窳（yǔ）：萎弱乏力。窳，懒惰。

⑭越女侍前，齐姬奉后：越女，越国的美女。齐姬，齐国的佳丽。这里泛指来自各地的美女。

⑮游讌：同“游宴”。游乐宴饮。讌，同“宴”。

⑯曲房、隐间：皆指内室，密室。

⑰巫咸：传说中的一位有法术的神巫。

⑱浩唐：浩荡，即放纵、放荡不羁。

⑲诺：应答之词。

【译文】

吴客说：“如今富贵人家的子女，无一不是住在深宫内院，里面的生活起居有保姆照料，外面的各种活动由师傅陪伴，想独自交往游玩那是不行的。吃的是烈酒肥肉一类甘美味厚的食品，穿的是一层层的暖衣温裳，使人总是像在过炎热的夏天。纵是坚如金石的东西，如果这样，也将消溶解体，何况是筋骨血肉之躯呢？所以说，纵情声色，贪图身体安逸，会损害血脉的和畅。出入都是车轿，这是肢体痿瘫的机缘；住在幽房、静院，应称为寒热之疾的媒介；皓齿蛾眉的美女，应叫作斫伐生命的利斧；香脆甜美的食物，便是腐烂肚肠的烈药。如今太子您神色倦怠，四肢乏力，筋骨松弛，血脉奔涌，前有越女、后有齐姬，整天在暗室幽屋中纵情酒色。这简直是把毒药当作美食，在猛兽的爪牙间嬉戏。看来太子您的病由来已久。长此以往不加改变，即便让神医扁鹊来治内疾，神巫巫咸来祛外魔，哪里还来得及呢？现在太子的病，只宜于让当今的君子来救治，他们见闻广博，能随时抓住机会谈论一些事情以示提醒，从而帮助您改变想法和主意，他们随时在您的身旁，将成为您的得力羽翼。这样，那些无节制的享乐，放荡不羁的心志，荒唐可笑的举止，又怎么能出现呢？”太子说：“好吧。我病愈后，就照您的话去做。”吴客说：“太子现在的病，可以不用药物、不用针刺便能治好，可以用包含至理的巧言妙语来除去它，您不想听听吗？”太子说：“我愿意听。”

客曰：“龙门之桐①，高百尺而无枝，中郁结之轮菌②，根扶疏以分离③。上有千仞之峰，下临百丈之谿。湍流溯波，又澹淡之④，其根半死半生。冬则烈风漂霰飞雪之所激也⑤，夏则雷霆霹雳之所感也。朝则鹂黄鳱鴠鸣焉⑥，莫则羁雌迷鸟宿焉。独鹄晨号乎其上，鹍鸡哀鸣翔乎其下。于是背秋涉冬，使琴挚斫斩以为琴⑦，野茧之丝以为弦，孤子之钩以为隐⑧，九寡之珥以为约⑨。使师堂操《畅》⑩，伯子牙为之歌⑪，歌曰：‘麦秀蔪兮雉朝飞⑫，向虚壑兮背槁槐，依绝区兮临回溪。’飞鸟闻之，翕翼而不能去⑬；野兽闻之，垂耳而不能行；

蚑蟜蝼蚁闻之[14]，拄喙而不能前[15]。此亦天下之至悲也[16]，太子能强起听之乎？"太子曰："仆病，未能也。"

【注释】

①龙门：山名。在陕西和山西交界处。

②轮菌：屈曲的样子。

③扶疏：向各个方向伸展。

④澹淡：摇荡冲击。

⑤霰(xiàn)：雪珠，常在雪花飘飞之前降落，或和雪花一起降下。

⑥鹂黄、鳱鴠(hàn dàn)：皆鸟名。鹂黄即黄鹂。

⑦琴挚：春秋时期鲁国太师（乐官）师挚，善弹琴，故称"琴挚"。

⑧钩：带子上的钩。隐：琴上饰物。

⑨九寡：鲁国的母师，年轻丧夫后与九子一起生活。珥(ěr)：耳朵上戴的饰物。约：琴徽，用来标识音阶。

⑩师堂：即师堂子京，古时乐师。《畅》：传说为尧时的琴曲。

⑪伯子牙：即伯牙，春秋时人，精通琴艺。

⑫蕲(jiān)：麦子抽穗开花时的样子。一说为麦芒。

⑬翕(xī)：收拢，合上。

⑭蚑蟜(qí qiáo)、蝼蚁：皆爬虫名。

⑮拄喙：犹屏息。

⑯悲：此指感人至深。

【译文】

吴客道："龙门山上有棵梧桐树，干高百尺没有枝，树干中有盘曲郁结的纹理，树根向四面延伸。上倚万丈高峰，下临百丈溪谷。湍急回旋的溪流，冲击摇荡着它，使它的根半死半生。冬天，寒风飘雪吹打；夏天，雷霆霹雳摇撼。早晨有黄鹂、鳱鴠鸣叫，夜晚有羁迷之鸟歇宿。孤独的天鹅清早就在树上悲号，鹍鸡则哀鸣着在树下盘旋。就这样，这棵梧桐不知已经度过了多少秋冬，让最著名的琴师太师挚砍下这棵梧桐做成琴，用野茧的丝做成琴弦，用孤子的衣带钩做成琴隐，用有九个儿子的寡母的耳饰做成琴徽。让著名的乐师师堂子京演奏《畅》这首曲子，让伯牙演唱，唱的歌词是：'麦苗啊正在抽穗，野鸡晨飞，离开枯槐，飞向溪谷，在溪涧的悬崖绝壁上止息。'正在飞翔的鸟儿，听了歌声，收拢翅膀停留下来；正在奔跑的野兽，听了歌声，竖起耳朵不再动弹；爬虫蚂蚁之类，听了歌声，也屏住呼吸不能前行。这也是天下最感人至深的歌曲了，太子您能勉强起身来听听它吗？"太子说："我还在生病，精神不好，恐怕不能。"

客曰："犓牛之腴①，菜以笋蒲②；肥狗之和③，冒以山肤④；楚苗之实⑤，安胡之饭⑥，抟之不解⑦，一啜而散⑧。于是使伊尹煎熬⑨，易牙调和⑩，熊蹯之臑⑪，勺药之酱⑫，薄耆之炙⑬，鲜鲤之鲙⑭，秋黄之苏⑮，白露之茹⑯。兰英之酒⑰，酌以涤口。山梁之餐⑱，豢豹之胎。小饭大歠⑲，如汤沃雪。此亦天下之至美也，太子能强起尝之乎？"太子曰："仆病，未能也。"

【注释】

①犓(chú)牛：小牛。腴：动物腹下的肥肉。

②蒲：香蒲草，嫩茎可食。

③和：羹汤，和羹。

④冒：覆盖。山肤：石耳菜。

⑤楚苗之实：这里指楚域苗地所产的稻米。

⑥安胡：又叫雕胡，即菰米。

⑦抟：用手搓捏成团。

⑧啜：尝，吃。

⑨伊尹：商汤时的一名臣子，擅长烹调。

⑩易牙：春秋时期齐桓公的宠臣，善于调味。

⑪熊蹯（fán）：熊掌。臑（ér）：烂熟。

⑫勺药之酱：勺药，即芍药，一种花草，其根可供药用，合于兰桂五味，称作“勺药酱”，是一种很好的调料，故被用作五味调料的总称。

⑬薄耆（qí）：切成薄片的兽肉。

⑭鲙（kuài）：鱼片。

⑮苏：指紫苏。

⑯茹：蔬菜的总称。

⑰兰英：兰花。

⑱山梁：这里代指生活于山梁之中的雌雉（野鸡），源于《论语·乡党》：“山梁雌雉，时哉时哉！”

⑲歠（chuò）：喝。

【译文】

吴客说：“牛犊腹部的肥厚之肉，放入嫩笋和蒲菜；肥狗做的羹汤中，加上石耳菜；楚地苗山的稻米或菰米做成的饭，粘成团不易散开，但吃到嘴里很容易化开。让烹饪高手伊尹烹煮，让调味好手易牙调味，炖得烂烂的熊掌，芍药制成的美味酱料。把野兽的脊肉切成薄片加以烤制，把新鲜的鲤鱼细切成片，配上已经变黄的紫苏和经霜的蔬菜。用兰花泡制的酒漱口，再加上野鸡肉和豹子胎。无论是小餐一顿还是大嚼一番，会像把沸水浇到雪上一样爽快。这自然也是天下味道最好的美食，太子您能勉强起来尝一点吗？”太子说：“我有病在身，恐怕不能。”

客曰：“锺、岱之牡[①]，齿至之车[②]，前似飞鸟，后类距虚[③]；穱麦服处[④]，躁中烦外，羁坚辔，附易路[⑤]。于是伯乐相其前后，王良、造父为之御⑥，秦缺、楼季为之右⑦。此两人者，马佚能止之⑧，车覆能起之。于是使射千镒之重⑨，争千里之逐。此亦天下之至骏也，太子能强起乘之乎？”太子曰：“仆病，未能也。”

【注释】

①锺、岱："岱"应作"代"。均为地名。其地古代为著名产马区，在今陕西长城外河套一带。牡：雄马，这里泛指马。

②齿至之车：马达到适合拉车的年龄。马每年生一齿，所以用齿来计岁。

③距虚：蹶鼠，形状似兔但比兔大，能跑，又作"岠虚"。

④穛(zhuó)：稻麦等谷类作物未熟就收。服处：服用，这里指喂养。

⑤附：遵循，沿着，顺着。

⑥王良：春秋时人，善驾车。造父：周穆王时人，也善驾车。

⑦秦缺、楼季：古代的两位勇士。

⑧佚：同"逸"。指马因受惊而狂奔。

⑨射：赌博。千镒之重：指极大的赌注。镒，古代重量单位。合二十两，一说二十四两。常作为黄金的重量单位。

【译文】

吴客道："锺、岱两地产的马，正是适合拉车的年龄，速度比得上飞鸟和走兽。用未全熟之穛麦喂养，使马胸中烦躁而想狂奔，然后套上结实的缰绳，驱马在宽阔的大道上驰骋。让最善相马的伯乐前后左右、自始至终地仔细察看，让著名的御者王良和造父驾车，让秦缺和楼季这两位勇士为车右护驾。他们在马狂奔脱缰的时候能制止，在车驾倾覆后能将其掀起。于是设立下千镒黄金的大赌注，让这些马在千里之途上赛跑。这也可以称得上天下最好的骏马了，太子您能勉强起来去坐坐这些马驾的车吗?”太子说:“我有病在身,恐怕不能。”

客曰:“既登景夷之台[①],南望荆山[②],北望汝海[③],左江右湖,其乐无有!于是使博辩之士,原本山川[④],极命草木[⑤],比物属事[⑥],离辞连类[⑦]。浮游览观,乃下置酒于虞怀之宫[⑧]。连廊四注[⑨],台城层构,纷纭玄绿;辇道邪交[⑩],黄池纡曲[⑪]。溷章、白鹭[⑫],孔雀、䴔䴖[⑬],鹓雏、䴔鶄[⑭],翠鬣、紫缨,螭龙、德牧[⑮],邕邕群鸣[⑯];阳鱼腾跃[⑰],奋翼振鳞。漃漻薵蓼[⑱],蔓草芳苓[⑲];女桑河柳[⑳],素叶紫茎;苗松豫章[㉑],条上造天;梧桐并榈[㉒],极望成林。众芳芬郁,乱于五风[㉓]。从容猗靡[㉔],消息阳阴[㉕]。列坐纵酒,荡乐娱心。景春佐酒[㉖],杜连理音[㉗]。滋味杂陈,肴糅错该[㉘]。练色娱目[㉙],流声悦耳。于是乃发《激楚》之结风[㉚],扬郑、卫之皓乐[㉛]。使先施、徵舒、阳文、段干、吴娃、闾娵、傅予之徒[㉜],杂裾垂髾[㉝],目窕心与。揄流波[㉞],杂杜若[㉟],蒙清尘,被兰泽[㊱],嬿服而御[㊲]。此亦天下之靡丽皓侈广博之乐也[㊳],太子能强起游乎?”太子曰:“仆病,未能也。”

【注释】

①景夷:台名。在今湖北监利。

②荆山:山名。在今湖北南漳。

③汝海:即汝水。源出河南大盂山,终入淮河。

④原本:追究事物的本源。

⑤命:命名,叙述。

⑥属(zhǔ):连缀。

⑦离辞连类：指写文章。离辞，排比组织词语。连类，连缀同类事物。

⑧虞怀：古宫名。

⑨注：同“柱”。一说注，通也。

⑩邪：通“斜”。

⑪黄池：即潢池，池塘。

⑫溷(hùn)章：水边的翠鸟。

⑬鹍(kūn)鹄：鸟名。

⑭鹓雏(yuān chú)：凤类鸟。鵁鶄(jiāo jīng)：一种水鸟，又作交精。

⑮螭(chī)龙、德牧：皆鸟名。

⑯邕邕：群鸟和鸣声。

⑰阳鱼：即鱼，古人认为鱼和鸟都是生于阴而属于阳。

⑱漃漻(jì liú)：静而清的水域。薵(chóu)、蓼(liǎo)：两种水草。

⑲苓(lián)：《文选》李善注：“苓，古莲字也。”

⑳女桑：小桑树。河柳：又名观音柳、蒲柳。

㉑苗松：苗山的松树。豫：枕木，又名乌樟。章：樟木。

㉒并榈：即棕榈。

㉓五风：五方之风。一说五音。

㉔猗(yī)靡：随风摇动的样子。

㉕消息：翻覆，变化。阳阴：指阳面和阴面。

㉖景春：人名。战国时的纵横家，长于辞令。

㉗杜连：人名。古代善鼓琴者。

㉘楺(róu)：饭，杂食。该：备。

㉙练色：指经过精选的美色。

㉚《激楚》：古曲名。结风：余声。

㉛皓乐：悠扬的音乐。

㉜先施、徵舒、阳文、段干、吴娃、闾娵(zōu)、傅予：皆古代美女，先施

即西施。

㉝裾：衣服的前后襟。髾（shāo）：古时女性衣裙上的饰物，形似燕尾。一说为发髻。

㉞揄：引。

㉟杜若：香草名。一名杜蘅。

㊱兰泽：一种可用来润肤或护发的油脂。

㊲嬿服：古时房中所穿便服。御：侍奉，服侍。

㊳靡丽：奢华。皓侈：盛大。

【译文】

吴客道："登上了景夷台，就可以南望荆山，北望汝水，左见长江，右瞰洞庭，其中乐趣，很难另找。在这个时候，再让博闻强记、能言善辩的人来叙说山川之源、草木之名，比物类事，引申发挥，用彩词丽句构成华章。泛泛游览之后，再下到虞怀宫饮酒。这里回廊曲折相连四通八达，观台城郭层次分明，黑绿两色纷纭错杂；车马大道纵横交错，河道池塘曲折回环。溷章、白鹭、孔雀、鹈鹕、鹓雏、鸡鶄，名禽珍鸟，聚集于此，紫颈翠顶，煞是好看；螭龙鸟和德牧鸟，聚在一起，竞相和鸣。水池中的鱼儿，张开其鳍，立起其鳞，欢腾喜跃。碧水中，还清晰可见随水波摆动的荠草、蓼草、蔓草和芳苓。河边的桑树和柳树，干干净净碧绿的叶子下是紫色的树干；而苗松和豫章树，其枝条几乎上达于天；梧桐树和棕榈树，成林成片，一望无边。各种树木花草的浓郁香味，经风一吹，到处弥漫。树叶随风摇曳，翩翩起舞。大家依次坐好，开怀畅饮，尽情欢乐。善于辞令的景春来侍宴陪酒，工于鼓琴的杜连来奏乐助兴。美味种种交错摆放，佳肴样样置于桌上。精心挑选的美色使眼睛愉悦，流音婉转使耳朵非常舒服。继而又演奏起高亢的乐曲《激楚》，接着再演奏郑、卫两地的动听音乐。让西施、徵舒、阳文、段干、吴娃、闾娵、傅予之类的美女穿上五彩缤纷的衣裙，梳好燕尾型发髻，流光顾盼，眉目传情。再在衣裙中洒上杜若的芳香，在头发上揉进兰膏，便服前来侍奉。这也可算是天下靡丽、豪华、盛大的玩乐了，太子您能勉强起来去游玩一下吗？”太子说：“我身体有病，恐怕不能。”

客曰：“将为太子驯骐骥之马，驾飞軨之舆①，乘牡骏之乘，右夏服之劲箭②，左乌号之雕弓③，游涉乎云林④，周驰乎兰泽⑤，弭节乎江浔⑥；掩青蘋，游清风，陶阳气⑦，荡春心，逐狡兽，集轻禽。于是极犬马之才，困野兽之足，穷相御之智巧。恐虎豹，慴鸷鸟。逐马鸣镳⑧，鱼跨麋角，履游麕兔⑨，蹈践麖鹿⑩。汗流沫坠，冤伏陵窘⑪，无创而死者，固足充后乘矣。此校猎之至壮也，太子能强起游乎？”太子曰：“仆病，未能也。”然阳气见于眉宇之间，侵淫而上⑫，几满大宅⑬。客见太子有悦色也，遂推而进之曰：“冥火薄天⑭，兵车雷运；旌旗偃蹇⑮，羽旄肃纷⑯。驰骋角逐，慕味争先。徼墨广博⑰，望之有圻⑱。纯粹全牺⑲，献之公门。”太子曰：“善。愿复闻之。”客曰：“未既⑳。于是榛林深泽，烟云暗莫㉑，兕虎并作㉒；毅武孔猛，袒裼身薄㉓。白刃硙硙㉔，矛戟交错。收获掌功㉕，赏赐金帛。掩蘋肆若㉖，为牧人席㉗。旨酒嘉肴，羞炰脍炙㉘，以御宾客。涌觞并起，动心惊耳。诚必不悔，决绝以诺。贞信之色，形于金石。高歌陈唱，万岁无斁㉙。此真太子之所喜也，能强起而游乎？”太子曰：“仆甚愿从，直恐为诸大夫累耳。”然而有起色矣。

【注释】

①飞軨（líng）：车上饰物。

②夏服：夏后氏的箭囊。

③乌号：弓名。传说黄帝成仙，乘龙而去，群臣抱其弓而号，后世将黄帝的弓称作“乌号”。

④云：指云梦，春秋战国时楚国的大泽薮名。

⑤兰泽：长有兰草的洼地。

⑥弭（mǐ）节：缓慢行进。

⑦陶：舒畅，陶醉。

⑧镳（biāo）：马嚼子上的铃铛。

⑨麕（jūn）：獐子。

⑩麖（jīng）：鹿的一种，水鹿。

⑪陵：促迫，急促。

⑫侵淫：渐进。

⑬大宅：脸面。一说额头部分。

⑭冥：夜晚。薄：迫近。

⑮偃蹇（yǎn jiǎn）：高且盛。

⑯肃纷：整齐而又色彩缤纷。

⑰徼（yāo）：拦堵。墨：烧田。

⑱圻（yín）：通“垠”。边际。

⑲纯粹：指毛色纯一的野兽。全牺：躯体完整的野兽。

⑳既：尽，完。

㉑暗莫：昏暗不明。莫，同“暮”。

㉒兕（sì）：一种似牛的野兽。

㉓袒裼（tǎn xī）：将衣服脱去露出身体。

㉔硙硙（ái）：白而锐利的样子。

㉕掌：职掌，主持。

㉖若：即杜若。

㉗牧人：官名。负责六牲的牧养繁殖等事务。

㉘炰（páo）：烧烤食物。

㉙斁（yì）：厌倦。

【译文】

吴客道："有人将要为太子您训练像骐骥那样的名马，驾起饰有飞軨的好车。您坐在由四匹壮硕的公马拉着的车上，右手拿起从夏后氏箭囊中抽出的好箭，左手握着黄帝用过的乌号弓，在云梦泽的林子中游猎，在长满兰草的泽地中奔驰，在江边漫游；在青蘋的掩映中，任清风吹拂，由阳光沐浴，让伤感之心受到洗荡，追猎狡顽的野兽，射杀轻巧的飞禽。这个时候，猎犬和骏马极力施展它们的才能，使野兽们疲于奔命，护卫、驾车者也充分显示他们的智慧灵巧。于是虎豹惊恐，鸷鸟畏惧。骏马奔驰，镳铁纷鸣，似鱼飞跃，踢踏麋角，践踩鹿、兔。禽兽们被追得大汗淋漓，口吐白沫，含冤伏地，窘相毕现，没有创伤而累死、吓死的，就足以装满随行的车子。这是围猎中最壮观的场面，太子您能勉强起来去试一试吗？"太子说："我身体有病，恐怕不能。"但是在太子眉宇之间出现了喜色，并且慢慢地布满了整个额头。吴客见太子脸上有了喜色，便顺着刚才讲的继续说道："到了晚上，篝火冲天，狩猎的车骑声势浩大，有如雷声隆隆；旗帜高高飘扬，用于装饰的羽毛整齐如林。大家都想多猎些美味而竞相驰骋，你追我赶。纵火燃烧的地域十分辽阔，放眼望去，只能朦胧地见其边缘。那些色纯身全的猎物，献给王侯将相。"太子说："好极了。我愿意再接着听您讲。"吴客说："围猎还没有结束。这时候，在丛林深泽中，烟云笼罩，昏暗无光，独角野牛和猛虎都出来了；刚毅孔武的勇士们赤身露臂和它们肉搏起来。只见白刃闪闪，矛戟交错。然后是收点猎物，论功行赏，赐以金银玉帛。在蘋草、杜若中铺设酒席，招待负责牧养六牲的牧人们。美酒佳肴，爆炖蒸烤，都用来待客。倒满的酒杯一齐举起，干杯欢呼之声让人耳热心动好不激昂。诚信君子，处事果断，千金一诺，决不反悔，真诚不移，犹如金石。放声高歌，似乎是一万年也不会厌倦。这是太子您所真正喜欢的，能勉强起来去玩一玩吗？"太子说："我很愿意跟着一起去，只是怕成为诸位大夫的累赘。”由此看来，太子的病体有点起色了。

客曰：“将以八月之望[①]，与诸侯远方交游兄弟并往，观涛乎广陵之曲江[②]。至则未见涛之形也，徒观水力之所到，则恤然足以骇矣[③]。观其所驾轶者、所擢拔者、所扬汩者、所温汾者、所涤汔者[④]，虽有心略辞给[⑤]，固未能缕形其所由然也。怳兮忽兮[⑥]，聊兮慓兮[⑦]，混汩汩兮[⑧]；忽兮慌兮[⑨]，俶兮傥兮[⑩]，浩瀇瀁兮[⑪]，慌旷旷兮[⑫]。秉意乎南山[⑬]，通望乎东海。虹洞兮苍天[⑭]，极虑乎崖涘[⑮]。流揽无穷[⑯]，归神日母[⑰]。汩乘流而下降兮[⑱]，或不知其所止。或纷纭其流折兮，忽缪往而不来[⑲]。临朱汜而远逝兮[⑳]，中虚烦而益怠。莫离散而发曙兮[㉑]，内存心而自持。于是澡概胸中[㉒]，洒练五藏[㉓]，澹澉手足[㉓]，颒濯发齿[㉕]。揄弃恬怠[㉖]，输写淟浊[㉗]。分决狐疑，发皇耳目[㉘]。当是之时，虽有淹病滞疾，犹将伸伛起躄[㉙]，发瞽披聋[㉚]，而观望之也，况直眇小烦懑、酲醲病酒之徒哉？故曰发蒙解惑，不足以言也！”太子曰：“善。然则涛何气哉？”

【注释】

①望：月圆之日，阴历的月半。

②广陵：今江苏扬州。曲江：指长江。一说钱塘江。

③恤(xù)然：惊恐的样子。

④驾轶：凌驾突出。擢(zhuó)拔：高出的样子。扬汩(gǔ)：激荡的样子。温汾：水流回旋的样子。涤汔(qì)：冲刷洗荡。

⑤心略：即心智、智略。

⑥怳：同“恍”。忽：即“惚”。

⑦聊兮慄兮：慄，当做“栗”。聊栗，惊恐的样子。

⑧混汩汩：波涛滚滚，水势浩大。

⑨忽兮慌兮：忽慌，恍惚。

⑩俶（tì）兮傥（tǎng）兮：俶傥，潇洒卓异，不受拘束。

⑪浐瀁（wǎng yǎng）：即汪洋，形容水深且广。

⑫慌旷旷：旷远无边。

⑬秉意：执意。一说可理解为发源。南山：即终南山，在今陕西西安南。

⑭虹洞：相连不断的样子。

⑮崖涘：水边，边际。

⑯揽：同“览”。

⑰日母：太阳。

⑱汩（yù）：迅疾的样子。

⑲缪（móu）：交错在一起。

⑳朱汜（sì）：地名。

㉑莫：同“暮”。

㉒澡概：洗涤。概，同“溉”。

㉓洒（xǐ）练：洗濯。

㉔澹澉（dàn gǎn）：洗涤。

㉕颒（huì）濯：犹盥漱。

㉖揄（yù）弃：弃除。

㉗写：同“泻”。淟（tiǎn）：污垢。

㉘发皇：启发使明白。

㉙伛（yǔ）：驼背。躄（bì）：跛脚。

㉚瞽（gǔ）：瞎眼。

【译文】

吴客说：“请在夏历的八月十五，和诸侯及远方的友朋们一起到广陵的曲江观涛。刚到之时还见不到真正的涛的样子,只看那水的力量所到之处,就足以让您恐慌不已了。您看它凌空腾起的、突然溅起的、扬波激荡的、聚流合拢的,撞击江岸的,虽有心智文采,也很难描述其形状及变化。滚滚之势,让人只觉得目眩神乱,胆战心惊。时而白茫茫一片,时而异峰突起,时而声势浩荡,时而旷渺深远。似乎有涌登南山,荡入东海之锐意。水天相接,极力想象其边界,但四面展望,也看不到边际,最后只得远眺日出的地方。凝神望去,但见汩汩涛流,没有人知道它的起止。有时浪涛纷纭曲折回旋,突然往回去了而不再前来。有些浪涛冲到南边的江岸后,就远远地逝去了,观涛的人胸中一片空虚,烦乱而显得疲惫。晚潮退去了,早潮又来,涛的印象深深地进入了观涛人的脑海,念念不忘。这时,观涛的人五脏六腑、手脚发齿、通体内外都像是用清水洗荡过一样,困倦消失了,污垢除掉了,疑惑解除了,耳目清明了。在这种时候,虽然有老病顽症,也会伸直驼背,迈动跛腿,睁开盲眼,打通聋耳而看涛的,何况只是有一点点烦恼愁闷或多喝了几杯酒的人呢?所以说,观涛可以启发蒙昧,解除困惑,实际上是不用多说的。”太子说:“说得好。那么涛到底是一种怎样的气象呢?”

客曰:“不记也。然闻于师曰,似神而非者三:疾雷闻百里;江水逆流,海水上潮;山出内云[①],日夜不止。衍溢漂疾,波涌而涛起。其始起也,洪淋淋焉,若白鹭之下翔;其少进也,浩浩溰溰[②],如素车白马帷盖之张;其波涌而云乱,扰扰焉如三军之腾装[③];其旁作而奔起也,飘飘焉如轻车之勒兵[④],六驾蛟龙,附从太白[⑤],纯驰浩霓[⑥],前后络绎,颙颙卬卬[⑦],椐椐强强[⑧],莘莘将将[⑨]。壁垒重坚,沓杂似军行[⑩],訇隐匈磕[⑪],轧盘涌裔[⑫],原不可当。观其两旁,则滂勃怫郁[⑬],暗漠感突[⑭],上击下硄[⑮]。有似勇壮之卒,突怒而无畏,蹈壁冲津，穷曲随隈[16]，逾岸出追，遇者死，当者坏。初发乎或围之津涯[17]，荄轸谷分[18]。回翔青篾，衔枚檀桓[19]。弭节伍子之山[20]，通厉胥母之场[21]。陵赤岸、彗扶桑[22]，横奔似雷行。诚奋厥武，如振如怒。沌沌浑浑[23]，状如奔马；混混庉庉[24]，声如雷鼓。发怒庢沓[25]，清升逾跇[26]，侯波奋振[27]，合战于藉藉之口[28]。鸟不及飞，鱼不及回，兽不及走。纷纷翼翼，波涌云乱。荡取南山，背击北岸；覆亏丘陵，平夷西畔。险险戏戏[29]，崩坏陂池[30]，决胜乃罢[31]。㳚汩潺湲[32]，披扬流洒。横暴之极，鱼鳖失势，颠倒偃侧[33]。沋沋湲湲[34]，蒲伏连延[35]。神物怪疑，不可胜言。直使人踣焉[36]，洄暗凄怆焉[37]。此天下怪异诡观也，太子能强起观之乎？”太子曰：“仆病，未能也。”

【注释】

①内：同“纳”。

②浥浥（ái）：同“皑皑”。

③腾装：整理行装。

④勒兵：统率军队。

⑤太白：即河神，河伯。

⑥纯：专一。浩霓：白色的虹。浩，通“皓”。

⑦颙颙卬卬：形容波涛高耸。

⑧椐椐强强：形容波涛相随不绝。

⑨莘莘将将：形容波涛撞击之声。

⑩行（háng）：行列。

⑪訇隐匈磕（kē）：形容涛声之大。

⑫轧盘涌裔：形容涛势之强。

⑬滂勃：大水涌动的样子。怫（fú）郁：波涛翻腾的样子。

⑭感:同“撼”。

⑮硉(lù):大石头,巨石。

⑯隈(wēi):江岸弯曲处。

⑰或围:地名。

⑱荄(gāi):同“陔”。山陇。一说草根。轸(zhěn):转。

⑲回翔青篾,衔枚檀桓:青篾、檀桓,皆地名。

⑳伍子之山:即伍子山,因伍子胥而得名,上有子胥祠。

㉑通厉:远行。胥母之场:伍子胥迎接其母的地方。

㉒赤岸:地名。彗(huì):扫帚。扶桑:传说中的日出之处。

㉓沌沌(dùn)浑浑:波浪相连的样子。

㉔混混庉庉(tún):波涛之声。

㉕庢(zhì)沓:水受阻而涌起。

㉖逾跇(yì):飞腾,跨越。

㉗侯波:阳侯之波,即大波。《淮南子·览冥训》高诱注:“阳侯,陵阳国侯也。其国近水,溺水而死,其神能为大波,有所伤害,因谓之阳侯之波。”

㉘藉藉(jí)之口:指江河交汇之处。藉藉,交混杂乱的样子。

㉙戏戏(xī):倾危的样子。

㉚陂(bēi)池:池塘。一说斜坡,指江堤。

㉛罢:同“疲”。

㉜沸(jié)汩:水波相击,激流回荡。

㉝偃侧:翻覆之状。

㉞沋沋(yóu)湲湲:水击之声。一说鱼鳖翻腾颠倒水中之状。

㉟蒲伏:即“匍匐”。

㊱踣(bó):仆倒。

㊲洄(huí)暗:昏惑不明。

【译文】

吴客回答道:“不曾见过典章的记载。但听我老师说,涛看上去像有神助而实际并非如此的地方有三处：如惊雷骤响，百里之外也闻其隆隆之声；江水倒流，海浪也随之逆行涌起；似高山巨峦，吞吐云气，日夜不停。先是江水上涨溢出江堤迅疾流泄，然后波涛开始涌起。波涛刚开始涌起时，像山洪淋淋倾下，又像白鹭往下俯冲。过一会儿，江涛便白茫茫一片，浩浩荡荡，就像白车白马的车队拉开了白色的车盖帷帐，波涛汹涌，有如乱云飞渡，纷纷扰扰，有如军队整装急行；在大江两边涌起而翻腾的，飘然如乘着轻巧的战车在统率士卒的将军，江涛像六条蛟龙拉的车在跟随着河神河伯奔驰，专心致志，一刻不停，连续不断地向前涌动，越来越高，越来越高。高耸的浪涛越集越多，开始相互撞击。看上去像重重壁垒，层层叠叠，坚实无比，又像正在行进中的大部队，纷杂而喧嚣。轰隆隆的涛声，澎湃沸腾的涛势，犹如千军万马，锐不可挡。再看江岸两旁的波涛，这时已开始激翻怒腾了，撞击着巨石，冲击着岸壁，气势滔天，就像雄壮勇猛的士卒，坚毅无比，毫无畏色，左冲右突，上击下踢，沿着弯弯曲曲的江岸，穷追猛打。最后追出了江岸，使遇到的东西当即毁灭，使阻挡的东西当即崩溃，江涛从或围渡口开始，遇到山陇川谷便分流。在青篾回旋缓进，到了檀桓便无声急流。在伍子山前驻足不前，之后再远行到伍子胥迎接他母亲的地方。进逼赤岸，扫荡扶桑，纵横奔突，有如雷动。确实是扬威耀武，气势汹汹。绵延不断，状如竞跑的奔马；轰轰隆隆，声似响雷击鼓。受阻时怒气冲天，清波飞腾，巨浪狂跃、奋战于藉藉隘口。鸟儿来不及飞走，鱼儿来不及回游，野兽来不及跑掉，都统统被浪涛所吞没。波涛翻滚，乱云飞渡，激荡南山，冲击北岸，淹没丘陵，荡平西岸，堤毁防坏，大获全胜，于是罢休。但仅仅过了一会儿，江涛又再次涌动进击：肆意激荡，横暴之极，连水中的鱼鳖也东倒西歪，颠来倒去，大失其态，狼狈不堪。连神物们也颇觉奇怪，难以言表。人更是只能深感惊骇，心中昏惑乃至悲凉。这也算是天下的怪异奇观了，太子能够勉强起来去看看吗？”太子说：“我身体有病，恐怕不能。”

客曰:“将为太子奏方术之士有资略者,若庄周、魏牟、杨朱、墨翟、便蜎、詹何之伦[①],使之论天下之精微,理万物之是非。孔、老览观[②],孟子持筹而算之[③],万不失一。此亦天下要言妙道也,太子岂欲闻之乎?”于是太子据几而起,曰:“涣乎若一听圣人辩士之言[④]。”涊然汗出[⑤],霍然病已[⑥]。

【注释】

①庄周:战国时期道家代表人物,著有《庄子》。魏牟:战国时魏国公子。杨朱:战国时魏国人,字子居。墨翟:战国时期墨家创始人,著有《墨子》。便蜎:名渊,又叫蜎蠉,楚国人,老子的弟子。詹何:战国时期人,善术数。

②孔、老:孔子和老子。

③孟子:战国时期儒家最重要的代表人物,著有《孟子》。

④涣:离散,消散,解脱。

⑤涊(niàn)然:出汗之状。

⑥霍然:快而突然。

【译文】

吴客说:“我将向太子您推荐像庄子、魏牟、杨朱、墨子、便娟、詹何这类才智超群、颇有法术的人,让他们谈论天下至精至微的事理,辨明万物的是非得失。让孔子和老子来陈述他们的宏观大论,让孟子拿着算筹来精细地计算,做到万无一失。他们的言论是天下包含真理的巧言妙语,言简意赅,太子您难道不想听听吗?”这时候,太子扶着桌子站了起来,说:“我现在已经恍然大悟,清醒解脱了,就仿佛是听到了圣人辩士的言谈。”于是太子出了一身淋漓大汗,突然之间病便好了。

东方朔

东方朔（前145—前93），字曼倩，汉朝平原厌次（今山东平原）人。汉武帝初即位时，征集天下文学材力之士，他上书自荐，自称“可以为天子大臣”。武帝以为奇，待诏金马门。后以滑稽为常侍郎，颇得宠幸。后又为太中大夫、给事中。因酒醉在金殿上撒尿，被劾不敬而免官。复为中郎。东方朔博学多识，言辞敏捷、诙谐，又玩世不恭，傲弄公卿，不为礼法所拘，被视如俳优，但有时也能直言切谏。《史记》把他列入《滑稽列传》，《汉书》则称他为“滑稽之雄”。《汉书·艺文志》著录其文二十篇。原有集二卷，已散佚，明人辑有《东方先生集》。其文以《答客难》和《乌有先生论》最为后世所称道。

答客难

【题解】

此文是一篇散体赋，《昭明文选》归为“设论”一体。作者意在借答客难一泄胸中抑郁不平之气。《汉书·东方朔传》载：“朔上书陈农战强国之计，因自讼独不得大官，欲求试用。……辞数万言，终不见用。朔因著论，设客难己，用位卑以自慰谕。”文章构思巧妙，疏朗流畅；多用散句，多铺排，颇具雄辩气势，有纵横家风格。而激烈的牢骚话中的讽刺滑稽笔法，又为文章平添了几分风趣。

客难东方朔曰[①]：“苏秦、张仪[②]，一当万乘之主[③]，而都卿相之位[④]，泽及后世；今子大夫修先王之术[⑤]，慕圣人之义，讽诵《诗》《书》百家之言不可胜数[⑥]，著于竹帛[⑦]，唇腐齿落，服膺而不释[⑧]，好学乐道之效[⑨]，明白甚矣。自以智能海内无双，则可谓博闻辩智矣。然悉力尽忠[⑩]，以事圣帝，旷日持久，官不过侍郎[⑪]，位不过执戟[⑫]，意者尚有遗行邪[⑬]？同胞之徒[⑭]，无所容居，其故何也？”

【注释】

①难：诘问。

②苏秦、张仪：战国时期的纵横家。战国时期，燕、赵、韩、魏、齐、楚等东方六国联合抗秦，称为“合纵”；秦与个别国家联合以打击其他国家，称为“连横”。苏秦主合纵，曾挂六国相印；张仪主连横，曾为秦相。

③万乘：一万辆兵车。这里是虚指，形容诸侯国国势之盛。

④都：居。

⑤子大夫：指东方朔。子是古代对男子的敬称。先王：古代帝王。

⑥《诗》《书》：即《诗经》和《尚书》，这里泛指儒家的经典著作。百家：指诸子百家。

⑦竹帛：书写用的竹简和缣帛。古时没有纸，著书便刻于竹或书于帛。

⑧服膺：深藏于胸中。

⑨效：功力，功夫。

⑩悉力：尽心尽力。

⑪侍郎:侍奉在皇帝身边的小官,并非后世的侍郎官职。

⑫执戟:汉代时官名。守卫在宫殿门前。

⑬意者:推想。遗行:失检之行为,品德有缺点。

⑭同胞之徒:兄弟辈。

【译文】

有客人诘难东方朔道:"苏秦和张仪,一遇到大国的国君,便身居卿相的高位,恩泽施及后世;如今你学习古代帝王的道术,仰慕圣人的仁义,熟读《诗经》《尚书》等儒家典籍和诸子百家的著作,都记不得读了多少。那些著于竹帛上的文章,读到嘴唇破了,牙齿掉了,记在心里,不肯放下,那么勤学乐道的功力,谁都非常明白。您自己也以为才智能力这世上再也找不出可比的第二人,可以称得上是博学多才、聪智雄辩了。但是竭力尽忠,服侍皇上,经过了许多岁月,官位也不过是执戟侍从的郎官罢了。想来还是有过失吧?官卑禄薄以至于连亲兄弟也没有容身之处,这是什么缘故呢?"

东方先生喟然长息[①],仰而应之,曰:"是固非子之所能备[②]!彼一时也,此一时也,岂可同哉?夫苏秦、张仪之时,周室大坏,诸侯不朝,力政争权[③],相禽以兵,并为十二国[④],未有雌雄,得士者强,失士者亡,故谈说行焉;身处尊位,珍宝充内,外有廪仓[⑤],泽及后世,子孙长享。今则不然,圣帝流德[⑥],天下震慑,诸侯宾服[⑦]。连四海之外以为带,安于覆盂[⑧],动犹运之掌,贤不肖何以异哉?遵天之道,顺地之理,物无不得其所。故绥之则安[⑨],动之则苦;尊之则为将,卑之则为虏[⑩];抗之则在青云之上,抑之则在深泉之下;用之则为虎,不用则为鼠。虽欲尽节效情,安知前后[⑪]?夫天地之大,士民之众,竭精谈说,并进辐凑者[⑫],不可胜数。悉力慕之,困于衣食，或失门户[13]。使苏秦、张仪与仆并生于今之世，曾不得掌故[14]，安敢望侍郎乎！《传》曰[15]：'天下无害，虽有圣人，无所施才；上下和同，虽有贤者，无所立功。'故曰时异事异。以上言天下太平，有才亦无所用之。

【注释】

①喟然：感叹的样子。

②备：知悉，明白。

③力政：尽力征战。

④十二国：即鲁、卫、齐、楚、宋、郑、魏、燕、赵、中山、秦、韩。

⑤廪(lǐn)仓：古时贮存谷物的叫仓，贮存米的叫廪。

⑥流：广布。

⑦宾服：按时朝贡，以示服从。

⑧覆盂(yú)：倒置的瓦盆。瓦盆底小口大，倒置则平稳，比喻国家安定。

⑨绥(suí)：安抚。

⑩虏：奴隶。

⑪前后：向前或是退后。

⑫辐凑：聚集。

⑬失门户：找不到出路。

⑭掌故：太常官属，管档案查事例的小官。

⑮《传》：泛指一般的古书。

【译文】

东方朔先生长叹一声，仰起头来回答说："这里的原因不是你所能明白的。从前是一种时势，如今又是一种时势，哪里会是一样的呢？苏秦和张仪的那个时代，周王朝处在崩溃边缘，诸侯都不朝贡，大家竭力征战，争权夺势，以兵力互相兼并，形成十二个国家，强弱未定，能得到人才的国家便强盛，得不到的国家就灭亡，因此说客得以盛行；身居显贵的职位，家中充满珍珠宝贝，外面又有粮仓，恩泽后世，子孙后代长享富贵。现在却不一样了，圣明的皇上恩德遍及四方，天下都畏惧他，诸侯也都臣服于他。国内与海外如衣带之相连，比倒放着的盂还安稳。要做什么事情，容易得如同在手掌内转动一样，那么贤与不贤的又有什么两样呢？遵从上天的道理，顺应了大地的规律，万物都得到了合适的处所。所以抚慰他便安顺，劳动他就困苦；尊重他就成了将军，轻视他便成了奴仆；提拔他就在青云之上，贬抑他便落入深渊之中；任用他就成了猛虎，不用他就成了老鼠。虽然想要尽臣节，效忠诚，哪里知道怎样去做呢？天地那么大，士民如此多，竭尽精力去游说，聚集而并进的，数也数不清。尽力思慕天子之德，欲效精诚，结果是得不到衣食，找不到门路。假如苏秦、张仪和我同生在当今，他们怕连掌故这样的小官也当不上，哪里还敢希望做侍郎呢？古书上说：'天下没有灾害，即使是圣人，也没有地方可以施展才能；上上下下和谐一心，即使是贤人，也没有地方可以建立功业。'所以说时势不同了，事情也随之改变。以上是讲天下太平，有才也无用武之地。

"虽然，安可以不务修身乎哉？《诗》曰'鼓钟于宫，声闻于外'[①]；'鹤鸣于九皋，声闻于天'[②]。苟能修身，何患不荣？太公体行仁义[③]，七十有二，乃设用于文、武[④]，得信厥说[⑤]，封于齐，七百岁而不绝。此士所以日夜孳孳，修学敏行而不敢怠也。辟若鹡鸰[⑥]，飞且鸣矣。《传》曰'天不为人之恶寒而辍其冬，地不为人之恶险而辍其广，君子不为小人之匈匈而易其行'[⑦]；'天有常度，地有常形，君子有常行'；'君子道其常，小人计其功'。以上言无论见用与否，总宜好学修身。

【注释】

①鼓钟于宫,声闻于外:引诗见《诗经·小雅·白华》。

②鹤鸣于九皋,声闻于天:引诗见《诗经·小雅·鹤鸣》。九皋,指水泽深处。

③太公:即姜尚。体行:身体力行。

④设用:大用。

⑤信:同"申"。伸张。厥:其。

⑥鹡鸰(jí líng):鸟名。形状有些像燕子,飞时作波状,栖息在水边。

⑦匈匈:同"汹汹"。喧哗的声音。

【译文】

"虽然如此,又哪能不致力于修身呢?《诗经》上说'在宫中敲钟,在宫外能听到声音';'鹤在水泽深处鸣叫,天上都能听到声音'。如果能够修身,又怎怕不能荣华富贵?太公姜尚对仁义身体力行,到了七十二岁才被文王和武王重用,得以施展自己的学说,后来封在齐地,七百年中兴盛不绝。这就是一般士人日夜孜孜不倦地求学,勉力地做下去不敢松懈的原因啊。好比那鹡鸰鸟,边飞边鸣叫,勤奋不息。古书上说:'上天不会因为人们怕寒冷就停止冬令,大地不会因为人们怕危险就废除它的宽广,君子不会因为小人的吵吵嚷嚷就改变自己的行为';'上天有经常的法度,大地有一定的形势,君子有一定的操行'。'君子行其正道,小人计较其功效。'以上是说无论是否被任用,都应该努力学习修身。

"《诗》云:'礼义之不愆,何恤人之言[①]!'故曰'水至清则无鱼,人至察则无徒';'冕而前旒[②],所以蔽明;黈纩充耳[③],所以塞聪'。明有所不见,聪有所不闻,举大德,赦小过,无求备于一人之义也。'枉而直之[④],使自得之;优而柔之,使自求之;揆而度之[⑤],使自索之'。盖圣人之教化如此,欲其自得之。自得之，则敏且广矣。今世之处士，魁然无徒[⑥]，廓然独居[⑦]，上观许由[⑧]，下察接舆[⑨]，计同范蠡，忠合子胥，天下和平，与义相扶，寡耦少徒，固其宜也，子何疑于我哉？以上言人言不足畏，解"尚有遗行"一句。

【注释】

①礼义之不愆（qiān），何恤人之言：愆，差错。恤，忧，发愁。按，《诗经》无此诗句。

②冕而前旒（liú）：冕是礼冠，黑表红里，顶上有版，后高前低。顶版叫延，延的前面两端有组缨下垂，串上珠宝，叫作旒。旒数的多少代表着贵贱的差别。

③黈纩（tǒu kuàng）：黄绵。古代的礼冠用丸状大小的黄绵悬在两边挡住耳朵，意为不随便听从他人的话。

④枉：曲。

⑤揆：揣度。

⑥魁然：孤独的样子。

⑦廓然：空虚的样子。

⑧许由：古代隐士。尧把天下让给他，他不接受。

⑨接舆：春秋时楚国隐士，佯狂避世，曾唱歌讥笑孔子热衷于政治。

【译文】

"《诗经》上说：'只要在礼义上不出差错，还怕别人的什么指责？'所以说'水清到极点便没有鱼，人明察到极点便没有徒侣'；'冕前边垂着旒，是用来遮蔽视线；冕两边悬着黄绵，垂在耳边，是用来阻塞听觉'。眼明也有不该看的地方，耳聪也有不当去听的时候。对待人要用他的大德，宽恕他的小过，这就是不求全于一个人的意思。'曲者当使之直，但应该使他自己变直；优柔宽和地对待他，让他自己去寻求；揣情度理地诱导他，让他自己去求索’。圣人的教化方法大约就是这样的，要他们自己去获得。通过自己得到的，那么用起来就会得心应手，灵活自如了。如今世上的士子，时下得不到重用，孤孤单单，没有弟子随从，冷冷清清，一个人独自居住，向上看到许由的高隐，向下看到接舆的佯狂，计谋和范蠡一样，忠心同伍子胥一般，在天下和平的时候，与道义相互扶持，没有什么相合的人和弟子，本来就是应该的。你为什么疑心到我呢？以上是说人们的议论不值得畏惧，解释“尚有遗行”一句。

“若夫燕之用乐毅[①]，秦之用李斯[②]，郦食其之下齐[③]，说行如流，曲从如环[④]；所欲必得，功若丘山；海内定，国家安。是遇其时也，子又何怪之邪？语曰：‘以筦窥天，以蠡测海[⑤]，以莛撞钟[⑥]。’岂能通其条贯、考其文理、发其音声哉？繇是观之，譬犹鼱鼩之袭狗[⑦]，孤豚之咋虎[⑧]，至则靡耳[⑨]，何功之有？今以下愚而非处士，虽欲勿困，固不得已。此适足以明其不知权变，而终惑于大道也！”

【注释】

①乐毅：乐羊子的后代，贤而好兵，是燕昭王的大臣。曾率五国联军讨伐齐国，攻下七十余城，后封昌国君。

②李斯：辅佐秦王统一天下，秦始皇时为御史大夫、丞相。后为赵高所害。

③郦食其：秦末人。曾为刘邦说服齐王田广归汉。后来韩信袭击齐，齐王以为郦食其出卖自己，烹之。

④曲从：放弃自己原来的意见，听从不同的意见。

⑤蠡：瓠瓢。

⑥莛(tíng)：草茎。

⑦鼱鼩(jīng qú):一名地鼠,形似老鼠而略小,大的有两寸,尾短鼻尖,在田圃中穴居。

⑧豚:小猪。咋(zé):咬。

⑨靡:灭。

【译文】

"像燕国任用乐毅,秦国任用李斯,郦食其说下齐国,他们进言,像流水般顺利;人主听从他们的话,像圆环转动那样没有阻滞;他们所希望得到的都能得到,功绩伟大宛若丘山;因此天下太平,国家安定。这是他们碰上了机会呀,你又有什么可奇怪的呢?俗话说:'用竹管去张望天空,用瓠瓢去测量大海,用草茎去撞大钟。'哪里能够弄清楚众星的分布、考察到海水的动荡、撞击出声音呢?照这样看起来,好比是鼱鼩去攻击大狗,小猪去咬老虎,一去便被消灭了,又有什么功效呢?现在以你这样下愚的人来非难处士,想要不受窘,一定办不到。这正可证明不知变通就终会在大道上迷惑的道理啊!"

司马相如

司马相如(前179—前118),汉代著名辞赋家。字长卿,小名犬子,羡慕战国时蔺相如之为人而更名相如。蜀郡成都(今属四川)人。少时喜欢读书、击剑。汉景帝时,为武骑常侍。景帝不喜辞赋,他托病辞官,去梁国,与梁孝王的文学侍从邹阳、枚乘、庄忌同游,作《子虚赋》。武帝读《子虚赋》后大加叹赏,于是召见他。相如又献《天子游猎赋》(即《上林赋》),武帝大喜,任他为郎官。五十岁后,曾两次奉武帝之命出使西南,对沟通汉族与西南少数民族的关系作出了贡献。晚年为孝文园令,病卒于家。

据《汉书·艺文志》著录,司马相如有赋二十九篇。现仅存《子虚》《上林》《大人》《长门》《美人》《哀二世》六篇。另有《梨赋》《鱼殖赋》《梓桐山赋》三篇,仅存篇名而无文。散文有《谕巴蜀檄》《难蜀父老》《封禅文》。

子虚赋

【题解】

《子虚赋》与下篇《上林赋》,最早见于《史记》,《史记》与《汉书》皆作一篇,至《昭明文选》,始分为两篇。《子虚赋》是司马相如大赋的代表作。

此赋以子虚和乌有二先生的对话形式，运用上下、左右、东西南北等方位结构手法，表现楚国、齐国的辽阔疆土和壮观的游猎场面，也表现了作者反对诸侯淫猎，妨害农业生产和人民生活的进步思想；结构宏伟，想象丰富，手法夸张，多用排比对偶句式，气势雄伟，辞藻富丽。这种分段描写、夸张富丽、客主问答的手法，成了后来汉赋一般性的法式。

楚使子虚使于齐[1]，王悉发车骑，与使者出畋[2]。畋罢，子虚过姹乌有先生[3]，亡是公存焉[4]。坐定，乌有先生问曰：“今日畋乐乎？”子虚曰：“乐。”“获多乎？”曰：“少。”“然则何乐？”对曰：“仆乐齐王之欲夸仆以车骑之众[5]，而仆对以云梦之事也[6]。”曰：“可得闻乎？”子虚曰：“可。王车驾千乘，选徒万骑，畋于海滨。列卒满泽，罘网弥山[7]。掩兔辚鹿[8]，射麋脚麟[8]；骛于盐浦[8]，割鲜染轮[11]。射中获多，矜而自功，顾谓仆曰：‘楚亦有平原广泽游猎之地饶乐若此者乎[12]？楚王之猎孰与寡人乎？’仆下车对曰：‘臣，楚国之鄙人也。幸得宿卫十有余年[13]，时从出游，游于后园，览于有无，然犹未能遍睹也，又焉足以言其外泽乎[14]？’齐王曰：‘虽然，略以子之所闻见而言之。’

【注释】

①子虚：和下文的乌有先生、亡是公，都是虚拟的人物。

②畋（tián）：射猎。

③过：过访。姹（chà）：同“诧”。夸耀。

④存焉：在那里。

⑤夸:夸耀。仆:古代男子自我谦称。

⑥云梦:薮泽名。古代楚国著名的大沼泽,在今湖北,本为二泽,跨长江两岸,江南为梦,江北为云,面积广八九百里,后淤塞。

⑦罘(fú):捕兽的网。

⑧掩:用网掩捕。轔(lín):用车轮碾压。

⑨脚:抓住麟的一脚。麟:雄鹿。

⑩骛(wù):驰骋。盐浦:海边盐滩。

⑪割:宰。鲜:指鸟兽的鲜肉。染轮:鸟兽鲜血染红车轮。

⑫饶:富有。

⑬宿卫:在宫禁中担任值宿守卫工作。

⑭外泽:指都城以外的薮泽。

【译文】

楚国派遣子虚出使齐国,齐王出动境内所有车骑,与使者一同出猎。打猎回来后,子虚就去拜访乌有先生,夸言这件事,正好亡是公也在那里。彼此坐定之后,乌有先生问:"今天狩猎愉快吗?"子虚答道:"愉快极了。""捕获的禽兽多吗?""少!""那么为什么这样高兴?"子虚说:"我高兴的是齐王本来想向我夸耀他车骑的众多,却反而被我炫耀了楚国云梦的盛况。""能说给我听听吗?"子虚说:"可以。齐王亲率车驾千乘,精选士卒万骑,到海滨狩猎。当时,列队的士卒布满了草泽,捕兽的罗网撒遍了山野。网捕野兔,车碾奔鹿,箭矢射杀角麋,倒提雄麟一足。驰骋在海滨的盐滩上,宰割鸟兽的鲜血染红了车轮。因为射获猎物众多,齐王就夸耀着自己的本领,他转过头对我说:'楚国也有这样富饶多趣而专供游猎的平原广泽吗?楚王狩猎的场面比寡人的又如何?'我跨下车说:'臣只是楚国见识最少的卑微小人。幸而在宫中担任了十年的侍卫,时常跟着楚王出猎,狩猎的地点多在后苑,有些地方见过,有些地方还没见过,所以并未完全看遍,又怎能谈到外泽的情形呢?'齐王说:'即便如此,你也大略地说些所见所闻吧。'

"仆对曰:'唯唯[①]。臣闻楚有七泽,尝见其一,未睹其余也。臣之所见,盖特其小小者耳,名曰云梦。云梦者,方九百里,其中有山焉。其山则盘纡茀郁[②],隆崇嵂崒[③];岑崟参差[④],日月蔽亏[⑤]。交错纠纷,上干青云[⑥];罢池陂陀[⑦],下属江河。其土则丹青赭垩[⑧],雌黄白坿[⑨],锡碧金银[⑩],众色炫耀[⑪],照烂龙鳞[⑫]。其石则赤玉玫瑰[⑬],琳珉昆吾[⑭],瑊玏玄厉[⑮],瑌石碔砆[⑯]。以上叙山土石。

【注释】

①唯唯:表示恭敬的应答词,相当于"好好""是是"。

②盘纡(yú):曲折回环。茀(fú)郁:山势层叠不平。

③隆崇:山势高耸。嵂崒(lǜ zú):山高峻而危险的样子。

④岑崟(cén yín):山高峻的样子。

⑤蔽:全部遮住。亏:部分遮住。

⑥干:触犯,触到。

⑦罢池(pí tuó):同"陂陀"。形容倾斜的地势。

⑧丹青:丹砂和石青,可制作颜料。赭(zhě):红土。垩(è):白土。

⑨雌黄:矿物名。与雄黄同类而小有区别,又名石黄。白坿:白石英。

⑩碧:青白色的玉石。

⑪炫耀:光彩夺目。

⑫照烂龙鳞:如龙鳞一样灿烂照耀。

⑬玫瑰:一种像云母样紫红色宝石。

⑭琳:青碧色的玉。珉(mín):似玉的美石。昆吾:一种赤铜矿物,也是次于玉的石名。

⑮瑊玏(jiān lè):似玉的美石。玄厉:一种黑色石头,可作磨刀石。

厉,通“砺”。

⑯瑌(ruǎn)石:似玉的美石,白者如冰,半带赤色。碔砆(wǔ fū):一种次于玉的石,赤地白纹。

【译文】

“我答道:‘是,是!臣听说楚国有七个大泽,我只见过其中之一,其他的没有看到过。而且我所见的是其中最小的一个,名叫云梦。云梦泽方圆九百里,中间有山,山势盘纡幽深,高低不齐,耸拔高峻。日月时隐时现,山脉交错纠纷,直触青云,地势倾斜,下连江河。土壤有朱砂、青石、赤土、白土、雄黄、石英、锡、玉、金、银,颜色炫耀灿烂,有如散杂的龙鳞。岩石有赤玉、玫瑰、琳球、琘石、昆吾、瑊玏、玄厉、瑌石、碔砆。以上记叙山、土、石。

“‘其东则有蕙圃[①],衡兰、芷若[②],芎藭、菖蒲、江蓠、蘪芜[③],诸柘、巴苴[④]。其南则有平原广泽,登降陁靡[⑤],案衍坛曼[⑥],缘以大江,限以巫山[⑦]。其高燥则生葴、菥、苞、荔[⑧],薜、莎、青薠[⑨];其埤湿则生藏莨、蒹葭[⑩],东蔷、雕胡[⑪],莲藕、觚卢[⑫],庵闾、轩于[⑬]。众物居之,不可胜图。此叙南有平原广泽,似最宜畋猎之地,而下文叙猎,但在东西北三处,而不及南之广泽,盖虚实互相备也。

【注释】

①蕙圃:香草园圃。

②衡兰:杜衡和兰草。芷若:白芷和杜若。

③芎藭(xiōng qióng)、菖蒲、江蓠、蘪芜(méi wú):都是香草名。

④诸柘:甘蔗。巴苴(jū):芭蕉。

⑤登降:指地势高低。陁(yí)靡:形容地势斜长。

⑥案衍坛曼：都是地势平广的样子。

⑦缘以大江，限以巫山：以长江为南部边缘，以巫山为界限。

⑧葴(zhēn)：马兰草。菥(xī)：一种像燕麦的草。苞：一种与茅相似的草。荔：一种似蒲而小的草。

⑨薛：一种蒿类的草。莎(suō)：根块叫香附子，可入药。青薠(fán)：似莎而大的草。

⑩埤湿：低湿的地方。藏莨(láng)：狗尾草。蒹葭：荻和芦。

⑪东蔷：草名。似蓬草，子如葵实，可食。雕胡：即菰米。

⑫觚(gū)卢：菰茭和芦笋，均可食。

⑬庵(ān)闾：蒿艾一类，可入药。轩于：即莸(yōu)草，一种臭草。

【译文】

"'东方有杂生香草的园圃，圃中长有衡兰、芷若、芎䓖、菖蒲、江蓠、蘪芜、甘蔗和芭蕉。南方有平原广泽，地势起伏不平，有斜坡上下，地域宽广，以长江为边缘，以巫山为界限。其高燥的地方生长着葴、菥、苞、荔、薛、莎、青薠，低湿的地方生长着藏莨、蒹葭、东蔷、雕胡、莲藕、菰芦、庵闾、轩于。众多的植物，使人数不胜数。这里记叙南方有平原广泽，似乎是最适宜畋猎的地方，但下文记叙畋猎，只在东、西、北三处，并没有说到南方的广泽，大约是虚实兼备吧。

"'其西则有涌泉清池，激水推移[①]。外发芙蓉、菱华[②]，内隐巨石、白沙。其中则有神龟、蛟鼍、玳瑁、鳖鼋[③]。其北则有阴林[④]，其树楩、楠、豫章[⑤]，桂、椒、木兰，檗、离、朱杨[⑥]，樝、梨、梬、栗[⑦]，橘、柚芬芳。其上则有鹓雏、孔鸾[⑧]，腾远、射干[⑨]。其下则有白虎、玄豹，蟃蜒、貙犴[⑩]。于是乎乃使剸诸之伦[⑪]，手格此兽[⑫]。以上东西南北，开下畋猎之地。

【注释】

①激水：激荡的水波。推移：奔流。

②外发：指在水面开放。芙蓉：荷花。菱华：菱花。

③蛟：传说中似蛇属龙类的动物。鼍(tuó)：也叫鼍龙，鳄鱼之一种，或叫扬子鳄，俗称猪婆龙。玳瑁(dài mào)：龟类，甲壳可制装饰品。鼋(yuán)：形似鳖而大的水龟。

④阴林：浓密的森林。

⑤楩(pián)：黄楩木。豫章：樟木。

⑥檗(bò)：黄檗树，也叫黄柏，皮可制染料。离：山梨。

⑦樝(zhā)：铁梨，形似梨，味甘。梬(yǐng)：梬枣，即黑枣，形似柿而小。

⑧鹓雏(yuān chú)：传说类似凤凰的鸟。

⑨腾远：一种猿类动物，善攀援。射(yè)干：似狐而小的动物，亦善缘木。

⑩蟃蜒(màn yán)：一种似狸而长的大兽。貙犴(qū àn)：猛兽名。形似狸而大。

⑪专诸：春秋时吴国刺客。此指勇士。伦：类。

⑫手格：徒手格斗。

【译文】

"'西方有喷涌的泉水，清澈的水池，水流激荡奔流。水面上盛开着荷花、菱花，水池内隐藏着大石、白沙。水池内还有神龟、蛟鼍、玳瑁、鳖鼋。北方有浓密的茂林，有楩、楠、豫章、桂、椒、木兰、黄檗，山梨、朱杨、樝、梨、梬、栗以及橘、柚，芬芳四溢。树上有鹓雏、孔鸾、腾远、射干。树下是白虎、玄豹、蟃蜒、貙犴。楚王命令像专诸一类的勇士，徒手格斗搏击这些凶恶的野兽。以上记叙东、西、南、北四方的情况，引出下文畋猎的处所。

"'楚王乃驾驯驳之驷[①]，乘雕玉之舆[②]；靡鱼须之桡旃[3]，曳明月之珠旗[4]；建干将之雄戟[5]，左乌号之雕弓[6]，右夏服之劲箭[7]。阳子参乘[8]，孅阿为御[9]。案节未舒[10]，即陵狡兽[11]。蹴蛩蛩[12]，辚距虚[13]，轶野马[14]，穗陶駼[15]，乘遗风[16]，射游骐[17]。倏眒倩浰[18]，雷动猋至[19]，星流霆击。弓不虚发，中必决眦[20]，洞胸达掖[21]，绝乎心系[22]，获若雨兽[23]，掩草蔽地。于是楚王乃弭节徘徊[24]，翱翔容与[25]，览乎阴林[26]，观壮士之暴怒，与猛兽之恐惧，徼谻受诎[27]，殚睹众物之变态[28]。以上猎于阴林，即上文"北有阴林"也。

【注释】

①驯：驯服。驳(bó)：毛色杂驳的马。驷：四匹马合驾一车。

②雕玉之舆：用玉装饰着的车。

③靡(huī)：通"麾"。挥动。鱼须之桡旃(náo zhān)：用鲸鱼胡须装饰的曲柄旗。桡，曲。

④曳：执持。明月：指月明珠。

⑤建：高举。干将：古代传说中的著名铸剑工。

⑥乌号：传说古代黄帝所用的良弓。

⑦夏服：夏后氏曾用的箭囊。服，箭袋。

⑧阳子：名孙阳，字伯乐，春秋时秦国人，善相马。参乘(cān shèng)：古代在车右陪乘的人。

⑨孅阿(xiān ē)：古代善驾车马的人。

⑩案节未舒：使车马缓慢行驶。节，马步的节奏。

⑪陵：践踏。狡兽：狡捷善奔的野兽。

⑫蹴(cù)：践踏。蛩蛩(qióng)：兽名。似马而青色。

⑬距虚：兽名。似骡而小，善奔跑。

⑭轶：超越。

⑮轊(wèi):车轴铜头。陶駼(tú):通行本作“騊駼”,野马。

⑯遗风:千里马名。

⑰骐:形如马,长有一角。

⑱倏眒(shū shēn)、倩浰:都是奔逐迅速的样子。

⑲雷动猋(biāo)至:形容车队声音之大,速度之快。猋,同“飙”。疾风。

⑳决:裂。眦:眼眶。

㉑洞胸:射穿胸部。达掖:穿透到腋下。

㉒绝:断。心系:连着心脏的血管脉络。

㉓获:指猎获。雨(yù):像下雨一样。

㉔弭节徘徊:按辔徐行。

㉕容与:逍遥闲舒的样子。

㉖览乎阴林:浏览浓阴的丛林。

㉗徼:拦截。㕮(jù):极度疲乏的野兽。受:获得。诎:走投无路的野兽。

㉘殚睹:看尽。变态:各种不同的神态。

【译文】

“‘楚王亲自驾着驯服的驳马之车,乘着美玉雕饰之舆,挥动着以鲸鱼胡须为旃穗的曲柄旌旗,持握着缀以明月之珠的旗帜,高举着干将铸造的利戟,左挎乌号雕弓,右背夏羿箭袋,请阳子陪乘,请孅阿驾车。马足起步徐行,未尽全力奔驰之时,速度已凌践狡健的野兽,践踏蛩蛩,轮碾距虚,车越野马,轴冲陶駼。骑乘千里遗风马,射杀游荡的独角马。奔突射杀,动作敏捷,车骑的气势威猛有如惊雷激发,迅疾犹似闪电流星。弓无虚发,箭箭都射裂了禽兽的眼眶,贯穿禽兽的胸脯而直达腋下,将连着心脏的血脉射断。猎杀的禽兽,纷纷坠落,有如天在下雨,把草原和山野都遮满了。楚王这时徘徊徐行,逍遥舒闲,浏览着浓荫的丛林,欣赏着壮士的威猛和猛兽的恐惧战栗。野兽疲惫力尽之时,将其拦截，一网打尽。看尽了众兽的不同神态。以上是在阴林狩猎，即上文所说“北有阴林”。

“‘于是郑女曼姬[1]，被阿緆[2]，揄纻缟[3]，杂纤罗，垂雾縠[4]。襞积褰绉[5]，纡徐委曲[6]，郁桡谿谷[7]；衯衯裶裶[8]，扬袘戌削[9]，蜚襳垂髾[10]。“襞积”至“谿谷”三句，“衯衯”至“垂髾”三句，皆下二句用韵。扶舆猗靡[11]，翕呷萃蔡[12]；下靡兰蕙，上拂羽盖[13]。错翡翠之威蕤[14]，缪绕玉绥[15]。眇眇忽忽[16]，若神仙之髣髴。于是乃相与獠于蕙圃[17]，媻姗勃窣[18]，上下金堤[19]，掩翡翠[20]，射鵔鸡[21]，微矰出[22]，孅缴施[23]，弋白鹄[24]，连驾鹅[25]，双鸧下[26]，玄鹤加[27]。怠而后发[28]，游于清池[29]，浮文鷁[30]，扬旌栧[31]，张翠帷[32]，建羽盖，罔玳瑁[33]，钩紫贝。摐金鼓[34]，吹鸣籁[35]，榜人歌[36]，声流喝[37]，水虫骇，波鸿沸[38]，涌泉起，奔扬会[39]，礧石相击[40]，硠硠礚礚[41]，若雷霆之声，闻乎数百里之外。以上与众女猎于蕙圃，游于清池，即上文“东有蕙圃”“西有清池”也。

【注释】

①郑女：郑国女子，相传古代郑国多美女。曼姬：柔嫩、细美的美女。

②被：披。阿緆(xì)：细丝织物。

③揄：拖曳。纻：麻布。缟：素绢。

④雾縠(hú)：轻薄如雾的薄纱。

⑤襞：上衣。积：折叠。褰绉：形容衣服纹理很多。

⑥纡徐委曲：形容裙子下垂的样子。

⑦郁桡谿谷：指女子的衣裙深曲如谿谷。郁桡，深曲的样子。

⑧衯衯（fēn）裶裶（fēi）：形容衣服很长的样子。

⑨衪：同“袘（yì）”。裳裙下端的边缘。戌削：形容走动时衣服边缘整齐的样子。

⑩蜚襳（xiān）：犹言飘摆的长带。蜚，通“飞”。襳，衣上长带。垂髾（shāo）：本指燕尾形的发髻，此处指衣尾。

⑪扶舆猗（yǐ）靡：形容衣服合身而体态婀娜的样子。

⑫翕呷（xī xiā）、萃蔡：象声词，形容行走时衣服发出的摩擦声。

⑬羽盖：用羽毛装饰的车盖。

⑭错：错杂。翡翠：指用翠鸟羽毛做头饰。威蕤（wēi ruí）：形容头饰鲜艳光盛。

⑮缪绕：即缭绕。玉绥：指用玉装饰的缨绥。

⑯眇眇忽忽：缥缈不定。

⑰獠（liáo）：夜猎。这里泛指打猎。

⑱媻姗（pán shān）、勃窣（sū）：都是指行走缓慢的样子。

⑲金堤：坚固的水堤。

⑳掩：用网掩捕。

㉑鵕鸃（xùn yí）：即锦鸡。

㉒微矰（zēng）：系有细丝绳的短箭。

㉓缴（zhuó）：拴在箭尾的细丝绳。指一种带细绳的箭，射出可以收回。施：射出。

㉔弋（yì）：用带绳的箭射中飞鸟。白鹄（hú）：天鹅。

㉕连：指用孅缴将禽鸟射中后牵连而落。驾（jiā）鹅：野鸭。

㉖鸧（cāng）：即鸧鸹，似雁而黑。

㉗加：指被箭射中。

㉘怠：倦。后发：休息后又出发。

㉙游于清池：此指在清池荡舟。清池，云梦西之涌泉清池。

㉚文鹢(yì)：指绘有文彩的鹢首船。

㉛栧(yì)：同“枻”。船桨。

㉜翠帷：用翠鸟羽毛装饰的帷幕。

㉝罔：即“网”。

㉞摐(chuāng)：敲击。金鼓：铜鼓。

㉟籁(lài)：箫。

㊱榜人：船夫。

㊲流喝：指歌声时而流畅悦耳，时而抑扬悲嘶。

㊳鸿：大，指波涛大作。

㊴涌泉起，奔扬会：指涌泉腾波，与大涛相会合。奔扬，急波。会，会合。

㊵礧石：众石。礧，同“磊”。

㊶硠硠(láng)磕磕：众石相击的声音。

【译文】

“‘于是颜色姣好、皮肤细润的郑国美女，披着细缯和细布衣裳，穿着麻布和素娟的裳裙，缀着各色的罗绮，垂挂着薄雾一样的轻纱，裙幅的折叠和衣服的纹理、线条婉曲多姿，犹如深邃的豁谷。长长的衣服，扬起衣裙的下缘时，整齐如刀削，飘摆的长带，犹如垂下的燕尾。“襞积”至“豁谷”三句，“衯衯”至“垂髾”三句，都是后两句押韵。衣服合身而体态婀娜，行走时还发出衣裙摩擦的声音。裙边摩擦着地上的兰蕙香草，飞襳轻拂着车子的羽盖。秀发上杂缀着翠羽饰物，缠结着饰玉的丝绳，行迹飘忽，仿佛神仙。楚王与众美女在蕙圃中打猎，缓步行走丛林木莽之间，登上坚如金石的大堤，网捕翡翠，射杀鵕鸃，射出微赠，发出孅缴，既击中了白鹄，又射落了野鹅，鸧鸹中箭坠落，玄鹤应声倒地。打猎疲倦时，就泛舟在清池之中，摇着彩鹢龙舟，划起桂木船桨，张挂翠羽帷幔，撑起羽毛伞盖，网玳瑁，钓紫贝，击金鼓，吹鸣籁。船夫引吭高歌，歌声时而轻柔悦耳，忽而抑扬悲壮，使水中的鱼鳖惊惧，使波水泛起大浪，使涌泉四溢流淌，波涛激荡相会，众石相互冲击，发出磕磕的声响，有如雷霆怒吼，于数百里之外都能听见。以上是与众美女在蕙圃狩猎，在清池游玩，即上文所说“东有蕙圃”“西有清池”。

“‘将息獠者，击灵鼓①，起烽燧②，车按行，骑就队，缅乎淫淫③，般乎裔裔④。于是楚王乃登云阳之台⑤，泊乎无为⑥，憺乎自持⑦。勺药之和具⑧，而后御之⑨。不若大王终日驰骋，曾不下舆，脟割轮焠⑩，自以为娱。臣窃观之，齐殆不如！’于是齐王无以应仆也。”以上息獠。

【注释】

①灵鼓：六面的鼓。

②起烽燧：点燃火炬。

③缅(xǐ)乎：连接不断。

④般(pán)：相连而行。裔裔：像流水一样前后相接。

⑤云阳之台：又叫阳台，在云梦巫山之下。

⑥泊：恬静。

⑦憺(dàn)：安静。

⑧勺药之和：用芍药调和食物。具：备好。

⑨御：进食。

⑩脟(luán)：把肉切成块。轮焠(cuì)：指在车轮上割肉烧烤而食。焠，烤炙。

【译文】

“‘当猎毕欲归之时，敲击着六面的灵鼓，高举着熊熊火炬，车辆依次前行，武骑各就各位，像织丝样连属渐进，如流水般相次有序。楚王登上了云阳高台，心胸泰然无为，澹泊恬静。芍药调和的食物齐备，然后服用。不像大王终日驰骋而不离车舆，切割下成块的生肉，就轮间炙烤而食，且自以为快乐。依臣下看来，齐王恐怕不如楚王。'齐王默默无语，无言以对。"以上是畋猎结束之后的情形。

乌有先生曰："是何言之过也！足下不远千里，来贶吾国[①]，王悉发境内之士，备车骑之众，与使者出畋，乃欲戮力致获[②]，以娱左右，何名为夸哉？问楚地之有无者，愿闻大国之风烈、先生之余论也[③]。今足下不称楚王之德厚，而盛推云梦以为高，奢言淫乐而显侈靡，窃为足下不取也！必若所言，固非楚国之美也；无而言之，是害足下之信也。彰君恶，伤私义，二者无一可，而先生行之，必且轻于齐而累于楚矣[④]。且齐，东陼钜海[⑤]，南有琅邪[⑥]，观乎成山[⑦]，射乎之罘[⑧]，浮渤澥[⑨]，游孟诸[⑩]；邪与肃慎为邻[⑪]，右以汤谷为界[⑫]。秋田乎青丘[⑬]，彷徨乎海外[⑭]，吞若云梦者八九，于其胸中曾不蒂芥[⑮]；若乃俶傥瑰玮[⑯]，异方殊类[⑰]，珍怪鸟兽，万端鳞崒[⑱]，充牣其中[⑲]，不可胜记。禹不能名，卨不能计。然在诸侯之位，不敢言游戏之乐、苑囿之大。先生又见客[⑳]，是以王辞不复[㉑]，何为无以应哉！"以上乌有折子虚。

【注释】

①贶(kuàng)：惠赐，赐教。

②戮力：同力。

③风烈：美好的风俗，光辉的业绩。余论：高论。

④轻于齐：被齐国所轻视。累于楚：使楚国受到连累。

⑤东陼(zhǔ)钜海：指东临大海。陼，同"渚"。水边。

⑥琅邪：山名。在今山东诸城东南。

⑦成山：在今山东荣城东。

⑧之罘：亦作芝罘。山名。在今山东烟台福山东北。

⑨渤澥：滨海港湾。

⑩孟诸：亦作孟猪、孟潴。古泽薮名。在今河南商丘东北、虞城西北。因屡遭黄河淹没，已经淤塞。

⑪邪：同“斜”。肃慎：古国名。在今东北黑龙江、吉林、辽宁诸境。

⑫汤（yáng）谷：古神话指日出之地。此指极东的地方。

⑬田：同“畋”。畋猎。青丘：地名。在今山东广饶北。杜甫《壮游》诗：“春歌丛台上，冬猎青丘旁。”仇兆鳌注引《寰宇记》：“青丘……齐景公田于此。”一说，青丘是传说中的海外国名。《山海经·海外东经》：“朝阳之谷……青丘国在其北。”郝懿行疏引服虔曰：“青丘国，在海东三百里。”

⑭海外：国外，指辽东、朝鲜一带地方。

⑮胸中：喻齐国地域中。曾不蒂芥：也只不过像芒刺和芥子一样小。

⑯俶傥（tì tǎng）：卓异非常。瑰玮：宏伟奇异。

⑰异方殊类：各地的奇珍异宝。

⑱鳞崒：万种珍宝像鱼鳞一样聚集在一起。

⑲充牣：充满。

⑳见客：被当作贵客礼待。

㉑辞：辞避。不复：不回答。

【译文】

乌有先生说：“这样说可就错了。足下不远千里而出使我们齐国，齐王更动员了境内所有士卒，准备了众多的车骑，陪着使者出外打猎，本是想齐心协力有所收获，以使使者高兴，又怎能说是向您夸耀呢？所以要听闻楚国物产的丰富，目的是想知道大国的善政功业以及先生的高见。而现在足下并不称赞楚王敦厚的德行，反而大事炫耀云梦，自以为了不起，奢言淫乐反而显露了侈靡的缺点，我以为足下的做法不足取！您所说的若真有其事，这也绝非楚国之美；如果所说不是真的，那是损害了足下的信誉。宣扬楚王的恶行，损害个人的信誉，两者是无一可取的，然而先生却这么做了，必会被齐国轻视而累及楚国。况且齐国，东临大海，南有琅邪山，在成山之上可以游览美景，在之罘山上可以射猎，浮荡在滨海港湾，遨游在大泽孟诸；东北与肃慎为邻，东方以汤谷为界。秋天畋猎在青丘，自由自在地漫游在四海之外，像云梦这样的大泽，纵使有八九处，容纳在齐国也不会觉得稍有阻碍；至于说种种可贵的奇珍异产，千品万种的珍禽怪兽，就像鱼鳞般的萃集在齐国，不可胜记。连夏禹都不能说出它们的名称，契也无法计算其数目。但是齐国身居诸侯之位，不敢畅言游猎之乐和苑囿之广。而且先生是作为贵宾被礼待的，所以齐王没有回答任何话，哪里是无言以对呢？”以上是乌有先生责难子虚。

上林赋

【题解】

《上林赋》是《子虚赋》的续篇，也称《天子游猎赋》。描写天子苑囿之广，林木之茂，禽兽之多，动员之众，游猎之盛，远远超过《子虚赋》所描写的盛况，用以显示汉天子的无比声威和气魄。赋的末尾寓以讽谏，表现作者反对奢靡，提倡节俭的思想。这篇大赋，有多处精彩的片段。如写八川水势，高崖深壑，曲波平湖，皆声象俱生，读之如临其境；游猎一段，气势磅礴，人物飞动，极富浪漫色彩；结尾一章，语用双关，达讽言志，发人深思。全篇以气势取胜，以场面动人，具有较强的艺术魅力。

亡是公听然而笑[①]，曰："楚则失矣，而齐亦未为得也。

夫使诸侯纳贡者[②]，非为财币，所以述职也[③]；封疆画界者[④]，非为守御，所以禁淫也[⑤]。今齐列为东藩[⑥]，而外私肃慎[⑦]，捐国逾限[⑧]，越海而田[⑨]，其于义固未可也。且二君之论，不务明君臣之义、正诸侯之礼，徒事争于游戏之乐、苑囿之大，欲以奢侈相胜，荒淫相越，此不可以扬名发誉，而适足以贬君自损也。

【注释】

①听（yǐn）然：笑的样子。

②纳贡：缴纳贡物。

③述职：诸侯朝天子时，陈述履行本职政事情况。

④封疆画界：划定疆域界限。

⑤淫：放纵，过分。

⑥东藩：东方藩国，对中央起屏护作用。

⑦外私肃慎：对外私自与肃慎来往。

⑧捐国：离开本国。逾限：超越国境。

⑨越海而田：跨渡东海打猎。

【译文】

亡是公哈哈大笑，说："楚国错了，齐国也未必正确。所谓天子要诸侯纳物进贡，并非是贪图财币，而是要诸侯陈述政事；天子划定诸侯疆域界限，不是为了防御，而是为防止放纵。如今齐国位居东方屏藩之国，对外私自与肃慎交往，离开本国，超越边境，渡海畋猎，这种做法，不合诸侯之礼仪。况且二位所谈论的，并不是在阐明君臣道义、端正诸侯行事的礼仪，只是争夸游猎的乐趣、苑囿的广大，想以奢侈相互争胜，以荒淫相互争先，这么做，不但不足以宣扬名声，提高誉望，反而恰恰是贬抑了国君，毁坏了自己的名誉。

"且夫齐、楚之事又乌足道乎？君未睹夫巨丽也[1]。独不闻天子之上林乎[2]？左苍梧，右西极[3]，丹水更其南[4]，紫渊径其北[5]；终始灞、浐[6]，出入泾、渭[7]，酆、镐、潦、潏[8]，纡余委蛇[9]，经营乎其内[10]。荡荡乎八川分流[11]，相背而异态：东西南北，驰骛往来[12]。出乎椒丘之阙[13]，行乎洲淤之浦[14]，经乎桂林之中[15]，过乎泱漭之野[16]。汩乎混流[17]，顺阿而下[18]，赴隘陿之口[19]，触穹石，激堆埼[20]，沸乎暴怒，汹涌彭湃。滭弗宓汩[21]，逼侧泌瀄[22]，横流逆折，转腾潎洌[23]，滂濞沆溉[24]。穹隆云桡[25]，宛潬胶盭[26]，逾波趋浥[27]，莅莅下濑[28]。批岩冲拥[29]，奔扬滞沛[30]，临坻注壑[31]，瀺灂贯坠[32]。沉沉隐隐[33]，砰磅訇磕[34]。潏潏淈淈[35]，湁潗鼎沸[36]。驰波跳沫，汩急漂疾[37]，悠远长怀[38]。寂漻无声[39]，肆乎永归[40]。然后灏溔潢漾[41]，安翔徐回。翯乎滈滈[42]，东注太湖[43]，衍溢陂池[44]。以上水〇"触穹石"四句，始言水之变态有力。"滭弗"五句，极言其有力。"穹隆"四句，言其自然。"批岩"二句，承上言有力。"临坻"二句，承上言自然。"沉沉"二句，又言有力。"潏潏"二句，又言自然。"驰波"十句，皆言自然。脉络极分明也〇湃、溉、濑、沛、坠、磕、沸为韵，怀、归、回、池为韵。而一韵之中，上有数句，又各私自为韵，如瀄、折、洌私自为韵，盭、浥私自为韵。古人平去通用，则湃至池本为一韵矣。

【注释】

①巨丽：极尽豪华瑰丽。

②上林：苑名。在长安西面，原为秦时旧苑，汉武帝时又重扩建，南傍终南山而北滨渭水，周围广三百里，内有七十座离宫，可容千万骑。

③左苍梧,右西极:左,指东方。右,指西方。苍梧、西极,上林苑边上的两个地方。

④丹水:水名。源出陕西商县西北冢岭,东流经河南注入汉水。

⑤紫渊:渊名。在长安北。径(jīng):经过,行经。

⑥灞、浐:两水名。源出陕西蓝田,向西北合流注入渭水。

⑦出入泾、渭:指泾、渭两水从苑外流入苑中,又流出苑外而去。泾、渭,两水名。源出甘肃,东流至陕西高陵合流。

⑧酆:水名。源出陕西秦岭,西北流经长安注入渭水。镐(hào):水名。源出长安南,北流注入渭水。潦(lǎo):水名。源出陕西鄠邑南,北流入渭水。潏(jué):水名。源出秦岭,西北注入渭水。

⑨纡余委蛇(yí):水流曲折宛转。

⑩经营:周旋。

⑪八川:指灞、浐、泾、渭、酆、镐、潦、潏八水,合称关中八川。

⑫驰骛:形容水流如马奔驰。

⑬椒丘:长着椒木的山丘。阙:指山的两峰对峙如宫阙。

⑭洲淤(yū):水中小块陆地。淤,即洲。浦:水涯。

⑮桂林:桂树之林。

⑯泱漭:广阔。

⑰汩(yù):水流迅疾的样子。

⑱阿(ē):大丘陵。

⑲隘陿(xiá):即狭隘。

⑳堆:沙滩。埼(qí):曲岸头。

㉑滭(bì)弗:流水很大。宓(mì)汩:水流迅疾。

㉒逼侧:相逼。泌瀄(jié):水流相击。

㉓潎洌(piè liè):水翻腾时冲击之声。

㉔滂濞(bì):水势汹涌澎湃。沆溉:水势起伏不平。

㉕穹隆:水势高隆之状。云桡:形容水势回旋曲折如云状。桡,曲。

㉖宛潬(dàn)：形容水流盘曲蜿蜒。胶盭(lì)：水流纠缠萦绕在一起。盭，同“戾”。

㉗逾波：后波逾越前波。趋浥(yì)：趋向卑下幽湿的地方。

㉘莅莅(lì)：水声。濑(lài)：水在沙滩石碛上流过时而形成的急流。

㉙批：击打。拥：同“壅”。曲堤。

㉚奔扬：奔腾高扬。滞沛：水流惊疾的样子。

㉛坻(chí)：水中高地。

㉜瀺灂(chán zhuó)：小水声。賈：同“陨”。下落。

㉝沉沉：水深。隐隐：水渐小又转大。

㉞砰磅訇(hōng)礚：都是水流激怒发出的巨响。

㉟潏潏(yù)淈淈(gǔ)：大水涌出的形状。

㊱湁潗(chì jí)：沸动的流水。

㊲汩急(xì)：水流急转。

㊳长怀：长归，指水流归太湖。

㊴寂漻：犹言寂寥，形容没有声音。

㊵肆：指长流安静。

㊶灝溔(yáo)潢漾：都是水势浩荡无边无际的样子。灝，同“浩”。

㊷翯(hè)：水的白光。滈滈(hào)：同“浩浩”。水势浩大。

㊸太湖：指关中巨泽。

㊹衍溢：水满而溢出。

【译文】

“更何况齐、楚两国的事情又哪里值得赞扬呢？各位恐怕还没见过真正惊心动魄的豪华富丽吧？难道没听说过天子的上林苑吗？上林苑的东方抵达苍梧，西边止于西极，丹水流经它的南方，紫渊经过它的北方。灞、浐二水，始终流于苑内，泾、渭二水，出入流于苑内苑外，酆、镐、潦、潏四条河流，宛转曲折地周旋于宛内。八条河川浩浩荡荡，水势分流而各呈异态，向着东南西北各方奔流往来。它奔流出树木丛生的崖阙，流行在洲淤的涯浦，流过桂树的丛林，越过广大的原野。湍急的河水顺着山陵直泄而下，穿过隘口，撞击巨石，冲击曲岸高阜，怒涛滚滚，汹涌澎湃。疾流惊涌，相击有声，水势纵横，波浪翻滚，轰轰地发出响声，澎湃慷慨。起伏旋回之状有如云彩，蜿蜒盘曲，后浪超拍前浪，湍急的水流流过河底沙石。急流冲击着岩岸和河堤，奔腾沸扬的水势，飞扬起一片片烟气，从高坻流入深壑，水势渐缓，发出细小的声音。尔后水势转大，鼓荡起乒乓訇磕的巨响。翻涌的水浪如同在鼎中滚沸。奔驰的水波，跳跃的水沫，急转疾漂，奔向那遥远的他方。此时，寂寥无声，安然永归。然后浩荡的河水无涯无际，安翔回旋。泛动着白色的水光，往东方流入大湖，满溢的水流，旁聚于邻近的陂池和小湖。以上描写水〇“触穹石”四句，开始说水势变化有力。“泮弗”五句，极力形容水势的有力。“穹隆”四句，形容水势自然。“批岩”两句，接上文形容有力。“临坻”两句，接上文形容自然。“沉沉”两句，又形容有力。“潏潏”两句，又形容自然。“驰波”十句，都是形容自然。脉络极其分明。〇湃、溉、濑、沛、坠、磕、沸、为韵，怀、归、回、池为韵。而一韵之中，其中有几句，又各自押韵，如沛、折、洌自为一韵，鳌、浥自为一韵。古人平声去声通压，所以从湃到池是同一韵。

“于是乎蛟龙赤螭[①]，䲝䲛渐离[②]，鰅鳙鰬魠[③]，禺禺魼鳎[④]，揵鳍掉尾[⑤]，振鳞奋翼，潜处乎深岩；鱼鳖讙声，万物众夥，明月珠子[⑥]，的皪江靡[⑦]，蜀石黄碝[⑧]，水玉磊砢[⑨]，磷磷烂烂[⑩]，采色澔汗[⑪]，藂积乎其中[⑫]；鸿鹔鹄鸨[⑬]，駕鹅属玉[⑭]，交精旋目[⑮]，烦鹜庸渠[⑯]，箴疵䴔卢[⑰]，群浮乎其上。泛淫泛滥，随风澹淡[⑱]，与波摇荡，奄薄水渚[⑲]，唼喋菁藻[⑳]，咀嚼菱藕。以上水中之物。

【注释】

①螭(chī)：有角龙叫虬，无角龙叫螭，都是传说中龙一类的动物。

②䱭䲛(gèng měng):鱼名。形似鳝。渐离:鱼名。

③鰅(yú):鱼名。班鱼。鰫(yóng):似鲢鱼,呈黑色。鰬(qián):即大鲇鱼。魠(tuò):一名黄颊鱼,颊黄口大。

④禺禺(yú):鱼名。皮有毛,黄地黑纹。鱋(quī):比目鱼。鳎(tà):一名鲵,有四足,声如婴儿。

⑤揵(qián):扬起。掉:摆动。

⑥明月:大珠。珠子:小珠。

⑦的皪(lì):珠光照耀。江靡:江边。

⑧蜀石:次于玉的石。黄碝(ruǎn):黄色的软玉。

⑨水玉:水晶石。磊砢(luǒ):玉石累积。

⑩磷磷烂烂:形容玉石色泽灿烂耀目。

⑪澔(hào)汗:玉石光彩焕发辉映。

⑫藂(cóng):同"丛"。聚集,丛生。

⑬鸿:大雁。鹔(sù):鹔鹴(shuāng),形似雁,毛呈绿色。鹄:黄鹄。鸨(bǎo):似雁的一种鸟。

⑭属(zhǔ)玉:一作鸀鳿,鸟名。似鸭而大,性善斗。

⑮交精:鸟名。旋目:水鸟名。

⑯烦鹜(wù):似鸭而小。庸渠:鸟名。俗名水鸡,似鸭而灰色鸡足。

⑰箴疵(zhēn cī):水鸟名。毛呈苍黑色。䴋卢:即鸬鹚。

⑱澹淡:随风飘浮。

⑲奄:休息。薄:集结。

⑳唼喋(shà dié):水鸟集聚取食发出的声音。

【译文】

"水中的蛟龙、赤螭、䱭䲛、渐离、鰅、鰫、鰬、魠、禺禺、鱋鳎等都高扬起背鳍,摇摆着尾巴,抖动着鱼鳞,奋举起双翅,深藏在渊岩下。鱼鳖欢呼惊哗,成群结队,明月、珍珠闪烁在江边,蜀石、黄碝、水玉等玉石堆积如山,色泽灿烂,光彩夺目,都聚积在水中;鸿、鹔、鹄、鸨、驾鹅、鸀鳿、交精、旋目、烦鹜、庸渠、箴疵、鸬鹚，群集而浮游在水面上。它们随风飘荡，与波涛一起摇晃，有的隐匿在水草中游戏，有的衔啄着青藻，有的咀嚼着菱藕。以上是水中的东西。

"于是乎崇山矗矗，巃嵸崔巍[①]，深林巨木，崭岩参差[②]。九嵕巀嶭[③]，南山峨峨[④]，岩陁甗锜[⑤]，摧崣崛崎[⑥]。振溪通谷[⑦]，蹇产沟渎[⑧]，谽呀豁閜[⑨]，阜陵别岛[⑩]，崴磈嵔瘣[⑪]，丘虚堀礨[⑫]，隐辚郁𡾋[⑬]，登降施靡[⑭]。陂池貏豸[⑮]，沇溶淫鬻[⑯]，散涣夷陆[⑰]，亭皋千里[⑱]，靡不被筑[⑲]。以上山。

【注释】

①巃嵸(lóng sǒng)：高峻。

②崭岩：山势险峻。

③九嵕(zōng)：山名。在今陕西礼泉。巀嶭(jié niè)：大山巍峨高峻。

④南山：指终南山。峨峨：山高。

⑤岩：险峻。陁(yǐ)：倾斜。甗锜(yǎn qí)：形容山的形状像瓦甑和三足釜一样。

⑥摧崣：同"崔巍"。指山高。崛崎：崎岖不平。

⑦振溪：指山石收敛溪水而不分泄。振，收。

⑧蹇产：曲折。

⑨谽(hān)呀豁閜(xiǎ)：形容溪谷大而虚空。閜，开阔的样子。

⑩阜：小土山。陵：大土山。

⑪崴磈(kuǐ)嵔(wéi)瘣(guī)：都形容高峻。

⑫丘虚堀礨(lěi)：都指堆垄不平的形状。

⑬隐辚郁𡾋(lěi)：都是山不平的状貌。

⑭登降:高低不平。施靡:山势斜长状。

⑮陂池:读如"坡陀",山势倾斜。貏豸(bǐ zhì):山势渐趋平坦。

⑯沇(yǎn)溶淫鬻:形容水流在溪谷间缓缓流动。

⑰散涣:指风行水上,把水吹散的样子。夷:平。陆:广大的平野。

⑱亭:平。皋:水边陆地。

⑲被筑:筑地使之平。

【译文】

"这里的崇山峻岭,巍峨耸立,参差不齐,有深林巨树和突兀的巉岩。高峻的九嵕山,巍峨的终南山,山峰险峻倾斜,山坡崇峻陡绝,山路崎岖蜿蜒。因山石聚敛的溪水,穿过溪谷,形成了曲折幽深的沟渎,广大而空旷的涧谷。水中的小丘、大阜、岛屿,高低不平,山势则连绵起伏。山脚颓下而渐趋平坦,水势则缓慢迂回,形成一片广阔的平原,旷野千里,无不平坦如筑。以上写山。

"掩以绿蕙,被以江蓠,糅以蘪芜,杂以留夷①;布结缕②,攒戾莎③,揭车衡兰④,稿本射干⑤,茈姜蘘荷⑥,葴持若荪⑦,鲜支黄砾⑧,蒋苎青薠⑨,布濩闳泽⑩,延曼太原,离靡广衍⑪。应风披靡⑫,吐芳扬烈⑬,郁郁菲菲⑭,众香发越⑮,肸蚃布写⑯,晻薆咇茀⑰。以上山上之草。

【注释】

①留夷:香草名。

②布:布满。结缕:草名。蔓生,叶如芽。

③攒:丛聚而生。戾莎:绿色的莎草。

④揭车:香草名。

⑤稿本、射干:都是香草名。

⑥茈(zǐ)姜:嫩姜。蘘荷:多年生草,叶茎似姜,根香脆可食,亦可入药。

⑦葴(zhēn)持:寒浆,又名酸浆草。若:杜若。荪:香草。

⑧鲜支:香草名。可染红色。黄砾:香草名。可染黄色。

⑨蒋:菰蒲草,俗称茭白。苎:草名。又称三棱草。青薠:似莎而大的草。

⑩布濩(huò):布满。闳泽:大泽。闳,同"宏"。

⑪离靡:相连不绝。广衍:广布。

⑫披靡:随风倾倒。

⑬扬烈:散发出浓烈的香气。

⑭郁郁菲菲:形容香气四散。

⑮发越:散发出香气。

⑯肸蚃(xī xiǎng):香气四达而入人心。布写:指香气四布。

⑰晻薆(ǎn ài)、咇茀(bié fú):香气盛烈。

【译文】

"到处被绿色的蕙草、江蓠覆盖,杂生着蘼芜与留夷;遍布结缕,丛聚着深绿的莎草,揭车、衡兰、稿本、射干、茈姜、蘘荷、葴持、若、荪、鲜支、黄砾、蒋、苎、青薠等分布在旷大的泽地,蔓延在广阔的平原之上,相连不绝,广布流衍,随风摇曳,散发出浓烈的芳香,郁郁菲菲的香气四溢,吐露出阵阵的芳馨。以上写山上的草。

"于是乎周览泛观,缜纷轧芴[①],芒芒恍忽[②]。视之无端,察之无涯。日出东沼[③],入乎西陂[④]。其南则隆冬生长,踊水跃波;其兽则獽旄貘犛[⑤],沉牛麈麋[⑥],赤首圜题[⑦],穷奇象犀[⑧]。其北则盛夏含冻裂地,涉冰揭河[⑨];其兽则麒麟角端[⑩],騊駼橐驼[⑪],蛩蛩驒騱[⑫],駃騠驴骡[⑬]。以上总写苑中气象,点出各兽,即为下文畋猎张本。

【注释】

①缤纷:众多繁盛。轧芴(wù):不可分辨。

②芒芒怳忽:眼花缭乱。

③东沼:上林苑东边的池沼。

④西陂:池名。在上林苑西。

⑤㺊(yóng):牛类,颈上有肉堆。旄:旄牛。貘(mò):形似熊,毛呈黄黑色。犛(lí):黑色野牛,似旄而小。

⑥沉牛:水牛。麈(zhǔ):似鹿而尾大,头生一角。麋:似鹿而大。

⑦赤首、圜题:均南方兽名。

⑧穷奇:怪兽名。状似牛而猬毛,鸣声如狗嗥,食人。

⑨揭河:搴衣渡河。

⑩角端:兽名。牛类,角生在头顶的正中,其角可以制弓。

⑪騊駼(táo tú):兽名。形似马。橐驼:即骆驼。

⑫蛩蛩:兽名。似马而青。驒騱(tuó xī):野马。

⑬駃騠(jué tí):骏马。

【译文】

浏览四周,放眼眺望,前方是一片纷盛迷茫之状。看去则是广大无边,详审时更是不见边际。太阳早上从东方的沼泽升起,傍晚从西方的陂池落下。它的南方,严冬时草木也能生长,水流翻腾,野兽有㺊、旄、貘、犛、沉牛、麈、麋、赤首、圜题、穷奇、象犀。它的北方,盛夏时河水也会结冰,提衣便可渡过。野兽则有麒麟、角端、騊駼、骆驼、蛩蛩、驒騱、駃騠、驴骡。以上总写上林苑中的气象,点出各种兽类,为下文的畋猎预作伏笔。

"于是乎离宫别馆,弥山跨谷。高廊四注[①],重坐曲阁[②]。

华榱璧珰[3]，辇道𬙊属[4]。步櫩周流[5]，长途中宿[6]。夷嵕筑堂[7]，累台增成[8]，岩窔洞房[9]。俯杳眇而无见[10]，仰攀橑而扪天[11]。奔星更于闺闼[12]，宛虹拖于楯轩[13]。青龙蚴蟉于东厢[14]，象舆婉僤于西清[15]。灵圄燕于闲馆[16]，偓佺之伦暴于南荣[17]。醴泉涌于清室[18]，通川过于中庭。盘石振崖[19]，嵚岩倚倾[20]；嵯峨嶕嶫[21]，刻削峥嵘[22]。玫瑰碧琳，珊瑚丛生。瑉玉旁唐[23]，玢豳文鳞[24]。赤瑕驳荦[25]，杂臿其间[26]。晁采琬琰[27]，和氏出焉[28]。以上宫室。

【注释】

①四注：四面相连属。

②重坐：两层楼房。曲阁：屈曲相连的阁。

③华榱：指雕绘花纹的屋椽。璧珰：用玉嵌饰的瓦当。

④辇道：可以乘辇行走的阁道。𬙊(xǐ)属：连属。

⑤步櫩：即走廊。周流：在长廊上周遍经行。

⑥长途中宿：夸言走廊路途长远，一天都走不完，需在中途住宿。

⑦夷嵕(zōng)筑堂：平山而筑堂在其上。夷，平。嵕，高山。

⑧增：重叠。

⑨岩窔(yào)：幽深。

⑩杳眇：深邃。

⑪橑(lǎo)：屋椽。扪(mén)：用手摸。

⑫奔星：流星。闺闼：宫中小门。

⑬宛虹：弯曲的彩虹。拖：越过。楯(shǔn)：栏杆。轩：窗。

⑭青龙：为神仙驾车的马。蚴蟉(yǒu liú)：宛曲行走的样子。厢：厢房。

⑮象舆：用象驾的车。婉僤(dàn)：蜿蜒徐行。西清：西厢清静

之所。

⑯灵圄(yǔ):众仙的称号。燕:闲居。闲馆:清闲的馆舍。

⑰偓佺(wò quán):仙人名。暴:同“曝”。南荣:南檐下。

⑱醴(lǐ)泉:即甘泉。

⑲盘石振崖:指用大石把水涯修砌好。振,整。崖,水涯。

⑳嵚(qīn)岩:深而险。

㉑嵯峨:形容山石高大。嶕嶫(jié yè):山石高峻。

㉒刻削:山石形状奇特,犹如人工刻削一般。

㉓旁唐:犹言磅礴,广大的样子。

㉔玢(fēn)豳:指玉石纹理的样子。文鳞:指纹理斑然如鳞次。

㉕赤瑕:赤玉。驳荦(luò):色彩斑驳。

㉖杂臿:指错综夹杂于崖石之间。臿,同“插”。

㉗晁采:一种美玉。琬琰(yǎn):美玉名。

㉘和氏:春秋时楚人卞和所得的美玉,称和氏璧。

【译文】

“离宫别馆,满山连谷。回廊四周相连,两层的高楼,弯曲的阁道。雕纹的屋椽,玉饰的瓦当,辇道逦迤相连。走廊周遍回转,廊路长远,中途留宿。削平高山,构筑殿堂,层层的楼台,幽邃的内室。俯视则渺远而见不着地面,仰攀屋椽,则可以摸到天。流星从宫中的小门闪过,弯曲的彩虹横跨在轩窗的栏杆。青龙盘纡在东厢房,象舆游行在西厢房。众仙在清闲的馆舍饮宴,仙人偓佺等偃卧在南檐下晒太阳。醴泉从净屋中涌出,水流通过中庭。巨石细密地排列缀饰在水边山崖,低处的岩石峭险倾斜,高处的形状危陡嵯峨,峥嵘的山岩纹理锋棱,有如人工的刻削。玫瑰、碧琳、珊瑚聚集丛生。珉玉广大,纹彩如鳞。赤瑕文彩交错,夹杂在崖石之中。晁采以及琬琰、和氏璧都出产在这里。以上写宫室。

“于是乎卢橘夏熟[1],黄甘橙楱[2],枇杷橪柿[3],亭柰厚朴[4]。梬枣杨梅,樱桃蒲陶[5],隐夫薁棣[6],荅沓离支[7]。罗乎后宫,列乎北园,貤丘陵[8],下平原。扬翠叶,杌紫茎[9],发红华,垂朱荣[10],煌煌扈扈[11],照曜钜野[12]。沙棠栎槠[13],华枫枰栌[14],留落胥邪[15],仁频并闾[16],欃檀木兰[17],豫章女贞[18],长千仞,大连抱[19],夸条直畅[20],实叶葰茂[21]。攒立丛倚,连卷欐佹[22],崔错癹骫[23],坑衡閜砢[24],垂条扶疏[25],落英幡纚[26],纷溶萷蔘[27],猗狔从风[28],藰莅卉歙[29],盖象金石之声[30],管籥之音[31]。偨池茈虒[32],旋还乎后宫[33],杂袭累辑[34],被山缘谷[35],循阪下隰[36],视之无端[37],究之无穷。以上宫中草木。

【注释】

①卢橘:即金橘。

②黄甘:即黄柑。楱(còu):小橘。皮有皱纹。

③橪(rán):酸枣。

④亭:一作“楟”,即山梨。柰:果名。苹果一类水果。厚朴:木名。树皮很厚,红花而青实,果实甘美,皮可入药。

⑤蒲陶:即葡萄。

⑥隐夫:木名。即棠棣。薁(yù)棣:即郁李。花白色,果紫赤色,味酸。薁,同“郁”。

⑦荅沓(tà):木名。果似李。离支:即荔枝。

⑧貤:通“迤”。绵延。

⑨杌(wù):动摇不定。

⑩发红华,垂朱荣:此二句指草本和木本植物都盛开着红花。红华、朱荣:《尔雅·释草》:“木谓之荣,草谓之华。”

⑪煌煌扈扈:光彩艳美。

⑫巨野:广大的原野。

⑬沙棠:果名。俗名沙果。栎(lì):木名。其果为橡实。槠:木名。果实小于橡实。

⑭华:桦树。枰:一名平仲木,即银杏树。栌(lú):一名黄栌,落叶乔木,实扁圆而小。

⑮留落:果木名。实如梨,味酸甜而核坚。高步瀛以为即石榴。胥邪:即椰子树。

⑯仁频:槟榔树。并闾:棕榈树。

⑰欃(chán)檀:檀树。

⑱女贞:冬青树。

⑲连抱:指树干粗大,非一人能合抱过来。

⑳夸条:花朵和枝条。

㉑葰(jùn):通"峻"。指大。

㉒连卷:交曲相连。欐佹(lǐ guǐ):树木枝条交叉盘结的样子。

㉓崔错:交错。癹骫(bō wěi):盘纡纠结。

㉔坑衡:指树干相抗争衡,挺直横出。坑即"抗"之借字。閜(ě)砢:交相扶持。

㉕扶疏:枝条四布。

㉖落英:落花。幡纚:落花飞扬。

㉗纷溶:繁大。萷蔘:即萧森,草木繁盛。

㉘猗狔:同"旖旎"。婀娜摇曳。

㉙蒞莅(liú lì):象声词,形容风吹树木而发出凄清的声音。卉歙:指风速迅疾,犹急速呼吸之状。

㉚金石:指钟磬乐器。

㉛籥(yuè):管乐器,有三孔。

㉜偨(cī)池:音义同"差池"。参差不齐的样子。茈虒(cǐ zhì):不齐的样子。

㉝旋还：即环绕。

㉞杂袭累辑：重叠累积。

㉟被山：满山。缘谷：沿着溪谷。

㊱循：顺。阪：山坡。隰(xí)：低地。

㊲无端：无边。

【译文】

"卢橘、黄柑、橙、楱、枇杷、橪、柿、亭、柰、厚朴、梬枣、杨梅、樱桃、蒲萄、隐夫、郁棣、荅沓、荔枝散布在后宫，列植在北园，延至丘陵，下达平原。翠色的树叶摇曳，紫色的树干摇摆，怒放着红花，光彩鲜艳，照耀在广阔的原野。沙棠、栎槠、桦、枫、枰、栌、留落、胥邪、槟榔、棕榈、欃檀、木兰、豫章、女贞，树高千仞，树大合抱，枝条舒展，果实累累，叶子茂盛。树身或聚立于一处，或丛簇而相倚，树枝交错而背戾，枝条错杂而盘行，枝干相扶而争衡，垂条扶疏，落英缤纷，草木繁茂，随风婀娜，风吹草木，发出类似击打钟磬、吹奏笙箫的声音。树木参差不齐，环绕后宫，众盛的林木重叠累积，漫山遍野，沿着溪谷生长，顺着山坡下到川泽，一眼望去看不到边际，细察又是无穷无尽。以上写宫中的草木。

"于是乎玄猿素雌①，蜼玃飞蠝②，蛭蜩蠼猱③，獑胡豰蛫④，栖息乎其间；长啸哀鸣，翩幡互经⑤，夭蟜枝格⑥，偃蹇杪颠⑦；踰绝梁⑧，腾殊榛⑨，捷垂条⑩，掉希间⑪，牢落陆离⑫，烂漫远迁⑬。若此者，数百千处。娱游往来，宫宿馆舍。庖厨不徙，后宫不移，百官备具。以上宫中畜兽及离宫之多。处、舍具为韵。

【注释】

①玄猿：黑色的雄猿。素雌：白色的雌猿。

②蜼(wèi):长尾猴。玃(jué):似猕猴而大。飞蠝(lěi):飞鼠。

③蛭(zhì):兽名。能飞,有四翼。蜩(tiáo):兽名。形似猴,善爬树。蠼猱(náo):猕猴。

④獑(chán)胡:兽名。形似猿而足短,腾跃迅速。豰(hù):即白狐子,犬属,以猴类为食物。蛫(guǐ):兽名。猿类动物,形似龟,白身赤首。

⑤翩幡:即翩翻,指猿类行动腾跃矫捷灵巧。互经:互相经过往来。

⑥夭蟜(jiāo)枝格:指猿猴类在枝柯间戏闹。

⑦偃蹇杪颠:指猿猴类在树梢蹲卧。

⑧隃:同"逾"。越过。

⑨殊榛:奇异的丛林。

⑩捷垂条:接持悬垂的枝条。捷,通"接"。

⑪掉希间:以身投掷于空中。掉,《史记》作"踔",跳投。希间,空间。

⑫牢落:寥落,即零星分散。陆离:参差不齐。

⑬烂漫:猿类远迁时奔走腾跃的形状。

【译文】

"玄猿、素雌、蜼、玃、飞蠝、蛭、蜩、蠼猱、獑胡、豰、蛫都栖息在其间,或长啸,或哀鸣,以矫健灵敏的动作,宛转嬉戏、趴伏蹲卧于树枝之中、树梢之上。于是群兽越过了断桥,跃过了奇异的丛林,抓着垂悬的枝条,投身在空间,或零落分散,或聚集奔走。像这类地方有数千百处。人们往来嬉戏,有离宫可供住宿,有别馆可供休息。厨房不搬迁,妃嫔不迁移,百官具备。以上写宫中畜养野兽以及离宫之多。处、舍都是韵脚。

"于是乎背秋涉冬[①],天子校猎,乘镂象[②],六玉虬[③],拖霓旌[④],靡云旗[⑤],前皮轩[⑥],后道游[⑦]。孙叔奉辔[⑧],卫公参乘[⑨],扈从横行[⑩],出乎四校之中[⑪]。鼓严簿[⑫],纵猎者,江、河为阹[13]，泰山为橹[14]。车骑雷起，殷天动地[15]，先后陆离[16]，离散别追[17]，淫淫裔裔，缘陵流泽[18]，云布雨施[19]。"施"读上声。地、裔、施为韵，而离、追、起亦平上与去为韵。生貔豹[20]，搏豺狼，手熊罴[21]，足野羊[22]；蒙鹖苏[23]，绔白虎[24]，被斑文[25]，跨野马。凌三嵕之危[26]，下碛历之坻[27]，径峻赴险，越壑厉水[28]。椎蜚廉[29]，弄獬豸[30]，格虾蛤[31]，鋋猛氏[32]，罥騕褭[33]，射封豕[34]。箭不苟害[35]，解脰陷脑[36]；弓不虚发，应声而倒。以上天子校各部曲将帅之猎。

【注释】

①背秋涉冬：秋末冬初。

②镂象：以象牙镂饰的车辇。

③六：用六四马驾车。玉虬(qiú)：用玉装饰着的马。虬，骏马。

④拖：曳。霓旌：旌旗的彩色羽饰似彩虹。

⑤靡：倾斜。云旗：画熊虎等形于旗旒，状似云气，故名云旗。

⑥皮轩：用兽皮装饰的轩车。

⑦后道游：指轩车跟随在导车和游车之后。古时天子出行，导车五乘，游车九乘，在乘舆车前。道，导。

⑧孙叔：指古之善御者孙阳。奉辔：驾车。

⑨卫公：指古之善御者卫庄公。参乘：在车右陪乘。

⑩扈从：即护从，天子的侍卫。横行：指护从保卫着天子从部曲前面横着走过去，检阅出猎的军队。

⑪四校：天子射猎时的四支部队。

⑫鼓严簿：在戒卫森严的卤簿之中击鼓。簿，卤簿，天子的仪仗侍卫队。

⑬江、河为阹(qū)：即以江河为围阵。

⑭橹：望楼。
⑮殷天：震天。
⑯陆离：散开。
⑰别追：分别追逐禽兽。
⑱流泽：流遍川泽。
⑲云布雨施：如云布满天空，如雨降临大地。
⑳生：生擒。貔(pí)：豹类猛兽。
㉑手：用手击杀。罴：熊类猛兽。
㉒足：用脚蹴踏。
㉓蒙：头戴。鹖(hé)苏：用鹖鸟尾羽装饰的帽子。
㉔绔白虎：指绔上绣着白虎图案。绔，套裤。
㉕被：穿着。斑文：指虎豹类猛兽的皮。
㉖凌：登上。三嵕(zōng)：三重，重叠。危：山的最高峻处。
㉗碛历：不平坦。坻(dǐ)：山阪。
㉘厉水：涉水而渡。
㉙椎：击杀。蜚廉：兽名。
㉚弄：用手摆布。獬(xiè)豸：神兽名。似鹿而一角，相传能辨曲直善恶。
㉛格：搏斗而杀之。虾蛤：猛兽名。
㉜铤(yán)：铁柄的短矛。指用短矛刺杀猛兽。猛氏：兽名。状如熊而小。
㉝羂(juàn)：张罗网捕兽。騕袅(yǎo niǎo)：古神马名。
㉞封豕：大野猪。
㉟苟：随意。害：伤。
㊱解：分，破。脰(dòu)：颈项。陷：破。

【译文】

“自秋至冬，天子开始校猎，乘着用象牙镶饰的车辆，驾着六匹玉饰的骏马驾的车辇，摇曳着虹霓旗旌，挥动着彩云似的长旗，前有皮轩开道，后跟异车、游车。孙叔驾车，卫公陪乘，侍卫保护着天子从部曲前横行而过，检阅出猎的四支部队。天子的仪卫中传出鼓声，随即狩猎者开始纵恣奔驰。以江河为围阵，以泰山为望楼。车骑响声雷动，震天动地，先后散开，各自追逐着猎物。漫山遍野的车骑士众，从山丘直布到水边，如云密布苍穹，似雨降临大地。“施”读上声。地、畜、施押韵，而离、追、起也是平声、上声与去声押韵。生擒貔豹，搏杀豺狼，手击熊罴，脚踢野羊；猛士们头戴鹖尾装饰的帽子，身着白虎图案的裤子，身披斑衣，骑上野马，登上层层叠起的高山，走下高低不平的山坡，不畏艰险，跨越山谷，涉渡河流。椎击蜚廉，戏弄獬豸，格杀虾蛤，刺羪猛氏，网罗騕褭，射击大猪。箭不苟伤，射必中颈破脑，矢无虚发，野兽应声而倒。以上写天子检阅各部曲将帅畋猎。

“于是乘舆弭节徘徊，翱翔往来，睨部曲之进退，览将帅之变态。然后侵淫促节①，倏夐远去②，流离轻禽③，蹴履狡兽。轊白鹿④，捷狡兔⑤。轶赤电⑥，遗光耀⑦，追怪物，出宇宙。弯蕃弱⑧，满白羽⑨，射游枭⑩，栎蜚遽⑪。择肉而后发⑫，先中而命处⑬，弦矢分，艺殪仆⑭。然后扬节而上浮⑮，凌惊风，历骇猋⑯，乘虚无与神俱。躏玄鹤，乱昆鸡⑰，遒孔鸾，促鵕鸡⑱，拂翳鸟⑲，捎凤皇⑳，捷鹓雏，掩焦明㉑。道尽途殚，回车而还，消摇乎襄羊㉒，降集乎北纮㉓，率乎直指㉔，晻乎反乡㉕。以上天子亲猎而还。

【注释】

①侵淫：渐进。促节：由徐而疾。

②倏夐（xiòng）：同“倏忽”。忽然远去的样子。

③流离:使之困苦。

④轊(wèi):车轴末端,指用车轴撞杀。

⑤捷:捷取,犹言疾取。

⑥轶:超越。

⑦遗:抛在后面。

⑧蕃弱:古代夏后氏良弓名。

⑨满:拉满弓。白羽:箭的代称。

⑩游枭:古兽名。枭羊,似人,长唇,反踵披发,食人。王先谦以为即狒狒。

⑪栎:击。蜚遽:传说中鹿头龙身的神兽。

⑫择肉:择其肥者而后射。

⑬先中而命处:意为先指明要射中的地方,然后发箭,果然射中所指之处。

⑭艺:应作“臬”,古“臬”字,即箭靶。这里指把野兽当箭靶。殪(yì):一箭射死。仆:倒毙。

⑮扬:举起。节:旌节。上浮:举旌旗上游于天空。

⑯骇猋(biāo):即惊风。

⑰昆鸡:形似鹤,黄白色,长颈赤喙。

⑱遒孔鸾,促鵔鸃:逼迫而掩捕孔雀和鵔鸃。鵔鸃,赤鸡,也称丹鸟。

⑲拂:击。翳鸟:鸟名。羽毛呈五彩。

⑳捎:拂,掠。

㉑焦明:鸟名。形似凤。

㉒消摇:逍遥。襄羊:徜徉。

㉓降集:白天降还停留。北纮(hóng):指苑中极北之地。

㉔率乎:直去的样子。直指:一直前往。

㉕晻:迅疾的样子。反乡:指顺着来时的方向返回。乡,通“向”。

【译文】

"这时,天子坐着车舆缓慢徘徊,往来遨游,远观士卒的进退,近览将帅应变的神态。然后加快步伐,倏忽远去,冲散轻疾的飞禽,践踏善奔的狡兽。车轴冲杀了白鹿,疾取惊奔的狡兔。超越着电光,闪光也被遗留在后面,追逐怪兽,竟超出了宇宙。拉开蕃弱之弓,张满了白羽之箭,射杀了四处游走的狒狒和蜚遽。先择肥者才发矢,矢一离弦就命中要害,弦矢一分,猎物就应声倒毙。然后天子乘车舆扬鞭遨游,宛如登天,乘着惊风,升上了虚无的苍穹与神灵同在。践踏玄鹤,冲乱昆鸡的行伍,捕捉了孔鸾,擒住鵕鸃,拂击翳鸟,竿击凤凰,捷取鹓雏,掩捕焦明。道尽途穷,才引车回转,逍遥而徜徉,然后自空而降,停留在苑中极北的地方,直道前往,迅速回返。以上写天子亲自狩猎及回还。

"蹶石阙,历封峦,过鳷鹊,望露寒,下棠梨,息宜春[①]。西驰宣曲[②],濯鹢牛首[③],登龙台[④],掩细柳[⑤]。观士大夫之勤略[⑥],均猎者之所得获,徒车之所辚轹[⑦],步骑之所蹂若[⑧],人臣之所蹈藉[⑨],与其穷极倦谻[⑩],惊惮詟伏[⑪],不被创刃而死者,他他藉藉[⑫],填坑满谷,掩平弥泽[⑬]。以上天子还历各处,数猎者之所获。

【注释】

①"蹶(jué)石阙"几句:蹶,踏。石阙、封峦、鳷鹊、露寒,都是观名。汉武帝所建,在甘泉宫外。棠梨,宫名。在甘泉宫东南三十里。宜春,宫名。在长安南杜县东。

②宣曲:宫名。在长安昆明池西。

③濯鹢:犹言持棹行船。濯,通"棹"。鹢,船头安装鹢首的船。牛首:池名。在上林苑西。

④龙台：观名。在陕西鄠邑东北，靠近渭水。

⑤掩：休息。细柳：观名。在昆明池南。

⑥略：智略。

⑦徒：步兵。辚轹：践踏碾轧。

⑧步骑：步兵和骑兵。蹂若：践踏。

⑨蹈藉：践踏。

⑩穷极：走投无路。倦谻(jù)：疲倦已极。

⑪詟(zhé)伏：因惊恐而匍匐不动。

⑫他他藉藉：形容兽尸纵横交错互相枕藉的形状。

⑬掩平弥泽：掩蔽了广阔平原，填满了大泽。

【译文】

“踏上了石阙观，途经过封峦观，路过鳷鹊观，望见露寒观，下抵棠梨宫，止息在宜春宫。向西驰往宣曲宫，在牛首池上持棹行舟，登上龙台观，在细柳观休息。观察着将吏的辛勤功劳和武略，平均分配着猎物，所有步卒们和车马所凌轹碾轧的，步骑和大臣们所践踏的、受困的、疲惫的、惊惧慑伏的、未被刀刃所伤的禽兽，纵横交错，杂乱众多，掩蔽了广阔的平原，填满了一望无际的泽野。以上写天子周行各处，计数狩猎的收获。

“于是乎游戏懈怠，置酒乎颢天之台①，张乐乎胶葛之寓②。撞千石之钟③，立万石之虡④。建翠华之旗⑤，树灵鼍之鼓⑥。奏陶唐氏之舞⑦，听葛天氏之歌⑧。千人倡，万人和。山陵为之震动，川谷为之荡波。巴、渝、宋、蔡⑨，淮南《干遮》⑩，文成、颠歌⑪，族居递奏⑫，金鼓迭起，铿铃闛鞈⑬，洞心骇耳⑭。荆、吴、郑、卫之声⑮，《韶》《濩》《武》《象》之乐⑯，阴淫案衍之音⑰。鄢、郢缤纷⑱，《激楚》结风⑲，俳优侏儒[20]，狄鞮之倡[21]，所以娱耳目、乐心意者，丽靡烂漫于前[22]，靡曼美色于后[23]。若夫青琴、宓妃之徒[24]，绝殊离俗[25]，妖冶娴都[26]，靓妆刻饰[27]，便嬛绰约[28]，柔桡嫚嫚[29]，妩媚孅弱，曳独茧之褕绁[30]，眇阎易以恤削[31]。便姗嫳屑[32]，与俗殊服。芬芳沤郁[33]，酷烈淑郁[34]。皓齿粲烂，宜笑的皪[35]，长眉连娟[36]，微睇绵藐[37]，色授魂予，心愉于侧[38]。以上置酒张乐。

【注释】

①颢天之台：古台名。高台上接天宇，故名。

②张乐：陈设音乐。胶葛：寥廓。寓(yǔ)：同“宇”。

③千石：每石一百二十斤，千石重十二万斤。

④虡(jù)：挂钟的木架。

⑤建：树立。翠：翠羽。华：葆，合聚五彩羽为葆。

⑥灵鼍之鼓：用灵鼍皮制成的鼓。

⑦陶唐氏之舞：尧时的舞乐，即《咸池》。

⑧葛天氏之歌：葛天氏是古传说中的首领。《吕氏春秋·古乐篇》载，葛天氏之乐是一种载歌载舞的音乐。

⑨巴、渝：古蜀地巴渝人刚勇好舞，其名为巴渝舞。宋、蔡：先秦时诸侯国，在今河南。宋为商王之后，蔡为姬周之裔，此当指商、周遗曲。

⑩淮南：汉代郡国名。《干遮》：淮南地方乐曲。

⑪文成、颠歌：指文成和滇两地乐曲。文成，汉时辽西县名。颠，即滇，今云南昆明一带，汉时西南小国。

⑫族居：具举，众乐并奏。递奏：更奏，指交替演奏。

⑬铿铃：指钟乐。闛鞈(táng tà)：即鼓声。

⑭洞心：指响彻内心。

⑮荆、吴、郑、卫：均先秦诸侯国。

⑯《韶》：虞舜的音乐。《濩》(huò)：商汤的音乐。《武》：即大武乐，周武王时的舞乐。《象》：周公之舞曲。

⑰阴淫案衍：淫靡放纵，无节制。

⑱鄢、郢：都是楚国地名。缤纷：形容楚国舞蹈交错复杂。

⑲《激楚》：楚地歌曲，乐调激切昂扬。结风：犹急风，指音乐节拍急促，迅疾如风。

⑳俳(pái)优：古代表演杂剧的人。侏儒：身材短小的人。古时帝王身边常有侏儒表演取乐。

㉑狄鞮(dī)：古代西方种族名。倡：女乐。

㉒丽靡：指悦耳动听的音乐。烂漫：指多姿多态，缤纷错综的舞蹈和杂剧表演。

㉓靡曼：指皮肤洁白细腻，光泽玉润柔美的美女。

㉔青琴：古神女名。宓(fú)妃：洛水神女。

㉕绝殊离俗：指容貌非凡，超尘脱俗。殊，容貌姣好。

㉖妖冶：美好。娴都：雅丽。

㉗靓(jìng)妆：用粉黛装饰。刻饰：指用胶刷鬓发，整齐得像刻画在两鬓一样。

㉘便嬛(xuān)：轻盈美丽。绰约：苗条多姿。

㉙柔桡：柔曲，婀娜多姿。嫚嫚：美好多姿的样子。

㉚独茧：只从一只蚕茧中抽出的丝，指丝料纯净。褕(yú)：罩在外面的直襟单衣。绁(xiè)：同“袍”。长拖到地面。

㉛眇：美好。阎易：衣服很长。恤削：同“戌削”。衣边整齐。

㉜便姗嫳(bié)屑：指步履轻盈，衣服婆娑。便姗，即蹁跹。嫳屑，婆娑。

㉝沤郁：浓郁的香气。

㉞淑郁：香气清美浓郁。

㉟宜笑:笑得好看。的皪(lì):皓齿鲜明。

㊱连娟:眉毛弯曲细长。

㊲微睇(dì):微视。绵藐:目光美好。

㊳色授魂与,心愉于侧:女子以美色动人,使男人倾心失魂,精神和魂魄都被勾引去了。

【译文】

“天子开始游戏以放松精神,在颢天之台置办酒席,在空旷之宇宙陈设乐器。敲击着千石巨钟,架立起万石钟架。高举起翠羽装饰的旗帜,立起灵鼍大鼓。弹奏着陶唐氏的舞乐,欣赏葛天氏的歌曲。千人齐唱,万人和呼。山陵因之震动,川谷因之荡波。巴渝的舞蹈,宋蔡的讴歌,淮南的《干遮》曲,文成、滇地的民谣,交替更奏,金鼓之声迭起,钟声鼓声,真是惊心动耳。荆、吴、郑、卫的歌声,《韶》《濩》《武》《象》的音乐,淫靡放纵的音调,鄢、郢缤纷的舞态,《激楚》节拍急促,俳优、侏儒以及狄鞮族的女乐,凡是能使人耳目欢娱、心情愉快的娱乐,丽歌曼舞都陈奏于前,丽质天姿的美女侍奉于后。像那青琴、宓妃之类柔美的女神,容貌举世无双,姿质姣好娴雅,盛美的妆饰,刻画的鬓发,轻丽婉约,体态柔弱而苗条多姿,妩媚婀娜,穿着纯色茧丝织成的衣裳,长长的衣衫衣边整齐。步履轻盈,衣服婆娑生姿,与众迥异。散发出郁郁的芬芳,浓盛的清香。鲜洁的皓齿,动人的笑貌,弯曲的眉毛,微微流盼,美色当前,令人魂魄失散,心倾神驰。以上写布置酒宴张设女乐。

“于是酒中乐酣[①],天子芒然而思[②],似若有亡,曰:‘嗟乎,此大奢侈!朕以览听余闲[③],无事弃日[④],顺天道以杀伐[⑤],时休息于此。恐后叶靡丽[⑥],遂往而不返[⑦],非所以为继嗣创业垂统也[⑧]!’于是乎乃解酒罢猎,而命有司曰:‘地可垦辟,悉为农郊,以赡萌隶[⑨];陨墙填堑[⑩],使山泽之人得至焉；实陂池而勿禁，虚宫馆而勿仞[11]。发仓廪以救贫穷，补不足，恤鳏寡，存孤独；出德号[12]，省刑罚；改制度，易服色[13]，革正朔[14]，与天下为更始[15]。’

【注释】

①酒中：饮宴到一半时。乐酣：音乐演奏到高潮时。

②芒然：同“茫然”。

③览听：听政。

④无事弃日：闲居无事，虚掷光阴。

⑤顺天道以杀伐：秋天象征肃杀气象，主杀伐之事，因而天子在秋天打猎谓之顺天道。

⑥后叶：指皇帝的后世子孙。靡丽：奢侈。

⑦往而不返：指沉溺奢靡，迷不知悔。

⑧创业垂统：将创业的传统传于后代。

⑨赡：赡养，供给。萌隶：平民百姓。萌，通“氓”。

⑩隤：同“颓”。摧毁。堑：壕沟。

⑪虚宫馆：将宫馆闲置不用。仞：满，指住满。

⑫出德号：发布推行德政的号令。

⑬易服色：改变衣服、车舆颜色。即改弦更张，重新开始。

⑭革正朔：改变历法。

⑮为更始：革新政治。

【译文】

“酒饮到半酣，音乐也正奏得酣畅，天子忽然茫然若失地说：‘唉呀，这实在太奢侈了！我因为听政之余闲暇无事，怕把光阴虚掷，所以顺应天道狩猎，杀伐野兽，时常来此休息。恐怕后世子孙会益趋靡丽，沉湎享受，迷不知返，这绝不是垂示后世的方法！’就马上停止酒宴，不再狩猎，命令官员说：'凡是可以开垦的土地，一律让农民耕种，以此来供给黎民百姓；推倒围墙，填平河道，使依靠山泽为生的百姓得到放牧、薪樵的地方；在陂池中养满了鱼鳖而并不禁止垂钓，离宫别馆不准居住，使其空闲。发放仓廪中的杂粮以赈济贫穷，补给缺食之人，抚恤鳏寡，存问孤独，发布德政、减轻刑罚，改革制度，更换服色，改变历法，与天下人一起重新开始。'

"于是历吉日以斋戒[1]，袭朝服[2]，乘法驾[3]，建华旗，鸣玉鸾[4]，游于六艺之囿[5]，驰骛乎仁义之涂；览观《春秋》之林[6]，射《狸首》[7]，兼《驺虞》[8]，弋《玄鹤》[9]，舞干戚[10]。"干戚"疑当作"干羽"，此处当用韵，不似四句乃韵者。载云罕[11]，掩群雅[12]，悲《伐檀》[13]，乐乐胥[14]，修容乎《礼》园，翱翔乎《书》圃，述《易》道，放怪兽，登明堂[15]，坐清庙[16]，次群臣，奏得失，四海之内，靡不受获。于斯之时，天下大悦，乡风而听[17]，随流而化。卉然兴道而迁义[18]，刑错而不用[19]，德隆于三王[20]，而功羡于五帝[21]。若此，故猎乃可喜也！

【注释】

①历：选。

②袭：穿着。朝服：君臣朝会时穿法定的衣服。

③法驾：天子的车驾，其御车、参乘、属车的规格比大驾小，比小驾高。

④玉鸾：马饰上的小铜铃，其声如鸾。

⑤六艺：即六经，指《诗》《书》《礼》《乐》《易》《春秋》。

⑥《春秋》：我国最早一部编年史，据说是孔子以鲁国史书编订的。这里是以《春秋》作为治理政治的借鉴，以观成败、明善恶。

⑦《狸首》:古逸诗篇名。

⑧《驺虞》:《诗经·召南》篇名。驺虞为传说中的义兽。

⑨弋:射取。《玄鹤》:相传为舜的乐歌,即以舜之乐为法式。

⑩舞干戚:亦舜时的舞蹈。

⑪云罕(hǎn):原指鸟网,亦指天子出行时前驱者所举的旌旗。

⑫掩群雅:即访求群贤之意。掩,掩捕。雅,贤人雅士。

⑬悲《伐檀》:《伐檀》,《诗经·魏风》篇名。旧说以为是"刺贤者不遇明王"的诗。故读此诗,对古时不遇之士表示悲怜。

⑭乐乐胥:《诗经·小雅·桑扈》篇:"君子乐胥,受天之祜。"言天子以得贤士为乐为福。

⑮明堂:天子朝会诸侯的地方。

⑯清庙:天子祭祖的太庙。

⑰乡风:天下风气受到德化。乡,通"向"。

⑱卉然:勃然。迁义:向义。

⑲刑错:置刑法而不用。错,通"措"。

⑳隆:高,盛。三王:指夏、商、周三代开国贤君。

㉑羡:超过。

【译文】

"选择吉日斋戒沐浴,穿上朝服,乘着法驾,竖起华丽的旗帜,鸣动着玉鸾,优游在六经的苑圃,驰骋在仁义的大道;观览《春秋》的林薮,涉猎《狸首》,兼及《驺虞》,矢弋《玄鹤》,舞起干戚,"干戚"疑当作"干羽",此处应当押韵,不像四句一韵。张设起捕鸟的网罗,掩捕众多的文人雅士,为《伐檀》篇中不遇明主的贤人而悲伤,为王者得贤才的快乐而欣喜。在《礼记》园中修饰仪表,在《尚书》圃中徘徊游赏,讲述洁静微妙的《易》道,把苑中的奇禽怪兽放生,登上明堂,坐上清庙,听任群臣陈奏得失,所以普天之下无不受其恩泽。此时,民心大悦,百姓向风顺流接受教化。急速地复兴道德而亲近仁义,刑具废弃不用,德政之隆超过三皇,功烈之伟更逾五帝。如此，则狩猎才是真正可喜之事。

“若夫终日驰骋，劳神苦形；罢车马之用[①]，抏士卒之精[②]，费府库之财，而无德厚之恩。务在独乐[③]，不顾众庶，忘国家之政，贪雉兔之获，则仁者不繇也[④]。从此观之，齐、楚之事，岂不哀哉！地方不过千里，而囿居九百，是草木不得垦辟，而人无所食也。夫以诸侯之细[⑤]，而乐万乘之侈，仆恐百姓被其尤也[⑥]！”

【注释】

①罢：同“疲”。使疲劳。

②抏（wán）：损耗。精：精力。

③独乐：个人享受。

④繇：从，跟随。

⑤细：指国小，位卑。

⑥被：蒙受。尤：过失。

【译文】

“至于终日暴露在原野上驰骋，劳瘁精神，辛苦形体，疲惫车马，消耗士卒的精力，浪费府库的财资，却并未使百姓蒙受德泽恩惠。只是一己贪图享乐，不顾人民疾苦，为贪图一雉一兔的收获，竟忘记国家政事，仁者绝不会这样做的。由此观之，齐、楚的做法，岂不可悲吗？国家的土地只不过方圆千里，而苑囿就占了九百里，那么土地都不能开垦耕种，百姓也就衣食不周。况且以诸侯卑微的地位，而竟享受连天子都认为奢侈的生活，我担心百姓会受其祸害的。”

于是二子愀然改容[①]，超若自失[②]，逡巡避席[③]，曰：“鄙人固陋，不知忌讳，乃今日见教，谨受命矣！”

【注释】

①二子：指子虚和乌有先生。愀（qiǎo）然：变色的样子。改容：变了脸色。

②超若：怅然。自失：自感若有所失。

③逡巡：向后退步。避席：离开席位。

【译文】

于是子虚和乌有先生的脸色都变了，茫茫然若有所失，向后退了几步，离开了座位，说：“鄙人孤陋寡闻，不知忌讳，今日听到这番教训，领教了！”

大人赋

【题解】

这是一篇抒情小赋。武帝好长生不老之道，数遣方士入海求仙，司马相如为此作本文，试图对皇帝进行规劝。文章表面一派仙气，实际明褒暗贬，但讽谏之意太弱，武帝并未领悟，读后，反而“大悦，飘飘然有凌云之气，似游天地之间意”。此赋虚诞甚于《子虚》《上林》。从天到地、从云到水，写得大气磅礴。夸张、比喻的运用更是炉火纯青。这些手法对后世赋体有相当的影响。

世有大人兮①，在乎中州②。宅弥万里兮③，曾不足以少留④。悲世俗之迫隘兮⑤，朅轻举而远游⑥。乘绛幡之素霓兮⑦，载云气而上浮。建格泽之修竿兮⑧，总光耀之采旄⑨。垂旬始以为幓兮⑩，曳彗星而为髾⑪。掉指桥以偃蹇兮⑫，又猗抳以招摇[13]。揽欃枪以为旌兮[14],靡屈虹而为绸[15]。红杳渺以眩湣兮[16],猋风涌而云浮[17]。

【注释】

①大人:此处喻天子。

②中州:中国。

③弥:满,遍。

④足:能。

⑤迫隘:狭窄,指处境、环境狭窄。

⑥朅(qiè):离去。轻举:轻装疾进。

⑦绛幡:红色的旗幡。绛,大红色。素霓:白色的副虹。霓,虹的一种,亦称副虹。

⑧格(hè)泽:格泽之气。张揖曰:“格泽之气如炎火状,黄白色,起地上至天。”修:修长。

⑨总:系,拴。采旄(máo):彩色的、有装饰品的旗帜。旄,古时旗杆头上用旄牛尾作的装饰,后指旗。

⑩旬始:星名。出于北斗星旁,状如雄鸡。幓(shēn):旌旗的旒,装饰边缘的悬垂饰物。

⑪曳:拖,牵引。髾(shāo):旌旗上所垂的羽毛。

⑫掉:摆动,摇动。指桥:柔弱的样子,随风指靡。偃蹇(jiǎn):屈曲宛转的样子。

⑬猗抳(yī nǐ):旌旗随风飘扬的样子。招(shào)摇:摇动的样子。

⑭揽:采摘。欃(chān)枪:彗星的别称。

⑮靡:顺。屈虹:断虹。绸:缠裹,套。

⑯杳渺:深远。眩湣:幽远迷乱。

⑰猋风:暴风。猋,同“飙”。

【译文】

世间有大人啊，住在中州，宅院虽遍及万里啊，竟不能稍作停留。悲叹处境的艰难是迫于世俗之囿啊，轻装离家迅捷前进而远游。乘着白霓红幡啊，载着那云气轻飏。树起格泽之气作长竿啊，系结光耀之气作彩旗。高挂旬始星作旗边悬垂的流苏啊，拽来彗星做旗上的羽毛。旌旗猎猎随风指靡啊，又顺风飘飘摇摇。摘欃枪星做旗帜啊，缠绕断虹作美丽的衣裳。缥缈的红色云气迷迷朦朦啊，像风暴奔涌飘浮空中。

驾应龙象舆之蠖略逶丽兮[①]，骖赤螭青虬之蚴蟉宛蜒[②]。低卬夭蟜据以骄骜兮[③]，诎折隆穷蠼以连卷[④]。沛艾赳螑仡以佁儗兮[⑤]，放散畔岸骧以孱颜[⑥]。跮踱輵辖容以骫丽兮[⑦]，蜩蟉偃寋怵臭以梁倚[⑧]。纠蓼叫奡蹋以艐路兮[⑨]，蔑蒙踊跃腾而狂趡[⑩]。莅飒卉歙猋至电过兮[⑪]，焕然雾除，霍然云消。邪绝少阳而登太阴兮[⑫]，与真人乎相求[⑬]。

【注释】

①应龙：一种有翼的龙，相传最为灵应。象舆：用象驾的车。蠖(huò)：尺蠖，一种形体细长屈曲行走的昆虫。略：巡行。逶丽：行步进止的样子。

②骖(cān)：驾。赤螭：红色的龙。螭，传说中一种无角的龙。蚴蟉(yǒu liú)：同“蚴虬”。屈曲行动的样子。此指屈曲盘旋的气势。宛蜒：蛇类曲折爬行的样子。

③卬：通“昂”。夭蟜：屈伸的样子。此处是说屈曲而有气势。骄骜(ào)：恣纵奔驰。

④诎：弯曲。隆穷：同“隆穹”。高大而中央隆起。蠼(qū)：龙的形貌。连卷(quán)：蜷曲的样子。

⑤沛艾：即陂骇，马头摇动的样子。赳螑（xiù）：伸颈低头。仡（yǐ）：抬头。佁儗（yǐ yǐ）：停滞不前的样子。

⑥放：恣纵，放任。畔岸：放纵任性。驤：马头昂举。孱颜：不齐、高峻的样子。

⑦跮（chì）踱：走路时忽进忽退。輵（è）辖：摇目吐舌的样子。容：趋翔，像鸟一样展翼飞翔。骫（wěi）丽：曲折蜿蜒。骫，屈曲的样子，后多作"委"。

⑧绸缪：缠绵，连绵。怵：受惊的样子。㲋（chuó）：似兔而大，青色。梁倚：像房梁一样互相依并。

⑨纠蓼：缠绕。叫奡：通"叫嚣"。喧呼。蹋：通"踏"。艐（jiè）：至。

⑩蔑蒙：飞扬。踽（jiào）：奔跑。

⑪莅飒：迅捷的样子。卉歙：呼吸。

⑫绝：横渡。少阳：东极，《周易》四象之一，其数为八。太阴：北极，《周易》四象之一，其数为七。

⑬真人：仙人。相求：结合在一起。

【译文】

跨神龙、乘象车逶迤前行啊，驾赤螭、驱青虬蜿蜒而走。高低伸曲气气派派地恣意奔驰啊，弯曲起伏如尺蠖般一弯一隆穹。马首低昂凝伫啊，高傲任性地翘首。时进时退摇目吐舌像鸟儿展翅飞翔啊，前顾后盼如脱兔一般奔跑，屈曲婉转像屋梁一样交倚绸缪。缠绕喧呼踏上路途啊，踊跃腾起飞一样狂奔。呼吸间已如闪电经过啊，忽然间有如云消雾霁。斜渡少阳而登太阴啊，去与仙人相会相交。

互折窈窕以右转兮①，横厉飞泉以正东②。悉征灵圉而选之兮，部署众神于摇光③。使五帝先导兮④，反太一而从陵阳⑤。左玄冥而右黔雷兮⑥，前长离而后潏湟⑦。厮征伯侨而役羡门兮[8]，诏岐伯使尚方[9]。祝融惊而跸御兮[10]，清雰气而后行[11]。

【注释】

①互折：交互反转。窈窕：深幽遥远的样子。

②厉：渡。飞泉：相传为昆仑山西南的谷名。

③摇光：同"瑶光"。北斗星杓头第一星。

④先导：领路，开路。

⑤太一：太一星。陵阳：此指仙人陵阳子明。

⑥玄冥：水神，雨神。黔雷：相传为造化之神，一说为水神。

⑦长离：灵鸟名。潏(yù)湟：神名。

⑧厮：役。征伯侨：仙人名。羡门：羡门高，仙人。

⑨岐伯：黄帝的方医。尚方：掌管方药。

⑩祝融：火神，南方炎帝之佐。惊：同"警"。警戒义。跸(bì)：帝王出行时清道。

⑪雰气：恶气，不洁之气。

【译文】

反转交互转向深远的右方啊，横渡飞泉谷再奔向正东。招集仙人精挑细选啊，部署众神在那摇光星上。命令五帝前行去开路啊，遣返太乙让陵阳为侍从。左有玄冥而右有黔雷啊，前有长离而后有潏湟。役使征伯侨和羡门高啊，让岐伯去掌管方药。让祝融警戒清道啊，先清除那恶气再往前行。

屯余车其万乘兮，綷云盖而树华旗[1]。使句芒其将行兮[2]，吾欲往乎南娭[3]。历唐尧于崇山兮[4]，过虞舜于九疑[5]。纷湛湛其差错兮[6]，杂沓胶葛以方驰[7]。骚扰冲苁其相纷挐兮[8],滂濞泱轧洒以林离[9]。钻罗列聚丛以茏茸兮[10],衍曼流烂痑以陆离[11]。径入雷室之砰磷郁律兮[12],洞出鬼谷之崛礧崴魁[13]。遍览八纮而观四荒兮[14],朅渡九江而越五河[15]。经营炎火而浮弱水兮[16],杭绝浮渚而涉流沙[17]。

【注释】

①綷(cuì):五彩杂合。云盖:彩云合成的车盖。

②句(gōu)芒:神名。东方青帝之佐。将行:率领从行。

③娭(xī):同"嬉"。游戏,玩乐。

④崇山:狄山。相传唐尧葬山南。

⑤九疑:九嶷山。在今湖南宁远南。相传虞舜葬于此山。

⑥湛湛:厚,浓重。差错:交错。

⑦杂沓(tà):众多纷乱的样子。胶葛:纷乱的样子。

⑧冲苁(cóng):相撞的样子。纷挐(rú):混乱的样子。

⑨滂濞(pì):同"澎湃"。水势盛大的样子。泱(yǎng)轧:无涯无际的样子。林离:同"淋漓"。

⑩钻:簇聚,攒集。茏茸:汇集、聚集的样子。

⑪衍曼:即曼衍。散布,传播。流烂:散布。痑(chǐ):众多的样子。陆离:分散的样子。

⑫雷室:雷渊,传说中的水流。砰磷郁律:幽深高峻的样子。

⑬洞:通,达。鬼谷:地名。相传为众鬼聚集之处,位于昆仑山北。崛礧(jué léi)崴魁:特出高峻、突兀不平的样子。

⑭八纮(hóng):极远的地方。纮,宏大。四荒:觚竹、北户、西王母、日下称为四荒。指昏昧荒蛮不开化的地方。

⑮九江:泛指长江。五河:泛指大河。又谓紫、碧、绛、青、黄五色之河。

⑯炎火:传说中的炎火之山,在昆仑之丘以外。弱水:位于西域的绝远之水。

⑰杭绝:船渡。浮渚:指流沙河中的小洲。流沙:水沙俱流之河。

【译文】

集合我的万乘车驾啊,高举那彩云车盖再竖起华美的旌旗。让句芒带队随行啊,我将去那南方嬉戏。过了崇山见到唐尧啊,途径九嶷去拜会虞舜。前路纷繁而交错重重啊,马蹄声碎群马飞奔。骚扰相撞乱纷纷啊,澎湃淋漓无涯无际。攒集罗列聚集起来啊,曼衍散布而参差不齐。直入那险要深峻的雷渊啊,深入那突兀不平的鬼谷。极目八纮四荒的遥远之地啊,渡过众多的大江再过那五色的河。往来于炎火之山而泛舟弱水之上啊,涉过水中小洲再驶过流沙。

奄息总极泛滥水嬉兮[①],使灵娲鼓瑟而舞冯夷[②]。时若薆薆将混浊兮[③],召屏翳、诛风伯而刑雨师[④]。西望昆仑之轧沕洸忽兮[⑤],直径驰乎三危[⑥]。排阊阖而入帝宫兮[⑦],载玉女而与之归。登阆风而遥集兮[⑧],亢乌腾而一止[⑨]。低回阴山翔以纡曲兮[⑩],吾乃今目睹西王母暠然白首[⑪]。戴胜而穴处兮[⑫],亦幸有三足乌为之使[⑬]。必长生若此而不死兮,虽济万世不足以喜!

【注释】

①奄:突然。总极:《汉书》本传作"葱极",即葱岭,古代对今帕米尔高原和昆仑山、天山西段的统名。汉代属西域都护统辖。

②灵娲:女娲。冯夷:指河伯。

③薆薆(ài):阴暗不明的样子。

④屏翳:所指不一。一谓云神,一谓雨师,一谓雷师。风伯:神话中

的风神，又称飞廉。

⑤昆仑：山名。西起帕米尔高原东部，横贯新疆、西藏，东延入青海境内，是神话传说中的仙山。轧沕(mì)：不分明的样子。

⑥三危：古代西部边疆山名。也是神话传说中的仙山。

⑦阊阖：传说中的天门。

⑧阆(làng)风：山名。相传为仙人所居，在昆仑山巅。

⑨亢鸟腾：喻亢然高飞，如鸟儿一般飞腾。亢，高。

⑩阴山：山名。今河套以北、大漠以南诸山的统称。又一说指传说中的昆仑山以西二千七百里的山。纡：屈曲。

⑪西王母：神话人物，又称王母。据《山海经》载，西王母豹尾虎齿、蓬发戴胜并且善啸。至《汉武内传》，已成长生不老、容貌绝世的女神。皬(hé)然：白的样子。

⑫胜：玉胜，妇人的首饰，又名华胜。

⑬三足乌：相传为西王母取食的青鸟，三足。使：役使。

【译文】

忽而歇息于葱岭，忽而嬉戏于水中啊，请女娲弹瑟让河伯舞蹈。其时阴暗昏幽天色不明啊，召雷神、诛风伯而罚雨师。西望昆仑视线模糊啊，直往那三危山飞驰。推开天门进入天帝的宫殿啊，车载美丽的天女返还。登上高高的阆风山远远地汇合啊，像鸟儿高飞后整齐地停歇。低低徘徊婉转地飞翔于阴山啊，我今日才目睹了皬然白发的西王母。她头戴华胜居住在洞穴中啊，也幸亏有三足青鸟供她驱使。如果长生不老似这般活着，纵然活一万年，也不足以欢喜！

回车朅来兮，绝道不周①，会食幽都②。呼吸沆瀣兮餐朝霞③，噍咀芝英兮叽琼华④。嬐侵浔而高纵兮⑤，纷鸿溶而上厉⑥。贯列缺之倒景兮⑦，涉丰隆之滂沛⑧。驰游道而修降兮，骛遗雾而远逝。

【注释】

①不周：不周山，相传在昆仑山东南。

②幽都：指北方极远的地方，旧称日没于此，万象阴暗。

③沆瀣(hàng xiè)：夜间的水气，露水。

④噍咀(jiào jǔ)：咬，嚼，含味的意思。叽：略吃一点。琼华：传说中生于昆仑西流沙滨的琼树之华。

⑤妗(yǐn)：仰头的样子。侵浔：侵淫，渐进。

⑥鸿溶：波涛腾涌的样子。

⑦列缺：古时谓天上的裂缝，天门。倒景：道家指天上至高处。景，通“影”。

⑧丰隆：云神。

【译文】

勒转车头离去啊，绝道于不周山，会食于幽都山。以夜露为饮品啊，以朝霞作食物，品尝了芝英啊再略食琼华。举首仰视慢慢升起啊，云涛腾涌中向上疾飞。穿过天门到那九重天啊，涉过云神兴起的滂沱大雨。让那游车飞驰，让那导车缓缓降下啊，远远抛开那些迷雾。

迫区中之隘陕兮①，舒节出乎北垠②。遗屯骑于玄阙兮③，轶先驱于寒门④。下峥嵘而无地兮，上寥廓而无天。视眩泯而无见兮⑤，听惝恍而无闻⑥。乘虚无而上假兮⑦，超无友而独存⑧。

【注释】

①区中：世间。隘陕(xiá)：同“隘狭”。

②北垠：北边的界限。

③玄阙：北极之山。

④寒门：古代传说中北极之山叫寒门。

⑤眩泯：视物不清的样子。

⑥惝恍：亦作憏恍、傥慌。模糊不清。

⑦假：通“遐”。远。

⑧无友：犹虚无。

【译文】

迫于世间的居处狭窄啊，缓舒缰绳自北崖而出。把车骑遗在北极山啊，让先驱留于寒门。俯瞰深远而无地啊，仰观广阔而无天。眼前昏花什么也看不见啊，耳旁模糊什么也听不清。乘着虚无上达远方啊，超越乌有去独立生存。

长门赋

【题解】

这是一篇优秀的抒情小赋，是作者为汉武帝的皇后陈氏失宠被废、别居长门宫而作。据说陈皇后因此而复得武帝亲幸。《长门赋》语辞瑰丽，意极缠绵，同义词、双声词、叠韵词及叠音词的频频使用尤见作者文字功夫之深。作者将自叙者居处环境的华贵与天气的阴冷极尽张扬，从而烘托了女子处境的悲凉，将悲苦愁思层层迭现，步步推进。而夸张、比喻、对比、想象等修辞手法的运用，又无一不与女主人公的凄凉寂寞，盼君王又不至的惆怅怨望情景交融，从而增大了情感的容量。序的人称和语气与赋不同，后人揣测系萧统编《文选》时所加。

孝武皇帝陈皇后[1]，时得幸，颇妒，别在长门宫[2]，愁闷悲思。闻蜀郡成都司马相如天下工为文,奉黄金百斤,为相如、文君取酒[3],因于解悲愁之辞。而相如为文,以悟主上,陈皇后复得亲幸[4]。其辞曰:

【注释】

①陈皇后:武帝刘彻姑母之女,名阿娇。刘彻立为太子,大得姑母之力,故娶阿娇为妃。武帝即位后立为皇后,得到宠幸,后因汉武帝宠幸卫子夫而失宠。

②长门宫:汉代长安的别宫之一。

③文君:卓文君,汉时临邛富商卓王孙的女儿,司马相如以琴心挑逗寡居在家的卓文君,遂夜奔相如,同归成都。后因贫而返回临邛与相如当垆卖酒。此处"取酒"是指陈皇后以重金买司马相如的文章,让他以文换酒,实际是买他文章的一种措辞。

④复得亲幸:指陈皇后以《长门赋》感动武帝,据说又重新得到了武帝的临幸。

【译文】

汉武帝的皇后陈阿娇得到武帝宠幸,但生性嫉妒,因而被置于别宫长门宫,终日愁闷悲伤。听说蜀郡成都司马相如是当今工于文章的人,皇后就送上黄金百斤,为相如及其妻卓文君换酒喝,请他作一篇疏解悲愁的文章。相如文章写就后即献给武帝,用以感动武帝,陈皇后又重新得到宠幸。文章是这样的:

夫何一佳人兮,步逍遥以自虞[1],魂逾佚而不反兮[2],形枯槁而独居。言我朝往而暮来兮[3],饮食乐而忘人。心慊移而不省故兮[4],交得意而相亲。伊予志之慢愚兮[5],怀贞悫之欢心[6]。愿赐问而自进兮[7],得尚君之玉音。奉虚言而望诚兮，期城南之离宫[8]。修薄具而自设兮，君曾不肯乎幸临。廓独潜而专精兮[9]，天飘飘而疾风[10]。登兰台而遥望兮[11]，神怳怳而外淫[12]。浮云郁而四塞兮[13]，天窈窈而昼阴[14]。雷殷殷而响起兮[15]，声象君之车音。飘风回而赴闺兮，举帷幄之襜襜[16]。桂树交而相纷兮，芳酷烈之訚訚[17]。孔雀集而相存兮[18]，玄猿啸而长吟。翡翠胁翼而来萃兮[19]，鸾凤翔而北南。

【注释】

①逍遥：优游自得的样子。此处指缓慢地踱步的样子。虞：通“娱”。

②魂逾佚：魂魄散失飞扬。反：通“返”。

③言我朝往而暮来兮：此句指汉武帝曾说“我早晨走晚上来”的承诺。

④慊(qiǎn)移：因不满而决绝改变。省(xǐng)故：顾念旧人。省，顾念，探望，察看。

⑤伊：发语词。慢愚：迟钝，没有警惕。

⑥怀贞悫(què)之欢心：此句言对武帝所怀的忠贞之情。贞悫，忠厚诚实。

⑦赐问：皇帝赐予问讯。自进：言使自己有进见、奉献的机会。

⑧城南之离宫：指长门宫。

⑨廓：内心忧郁悲惨的样子。独潜：独自深居。专精：独处时沉思的样子。

⑩飘飘：风大而急的样子。

⑪兰台：长门宫中华美的台榭。

⑫怳怳(huǎng)：神思不定，躁动不安的样子。淫：游。

⑬四塞：充满，布满天空。

⑭窈窈：深远的样子。

⑮殷殷（yǐn）：雷的震动声。

⑯襜襜（chān）：晃动，摇晃，此处指衣物飘动的样子。

⑰酷烈：浓郁。訚訚（yín）：香气浓郁的样子。

⑱相存：相互抚慰。

⑲翡翠：鸟名。胁翼：收敛翅膀。

【译文】

多么美的一个佳人啊，踱着缓缓的步子欣赏自己，魂魄飞扬它不再回还啊，形容枯槁而憔悴地幽居。君王他曾说"我早晨去而晚间回"啊，有饮食之乐他就把我忘记。感情已变化他不再顾念故人啊，交好新人去相爱相依。我的心如此地缺乏警觉啊，怀着那谨厚可靠的欢爱之意。期盼君王赐我一句问候以便有进见的时机啊，总希望听到君王召唤的尊贵之语。竟相信空洞的承诺是真情实意啊，满怀希冀等待在长门。精心准备了菲薄的菜肴只能孤独地饮宴啊，君王竟不肯屈降玉趾。忧愁悲怆我独自沉思啊，漫天大风猛烈又狂吼。我登兰台远远眺望啊，神思不定在园中赏游。浮云浓郁黑云低低布满了天空啊，晦暗的天空白日也阴沉。雷声隆隆响声四起啊，像君王的车驾辚辚。旋风回卷在内宫的中门啊，吹动那帷帐晃晃悠悠。桂树枝丫交错茂盛纷繁啊，散发那香气郁郁浓浓。孔雀栖息相互抚慰啊，黑猿长啸声声。翡翠鸟收敛双翅前来会集啊，鸾凤却分飞南北相散离。

心凭噫而不舒兮①，邪气壮而攻中②。下兰台而周览兮，步从容于深宫。正殿块以造天兮③，郁并起而穹崇④。闲徙倚于东厢兮⑤，观夫靡靡而无穷⑥。挤玉户以撼金铺兮⑦，声噌吰而似钟音⑧。刻木兰以为榱兮⑨，饰文杏以为梁⑩。罗丰茸之游树兮⑪，离楼梧而相撑⑫。施瑰木之欂栌兮⑬，委参差以椺梁[14]。时彷佛以物类兮,象积石之将将[15]。五色炫以相曜兮,烂耀耀而成光。致错石之瓴甓兮[16],象玳瑁之文章[17]。张罗绮之幔帷兮,垂楚组之连纲[18]。抚柱楣以从容兮[19],览曲台之央央[20]。

【注释】

①凭噫:气满的样子。

②邪气:指能使人致病的寒暑之气。

③块:独立的样子。造天:达到天上。

④郁:壮大,此处形容建筑的高大。穹(qióng)崇:高的样子。

⑤徙倚:徘徊。

⑥靡靡:细致精美。

⑦挤玉户:推开玉石装点的门。挤,推,排。金铺:金属做的门环。

⑧噌吰(zēng hóng):宏大的声音。此处是说开门的声音有若洪钟。

⑨木兰:树名。榱(cuī):屋椽。

⑩文杏:有花纹的杏木。

⑪游树:屋上的浮柱。

⑫离楼:众木交加攒聚。

⑬瑰木:珍贵的木材。欂栌(bó lú):柱上木,似斗形,拱承屋栋,故称斗拱。

⑭椺梁:中空的样子。是说众斗拱罗列参差而中空。

⑮积石:积石山。古人认为此山是黄河发源地。将将(qiāng):山高大雄壮的样子。

⑯致:细密。错石:错杂地铺起石块。瓴甓(líng pì):铺地的砖。

⑰玳瑁:龟类动物,甲有褐、淡黄相间的花纹。

⑱楚组:楚地所制的组绶。此处指系帷幕的丝带。连纲:总的组

绶，指空中幔帷的绶带。

⑲楣：门上横木。

⑳央央：宽广、广大的样子。

【译文】

胸胀意闷我心中不舒啊，那寒暑邪气就太易攻入我胸膛。下得兰台去游览观赏啊，步履迟缓在宫中漫游彷徨。那正殿屹立直耸云天啊，楼台壮阔如此富丽堂皇。在东厢徘徊片刻啊，看那无尽无穷精细美好。推开那白玉装点的大门再拍击那金属的门环啊，声响隆隆似那巨钟敲响。雕刻木兰树作那屋椽啊，装饰文杏作那屋梁。罗列珍贵富丽的浮柱啊，众木聚集支撑依傍。以瑰奇的木材作斗拱啊，众斗拱堆积参差而成中空的虚梁。如果以相类似的东西作比喻，它就像高峻的积石山一样。五彩缤纷相互辉映啊，光芒闪烁灿烂明亮。把石块错杂地铺排作有细密花纹的地砖啊，色彩华美就像玳瑁的纹理花样。挂起美丽的罗绮幔帐啊，垂吊楚地精制的连纲。从容舒缓抚摸宫殿的屋柱门窗啊，细细观看曲台的美丽宽敞。

白鹤噭以哀号兮①，孤雌跱于枯杨②。日黄昏而望绝兮，怅独托于空堂③。悬明月以自照兮，徂清夜于洞房④。援雅琴以变调兮，奏愁思之不可长。按流徵以却转兮⑤，声幼妙而复扬⑥，贯历览其中操兮⑦，意慷慨而自卬⑧。左右悲而垂泪兮，涕流离而纵横。舒息悒而增欷兮⑨，蹝履起而彷徨⑩。

【注释】

①噭(jiào)：号哭声。此指哀鸣声。

②跱：停立，停落。

③托：托付，托身。

④徂：消逝。

⑤流徵：流利的徵音。徵，古代音乐五音中的第四音，音高而宜于表现哀伤情绪。

⑥幼妙：轻细悠扬。

⑦贯：贯串曲调。中操：心中情操。

⑧卬（áng）：激动，激励。

⑨悒：忧郁。欷（xī）：哽咽、啜泣之声。

⑩蹝（xǐ）履：随意趿着鞋子。蹝，同“躧”。趿拉。

【译文】

白鹤嗷嗷悲号啊，失伴的雌鸟在枯树上孤寂凄惶。盼君王望断秋水直到暮色苍茫啊，孤孤单单惆怅地托身于空堂。明月高挂只照见形单影只的身影啊，凄清的夜晚消逝在深幽的内房。取来琴弹奏雅曲而变化其曲调啊，抚琴寄托愁思让我断肠。琴声由低转高成为流利的哀音啊，由轻柔悠扬又变为高昂。贯串这些曲调流动着我心中的情感节操啊，心境激动难平慷慨悲凉。侍女们悲悲戚戚为之垂泪啊，涕泪淋漓感慨悲伤。忧郁长叹哽咽哭泣啊，起身趿鞋孤苦地徘徊。

揄长袂以自翳兮[①]，数昔日之諐殃[②]。无面目之可显兮，遂颓思而就床。抟芬若以为枕兮[③]，席荃兰而茝香[④]。忽寝寐而梦想兮，魄若君之在旁。惕寤觉而无见兮[⑤]，魂迋迋若有亡[⑥]。

【注释】

①揄（yú）：扬起，举起。袂（mèi）：衣袖。翳：遮住，遮蔽。

②諐：过失，过错。

③抟（tuán）：揉。芳若：香草。

④荃兰:香草名。茝(chǎi):香草名。

⑤惕:谨慎小心,此处为心惊。

⑥迋迋(guàng):惊恐不安的样子。

【译文】

以袖掩面遮住痛苦流泪的双眼啊,数落自己昔日的过失咎殃,没有面目再将自己显现啊,于是失落颓唐地上床。揉合芳草做我的枕头啊,用芳香的荃兰和茝作席当我的睡床。倏忽间沉沉地进入了梦乡啊,梦魂中君王就在我的身旁。猛然惊醒却忽然不见我的所想啊,心有所失我神思惶惶。

众鸡鸣而愁予兮,起视月之精光。观众星之行列兮,毕昴出于东方[①]。望中庭之蔼蔼兮[②],若季秋之降霜。夜曼曼其若岁兮,怀郁郁其不可再更。澹偃蹇而待曙兮[③],荒亭亭而复明[④]。妾人窃自悲兮,究年岁而不敢忘。

【注释】

①毕、昴(mǎo):星宿名。同为二十八星宿,出于东方时为五六月。

②蔼蔼:形容晨光微露。

③澹:动摇。偃蹇:伫立的样子。

④荒:天将明的样子。

【译文】

众鸡高唱更使人满怀惆怅啊,起身看那精光四溢的月亮。抬头看群星排列方位啊,毕、昴二星已显现在东方。俯首庭院月色已微茫啊,有如深秋所降的白霜。长夜漫漫夜夜如年啊,无法再忍受苦闷我寸断柔肠。静静伫立我等待那曙光啊,远方似已发白就要天亮。我悄悄自怨暗暗悲泣啊,即便是穷年累月地老天荒也不敢将君王遗忘。

封禅文

【题解】

《封禅文》是司马相如退职家居之后，于临死前所写，大约是他的绝笔。文章盛赞武帝功业，认为有此功勋加上祥瑞降临而不封禅是不明智的。文章虽有古人所批评的“靡丽多夸”的毛病，但用语典雅富丽而不失流畅，整与散的配合更见流动的韵律，大段的四字句一气呵成，也是人所共见的。对主上的劝谏语多婉转，而颂扬之辞却如重笔泼墨。古代士大夫均将封禅看成大事，司马相如也毫不例外地对它多加赞扬，而未看到它的劳民伤财和毫无意义，这应该是他思想上的局限性。

伊上古之初肇①，自昊穹兮生民②，历选列辟③，以迄乎秦④。率迩者踵武⑤，逖听者风声⑥，纷纶葳蕤⑦，堙灭而不称者⑧，不可胜数。继《昭》《夏》⑨，崇号谥，略可道者，七十有二君。罔若淑而不昌⑩，畴逆失而能存⑪？轩辕之前⑫，遐哉邈乎⑬，其详不可得闻已。五、三、六经载籍之传⑭，惟风可观也⑮。以上浑言古昔。

【注释】

①伊：文首语气词。初肇(zhào)：开始。

②昊穹：指天。

③辟(bì)：国君。

④迄：至。

⑤迩：近。踵武：足迹。武，迹。

⑥逖(tì)：远。风声：声望，遗风美名。

⑦纷纶葳蕤(ruí)：多而杂乱。葳蕤，形容枝叶繁盛的样子。

⑧堙灭：埋没消灭。不称：不为世人所称道。

⑨《昭》：即《韶》。舜乐。此处代指舜。《夏》：禹乐。此处代指禹。

⑩罔（wǎng）：无，没有谁。淑：善良。

⑪畴：谁。逆失：逆行失德。

⑫轩辕：轩辕氏，即黄帝。

⑬遐：远。邈：远。

⑭五、三：五帝三王。

⑮惟：句首语气词。

【译文】

自远古开始，从天生众民，历数列君，以至于秦。沿着近世的踪迹，远察上古的遗风，高居君位者纷纷繁繁，埋没而不被世人所称道的，不可尽数。承继圣明的舜、禹，崇尚尊号美谥而封禅于泰山，大约能够讲说的，大致有七十二君主。哪有顺天爱民而不昌盛发达，逆行失德而存在于天地之间的？轩辕氏之前，时间遥远，史事茫茫，详情不得而知。五帝三王以来的君主，在《六经》典籍的记载中，其遗风美名尚能看到。以上笼统写古时的情形。

《书》曰："元首明哉①，股肱良哉②。"因斯以谈③，君莫盛于唐尧，臣莫贤于后稷④。后稷创业于唐尧，公刘发迹于西戎⑤，文王改制⑥，爰周郅隆⑦，大行越成⑧；而后陵迟衰微⑨，千载亡声⑩。岂不善始善终哉！然无异端⑪，慎所由于前⑫，谨遗教于后耳⑬。故轨迹夷易⑭，易遵也；湛恩庬洪⑮，易丰也⑯；宪度著明⑰，易则也⑱；垂统理顺⑲，易继也。是以业隆于襁褓⑳，而崇冠于二后㉑。揆厥所元㉒，终都攸卒㉓，未有殊尤绝迹可考于今者也㉔。然犹蹑梁甫㉕，登太山㉖，建显号，施尊名㉗。以上言周无殊异而封禅。

【注释】

①元首:君主。

②股肱(gōng):大腿和手臂自肘至腕的部分。此处比喻辅佐君主的得力臣子。

③因:依据。斯:此。

④后稷:周的先祖,为舜的农官。

⑤公刘:后稷曾孙,周代先祖。发迹:此指事业的开创光大。西戎:中国古代西北戎族总称。

⑥文王改制:指文王始开王业时改正朔,易服色诸事。

⑦爰:至,于。郅(zhì):极,大,盛。

⑧大行:大道,即太平之道。越:于是。

⑨陵迟:衰微,衰落。

⑩亡声:无恶声。指后世虽衰,但无恶声。

⑪无异端:此处指没有其他缘故。

⑫所由:规则,格局。此指周先王所定规矩、规格。

⑬遗教:遗训。

⑭轨迹:规范,法则。

⑮湛(zhàn):深。厖(máng)洪:广大。厖,大。

⑯丰:富足,茂盛。

⑰宪度:法令,制度。著明:显明。

⑱则:遵循,效法。

⑲垂统:一脉相传的系统。此指帝王把基业传给后代。理:规律。顺:顺应。

⑳襁褓:背负婴儿所用的布兜。此指周成王。周成王幼年嗣位,故此处以"襁褓"代指。

㉑崇冠:高居第一。崇,高。二后:指周文王、周武王。

㉒揆(kuí):度量,考察。

㉓都：于。攸(yōu)：所。

㉔尤：优异。绝迹：卓绝的功绩。考：比较。

㉕躡：登，踩，踏。梁甫：又名梁父，位于山东新泰西，是泰山下的一座小山。

㉖太山：即泰山。

㉗尊名：显贵的名号。此处与上句“显号”，均指封禅。

【译文】

《尚书》说：“君主圣明啊，臣子得力啊。”以此看来，君主没有谁比唐尧更圣明，臣子则没有谁比后稷更贤良。后稷创立王业于唐尧之时，他的曾孙公刘渐渐发迹于西戎。文王改革制度，于是周朝就极昌极盛，太平之道大行，其功业也就大成；此后虽渐渐衰微，但千载之下没有恶声。这岂不是善始善终吗！没有别的，只不过小心谨慎地遵循规则于初始，兢兢业业地秉承遗训于终结罢了。所以法度规范平易，使人易于遵奉；圣恩圣德深广，让人容易富足；法度显明就容易遵循；传位理顺，自然也容易继承。因此周代功业在成王之时臻于极盛，业绩数文、武二王为至高。考察始终，没有什么异于平常和极为优异的事迹可与今日的王业相比。然而也还是高登梁父山和泰山，去建立显贵的尊号，加封崇高的美名。以上写周没有特殊优异的功业而封禅。

大汉之德，逢涌原泉①，沕潏曼羡②；旁魄四塞③，云布雾散；上畅九垓④，下泝八埏⑤。怀生之类⑥，沾濡浸润，协气横流⑦，武节猋逝⑧；迩狭游原⑨，遐阔泳沫⑩；首恶郁没⑪，晻昧昭晰⑫；昆虫闿怿⑬，回首面内。然后囿驺虞之珍群⑭，徼麋鹿之怪兽⑮；导一茎六穗于庖⑯，牺双觡共柢之兽⑰；获周余放龟于岐⑱，招翠黄乘龙于沼⑲。鬼神接灵圉⑳，宾于闲馆。奇物谲诡㉑，俶傥穷变㉒，钦哉！符瑞臻兹㉓，犹以为德薄㉔，不敢道封禅。以上言汉多符瑞而不封禅。

【注释】

①逢涌原泉:盛德如泉涌出。

②汋濡(wù yù):泉水涌出的样子。汋,没,水深微的样子。曼羡:洋溢、广散的样子。

③旁魄:磅礴。四塞:广大无边,到处充塞。

④九垓(gāi):九重天。

⑤八埏(yán):八极,八方边际之地。

⑥怀生:有生命。

⑦协气:和气。

⑧武节:武力,武道。猋逝:迅速逝去。猋,犬奔的样子,引申为迅速、迅捷。

⑨原:本,根本。

⑩沫:末梢。

⑪首恶:首当恶名,首为恶者,即罪魁祸首。郁没:湮灭。

⑫晻昧:暗昧,愚昧,指夷狄之人。昭晰:明,光明。

⑬昆虫:各类动物。指一切动物。闿怿(kǎi yì):欢乐喜悦。

⑭囿(yòu):畜养禽兽的园地。此处用作动词。驺虞(zōu yú):传说中不食生物的义兽,白底黑纹。

⑮徼(yāo):拦截。麋鹿:俗称"四不像",此指白麟。

⑯导:通"蕖"。择米。庖:庖厨,厨房。

⑰双觡(gé):双角。觡,骨角。柢(dǐ):树根。此处指根本。

⑱获周余放龟于岐:文颖曰:"周放畜余龟于池沼之中,至汉得之于岐山之旁。"

⑲翠黄:据说龙翼马身,黄帝乘之而仙。此处翠黄乘龙同指一物;又一说翠黄指马的毛色。

⑳灵圉(yǔ):仙人名。此处泛指仙人。

㉑谲(jué)诡:怪异,变化多端。此指穷极变化。

㉒俶傥(tì tǎng):同“倜傥”。卓异,豪爽,洒脱不拘。

㉓符瑞:符兆祥瑞。臻:到。

㉔德薄:威德轻微。

【译文】

大汉朝的恩德如甘泉汩汩流淌,滋润万里,充塞四方;如云雾缓缓流散,上达九天,下通八荒。凡是生物,皆受恩泽,和洽之气横溢天下,武威之道迅捷逝去;近狭之处润其根本,远阔之处泽及末梢;罪魁祸首都已湮灭,夷狄民众沐浴光明;生灵万物其乐融融,回首向慕中原大地。然后蓄养珍贵的驺虞,获取罕见的麒麟;从庖厨挑选嘉禾之米以供祭祀,献上双角的野兽作为供献;在岐山之侧得到周朝放养的遗龟,从沼泽之中招来黄帝飞升时乘坐的神马。与神灵心相印神相交,让仙人居闲馆旅上苑。奇物变化多端,卓异穷极事变。钦佩啊,这样的祥瑞符兆,仍然以为德薄而不敢言封禅。以上说汉符瑞很多却不封禅。

盖周跃鱼陨航①,休之以燎②,微夫斯之为符也③!以登介丘④,不亦恧乎⑤!进让之道⑥,何其爽与⑦!

【注释】

①盖周跃鱼陨航:此句说武王渡河,白鱼跃入舟中。陨,坠落。航,船。

②燎:烧,烘烤。

③夫:语气词。斯:指示代词,是。

④介丘:大山,指泰山。

⑤恧(nǜ):惭愧。

⑥进:指周。言周未可封禅而封禅。让:指汉。言汉可以封禅而不封禅。

⑦爽:差异。

【译文】

周时鱼儿跃落到船上,武王就炙烤为美食拿它祭天,这样的符瑞也太细微了吧!以此去登泰山,不也太惭愧吗!周不可封禅而封禅,汉可以封禅而不言封禅,一进一退,差异是多么大啊。

于是大司马进曰[①]:"陛下仁育群生[②],义征不憓[③],诸夏乐贡[④],百蛮执贽[⑤],德侔往初[⑥],功无与二。休烈浃洽[⑦],符瑞众变,期应绍至[⑧],不特创见[⑨]。意者太山、梁甫,设坛场望幸[⑩],盖号以况荣[⑪];上帝垂恩储祉[⑫],将以庆成。陛下谦让而弗发也[⑬]。挈三神之欢[⑭],缺王道之仪[⑮],群臣恧焉。或谓:且天为质暗[⑯],示珍符,固不可辞;若然辞之,是太山靡记[⑰],而梁甫罔几也。亦各并世而荣[⑱],咸济厥世而屈[⑲],说者尚何称于后世而云七十二君哉?夫修德以锡符[⑳],奉命以行事,不为进越也[㉑]。故圣王弗替[㉒],而修礼地祇[㉓],谒款天神[㉔],勒功中岳[㉕],以章至尊[㉖];舒盛德,发号荣[㉗],受厚福,以浸黎民。皇皇哉[㉘]!斯天下之壮观,王者之卒业[㉙],不可贬也,愿陛下全之!而后因杂搢绅先生之略术[㉚],使获曜日月之末光绝炎[㉛],以展采错事[㉜];犹兼正列其义[㉝],祓饰厥文[㉞],作《春秋》一艺[㉟],将袭旧六为七[㊱],摅之无穷[㊲]。俾万世得激清流[㊳],扬微波,蜚英声[㊴],腾茂实[㊵]。前圣之所以永保鸿名,而常为称首者用此[㊶],宜命掌故悉奏其仪而览焉[㊷]。"以上大司马请封禅。

【注释】

①大司马：官名。汉武帝时置大司马，与丞相、御史大夫并称“三公”。进：进言，进议。

②群生：指百姓。

③谌(huì)：顺服。

④诸夏：周代王室分封的诸侯国，此指中国。乐贡：乐意贡献。

⑤百蛮：蛮夷。执贽(zhì)：持礼。贽，礼物。

⑥侔(móu)：等同，相等。往初：过去，从前。

⑦休烈：盛美的功业。浃(jiā)洽：融和，和洽。

⑧绍至：相续，继续而至。

⑨不特创见：不只出现一次。

⑩望幸：期望幸临。

⑪盖：发语词。号以况荣：纪号以表荣名。

⑫垂：上施于下。储祉(zhǐ)：积福。

⑬弗发：不发，即不发封禅之意。

⑭挈：绝。三神：指上帝、泰山、梁父。

⑮王道：以仁义治天下之道。

⑯质暗：暗昧。

⑰靡记：无记，没有表记。下句“罔几”意近，即无祭祀的希望。

⑱并世而荣：一起荣贵，同时荣耀。

⑲咸：都。济：成。屈：绝。

⑳锡：赐予。

㉑进越：不为苟进而越礼。

㉒弗替：不废弃，不衰落。

㉓地祇(qí)：地神。

㉔谒款：诚言告诫。

㉕勒功：刻石志功。勒，雕刻。中岳：嵩山，在河南登封北，为“五

岳”之一。此处是说依礼先祀嵩山，后幸泰山。

㉖章：彰明，表扬。

㉗发：显露，表现。

㉘皇皇：盛美、壮观的事业。

㉙卒业：完成一定的事业，此指宏大事业。

㉚因杂：汇集。略术：计谋，谋略。

㉛使获曜日月之末光绝炎：意为搢绅得到武帝的恩惠。末光，余光。绝炎，终极、末了的光焰。

㉜采：古代卿大夫的封地，引为官职。错：通“措”。施行。

㉝正列：正天时，列人事。

㉞祓（fú）饰：此指除旧更新。祓，除。

㉟作《春秋》一艺：此处说叙述大义成一经。艺，经。

㊱旧六：指原有的“六经”。

㊲摅（shū）：舒散，传布。

㊳俾（bǐ）：使。清流：旧指有雅望而不肯同流合污的士大夫。

㊴蜚：通“飞”。

㊵腾：传递，腾驰。茂实：繁茂的果实。

㊶称：称颂，赞扬。用此：指采用封禅之仪。

㊷掌故：官名。西汉置，秩百石。掌悉礼乐制度等典章故事，备咨询，为太常属官。

【译文】

于是大司马向皇上进言：“陛下以仁爱抚育众生，执道义征讨叛逆，华夏诸地乐意贡献，蛮夷之国献礼朝见，德同当初，功盖无比。盛美的功业润泽华夏，祥瑞的符兆屡屡显现，好兆头相期应运而生，不仅仅出现一次。想来大概是泰山与梁父山的坛场期盼明主临幸，欲加尊号与前代相比荣耀；上天垂恩赐福于天下，将以祭奠而告成功。陛下礼让谦恭尚未去成就这大功业呀。断绝三神的喜欢，空缺王道的礼义，群臣为之惭愧呀！有的人说，上天虽然暗昧，但珍稀的瑞符已经暗示，这本不可辞让；假若辞让，就是泰山将无立表记的机会，而梁父山无享受祭祀的希望了。假若古代君主都与时而荣，毕世而绝，还有什么能称述于后世，而说古七十二君王封禅于泰山呢？德行圣明以赐符瑞，尊奉这符瑞去行封禅之礼，这并不算是为苟进而逾越礼法。所以圣主不废封禅，而是恭敬地礼奉地神，诚恳地告谒天神，在中岳之上刻石记功，以表扬至尊圣上的地位；舒展昌盛的德行，昭示荣耀的称号，承受丰厚的福禄，以此来润泽黎民万众。美盛啊，这世间少有的雄伟景观，帝王宏大的事业，不可稍损，万望陛下成全这个壮举。然后共集诸儒缙绅著书立说，各抒见解，使他们沐浴日月的余光末焰，提拔其官职，施展其才华；正天时，列人事，陈说封禅的意义，修订润饰他们的文章，作新的《春秋》，并将沿袭旧有'六经'而增加为'七经'，述之无穷。使万世都能激发有雅望的忠义之士，光大精微的道义，弘扬杰出的名声，传递盛美的业绩。以往的圣主之所以能永葆这美名而被人时时赞颂，就是这个缘故，应该让掌故将封禅礼仪呈奏圣上以供御览。"以上写大司马请求封禅。

于是天子沛然改容[①]，曰："俞乎[②]，朕其试哉！"乃迁思回虑[③]，总公卿之议[④]，询封禅之事，诗大泽之博[⑤]，广符瑞之富[⑥]。遂作颂曰[⑦]：

【注释】

①沛然：感动的样子。

②俞乎：行啊，对啊。答应之辞。

③迁：退却，改变。

④总：聚合，汇集。

⑤诗大泽之博：意谓作诗以歌颂汉朝巨大的恩泽。泽，恩泽。博，

宏大。

⑥广：宣扬。

⑦颂：一种文体。

【译文】

于是天子感动地改变神色，说："是啊，我来尝试一下吧！"于是改变往日的打算，回转念头，集公卿臣子的议论，询问封禅大事，歌颂汉朝的恩泽，宣扬符瑞之众多。于是作颂说：

自我天覆[①]，云之油油[②]。甘露时雨[③]，厥壤可游[④]。滋液渗漉[⑤]，何生不育[⑥]！嘉谷六穗[⑦]，我穑曷蓄[⑧]！

【注释】

①覆：覆盖，遮盖。

②油油：云彩飘行的样子。

③甘露：古人认为天下太平，则降甘露。时雨：及时降下的雨水。

④游：遨游。

⑤滋液渗漉：指水徐徐而出润泽万物的样子。滋液，汁液。渗漉，漉下渗出，润湿。

⑥何生：哪个生物。

⑦嘉谷：指茁壮而异常多穗的谷子。古人以为是吉兆。

⑧穑(sè)：收获。曷(hé)蓄：为何不蓄积。

【译文】

从我天遮地蔽，云朵油油而飘。甘露更兼时雨，其泽可供远遨。汁液润泽万灵，生物无不富饶！嘉禾一茎六穗，我获何不积多！

匪惟雨之，又润泽之。匪惟偏之[①]，泛布护之[②]。万物熙熙[3]，怀而慕思。名山显位[4]，望君之来！君兮君兮，侯不迈哉[5]？以上大泽之博。

【注释】

①偏：偏重。此指不偏润一方一人。

②护：此指流散、散布。

③熙熙：和乐喜悦的样子。

④名山：大山，此指泰山。显位：指封禅。

⑤侯：何。迈：行，即行封禅大事。

【译文】

不只雨露普降，且又将我滋濡。不只润我一人，且又普遍散覆。万物其乐融融，将其怀念思慕。名山自当封禅，盼望圣上来驻。君王啊君王，为何不行此事？以上写恩泽广大。

般般之兽[1]，乐我君圃。白质黑章[2]，其仪可喜。旼旼穆穆[3]，君子之态。盖闻其声，今视其来！厥涂靡从[4]，天瑞之征[5]。兹尔于舜[6]，虞氏以兴[7]！以上驺虞。

【注释】

①般般：同“斑斑”。指驺虞白底黑纹的毛色。

②质：底子。章：花纹。

③旼旼(mín)穆穆：这是指瑞兽容态仪表有若君子。旼旼，和蔼的样子。穆穆，端庄恭敬的样子。

④涂：同“途”。所来之路。靡从：没有足迹，意为不知其从何处来。

⑤征：应验，征兆。

⑥兹尔于舜：相传舜时百兽率舞，驺虞就在其中。兹，指驺虞。

⑦虞氏:有虞氏,指舜。兴:兴盛。

【译文】

驺虞色彩斑斓,嬉戏我君囿苑。黑纹洒上白底,姿容绚丽佼佼。仪态和蔼恭敬,犹如君子谦谦。昔闻它的美名,今日见其飞降。不知它从何来,当是符瑞再现。此兽舞于舜时,虞舜由此而昌。以上写驺虞。

濯濯之麟[①],游彼灵畤[②]。孟冬十月[③],君徂郊祀[④]。驰我君舆[⑤],帝用享祉[⑥]。三代之前,盖未尝有!以上麟。

【注释】

①濯濯(zhuó):肥泽的样子。

②灵畤:指武帝祠五畤,因获白麟于此,所以叫灵畤。

③孟冬:十月,夏历冬季第一个月。

④徂:往,到。郊祀:在郊外祭天地的一种祭礼。

⑤驰我君舆:此句是说白麟驰至君舆之前。

⑥享:祭献,上供。

【译文】

白麟丰满润泽,嬉游到那五畤。孟冬十月时节,君临郊外祭祀。飞驰君驾面前,圣主享而赐福。此事三代以前,大约不曾显示。以上写麟。

宛宛黄龙[①],兴德而升[②]。采色炫耀[③],焕炳辉煌[④]。正阳显见[⑤],觉寤黎烝[⑥]。于传载之,云受命所乘[⑦]以上龙。

【注释】

①宛宛黄龙:屈伸自如的黄龙。

②兴德而升:起于至德。

③炫耀：光彩耀眼夺目。

④焕炳：光亮鲜明显著。

⑤正阳：南面。南面受朝，指帝王。

⑥觉寤：同“觉悟”。黎烝：黎民。

⑦于传载之，云受命所乘：《史记索隐》引如淳曰：“书传所载，揆其比类，以为汉土德，黄龙为之应，见之于成纪，故云‘受命所乘’也。”

【译文】

黄龙屈屈伸伸，遭遇圣德而腾。光彩历历夺目，光芒煌煌荧荧。显见为王祈福，觉悟黎民百姓。书传已有记载，可说受命所乘。以上写龙。

厥之有章[①]，不必谆谆。依类托寓[②]，谕以封峦[③]。披艺观之[④]，天人之际已交[⑤]，上下相发允答[⑥]。圣王之事，兢兢翼翼[⑦]。故曰：于兴必虑衰，安必思危。是以汤、武至尊严，不失肃祗[⑧]；舜在假典[⑨]，顾省厥遗。此之谓也！以上因天人符瑞而进箴规。

【注释】

①厥：此指天命。章：此处指符瑞。

②依类：依据事类。托寓：寄托。此指寄托山峦。

③谕以封峦：用以告诉封禅者。

④艺：儒家六艺，六经。

⑤天人之际：天道与人道交接之时。

⑥上下：上天与下界臣民。允答：允洽。

⑦兢兢翼翼：兢兢业业，小心翼翼。

⑧肃：恭敬。祗(zhī)：敬。

⑨在:观察。假典:大典。假,通“嘏”。大。

【译文】

黄龙瑞兽已应,不必谆谆告知。依类寄寓深意,以告封禅圣主。浏览“六经”,天道、人道彼此交接感应,上天下民相互融洽和谐。圣王的事业,兢兢业业,小心翼翼。所以说:兴盛时要忧虑衰亡,居安时须提防危险。因此商汤、周武居至尊之位,而不忘敬奉神祇,虞舜观察大典来反省政事的得失。说的就是这回事啊。以上就天人符瑞进言规谏。